W0407649

Martin Schulze (Hg.)

Amerikanische Meistererzählungen

Amerikanische Meistererzählungen

Von Irving bis Crane

Herausgegeben und eingeleitet
von Martin Schulze

Anaconda

Textgrundlage dieser Ausgabe ist der als Band 61 der Sammlung Dieterich erschienene Titel »Amerikanische Kurzgeschichten. Von Irving bis Crane.« Hrsg. und eingeleitet von Martin Schulze. Aus dem Amerikanischen von Anneliese Dangel, Karl Danz, Erwin Magnus, Martin Schulze, Elisabeth Seidel, Günther Steinig. Leipzig: Dieterich'sche Verlagsbuchhandlung, 2. Auflage 1957.

Die Erzählung »Nur Fleisch« von Jack London entstammt dem Band Jack London: »Nur Fleisch.« Auswahl aus den amerikanischen Novellenbänden »When God laughs«, »The Strength of the Strong« und »Lost Face«. Aus dem Amerikanischen von Erwin Magnus.
© 1929 by Universitas in der F. A. Herbig Verlagsbuchhandlung GmbH, München. Abdruck mit freundlicher Genehmigung.

Die Deutsche Bibliothek verzeichnet diese Publikation in der Deutschen Nationalbibliographie; detaillierte bibliographische Daten sind im Internet unter http://dnb.ddb.de abrufbar.

Lizenzausgabe mit freundlicher Genehmigung
© dieser Ausgabe 2006 Anaconda Verlag GmbH, Köln
© Sammlung Dieterich Verlagsgesellschaft mbH, Berlin 1957, 1992
(diese Ausgabe wurde vermittelt von der Aufbau Media GmbH, Berlin)
Alle Rechte vorbehalten.
Umschlagmotiv: William Sonntag (1822–1900), »Scene Near Grafton, West Virginia«, 1864, Private Collection, © Christie's Images / Bridgeman Giraudon
Umschlaggestaltung: dyadesign, Düsseldorf, www.dya.de
Printed in Czech Republic 2006
ISBN-13: 978-3-86647-037-8
ISBN-10: 3-86647-037-1
info@anaconda-verlag.de

INHALT

EINLEITUNG

I

Wohl selten ist in der jüngeren Geschichte unserer Welt der Gegensatz zwischen dem stürmischen Werden und Wachsen einer Nation und der literarischen Darstellung eben dieser Entwicklung so überraschend zutage getreten wie auf dem nordamerikanischen Kontinent im Verlaufe der zweiten Hälfte des 17. und des gesamten 18. Jahrhunderts.

Nur etwa hundert Menschen nennt die Passagierliste der 'Mayflower', die im Herbst 1620 die englische Küste mit Kurs auf die Neue Welt hinter sich läßt. Unter diesen hundert Menschen sind es nur einundvierzig Männer, die im Dezember des gleichen Jahres mit ihren Familien an der unwirtlichen Felsenküste von Plymouth, im heutigen Staate Massachusetts, dem Kernstück des Gebietes, das auch sie schon Neu-England nannten, an Land gehen. Der erste Winter in dieser fremden Welt fordert von den wagemutigen Siedlern das Letzte, und als der Frühling kommt, sind nur noch sieben Männer in der Lage, für sich und die anderen zu sorgen. Doch im Unterschied zu dem Verhalten der Siedler vieler anderer Gründungen entlang der Ostküste Nordamerikas wurde in der Plymouth Colony der Kampf mit der Natur fortgesetzt, und das schlichte Heldentum der Pilgerväter wurde beispielgebend für die in immer rascherer Folge entstehenden Siedlungen, Hafenplätze und Städte.

Im Verlaufe von etwa zweihundert Jahren rangen die neuen Bewohner der Wildnis Quadratkilometer um Quadratkilometer ab, erschlossen neue Verkehrswege, bildeten neue Gemeinschaften und schufen die Grundlage für ein wirtschaftliches und ein gesellschaftliches Zusammenleben.

In den Südstaaten, zuerst in Virginia, hatte sich eine

Sklavenhaltergesellschaft gebildet. In den Nordstaaten, im puritanischen Neu-England, wurde das Halten von Sklaven verworfen. Nur dem wirtschaftlichen und politischen Druck durch England ist es zuzuschreiben, daß sich die verschieden gearteten Systeme der dreizehn Kolonialstaaten zusammenschlossen und eine Form des Gemeinwesens errichteten, die erst im Bürgerkrieg des folgenden Jahrhunderts zu zerbrechen drohte.

Eines aber unterschied die dreizehn amerikanischen Kolonien wesentlich von allen anderen des britischen Empire, Kanada ausgenommen: Die in Nordamerika lebenden Kolonisten stellten nicht wie in Indien oder den westindischen Besitzungen eine dünne Bevölkerungsoberschicht dar. Sie waren im wesentlichen unbeteiligt an der Ausbeutung der Eingeborenen, da sich die Indianer vor den Weißen zurückzogen. In Nordamerika herrschte, mit Ausnahme der südlichen Kolonien, der Weiße vor. Er war nicht Kolonialbeamter oder Vertreter einer Kolonialgesellschaft. Er war der Farmer und der Pfarrer, er war der Handwerker, Lehrer oder Jäger, und er fühlte mit wachsendem Unbehagen, daß die Kolonialpolitik des Mutterlandes in diesem Teile der Welt sich gegen ihn selbst richtete.

Unter den Pionieren herrschte das englischsprachige Element vor; dennoch war, so kann man sagen, Nordamerika vom Beginn seiner Entwicklung an der Schmelztiegel der Völker. Als erste übernahmen die holländischen und skandinavischen Siedler, die auf dem Gebiet der heutigen Staaten New York und Delaware lebten, die Sprache und Kulturform der politisch und sozial dominierenden Anglia. Nicht anders ist es mit den Franzosen, deren politische Macht in Nordamerika im Siebenjährigen Kriege verlorenging. Sie, die den Vormarsch der englischen Kolonien nach dem Westen durch einen Riegel, der vom St.-Lorenz-Strom, am Mississippi entlang bis nach New Orleans reichte, aufzuhalten gedachten, werden Amerikaner. Wer denkt heute noch daran, daß St. Louis und New Orleans einmal rein französische, San Franzisco und Los Angeles spanische Siedlungen waren? Der holländische Name Nieuw Amsterdam ist vollends verschwunden und hat dem englischen New York Platz gemacht. Siedlungen mit Namen wie New Brunswick, Hamburg, N. Y. oder Hanover deuten heute nur noch an, daß es einmal deutsche Einwanderer waren, die hier die Pfähle der ersten Blockhäuser in das Neuland rammten. Sicherlich, wir finden noch heute manche Zeichen alter Nationaltraditionen, die der Franzose, Pole, Russe, Slowake, Deutsche oder Italiener mit über den Ozean gebracht hat. Aber die Menschen, die in diesen Städten leben, wurden und werden innerhalb weniger Generationen zu Amerikanern, wie ihre Städte amerikanisch sind, gleichgültig, ob sie noch heute St. Louis, Hamburg oder Los Angeles heißen.

Die Siedler der dreizehn Kolonien, deren Farmen und Städte sich in der zweiten Hälfte des 18. Jahrhunderts bereits von der kanadischen Grenze bis heran an das spanische Florida erstreckten, waren Untertanen der britischen Krone. Der Pflanzersohn der Südstaaten besuchte die Colleges des Mutterlandes, und in Boston sang man ebenso »God save the King« wie beispielsweise in London oder Edinburgh.

Dennoch sah England auch in den nordamerikanischen Kolonien, ebenso wie in allen anderen Kolonien, nur eine Rohstoffquelle für seine Industrie und einen aufnahmefähigen Markt für seine Industrieprodukte. Dies führte in letzter Konsequenz zu Maßnahmen, mit denen das Mutterland versuchte, einer sich gesetzmäßig ergebenden kapitalistischen Entwicklung der dreizehn Kolonien entgegenzuwirken. Steuergesetze des englischen Parlaments für Nordamerika warfen den Funken ins Pulverfaß. Seit den sechziger Jahren wird der Protest stärker und stärker. 1770 findet das »Boston Massacre« statt, bei dem englische Soldaten vier

Amerikaner töten, als man sich gegen eine gewaltsame Steuereintreibung auflehnt. Drei Jahre später werfen freiheitsliebende Bewohner Bostons bei der berühmten Bostoner Tea Party die Ladungen britischer Schiffe ins Meer. Dies waren die Vorboten des Unabhängigkeitskrieges (1775–83), in dem sich die Loslösung der Kolonien vom Mutterland vollzog. In ihm kämpften Washington, Hamilton und Jefferson, Engländer also, in den entscheidenden Stellungen der neuen Union gegen das eigene Mutterland und schufen nach Abschüttelung der englischen Herrscher noch vor der französischen Revolution eine Republik. Noch vor der französischen Erklärung der Bürgerrechte setzten die Amerikaner 1787 eine epochemachende Menschenrechtserklärung vor ihre Verfassung; und die Urheber oder Wortführer der modernen Demokratie fanden im revolutionären Frankreich eine begeisterte Aufnahme. Umgekehrt wurden auch die französischen Forderungen nach Freiheit, Gleichheit und Brüderlichkeit von den Amerikanern am kräftigsten unterstützt. Trotz allem blieben die Neger nach wie vor als Sklaven auf den Plantagen, beherrschte die Intoleranz des Puritanismus das kulturelle Leben eines großen Teiles des jungen Staates. Allein zur formellen Abschaffung der Sklaverei bedurfte es unter Lincoln eines weiteren blutigen Krieges (1861–65), und noch heute ist das Rassenproblem in den Vereinigten Staaten keineswegs gelöst, wie sich auch heute noch Spuren des alten Puritanertums im gesellschaftlichen und kulturellen Leben der Staaten bemerkbar machen.

Betrachten wir diese Entwicklung seit dem Jahre 1620 bis zur Konsolidierung der Union, so kommen wir zu der Feststellung, daß die Bewohner Nordamerikas im Laufe von zweihundert Jahren nicht nur die gesellschaftliche Entwicklung Europas eingeholt, sondern, was die Form des Zusammenlebens der Menschen anbetrifft, die Mehrzahl der europäischen Staaten weit überflügelt

haben. Und eben damit hatten sie die Voraussetzung für die Industrialisierung und Erschließung eines ganzen Kontinents geschaffen.
Wo aber ist nun das Heldenepos dieser Zeit? Wo hat diese Entwicklung, die voller heroischer Taten, großer Leiden und letzter Aufopferungsbereitschaft gewesen sein muß, ihren literarischen Niederschlag gefunden? Wir stellen mit Erstaunen fest, daß in dieser Zeit kein Buch geschrieben wurde, nicht einmal ein Geschichtswerk, das den Leistungen jener Menschen auch nur annähernd gerecht wird. Dabei waren sich die ersten Ansiedler und Pioniere durchaus der Größe ihrer Aufgabe bewußt. Das geht aus vielen ihrer, man möchte fast sagen, zum Privatgebrauch bestimmten, Aufzeichnungen hervor. Denn an Schriften dieser Art hat es nie gefehlt. Allein in der Plymouth Colony entstanden die 'Geschichte der Pflanzstätte von Plymouth' von dem Puritanerführer William Bradford, 'Gute Nachrichten aus Neu-England' von Winslow oder etwa das 'Journal' von Winthorp. Noch vor diesen Arbeiten steht der Bericht des Kapitäns John Smith, der wesentlichen Anteil an der Gründung von Virginia und der südlichen Staaten hatte. Erst mit Washington Irving (1783–1859) und James Fenimore Cooper (1789–1851) tritt eine eigentliche, unterhaltende Literatur ans Licht. Zwischen dem Dezember 1620 aber und der Veröffentlichung des 'Skizzenbuches' (1819) und des 'Spions' (1821) liegen ganze zwei Jahrhunderte, die Zeit, in der aus den ersten Siedlungen die Vereinigten Staaten von Amerika emporwuchsen.
Zur Erklärung dieser Erscheinung sind mancherlei Gründe ins Feld geführt worden. Nach der Deutung mancher Historiker haben der englische Roman und das englische Gedicht in jener Zeit in den dreizehn Kolonien so ausschließlich geherrscht, daß nichts Amerikanisches gegen sie aufkommen konnte. Diese These hat vieles für sich; bestimmten doch die Erschei-

nungen der englischen Literatur die lesenden Kreise der Kolonien ungemein, zumal die führenden Familien des Landes, besonders des Südens, ihre Ausbildung in England genossen. Aus diesem Grunde wurde später gerade der unabhängiger gesinnte Norden zur Keimzelle einer eigenständigen amerikanischen Literatur und eines eigenen Geisteslebens (Franklin, Emerson, Hawthorne usw.).

Die zweite These behauptet, die Menschen vor Cooper und Irving seien so mit Arbeit, der Kolonisation und den Sorgen um die Erhaltung der nackten Existenz beschäftigt gewesen, daß es ihnen einfach an der Zeit gemangelt hätte, sich den »Luxus« zu leisten, in einer besinnlichen Stunde all das Erlebte, Große und Neue in literarischer Form zu Papier zu bringen oder gar zu lesen. Dem steht allerdings eine seltsame Erscheinung gegenüber: Bereits in den ersten Jahren der Besiedlung wurden nämlich unter den schwierigsten Verhältnissen unzählbare Seiten an tiefsinnige und breit angelegte theologische Abhandlungen gewandt, und uns ist bekannt, daß diese Traktate selbst auf den abgelegensten Farmen und Pfarren gelesen wurden. Ja, die tausendfach überlasteten Siedler fanden sogar Zeit, in Streitereien der Geistlichkeit mit eigenen Beiträgen einzugreifen.

Der wahre Grund für die weltlich-literarische Sterilität jener Tage ist im Süden in der engeren Bindung an das Mutterland, im Norden hingegen in dem Kaufmanns-Kapitalismus mit seiner kunstfeindlichen puritanischen Ideologie zu suchen. Der Puritaner, der aus Protest gegen die Intoleranz der herrschenden Kreise des Mutterlandes in die Neue Welt ausgewandert war, errichtet hier im Herzen Neu-Englands, in Massachusetts, eine puritanische Klassenherrschaft, deren absolutistischer Geist seinesgleichen sucht.

Das Hauptbuch war die Bibel. Alles, was außer der Bibel und dem Gesangbuch gelesen werden durfte, be-

stimmte der im Mittelpunkt des neu-englischen Gesellschaftslebens stehende Geistliche. Alles Weltliche sollte aus dem Leben der Puritaner verdrängt werden. Ist es da verwunderlich, daß sich der unbedingte Herrscherwille der puritanischen Führerschicht mit aller Macht gegen die Entwicklung eines eigenständigen Schrifttums wandte? Wir finden im Boston des 17., 18. und teilweise noch des 19. Jahrhunderts den gleichen Geist, der den Puritanern unter Cromwell in England zu eigen war, die die Theater als Teufelswerk bezeichneten und vier Jahrzehnte nach Shakespeares Tod schlossen. Das gesamte geistige Leben des Menschen sollte nach Ansicht der Puritaner allein von der Sorge um das (sich freilich auch im ökonomischen Erfolg manifestierende) Heil, um das Jenseits und die Gnade beherrscht sein. Bei einer solchen Haltung mußten naturgemäß die »kleinen diesseitigen Sorgen« des Menschen, ja, eine jede Beschäftigung mit ihnen – und die Literatur hätte an diesen Realitäten nicht vorübergehen können – sträflich und heidnisch in höchstem Grade sein. Es bleibt also die unumstößliche Tatsache bestehen, daß die Vereinigten Staaten bis zum Ende des 18. Jahrhunderts kaum schöngeistige Literatur besaßen.
Mit der Wende des 18. zum 19. Jahrhundert ändert sich das Bild. Allmählich manifestiert sich das Gefühl der Unabhängigkeit, das seit langem das wirtschaftliche und politische Leben beherrscht, auch im Bereich der schöngeistigen Literatur. Dies ist aber nicht zuletzt auch auf eine Wandlung der puritanischen Ansichten zurückzuführen. Bei Benjamin Franklin, dessen 'Autobiographie' (1771–89, zuerst in London erschienen) als eins der ersten Werke einer eigenständigen Literatur angesehen wird, hat die puritanische Gnadenwahl, die Auffassung, von Gott auserwählt zu sein, bereits einem schlichten Rationalismus und anspruchslosen Pragmatismus, dem Vertrauen auf den Verstand und einer ein-

schichtigen Zweckmoral also, Platz gemacht. Danach beginnt die Geschichte einer eigenen amerikanischen Belletristik. In schneller Folge erscheinen nun Bücher amerikanischer Autoren. Es ist viel darüber geschrieben worden, welches Jahr man als das Geburtsjahr dieser jungen Literatur ansetzen soll. Nimmt man die grundsätzliche Auseinandersetzung mit den Kräften der Vergangenheit als das bezeichnende Symptom, so beginnt die erste Blüte der amerikanischen Literatur zweifellos mit dem Jahr 1849, da Nathaniel Hawthorne seine Heldin Hester Prynne gegen die Angriffe der geifernden und unbarmherzig richtenden Puritanerführer verteidigt und letztlich nicht sie, sondern die Welt des Puritanismus an den Schandpfahl stellt ('Der scharlachrote Buchstabe'). Das war die große Befreiungstat in der amerikanischen Literatur. Sie ist bedeutender als das Werk eines Cooper oder eines Washington Irving. Freilich müssen wir hier berücksichtigen, daß Irving vor Hawthorne lebte und die Basis schuf, von der aus Hawthorne die literarische Unabhängigkeit deklarieren konnte.

Neu-England bleibt das Zentrum der neuen Literatur bis zum Bürgerkrieg (1861–65). Nach dem Kriege werden die Südstaaten auf lange Jahre vom Norden beherrscht und stehen unter dessen strenger Kontrolle. Die neue Stimme, die Boston in der Folgezeit mehr und mehr zurückdrängt, kommt aus dem *Westen.* Es ist die der Schriftsteller Artemus Ward, Mark Twain und Bret Harte. Überall in den weiten Staaten entwickelt sich eine regionale Kunst. Die Vorherrschaft der »Brahmanen von Boston« wird in der zweiten Hälfte des 19. Jahrhunderts gebrochen. Die Aussagen des Westens prägen das Bild der amerikanischen Literatur immer stärker, zumal sie, im Unterschied zur englischen oder französischen, kein geistiges Zentrum in der Hauptstadt des Landes hat und die alte geistige Metropole, Boston, mehr und mehr an Bedeutung verliert. Nicht mehr Neu-

England allein ist nun die Wiege des amerikanischen Buches: überall in dem weiten Land setzen junge Talente ihre Federn an und schaffen Bedeutendes für die weitere Entwicklung. Das literarische Monopol einer verhältnismäßig dünnen neu-englischen Führerschicht ist gebrochen. Männer wie Mark Twain oder Bret Harte stammen aus dem Volke, und gerade weil sie unvoreingenommen die Probleme *ihres* Lebensbereiches anpacken, gelangen sie in Gestaltung und Wirkung über die von Neu-England gezogenen Grenzen hinaus.

So konnte es geschehen, daß das große Epos des Amerikaners außerhalb des alten transatlantischen Kulturzentrums entstand. Es ist dies das Epos des Westens, das in Mark Twain mit 'Tom Sawyer' (1876), 'Leben auf dem Mississippi' (1883) und 'Huckleberry Finn' (1884) seinen Schöpfer fand.

In unseren Tagen ist auf dem Gebiet der Belletristik schon seit langem nichts mehr von der Vormachtstellung Bostons, Neu-Englands oder des Ostens im allgemeinen zu bemerken. Nur der alte, unduldsame Geist des Puritanismus scheint zuweilen noch von sich reden zu machen, wenn beispielsweise die Behörden der Stadt Boston Bücher zurückweisen oder gar verbieten, die in anderen Teilen der USA unter den meistgekauften zu finden sind.

Heute stehen die einzelnen Teile des großen Landes auf literarischem Gebiet gleichberechtigt nebeneinander. Alle zusammen erst ergeben die Stimme *einer* großen Literatur, die Bestandteil der Weltliteratur geworden ist. Das Nachhinken hinter der Lebenswirklichkeit des Landes ist seit der Zeit Hawthornes und Melvilles zu Ende. Die großen Schriftsteller der USA nehmen zu Tages- und Lebensfragen ihres Volkes Stellung. Denn auch hierin baute die amerikanische Literatur bereits auf einer großen, wenn auch nicht sehr alten Tradition auf. Schon Herman Melville und Harriet Beecher-Stowe setzten denen, die an den alten Zuständen festhalten wollten, mit ihren Büchern 'Weißjacke' (1850) und 'Onkel Toms Hütte' (1851–52) ein entschiedenes Nein entgegen. Seit jenen Tagen ist die Stimme des Protestes in der Literatur der USA nicht mehr verstummt.

Was die Prosa betrifft, so hat das Land, das sich 1775 unter Anwendung der Waffe von England zu lösen begann, das Mutterland im Verlaufe des 20. Jahrhunderts fast überflügelt. Heute sind es die Schriftsteller amerikanischer Nationalität, die in der englischsprachigen Literatur die führenden Positionen einnehmen. Im Jahre 1820 schrieb der heute fast vergessene Engländer Sidney Smith in der 'Edinburgh Review', derselben Zeitung, die mit ihrer Verurteilung der Romantiker um Wordsworth und Coleridge hervorgetreten war: »Wer in den vier Himmelsrichtungen der Erde liest denn schon ein amerikanisches Buch?«

II

Dieses Urteil mag der stocksteifen 'Edinburgh Review' mit ihren schon durch Lokalpatriotismus beschränkten Auffassungen gut gestanden haben; es entsprach jedoch nicht den tatsächlichen Gegebenheiten.

Denn die ersten Ausgaben von Benjamin Franklins 'Autobiographie' zum Beispiel waren in England, Frankreich und Deutschland erschienen, bevor der erste amerikanische Abdruck (1818) herauskam. Dieses Buch trug in starkem Maße dazu bei, dem Europäer das Wesen des Yankees bewußt zu machen. Man mag einwenden, Franklins 'Autobiographie' gehöre nicht zur Belletristik, aber selbst dann hat die 'Edinburgh Review' unrecht. Der Romantikerkreis um Shelley las mit Begeisterung die Schauerromane Charles Brockden Browns; Bryants 'Thanatopsis' (1817) und besonders das liedhaft-elegische Gedicht 'An einen Wasservogel'

(1818) konnten sich mit englischer Lyrik sehr wohl messen; Irving war auch in Europa schon bekannt und gab ein Jahr vor jener überheblichen Frage Smiths sein 'Skizzenbuch' heraus, das allseitig mit Freude aufgenommen wurde, als man in Edinburgh von einer amerikanischen Literatur noch nichts wissen wollte, ja an eine solche Literatur noch nicht glauben konnte.

Mit dem Werden dieser neuen Literatur reifte eine neue Gattung der Erzählerkunst heran, die *short story,* die Kurzgeschichte, die sich seit nunmehr hundert Jahren einen festen Platz im Gesamtwerk der amerikanischen Literatur erobert hat, diesen noch heute erfolgreich verteidigt und Aufnahme in viele Literaturen der Welt gefunden hat.

Die Kurzgeschichte, die heutzutage geradezu als eine »amerikanische Erfindung« gewertet wird, ist nicht zufällig in den USA und im vergangenen Jahrhundert entstanden, allerdings nicht ohne anfängliche Einwirkung europäischer literarischer Schöpfungen.

Wie aber kam Amerika dazu, diese Erzählgattung besonders auszubilden? Nach der Vorstellung vieler Europäer hätten die Amerikaner, deren Leben unter der Devise »Zeit ist Geld« steht, keine Zeit, »dicke Bücher« zu lesen. Ja, es gibt sogar in Amerika Stimmen, die diese Ansicht teilen. So vertrat zum Beispiel ein Kritiker wie Clifton Fadiman noch im Jahre 1932 die Ansicht, Amerika lese alles, nur keine Bücher. Diese Behauptung trifft jedoch nicht in vollem Umfange zu. Ein Blick in die wöchentlich veröffentlichten Best-seller-Listen genügt, um an dieser Ansicht Zweifel hervorzurufen. Eine große Anzahl sehr gut verkaufter Werke sind »dicke« Bücher – auch im Sinne Fadimans.

Allein aus der heutigen Vorliebe des Amerikaners für seine short story ist also das Werden dieses Genres nicht zu erklären. Zweifellos – und hier wird es kaum Gegensätze in den Ansichten geben – trifft eine neue Form auf Wünsche und Anforderungen der Zeit, wenn

sie sich in einer Weise durchsetzt, wie dies bei der Kurzgeschichte der Fall gewesen ist. Es gibt jedoch Kritiker und Literaten, die die Kurzgeschichte als eine »literarische Gattung zweiten Ranges« bezeichnen. Diese Ansicht scheint auch der bekannte englische Schriftsteller Somerset Maugham zu teilen, wenn er etwas herablassend sagt, daß sich diese Gattung »damit begnügen muß, den Leser zu ergreifen, zu spannen und zu unterhalten«. Selbst ein Mann wie Henry James, dessen Erzählungen zu den bedeutendsten Schöpfungen dieser Art gehören, fragt sich in einem Brief an William Dean Howells, ob man der Kurzgeschichte einen bedeutenden literarischen Wert zuerkennen könne. Und er setzt dann das Wesen dieser Gattung mit dem Wesen des amerikanischen Lebens, wie er es sieht, in Beziehung und stellt Howells die Frage: »Liegt es daran, daß das Leben in Amerika flüchtig und fragmentarisch ist, oder weil die kurze Geschichte sich in allen Literaturen früher entwickelte als der Roman?« Spricht aus diesen Worten nicht das Inferioritätsempfinden des Mitgliedes einer Literatur, die noch um ihre Anerkennung in der Welt ringt? Spricht hieraus nicht auch die Ansicht, die Kurzgeschichte sei nicht eine eigentümlich amerikanische Kunstform?
Sind James und auch Maugham Vertreter der »Oberklasse«, so können wir doch aus den Worten dieser beiden Männer, die eine bedeutende Stellung in der Literatur der Anglia einnehmen, ersehen, daß man selbst jenseits des Ozeans bei der Abschätzung des Wertes der Kurzgeschichte verschiedener Ansicht war. Fest steht jedoch, daß sich diese Gattung im Volk größter Beliebtheit erfreute und erfreut. Diese Tatsache kann sich in einer weitreichenden Förderung dieser Form ausdrücken: die Entstehung der Kurzgeschichte vermag sie jedoch nicht zu erklären. Der Grund für das Werden dieser Form liegt nicht in Neigung oder Abneigung des Lesers. Er ist in den wirtschaftlichen und

geistigen Strömungen der Zeit zu suchen, in der die short story in den Vereinigten Staaten um ihre Anerkennung rang.

An den Schicksalen heute hochgeschätzter und gefeierter amerikanischer Schriftsteller des vergangenen Jahrhunderts können wir erkennen, daß sich diese Menschen nur in den seltensten Fällen von dem Erlös erhalten konnten, der ihnen durch die Veröffentlichung ihrer Bücher zufloß. Sowohl Hawthorne als auch Melville waren gezwungen, den Posten eines Zollbeamten anzunehmen. Selbst ein so viel gelesener Romancier wie Cooper zog keinen großen Gewinn aus seiner schriftstellerischen Arbeit und konnte nur deshalb schreiben, weil er als Großgrundbesitzer finanziell unabhängig war.

Es gab zu dieser Zeit keinen Urheberrechtsschutz im heutigen Sinne des Wortes für Werke der Literatur. Folglich konnten die Schriftsteller, deren Werke in andere Sprachen übersetzt wurden, nicht damit rechnen, für ihre Arbeit auch nur einen Pfennig zu bekommen. Somit aber gab es auch keine Vereinbarung, nach der ein amerikanischer Verleger gezwungen gewesen wäre, für ein von ihm herausgebrachtes englisches Buch einen Cent Abdrucksgebühr zu zahlen. Jedes Buch war vogelfrei, und jeder, der die Möglichkeit hatte, konnte ungestraft die in England erschienenen Bücher nachdrucken. Angesichts dieser Tatsache ist es nicht verwunderlich, daß der Einfluß der englischen Literatur auf die USA zunächst mehr und mehr stieg und die Bücher aus der Alten Welt eine Vormachtstellung innehatten. Drei Vorteile ergaben sich aus diesen Verhältnissen für den amerikanischen Verleger: einmal war die englische Literatur gut eingeführt. Es gab kein Risiko, was den Absatz der Werke betraf, zumal das lesende Publikum sehr stark daran interessiert war, möglichst auf dem neuesten Stand der englischen Verlagsproduktion zu bleiben. Zum zweiten lagen dem Verleger in jedem Falle neben einem fertigen Manuskript Berichte darüber vor, wie das Buch jenseits des Ozeans aufgenommen worden war. Darauf konnte die Arbeit des Verlegers fußen, ohne daß er befürchten mußte, einer Fehlspekulation zum Opfer zu fallen. Das fertige, schon an anderer Stelle erschienene Werk enthob ihn der mühseligen Werbearbeit. Drittens war die finanzielle Seite nicht zu unterschätzen. Man war wohl geneigt, Geld für englische Bücher auszugeben, und wir wissen, daß mancher Agent, der die druckfrischen Bogen englischer Romane nach Amerika auf den Weg brachte, ganz erhebliche Summen bei dieser Vermittlerarbeit verdiente. Dagegen war die Veröffentlichung des Werkes eines Amerikaners nicht ohne Risiko. Warum sollte sich der Verleger also in ein so unsicheres Geschäft verstricken, bei dem er nicht einmal sicher war, ob er das für Manuskript, Papier, Satz und Druck ausgegebene Geld je wieder in seiner Kasse sehen würde? Sollte es ihm aus dem einen oder anderen Grunde einmal nicht gelungen sein, aus England ein neues oder bedeutendes Werk vor seinen Kollegen zu bekommen, so blieb die Neuauflage eines älteren, bekannten Buches noch immer sicherer als das Experiment mit einem Unbekannten, der noch dazu Amerikaner war.

So waren nach S. Earl L. Bradsher 1820, ein Jahr nach der Veröffentlichung von Irvings 'Skizzenbuch', von hundert in den USA herausgegebenen Büchern etwa siebzig englischer Herkunft; nur bei den restlichen dreißig Titeln handelte es sich um amerikanische; es waren vorwiegend Schul- und Lesebücher sowie Werke religiösen Inhalts.

Diese Erscheinungen, die ein schnelles Aufleben der eigenen Lyrik und eines selbständigen Romans verhinderten, wurden zu Geburtshelfern des Genres, das sich damals *Sketch* (Skizze) und *Tale* (Erzählung) nannte und deren heutige Form die short story ist. Diese Skizze und Erzählung ist ein Seitenzweig der entsprechenden europäischen Gattungen, aber sie bildeten sich

auf dem Wege zur short story immer stärker als amerikanische Formen heraus. Bei Irving mag das Europäische oft noch überwiegen; Poe und Hawthorne bringen beides ins Gleichgewicht, und die Humoristen und Realisten des Westens geben dem Amerikanischen das Übergewicht und sogar die ausschließliche Herrschaft.
Da es unter den verlegerischen Verhältnissen jener Zeit für einen Amerikaner so gut wie aussichtslos war, ein Buch von ihm gedruckt zu sehen, blieb ihm nur der Ausweg in die Zeitung, die Zeitschrift oder die sehr beliebten und außerordentlich weitverbreiteten Almanache. Dadurch sahen sich die Schriftsteller gezwungen, neue Wege zu beschreiten. Zeitschriften und Almanache boten nur einen sehr beschränkten Raum, auf dem versucht werden mußte, das auszusagen, was man in anderen Ländern in anderer Form, ausführlicher und breiter darzustellen vermochte. Diese neue, knappe Form konnte aber nicht die des Gedichts – denn auch auf diesem Gebiet hatte England die Vorherrschaft –, sondern mußte eine Prosaform sein.
Diese besonderen Möglichkeiten der Veröffentlichung hängen mit der Bereitschaft des Lesers zusammen, neben den vielen anderen Neuigkeiten, die Zeitung und Zeitschrift in das Haus brachten, auch die Literatur aufzunehmen, die sich hier in völlig neuer Form darbot – und hier beginnt der Siegeszug der Kurzgeschichte durch die Staaten und um die Welt. Im wesentlichen wurde damals also – und so ist es in den USA noch heute – die Kurzgeschichte mit der Zeitschrift an den Leser herangetragen. Daß in den Vereinigten Staaten so unverhältnismäßig viele Schriftsteller über den Beruf des Journalisten in die Welt der Literatur eingetreten sind, mag auch seinen Grund in diesem Verhältnis zwischen Zeitschrift und Literatur haben, das bei den Angelsachsen infolge ihres entwickelten Kapitalismus besonders eng ist.
Das kann und soll nicht etwa heißen, daß das Zeitungs-

und Zeitschriftenwesen Amerikas die Kurzgeschichte »geschaffen« habe. Zwischen Presse und short story besteht vielmehr von Anfang an ein enges Verhältnis wechselseitiger Beeinflussung. Die ersten Essayisten Englands schufen sich die neuen Organe der Wochenschriften; und andererseits regte das bloße Vorhandensein von Journalen eine eigene journalistische Belletristik an. Voraussetzung war aber immer auch das Vorhandensein schöpferischer Kräfte, und diese Kräfte gingen oft eigenwillig zu Werke, beschritten eigene Wege und führten eine eigenwillige Feder. Die gestaltende Energie lag beim Menschen, und der hatte auch um 1870 noch die Wahl zwischen Zeitung und Buch, zwischen short story und Roman.

Sehr schnell war die Kurzgeschichte so beliebt, daß die Verleger für gute Erzählungen hohe Summen zahlten. Sogar Wettbewerbe zur Ermittlung guter Stücke wurden veranstaltet. Und es ist bezeichnend für diesen Umstand, daß mancher Schriftsteller oder Lyriker diese Gattung dann aufgriff, wenn er sich in finanziellen Schwierigkeiten befand.

Unter den Zeitschriften, die später berühmt gewordene Erzählungen druckten, finden wir solche, für die ein europäischer Schriftsteller, der auf seinen und seiner Werke »guten Ruf« bedacht war, nicht einen einzigen Beitrag geliefert hätte.

Diese Unvoreingenommenheit des amerikanischen Schriftstellers hatte einen großen Vorteil: sie trug wesentlich dazu bei, daß er sich nicht in einem solchen Grade vom Volk löste wie dies in der Alten Welt der Fall war. Auch in den USA gab es zwar literarische Zirkel – besonders in Neu-England –, aber der Autor der short story schrieb nicht für diese Zirkel, eine auserlesene kleine Gruppe von »Literaturkennern«; er schrieb für die breite Masse, die sich eine Zeitschrift ins Haus kommen ließ.

Es wäre jedoch verfehlt, wollte man annehmen, daß

nur die äußere *Form* des neuen Genres durch sein Veröffentlichungsmittel, die Zeitschrift, bestimmt worden sei: auch der *Inhalt* trägt die Spuren des Zeitschriftenwesens. Wie sich der Autor in bezug auf die Länge nach dem richten mußte, was in den Zeitschriften an Raum geboten war, so wurde er auch gezwungen, der Mentalität des Zeitungslesers Rechnung zu tragen. Die Erzählung sollte den Eindruck erwecken, als erführe der Leser hier eine Sache, für ihn ebenso neu wie alles andere, was die Zeitung brachte. Diese Voraussetzung und die schon oben erwähnte Tatsache, daß viele der Schriftsteller vom Journalismus herkommen, hat zweifellos dazu beigetragen, daß die Kurzgeschichte nicht selten wie die Darstellung tatsächlicher Begebenheiten anmutet und sich auf der Grenze zwischen Tatsachenbericht und einer Form, die künstlerische Freiheit erlaubt, bewegt. Viele der bedeutenden Schöpfungen dieser Gattung wurden in der Tat wirklichen Ereignissen nachgeschrieben, wie dies bei Poes 'Marie Roget' und Cranes 'Rettungsboot' der Fall ist. Und noch immer wird versucht – auch dort, wo kein Ereignis zugrunde liegt –, den Eindruck zu erwecken, als erzähle der Autor dem Leser von einer wirklichen Begebenheit.

Läßt sich so die Frage nach Ursprung und Herkunft der short story historisch schlüssig und überzeugend beantworten, so kann der Leser auf die Frage: Was ist eigentlich eine Kurzgeschichte?, keine so scharf umrissene Definition erwarten, wie sie Paul Heyse 1870 mit seiner Falkentheorie für die Novelle gegeben hat. Indem er Boccaccios Erzählung von dem Edelmann, der schließlich nur noch seinen Falken besitzt und diesen seinen letzten Besitz zu opfern bereit ist, zum Muster nimmt, sieht Heyse das Wesen der Novelle darin, daß »in einem einzigen Kreise nur ein einziger Konflikt ist«. »Der Leser wird sich überall fragen, wo der Falke sei, also das Spezifische, das diese Geschichte von tausend anderen unterscheidet.«

Eine solche Definition ist für die short story, wie sie heute vor uns steht, kaum möglich. Die klassischen Ansichten darüber, wie eine short story aussehen sollte, hat zuerst Edgar Allan Poe in seiner berühmt gewordenen Besprechung der Erzählungen Hawthornes 1842 in 'Graham's Magazine' niedergeschrieben und in verschiedenen theoretischen Aufsätzen dann weiter ausgeführt.

Eine der wichtigsten Forderungen dieses Meisters der Erzählkunst betraf die *Kürze*. Der Leser muß in der Lage sein, das Gebotene auf einmal »herunterzulesen«. Nur für diese kurze Zeitspanne wird es dem Autor möglich sein, so folgert Poe, die ausschließliche Aufmerksamkeit des Lesers zu fesseln. Poe fordert ferner Sachlichkeit der Darstellung. Außerdem, so sagt er, darf eine solche Erzählung kein einziges Wort enthalten, das nicht der Erzielung der beabsichtigten Wirkung dient. Jedes überflüssige Beiwerk muß entfernt werden. Vor allem aber muß eine *ganz bestimmte Atmosphäre* erzeugt werden. Aus diesen Kriterien soll sich die »unity of effect« ergeben, die Einheit der Wirkung, die Poe für ein wesentliches Merkmal der Kurzgeschichte hält. Hierin unterscheide sich die Erzählung grundsätzlich vom Roman.

Bei der Untersuchung des Wesens der heutigen short story bemerken wir sehr bald, daß diese vor mehr als hundert Jahren aufgestellten Forderungen durchaus nicht immer alle beachtet wurden, ohne daß man der betreffenden Erzählung den Charakter einer Kurzgeschichte aberkennen müßte. Zweifellos haben die von Poe formulierten Grundsätze nach wie vor ihre Bedeutung und Grundsätzlichkeit bewahrt, aber sie konnten variiert werden und wurden es. Wie relativ zum Beispiel der Begriff Kürze ist, wird uns sogleich offenbar, wenn wir die in diesem Band enthaltenen Erzählungen von Twain neben die von Crane oder James stellen. Bleibt nur noch hinzuzufügen, daß Henry

James Erzählungen schrieb, die bis zu vierzigtausend Worten zählen, wie dies bei 'Die Drehung der Schraube' (deutsch unter dem Titel 'Die sündigen Engel', München 1954) der Fall ist. An diesen Punkten verwischt sich die Grenze zwischen Kurzgeschichte und Kurzroman beziehungsweise Novelle.

III

Die Ansicht, daß die Kurzgeschichte eine amerikanische »Erfindung« sei, ist heute allgemein verbreitet. Das geht wohl darauf zurück, daß man den besonders starken Anteil der amerikanischen Erzähler bei ihrer Ausbildung und eigenartigen Entwicklung anerkennt. In dieser Gattung und mit der Weiterbildung dieser Erzählform wurde der Weg von traditionellen Aussageweisen zu neuen leichter und kürzer. Vom klassizistischen Essay zur romantischen Sagenerzählung beschritt ihn Irving, von der Romantik bis zum Realismus dann die Vielzahl großer Prosaisten, von denen die in diesem Bändchen aufgeführten nur die bedeutendsten sind. Diese Entwicklungslinie von der Romantik zum gegenwartsnahen kritischen Realismus ist für die Geschichte der short story überaus bedeutsam.

Wo die Romantik in das Denken und Dichten der Völker eindrang, begann sich die Literatur unter anderem stärker mit der Schönheit der Natur, aber auch mit ihren Nachtzeiten, mit der eigenen Zerrissenheit, ferner mit dem Exotisch-Orientalischen und der Vergangenheit, insbesondere der des eigenen Volkes, zu beschäftigen. Ähnlich ist es in den USA. Ein wesentlicher Grundzug der europäischen Romantik aber, der Weltschmerz, tritt in den USA verhältnismäßig zurück. An seiner Stelle herrscht in der transatlantischen Romantik von Beginn an ein gesunder Humor und Optimismus. Beides ist aus den besonderen gesellschaftlichen Verhältnissen abzuleiten, die sich aus dem hoffnungsvollen Beginnen der jungen Union ergaben. Aufbaueifer und Kolonisationsfieber beherrschten in einer Welt voll unbegrenzter Möglichkeiten das Denken der Menschen.

Diese Grundhaltung der Menschen der Neuen Welt gab der transatlantischen Romantik von vornherein ein anderes Gesicht, als wir es in Europa kennen. War schon zur Weltflucht oder gar zum Weltschmerz keinerlei Anlaß, so mußte auch das europäische Sehnen nach der Ferne unter den amerikanischen Verhältnissen einen neuen Sinn erhalten. War doch die Ferne und ein Leben außerhalb der Zivilisation für jeden Grenzer zur nahen, rauhen Wirklichkeit geworden. Kein Wunder also, daß sich hier, unter diesen Bedingungen, der Realismus so unmittelbar und so schnell aus der Romantik entwickeln konnte.

Auch in Amerika fand die Romantik ihren ersten Niederschlag vornehmlich in der Prosa. (Was sich in den vierziger und fünfziger Jahren in der Poesie als Romantik gebärdet, läuft in den von Europa vorgezeichneten Bahnen.) Die Kurzgeschichte nahm die Ideen der Romantik von Anfang an auf. Der Gegensatz zu Europa wird sogleich deutlich, wenn wir uns erinnern, welcher stark subjektiv-stimmungshafte Zug der europäischen Romantik in der Literatur zum Durchbruch verhalf, angefangen bei den 'Lyrischen Balladen' Coleridges und Wordsworths (1798), bei Novalis, Tieck, Brentano über Byron, Chauteaubriand bis zu Shukowski und Puschkins 'Ruslan und Ljudmilla' (1820).

Die in England lange vor der Romantik herrschende Prosakurzform, der Essay, besonders von Addison (1672–1719) in den Zeitschriften 'Tatler' und 'Spectator' eingeführt, wirkte natürlich auch nach Amerika. Irving (1783–1859) hat sich dieses Genres in starkem Maße bedient und seinen Stil an den Vorbildern Steele und Addison geschult. Einen tieferen Eindruck jedoch

hat auf Irving die deutsche romantische Literatur hinterlassen. Scott, den Irving besuchte, mag hier als Mittler gewirkt haben. Irving hielt die deutsche Romantik für so wesentlich, daß er begann, das Deutsche zu erlernen, und Reisen durch das Rheinland unternahm. Die von Irving geschaffenen Bilder vom Hudson (1849) sind als eine Parallele zur deutschen Rheinromantik anzusehen.
Gleich die erste Erzählung dieser Gattung, 'Rip van Winkle', behandelt einen Stoff, der mit dem sehr eng verwandt war, der in 'Peter Klaus, der Hirtenbub' in den 'Volkssagen', nacherzählt von Otmar (1800), in Deutschland bereits literarischen Ausdruck gefunden hatte. Jedoch der Stoff ist älter: er erinnert an die Entrückungslegende vom schlafenden Mönch, die auf Caesarius von Heisterbach selbst (um 1180–1240), den Verfasser des 'Dialogus miraculorum' übertragen wurde und die im 19. Jahrhundert Wolfgang von Königswinter in der Ballade 'Der Mönch von Heisterbach' behandelt hat. Darüber hinaus weist Irving in einer Anmerkung zu seiner Erzählung ausdrücklich darauf hin, daß sein Rip van Winkle der deutschen Kyffhäusersage und dem Barbarossa-Stoff sehr nahe stehe. Aber es blieb nicht bei dieser Entlehnung. Irving gab der deutschen Literatur zurück, wofür er ihr verpflichtet war. Die 1824 als Ergebnis seiner Deutschlandreise entstandenen 'Reisebilder' hatten ihren Einfluß auf Wilhelm Hauff, dessen Erzählung 'Das kalte Herz' auf Irvings 'Der Teufel und Tom Walker' zurückgeht. Die deutsch-amerikanische Wechselwirkung wird in diesen Jahren überhaupt so stark, daß man es in den USA für günstig hielt, Erzählungen die Bemerkung hinzuzufügen: From the German. Poe gab seiner ersten Erzählung 'Metzengerstein' (1832), deren Titel schon auf den deutschen Ursprung hinweist, ausdrücklich den Untertitel 'A Tale in Imitation of the German'. Der Einfluß E. T. A. Hoffmanns mit seiner bizarren und gespenstischen Erzählkunst auf Poe ist

bekannt. So kann man sagen, daß das Genre, dem Poe die Begriffsbestimmung gab, in seiner Entwicklung von der deutschen Romantik mitbestimmt war. Bei der Umbildung zur amerikanischen short story stand die besondere, englische Form des Essay Pate, in dem bereits zu Beginn des 18. Jahrhunderts kleine, teilweise humoristisch gestaltete Szenen aus dem Alltagsleben des Bürgertums romanhaft eingekleidet gestaltet wurden.

Gleich dem allgemeinen Vorbild der Romantik ging auch Washington Irving in seinen ersten Werken in die, wenn auch – an europäischen Verhältnissen gemessen – sehr junge Vergangenheit der eigenen, sich erst bildenden Nation zurück. Dabei bleibt es eine kleine Ironie des Schicksals, daß die ersten Helden, sowohl der längeren Prosagattungen als auch der short story, eines Landes, in dem das englische Element vorherrschte, die Holländer Diedrich Knickerbocker und Rip van Winkle waren. Wie stark sich aber der Amerikaner Irving von den deutschen Vorbildern unterschied, sieht man auf den ersten Blick. Der Erzähler will nicht nur über die Angst Rips vor seiner despotischen Frau humorvoll plaudern. Aus der ganzen Erzählung leuchtet der Stolz, Bürger einer jungen Demokratie zu sein, die das Joch der Krone abgeschüttelt hatte und ohne Monarchen und Adel regiert wurde. Hier regt sich bereits in der ersten Kurzgeschichte der junge Nationalstolz einer sich bildenden Nation. Wir, so will Irving sagen, haben unser Land derart umgewandelt, daß es Rip nach seinem Nickerchen einfach nicht wiedererkennt.

Der gleiche Stolz liegt manch einer Erzählung aus diesen Jahren zugrunde; vielleicht nicht immer so offensichtlich wie in der ersten Kurzgeschichte. Aber auch an versteckterer Stelle ist er aufzuspüren. So bei William Austin. Sein Peter Rugg glaubt einfach den Auskünften nicht, die ihm Menschen geben, denen er begegnet.

Wo früher eine Fähre war, steht heute eine Brücke, und Boston selbst hat sich so verändert, daß er sich in den Straßen der Stadt nicht mehr zurechtfindet. Wie diese Erzählungen auf die Vorstellungswelt des Volkes gewirkt haben, ersehen wir daraus, daß Rip van Winkle für den Amerikaner tatsächlich eine solche legendäre Gestalt geworden ist, wie sie bei uns Barbarossa durch viele Jahrhunderte war. Auch Peter Rugg, der in nichts seine historische Bestätigung finden könnte und eine reine Erfindung Austins war – beeinflußt möglicherweise von den europäischen Stoffen des Ewigen Juden oder des Fliegenden Holländers –, stand in der legendären Einschätzung durch das Volk Rip van Winkle nicht nach. Peter Rugg war so beliebt geworden, daß sich Austin später bemüßigt fühlte, der ursprünglichen Erzählung noch eine Fortsetzung zuzufügen. Die der konstruktiven Phantasie des Dichters entstammende Gestalt war so lebensecht und wurde so populär, daß der Kulturhistoriker Van Wyck Brooks in seinem Buch 'Die Blüte Neu-Englands' (1936) sagen kann: »Es gab daraufhin viele Peter Ruggs, die den Weg zurück nach Boston zu finden trachteten, dem guten alten Boston des Jahres 1820; und die Geschichte wurde von späteren Dichtern wiedererzählt, als handele es sich dabei um eine Volkssage.« Tatsächlich finden wir die Gestalt des Peter Rugg als Gegenstand einer Ballade von Louise Imogen Guiney (1861–1920) und eines Prosa-Gedichts von Amy Lowell (1874–1925). Auch in einer Erzählung Hawthornes, in 'A Virtuoso's Collection', tritt ein Rugg auf, hier als Pförtner.

Handelt es sich bei den ersten beiden Erzählungen dieser Sammlung also um Werke, in denen die Legende stark vorherrscht, so bleibt auch in vielen der später geschriebenen stories das romantische Element in anderer Form erhalten und bestimmend. Auch die hier von Hawthorne aufgenommene Dichtung 'Der Maibaum von Frohberg' müssen wir in diesem Licht sehen.

So wie sich die europäische Dichtung der Romantik mit der geistigen Vorherrschaft der Aufklärung und der Klassik auseinandersetzt, sucht Hawthorne mit dem 'Scharlachroten Buchstaben' und der eben genannten Legende aus der Zeit der Puritanerherrschaft, durch die Überwindung der alten Ansichten zur Befreiung von alten Fesseln beizutragen. Das realistische Detail, das mit Poe in der Kurzgeschichte an Boden gewinnt, widerspricht ebenfalls nicht unserer Ansicht, daß auch sein Werk als Ganzes in die Welt der Romantik gestellt werden muß. Sowohl bei Hawthorne wie auch bei Poe vermissen wir den Humor, der noch in den ersten beiden Erzählungen dieses Bandes anzutreffen ist. Wie weit der auftretende Pessimismus seinen Grund in der individuellen Lebensschau eines Hawthorne, Poe und später eines Melville hat, kann hier nicht untersucht werden. Es ist jedoch ein tragisches Zusammentreffen, daß gerade der Mann, von dem gesagt wird, er habe mit seinem Roman 'Der scharlachrote Buchstabe' die literarische Unabhängigkeit der USA verkündet, selbst nicht teilhatte an dem Humor und Optimismus, die aus den Werken Irvings und Austins zu uns sprechen, den Frontiersmen (Grenzern) die Kraft zu großen Leistungen gaben und die Bürger der jungen Union verleitete, zu glauben, ihr Land sei wirklich »Gottes eigenes«.

Der Pessimismus eines Hawthorne wird wohl noch von dem Edgar Allan Poes übertroffen. Für die Entwicklung der Kurzgeschichte ist diese Eigenart Poes jedoch nicht sehr ausschlaggebend gewesen. Neben seiner Umreißung der Form, die auch auf 'Rip van Winkle' und 'Peter Rugg' zutraf, sind es andere bei Poe vorhandene Kriterien, die die Entwicklung der short story wesentlich bestimmten. Das Gespenstische, Bizarre und Exotische zieht Poe an. Auf diesem Gebiet wird er zum Meister und Lehrmeister für Generationen. In der Liebe zur Exotik war ihm bereits Irving vorangegangen, der in Spanien die Spuren der Maurenkämpfe verfolgte und sein spanisches Skizzenbuch, die 'Alhambra', schrieb. Poe übertrifft auf diesem Gebiet seinen Vorgänger. Das Gespenstische und Exotische bei Poe ist anders geartet als alles bis zu diesem Zeitpunkt in den USA Vorhandene. Immer spürt man, wie sich Poe in kalter, logischer Überlegung im Verlaufe seiner Erzählung an den Kern seines Stoffes heranarbeitet. Es ist nicht eine einfache, dahinfließende Erzählung, die Poe schafft, sie ist zwingend. Ihm geht es nicht darum, den Leser zu unterhalten, ihm ein angenehmes Viertelstündchen zu bereiten oder den äußeren Ablauf irgendeines Ereignisses zu erzählen. In seinen phantastischen Erzählungen sind die äußere Welt und ihre Erscheinungsformen nur ein Mittel zum Zweck, so tief wie möglich in die menschliche Psyche einzudringen. Poe ist die Schlüsselfigur der amerikanischen Kurzgeschichte des 19. Jahrhunderts. In der Erfindung unerhörter und phantastischer Begebenheiten ist er der Meister und Mentor einer Kunstrichtung, zu der auch Fitz-James O'Brien gehört, dessen Erzählung 'Die diamantene Linse' dafür ein beredtes Zeugnis ablegt. Auch Ambrose Bierce folgt diesen Spuren. Die Schilderungen der letzten Augenblicke des Lebens eines zum Tode Verurteilten in 'Zwischenfall auf der Brücke über den Eulenfluß' liegen auf dem von Poe vorgezeichneten Weg. Welchen Einfluß das Werk Poes (etwa 'Der Doppelmord in der Rue Morgue') auf die Kriminalliteratur hatte, ist bekannt. In nicht minderem Maße war auch seine Vorliebe für die Enträtselung geheimnisvoller Dinge (zum Beispiel 'Der Goldkäfer') für die weitere Entwicklung dieses Zuges in der Literatur von großer Bedeutung.

Die Schriftsteller wenden sich nun mehr und mehr davon ab, bestimmte Ereignisse nur in ihrem äußeren Ablauf zu schildern, und suchen das Verhalten eines Menschen, die Regungen seines Innern unter bestimmten Umständen und ihre Reaktionen sichtbar zu machen. Damit verläßt die short story das Stadium der Legendenerzählung eines Irving und Austin und geht in einen Realismus über, der im Laufe der Zeit immer stärker psychologisch fundiert wird. Die ersten Schritte in dieser Richtung zeichnen sich im vorliegenden Band in der Erzählung 'Bartleby' von Herman Melville ab. Hier wird nicht nur ein unglücklicher Mensch geschildert, hier geht es um die seelische Not, in die der Rechtsanwalt angesichts der unverständlichen Haltung des Helden getrieben wird.

Sowohl 'Bartleby' als auch Hales 'Mann ohne Vaterland' gehören noch zu den Kurzgeschichten, für die in der Kritik die Bezeichnung »Tales of Imagination« gefunden wurde, Erzählungen der Einbildungskraft. Phantasieerzählungen wurden sie deshalb genannt, weil hier Helden, Stoff und Handlung, aus freier Erfindung entstanden, zwar, wie im Falle des Leutnants Nolan, wahrscheinlich anmuten, aber trotz des realistischen Details nicht auf wirklichen Begebenheiten beruhen. In der Folge sind die Erzählungen der Einbildungskraft mehr und mehr in den Bereich des Wahrscheinlichen gerückt worden und täuschten in der späteren Entwicklung durch Stoffwahl und Ton des Berichts vor, sie seien wirklichen Begebenheiten nachgeschrieben. Diese Entwicklung mündet schließlich im kritischen Realismus.

Die Tür zum Realismus wird in der amerikanischen Literatur von Schriftstellern des Westens aufgestoßen: von Mark Twain und Bret Harte, die mit der local color school neue Wege einschlagen. Sie leben frei von jeder Tradition, der die Schriftsteller Neu-Englands immer in irgendeiner Form verpflichtet blieben. Sowohl Twain als auch Harte sind Menschen aus dem Volke. Hier geht es nicht um Legenden, Symbole oder allein um die Erfindung gewisser Seelenzustände wie bei Poe. Es ist, wie schon der Name dieser Schule sagt, das Lokalkolorit, das den Hintergrund für die Handlungen Twains und Hartes abgibt. Die bizarre Landschaft des Felsengebirges oder das weite Tal des Mississippi tun sich vor uns auf. In sie hinein werden die Helden versetzt, die immer einfache Menschen aus dem Volke sind und in all ihren Handlungen bleiben. Die Popularität der local color school war binnen weniger Jahre so groß, daß der Einfluß Neu-Englands schnell zurückging. So konnte die Kritik mit Recht sagen: »Der Bewohner des Westens wurde der Amerikaner schlechthin«, womit die Bedeutung des Schaffens Twains und Hartes im Gesamtrahmen der nordamerikanischen Literatur am besten charakterisiert wird. Natürlich ist mit dem Sieg dieser Form des Realismus, der um 1870 anzusetzen ist, die phantasievolle Erzählung nicht von der Bildfläche verschwunden. Vielmehr laufen beide Richtungen nebeneinander her, bis man der neuen Richtung den alleinigen Primat zusprechen kann.

Bezeichnend für die Realisten des Westens ist, daß ihr Durchbruch zum Realismus sehr stark vom Lebensgefühl des Naturburschen begleitet war, das bis zu Jack London spürbar bleibt. Das verhältnismäßig beschauliche Element eines Irving oder Austin weicht dem tätigen, aktiven, das das Leben der Pioniere bestimmte.

Die Erzähler des Westens führen einen völlig neuen Ton in die amerikanische Literatur ein. Konnten wir im Zusammenhang mit Irving noch auf die klassizistische Schulung der Sprache hinweisen, war bei Hawthorne, Melville und Poe der Ehrgeiz zu erkennen, in nichts der literarischen Sprache Englands nachzustehen, so finden nun die Sprache des Volkes, die Umgangssprache und der Dialekt ihren literarischen Niederschlag. Die Helden Twains sprechen nicht mehr das reine Englisch eines Absolventen der Universität Cambridge, ihre Redeweise würde keinem Sprachpuristen

Freude machen. Die Helden sprechen, wie ihnen der Schnabel gewachsen ist. Aus der Sprache ist es nun möglich, die landschaftliche Zugehörigkeit und die soziale Herkunft des Helden zu erkennen. Die stark differenzierte Sprache läßt sie plastischer erscheinen. Dieser von Twain siegreich durchgefochtenen Konzeption ist die gesamte moderne Literatur der USA verpflichtet. Twain ist dabei nicht nur der Humorist, als der er uns in den vorliegenden Erzählungen erscheint. Alle, die Twain richtig zu lesen verstehen, werden bemerken, daß hinter den unwahrscheinlich lustig gestalteten Szenen stets der kritische Geist eines von der Gesellschaft schwer enttäuschten Menschen steht. Die hier abgedruckten Erzählungen stammen aus einer frühen Schaffensperiode, in der er unter dem unmittelbaren Einfluß Artemus Wards stand. Sie wurden von Twain selbst als Studien bezeichnet.

Der Schritt von Twain und Harte zur Moderne ist dann nicht mehr groß. Der Realismus hatte gesiegt, und die Vormachtstellung des Ostens war gebrochen. Überall im Lande wurden nun Erzählungen nach dem Vorbild dieser beiden Dichter geschrieben. Die Lokalfarbe setzte sich durch, sei es in den Erzählungen Cables aus New Orleans, sei es in der Schilderung des Negerlebens bei Harris. Damit aber wird die Kurzgeschichte mehr und mehr zur künstlerischen, in der Diktion der Umgangssprache gegebenen Darstellung des amerikanischen Alltags. Dieser Sieg der lingua communis war innerhalb kurzer Zeit so vollkommen, daß sich ein Mann wie Henry James bemüßigt fühlte, mit aller Kraft gegen eine Sprache vorzugehen, die er als bastard vernacular (Sprachverlotterung) einer Gesellschaft bezeichnet, die nicht mehr in der Lage sei – wie er sich ausdrückt –, den Unterschied zwischen der Sprache des soil (wirklichen Sprache des Volkes) und der der Zeitungen zu erkennen. An den Schriftsteller Howells, der im letzten Jahrzehnt des 19. Jahrhunderts einer der bedeutenden Schrittmacher des Realismus in der US-Literatur war, schrieb er voller Verzweiflung: »Die Fähigkeit zur Aufmerksamkeit ist vollkommen aus dem angelsächsischen Geist verschwunden, sie ist an ihrer Quelle von der großen tönenden Bajadere des Journalismus erstickt.« Selbst wenn wir Henry James als einen Vertreter der intellektuellen Oberschicht bezeichnen, müssen wir ihm hierin bis zu einem gewissen Grade recht geben. Die von James befürchtete Entwicklung ist zu einem Teil wirklich eingetroffen und hat über eine immer weiter um sich greifende Vereinfachung der Darstellung bis zum comic strip, zur Karikatur im Witzblatt, geführt. Die hohe Literatur und ihre Sprache sind jedoch nicht in gleiche Niederungen abgesunken. Der siegreiche Einzug der Umgangssprache bedeutete für sie keine Wertminderung.

Nach Irving, Hawthorne, Poe, Twain und Harte war Henry James – in chronologischer Folge gesehen – die Schlüsselfigur bei der weiteren Entwicklung der short story und der amerikanischen Literatur. In seinen Werken stößt Altes und Neues aufeinander, und wir können sagen, daß sein Kampf gegen den Journalismus in Sprache und Darstellung berechtigt und nötig war. Daß man auch die Sprache der Helden in den Dialogen ohne journalistischen Einschlag plastisch und differenziert gestalten kann, hat nicht zuletzt er selbst bewiesen, auch wenn er sich, wie in 'Vier Begegnungen', ausdrücklich von einem vulgären Wort distanziert, das er einem seiner Helden in den Mund legt.

Mit Henry James setzt sich eine Richtung in der Literatur durch, die es als eine ihrer Hauptaufgaben ansieht, das Bewußtsein des Helden in einem bestimmten Augenblick seines Lebens bis zu seinen tiefsten Tiefen zu durchforschen. Die in der vorliegenden Ausgabe abgedruckte short story behandelt den Zusammenstoß einer Amerikanerin mit der fremden Welt Europas, der sie in ihrer Unschuld und Arglosigkeit ebenso unterliegt wie Daisy Miller in James' gleichnamigem Roman. Obwohl es James nie daran gelegen war, »gesellschaftliche Themen« in unserem Sinne des Wortes abzuhandeln, so ist er durch wahrheitsgetreue Gestaltung des Charakteristischen ein überzeugender Darsteller der zu seiner Zeit herrschenden Bedingungen geworden.

Mit seinem Bemühen um »Seelenerkenntnis« hat James in England und den USA einer ganzen Schule den Weg geebnet. Schriftsteller wie James Joyce, Joseph Conrad, Virginia Woolf, Thomas Wolfe, ja selbst ein Ernest Hemingway eiferten ihm nach. Wichtig ist, daß sich durch James die jungen Autoren wieder einer Sprachdisziplin und der Verpflichtung, die Psyche ihrer Helden darzustellen, bewußt werden. Wichtig ist weiterhin, daß er das Thema des Amerikaners in Europa aufgriff und somit zum Wegbereiter einer ganzen Generation von Schriftstellern wurde, die während und nach dem ersten Weltkrieg den Zusammenstoß dieser beiden Welten am eigenen Leibe erlebten.

Noch zu Lebzeiten Henry James' wurde die Kurzgeschichte mehr und mehr zum Mittel der Deutung wirklicher Begebenheiten des Alltagslebens, beherrscht vom Realismus und nicht selten heimgesucht von kräftigen naturalistischen Einschlägen. So sehr sich aber die short story, ebenso wie alle anderen Prosagattungen, dem Alltagsleben des einfachen Menschen näherte, so bleibt sie doch bis in das erste Jahrzehnt des 20. Jahrhunderts bei aller Bereicherung stark einem Bret Harte'schen oder Twain'schen Naturburschentum verhaftet. Bei Owen Wister ist es das cattle county (Herdenland = Indiana), und selbst bei Crane, der sein 'Rettungsboot' nach einem selbst überstandenen Schiffbruch schrieb, ist die Naturgewalt ebenso romantisch geschildert, wie es Jack London in seinen Bildern aus der Südsee, Alaska oder Kalifornien getan hat.

Das 19. Jahrhundert hat die Kurzgeschichte als selbständige Gattung hervorgebracht. Sie trat heraus aus der Welt der Romantik, in die sie zu Zeiten Irvings hineingeboren war, und fand in Poe ihren ersten Meister, der sie als Gattung zu bestimmen versuchte, Robb, Artemus Ward und Twain gaben ihr den Humor. Twain und Harte gemeinsam lösten das Einzelschicksal aus dem »allgemein Menschlichen« und stellten es auf den Hintergrund einer lokalisierbaren Welt. Poe demonstrierte, wie in der kürzesten aller Prosaformen mit der Logik gearbeitet werden muß. Die hier abgedruckte Erzählung von Ambrose Bierce stellt eine typische Erzählung mit unerwartetem Ausgang dar. O. Henry versetzt uns mit seinen Kontrastierungen in Erstaunen. Alle diese Elemente hat die Kurzgeschichte im Verlaufe des 19. Jahrhunderts in sich aufgenommen und mit Stephen Crane, den man zu Recht den Mittler zur Moderne nennt, dem 20. Jahrhundert anvertraut, in dem es mit O. Henry einen neuen Meister fand, dem zu Ehren sich der Preis, der alljährlich an die Autoren der besten short stories verliehen wird, O. Henry Award nennt.

Die Geschichte der short story fällt in die Zeit, da die amerikanische Literatur erst um ihre Selbständigkeit, dann um ihre Anerkennung in der Welt rang. Die short-story-writer haben wesentlich an der Erreichung beider Ziele mitgewirkt, getreu den Worten H. D. Thoreaus, der in der ersten Hälfte des 19. Jahrhunderts über die Vor- und Nachteile einer literarischen Abhängigkeit nachdachte und seinen Landsleuten die Frage stellte: Soll eine Nation von Zwergen immer eine Nation von Zwergen bleiben, oder soll sie versuchen, größere Zwerge als die anderen hervorzubringen? Um die Wende vom 19. zum 20. Jahrhundert wurde die amerikanische Kurzgeschichte zum Gläubiger der Weltliteratur und konnte bis heute ihren führenden Platz behaupten.

AMERIKANISCHE KURZGESCHICHTEN

VON IRVING BIS CRANE

WASHINGTON IRVING

Washington Irving (1783–1859) gilt als der erste eigentliche Erzähler Amerikas. Er knüpfte an englische Stiltraditionen, vornehmlich die Essays Steeles und Addisons, an; darüber hinaus versteht er die flämische Kunst des Genrebildes mit der englischen der Idylle (Goldsmith) und der deutschen der Sage harmonisch zu verbinden. Sein Herz gehört der »guten alten Zeit«, der holländischen Gemächlichkeit gegenüber der Yankee-Geschäftigkeit. Schon als Neunzehnjähriger nennt er sich Altstil, dann Lanzelot Langstab (in der Gesellschaftsbespöttelung »Salmagundi«, »gemischter Salat«) und Diedrich Knickerbocker in der 'Geschichte New Yorks', einer burlesken Historienparodie. Altfränkisch Pittoreskes in der Gegenstandswahl vereint sich mit der Methode des Graphischen: er schreibt unter dem bezeichnenden Pseudonym Crayon sein Meisterwerk, das 'Skizzenbuch' (1819–20), dem der sinnige 'Rip van Winkle' entstammt. In Spanien lernte er die Kultur der Mauren kennen und lieben ('Spanisches Skizzenbuch', die 'Alhambra'). Als Amerikaner eröffnete er der Welt den Westen mit seiner 'Reise über die Prärien', 'Astoria' und den 'Abenteuern des Captain Bonville'.

Die folgende Geschichte 'Rip van Winkle' wurde unter den Papieren des verstorbenen Diedrich Knickerbocker gefunden, eines alten Herrn aus New York, der an der holländischen Geschichte der Provinz und an den Bräuchen der Nachkommen ihrer ursprünglichen Ansiedler sehr interessiert war. Seine geschichtlichen Nachforschungen erstrecken sich jedoch nicht so sehr auf Bücher wie auf Menschen. Denn die ersteren berichten beklagenswert wenig über seine Lieblingsgebiete, während er bei den alten Einwohnern und mehr noch bei ihren Frauen reiches Wissen um all die Legenden fand, die für die wahrheitsgetreue Geschichtsschreibung von so unschätzbarem Wert sind. Wenn es ihm daher gelang, eine echte Holländer Familie aufzufinden, die behaglich abgeschlossen in ihrem Bauernhaus unter dem niederen Dach lebte, über das ein Maulbeerbaum sich breitete, so erschien sie ihm wie ein kleiner, uralter Band voll mittelalterlicher Schrift, und er studierte sie mit dem Eifer eines Bücherwurms.

Das Ergebnis all dieser Nachforschungen war eine Geschichte der Provinz zur Zeit des holländischen Gouverneurs, die er vor einigen Jahren veröffentlichte. Über die literarische Beschaffenheit seines Werkes herrschen verschiedene Meinungen, und im Vertrauen gesagt, es ist um kein Jota besser, als es sein sollte. Sein Hauptverdienst ist seine peinliche Genauigkeit, die allerdings bei seinem ersten Erscheinen etwas fraglich war, aber seitdem völlig hergestellt ist; es ist nun als ein Buch von unantastbarer Glaubwürdigket in alle geschichtlichen Sammlungen aufgenommen worden.

Der alte Herr starb bald nach der Veröffentlichung seines Werkes; und jetzt, da er tot ist, kann es seinem Andenken nichts weiter schaden, wenn man sagt, daß er seine Zeit lieber mit wesentlicheren Arbeiten hätte zubringen sollen. Doch verstand er, sein Steckenpferd auf seine Weise zu reiten; und wenn es auch hin und wieder seinen Nachbarn etwas Sand in die Augen streute und ein paar Freunden, für die er die echteste Achtung und Zuneigung hegte, in der Seele weh tat, so erinnert man sich doch seiner Irrtümer und Narrheiten »mehr bekümmert als ärgerlich«, und man fängt an zu glauben, daß er niemals beleidigen oder angreifen wollte. Aber wie sein Andenken auch immer von Kritikern gewürdigt werden mag, teuer wird es doch von vielen bewahrt, deren gute Meinung für sich zu haben etwas wert ist, vor allem die Meinung gewisser Zuckerbäcker, die so weit gegangen sind, sein Bild auf ihren Neujahrskuchen zu verewigen, und ihm damit einen Weg in die Unsterblichkeit ebneten, der fast der Ehre gleichkommt, auf eine Waterloo-Medaille oder einen Königin-Anna-Pfennig geprägt zu werden.

Washington Irving

RIP VAN WINKLE

Eine Schrift aus dem Nachlaß

von

Diedrich Knickerbocker

Bei Thor, dem Gott der Sachsen,
Dem Donnerstag, des Donnrers Tag, geweiht,
Der Wahrheit Licht will ich beständig hüten
Bis zu dem Tag, an dem sie in mein Grab
Mich senken – –

Cartwright

Wer einmal den Hudson hinaufgefahren ist, erinnert sich wohl der Kaatskillberge. Sie sind ein vielverzweigter Ast in der Familie der Appalachen, und man sieht sie vom Fluß aus gegen Westen liegen; da steigen sie zu stattlicher Höhe an und beherrschen das ganze Land ringsum. Jeder Wechsel der Jahreszeiten, jeder Wetterwechsel, ja, jede Stunde des Tages verändert die zauberischen Farben und Formen dieser Berge, und alle Frauen nah und fern halten sie für das sicherste Barometer. Wenn das Wetter schön und beständig ist, sind sie in Blau und Purpur gekleidet und zeichnen ihre kühnen Umrisse in den klaren Abendhimmel; aber manchmal, wenn die ganze übrige Landschaft wolkenlos ist, ziehen sie eine Kappe von grauem Dunst um ihre Gipfel, die glänzt und leuchtet dann in den Strahlen der untergehenden Sonne wie ein Glorienschein.
Am Fuße dieser zauberhaften Berge mag der Reisende wohl leicht gekräuselten Rauch gewahren, der von einem Dorf aufsteigt; seine vereinzelten Dächer tauchen zwischen den Bäumen auf, gerade da, wo die blauen Schatten des Hochlandes in das frische Grün der näheren Landschaft herüberfließen. Es ist ein kleines, sehr altertümliches Dorf, das in den früheren Zeiten der Provinz von einigen holländischen Kolonisten

gegründet wurde, und zwar zu Beginn der Regierungszeit des guten Peter Stuyvesant (Friede seiner Asche!), und noch vor wenigen Jahren standen dort ein paar Häuser der ursprünglichen Ansiedler, aus kleinen gelben Ziegeln gebaut, die sie aus Holland mitgebracht hatten, mit Gitterfenstern und Giebeln, die von Wetterhähnen gekrönt waren.

In diesem Dorf und just in einem von diesen Häusern (das, um die volle Wahrheit zu sagen, von der Zeit arg mitgenommen und verwittert war) lebte vor vielen Jahren, als das Land noch eine Provinz von Großbritannien war, ein einfacher, gutmütiger Bursche mit Namen Rip van Winkle. Er war ein Nachfahr jener van Winkles, die in den ritterlichen Tagen Peter Stuyvesants eine so glänzende Rolle spielten und ihm auch bei der Belagerung der Festung Christina zur Seite waren. Von dem kriegerischen Wesen seiner Vorfahren hatte er indessen nur wenig geerbt. Wie gesagt, er war ein einfacher, gutmütiger Mensch, daneben war er ein freundlicher Nachbar und ein gehorsamer Ehemann und Pantoffelheld. In dem letzteren Umstand mag freilich jene Sanftmut des Geistes, die ihm so allgemeine Beliebtheit erwarb, ihre Ursache gehabt haben; denn die Männer, die daheim unter der Fuchtel eines bösen Weibes leben, sind am besten dazu geeignet, sich draußen unterwürfig und gewinnend zu zeigen. In dem Feuerofen häuslicher Trübsal wird ihre Natur ganz ohne Zweifel zur Geschmeidigkeit und Nachgiebigkeit geläutert, und eine Gardinenpredigt wiegt alle anderen Predigten der Welt auf, die die Tugenden der Geduld und des langen Leidens lehren. Ein zanksüchtiges Weib mag daher in mancher Hinsicht als ein rechter Segen angesehen werden; und wenn man es so nimmt, war Rip van Winkle dreifach gesegnet.

Jedenfalls war er bei all den guten Weibern im Dorf sehr beliebt; sie nahmen, wie das zarte Geschlecht gewöhnlich, in allen Familienzwistigkeiten für ihn Partei, und wenn sie diese Angelegenheiten in ihrem Abendgeschwätz durchhechelten, versäumten sie nie, Frau van Winkle alle Schuld zuzuschieben. Auch die Kinder des Dorfes schrien vor Freude, wenn er kam. Er half ihnen bei ihren Spielen, machte ihnen Spielzeug, lehrte sie das Drachenfliegen und Murmelnschießen und erzählte ihnen lange Geschichten von Geistern, Hexen und Indianern. Wenn er sich im Dorf herumtrieb, war er von einer ganzen Schar umringt; sie hingen ihm am Rockzipfel, kletterten ihm auf den Rücken und spielten ihm ungestraft tausend Streiche; und kein Hund in der ganzen Gegend bellte ihn an.

Der große Fehler in Rips Natur war eine unüberwindliche Abneigung gegen alle Arten nutzbringender Arbeit. Mangel an Fleiß oder Ausdauer konnte das nicht sein; denn er saß oft auf einem nassen Felsen mit einer Angel, die war lang und schwer wie eine Tatarenlanze, und fischte den ganzen Tag, ohne ein Wort zu sagen, obwohl nicht ein einziges Anbeißen ihn ermutigte. Stundenlang trug er eine Vogelflinte auf der Schulter und marschierte damit mühselig durch Wälder und Sümpfe, hügelauf, hügelab, um ein paar Eichhörnchen oder Wildtauben zu schießen. Er schlug niemals einem Nachbarn die Hilfe ab, und wenn es die gröbste Arbeit war; er war der erste, wenn es galt, beim vergnüglichen Maislesen und Zäuneflicken mitzutun. Die Frauen im Dorf gaben ihm gewöhnlich Aufträge, Botengänge für sie zu machen und gelegentlich kleine Arbeiten zu verrichten, die ihnen ihre weniger gefälligen Ehemänner nicht taten. Mit einem Wort, Rip war bereit, aller Leute Geschäfte zu besorgen, nur seine eigenen nicht; und seinen Familienpflichten nachzukommen und seinen Hof in Ordnung zu halten, war für ihn unmöglich.

Er behauptete sogar, auf seinem Hof zu arbeiten, hätte gar keinen Zweck. Es sei das miserabelste Stückchen Boden im ganzen Land. Alles darauf ginge schief und würde auch ohne ihn schief gehen; seine Zäune zerfielen dauernd in Stücke; seine Kuh verirrte sich oder geriet in den Kohl; Unkräuter wuchsen auf seinen Feldern bestimmt viel schneller als irgendwo sonst. Der Regen machte sich einen Spaß daraus, immer gerade dann anzufangen, wenn er etwas draußen zu tun hatte; obwohl nun also seine väterliche Besitzung unter seiner Wirtschaft dahingeschwunden war, Acker für Acker, bis nicht viel mehr davon übrigblieb als nur ein Fleck Mais und Kartoffeln, war sie doch von allen benachbarten Bauernhöfen noch im schlechtesten Zustand.

Auch seine Kinder liefen so wild und zerlumpt herum, als gehörten sie zu niemandem. Sein Sohn Rip, ein Schlingel, der ganz nach ihm geriet, versprach mit den alten Kleidern seines Vaters auch seine Gewohnheiten anzunehmen. Für gewöhnlich war er wie ein Fohlen seiner Mutter auf den Fersen, angetan mit einem Paar von seines Vaters abgelegten Hosen, und er hatte viel Mühe, sie mit einer Hand hochzuhalten, wie eine feine Dame bei schlechtem Wetter ihre Schleppe hält.

Rip van Winkle indessen war einer jener glücklichen Sterblichen von dummguter, geschmeidiger Natur, die die Welt leicht nehmen, weißes Brot essen oder auch schwarzes – welches von beiden gerade mit weniger Nachdenken und Mühe beschafft werden kann, und die lieber für einen Penny verhungern als für ein Pfund arbeiten. Wäre er sich selbst überlassen gewesen, er hätte sich in restloser Zufriedenheit sein Leben lang eins gepfiffen; aber sein Weib lag ihm ständig in den Ohren mit seiner Faulheit und Nachlässigkeit, und daß er seine Familie ins Unglück bringe. Unaufhörlich ging ihre Zunge von früh bis spät, und alles, was er sagte oder tat, verursachte gewiß einen Ausbruch häuslicher Beredsamkeit. Auf all diese Lektionen hatte Rip nur eine einzige Erwiderung, und die war ihm durch häufigen Gebrauch zur Gewohnheit geworden. Er zuckte die Schultern, schüttelte den Kopf und blickte gen Himmel, aber er sagte nichts. Dies forderte indessen immer eine neue Wortflut seiner Frau heraus, so daß er am liebsten seine Streitkräfte zurückzog und außerhalb des Hauses seine Zuflucht suchte – in der Tat das einzige Feld, das einem Pantoffelhelden überlassen bleibt.

Rips einziger Anhänger im Haus war sein Hund Wolf, ebenso ein Pantoffelheld wie sein Herr; Frau van Winkle betrachtete sie als Spießgesellen in ihrer Faulheit und warf selbst auf Wolf böse Blicke, da er ihr die Ursache dafür zu sein schien, daß sein Herr sich so oft herumtrieb. Zwar war er in seinem Charakter, wie es sich für einen ehrenwerten Hund geziemt, so mutig, wie nur je ein Tier die Wälder durchstreifte – aber welcher Mut kann dem immerwährenden und alles übertönenden Schrecken einer Weiberzunge Widerstand leisten? Mit dem Augenblick, in dem Wolf das Haus betrat, ließ er den Kopf hängen, sein Schwanz senkte sich zur Erde oder klemmte sich zwischen seine Beine, er schlich mit einer Galgenmiene umher, warf manchen Seitenblick auf Frau van Winkle, und bei der geringsten Schwingung von Besenstiel oder Schaufel floh er kläffend und überstürzt zur Tür.

Und wie die Ehejahre so dahingingen, wurden die Zeiten für Rip van Winkle immer schlechter und schlechter; ein schroffes Wesen mildert sich nicht mit dem Alter, und eine scharfe Zunge ist das einzige geschärfte Werkzeug, das durch ständigen Gebrauch immer schärfer wird. Lange Zeit tröstete er sich gewöhnlich, wenn er von zu Hause vertrieben war, indem er eine Art von immer tagendem Klub besuchte, dem alle Weisen, Philosophen und Faulenzer aus dem Dorfe angehörten; sie hielten ihre Sitzungen auf einer Bank vor einem kleinen Gasthaus ab, das durch ein rötliches Bild Seiner Majestät Georgs III. bezeichnet war. Hier pflegten sie im Schatten zu sitzen, träge Sommertage lang, redeten gleichgültig über Dorfgeschwätz oder erzählten endlose schläfrige Geschichten von nichts und wieder nichts. Aber es wäre das Geld jedes Staatsmannes wert gewesen, die tiefsinnigen Diskussionen anzuhören, die zuweilen geführt wurden, wenn ihnen zufällig von einem Reisenden, der vorüberkam, eine Zeitung in die Hände fiel. Wie andächtig lauschten sie dann dem Inhalt, der von Derrick van Bummel, dem Schulmeister, einem schmucken, gescheiten kleinen Mann, der sich von dem gewaltigsten Wort im Wörterbuch nicht einschüchtern ließ, langsam vorgelesen wurde; und wie weise beratschlagten sie über öffentliche Begebenheiten ein paar Monate, nachdem sie sich ereignet hatten!

Die Meinungen dieses Rates standen ganz und gar unter der Aufsicht von Nicholas Vedder, einem Dorfältesten, dem Wirt des Gasthauses, vor dessen Tür er von früh bis spät seinen Sitz hatte, darauf er sich eben nur so viel bewegte, um die Sonne zu meiden und im Schatten eines großen Baumes zu bleiben, so daß die Nachbarn nach seinen Bewegungen die Stunde ebenso genau bestimmen konnten wie nach einer Sonnenuhr. Freilich hörte man ihn selten sprechen, aber unaufhörlich rauchte er seine Pfeife. Seine Anhänger indessen (denn jeder große Mann hat seine Anhänger) verstanden ihn vollkommen und wußten wohl, wie sie auf seine Meinungen schließen mußten. Wenn irgend etwas, das vorgelesen oder berichtet wurde, ihm nicht gefiel, so konnte man sehen, wie er seine Pfeife ungestüm rauchte und viele kurze, ärgerliche Züge ausstieß; wenn er aber erfreut war, so zog er den Rauch langsam und ruhig ein und blies ihn in lichten, sanften Wolken aus; und manchmal nahm er seine Pfeife aus dem Mund, ließ den duftigen Rauch um seine Nase wirbeln und nickte ernsthaft mit dem Kopf, ein Zeichen völliger Zustimmung.

Selbst aus dieser Festung aber wurde der unglückliche Rip endlich von seinem zanksüchtigen Weib vertrieben;

es brach plötzlich in den Frieden der Versammlung ein und schalt die Mitglieder alle Nichtsnutze; nicht einmal die erlauchte Persönlichkeit Nicholas Vedders selbst war sicher vor der dreisten Zunge dieses furchtbaren Zankteufels, und sie bezichtigte ihn geradeheraus, daß er ihren Mann zu seinem Faulenzerleben noch ermutige.

Der arme Rip wurde endlich fast zur Verzweiflung getrieben, und der einzige Weg, der Hofarbeit und dem Gezänk seines Weibes zu entgehen, war der, daß er das Gewehr zur Hand nahm und in den Wäldern herumstreifte. Hier setzte er sich zuweilen am Fuß eines Baumes nieder und teilte den Vorrat in seiner Tasche mit Wolf, für den er als Leidensgefährten in der Verfolgung rechtes Mitgefühl hegte. »Armer Wolf«, sagte er, »dein Frauchen läßt dich freilich ein Hundeleben führen; aber laß nur, mein Alter, solange ich lebe, soll es dir nie an einem Freund fehlen, der dir beisteht!« Dann wedelte Wolf mit dem Schwanz, sah seinem Herrn nachdenklich ins Gesicht, und wenn Hunde Mitleid fühlen können, glaube ich wahrhaftig, er erwiderte das Gefühl von ganzem Herzen.

Auf einem solchen langen Streifzug an einem prächtigen Herbsttage hatte Rip, ohne es zu merken, einen der höchsten Teile der Kaatskillberge erstiegen. Er war bei seiner Lieblingsbeschäftigung, dem Eichhörnchenschießen, und die stille Einöde hallte wider vom Knallen seiner Büchse. Keuchend und erschöpft warf er sich spät am Nachmittag auf einen grünen Hügel, der, mit Berggras bewachsen, den Rand eines Abhanges krönte. Von einer Lichtung zwischen den Bäumen konnte er auf viele Meilen hin die reichen Waldungen des Flachlandes überblicken. In der Ferne, weit, weit unter sich, sah er den stolzen Hudson, wie er still, aber majestätisch seines Weges zog, mit dem Widerschein einer purpurfarbenen Wolke oder mit dem Segel einer langsamen Barke, die hier und da an seinem gläsernen

Herzen schlief, und wie er sich endlich in den blauen Bergländern verlor.
Auf der anderen Seite sah er nieder in ein tiefes Bergtal; auf seinen Grund, der unbebaut, verlassen und unwirtlich dalag, war Geröll von den überhängenden Felsen gestürzt, und die untergehende Sonne mit dem Widerschein ihrer Strahlen spendete ihm kaum ihr Licht. Eine Weile lag Rip träumerisch in diesen Anblick versunken; langsam wurde es Abend; die Berge begannen ihren langen blauen Schatten über die Täler zu werfen; er sah, daß es dunkel sein würde, lange bevor er das Dorf erreichen konnte, und er tat einen schweren Seufzer, als er daran dachte, wie er dem Zorn der Frau van Winkle begegnen sollte.
Als er sich zum Abstieg anschickte, hörte er aus der Ferne eine Stimme rufen: »Rip van Winkle! Rip van Winkle!« Er sah sich um, konnte aber nichts weiter entdecken als eine Krähe, die in einsamem Flug über den Berg segelte. Er dachte, seine Phantasie habe ihn genarrt, und wandte sich wieder zum Abstieg, als er denselben Schrei durch die stille Abendluft hallen hörte: »Rip van Winkle! Rip van Winkle!« – zugleich krümmte Wolf seinen Rücken, drückte sich mit einem leisen Knurren an die Seite seines Herrn und sah furchtsam in das Tal hinunter. Rip fühlte nun, wie eine unbestimmte Furcht ihn überkam. Ängstlich sah er in derselben Richtung und bemerkte eine sonderbare Gestalt, die langsam und mühsam über die Felsen heraufkletterte und sich unter einer Last beugte, die sie auf dem Rücken trug. Er war überrascht, ein menschliches Wesen in dieser öden und wenig begangenen Gegend zu sehen; aber da er glaubte, es sei einer aus der Nachbarschaft, der seine Hilfe brauche, eilte er hinab, um ihm beizustehen.
Beim näheren Herankommen war er noch erstaunter über die seltsame Erscheinung des Fremden. Es war ein kleiner, breitgebauter Alter mit dickem, buschigem

und grauem Bart. Er war nach der alten holländischen Mode gekleidet – trug ein Stoffwams, um die Taille gegürtet, mehrere Paar Kniehosen, die obersten von reichlichem Umfang, an den Seiten herunter mit Knopfreihen geschmückt und mit einem Bund an den Knien. Auf der Schulter trug er ein bauchiges Fäßchen, das anscheinend mit Likör gefüllt war, und er bedeutete Rip, er solle herankommen und ihm bei seiner Last helfen. Rip betrachtete zwar diese neue Bekanntschaft ziemlich scheu und mißtrauisch, aber dennoch fügte er sich mit seiner gewöhnlichen Bereitwilligkeit; so lösten sie sich denn gegenseitig ab und stiegen dabei eine enge Schlucht hinauf, wahrscheinlich das ausgetrocknete Bett eines Gebirgsflusses. Wie sie so hinanstiegen, hörte Rip hin und wieder ein langes, rollendes Getöse wie ferner Donner, das aus einer tiefen Schlucht zu steigen schien oder vielmehr aus einer Kluft zwischen zwei hohen Felsen, zu denen ihr schroffer Pfad hinführte. Einen Augenblick lang hielt er an, aber dann glaubte er, es sei das Grollen solch eines rasch vorübergehenden Gewitterschauers, wie sie in den hohen Bergen oft vorkommen, und ging weiter. Sie durchquerten die Schlucht und kamen zu einer Senke, die einem kleinen Amphitheater glich, von steilen Hängen umgeben, über deren Ränder sich Bäume neigten und ihre Zweige niederhängen ließen, so daß sich nur flüchtige Blicke auf den azurblauen Himmel und das leuchtende Abendgewölk auftaten. Die ganze Zeit über waren Rip und sein Gefährte schweigend dahingestapft; denn wenn sich der erste auch ziemlich verwundert fragte, was es wohl für einen Sinn haben solle, ein Likörfäßchen den öden Berg hinaufzuschleppen, war doch um den Unbekannten etwas Sonderbares und Unbegreifliches, das Furcht einflößte und Vertraulichkeit ausschloß.

Als sie das Amphitheater betraten, fand er neuen Grund, sich zu wundern. Auf einem ebenen Platz in der Mitte war eine kuriose Gesellschaft beim Kegeln.

Alle waren auf wunderliche, fremdländische Art gekleidet; ein paar trugen kurze Wämser, andere Wämser mit langen Messern im Koppel, und die meisten von ihnen hatten gewaltige Hosen, in ähnlichem Schnitt wie die seines Führers. Auch ihre Gesichter waren sonderbar; einer hatte einen großen Kopf, ein breites Gesicht und kleine Schweinsäuglein, das Gesicht eines anderen schien ganz aus Nase zu bestehen und wurde beherrscht von einer weißen, zuckerhutartigen Kopfbedeckung mit einer kleinen roten Hahnenfeder. Sie alle hatten Bärte von verschiedenen Formen und Farben; einer schien der Anführer zu sein. Es war ein untersetzter Alter mit einem wetterharten Gesicht. Er trug ein geschnürtes Wams, einen breiten Gürtel mit einem Gehenk, einen spitzen hohen Hut mit einer Feder, rote Strümpfe und hochhackige Schuhe mit Mustern darin. Die ganze Gruppe erinnerte Rip van Winkle an die Figuren auf einem alten flämischen Gemälde in der guten Stube von Dominie van Shaick, dem Dorfpastor, das zur Zeit der Ansiedlung von Holland herübergebracht worden war.

Was Rip besonders merkwürdig vorkam, war dies, daß die Leute, obwohl sie sich offensichtlich amüsierten, doch die ernstesten Mienen zur Schau trugen und die geheimnisvollste Stille bewahrten, und so gaben sie die trübseligste Vergnügungspartie ab, die er je gesehen hatte. Nichts unterbrach die Stille dieses Schauspiels als nur das Geräusch der Kugeln, das wie das polternde Grollen des Donners in den Bergen widerhallte, wenn sie gerollt wurden.

Als Rip und sein Gefährte sich ihnen näherten, hörten sie plötzlich auf zu spielen, starrten ihn mit unbewegten Blicken an wie Bildsäulen, mit so sonderbaren, wilden und doch glanzlosen Augen, daß ihm fast das Herz stehenblieb und ihm die Knie zitterten. Sein Gefährte leerte nun den Inhalt des Fasses in große Flaschen und machte ihm Zeichen, die Gesellschaft zu bedienen. Er gehorchte mit Furcht und Zittern; in tiefer Stille tranken sie den Likör und wandten sich dann wieder ihrem Spiel zu.

Nach und nach verließ ihn seine Angst. Als keiner nach ihm sah, wagte er sogar, das Getränk zu probieren, und er fand, es hatte viel von dem Geschmack eines ausgezeichneten Holländers. Er war von Natur aus eine durstige Seele und bald in der Versuchung, noch einen Schluck zu tun. Ein Schlückchen trieb ihn zum nächsten; und er wiederholte seine Besuche bei der Flasche so oft, daß seine Sinne endlich umnebelt wurden, daß ihm die Augen schwammen, sein Kopf immer tiefer sank und er in einen schweren Schlaf fiel.

Beim Aufwachen fand er sich auf dem grünen Hügel, von wo er zuerst den alten Mann aus dem Tal gesehen hatte. Er rieb sich die Augen – es war ein strahlender, sonniger Morgen. Die Vögel hüpften und zwitscherten in den Büschen, und hoch droben kreiste der Adler und warf sich dem klaren Bergwind entgegen. Bestimmt, dachte Rip, habe ich nicht die ganze Nacht hier geschlafen. Dann fiel ihm ein, was sich ereignet hatte, bevor er eingeschlafen war. Der merkwürdige Mann mit dem Likörfäßchen – die Bergschlucht – der wilde Schlupfwinkel zwischen den Felsen – die traurige Kegelpartie – die Flasche. Oh! Diese Flasche! Diese verdammte Flasche, dachte Rip. Wie soll ich mich bei Frau van Winkle herausreden!

Er sah sich nach seiner Büchse um, aber statt der sauberen, gut geschmierten Vogelflinte fand er eine alte Muskete neben sich liegen, das Kolbenrohr mit einer Rostkruste überzogen; das Schloß fiel ab, und der Griff war von Würmern zerfressen. Nun schöpfte er Verdacht, die ernsthaften Zecher vom Berge hätten ihm einen Streich gespielt und ihm sein Gewehr gestohlen, nachdem sie ihm eine Portion Likör verabfolgt hatten. Auch Wolf war verschwunden; aber der mochte hinter einem Eichhörnchen oder einem Rebhuhn her sein. Er pfiff nach ihm und rief seinen Namen, aber alles war vergebens; das Echo wiederholte sein Pfeifen und Rufen, aber kein Hund ließ sich blicken.

Er beschloß, noch einmal den Ort jenes abendlichen Spiels aufzusuchen, und wenn er irgend jemanden von der Gesellschaft treffen würde, seinen Hund und seine Büchse zu verlangen. Als er sich zum Gehen erhob, merkte er, daß er in den Gelenken ganz steif war und daß es ihm an seiner gewohnten Beweglichkeit fehlte. Diese Bergbetten bekommen mir nicht, dachte Rip, und wenn mir der Spaß einen Anfall von Rheumatismus einbringt, werde ich nichts zu lachen haben bei Frau van Winkle. Mit einiger Mühe kam er ins Tal hinunter; er fand die Bachschlucht, die nach oben führte und in der er und sein Genosse am vorhergehenden Abend aufgestiegen waren; aber zu seinem Erstaunen floß schäumend ein Gebirgsfluß darin herab, der von Fels zu Felsen sprang, und das Tal mit plätscherndem Geräusch füllte. Er machte jedoch alle Anstrengungen, an der Seite hinaufzuklettern, bahnte sich mühselig seinen Weg durch Dickichte von Birken, Sassafras und Zauberhasel, manchmal zu Fall gebracht oder verstrickt von wildem Wein, der seine Schlingen und Ranken von Baum zu Baum flocht und eine Art Netzwerk über seinen Pfad spannte.

Endlich gelangte er zu dem Platz, gegen den sich die Schlucht durch die Felsen zu dem Amphitheater geöffnet hatte. Aber von der Öffnung war keine Spur geblieben. Die Felsen bildeten einen hohen, undurchdringlichen Wall, über den sich der Gebirgsfluß mit einem Gewoge von flockigem Schaum in ein breites, tiefes Becken niederstürzte, das schwarz war von den Schatten des Waldes ringsum. Hier wurde nun der gute Rip aufgehalten. Wieder rief er und pfiff nach seinem Hund; nur das Krächzen einer Schar von faulen Krähen antwortete ihm; die trieben sich hoch in der Luft um einen vertrockneten Baum herum, der sich über einen sonnigen Hang neigte, und es war, als lugten sie aus ihrer sicheren Höhe herunter und machten sich über die Verwirrung des armen Mannes lustig. Was tun? Der Morgen ging vorbei, und Rip war hungrig; denn er hatte nicht gefrühstückt. Es bedrückte ihn, seinen Hund und sein Gewehr verloren zu geben; er fürchtete sich, seinem Weib unter die Augen zu kommen, aber schließlich konnte er auch nicht hier in den Bergen verhungern. Er schüttelte den Kopf, schulterte die rostige Muskete und wandte seine Schritte heimwärts, das Herz voller Sorgen und Angst.

Als er sich dem Dorf näherte, traf er eine Menge Leute, aber er kannte keinen von ihnen, und das wunderte ihn ein bißchen; denn er hatte gedacht, er kenne jeden im Land ringsum. Auch zeigten ihre Kleider eine andere Mode, als er sie gewöhnt war. Sie alle starrten ihn mit den gleichen Zeichen des Erstaunens an, und wenn sie ihre Blicke auf ihn richteten, strichen sie sich, einer wie der andere, das Kinn. Die beständige Wiederkehr dieser Geste veranlaßte Rip unwillkürlich, das gleiche zu tun, und da fand er zu seinem Erstaunen, daß sein Bart einen Fuß lang gewachsen war.

Nun hatte er die Dorfgrenze überschritten. Eine Schar fremder Kinder war ihm auf den Fersen, lärmte hinter ihm her und zeigte auf seinen grauen Bart. Auch die Hunde, unter denen er keinen alten Bekannten wiederfand, bellten ihn an, als er vorüberging. Selbst das Dorf war verändert; es war größer und belebter geworden; Häuserreihen standen da, die er nie zuvor gesehen hatte, und seine vertrauten Schlupfwinkel waren verschwunden. Fremde Namen standen über den Türen, fremde Gesichter sahen aus den Fenstern – alles war fremd. Nun wurde ihm bange; er begann zu glauben, eins von beiden müsse verhext sein, entweder die Welt um ihn her oder er selber. Dies war gewiß sein Heimatdorf, das er erst am Tage vorher verlassen hatte. Da standen die Kaatskillberge – da in der Ferne floß der silberne Hudson – jeder Hügel, jedes Tal war genau, wie es immer gewesen war – Rip wunderte sich gewaltig. Diese Flasche heute nacht, dachte er, hat mir ja meinen armen Kopf ganz schrecklich durcheinandergebracht.

Er hatte ziemliche Mühe, den Weg zu seinem eigenen Haus zu finden, und er näherte sich ihm in stummer Angst, jeden Augenblick gefaßt, die schrille Stimme der Frau van Winkle zu vernehmen. Er fand das Haus verfallen, das Dach eingestürzt, die Fenster zerschlagen und die Türen aus den Angeln. Ein halb verhungerter Hund, der aussah wie Wolf, schlich darum. Rip rief ihn mit Namen; aber der Köter knurrte, zeigte die Zähne und lief weiter. Das war wirklich eine unfreundliche Begrüßung. »Sogar mein eigener Hund hat mich vergessen«, seufzte der arme Rip.

Er trat in das Haus, das Frau van Winkle – um der Wahrheit die Ehre zu geben – immer sauber und ordentlich gehalten hatte. Es war verlassen, und man hatte es offensichtlich aufgegeben. Diese Verlassenheit besiegte alle seine ehelichen Ängste – er rief laut nach seinem Weib und seinen Kindern –, die einsamen Zimmer hallten einen Augenblick von seiner Stimme wider, und dann war es wieder still.

Nun eilte er fort und hastete zu seiner alten Zuflucht, dem Dorfgasthaus – aber auch das war fort. Ein hoher, gebrechlicher Holzbau stand an seiner Statt, mit großen glotzenden Fenstern; ein paar von ihnen waren zerbrochen, alte Hüte und Unterröcke in die Löcher gestopft und über die Tür war gemalt: 'Das Unionhotel von Jonathan Doolittle'. An Stelle des großen Baumes, der das stille, kleine holländische Gasthaus von einst beschirmt hatte, war jetzt eine hohe, nackte Stange aufgerichtet mit etwas an der Spitze, das sah aus wie eine rote Nachtmütze, und daran flatterte eine Fahne mit einer eigenartigen Zusammenstellung von Sternen und Streifen – dies alles war sonderbar und unbegreiflich. Auf dem Gasthausschild erkannte er indessen das rötliche Gesicht von König Georg, unter dem er so manche friedliche Pfeife geraucht hatte; aber selbst dies war merkwürdig verändert. Der rote Mantel war blau und ledergelb geworden, in der Hand hielt der König ein Schwert statt eines Zepters, der Kopf war mit einem Dreispitz geschmückt und darunter stand in großen Buchstaben geschrieben »George Washington«.

Vor der Tür war wie gewöhnlich eine Menge Volks versammelt, aber keiner, den Rip gekannt hätte. Selbst der Charakter der Menschen schien verwandelt. An die Stelle des gewohnten Phlegmas und der trägen Ruhe war ein lebhafter, geschäftiger und streitsüchtiger Ton getreten. Vergebens suchte er den weisen Nicholas Vedder mit seinem breiten Gesicht, seinem Doppelkinn und seiner schönen, langen Pfeife, der kein leeres Geschwätz von sich gab, sondern nur Wolken von Tabakrauch; und den Schulmeister van Bummel, der allen den Inhalt einer alten Zeitung vorlas. An ihrer Stelle hielt ein dürrer, mürrisch aussehender Mensch, die Tasche voll gedruckter Zettel, eine heftige Rede über Bürgerrechte – Wahlen – Mitglieder des Kongresses – Freiheit – Bunker Hill – die Helden von 76 und andere Worte, daß der verblüffte van Winkle sich wie im Sprachengewirr zu Babel fühlte.

Die Erscheinung Rips mit seinem langen grauen Bart, seiner verrosteten Vogelflinte, seiner seltsamen Kleidung und dem Heer von Weibern und Kindern, das ihm auf den Fersen folgte, zog bald die Aufmerksamkeit der Wirtshauspolitiker auf sich. Sie drängten sich um ihn und betrachteten ihn von Kopf bis Fuß mit größter Neugier. Der Redner kam sogleich herbei, zog ihn etwas beiseite und fragte, welche Partei er wähle. Rip starrte ihn verständnislos und dumm an. Ein anderer, untersetzter, aber rühriger kleiner Mann zog ihn beim Arm, stellte sich auf die Zehenspitzen und fragte ihn ins Ohr, ob er Föderativer oder Demokrat sei. Wie er diese Frage verstehen sollte, wußte Rip ebensowenig; da bahnte sich ein stattlicher, wichtigtuerischer alter Herr in einem großen Dreispitz seinen Weg durch die Menge,stieß sie mit dem Ellbogen rechts und links, wie er vorüberging, pflanzte sich vor van Winkle auf, eine Hand in die Seite gestemmt, die andere auf dem Stock ruhend, und indem er mit seinen lebhaften Augen und dem großen Hut sozusagen bis in sein Innerstes vorstieß, fragte er in strengem Ton, was ihn zur Wahl mit einem Gewehr auf der Schulter führe und einer Menge auf den Fersen und ob er im Dorf einen Aufruhr machen wolle. »Ach, ihr Herren«, rief Rip recht erschreckt, »ich bin ein armer, friedlicher Mann, ein Ansässiger hier im Ort und ein redlicher Untertan des Königs, Gott segne ihn!«

Hier brach unter den Umstehenden ein großes Geschrei los – »Ein Tory! ein Tory! ein Spion! ein Flüchtling! jagt ihn! Weg mit ihm!« Mit großer Mühe stellte der wichtigtuerische Mann im Dreispitz die Ordnung wieder her; und mit einem zehnfachen Ernst im Gesicht fragte er den unbekannten Verbrecher wieder, woher er komme und was er suche? Der arme Kerl versicherte bescheiden, er habe gar nichts Böses im Sinn, sondern sei nur auf der Suche nach seinen Nachbarn hergekommen, die sich gewöhnlich um das Wirtshaus herum aufgehalten hätten.

»Nun – wer sind sie denn und wie heißen sie?«

Rip bedachte sich eine Weile und fragte dann: »Wo ist Nicholas Vedder?«

Einen Augenblick lang war Stille, dann erwiderte ein alter Mann mit dünner, pfeifender Stimme: »Nicholas Vedder? Nun, der ist schon seit achtzehn Jahren tot! Auf dem Friedhof war eine hölzerne Grabtafel, auf der stand alles mögliche über ihn, aber die ist auch schon morsch geworden und zerfallen!«

»Wo ist Brom Dutcher?«

»Ach, der mußte bei Kriegsanfang zum Heer; ein paar sagen, er ist beim Sturm auf Stony-Point gefallen, andere sagen, er ist in einem Sturm am Fuße von Antony's Nose ertrunken. Ich weiß es nicht, aber er ist jedenfalls nie wiedergekommen.«

»Wo ist van Bummel, der Schulmeister?«

»Der ist auch in den Krieg gezogen, war ein großer General bei der Miliz und ist jetzt im Kongreß.«

Das Herz blieb Rip stehen, als er davon hörte, wie alles sich bei ihm daheim und bei seinen Freunden so betrüblich verändert habe, und als er sich selber so allein in der Welt fand. Auch verwirrte ihn jede Antwort; denn da war von einer so ungeheuer langen Zeit die Rede und von lauter Dingen, die er nicht begreifen konnte. Krieg – Kongreß – Stony-Point; er hatte nicht den Mut, noch nach anderen Freunden zu fragen, sondern er rief nur voller Verzweiflung: »Kennt keiner hier Rip van Winkle?«

»Oh, Rip van Winkle!« riefen zwei oder drei. »Natürlich! Das ist Rip van Winkle, der da drüben am Baum!«

Rip sah hin und erblickte das genaue Gegenstück seiner selbst, zu der Zeit, da er in die Berge gestiegen war: anscheinend genauso faul und gewiß genauso abgerissen. Nun war der arme Alte vollkommen verwirrt. Er zweifelte an seiner eigenen Person und wußte nicht mehr, ob er nun er selber oder ein anderer Mensch sei. Mitten in diese Verwirrung fragte nun der Mann im Dreispitz, wer er sei und wie sein Name laute?

»Weiß Gott«, rief er aus, denn nun war er mit seiner Weisheit am Ende, »ich bin nicht ich selber – ich bin irgend jemand anderes – da drüben das bin ich – nein, das ist irgend jemand, der ist in meine Haut gekrochen – gestern abend war ich noch ich, aber auf dem Berg bin ich eingeschlafen, und sie haben mir mein Gewehr vertauscht und alles vertauscht, und ich bin vertauscht, und ich kann meinen Namen nicht sagen, und ich weiß nicht mehr, wer ich bin.«

Nun fingen die Umstehenden an, sich anzusehen, zu nicken, bedeutungsvoll zu zwinkern, und sich mit dem Finger an die Stirn zu tippen. Es ging auch ein Flüstern um, man solle das Gewehr in Verwahrung nehmen und den Alten davon abhalten, Unheil anzurichten, bei welchem Vorschlag sich der selbstbewußte Herr im Dreispitz etwas überstürzt zurückzog. In diesem kritischen Augenblick drängte sich eine frische, hübsche Frau durch die Menge, um einen Blick auf den graubärtigen Mann zu werfen. Sie hatte ein pausbäckiges Kind auf dem Arm, das bei seinem Anblick erschreckt zu weinen anfing. »Still, Rip«, rief sie, »still, du kleiner Narr. Der alte Mann tut dir doch nichts.«

Der Name des Kindes, das Aussehen der Mutter, der Ton ihrer Stimme, dies alles rief viele Erinnerungen in ihm wach. »Wie heißt Ihr, gute Frau?« fragte er.

»Judith Gardenier.«

»Und Eures Vaters Name?«

»Ach, der Arme! Rip van Winkle hieß er; es ist zwanzig Jahre her, daß er mit seinem Gewehr von Hause fortgegangen ist, und seitdem haben wir nichts mehr von ihm gehört – sein Hund kam ohne ihn heim; aber keiner weiß, ob er sich erschossen hat oder von den Indianern verschleppt worden ist. Ich war damals noch ein kleines Mädchen.«

Nur eine Frage mußte Rip nun noch stellen, aber er sprach sie mit unsicherer Stimme aus: »Wo ist Eure Mutter?«

»Ach, die ist erst vor kurzem gestorben. Sie hatte einen Schlaganfall aus Wut über einen neu-englischen Hausierer.«

Diese Nachricht war doch wenigstens ein Lichtblick. Der ehrliche Alte konnte sich nun nicht länger zurückhalten. Er schloß seine Tochter und ihr Kind in die Arme. »Ich bin dein Vater«, rief er, »früher der junge Rip van Winkle – heute der alte! Kennt denn keiner den armen Rip van Winkle?«

Alle standen erstaunt, bis eine alte Frau aus der Menge herauswankte und mit der Hand die Augen schirmte; einen Augenblick lang blickte sie ihm ins Gesicht, dann rief sie aus: »Aber sicher! Das ist Rip van Winkle! Ja, das ist er! Willkommen zu Hause, alter Nachbar! Wo bist du denn nur gewesen die ganzen zwanzig Jahre?«
Rips Geschichte war schnell erzählt; denn die ganzen zwanzig Jahre waren ihm nur wie eine Nacht gewesen. Die Nachbarn machten große Augen, als sie das hörten; ein paar konnte man sehen, die blinzelten sich zu und verbissen sich das Lachen; und der aufgeblasene Herr im Dreispitz, der auf das Schlachtfeld zurückgekehrt war, als die Unruhe sich gelegt hatte, zog die Mundwinkel herunter und schüttelte den Kopf – worüber ein allgemeines Kopfschütteln in der ganzen Versammlung anhob.
Man beschloß indessen, die Meinung des alten Peter Vanderdonk anzuhören, den man langsam die Straße daherkommen sah. Er war ein Nachfahr des Geschichtsschreibers gleichen Namens, der einen der ersten Berichte über die Provinz geschrieben hat. Peter war der älteste Dorfbewohner und wohlbewandert in allen wunderbaren Ereignissen und Überlieferungen der Gegend. Er erkannte Rip sogleich und bestätigte seine Geschichte durchaus zufriedenstellend. Er versicherte der Menge, es sei eine Tatsache, schon von seinem Vorfahren, dem Geschichtsschreiber, überliefert, daß in den Kaatskillbergen schon immer seltsame Wesen herumspukten. Es sei bestätigt, daß der große Hendrick Hudson, der erste Entdecker von Fluß und Land, dort alle zwanzig Jahre eine Art Nachtwache mit seiner Gesellschaft vom Halben Mond verbracht habe; und daß es ihm so erlaubt gewesen sei, den Schauplatz seiner Unternehmungen noch einmal zu besuchen und ein wachsames Auge auf den Fluß und die große Stadt zu werfen, die nach ihm genannt waren. Daß sein Vater sie einmal gesehen habe in ihren alten holländischen

Kleidern, wie sie in einem Bergtal Kegel spielten, und daß er selbst an einem Sommernachmittag das Rollen ihrer Kugeln gehört habe wie fernes Gewittergrollen.
Nun, um es kurz zu machen, die Gesellschaft zerstreute sich und wandte sich wieder den wichtigeren Wahlgeschäften zu. Rips Tochter nahm ihn mit sich heim; denn er sollte bei ihr wohnen. Sie hatte ein behagliches, hübsch eingerichtetes Haus und einen kräftigen, fröhlichen Bauern zum Mann, in dem Rip einen von den Schlingeln wiedererkannte, die ihm immer auf den Rücken geklettert waren. Rips Sohn und Erbe, sein Ebenbild, das er hatte am Baum lehnen sehen, war auf dem Bauernhof beschäftigt; aber er zeigte eine ererbte Neigung, alles andere eher als seine Arbeit zu tun.
Rip nahm nun wieder seine alten Spaziergänge und Gewohnheiten auf. Bald fand er viele seiner früheren Bekannten, aber die Jahre waren nicht spurlos an ihnen vorübergegangen; so zog er es vor, sich unter dem heranwachsenden Geschlecht seine Freunde zu suchen, und bei ihm stand er bald in hoher Gunst.
Da er zu Hause nichts zu tun hatte und in das glückliche Alter gekommen war, in dem sich einer ungestraft dem Nichtstun hingeben darf, nahm er wieder seinen Platz auf der Bank an der Tür des Gasthauses ein, und man verehrte ihn als einen der Ältesten im Dorfe und als Chronik aus den alten Zeiten »vor dem Kriege«. Es dauerte eine Weile, bis er wieder in das richtige Fahrwasser kam mit dem Geschwätz und bis man ihm die seltsamen Geschehnisse begreiflich machen konnte, die sich während seines Schlafes ereignet hatten, zum Beispiel, daß es einen Revolutionskrieg gegeben hatte, daß das Land das Joch des alten England abgeworfen hatte – daß er nun nicht mehr ein Untertan Seiner Majestät Georgs III. war, sondern freier Bürger der Vereinigten Staaten. Rip war eigentlich kein Politiker, die Veränderung in Staaten und Kaiserreichen machte auf ihn nur wenig Eindruck. Aber eine Tyrannei war

es, unter der hatte er lange geseufzt: das Weiberregiment, und das war glücklicherweise zu Ende gegangen; er hatte seinen Hals aus der Schlinge der Ehe gezogen und konnte aus und ein gehen, wie es ihm gefiel, ohne die Schreckensherrschaft der Frau van Winkle zu fürchten. Doch wenn ihr Name genannt wurde, schüttelte er den Kopf, zuckte die Schultern und richtete seinen Blick nach oben, und das konnte dann entweder als Ausdruck der Ergebenheit in sein Schicksal oder aber als Freude über seine Befreiung gelten.

Jedem Fremden, der in Mr. Doolittles Hotel kam, erzählte er seine Geschichte. Zuerst konnte man beobachten, daß er sie jedesmal, wenn er sie erzählte, in einigen Punkten veränderte, und das kam wohl daher, daß er erst vor so kurzer Zeit aufgewacht war. Endlich wurde die Geschichte dann genauso festgelegt, wie ich sie berichtet habe, und es war kein Mann, keine Frau und kein Kind in der Gegend, das sie nicht auswendig gewußt hätte. Einige behaupteten immer, sie zweifelten daran, daß sie wahr sei, und bestanden darauf, in Rips Kopf sei etwas nicht ganz richtig; überhaupt hätte man sich auf seinen Kopf nie so recht verlassen können. Die alten holländischen Einwohner jedoch schenkten ihm fast alle vollen Glauben. Noch bis auf den heutigen Tag sagen sie immer, wenn an Sommernachmittagen ein Gewitter überm Kaatskill steht, Hendrick Hudson und seine Bande seien beim Kegeln, und gar manch einer von all den Ehemännern in der Gegend, die unterm Pantoffel leben, wünscht es sich, wenn er das Leben einmal so recht satt hat, er möchte einen Schlummertrunk aus Rip van Winkles Flasche tun.

Anmerkung

Man möchte meinen, Herr Knickerbocker sei zu der vorstehenden Erzählung durch eine kleine deutsche Sage über Kaiser Friedrich Rotbart und den Kyffhäuser angeregt worden; die beigefügte Anmerkung, die er der Erzählung folgen ließ, zeigt jedoch, daß es durchaus eine Tatsache ist, die er mit der ihm eigenen Worttreue berichtet hat: –

»Die Geschichte von Rip van Winkle mag vielen unglaublich scheinen, aber ich schenke ihr trotzdem vollen Glauben; denn ich weiß, daß die Umgebung unserer alten holländischen Siedlungen an wunderbaren Ereignissen und Erscheinungen sehr reich ist. Ich habe sogar noch viel seltsamere Geschichten gehört als die in den Dörfern am Hudson, und sie sind alle so zuverlässig, daß sie keinen Zweifel erlauben. Ich habe sogar selbst mit Rip van Winkle gesprochen, der, als ich ihn das letzte Mal sah, ein sehr ehrwürdiger Alter war und so völlig vernünftig und klar denkend in jeder anderen Hinsicht, daß ich finde, ein gewissenhafter Mensch müsse ihm auch dies glauben. Ja, ich habe sogar eine Bescheinigung darüber gesehen, die vor einem Standgericht ausgefertigt und mit einem Kreuz in des Richters eigener Schrift unterzeichnet ist. Die Geschichte kann also auf keinen Fall in Zweifel gezogen werden. *D. K.*«

WILLIAM AUSTIN

William Austin (1778–1841) teilt mit Irving die Gabe, Romantisches und Realistisches zu verquicken und das Gestern mit dem Heute zu konfrontieren. Doch ihm fehlt der erzählerische Reichtum Crayons. Austins 'Tadel über die Universität Harvard' folgen den Lehren Rousseaus, die 'Briefe aus London' seinem republikanischen Gewissen und Berufsethos als Rechtswahrer, der wenig Schmeichelhaftes über englische Staatsmänner und Juristen zu sagen fand. Nur Spuren solchen Erziehens hat Austins schönste Leistung bewahrt, die Briefnovellette 'Peter Rugg, der Verschollene' (1828), eine Geschichte, die fast das Schicksal ihres Helden teilte, vergessen wurde, in die namenlose Folklore einging und von dort wieder Dichter inspirierte. Außer dieser besitzen wir noch ganze vier Erzählungen von Austin. Sie erreichen die künstlerische Höhe und Eindringlichkeit der an Rip van Winkle gemahnenden Geschichtsparabel jedoch nicht.

PETER RUGG, DER VERSCHOLLENE

Jonathan Dunwell aus New York an Mr. Herm. Krauff

Sehr geehrter Herr,

Gemäß meinem Versprechen berichte ich Ihnen nun alle Einzelheiten, die ich über den verschollenen Mann und sein Kind zusammentragen konnte. Allein dem menschlichen Interesse, das Sie dieser Angelegenheit entgegenzubringen scheinen, ist es zu danken, daß ich die Nachforschungen bis zu dem in der Folge dargelegten Ergebnis weitergeführt habe.
Sie werden sich erinnern, daß mich die Geschäfte im Sommer 1820 nach Boston riefen. Ich fuhr mit dem Paketboot nach Providence; und als ich dort ankam, mußte ich feststellen, daß alle Plätze der Postkutsche belegt waren. Somit war ich also gezwungen, entweder einige Stunden zu warten oder den Platz neben dem Kutscher einzunehmen, der mir diese Notlösung

höflich anbot. So setzte ich mich denn neben ihn, und sehr bald zeigte es sich, daß er ein aufgeweckter und verbindlicher Mann war. Nachdem wir ungefähr zehn Meilen gefahren waren, legten die Pferde plötzlich ihre Ohren ganz flach zurück, wie dies gewöhnlich nur Hasen zu tun pflegen. Da sagte der Kutscher: »Haben Sie einen Wettermantel bei sich?«

»Nein«, antwortete ich. »Warum fragen Sie?«

»Sie werden bald einen brauchen«, sagte er. »Haben Sie die Ohren der Pferde beobachtet?«

»Ja, das habe ich. Und ich wollte Sie schon eben fragen, was los ist.«

»Sie wittern den Gewittermacher, und auch wir werden ihn bald zu sehen bekommen.«

In diesem Augenblick stand nicht eine einzige Wolke am Himmel. Wenig später wurde auf der Straße ein kleiner Punkt sichtbar.

»Da kommt der Gewittermacher«, sagte mein Gefährte. »Er läßt immer ein starkes Gewitter hinter sich zurück. So mancher nasse Mantel erinnert mich an ihn. Ich glaube, der arme Kerl leidet selbst sehr darunter – viel mehr, als man gemeinhin annimmt.«

Wenig später fuhr ein Mann, ein Kind an seiner Seite, mit einem großen Rappen vor einem baufälligen Wagen, der einstmals als Kalesche gebaut worden war, in großer Geschwindigkeit an uns vorüber, die wohl zwölf Meilen pro Stunde erreichen mochte. Der Mann schien die Zügel seines Pferdes kraftvoll zu führen und die Geschwindigkeit noch weiter zu erhöhen. Er machte einen sehr niedergeschlagenen Eindruck und sah ängstlich zu den Fahrgästen herüber, besonders aber zum Kutscher und zu mir. Kaum war er an uns vorübergefahren, als auch schon die Pferde ihre Ohren wieder aufrichteten und so weit nach vorn legten, daß sie sich fast berührten.

»Wer ist dieser Mann?« fragte ich. »Er scheint großen Kummer zu haben.«

»Kein Mensch weiß, wer er ist, mir aber sind er und sein Kind seit langem vertraut. Ich bin ihm wohl schon an die hundert Male begegnet, und ebensooft hat er mich nach dem Wege nach Boston gefragt, selbst dann, wenn er direkt aus der Richtung dieser Stadt kam, so daß ich in letzter Zeit überhaupt nicht mehr auf seine Fragen gehört habe. Das ist wohl auch der Grund, warum er mich eben so fest anstarrte.«

»Aber hält er denn nirgends an?«

»Ich habe bisher nie gehört, daß er jemals länger angehalten hätte, als nötig ist, um sich nach dem Wege nach Boston zu erkundigen. Wo immer dies auch sein mag, immer wird er Ihnen sagen, daß er keinen Augenblick länger verweilen könne, da er Boston noch vor Anbruch der Nacht erreichen müsse.«

Wir fuhren nun einen hohen Hügel in Walpole hinan, und da sich uns nach allen Seiten hin eine klare Sicht bot, war ich drauf und dran, meinen Kutscher wegen seiner Gedanken an den Wettermantel auszulachen, da weit und breit nicht eine einzige Wolke zu entdecken war, die auch nur die Größe einer Murmel gehabt hätte.

»Sehen Sie in die Richtung, aus der der Mann kam«, sagte er. »Dort hinüber müssen Sie sehen. Das Unwetter kommt ihm nie entgegen; es folgt ihm.«

Wenig später näherten wir uns einem anderen Hügel. Als wir die Höhe erreicht hatten, wies der Kutscher in östlicher Richtung auf einen kleinen schwarzen Fleck, der ungefähr so groß war wie ein Hut. »Dort«, sagte er, »dort ist der Ausgangspunkt des Gewitters. Vielleicht kommen wir noch bis zu Polleys Schenke, ehe es uns erreicht, aber der Wanderer und sein Kind werden durch Regen, Donner und Blitz nach Providence fahren.«

Die Pferde jagten nun instinktiv mit gesteigerter Geschwindigkeit dahin. Die kleine schwarze Wolke wälzte sich über die Zollstraße heran und verdoppelte und verdreifachte sich nach allen Seiten. Die auftauchende

Wolke zog die Aufmerksamkeit aller Fahrgäste auf sich; denn nachdem sie größer geworden war, hoben sich ihre Ränder scharf vom Himmel ab, und sie wurde dichter, dunkler und fester. Die rasch aufeinanderfolgenden Kettenblitze ließen die Wolke wie unregelmäßiges Netzwerk erscheinen und brachten tausend phantastische Bilder hervor. Der Kutscher lenkte meine Aufmerksamkeit auf eine besondere Erscheinung in der Wolke. Er sagte, jedes Aufzucken eines Blitzes in der Nähe der Mitte zeige ihm deutlich die Umrisse eines Mannes, der in einem von einem Rappen gezogenen Wagen sitze. Aber, um der Wahrheit die Ehre zu geben, ich bemerkte nichts dergleichen. Zweifellos wurde der Mann von seiner Phantasie genarrt. Es geschieht ja oft, daß die Phantasie unseren Sinnen Bilder aus der sichtbaren oder unsichtbaren Welt vorgaukelt.

Inzwischen kündete ferner Donner einen bevorstehenden Regenschauer an. Und just in dem Augenblick, da wir Polleys Schenke erreichten, stürzte es wie Gießbäche vom Himmel herab. Der Guß war bald vorüber, und die Wolke zog in Richtung der Zollstation nach Providence zu ab. Wenige Minuten später hielt ein würdig aussehender Herr in einer Kutsche vor der Tür der Schenke. Der Mann und das Kind im Wagen hatten bei unseren Reisenden einiges Mitgefühl erregt, und sie erkundigten sich bei dem Herrn, ob er ihnen wohl begegnet sei. Er sagte, er habe sie gesehen; der Mann sei offensichtlich sehr verwirrt gewesen und habe sich nach dem Weg nach Boston erkundigt. Er sei mit einer so großen Geschwindigkeit gefahren, als wolle er selbst das Gewitter überholen. In dem Augenblick, da der Mann an ihm vorübergefahren sei, habe sich über dessen Kopf ein Donnerschlag entladen, der Mann, Kind, Pferd und Wagen völlig einzuhüllen schien. »Ich hielt an«, berichtete der Herr, »da ich annahm, der Blitz habe ihn getroffen, aber das Pferd schien nur noch massiger zu werden und seinen Lauf zu beschleunigen. Es lief, soweit ich es beurteilen kann, ebenso schnell dahin wie die Gewitterwolke.«

Noch während der Herr sprach, kam ein Hausierer mit einem Karren voll Blechwaren heran. Er war naß bis auf die Haut, und als man ihn fragte, erzählte er, daß er den Mann und seinen Wagen im Verlaufe von vierzehn Tagen in vier verschiedenen Staaten angetroffen habe. Jedesmal habe er sich bei ihm nach dem Weg nach Boston erkundigt, und jedesmal sei ein Gewitterregen wie der heutige über seinem Wagen und seinen Waren niedergegangen und hätte seine Töpfe und so weiter derart unter Wasser gesetzt, daß er sich für die Zukunft entschlossen habe, eine Regenversicherung einzugehen. Was ihn aber am meisten überrascht habe, sei das eigenartige Verhalten seines Pferdes; denn lange bevor er den Mann und seinen Wagen auf der Straße entdecken konnte, sei sein Pferd wie angewurzelt auf der Stelle stehengeblieben und habe die Ohren zurückgeworfen. »Um es kurz zu machen«, sagte der Hausierer, »ich hege keinen Wunsch, diesem Mann und seinem Pferd je wieder zu begegnen. Sie sahen nicht gerade so aus, als wären sie von dieser Welt.«

Dies war alles, was ich damals in Erfahrung bringen konnte, und der Vorfall wäre für mich sicher bald »zu einem der Dinge geworden, die man für überhaupt nicht geschehen hält«, hätte ich nicht, als ich kürzlich auf der Treppe von Bennetts Hotel in Hartford stand, einen Mann sagen hören: »Dort fährt Peter Rugg mit seinem Kind. Er sieht naß aus und müde, und er ist weiter von Boston entfernt denn je.« Ich war fest davon überzeugt, daß es derselbe Mann war, den ich bereits einmal vor mehr als drei Jahren gesehen hatte; denn wem Peter Rugg auch nur ein einziges Mal zu Gesicht gekommen ist, dem bleibt diese Erscheinung für immer im Gedächtnis.

»Peter Rugg!« sagte ich. »Wer ist denn eigentlich dieser Peter Rugg?«

»Da wollen Sie mehr wissen, als Ihnen ein Mensch beantworten kann«, sagte der Fremde. »Er ist ein berühmter Reisender; bei den Gastwirten genießt er durchweg ein zweifelhaftes Ansehen, denn er hält nie an, um zu essen, zu trinken oder zu schlafen. Ich möchte nur wissen, warum ihn die Regierung nicht als Postboten anstellt.«

»Na ja«, sagte ein Zuhörer, »diese Idee berücksichtigt aber auch nur *eine* Seite der Medaille. Wie lange sollte es denn da dauern, bis ein Brief nach Boston kommt? Soweit ich unterrichtet bin, ist Peter schon seit über zwanzig Jahren nach dieser Stadt unterwegs.«

»Aber«, warf ich ein, »hält denn dieser Mann wirklich nirgends an, spricht er mit keinem Menschen? Ich habe ihn vor mehr als drei Jahren in der Nähe von Providence getroffen und hörte eigenartige Dinge über ihn. Bitte, mein Herr, erzählen Sie mir etwas über diesen Mann.«

»Mein Herr«, sagte der Fremde, »diejenigen, die am meisten über ihn wissen, erzählen am wenigsten. Ich habe mehrfach sagen hören, daß der Himmel zuweilen einen Menschen zeichnet, sei's nun, um ihn zu verurteilen oder auf die Probe zu stellen. Was nun auf Peter Rugg zutrifft, kann ich nicht sagen; deshalb neige ich mehr dazu, ihn zu bedauern als den Stab über ihn zu brechen.«

»Sie sprechen wie ein wahrer Menschenfreund«, sagte ich, »und da Sie Peter Rugg schon so lange kennen, so möchte ich Sie bitten, mir etwas von ihm zu erzählen. Hat sich sein Äußeres in dieser Zeit sehr verändert?«

»Ja, natürlich. Er sieht aus, als habe er nie gegessen, getrunken oder geschlafen; und sein Kind sieht älter aus als er selbst. Er gleicht der Zeit, die aus der Ewigkeit herausgebrochen ist und nun verzweifelt nach einer Ruhestätte Ausschau hält.«

»Und wie sieht sein Pferd aus?« fragte ich.

»Was sein Pferd betrifft, so sieht es wohlgenährter und

unternehmungslustiger aus als je zuvor, und es scheint mehr Leben und Mut in ihm zu stecken als vor zwanzig Jahren. Als mich Peter Rugg das letzte Mal ansprach, fragte er mich, wie weit es nach Boston sei. Ich sagte ihm, die Entfernung betrüge genau hundert Meilen.
'Wieso?' stieß er hervor, 'wie können Sie mich so belügen? Es ist grausam, einen Reisenden derart in die Irre zu schicken. Ich habe mich verfahren, bitte weisen Sie mir den nächsten Weg nach Boston.'
Ich wiederholte, es sei hundert Meilen entfernt.
'Wie können Sie so etwas behaupten?' widersprach er. 'Gestern abend hat man mir gesagt, es seien nur fünfzig, und ich bin die ganze Nacht hindurch gefahren.'
'Aber Sie entfernen sich jetzt von Boston', sagte ich. 'Sie müssen wenden.'
'Bei Gott', sagte er. 'Immer nur heißt es umkehren! Boston scheint mit dem Winde zu fliegen und alle Himmelsrichtungen zu durchschwirren. Der eine sagt mir, es liegt im Osten, der andere spricht vom Westen, und selbst die Wegweiser zeigen in die falsche Richtung.'
'Aber wollen Sie denn nicht einmal anhalten und sich ausruhen?' fragte ich. 'Sie scheinen durchnäßt und müde zu sein.'
'Ja', sagte er, 'es war schlechtes Wetter, seitdem ich von zu Hause fortfuhr.'
'So halten Sie doch an und erfrischen Sie sich.'
'Ich kann nicht anhalten. Ich muß, wenn irgend möglich, noch heute abend mein Haus erreichen. Aber was die Entfernung betrifft, so müssen Sie sich irren.'
Dann ließ er dem Pferd, das er nur mit Anstrengung zurückgehalten hatte, die Zügel schießen und war im Nu verschwunden. Einige Tage darauf traf ich den Mann ein wenig diesseits von Claremont wieder, als er sich mit etwa zwölf Meilen pro Stunde durch das Bergland von Unity schlängelte.«

»Ist Peter Rugg sein wirklicher Name, oder wird er nur so genannt?«

»Ich weiß es auch nicht genau, aber ich glaube nicht, daß er seinen Namen verleugnen würde – Sie können ihn ja fragen, denn schauen Sie, er hat sein Pferd gewendet und kommt hier vorüber.«

Wenig später näherte sich ein dunkles, stolzes Pferd, und es würde ohne Aufenthalt weitergeeilt sein, wäre ich nicht fest entschlossen gewesen, mit Peter Rugg, oder wer auch immer dieser Mann sein mochte, zu sprechen. So stellte ich mich in die Mitte der Straße, und als das Pferd näher kam, machte ich eine Bewegung, als wollte ich es zum Stehen bringen. Sofort zügelte der Mann seinen Rappen. »Mein Herr«, sagte ich, »darf ich mich erkühnen zu fragen, ob Sie Mr. Rugg sind, denn ich glaube, ich habe Sie schon einmal gesehen.«

»Ich heiße Peter Rugg«, sagte er. »Unglücklicherweise habe ich mich verirrt. Ich bin völlig durchnäßt und müde und wäre Ihnen sehr verbunden, wenn Sie mir den Weg nach Boston weisen würden.«

»Ach, Sie sind aus Boston? Und in welcher Straße wohnen Sie, wenn ich fragen darf?«

»In der Middle Street.«

»Wann haben Sie Boston verlassen?«

»Das kann ich Ihnen nicht so genau sagen, aber ich glaube, es ist schon eine ganze Zeit her.«

»Wie sind Sie und Ihr Kind eigentlich so naß geworden? Hier hat es heute noch keinen Tropfen geregnet.«

»Flußaufwärts ist ein heftiger Platzregen niedergegangen. Aber ich werde Boston heute nicht mehr erreichen, wenn ich hier noch länger verweile. Würden Sie mir die alte Straße oder die Zollstraße mehr empfehlen?«

»Nun ja, auf der alten Straße sind es hundertundsiebzehn Meilen, auf der Zollstraße aber nur siebenundneunzig.«

»Wie können Sie nur so etwas behaupten. Sie belügen mich. Es ist unrecht, einen Reisenden so zum besten zu halten. Sie wissen doch ganz genau, daß es von Newburyport bis Boston nur vierzig Meilen sind.«

»Aber Sie sind hier nicht in Newburyport; dies hier ist Hartford.«

»Sie wollen mich täuschen, mein Herr! Diese Stadt hier ist doch Newburyport, und der Fluß, an dem ich entlanggefahren bin, ist doch der Merrimack.«

»Nein, mein Herr. Dies hier ist Hartford, und der Fluß ist der Connecticut.«

Peter Rugg rang die Hände und machte ein ungläubiges Gesicht. »Haben denn nun auch die Flüsse ihren Lauf geändert wie die Städte ihren angestammten Ort? Aber schauen Sie! Im Süden ballen sich Wolken zusammen, und wir werden eine regnerische Nacht bekommen. Oh, dieser verhängnisvolle Schwur!«

Er wollte nicht länger verweilen. Sein ungeduldiges Pferd zog an, es schien wie auf Flügeln zu schweben und alles zu verschlingen, was vor ihm, und alles zu verachten, was hinter ihm lag.

Ich glaubte, nun den Schlüssel zu Peter Ruggs Geschichte gefunden zu haben, und beschloß, weitere Nachforschungen anzustellen, wenn mich meine Geschäfte das nächste Mal wieder nach Boston führen würden. Bald darauf gelang es mir, von Mrs. Croft, einer betagten Dame, die seit zwanzig Jahren in Boston in der Middle Street wohnte, folgendes zu erfahren. Hier ist ihr Bericht:

Im vergangenen Sommer, es begann gerade zu dämmern, hielt jemand vor der Tür der verstorbenen Mrs. Rugg. Als Mrs. Croft vor die Tür trat, sah sie einen Fremden mit einem Kind an seiner Seite in einem alten, baufälligen Wagen, der mit einem Rappen bespannt war. Der Fremde fragte nach Mrs. Rugg, und es wurde ihm gesagt, sie sei vor mehr als zwanzig Jahren in ziemlich hohem Alter gestorben.

Der Fremde antwortete: »Wie können Sie mich so belügen? Bitten Sie Mrs. Rugg, sie möchte herauskommen.«

»Mein Herr, ich versichere Ihnen, daß Mrs. Rugg in den letzten zwanzig Jahren nicht mehr hier wohnte. Außer mir wohnt hier niemand, und ich heiße Betsy Croft.«

Der Fremde zögerte, blickte die Straße hinauf und hinab und sagte: »Dies hier scheint doch mein Haus zu sein, wenn auch die Farbe ziemlich verblichen ist.«

»Ja«, sagte das Kind, »hier ist der Stein neben der Tür, auf dem ich immer gesessen habe, wenn ich das Brot in die Milch brockte.«

»Aber es scheint auf der falschen Straßenseite zu stehen«, sagte der Fremde. »Wahrhaftig, hier scheint man alles umgekrempelt zu haben. Die Straßen sind alle verändert, die Menschen sind alle verändert, die Stadt scheint verändert zu sein, und was das schlimmste von allem ist, Catherine Rugg hat ihren Mann und ihr Kind verlassen. Sagen Sie mir«, fuhr der Fremde fort, »ist John Foy vom Meere heimgekehrt? Er ging auf Große Fahrt. Er ist ein Verwandter von mir. Wenn ich ihn sprechen könnte, so würde ich bestimmt etwas über Mrs. Rugg erfahren.«

»Ich habe nie etwas von einem John Foy gehört, mein Herr«, sagte Mrs. Croft. »Wo hat er denn gewohnt?«

»Gerade hier um die Ecke. In der Orange-tree Lane.«

»Hier in der Nähe gibt es keine Gasse dieses Namens.«

»Was sagen Sie da! Sind denn die Straßen vom Erdboden verschwunden? Die Orange-tree Lane liegt am Anfang der Hanover Street, in der Nähe des Pemberton-Hügels.«

»Jetzt gibt es keine Gasse dieses Namens mehr.«

»Madam, das kann doch nicht Ihr Ernst sein. Sicher kennen Sie doch aber meinen Bruder, William Rugg, er wohnt in der Royal Exchange Lane, in der Nähe der King Street.«

»Ich kenne keine solche Gasse, und ich weiß genau, daß es in dieser Stadt keine King Street gibt.«

»Keine King Street! Aber gute Frau, Sie wollen mich zum Narren halten. Ebensogut könnten Sie mir einreden wollen, daß es keinen König Georg gibt. Aber wie dem auch sei, Madam, Sie sehen doch, daß ich durchnäßt und müde bin und eine Herberge finden muß. Ich werde in Harts Schenke am Marktplatz gehen.«

»An welchem Marktplatz, mein Herr? Sie scheinen ganz verwirrt zu sein, wir haben doch mehrere Marktplätze.«

»Sie wissen doch ganz genau, daß wir nur einen Marktplatz haben, den in der Nähe des Stadtdocks.«

»Ach so, Sie meinen den Alten Markt, aber dort hat in den letzten zwanzig Jahren kein Hart eine Schenke betrieben.«

Nun schien der Fremde völlig aus der Fassung zu geraten und murmelte ziemlich vernehmlich vor sich hin: »Seltsamer Irrtum! Und trotzdem, wie ähnlich hier alles der Stadt Boston ist! Wirklich, die Ähnlichkeit ist groß, aber jetzt erkenne ich meinen Irrtum. Eine andere Middle Street, eine andere Mrs. Rugg. Gut denn, Madam«, sagte er, »können Sie mir vielleicht den Weg nach Boston weisen?«

»Aber Sie sind doch hier in Boston, in der Stadt Boston. Ich kenne kein anderes Boston.«

»Es mag wohl die Stadt Boston sein, aber nicht das Boston, in dem ich wohne. Ich entsinne mich nun, daß ich über eine Brücke gekommen bin statt über die Fähre. Bitte, können Sie mir sagen, was das für eine Brücke war, über die ich soeben gekommen bin?«

»Es ist die Charles-River-Brücke.«

»Ich erkenne meinen Irrtum. Zwischen Boston und Charlestown verkehrt eine Fähre, dort gibt es keine Brücke. Ja, ja, ich sehe meinen Irrtum ein. Wenn ich hier tatsächlich in Boston wäre, würde mich mein Pferd geradewegs vor meine Haustür bringen. Aber durch seine Ungeduld zeigt mir mein Pferd, daß es sich an einem fremden Ort befindet. Was für ein Unsinn diesen Ort mit der Stadt Boston zu verwechseln. Dies hier ist eine viel vornehmere Stadt als Boston. Sie wurde viel später erbaut als Boston. Boston muß tatsächlich weit von hier entfernt liegen, wenn es die gute Frau nicht einmal zu kennen scheint.«

Bei diesen Worten begann sein Pferd zu steigen und mit den Vorderhufen auf das Pflaster zu schlagen. Der Fremde schien ein bißchen verwirrt zu sein und sagte: »Kein Obdach für heute nacht«, und dann ließ er dem Pferd die Zügel schießen, fuhr die Straße hinauf und entschwand den Blicken der Frau.

Es war ganz offensichtlich; die Generation, zu der Peter Rugg gehörte, lebte nicht mehr. –

Dies war alles, was ich von Mrs. Croft über Peter Rugg in Erfahrung bringen konnte, aber sie verwies mich an einen älteren Mann, einen gewissen Mr. James Felt, der in ihrer Nachbarschaft wohnte und ein Tagebuch über die wichtigsten Ereignisse der verflossenen fünfzig Jahre geführt hatte. Auf meine Bitten hin ließ sie ihn rufen, und nachdem ich ihm den Grund meiner Nachforschungen genannt hatte, erzählte mir Mr. Felt, daß er Peter Rugg in seiner Jugend gekannt habe. Sein Verschwinden habe damals große Überraschung hervorgerufen. Aber da es ja öfter vorkommt, daß ein Mann durchgeht – manchmal, um andere loszuwerden, manchmal auch, um sich selbst loszuwerden –, und da Rugg sein Kind, sein Pferd und seinen Wagen mitgenommen hatte und da auch keine Gläubiger Ansprüche geltend machten, ging das Ereignis bald im Strome der Vergessenheit unter. Peter Rugg und sein Kind, Pferd und Wagen waren bald vollständig vergessen.

»Es ist zwar richtig«, sagte Mr. Felt, »daß tolle Gerüchte aus Ruggs Geschichte entstanden sind, ob sie nun aber wahr oder unwahr sind, kann ich Ihnen auch nicht

sagen. Aber zu meiner Zeit sind noch weit unwahrscheinlichere Dinge geschehen, ohne daß darüber auch nur eine einzige Zeile in der Zeitung erschienen wäre.«
»Mein Herr«, sagte ich, »Peter Rugg lebt noch heute. Erst kürzlich habe ich Peter Rugg nebst Kind, Pferd und Wagen gesehen, und deshalb bitte ich Sie, mir alles zu berichten, was Sie über ihn wissen oder je von ihm gehört haben.«
»Nun, mein Freund«, sagte James Felt, »daß Peter Rugg noch heute unter den Lebenden weilt, will ich ja nicht in Abrede stellen, aber daß Sie Peter Rugg und sein Kind gesehen haben, ist unmöglich, sofern Sie ein kleines Kind darunter verstehen; denn Jenny Rugg muß, falls sie noch lebt, mindestens – warten Sie einen Augenblick – Bostoner Blutbad 1770 – da war Jenny ungefähr zehn Jahre alt. Also, mein Herr, Jenny muß, falls sie noch lebt, mehr als sechzig Jahre alt sein. Daß Peter Rugg noch lebt, ist sehr wahrscheinlich. Er war ja nur zehn Jahre älter als ich, und ich bin im vergangenen März erst achtzig geworden und kann gut und gern noch zwanzig Jahre leben.«
Hier bemerkte ich, daß Mr. Felt bereits das kindische Alter erreicht hatte, und so gab ich denn jede Hoffnung auf, von ihm weitere Auskunft zu erhalten, die Anspruch auf Verläßlichkeit haben konnte.
Ich verabschiedete mich von Mrs. Croft und ging in mein Quartier im Marlborough Hotel.
Wenn Peter Rugg seit den Tagen des Bostoner Massakers immer herumreiste, dachte ich, so besteht kein Grund, weshalb er nicht bis zum Jüngsten Gericht unterwegs sein sollte. Da schon die heutige Generation nicht viel von ihm weiß, so wird die nächste noch weniger von ihm wissen, und Peter und sein Kind werden keinen Platz mehr auf dieser Welt haben.
Im Verlaufe des Abends erzählte ich meine Erlebnisse aus der Middle Street.
»Na, na«, sagte einer aus unserer Gesellschaft und

lächelte, »glauben Sie wirklich, daß Sie Peter Rugg gesehen haben? Schon meinen Großvater habe ich diese Geschichte erzählen hören, als glaube er wirklich, was er uns da erzählte.«

»Bitte, mein Herr«, sagte ich, »wollen wir doch mal die Geschichte Ihres Großvaters über Peter Rugg mit der meinigen vergleichen.«

»Peter Rugg lebte – wenn wir meinem Großvater Glauben schenken können – in der Middle Street dieser Stadt. Er war ein Mann aus recht guten Verhältnissen, hatte eine Frau und eine Tochter und wurde allgemein wegen seines untadeligen Lebens und seiner vollendeten Umgangsformen geachtet. Leider ging aber von Zeit zu Zeit sein Temperament völlig mit ihm durch, und dann führte er schreckliche Worte im Mund. Wenn ihm in einer solchen Aufwallung der Leidenschaften eine Tür im Wege war, so trat er zumindest die Tür ein. Zuweilen vollführte er auch einen Purzelbaum und stieß, stand er erst wieder auf seinen Füßen, wüste Flüche aus. So kam es, daß er als erster Purzelbäume schoß und Dinge vollführte, die seither andere zum Zeitvertreib erlernt haben und um des Geldes willen, das man damit verdienen kann. Einmal wurde Rugg beobachtet, wie er einen anständigen Vierzöller in der Mitte durchbiß. Damals trugen alle, Männer und Knaben, eine Perücke, und im Augenblick aufwallender Leidenschaften führte sich Peter Rugg so lächerlich auf, daß ihm die Perücke hochging. Die einen sagten, daran sei seine fürchterliche Sprache schuld, andere betrachteten diese Angelegenheit mehr philosophisch und suchten den Grund dafür in der Ausdehnung seiner Kopfhaut, da ja – wie wir wissen – bei wilder Leidenschaft die Adern anschwellen und sich der Kopf ausdehnt. In solchen Augenblicken kannte Peter Rugg keine Ehrfurcht, weder vor dem Himmel, noch vor der Erde. Von dieser Schwäche aber abgesehen – und darin waren sich alle einig –, war Rugg ein guter Mensch, denn: waren seine

Ausbrüche erst einmal vorüber, so lobte niemand die Gelassenheit bereitwilliger als Peter selbst.
Eines Morgens im Spätherbst stieg Rugg in seinen Wagen, den er mit einem schönen, großen Pferd bespannt hatte, nahm seine Tochter mit sich und machte sich auf nach Concord. Auf dem Rückweg überraschte ihn ein heftiges Gewitter. Nach Einbruch der Dunkelheit hielt er in Menotomy, jetzt West Cambridge, vor der Tür eines seiner Freunde, Mr. Cutter, der ihn aufforderte, er möge doch die Nacht über bei ihm bleiben. Da Rugg diese Einladung ablehnte, begann Mr. Cutter nur noch heftiger in ihn zu dringen. 'Aber warum wollen Sie denn nur fahren, Mr. Rugg', fragte Cutter. 'Das Gewitter wird über Sie herfallen. Die Nacht ist außerordentlich dunkel. Ihre kleine Tochter wird sich den Tod holen. Sie haben nur einen offenen Wagen, und der Sturm nimmt an Heftigkeit zu.' – *'Mag auch der Sturm zunehmen'*, sagte Rugg mit einem fürchterlichen Fluch, *'wenn ich heute nacht dem stärksten Gewitter zum Trotz mein Haus nicht erreiche, so will ich nie mehr heimkommen.'* Mit diesen Worten gab er seinem stolzen Pferd die Peitsche und war im Nu verschwunden. Aber Peter Rugg erreichte sein Haus in dieser Nacht nicht, auch nicht in der nächsten, noch konnte man seine Spur weiter als bis zu Mr. Cutter in Menotomy verfolgen.
Noch lange Zeit glaubte die Frau Peter Ruggs in jeder schwarzen und stürmischen Nacht das Knallen einer Peitsche zu hören, den Trab des Pferdes und das Rattern einer vorübereilenden Kutsche. Auch die Nachbarn hörten dieselben Geräusche, und einige sagten, sie wüßten sicher, daß es Peter Ruggs Pferd sei; denn sein Tritt auf dem Pflaster war ihnen wohlbekannt. Im übrigen geschah dies so häufig, daß die Nachbarn schließlich mit Laternen hinausgingen und sahen, daß der leibhaftige Peter Rugg mit seinem eigenen Pferd und Wagen, das Kind neben sich, direkt an seiner Tür vorbeiraste. Den Kopf hatte er dem Hause

zugewandt und machte alle Anstrengungen, sein Pferd zum Stehen zu bringen; aber vergeblich.

Am nächsten Tag bemühten sich Freunde von Mrs. Rugg, ihr Gatten und Kind wiederzubringen. Sie fragten in jeder Schenke und in jedem Stall der Stadt nach, aber Rugg schien in Boston nirgends haltgemacht zu haben. Nachdem Rugg an seiner eigenen Haustür vorübergefahren war, konnte niemand mehr etwas über ihn sagen, obwohl einige behaupteten, daß die Häuser zu beiden Seiten der Straße erschüttert wurden, wenn Ruggs Gefährt über das Pflaster ratterte. Und das ist durchaus glaubhaft, wenn Rugg mit Pferd und Wagen in jener Nacht überhaupt vorübergefahren sein sollte, da in jenen Tagen in vielen Straßen ein beladener Handwagen oder ein Fuhrwerk beim Vorüberfahren die Häuser erzittern ließ wie bei einem Erdbeben. Aber Ruggs Nachbarn gingen nicht mehr hinaus, um nachzuschauen. Einige von ihnen hielten das Ganze für eine Täuschung und vergaßen es. Diejenigen, die anderer Meinung waren, schüttelten nur den Kopf und sagten nichts.

So waren Rugg und sein Kind, das Pferd und der Wagen bald vergessen, und wahrscheinlich haben viele aus der Nachbarschaft niemals wieder ein Wort über die ganze Angelegenheit gehört.

Zwar liefen in der Tat Gerüchte um, nach denen Rugg später in Connecticut zwischen Suffield und Hartford wieder gesehen worden sei, wie er in halsbrecherischer Fahrt über Land raste. Diese Nachrichten veranlaßten Ruggs Freunde, erneut Nachforschungen anzustellen, aber je mehr sie forschten, um so verwirrter wurden sie. Wenn sie an einem Tage davon hörten, daß Rugg in Connecticut aufgetaucht sei, so brachte ihnen der nächste Tag bestimmt die Nachricht, daß er nun durch das Hügelland von New Hampshire fuhr; und wenig später wollte man einen Mann in einem Wagen, ein kleines Kind an seiner Seite, im Staate Rhode Island gesehen haben. Die Beschreibung traf genau auf Peter Rugg zu; er sollte sich nach dem Wege nach Boston erkundigt haben.

Was aber vor allem der Geschichte um Peter Rugg den Schimmer des Geheimnisvollen verlieh, war jene Begebenheit an der Charlestown-Brücke. Der Zolleinnehmer versicherte glaubhaft, daß etwa zu jener Zeit, da Rugg verschwunden war, zuweilen in den dunkelsten, stürmischsten Nächten, wenn man nicht einmal die Hand vor Augen sehen konnte, um Mitternacht ein Pferd mit Wagen mit einem Lärm, der dem einer ganzen Kompanie Soldaten gleichkam, unter völliger Mißachtung der Zollgebühren die Brücke passiert habe. Dies geschah so häufig, daß sich der Zollbeamte entschloß, dieser Sache auf den Grund zu gehen. Bald darauf näherte sich der Brücke zur gewohnten Zeit offensichtlich dasselbe Pferd mit dem Wagen vom Charlestown-Platz her. Der Zollbeamte war darauf vorbereitet und bezog seinen Posten mit einem großen, dreibeinigen Schemel in der Hand so weit in der Mitte der Brücke, wie er es wagte. Als die Erscheinung vorüberraste, warf er den Schemel nach dem Pferde, hörte aber nur den Lärm des Schemels, der über die Brücke schlidderte. Am nächsten Tage versicherte der Zolleinnehmer, der Schemel sei direkt durch den Körper des Pferdes hindurchgeflogen, und auch später blieb er immer bei dieser Behauptung. Ob nun Rugg, oder wer auch immer diese Person gewesen sein mochte, später jemals wieder die Brücke passierte, wollte der Zolleinnehmer nicht erzählen; und als man ihn danach fragte, schien er ängstlich bedacht, dieses Gesprächsthema zu vermeiden. So bleiben Peter Rugg und sein Kind, sein Pferd und der Wagen bis zum heutigen Tage ein Geheimnis.«

Dies, sehr geehrter Herr, ist alles, was ich über Peter Rugg in Boston in Erfahrung bringen konnte.

Weiterer Bericht über Peter Rugg von Jonathan Dunwell

Im Herbst des Jahres 1825 besuchte ich die Pferderennen in Richmond im Staate Virginia. Da zwei neue, sehr vielversprechende Pferde laufen sollten, war der Rennplatz so gut besucht wie nie zuvor. Noch nie war die Spannung hier größer gewesen, als an jenem Tage. Die Anhänger von 'Strahl' und 'Blitz' – so hießen die beiden Rennpferde – waren gleichermaßen aufgeregt wie in Zweifel über den Ausgang des Rennens. Einem unparteiischen Beobachter war es unmöglich, einen Unterschied zwischen den beiden Favoriten zu erkennen. Sie waren beide gleich wundervoll anzuschauen, gleich in der Farbe und Größe, und als sie dicht nebeneinander standen, betrug der Längenunterschied – gemessen zwischen den Vorder- und Hinterhufen – weniger als einundeinenhalben Zentimeter. Die Augen beider Pferde waren gleich klar, stolz und entschlossen; und wenn sie sich von Zeit zu Zeit gegenseitig musterten, nahmen sie ein erhabenes Gebaren an, schienen den Hals einzuziehen, funkelten mit den Augen und ließen ihre Körper gleichmäßig auf allen vier Hufen ruhen. Zweifellos zeigten sie Klugheit und erwiesen sich gegenseitig Höflichkeiten, wie sie selbst unter Staatsmännern ungewöhnlich gewesen wäre.

Es war nun fast zwölf Uhr, die Stunde der Erwartungen, Zweifel und Befürchtungen war herangerückt. Die Reiter stiegen auf und saßen so gut, so leicht und locker im Sattel, als wären sie und ihre Tiere aus einem Guß. Die zahlreichen Zuschauerkolonnen hatten ihre Plätze eingenommen, und es waren ebenso viele tausend atmende Statuen anwesend, wie es Zuschauer gab. Alle Augen waren auf 'Strahl' und 'Blitz' und ihre beiden gnomenhaften Reiter gerichtet. Es herrschte absolutes Schweigen, nur ein geschäftiger Specht auf einem der nahen Bäume störte die Stille. Das Startzeichen ertönte. 'Strahl' und 'Blitz' reagierten unmittelbar. Zuerst schlagen sie einen langsamen Trab an, dann steigern sie ihre Geschwindigkeit über den kurzen Galopp in den gestreckten, bis sie schließlich beide nur so über den Platz dahinjagen. Beide Pferde fegen flach über dem Boden dahin, die Reiter beugen sich weit nach vorn und legen das Kinn zwischen die Ohren ihrer Pferde. Wäre der Platz nicht vollkommen eben gewesen, hätte es irgendeine kleine Erhebung gegeben, auch nur die kleinste Bodenwelle, so würden die Zuschauer von Zeit zu Zeit beide Pferde mit ihren Reitern aus dem Auge verloren haben.

Während nun beide Pferde Seite an Seite, wenn auch ohne Flügel, flach wie die Hasen dahinzufliegen schienen und keines dem anderen auch nur eine Spur nachgab, wurden plötzlich die Augen aller von einem neuen Schauspiel angezogen. Unmittelbar hinter 'Strahl' und 'Blitz' eilte ein majestätischer Rappe von außergewöhnlicher Größe über den Platz dahin und zog einen alten, baufälligen Wagen hinter sich her, und obwohl das Tier sich nicht sonderlich zu verausgaben schien – denn es behielt seinen gleichmäßigen Trab bei –, hatte der Rappe mit seinem Wagen 'Strahl' und 'Blitz' überholt, noch bevor sie sich dem Ziel genähert hatten. Als die Renner ihren neuen Konkurrenten an sich vorüberziehen sahen, legten sie die Ohren zurück und hielten plötzlich in ihrem Lauf inne. So geschah es, daß weder 'Strahl' noch 'Blitz' das Rennen gewann.

Die Zuschauer waren nun außerordentlich begierig zu erfahren, woher der Rappe und der Wagen gekommen waren. Viele waren der Ansicht, daß niemand in diesem Gefährt gesessen habe. Und tatsächlich wurde dies zur vorherrschenden Meinung, denn selbst die am nächsten Sitzenden hatten nicht erkennen können, wer und ob überhaupt jemand in dem Wagen saß. So schnell war der Rappe vorbeigejagt. Beide Reiter aber, an denen der Rappe sehr nahe vorübergekommen war, stimmten darin überein, daß ein traurig dreinschauender

Mann und ein kleines Mädchen in dem Wagen gesessen hätten. Als sie dies berichteten, war ich sofort davon überzeugt, daß dieser Mann niemand anderes als Peter Rugg gewesen war. Zu unser aller größten Überraschung jedoch erklärte John Spring, der eine der beiden Reiter (er hatte 'Blitz' geritten), daß kein irdisches Pferd mit einem Wagen seinen Renner überholen könne, ohne aus dem Trab zu fallen. Schließlich behauptete er steif und fest, daß dies gar kein Pferd gewesen sei – ja, er wollte sogar sicher sein, daß es überhaupt kein Pferd gewesen sei, sondern ein riesiger schwarzer Ochse. »Was ein großer schwarzer Ochse zu leisten vermag«, sagte John, »kann ich zwar nicht beurteilen, aber kein einziges Rennpferd, nicht einmal 'Flying Childers', könnte 'Blitz' in einem fairen Rennen schlagen.«
Die Ansicht John Springs rief nicht wenig Gelächter hervor; denn jedem von uns war klar, daß es ein mächtiger Rappe gewesen war, der das Rennen gestört hatte. Aber John Spring, eifersüchtig bedacht auf den Ruf von 'Blitz' als Rennpferd, wollte lieber jedes andere Tier, selbst einen Ochsen, als Sieger genannt wissen. Jedoch, das »Pferdegelächter«, das John Spring hervorgerufen hatte, verstummte bald; denn als 'Strahl' und 'Blitz' wieder aufzuatmen begannen, konnten wir beobachten, wie beide nachdenklich auf die Rennbahn zurückschlenderten und die Köpfe zu Boden senkten, sie plötzlich wieder hoben und zu schnauben begannen. Dies wiederholten sie, bis John Spring sagte: »Die Pferde haben irgend etwas Merkwürdiges entdeckt. Sie wittern hier ein falsches Spiel. Ich will gehen und mich mit 'Blitz' besprechen.«
Er ging auf 'Blitz' zu und faßte ihn bei der Mähne. 'Blitz' senkte die Nüstern zu Boden und beschnupperte die Erde, ohne sie zu berühren. Dann hob er den Kopf sehr hoch und schnaubte so laut, daß es von dem nahegelegenen Hügel widerhallte. 'Strahl' verhielt sich nicht

anders. John Spring beugte sich nieder, um die Stelle in Augenschein zu nehmen, die 'Blitz' beschnuppert hatte. Im Augenblick richtete er sich wieder auf, und der Ausdruck des Mannes war verändert. Die Kräfte verließen ihn, und er taumelte gegen 'Blitz'.
Schließlich erholte sich John Spring von seiner Betäubung und rief: »Es war ein Ochse! Ich habe es euch doch gleich gesagt. Es war ein Ochse. Bisher hat noch kein wirkliches Pferd meinen 'Blitz' besiegt.«
Und jetzt stellte sich bei genauer Untersuchung der Spuren auf der Rennbahn heraus, daß die Vorderhufe des Rappen gespalten waren. Ungeachtet dieser Anzeichen blieb es für mich jedoch auch weiterhin klar, daß das seltsame Pferd tatsächlich ein Pferd gewesen war. Doch als die Leute die Rennbahn verließen, hätte, glaube ich, die Hälfte von ihnen beschworen, daß es ein Ochse gewesen war, der die beiden besten Rennpferde, die jemals bei uns in Virginia gelaufen waren, besiegt hatte. So relativ ist alles, was man gemeinhin als historische Tatsachen bezeichnet.
Als ich mich zu meiner Unterkunft begab und über die Ereignisse des Tages nachdachte, ritt ein Fremder an mich heran und sprach mich folgendermaßen an: »Verzeihen Sie, Sie sind doch Herr Dunwell?«
»Ja«, antwortete ich.
»Habe ich Sie nicht vor ein oder zwei Jahren in Boston im Marlborough-Hotel getroffen?«
»Das ist gut möglich, denn ich war damals dort.«
»Und Sie haben doch dort die Geschichte über einen gewissen Peter Rugg gehört?«
»Ich erinnere mich sehr wohl«, sagte ich.
»Der Bericht, den Sie damals in Boston hörten, muß der Wahrheit entsprechen, denn Peter Rugg war heute hier. Der Mann ist nun nach Virginia gekommen, und es sollte mich nicht wundernehmen, wenn er bereits am Kap Horn war. Ich habe ihn schon früher einmal gesehen, aber noch nie sah ich ihn mit so besorgnis-

erregender Geschwindigkeit fahren wie heute. Ich möchte nur wissen, mein Herr, wo Peter Rugg den Winter zubringt. Ich habe ihn immer nur im Sommer gesehen und, abgesehen von heute, immer nur bei schlechtem Wetter.«

»Niemand weiß, wo Peter Rugg die Winter zubringt«, antwortete ich, »oder wann er ißt, trinkt, schläft oder wo er nächtigt. Er scheint nur eine sehr unbestimmte Vorstellung von Tag und Nacht, Zeit und Raum, Gewitter und Sonnenschein zu haben. Sein einziger Gedanke ist Boston. Mir scheint, Ruggs Pferd hat eine gewisse Macht über den Wagen, und Rugg selbst ist bis zu einem gewissen Grade von dem Willen des Pferdes abhängig.«

Ich erkundigte mich bei dem Fremden, wann er den Mann und das Pferd zum ersten Male gesehen habe.

»Nun ja«, sagte er, »das war im Sommer des Jahres 1824, als ich aus Gesundheitsrücksichten nach dem Norden fuhr. Bald nachdem ich Sie im Marlborough-Hotel getroffen hatte, kehrte ich nach Virginia zurück, und falls mich mein Gedächtnis nicht trügt, traf ich den Mann und das Pferd in jedem Staate zwischen hier und Massachusetts. Einige Male kam er mir entgegen, in den meisten Fällen aber überholte er mich. Nie sprach er ein Wort mit mir, nur einmal, und das war in Delaware. Als er herankam, zügelte er sein Pferd mit einiger Mühe. Ein herrlicheres Pferd habe ich mein Lebtag nicht gesehen, sein Fell war glatt und prall und straff, wie die Haut einer Schönheit vom Kongo. Als sich Ruggs Pferd dem meinen näherte, reckte es den Hals, stellte die Ohren nach vorn, bis sie sich berührten, und sah meinem Pferd voll ins Gesicht. Im selben Augenblick schrumpfte mein Pferd zu halber Größe zusammen, und sein Fell warf sich wie ein Stück verbranntes Leder. Wie verhext stand es da, als habe man ihm durch jeden Huf einen Nagel getrieben und es an den Boden geheftet.

'Mein Herr', sagte Rugg, 'vielleicht reisen Sie zufälligerweise nach Boston, und wenn dem so ist, so würde ich mich überglücklich schätzen, wenn ich mich Ihnen anschließen dürfte, denn ich habe mich verirrt und muß mein Haus noch vor Einbruch der Dunkelheit erreichen. Schauen Sie nur, wie müde dieses kleine Mädchen aussieht, das arme Ding. Sie ist ein wahres Muster an Geduld.'
'Sie können unmöglich noch heute abend Ihr Haus erreichen, mein Herr', sagte ich, 'denn Sie befinden sich zur Zeit in Concord, in der Grafschaft Sussex des Staates Delaware.'
'Was soll das heißen', sagte er. 'Was verstehen Sie unter: Staat Delaware? Wenn ich hier in Concord bin, dann habe ich nur noch zwanzig Meilen bis nach Boston, und mein Pferd 'Leichtfuß' kann mich in weniger als zwei Stunden bis zur Charlestown-Fähre bringen. Sie müssen sich irren, mein Herr. Sicherlich sind Sie hier fremd, denn diese Stadt hier gleicht keineswegs Concord. Ich kenne Concord sehr gut. Als ich Boston verließ, fuhr ich geradewegs nach Concord.'
'Aber Sie sind hier in Concord', sagte ich, 'im Staate Delaware.'
'Was verstehen Sie eigentlich unter Staat?' fragte Rugg.
'Nun, einen der Vereinigten Staaten.'
'Staaten', flüsterte er. 'Der Mann ist ein Schalk und will mir einreden, daß ich in Holland bin.' Lauter fügte er hinzu: 'Sie scheinen mir ein Gentleman zu sein, und deshalb möchte ich Sie bitten, mich nicht zum besten zu haben. Haben Sie Mitleid mit mir und weisen Sie mir schnell den Weg nach Boston; denn Sie sehen doch, wie mein Pferd auf die Kandare beißt, es hat noch nichts gefressen, seit ich Concord verließ.'
'Mein Herr', sagte ich, 'diese Stadt hier heißt Concord – Concord in Delaware, nicht Concord in Massachusetts, und Sie befinden sich etwa fünfhundert Meilen von Boston entfernt.'

Rugg sah mich einen Augenblick an, mehr sorgenvoll als zürnend, dann wiederholte er: 'Fünfhundert Meilen! Unglücklicher Mann, wer hätte ihn für geistesgestört gehalten, aber nichts auf der Welt ist trügerischer als der bloße Augenschein. Fünfhundert Meilen! Das übertrifft noch die Sache am Connecticut River.'
Was er mit dem Connecticut-Erlebnis meinte, weiß ich nicht, denn sein Pferd stob davon, und wenig später war Rugg verschwunden.«
Ich erklärte dem Fremden, was Rugg mit »Connecticut River« meinte, und erzählte ihm das Erlebnis, das ich in Hartford gehabt, als ich auf der Treppe des ausgezeichneten Hotels von Mr. Bennett gestanden hatte. Wir kamen überein, daß der Mann, den wir heute gesehen hatten, tatsächlich Peter Rugg gewesen war.
Wenig später traf ich Rugg beim Zollposten am Schlagbaum zwischen Alexandria und Middleborough. Während ich noch die Zollgebühren entrichtete, bemerkte ich zum Zollbeamten, daß in dieser Gegend die Dürre weit schlimmer sei als weiter im Süden.
»Ja«, sagte er, »die Trockenheit ist außergewöhnlich; aber wenn ich nicht erst gestern von einem Reisenden gehört hätte, daß der Mann mit dem Rappen vor ein oder zwei Tagen in Kentucky aufgetaucht ist, so würde ich fast annehmen, wir haben in ein paar Minuten einen ordentlichen Gewitterregen.«
Ich musterte den Horizont, konnte aber keine Wolke entdecken, die auch nur einen halben Liter Wasser enthalten hätte.
»Sehen Sie dorthin, mein Herr«, sagte der Zolleinnehmer. »Nach Osten müssen Sie blicken, gerade über jenem Hügel ist eine kleine schwarze Wolke, nicht größer als eine Brombeere. Sehen Sie, und noch während ich spreche, verdoppelt und verdreifacht sie sich, und sie wälzt sich so unbeirrt die Zollstraße herauf, als hätte sie nur die eine Absicht, einen ganz bestimmten Gegenstand zu überfluten.«

»Tatsächlich«, sagte ich. »Ich sehe sie. Aber was für eine Verbindung soll denn zwischen dieser Gewitterwolke und einem Mann mit einem Pferd bestehen?«
»Eine engere, als Sie glauben oder ich Ihnen erklären kann; aber verweilen Sie noch einen Augenblick, es könnte sein, daß ich Ihrer Hilfe bedarf. Ich weiß, was es mit dieser Wolke auf sich hat. Ich habe sie schon öfter gesehen und kann beschwören, daß es dieselbe ist. Gleich werden Sie unter ihr einen Mann und einen Rappen erblicken.«
Während er noch sprach, vernahmen wir tatsächlich die ersten fernen Donnerschläge, und bald vollführten die Blitze alle Figuren eines ländlichen Tanzes. In einer Entfernung von etwa einer Meile erkannten wir den Mann und den Rappen unter der Wolke. Noch ehe er aber den Schlagbaum erreichte, hatte sich die Gewitterwolke verausgabt, und nicht ein Tropfen fiel in unserer Nähe zu Boden.
Als der Mann, in dem ich sogleich Peter Rugg erkannte, durchzufahren versuchte, ließ der Zollbeamte den Schlagbaum vor ihm nieder, fiel dem Pferd in die Zügel und forderte zwei Dollar Gebühren.
Da ich einige Hochachtung für Rugg empfand, mischte ich mich ein, begann den Zollbeamten auszufragen und bat ihn, dem Manne nichts zu verübeln. Der Beamte antwortete mir, er habe allen Grund dazu; denn schon zehnmal habe der Mann den Zoll nicht beachtet und sei durchgerast; außerdem habe das Pferd eine Kanonenkugel nach ihm geschleudert, die ihm beinahe das Leben gekostet habe. Der Mann habe sich immer so schnell genähert, daß die verrosteten Angeln seines Schlagbaumes nicht nachgekommen wären. »Heute aber werde ich volle Genugtuung verlangen.«
Rugg sah mich flehend an und sagte: »Ich bitte Sie sehr, mein Herr, halten Sie mich nicht auf. Endlich habe ich die direkte Straße nach Boston gefunden, und ich werde mein Haus nicht vor Anbruch der Dunkel-

heit erreichen, wenn Sie mich aufhalten. Sie sehen doch, ich bin naß bis auf die Haut und muß meine Kleider wechseln.«

Nun aber wollte der Zollbeamte wissen, weshalb er seine Zollstation so häufig einfach überrannt hatte.

»Zoll! Was heißt hier Zoll?« rief Rugg aus. »Sie verlangen Zoll? Auf königlichen Heerstraßen wird grundsätzlich kein Zoll erhoben.«

»Was heißt hier königliche Heerstraße! Haben Sie denn nicht bemerkt, daß dies eine Zollstraße ist?«

»Ach was, Zollstraße! Es gibt keine Zollstraßen in Massachusetts.«

»Da mögen Sie völlig recht haben, aber hier in Virginia gibt es einige.«

»Virginia! Wollen Sie mir einreden, daß ich hier in Virginia bin?«

Dann wandte sich Rugg wieder mir zu und erkundigte sich, wie weit es noch bis Boston sei.

»Mr. Rugg, ich sehe, Sie sind verwirrt«, antwortete ich, »und es tut mir leid, daß Sie noch so weit von Ihrer Heimat entfernt sind, aber Sie befinden sich tatsächlich hier in Virginia.«

»Wie es scheint, kennen Sie mich also, und dessen ungeachtet erzählen Sie, ich sei hier in Virginia. Erlauben Sie mir, daß ich Ihnen offen ins Gesicht sage, daß ich Sie für einen der unehrenhaftesten Männer unter Gottes weitem Himmel ansehe; denn in meinem ganzen Leben habe ich mich nie mehr als vierzig Meilen von Boston entfernt. In meinem ganzen Leben habe ich nie einen Virginier gesehen. Das übertrifft noch die Delaware-Geschichte!«

»Ihren Zoll, mein Herr, Ihren Zoll!«

»Ich werde auch nicht einen einzigen Penny bezahlen«, sagte Rugg. »Ihr beide seid Straßenräuber. Es gibt keine Zollstraßen in diesem Land. Zoll zu verlangen auf einer königlichen Heerstraße!« Dann fuhr er fort: »Hier liegt offensichtlich eine Verschwörung gegen mich vor. Ach, ich werde Boston nie wiedersehen! Die Straßen verweigern mir die Durchfahrt, die Flüsse ändern ihren Lauf, und auch auf den Kompaß ist kein Verlaß mehr.«

Aber Ruggs Pferd schien nicht geneigt zu sein, länger als eine Minute stille zu halten, denn mitten in dieser Auseinandersetzung nahm das Pferd, dessen Kopf auf dem oberen Balken des Schlagbaums geruht hatte, diesen zwischen die Zähne, hob ihn sanft aus den Krampen und trabte mit ihm davon. Der Zolleinnehmer starrte völlig nervös seinem Schlagbaum nach.

»Lassen Sie ihn laufen«, sagte ich, »das Pferd wird den Schlagbaum bald fallen lassen, und Sie werden ihn zurückbekommen.«

Dann befragte ich den Zollbeamten, was er über diesen Mann wisse, und er erzählte mir die folgenden Einzelheiten:

»Das erste Mal passierte dieser Mann meinen Schlagbaum im Jahre 1806 während der großen Sonnenfinsternis. Ich glaubte, das Pferd sei durch die so plötzlich hereinbrechende Dunkelheit erschreckt, und war der Ansicht, es sei mit dem Manne durchgegangen. Aber nur wenige Tage später kam derselbe Mann mit demselben Pferd in ebensolcher Geschwindigkeit wieder vorbeigerast, ohne mir oder dem Schlagbaum auch nur die geringste Aufmerksamkeit zu zollen. Alles, was er tat, war, mich abwesend anzustarren. Einige Jahre später, während des letzten Krieges, sah ich, wie sich derselbe Mann wieder näherte, und ich war fest entschlossen, seinen Lauf aufzuhalten. Deshalb stellte ich mich auf die Mitte der Straße, streckte beide Arme aus und rief ihn an: 'Halten Sie an, mein Herr! Auf Ihre eigene Gefahr!' Darauf entgegnete der Mann: 'Los, 'Leichtfuß', zahl es dem Wegelagerer heim!' Im selben Augenblick gab er dem Pferd die Peitsche in den Flanken zu spüren, und es zog mit solcher Kraft an, daß mir schien, zwei derartige Pferde zusammen würden jedes von Menschen erdachte Hindernis spielend nehmen. Ein Munitionskarren, der kurz vorher in Richtung Baltimore durchgefahren war, hatte eine Achtzehnpfund-Kugel auf der Straße verloren. Diese unglückselige Kugel lag den Hufen des Pferdes genau im Wege, und, was soll ich Ihnen sagen, dieses Biest traf sie mit der Boshaftigkeit eines Dämons und schleuderte sie hinter sich. Mir wird noch heute ganz schwindlig beim bloßen Berichten des Geschehnisses; denn die Kugel flog so dicht an meinem Kopf vorbei, daß mir der Luftdruck den Hut herunterriß. Die Kugel schlug dann in den Türpfosten da ein. Ich habe sie dort belassen, zur Erinnerung an dieses Erlebnis – wie die Bostoner, von denen man mir erzählt hat, daß sie eine Achtzehnpfünder aufbewahren, die man noch heute halb in der Mauer der Brattle Street Kirche stecken sehen kann.«

Ich fühlte das heftige Verlangen, Peter Rugg aufzuhalten und seine Taschen zu durchsuchen, da ich annahm, bei einer solchen Untersuchung würden große Entdeckungen zu machen sein. Was ich aber an diesem Tage gesehen und gehört hatte, überzeugte mich davon, daß keine menschliche Kraft Peter Rugg gegen seinen Willen aufzuhalten vermochte. Aus diesem Grunde beschloß ich, sollte ich Peter Rugg je wieder begegnen, ihn mit der größten Zuvorkommenheit zu behandeln.

Auf meinem weiteren Weg nach New York bog ich in Trenton auf die Zollstraße ein, und als ich New Brunswick erreichte, bemerkte ich, daß die Straße neu beschottert worden war. Der Kleinschlag war eben erst gestreut worden. Als ich diesen Streckenabschnitt durchfuhr, fiel mir auf, daß im regelmäßigen Abstand von etwa acht Fuß die Steine in der Fläche von der Größe eines Zwanzig-Liter-Maßes völlig verschoben waren. Diese eigenartige Erscheinung bewog mich, am Schlagbaum Erkundigungen nach der Ursache einzuziehen.

»Ich bin über Ihre Frage nicht erstaunt, mein Herr«, antwortete mir der Zolleinnehmer, »aber leider kann ich Ihnen darüber auch keine erschöpfende Auskunft geben. Ich glaube tatsächlich selbst schon, ich bin verhext, und auch die Zollstraße steht unter dem Bann eines Zaubers. Was heute nacht hier geschah, kann keine wirkliche Tatsache sein, denn sonst wäre der Schlagbaum vollkommen unnütz.«

»Ich glaube weder an Hexerei noch an Verzauberungen«, antwortete ich, »und wenn Sie mir alles genau erzählen wollen, was sich in der vergangenen Nacht zugetragen hat, so will ich versuchen, dafür eine natürliche Erklärung zu finden.«

»Stellen Sie sich eine ganz unnatürlich dunkle Nacht vor. Nun, mein Herr, als ich just das Tor für die Nacht geschlossen und den Schlagbaum herabgelassen hatte, sah ich in solcher Entfernung, daß ich es gerade noch erkennen konnte, etwas, was zuerst so aussah wie zwei miteinander kämpfende Armeen. Unaufhörlich und andauernd knallten Musketen, blitzte das Mündungsfeuer von Gewehren. Und als sich dieses eigenartige Schauspiel mit der Geschwindigkeit eines Wirbelsturmes näherte, wuchs der Lärm noch weiter an, und das Spukbild rollte in einer kompakten Masse über die Erdoberfläche dahin. Das herrlichste Feuerwerk stieg aus der Erde auf und umhüllte das dahinjagende Schauspiel. Hätte man alle Farben des Regenbogens und die strahlendsten Farben, die die Sonne in den Schoß des Frühlings legt, dazu noch alle Edelsteine – es hätte sich kein wunderbareres, glänzenderes, bezauberndereres Schauspiel ergeben als dieses, das mit dem Rappen dahinschoß. Man hätte glauben können, alle Sterne des Himmels hätten sich zu einem Freudenfest ein Stelldichein auf der Zollstraße gegeben. Inmitten dieser leuchtenden Erscheinung saß ein Mann, deutlich sichtbar, in einem ärmlichen Wagen, der von einem Rappen gezogen wurde. Wäre es nach den

Gesetzen der Natur und des Staates gegangen, so hätte der Schlagbaum diese ganze Erscheinung zerstören und den Zauber brechen müssen. Aber nein! Das Pferd setzte mühelos über den Schlagbaum und zog Mann und Wagen waagerecht hinter sich her, ohne den Balken auch nur zu berühren. Das ist es, was ich Zauber nenne. Was halten Sie von der ganzen Angelegenheit, mein Herr?«

»Mein Freund«, antwortete ich, »Sie haben ein ganz natürliches Ereignis maßlos übertrieben. Der Mann war Peter Rugg auf seinem Wege nach Boston. Es ist richtig, daß das Pferd mit unwahrscheinlicher Geschwindigkeit dahinraste, aber da es die Vorderhufe sehr hoch nahm, ist es nicht verwunderlich, daß es die tausend kleinen Steine, auf denen es dahintrabte, verschob, sie nach allen Richtungen auseinanderwirbelte, daß sie dabei aneinanderstießen, widerhallten und daß die Funken sprühten. Der obere Balken Ihres Schlagbaums ist nicht mehr als zwei Fuß vom Erdboden entfernt, und Peter Ruggs Pferd kann jederzeit mit einem Sprung den Wagen über den Schlagbaum heben.«

Dies leuchtete Mr. McDoubt ein, und ich war des zufrieden, denn andernfalls hätte Mr. McDoubt, der zwar ein ehrenwerter Mann, aber doch eben ein Sproß des Hochlands war, auch dieses Erlebnis dem Schatz seines Aberglaubens noch hinzugefügt. Nachdem ich auf diese Weise die neu beschotterte Straße, den Schlagbaum und Mr. McDoubt entzaubert hatte, setzte ich meine Heimreise nach New York fort.

Nie und nimmer hätte ich vermutet, noch etwas von Peter Rugg zu hören oder zu sehen; denn er hatte ja nun einen Vorsprung von mehr als zwölf Stunden. Auf meinem Wege bis Elizabethtown hörte ich nichts mehr von ihm und folgerte daraus, daß er im Laufe der vergangenen Nacht die Zollstraße verlassen und eine westlichere Richtung eingeschlagen haben mußte, aber kurz bevor ich Powles's Hook erreichte, bemerkte ich auf dem Fährschiff eine beachtliche Ansammlung von Passagieren. Alle standen wie gebannt und starrten unverwandt auf ein und denselben Gegenstand. Einer der Fährmänner, ein gewisser Mr. Hardy, der mich gut kennt, bemerkte meine Ankunft und wartete einen Augenblick, um mich noch an Bord zu lassen. Er kam heran und sagte: »Mr. Dunwell, wir haben eine Rarität an Bord, die selbst einem Dr. Mitchell einiges Kopfzerbrechen bereiten würde.«

»Es hat sich doch nicht etwa ein seltener Fisch in den Hudson verirrt?«

»Nein«, antwortete er. »Es ist ein Mann. Er sieht aus, als hätte er bis jetzt in der Arche Noah gesteckt und wäre gerade erst herausgekommen. Er hat ein kleines Mädchen bei sich, sein leibhaftiges Ebenbild, und das schönste Pferd, das ich je gesehen habe, vor dem eigenartigsten Wagen, der je gebaut worden ist.«

»Ach«, rief ich aus, »da haben Sie wirklich das Große Los gezogen, Mr. Hardy. Noch keinem ist es bisher gelungen, Peter Rugg lange genug aufzuhalten, um ihn einmal ordentlich ausfragen zu können.«

»Kennen Sie den Mann?« fragte Mr. Hardy.

»Nein, niemand kennt ihn, aber jedermann ist ihm schon begegnet. Halten Sie ihn so lange auf wie nur irgend möglich, verzögern Sie die Abfahrt der Fähre unter allen möglichen Vorwänden, zerschneiden Sie das Pferdegeschirr, unternehmen Sie alles, nur halten Sie ihn auf.«

Als ich das Fährschiff betrat, war ich verblüfft von dem Anblick, der sich mir bot. Dort saßen tatsächlich Peter Rugg und Jenny Rugg in ihrem Wagen, und dort stand der Rappe, alle so geduldig wie Lämmer, umringt von mehr als fünfzig Männern und Frauen, die alle ihre Sinne mit Ausnahme eines einzigen verloren zu haben schienen. Keine Bewegung, kein Atemzug, kein Geräusch. Sie waren ganz Auge. Peter Rugg schien ihnen kein Wesen von dieser Welt zu sein, und sie ihrerseits mußten Rugg als eine seltsame Generation von Menschen erscheinen. Rugg sprach nicht, sie sprachen kein Wort, und auch ich fühlte keine Neigung, diese Stille zu stören, da ich zufrieden war, Rugg einmal ausruhen zu sehen. Schließlich bemerkte Rugg mit leiser Stimme, die sich an niemand wandte: »Eine neue Errungenschaft: Pferde an Stelle von Rudern. Diese Bostoner haben immer neue Ideen.«

Es war ganz offensichtlich, daß Rugg holländischer Abkunft war. Er hatte drei Paar Kniehosen an, die man in der guten alten Zeit Breeches genannt hatte. Sie waren noch ganz leidlich erhalten. Aber die Zeit hatte den Stoff geprüft und die eine mehr als die andere eingehen lassen, so daß sich an den Knien die verschiedenen Qualitäten und Farben offenbarten. Mehrere Westen, deren untere Zipfel auf den Knien lagen, gaben Rugg ein ziemlich korpulentes Aussehen. Sein weiter, bräunlicher Umhang hätte Stoff für ein Dutzend moderner abgegeben, die Ärmel glichen Mehlsäcken, in ihren Aufschlägen hätte man ein Kind in den Schlaf wiegen können. Sein Hut, der früher wahrscheinlich einmal schwarz gewesen war, hatte nun eine bräunliche Farbe, war weder rund noch eingedrückt, aber von einer Form, die sehr jenem Hute glich, den Präsident Monroe auf seiner letzten Fahrt trug. Dieser Aufzug gab dem rundlichen Gesicht Ruggs eine altertümliche Würde. Obwohl der Mann stark von der Sonne gebräunt war, schien er doch nicht älter als dreißig Jahre zu sein. Er hatte seinen traurigen und ängstlichen Ausdruck verloren, war ganz gelassen und schien glücklich zu sein. Der Wagen, in dem er saß, war ziemlich groß und ganz offensichtlich auf Strapazen eingerichtet und dafür bestimmt, ganze Zeitalter zu überdauern. Das für ihn verwandte Holz hätte genügend Material abgegeben, um daraus drei moderne Wagen zu bauen. Dieser Wagen war, wie die Nantucket-Kutschen, für alles zu gebrauchen, wofür man Räder nötig hatte. Auch das Pferd war Gegenstand allgemeiner Neugierde; seine majestätische Größe, die wilde Mähne und der Schwanz gaben ihm ein imposantes Aussehen, und seine großen, offenen Nüstern kündeten von einer unerschöpflichen Lungenkraft. Es war ganz offensichtlich: seine Vorderhufe waren in der Mitte gespalten, wahrscheinlich auf einer neu beschotterten Straße, und wuchsen nun wieder zusammen, so daß John Spring doch nicht so ganz unrecht gehabt hatte.

Wie lange wohl diese Pantomime noch gedauert hätte, kann ich nicht sagen. Rugg war nicht im geringsten ungeduldig. Aber sein Pferd, das nun schon über fünf Minuten stille gestanden hatte, schien von einem weiteren Aufenthalt nicht viel zu halten; es begann zu wiehern und schlug wenige Augenblicke später mit dem rechten Vorderhuf eine Planke entzwei. Da sagte Peter Rugg: »Mein Pferd ist ungeduldig, es sieht das North End. Wir müssen uns sputen, sonst wird es nicht länger zu halten sein.«

Bei diesen Worten hob das Pferd den linken Vorderhuf, und als es damit aufstampfte, zitterte jeder Zoll des Fährschiffes. Unverzüglich packten zwei Männer Ruggs Pferd bei den Nüstern. Das Pferd bewegte nur ein wenig den Hals, und beide lagen im Hudson. Während wir die Männer herausfischten, verhielt sich das Pferd ganz ruhig.

»Laßt das Pferd in Ruhe«, sagte Rugg, »dann wird es auch keinem etwas zuleide tun. Es ist nur genauso ungeduldig wie ich selbst und will das schöne Ufer dort drüben erreichen. Es sieht die North Church und wittert seinen Stall.«

»Mein Herr«, sprach ich Rugg an und bediente mich dabei einer kleinen List, »ich kenne mich hier nicht aus, bitte könnten Sie mir vielleicht sagen, wie der Fluß und die Stadt dort am jenseitigen Ufer heißen, denn Sie scheinen doch hier beheimatet zu sein?«

»Diesen Fluß, mein Herr, nennt man den Mystic River,

und dies hier ist die Winnisimmet-Fähre. Wir haben die indianischen Namen beibehalten. Und die Stadt dort drüben ist Boston. Sie müssen wirklich fremd in dieser Gegend sein, wenn Sie nicht einmal wissen, daß dies dort drüben Boston ist, die Hauptstadt der neuenglischen Provinzen.«

»Verzeihen Sie, mein Herr, wie lange waren Sie fort von Boston?«

»Nun ja, das kann ich Ihnen nicht so genau sagen. Ich fuhr kürzlich mit meinem Töchterchen nach Concord, um Freunde zu besuchen. Aber ich muß gestehen, so peinlich es mir auch ist, ich habe mich auf dem Rückweg verfahren, und seitdem bin ich immer unterwegs gewesen. Niemand hat mir den rechten Weg gewiesen. Es ist grausam, einen Reisenden so in die Irre zu schicken. Mein Pferd 'Leichtfuß' ist einmal um die ganze Windrose getrabt, und mir scheint, jetzt nimmt es denselben Weg zurück. Aber, mein Herr, Sie sehen, mein Pferd wird unruhig. Bisher hat 'Leichtfuß' nur ein Zeichen gegeben und kurz genickt. Für seine Hufe kann ich aber nicht bürgen.«

Bei diesen Worten bewegte 'Leichtfuß' seinen langen Schwanz und knallte damit wie mit einer Peitsche. Der Hudson hallte wider von diesem Laut. Daraufhin begannen die sechs Pferde das Fährschiff von der Stelle zu bewegen. Der Hudson war still wie ein Meer aus Glas, glatt wie Öl, nicht eine Welle war zu sehen. Die Pferde gingen aus dem Zuckeltrab bald in einen Galopp über, und das Wasser spritzte über das Schanzdeck. Das Fährschiff war bald in ein Meer von Schaum gehüllt, und das Rauschen des Gischtes glich dem vieler Flüsse. Als wir in New York angelegt hatten, konnte man das schöne weiße Kielwasser des Fährschiffes quer über den Hudson verfolgen.

Obwohl es Rugg an den Schlagbäumen abgelehnt hatte, einen Zoll zu entrichten, griff er, als Mr. Hardy die Hand nach dem Fährgeld ausstreckte, sofort in eine

seiner vielen Taschen, zog eine Silbermünze hervor und gab sie dem Fährmann.
»Was ist das?« fragte Mr. Hardy.
»Das sind dreißig Schillinge«, sagte Rugg.
»Früher könnte das mal dreißig Schillinge wert gewesen sein. Altes Geld«, sagte Mr. Hardy, »heute gilt es nicht mehr.«
»Das Geld ist gute englische Münze«, sagte Rugg. »Mein Großvater hat selbst einen Beutel davon mit aus England herübergebracht. Er hatte sie ganz frisch aus der Münze.«
Als ich dies vernahm, näherte ich mich Rugg und bat ihn um die Erlaubnis, die Münze einmal zu besehen. Es war eine halbe Krone, geprägt vom englischen Parlament, und trug die Jahreszahl 1649. Auf der einen Seite stand »The Commonwealth of England«, außerdem das St.-Georgs-Kreuz, umgeben von einem Lorbeerkranz. Auf der anderen Seite las man: »God with us«, und sah eine Harfe, mit dem St.-Georgs-Kreuz. Ich zwinkerte Hardy zu und sagte laut, dies sei gutes, im Umlauf befindliches Geld. »Ich werde nicht zulassen, daß der Herr betrogen wird. Ich werde das Geld selbst wechseln.«
Darauf sagte Rugg: »Bitte, nennen Sie mir Ihren Namen, mein Herr.«
»Ich heiße Dunwell«, antwortete ich.
»Mr. Dunwell«, sagte Rugg, »Sie sind der einzige Ehrenmann, dem ich begegnet bin, seit ich Boston verlassen habe. Da Sie hier fremd sind, steht Ihnen mein Haus offen. Madam Rugg wird sich glücklich schätzen, Sie als den Freund ihres Gatten begrüßen zu dürfen. Steigen Sie in den Wagen, mein Herr, hier ist Raum genug. Mache dem Herrn ein bißchen Platz, Jenny, wir werden gleich in der Middle Street sein.«
So setzte ich mich neben Peter Rugg.
»Sind Sie noch nie in Boston gewesen?« fragte Rugg.
»Nein«, antwortete ich.

»Nun denn, so werden Sie jetzt die Königin Neu-Englands kennenlernen, eine Stadt, die in ganz Nordamerika nur von Philadelphia übertroffen wird.«

»Sie vergessen New York«, widersprach ich.

»Pah, New York. Was ist denn schon New York. Allerdings, ich bin noch nie dort gewesen. Aber man hat mir erzählt, man könne ganz New York in unserem Mühlteich versenken. Nein, mein Herr, ich versichere Ihnen, New York ist nur ein trauriges Nest. Man kann es mit Boston ebensowenig vergleichen wie einen Indianerwigwam mit einem Palast.«

Als Ruggs Pferd in die Pearl Street einbog, musterte ich Rugg so unverhohlen, wie es der gute Ton gerade noch erlaubte, und sagte: »Mein Herr, wenn dies hier Boston ist, so gebe ich zu, daß New York nicht einmal wert ist, einer der Vororte Bostons zu sein.«

Noch ehe wir in der Pearl Street weit gekommen waren, wandelte sich Ruggs Gesichtsausdruck, und seine Gesichtsmuskeln begannen zu zucken. Seine Augen zitterten in den Höhlen. Er war offensichtlich völlig verwirrt. »Was haben Sie, Mr. Rugg? Sie scheinen beunruhigt zu sein.«

»Dies übersteigt alles menschliche Fassungsvermögen. Wenn Sie wissen, mein Herr, wo wir uns hier befinden, so flehe ich Sie an, geben Sie mir Aufklärung.«

»Wenn diese Stadt nicht Boston ist, so muß es New York sein«, sagte ich.

»Nein, mein Herr, es ist weder Boston, noch kann es New York sein. Wie könnte ich hier in New York sein, das doch nahezu zweihundert Meilen von Boston entfernt liegt.«

In eben diesem Augenblick waren wir in den Broadway eingebogen, und nun zeigte Rugg eine geradezu chaotische Geistesverfassung: »Es gibt keine solche Stadt in Nordamerika. Dies alles ist die Wirkung einer Verzauberung. Nur eine riesige Täuschung, nichts Wirkliches. Hier wird uns eine Stadt vorgespiegelt,

riesige Häuser, Geschäfte und Waren, unzählige Männer und Frauen, alle so geschäftig wie im wirklichen Leben. Alles dies ist über Nacht aus der Wildnis aufgestiegen, oder, was wahrscheinlicher ist, irgendein riesiges Erdbeben hat London oder Amsterdam an die Küste Neu-Englands geworfen. Oder vielleicht träume ich auch, obwohl mir die Nacht ziemlich lang vorkommt, aber auch früher bin ich schon einmal im Traum nach Amsterdam gesegelt, habe Waren bei Vandogger gekauft und bin vor Anbruch des Morgens nach Boston zurückgekehrt.«
In diesem Augenblick erhob sich Zeter und Mordio. »Haltet die Verrückten auf, sie gefährden das Leben Tausender.«
Hunderte versuchten vergeblich, Ruggs Pferd aufzuhalten. 'Leichtfuß' ließ sich durch nichts beirren. Seine Bahn war so gerade wie die einer Sternschnuppe. Doch was mich betraf, so fürchtete ich, daß ich mich noch vor Anbruch der Nacht hinter den Alleghanies befinden würde, deshalb wandte ich mich in bittendem Ton an Mr. Rugg und ersuchte ihn, er möge das Pferd zügeln und mir erlauben, auszusteigen.
»Mein Freund«, sagte er, »wir werden noch vor Anbruch der Dunkelheit in Boston sein, und Madam wird außerordentlich erfreut sein, daß sie uns begrüßen kann.«
»Mr. Rugg«, entgegnete ich, »Sie müssen mich entschuldigen. Bitte schauen Sie nach Westen. Sehen Sie sich die Gewitterwolke an, sie schwillt mit Macht an, und es scheint, sie verfolgt uns.«
»Ach«, sagte Rugg, »jeder Versuch, ihr zu entkommen, ist vergeblich. Ich kenne diese Wolke. Sie sammelt neuen Zorn, um ihn über meinem Haupte zu entladen.« Dann zügelte er sein Pferd, ließ mich aussteigen und sagte: »Leben Sie wohl, Mr. Dunwell. Ich würde mich glücklich schätzen, Sie in Boston wiederzusehen. Ich wohne in der Middle Street.«

In welcher Richtung Mr. Rugg seinen Weg fortsetzte, als er vom Broadway verschwunden war, kann ich nicht sagen; genügend bekannt jedoch ist jedem, daß er im Verlaufe von zwei Monaten von dem Tag an gerechnet, da er in New York gesehen worden war, endlich seinen Weg nach Boston gefunden hatte.

Peter Ruggs Anwesen war vor kurzem, mangels Erben, an die Staatsverwaltung von Massachusetts gefallen, und die Verwaltung hatte die oberste Justizbehörde damit beauftragt, es für eine Versteigerung auszuschreiben und in öffentlicher Auktion zu verkaufen. Da ich mich zu dieser Zeit zufällig in Boston aufhielt und mir die Ausschreibung zu Gesicht kam, die ein beträchtliches Stück Land betraf, regte sich in mir eine wohlwollende Neugier, mir den Ort einmal anzusehen, an dem Rugg einst gewohnt hatte. Ich nahm die Anzeige zur Hand und schlenderte ein kurzes Stück die Middle Street hinab, ohne jemand nach dem Wege zu fragen, bis ich an eine bestimmte Stelle kam und mir sagte: Das hier ist Ruggs Anwesen, ich will nicht mehr weitergehen. Dies muß der Ort sein. Er ist in allem das Abbild Peter Ruggs. Das Anwesen sah in der Tat so aus, als habe sich an ihm eine traurige Prophezeiung erfüllt. Das Grundstück grenzte vorn an die Middle Street, an der Rückseite erstreckte es sich bis zur Ann Street, und es umfaßte etwa ein halbes Acre Land. In früheren Zeiten war es nichts Ungewöhnliches, ein halbes Acre als Hausgrundstück zu besitzen, denn damals war in vielen Teilen Bostons ein Acre nicht wertvoller als mancherorts heute ein Fuß. Das alte Herrenhaus war zu Staub zerfallen und auseinandergeweht. Ein anderes, unbewohntes Gebäude stand drohend da und sah dem Verfall entgegen. Die Straße war um so viel erhöht worden, daß die Schlafkammer auf die frühere Höhe der Küche gesunken war und sich nun mit der Straße auf gleicher Ebene befand. Das Haus schien sich seines Schicksals bewußt zu sein, und die

Frontwand neigte sich, als sei sie müde vom vielen Stehen, von der Hinterwand weg und schien nur auf den nächsten Südwind zu warten, um sich auf die Straße zu werfen. Wenn die scheuesten Tiere einen sicheren Unterschlupf gesucht hätten, hier wäre ein Ort für ihr Stelldichein gewesen. Unter dem Hahnebalken mochten die Krähen in Sicherheit beieinandersitzen, und in den Winkeln darunter hätte man Füchse und Wiesel im Schlaf überraschen und fangen können. »Die Hand des Schicksals liegt schwer auf diesem Ort«, sagte ich. »Und noch schwerer auf seinen früheren Besitzern. Es ist seltsam, daß ein so großes Stück Land keinen Erben hat! Und doch könnte Peter Rugg noch heute an seiner eigenen Tür vorüberfahren und fragen: Wer wohnte hier einst?«
Der Auktionator, der vom Sachwalter ermächtigt war, das Anwesen zu verkaufen, war ein redegewandter Mann, wie es viele der Bostoner Versteigerer sind. Die günstige Gelegenheit schien das zu rechtfertigen, und die Pflicht zwang ihn, seine Gabe voll und ganz herauszustellen. Mit der folgenden Rede wandte er sich an seine Zuhörer:
»Dieses Anwesen, meine Herren, das wir Ihnen heute hier zum Kauf anbieten, war einst das Eigentum einer jetzt ausgestorbenen Familie. Aus eben diesem Grunde ist es dem Staate zugefallen. Damit sich niemand der verehrten Anwesenden aus Furcht vor einem umstrittenen Rechtsanspruch abschrecken läßt, auf ein so großes Grundstück zu bieten, hat mich die oberste Justizbehörde autorisiert, zu erklären, daß der Käufer mit der besten Legislation versehen wird: mit einer Garantie-Urkunde unseres Staates. Ich erkläre dies ausdrücklich, meine Herren, da ich weiß, daß hier ein haltloses Gerücht umgeht, nach dem ein gewisser Peter Rugg, der ursprüngliche Besitzer dieses Anwesens, noch am Leben sei. Dieses Gerücht, meine Herren, entbehrt jeder Grundlage und kann nach Lage der Dinge

auch keine Grundlage haben. Es kam vor etwa zwei Jahren auf durch den unglaubwürdigen Bericht eines gewissen Jonathan Dunwell aus New York. Mrs. Croft, deren Gatten ich unter den Anwesenden sehe und den sehr nach diesem Anwesen gelüstet, hat viel dazu beigetragen, diese Version des Mr. Dunwell zu begünstigen. Aber, meine Herren, kennen Sie irgendein Grundstück, besonders ein Anwesen von einem solchen Wert wie dieses hier, das fast ein halbes Jahrhundert herrenlos daläge, wenn irgendein noch so entfernter Erbe noch am Leben wäre? Denn, meine Herrschaften, alle stimmen doch darin überein, daß der alte Peter Rugg, sollte er überhaupt noch leben, mindestens hundert Jahre alt sein müßte. Es wird behauptet, daß er und seine Tochter mit Pferd und Wagen seit über einem halben Jahrhundert verschollen sind, und weil sie nie zurückkehrten, so müßten sie noch immer am Leben sein und würden eines Tages wieder erscheinen und ihre Ansprüche auf dieses große Anwesen hier geltend machen. Eine solche Logik, meine Herren, hat noch nie zu einer guten Geldanlage geführt. Lassen Sie sich durch derartige leere Gerüchte nicht irremachen in Ihren ehrenhaften Absichten, diese Ruine wieder dem Genius der Architektur zu erschließen. Wenn solche Zusammenhänge schon genügten, den Unternehmungsgeist zu hemmen, dann lebewohl, kaufmännisches Wagnis! Ihr Gewinn würde, statt Ihren Schlaf mit goldenen Träumen neuer Spekulationsquellen zu erfrischen, für Sie zu einem Alpdruck werden. Das Geld eines Mannes dient, wenn es nicht arbeitet, nur dazu, ihm seine Ruhe zu nehmen. Sehen Sie, welcher Anblick sich Ihnen hier bietet. Hier liegt ein halbes Acre Land – über zwanzigtausend Quadratfuß –, ein Grundstück mit wunderbaren Möglichkeiten. Es ist keiner der engen Plätze von vierzig mal fünfzig Fuß, wo man an den Hundstagen nur durch Luken atmen kann. Ganz im Gegenteil, ein Architekt wird dieses Grundstück nicht ohne Entzücken ansehen können; denn hier bietet sich seinem Genius Raum genug, um selbst den Tempel Salomos in den Schatten zu stellen. Dann die Aussicht – wie wundervoll! Im Osten ist der Atlantische Ozean so nahe, daß Neptun, beladen mit den erlesensten Schätzen der ganzen Welt, mit seinem Dreizack an Ihre Tür klopfen kann. Im Westen werden bald die Produkte des Paradiesflusses Connecticut dank der Erfindung von Dampf, Eisenbahn und der Erbauung von Kanälen unter Ihrem Fenster vorübergleiten, und so wird an dieser Stelle Neptun um Ceres freien, und auf dieser Hochzeit werden Pomona aus Roxbury und Flora aus Cambridge tanzen.

Männer der Wissenschaften, Männer von Geschmack, ihr Bürger der literarischen Hochburg – denn ich erkenne viele von ihnen unter den Anwesenden –, für Sie muß dies hier heiliger Boden sein. Wenn ein Ort, auf dem in vergangenen Zeiten ein Held auch nur einen Fußabdruck hinterließ, heute geweiht ist, welchen Wert muß dann erst der Geburtsplatz eines Mannes haben, der, wie alle Welt weiß, gerade hier gegenüber in der Middle Street geboren wurde und der, wäre sein Geburtsort nicht so gut bekannt, von mehr als sieben Städten für sich beansprucht würde! Für Sie also muß dieses Grundstück von unschätzbarem Wert sein. In Kürze wird direkt vor dem Hause, das Sie hier bauen, ein Denkmal errichtet werden, das Bewunderung und Verehrung der ganzen Welt erlangen wird. Eine Säule wird sich bis zu den Wolken erheben, und in diese Säule wird ein Wort eingemeißelt sein, das all das einschließt, was dem Verstand als weise, den Wissenschaften als nützlich, der Moral als gut, im Rate klug und in den Prinzipien als gütig gilt – der Name eines Menschen, der, während er lebte, der Beschützer der Armen war und dem die Zuneigung der Hütten ebenso gehörte wie die Bewunderung der Könige; der Name eines Mannes, der nun, da er tot ist den sieben Weisen Griechenlands ebenbürtig ist. Ist es noch nötig, seinen Namen zu nennen? Er fesselte den Blitz und zügelte den Donner.

Männer aus North End! Ist es nötig, daß ich an Ihren Patriotismus appelliere, um den Wert dieses Grundstückes zu erhöhen? Es gibt keinen zweiten Ort auf der ganzen Erde, der diesem Platz hier gleichkäme. Gerade um die Ecke wohnte James Otis, hier Samuel Adams, dort Joseph Warren und hinter jener Ecke Josiah Quincy. Hier war der Geburtsort der Freiheit. Hier wurde die Freiheit geboren, aufgezogen, und hier wuchs sie heran. Hier wurde der Mensch neu geschaffen. Hier liegt die Kinderstube der amerikanischen Unabhängigkeit – ach, ich bin zu bescheiden –, hier begann die Befreiung der Welt. Nach tausend Generationen werden Millionen von Menschen den Atlantik überqueren, nur um einmal das North End von Boston gesehen zu haben. Ihre Väter haben – ach, was sage ich – Sie selbst – ja, in diesem Augenblick sehe ich, daß einige an dieser Auktion teilnehmen, die selbst mit Hand angelegt haben, als es hieß, die Wiege der Unabhängigkeit zu schaukeln.

Männer mit Geschäftssinn – ihr, die ihr für alles taub seid, es sei denn für den Klang des Geldes –, ich weiß, ihr werdet mir beide Ohren leihen, wenn ich euch sage, daß die Stadt Boston einen Teil des Anwesens kaufen muß, damit die Ann Street verbreitert werden kann. Haben Sie das gehört – haben Sie mich verstanden? Ich sage, die Stadt muß einen großen Streifen dieses Landes kaufen, um die Ann Street zu verbreitern. Was für eine Gelegenheit! Die Stadt lehnt es ab, das Land eines Mannes umsonst zu nehmen. Wenn sie auch euer Eigentum einzieht, so ist sie doch selbst über alle Erwartungen der Geizigen großzügig. Der einzige Nachteil ist, daß Sie Gefahr laufen, unter der Last des Reichtums zu ersticken. Denken Sie nur an die alte Dame, die kürzlich gebrochenen Herzens starb, als ihr der

Bürgermeister für ein Stück ihres Kräutergartens etwas bezahlte. Alle Ärzte stimmten in ihren Ansichten darüber überein, daß beim Anblick des Schatzes, den ihr der Bürgermeister unvorsichtigerweise in blinkenden, frisch von der Münze kommenden Dollars zahlte, alles Blut ihres Körpers vor lauter Freude in das Herz zurückströmte, so daß es vor lauter Entzücken barst. Aus diesem Grunde sollte der Käufer dieses Grundstückes allein sein Glück fürchten, nicht aber Peter Rugg. So bietet also denn freigiebig und laßt euch nicht durch Peter Ruggs Namen in eurem Eifer beeinträchtigen. Wieviel bietet ihr für einen Fuß dieses Bodens?«
So hatte der Auktionator gesprochen und schwang nun anmutig seinen Elfenbeinhammer. Von fünfzig auf fünfundsiebzig Cent pro Fuß wurde in wenigen Augenblicken gesteigert. Das Angebot stieg weiter von fünfundsiebzig auf neunzig. Schließlich wurde ein Dollar geboten. Der Versteigerer schien damit zufriedengestellt zu sein, sah auf die Uhr und gab bekannt, daß er das Anwesen in fünf Minuten zuschlagen würde, wenn keiner mehr biete.
In dieser kurzen Zeit herrschte tiefes Schweigen. Während der Hammer noch in der Luft schwebte, hörte man ein seltsames, rumpelndes Geräusch, das sogleich die Aufmerksamkeit aller auf sich zog. Dann klang es wie das Geräusch, das viele Schiffsbauer verursachen, wenn sie die Bolzen eines Kriegsschiffes eintreiben. Als der Lärm näher kam, riefen einige der Anwesenden aus: »Die Gebäude am Neuen Markt fallen alle in Trümmer.« Andere sagten: »Nein, es ist ein Erdbeben, wir spüren, wie die Erde unter uns zittert.« Wieder andere sagten: »Nein, nein, der Lärm kommt von der Hanover Street her und nähert sich.« Und diese Ansicht erwies sich als richtig; denn plötzlich stand Peter Rugg mitten unter uns.
»Ach, Jenny«, sagte Peter, »ich bin ruiniert. Unser Haus ist niedergebrannt, und alle Nachbarn stehen um die

Trümmer herum. Der Himmel gebe, daß sich deine Mutter in Sicherheit befindet.«

»Sie sehen nicht wie unsere Nachbarn aus«, sagte Jenny. »Aber unser Haus ist tatsächlich niedergebrannt, nichts ist übriggeblieben außer dem Türstein und einem alten Zedernholzbalken. Frage doch nur endlich, wo Mutter ist.«

In der Zwischenzeit hatten mehr als tausend Menschen Rugg, sein Pferd und seinen Wagen umringt. Aber weder Rugg persönlich noch sein Pferd und Wagen zogen mehr Aufmerksamkeit auf sich als der Versteigerer. Der zuversichtliche Blick und das suchende Auge Ruggs überzeugten die Anwesenden weit mehr, daß ihm das Grundstück gehörte, als es irgendein Dokument oder Papier mit Unterschrift und Siegel vermocht hätte. Der Eindruck, den der Auktionator noch eben auf die Anwesenden gemacht hatte, war im Nu verblichen, und obwohl seine letzten Worte gelautet hatten: »Fürchtet Peter Rugg nicht«, war ihm in dem Augenblick, da er dem Blick Ruggs begegnete, all seine Unternehmungslust vergangen. Sein Arm fiel schlaff an seiner Seite herab, sein eben noch so lebhafter Hammer lag schwer in seiner Hand, und die ganze Versteigerung war vergessen. Auch der Rappe legte dafür Zeugnis ab. Er wußte, daß seine Reise zu Ende war; denn er reckte sich zu anderthalbfacher Größe auf, legte seinen Kopf auf den Zedernholzbalken und wieherte dreimal, wobei sein Geschirr vom Zaume bis zur Kruppe erzitterte.

Dann erhob sich Rugg, stand aufrecht in seinem Wagen und fragte gebieterisch: »Wer hat in meiner Abwesenheit mein Haus zerstört? Denn ich sehe keine Zeichen eines Brandes. Ich will wissen: durch welches Unglück ist dies geschehen. Und warum hat sich diese Ansammlung seltsamer Menschen vor meiner Tür eingefunden? Ich glaubte, jedermann in Boston zu kennen, ihr aber scheint mir ein neues Geschlecht zu sein. Dennoch sind

mir aber viele der hier anwesenden Gesichter vertraut, und ich kann einige von euch beim Namen nennen, aber um der Wahrheit die Ehre zu geben, muß ich gestehen, daß ich mich nicht erinnern kann, auch nur einen von euch schon früher einmal gesehen zu haben. Dort, des bin ich sicher, das ist ein Winslow und dies hier ein Sargent. Dort steht ein Sewall, und neben ihm, das ist ein Dudley. Will denn keiner von euch etwas sagen – oder ist das alles nur ein Zauber? Ich sehe doch viele menschliche Gestalten vor mir, auch an Augen fehlt es nicht, aber an Bewegung, Stimme und Gehör scheint es euch zu mangeln. Eigenartig! Will mir denn keiner sagen, wer mein Haus zerstört hat?«
Da erhob sich eine Stimme aus der Menge; aber woher sie kam, konnte ich nicht feststellen: »Nichts ist hier eigenartig außer Ihnen selbst, Mr. Rugg. Die Zeit, die alle Dinge zerstört und erneuert, hat auch Ihr Haus in sich zusammenstürzen lassen und uns hierhergeführt. Viele Jahre haben Sie in einer Täuschung gelebt. Der Sturm, den Sie in Menotomy so gottlos herausgefordert haben, hat sich endlich gelegt, aber Sie werden Ihr Heim nie wiedersehen; denn Ihr Haus, Ihre Frau und Ihre Nachbarn, alles ist vergangen. Ihr Anwesen ist das einzige, was blieb, aber es ist Ihnen kein Heim mehr. Das vergangene Zeitalter hat Sie ausgestoßen, und dem heutigen sind Sie nicht gewachsen. Ihr Haus ist verschwunden, und Sie werden auf dieser Welt keine Heimat mehr finden.«

EDGAR ALLAN POE

Edgar Allan Poe (1809–49), mit drei Jahren Vollwaise, führte wie seine Eltern vor ihm das Leben eines Bohemien, aber eines begnadeten, für den Boston so wenig Raum bot wie der Pflegevater, Mr. Allan. Auf der Schule zeigte er große Begabung für solche Fächer, die Methode verlangten. Als Student ergab er sich dem Spiel, machte Schulden und überwarf sich mit Allan. Er läuft davon, dient in einer entlegenen Garnison in Südkarolina und gelangt für kurze Zeit auf die Militärakademie West Point. In jenen Jahren entsteht Lyrik, romantisch und leicht dekadent; ihr folgen makabre Novellen, deren ausgeprägteste in den 'Tales of the Grotesque and Arabesque' (1840–45) wiedererscheinen. An Zukunftsromane, Wissenschafts- und Reise-Phantasien reihen sich die weltberühmten analytischen Detektivgeschichten um Monsieur Dupin, die ersten ihrer Art. Allerdings war Poe auf allen Gebieten originell. Er ist ein scharfer Beobachter der Psyche, des Bewußtseins, der Grenzen und Zusammenhänge zwischen Stofflichem und Geistigem. Er komponiert mit mathematischer Präzision, deren Grundsätze er in literaturhistorischen Programmen formuliert, die für die Entwicklung der Kurzgeschichte bedeutungsvoll wurden. Poe hat insbesondere auf die französische Literatur (Baudelaire) eingewirkt.

DAS VERRÄTERISCHE HERZ

Allerdings ... nervös, furchtbar nervös war ich und bin es noch; aber müßt ihr deshalb sagen, daß ich wahnsinnig sei? Die Krankheit hat mir die Sinne nicht abgestumpft oder zerstört, sondern geradezu verfeinert. Vor allem zeichnete sich mein Gehörsinn durch Schärfe aus. Ich hörte alles im Himmel und auf Erden, vieles sogar in der Hölle. Aber wie ... bin ich deshalb wahnsinnig? Hört zu und gebt gut acht, wie klug und gelassen ich euch die ganze Geschichte erzählen kann!

Ich kann nicht sagen; wie mir der Gedanke zuerst in den Kopf kam; aber einmal drinnen, beherrschte er mich bei Tag und Nacht. Zu holen war nichts dabei. Leidenschaft empfand ich keine. Ich liebte den alten Mann. Er hatte mir nie etwas zuleide getan. Er hatte mich nie gekränkt. Sein Gold begehrte ich nicht. Ich vermute, daß es sein Auge war. Ja, gewiß war es das! Eins seiner Augen glich einem Geierauge. Es war blaßblau mit einer krankhaften Trübung. Jedesmal, wenn sein Blick auf mich fiel, gefror mir das Blut. Und so entschloß ich mich ganz ... ganz allmählich, dem alten Mann das Leben zu nehmen und mich so für immer von diesem Auge zu befreien.
Die Sache ist die. Ihr haltet mich für verrückt. Verrückte verstehen nichts. Dagegen hättet ihr mich sehen sollen! Ihr hättet sehen sollen, wie klug ich vorging ... mit welcher Vorsicht, Bedachtsamkeit und Tücke ich alles zu richten wußte!
Nie war ich freundlicher zu dem Alten als in der Woche, bevor ich ihn tötete. Allnächtlich um Mitternacht drückte ich die Klinke seiner Tür nieder und öffnete sie ... oh, wie sacht! Und wenn die Öffnung gerade für meinen Kopf ausreichte, schob ich eine verdunkelte Laterne hinein, ganz ... ganz verdunkelt, so daß kein Lichtschimmer herausdrang, und dann folgte ich mit dem Kopfe nach. Ach, wie hättet ihr gelacht, wenn ihr gesehen hättet, wie listig ich ihn hineinschob! Ich bewegte ihn langsam ... ganz ... ganz langsam vorwärts, so daß ich den Schlaf des Alten nicht störte. Es bedurfte einer ganzen Stunde, bis ich meinen Kopf so weit drinnen hatte, daß ich ihn in seinem Bett liegen sehen konnte. Ha ha ... wäre wohl ein Wahnsinniger mit solcher Klugheit vorgegangen? Und wenn sich mein Kopf endlich im Zimmer befand, öffnete ich vorsichtig ... oh, so vorsichtig ... die Laterne – ihre Scharniere knarrten nämlich –, bis ein einziger, haardünner Strahl auf das Geierauge fiel. Das gleiche tat

ich in sieben langen Nächten, immer pünktlich um Mitternacht... aber stets fand ich das Auge geschlossen. Und so war es mir unmöglich, die Tat zu begehen; denn nicht der alte Mann quälte mich, sondern sein böser Blick. Und jeden Morgen, wenn der Tag nahte, trat ich dreist in sein Zimmer, redete ihn mit munteren Worten an, nannte ihn herzlich beim Namen und erkundigte mich, wie er die Nacht verbracht habe. Da seht ihr, daß er schon ein sehr gewitzter alter Mann sein mußte, um zu argwöhnen, daß ich allnächtlich um zwölf, während er schlief, zu ihm hineinsah.

In der achten Nacht war ich beim Öffnen der Tür noch vorsichtiger als sonst. Der Minutenzeiger einer Taschenuhr bewegt sich schneller, als es meine Hand tat. Niemals hatte ich wie in dieser Nacht das Ausmaß meiner Fähigkeiten, meines Scharfsinns gefühlt. Ich konnte meine Triumphgefühle kaum unterdrücken. Zu denken, daß ich da stand, allmählich die Tür öffnete, und er ahnte meine heimlichen Handlungen und Gedanken nicht einmal im Traum! Ich mußte bei diesem Einfall kichern... und vielleicht hörte er mich. Denn plötzlich bewegte er sich, wie erschreckt, im Bette. Nun denkt ihr wohl, daß ich mich zurückzog... o nein! Sein Zimmer war von pechschwarzer Dunkelheit erfüllt; denn aus Furcht vor Einbrechern hatte er die Läden fest verschlossen. Ich wußte also, daß er nicht sehen konnte, wie die Tür aufging. Und so öffnete ich sie immer weiter... immer weiter.

Mein Kopf befand sich schon drinnen, und eben wollte ich die Laterne aufblitzen lassen, als mein Daumen von dem schmalen Verschluß abglitt... da schnellte der Alte im Bett empor und schrie: »Wer ist da?«

Ich verhielt mich ganz still und sagte nichts. Eine volle Stunde lang bewegte ich keinen Muskel; ich hörte aber auch nicht, daß er sich wieder hinlegte. Horchend saß er aufrecht im Bette... wie ich selbst es getan, Nacht für Nacht... den Totenuhren im Gebälk lauschend.

Jetzt vernahm ich ein leises Stöhnen, und ich wußte, daß es das Stöhnen tödlichen Grauens war. So stöhnt man nicht vor Schmerz oder Kummer... o nein... es war der leise, halb erstickte Laut, der aus der Tiefe der Seele dringt, wenn die Bürde der Angst unerträglich geworden ist. Ich kannte den Laut wohl. Zu mancher Mitternacht, wenn alles schlief, quoll er aus meiner eigenen Brust empor, mit seinem schrecklichen Echo die Qual, die mich durchwühlte, vertiefend. Ich sage, ich kannte ihn wohl. Ich wußte, was der Alte empfand... und er tat mir leid, obwohl ich innerlich lachen mußte. Ich wußte, daß er seit dem ersten leisen Geräusch, mit dem er sich im Bett umgedreht hatte, wach lag. Seitdem war seine Angst ins Maßlose gewachsen. Er hatte versucht, sie als grundlos abzutun; aber es ging nicht. Er hatte zu sich gesagt: Es ist nur der Wind im Schornstein – oder: Es ist eine Maus, die über den Fußboden läuft – oder: Es ist nur ein Heimchen, das ein einziges kleines Mal zirpte. Ja, er hat versucht, sich mit solchen Überlegungen Mut zu machen; aber es hat sich alles als vergeblich erwiesen. Alles vergeblich... Denn schon war ihm der schwarze Schatten des Todes genaht und umschlang sein Opfer. Und der unheimlichen Wirkung dieses unsichtbaren Schattens war es zuzuschreiben, daß er, ohne etwas hören oder sehen zu können, die Anwesenheit meines Kopfes im Zimmer fühlte.

Als ich lange sehr geduldig gewartet hatte, ohne zu hören, daß er sich wieder hinlegte, beschloß ich, die Laterne um einen ganz... ganz kleinen Spalt zu öffnen. Ihr könnt euch nicht vorstellen, wie heimlich... wie heimlich ich dies tat ... bis am Ende ein spinnwebfeiner, matter Lichtstrahl aus dem Spalt voll auf sein Geierauge traf.

Es stand offen... weit... weit offen... und ich wurde rasend, als ich es erblickte. Ich sah es ganz deutlich... von trübem Blau mit einem ekelhaften Schleier darüber, der mir das Mark in den Knochen erstarren ließ; aber vom Gesicht oder von der Gestalt des Alten konnte ich nichts sehen; denn geradezu instinktiv hatte ich den Strahl genau auf die verfluchte Stelle gelenkt.

Und nun – habe ich euch nicht gesagt, daß das, was ihr für Wahnsinn haltet, nur eine Überfeinerung der Sinne sei? –, nun, sage ich, drang an mein Ohr ein leises, dumpfes, hastendes Geräusch... wie von einer in Baumwolle eingehüllten Uhr. Ich kannte dieses Geräusch nur zu gut. Es war der Schlag seines Herzens. Es steigerte meinen Zorn, wie der Trommelklang den Mut des Soldaten belebt.

Aber auch jetzt noch hielt ich mich zurück und blieb ruhig. Ich atmete kaum. Ich hielt die Laterne ohne Bewegung. Ich probierte, wie lange ich den Strahl auf das Auge richten konnte. Unterdessen steigerte sich das höllische Trommeln seines Herzens. Es wurde jeden Augenblick schneller und schneller... lauter und lauter. Das Entsetzen des Alten muß ohne Maßen gewesen sein. Jeden Augenblick lauter und lauter, habe ich gesagt... versteht ihr mich recht? Ich gab zu, nervös zu sein; ich bin es noch. Und jetzt in der Stille der Nacht, in der schrecklichen Lautlosigkeit dieses alten Hauses erfüllte mich das sonderbare Geräusch mit unsagbarem Grauen. Ja... einige Minuten bezwang ich mich noch und verhielt mich still. Aber das Schlagen wurde immer lauter! Ich dachte, das Herz müsse ihm zerspringen. Und nun wurde ich von einer neuen Angst gepackt... der Angst, daß ein Nachbar das Geräusch hören könne. Die Stunde des alten Mannes war gekommen. Laut schreiend riß ich die Laterne auf und sprang ins Zimmer. Er stieß einen quietschenden Laut aus... einmal nur. Im Nu zerrte ich ihn auf den Fußboden nieder und zog das schwere Bett über ihn. Dann lächelte ich in mich hinein... erfreut, daß ich die Tat so weit vollbracht hatte. Viele Minuten schlug das Herz wie erstickt weiter. Allein dies beunruhigte mich nicht;

durch die Wand würde man es nicht hören können. Endlich hörte es auf. Der Alte war tot. Ich zog das Bett weg und untersuchte die Leiche. Ja, tot war er ... mausetot. Ich legte meine Hand auf sein Herz und ließ sie viele Minuten dort liegen. Da schlug nichts mehr. Er war mausetot. Sein Auge würde mich hinfort nicht mehr peinigen.

Wenn ihr mich immer noch für wahnsinnig haltet, so werdet ihr anders denken, wenn ich die weisen Maßnahmen beschreibe, die ich ergriff, um den Leichnam zu beseitigen. Die Nacht schwand hin, und ich arbeitete eifrig, stumm. Vor allem zerlegte ich zuerst die Leiche. Ich trennte den Kopf, die Arme und Beine ab.

Dann entfernte ich drei Dielen aus dem Fußboden des Zimmers und legte alles zwischen die Verbindungsteile. Dann setzte ich die Bretter so ordentlich, so geschickt wieder ein, daß kein menschliches Auge – nicht einmal das seine – etwas Verdächtiges bemerkt hätte. Da gab es nichts abzuwaschen ... keinen Fleck irgendwelcher Art ... kein Blut. Dazu war ich viel zu vorsichtig gewesen. Ich hatte alles in einem Faß aufgefangen ... ha ha!

Als ich die Arbeit beendet hatte, war es vier Uhr und noch so finster wie um Mitternacht. Mit dem Glockenschlag klopfte es an der Haustür. Ich ging leichten Herzens hinunter, sie zu öffnen ... was sollte ich denn nun noch befürchten? Drei Männer, die sich mit vollendetem Takt als Polizisten vorstellten, traten ein. Während der Nacht hatte ein Nachbar einen Schrei gehört, und es war ein häßlicher Verdacht entstanden. Man hatte die Polizei benachrichtigt, und die Beamten waren zur Haussuchung beordert worden.

Ich lächelte ... was sollte ich denn befürchten? Ich hieß die Herren willkommen. Den Schrei, sagte ich, hätte ich selbst im Traum ausgestoßen. Der Alte, erwähnte ich nebenbei, sei aufs Land gereist. Ich führte meine Besucher durch das ganze Haus. Ich bat sie zu suchen, gründlich zu suchen. Zuletzt nahm ich sie mit in sein Zimmer. Ich zeigte ihnen seine Schätze ... sicher verwahrt, unberührt. Im Enthusiasmus meiner Zuversicht trug ich Stühle ins Zimmer und schlug ihnen vor, sich von ihren Bemühungen etwas zu erholen. Ich selbst, durch meinen vollkommenen Sieg übermütig gemacht, stellte meine Sitzgelegenheit just dahin, wo die Leiche meines Opfers unter dem Boden ruhte.

Die Beamten waren befriedigt. Mein Betragen hatte sie überzeugt. Sie saßen da und schwatzten vertrauliche Dinge, denen ich vergnügt antwortete. Aber nicht lange ... da fühlte ich, wie ich blaß wurde, und wünschte, sie gingen. Mein Kopf schmerzte, und ich bildete mir ein, ein Klingen in den Ohren zu hören. Aber sie saßen immer noch da und plauderten. Das Klingen wurde deutlicher ... es hielt an und wurde immer deutlicher, und ich sprach mutiger, um dieses Gefühl loszuwerden. Aber es hielt an und wurde bestimmter ... bis ich schließlich herausfand, daß das Geräusch gar nicht in meinen Ohren war!

Ohne Zweifel wurde ich jetzt sehr bleich; aber ich sprach noch schneller und lauter. Unterdessen schwoll das Geräusch an ... was konnte ich tun? Es war ein leises, dumpfes, hastendes Geräusch wie das einer in Baumwolle eingehüllten Taschenuhr. Ich rang nach Luft ... aber die Beamten hörten noch immer nichts. Ich redete drauflos ... immer schneller ... immer hitziger ... aber das Geräusch nahm fortgesetzt zu. Warum wollten sie nur nicht gehen? Ich ging mit schweren Schritten im Zimmer umher, bis zum Wahnsinn erregt durch die beobachtenden Blicke der Männer ... aber das Geräusch schwoll immerzu an. O Gott ... was konnte ich tun? Ich schäumte ... tobte ... fluchte! Ich schwang den Stuhl, auf dem ich gesessen, durch die Luft ... ich schabte mit ihm über die Dielen ... das Geräusch übertönte alles und schwoll immer mehr an. Es wurde lauter ... lauter ... lauter! Noch immer schwatzten die

Männer und lächelten dabei. War es denkbar, daß sie nichts hörten? Allmächtiger Gott, o nein, nein! Sie hörten es ja! Sie schöpften Verdacht! Sie wußten! Sie machten sich einen Spaß aus meinem Entsetzen! So dachte ich, so denke ich noch. Alles andere war besser als dieses Grauen! Alles war erträglicher als dieser Hohn! Ich konnte dieses scheinheilige Lächeln nicht länger ertragen! Ich fühlte: schreien mußte ich oder – sterben! Und jetzt: ... wieder ... horch! Lauter ... lauter ... lauter ... lauter!

»Halunken!« schrie ich, »verstellt euch nicht länger! Ich gestehe die Tat! Reißt die Dielen auf ... hier ... hier! Es ist der Schlag seines gräßlichen Herzens!«

NATHANIEL HAWTHORNE

Nathaniel Hawthorne (1804–64), Sproß einer der ältesten Familien Neu-Englands, bildet in seiner puritanischen Herkunft einen Gegensatz zu Poe. Er war im vierten Glied Erbe jenes Ahnen, der in den Hexenprozessen von Salem mitverurteilt hatte; und Erbsünde und Schuld, die Hawthornes gesamtes Werk beherrschen, waren für ihn Wirklichkeiten. Im 'Scharlachroten Buchstaben' (1850) rechtfertigt er die – zur Sünderin gestempelte – sittlich Lautere und verwirft damit falsche puritanische Moralnormen. Im 'Marmorfaun', in dem die Alte mit der Neuen Welt wirkungsvoll kontrastiert steht, gestaltet er die Sünde als seelenverwandelnde und läuternde Macht. Hawthorne ist der Meister des Sinnbilds; er ist Deuter, weniger Seher. Er kritisiert Traditionen, auch jüngste: die 'Blithedale Romance', eine Schlüsselromandichtung um die utopisch-sozialistische Siedlung Brook Farm, zeigt des Autors kühle Skepsis, sein eigentliches Wesen. Fast Größeres denn als Romancier leistete er als Geschichtenerzähler. Er folgt hier der Spur Irvings und dessen Vorläufern. Die 'Wiedererzählten Geschichten' (das erstemal in einer Zeitschrift erzählt) fanden wie ihr Fortsetzungsband freudige Aufnahme. Stoffe lieferte ihm auch hier die Geschichte Neu-Englands.

DER MAIBAUM VON FROHBERG

Die seltsame Geschichte der ersten Besiedlung von Mount Wollaston oder Frohberg bietet einen trefflichen Stoff für eine romantische Geschichte mit philosophischem Hintergrund. In der kurzen Skizze, die hier versucht wird, haben sich die Tatsachen, die in den schlicht abgefaßten Büchern unserer neu-englischen Chronisten berichtet werden, fast von selbst zu einer Art Allegorie zusammengefügt. Die Maskeraden, der Mummenschanz und die festlichen Sitten, die im Text geschildert werden, stimmen mit den Gewohnheiten jener Zeit überein. Bestätigungen dafür sind in Strutts Buch vom 'Spiel, Sport und Brauchtum des Volkes in England' zu finden.

*

Hell waren die Tage zu Frohberg, als der Maibaum das Banner der heiteren Siedlung trug. Die ihn hegten, hätten Neu-Englands rauhe Berge in Sonnenschein getaucht und hätten Blumensamen rings in den Boden gestreut, wäre ihr Banner siegreich gewesen. Aber Fröhlichkeit und Düsternis rangen um die Herrschaft. Sommersonnenwende war gekommen, hatte dem Walde tiefes Grün gebracht und trug Rosen im Schoß. Ihre Farbe leuchtete tiefer als die zarten Knospen des Frühlings. Aber der Mai oder doch sein heiterer Geist lebte das ganze Jahr zu Frohberg, scherzte mit den Sommermonden, schwelgte mit dem Herbst und badete sich im warmen Glühen der winterlichen Kamine. Durch eine Welt von Mühe und Sorge huschte er mit traumhaftem Lächeln und kam hierher und fand sein Heim in den fröhlichen Herzen von Frohberg.
Nie war der Maibaum so heiter geschmückt wie um Sonnenuntergang zur Sommersonnenwende. Dies angebetete Symbol war eine Fichte, die die schlanke Anmut der Jugend bewahrt hatte, während sie doch so hoch gewachsen war wie die alten Könige des Waldes. Von ihrer Spitze wehte ein seidenes Banner in den Farben des Regenbogens. Bis fast zum Boden war der Baum besteckt mit Birken und anderen Zweigen im tiefsten Grün und einigen mit silbrigen Blättern; alle waren befestigt mit Bändern in zwanzig verschiedenen Farben, und die flatterten in wunderlichen Schleifen, doch waren keine dunklen darunter. Gartenblumen und Blüten der Wildnis lachten fröhlich zwischen dem Grün, so taufrisch, als seien sie wie durch einen Zauber

auf dieser glücklichen Fichte gewachsen. Wo diese grüne und blumige Pracht endete, war der Stamm des Maibaums bemalt mit den sieben glänzenden Farben der Fahne, die er an seiner Spitze trug. Am untersten grünen Zweig hing ein üppiges Gewinde von Rosen; manche waren an den sonnigsten Stellen des Waldes gepflückt, und andere von noch leuchtenderem Rot hatten die Kolonisten aus englischem Samen gezüchtet. O Volk des Goldenen Zeitalters, das war dein größter Bauernfleiß, Blumen zu ziehn!

Aber was war das für eine ausgelassene Menge, die da Hand in Hand um den Maibaum stand? Es waren doch wohl nicht Faune und Nymphen, vertrieben aus ihren klassischen Hainen und den Heimstätten alter Mythen, die wie alle Verfolgten in den frischen Wäldern des Westens Zuflucht gesucht hatten? Nein, das waren nordische Ungeheuer, wenn auch vielleicht von griechischer Herkunft. Auf den Schultern eines anmutigen Jünglings wuchsen Haupt und verzweigtes Geweih eines Hirsches; ein anderer, sonst menschlich in allen Zügen, hatte das grimmige Gesicht eines Wolfes; ein dritter, auch mit dem Leib und den Gliedern eines menschlichen Wesens, zeigte den Bart und die Hörner eines ehrwürdigen Ziegenbocks. Da stand ein aufrechter Bär, ganz und gar tierisch bis auf die Hinterbeine, die mit rosaseidenen Strümpfen bekleidet waren. Und da war auch noch – fast ebenso verwunderlich – ein richtiger Bär aus dem finsteren Wald und reichte jede seiner Vordertatzen einer menschlichen Hand, und so war er bereit zum Tanz wie jeder andere im Kreis. Mit seinem niederen Leib hob er sich halb, um die Hände derer zu fassen, die sich zu ihm bückten. Andere Gesichter glichen denen von Männern und Frauen, aber sie waren entstellt oder übertrieben mit roten Nasen, die bis über den Mund hingen, und der schien von furchtbarer Tiefe und reichte von einem Ohr bis zum andern in unaufhörlichem Gelächter. Da konnte man auch den Wilden

Mann sehen, wohlbekannt in der Wappenkunde, haarig wie ein Affe und mit grünen Blättern gegürtet. An seiner Seite erschien – eine edlere Gestalt, aber auch unecht – ein indianischer Jäger mit Federschmuck und einem Gürtel von aufgereihten Muschelschalen. Viele aus dieser seltsamen Gesellschaft trugen Narrenkappen und hatten Glöckchen an ihre Kleider genäht; die klingelten ihren silbernen Rundgesang im Einklang mit der unhörbaren Musik ihrer heiteren Gemüter. Ein paar Jünglinge und Mädchen waren sittsamer gekleidet, doch behaupteten sie ihren Platz in dieser ungleichen Menge durch den Ausdruck wilder Trunkenheit auf ihren Gesichtern. Das waren die Siedler von Frohberg, wie sie da rund um ihren verehrten Maibaum standen im klaren Lächeln des Sonnenunterganges.

Hätte ein Wanderer, in die Irre geführt von der Schwermut des Waldes, ihre Fröhlichkeit vernommen und einen halberschreckten Blick auf sie geworfen, dann hätte er wohl geglaubt, das seien die Scharen des Comus, ein paar schon in Tiere verwandelt, ein paar halb Mensch, halb Tier, und die anderen tobend im Strom trunkener Fröhlichkeit, dem Vorläufer der Verwandlung. Eine Schar von Puritanern aber, die, selber unsichtbar, die Szene beobachtete, verglich die Masken jenen Teufeln und armen Seelen, mit denen ihr Aberglaube die schwarze Wildnis bevölkerte.

In diesem Kreis von Unholden erschienen die zwei zierlichsten Gestalten, die je auf festerem Boden als purpurgoldnen Wolken schritten. Die eine war ein Jüngling in glänzenden Kleidern, ein Halstuch mit dem Regenbogenmuster auf der Brust gekreuzt. Seine Rechte hielt einen vergoldeten Stab, ein Zeichen hoher Würde unter den Schwärmern, und seine Linke faßte die zarte Hand einer schönen Maid, die nicht weniger strahlend geschmückt war als er. Leuchtende Rosen hoben sich blühend aus den dunklen, glänzenden Locken der beiden, waren zu ihren Füßen verstreut oder dort von

Natur gewachsen. Hinter diesem zierlichen Paar, so nahe dem Maibaum, daß seine Zweige sein lustiges Gesicht beschatteten, stand die Gestalt eines englischen Priesters, nach Vorschrift gekleidet, doch auf heidnische Art mit Blumen und mit einem Kranz von Blättern einheimischen Weines geschmückt, und wie er so seine Augen rollend ringsumher schweifen ließ, schien er, den heidnischen Schmuck an seinem heiligen Gewand, das wildeste Ungetüm von allen und der Comus der Schar selber.

»Jünger des Maibaumes«, rief der blumenbedeckte Priester, »den ganzen Tag waren die Wälder durchhallt vom Echo eurer Freude. Dies aber sei eure froheste Stunde, ihr Lieben! Sehet, hier stehen der König und die Königin des Mai, die ich, Geistlicher von Oxford und Hoher Priester von Frohberg, jetzt zum Stande der heiligen Ehe einsegnen soll. Belebt euch, ihr schnellen Geister, ihr Maskentänzer, auf, ihr Grünen, ihr frohen Maiden, ihr Bären und Wölfe, ihr Gehörnten! Kommt, einen Chor nun anzustimmen, voll von der Heiterkeit des frohen England und der wilderen Fröhlichkeit dieses frischen Waldes; und dann einen Tanz, dem jungen Paar zu zeigen, woraus das Leben gemacht ist und wie leicht sie es durchschreiten sollen. Ihr alle, die ihr den Maibaum liebt, leiht eure Stimmen dem Brautgesang für den König und die Königin des Mai.«

Diese Ehe war ernster als das meiste in Frohberg, wo Scherz und Täuschung, Streiche und Phantasie einen ewigen Karneval feierten. Der König und die Königin des Mai – wenn sie ihre Titel auch freilich mit Sonnenuntergang ablegen mußten – sollten wirklich und wahrhaftig Partner sein für den Lebenstanz, und sein Takt hob an mit diesem prächtigen Abend. Das Rosengewinde, das vom untersten Zweig des Maibaumes hing, war für sie geschlungen und sollte ihnen beiden über den Kopf geworfen werden zum Zeichen ihres blühenden Bundes. Als der Priester gesprochen hatte,

erhob sich daher ein wilder Tumult unter dem Haufen von Unholden.
»Fangt den Vers an, Ehrwürden«, schrien sie alle, »und wir vom Maibaum werden einen frohen Gesang anstimmen, wie er noch nie die Wälder durchtönt hat.«
Sogleich ward in einem nahen Dickicht ein Vorspiel von Pfeifen, Zithern und Violen mit geübter Spielmannskunst begonnen und in so freudigem Ton, daß die Zweige des Maibaumes von dem Klange bebten. Der Maikönig aber mit dem vergoldeten Stab, der seiner Königin eben in die Augen sah, war erstaunt über den fast schwermütigen Blick, der den seinen traf.
»Edith, süße Maikönigin«, flüsterte er vorwurfsvoll, »ist das Rosengewinde ein Kranz, der auf unserem Grab liegen soll, daß du so traurig blickst? O Edith, dies ist unsere goldene Zeit: trübe sie nicht in deinem Gemüt mit Schatten der Schwermut; denn vielleicht wird in Zukunft nichts mehr strahlender sein als allein die Erinnerung an das, was jetzt vorübergeht.«
»Eben der Gedanke war es, der mich traurig machte! Wie kommt es, daß auch du daran denkst?« sagte Edith noch leiser als er; denn es war Hochverrat, in Frohberg traurig zu sein. »Deshalb seufze ich bei dieser festlichen Musik. Und dann, lieber Edgar, quäle ich mich mit einer Art Traum, ich stelle mir vor, diese Gestalten unserer lustigen Freunde wären Trugbilder, ihr Fröhlichsein wäre erlogen, und wir wären gar nicht wirklich Maikönig und Maikönigin. Was ist das für ein Geheimnis in meinem Herzen?«
Da eben, als habe ein Zauber sie gelöst, sank ein kleiner Schauer verwelkter Rosenblätter vom Maibaum herab. O weh den jungen Liebenden! Kaum hatte ihr Herz in wahrer Leidenschaft geglüht, da fühlten sie schon etwas Ungreifbares und Unbestimmtes in dem, was ihnen vorher Freude gewesen war, und eine trübe Vorahnung von unvermeidlichem Wechsel. Von dem Augenblick, da sie wirklich liebten, hatten sie sich dem Erden-

schicksal, der Sorge und dem Kummer und gestörter Freude unterworfen, und nun konnte Frohberg ihre Heimat nicht mehr sein. Dies war Ediths Geheimnis. Nun verlassen wir den Priester, der sie traute, und die Maskenträger, die sich um den Maibaum scharten, bis der letzte Sonnenstrahl seinen Wipfel verließ und die Schatten des Waldes sich düster in den Tanz mischten. Indessen wollen wir erfahren, wer diese lustigen Leute sind.

Vor zweihundert Jahren und noch früher wurden die Alte Welt und ihre Bewohner einander müde. Männer zogen zu Tausenden nach Westen, manche, um Glasperlen zu tauschen und eine Art Edelsteine für die Felle der indianischen Jäger; manche, um unentdeckte Reiche zu erobern; und eine ernste Schar, um zu beten. Aber keiner von all diesen Gründen galt für die Siedler von Frohberg. Ihre Anführer waren Leute, die so lange mit dem Leben gespielt hatten, daß, als Gedanken und Weisheit kamen, selbst diese unwillkommenen Gäste verführt wurden von der Schar von Eitelkeiten, die sie hätten in die Flucht schlagen sollen. Irrenden Gedanken und entstellter Weisheit wurde eine Maske umgebunden, und sie mußten nun die Narren spielen. Als die Leute, von denen wir sprechen, die frische Heiterkeit ihres Herzens verloren hatten, erdachten sie sich eine wilde Philosophie des Vergnügens und kamen hierher, um dies letzte Gebilde ihrer Phantasie zu verwirklichen. Sie sammelten Anhänger von jener leichtsinnigen Art, deren ganzes Leben ist wie die Festtage von nüchternen Leuten. In ihrem Zug gingen fahrende Sänger, nicht unbekannt in Londons Straßen; wandernde Schauspieler, deren Bühne die Säle der Edlen gewesen waren, Spieler, Seiltänzer und Marktschreier, die man lange bei Jahrmarkt, Kirchweih und Messe vermißt haben wird; mit einem Wort, Spaßmacher aller Art, an denen jenes Zeitalter so reich war, die jedoch nun von dem rasch anwachsenden Puritanismus offen mißbilligt wur-

den. Leicht gingen ihre Füße zu Lande, leicht kamen sie über die See. Viele waren von ihren früheren Sorgen um den Verstand gebracht und nun in eine lustige Verzweiflung geraten; andere waren toll und lustig in der Blüte ihrer Jugend wie der Maikönig und die Maienkönigin; aber wie auch immer ihr Frohsinn beschaffen sein mochte, alt und jung waren lustig in Frohberg. Die Jungen glaubten, sie seien glücklich. Die Älteren, wenn sie auch wußten, daß Lustigsein nur gefälschtes Glück ist, folgten doch willig dem falschen Schein, weil wenigstens ihre Kleider hell glänzten. Eingefleischte Faulenzer auf Lebenszeit, wagten sie sich nicht unter die nüchternen Wahrheiten des Lebens, nicht einmal, um wirklich gesegnet zu werden.
All die ererbten Spiele waren aus dem alten England hierher verpflanzt worden. Der König der Weihnacht ward gekrönt, wie es ihm gebührte, und der Weihnachtsmann führte ein mächtiges Regiment. Am Johannisabend fällten sie ganze Morgen Wald, um Freudenfeuer anzuzünden, tanzten die ganze Nacht um die Flammen, gekrönt mit Kränzen und warfen Blumen ins Feuer. Zur Erntezeit – obwohl ihre Ernte die kümmerlichste war – machten sie ein Götzenbild aus den Garben von Mais, kränzten es mit herbstlichen Girlanden und trugen es im Triumph heim. Mehr als alles andere aber bezeichnete die Verehrung des Maibaumes die Bewohner von Frohberg. Er hat ihre tatsächliche Geschichte zu einer Dichtung gemacht. Der Frühling schmückte dies geheiligte Sinnbild mit jungen Blüten und frischen grünen Zweigen; der Sommer brachte Rosen von tiefstem Rot und das ganze Laubwerk des Waldes; der Herbst schmückte ihn mit jener roten und gelben Pracht, die jedes Blatt des Waldes in eine gemalte Blume verwandelt; der Winter versilberte ihn mit Schnee und behing ihn rings mit Eiszapfen, bis er blitzte im kalten Sonnenschein, als sei er selbst ein gefrorener Sonnenstrahl. So brachte jede neue Jahreszeit

dem Maibaum ihre Huldigung dar und zollte ihm allen Tribut aus ihrer eigenen reichsten Pracht. Seine Anbeter umtanzten ihn wenigstens einmal im Monat; manchmal nannten sie ihn ihre Religion oder ihren Altar; immer aber war er der Fahnenmast von Frohberg.
Unglücklicherweise lebten Menschen in der Neuen Welt, die einen ernsteren Glauben hatten als diese Maibaumanbeter. Nicht weit von Frohberg lag eine Siedlung von Puritanern, meist arme Teufel, die vor Tagesanbruch ihre Gebete sprachen und dann im Wald oder auf dem Feld arbeiteten, bis es Abend und wieder Betzeit wurde. Immer hatten sie ihre Waffen zur Hand, um herumstreifendes Wild niederzuschießen. Wenn sie zu Sitzungen zusammenkamen, dann niemals, um den alten englischen Frohsinn wachzuhalten, sondern um Predigten zu hören, drei Stunden lang, oder auf die Köpfe von Wölfen und auf die Skalps von Indianern Belohnungen auszusetzen. Ihre Feste waren Fastentage und ihr größtes Vergnügen das Singen von Psalmen. Weh dem Jüngling oder dem Mädchen, das von einem Tanz auch nur träumte! Der Magistrat nickte dem Wachmann zu, und schon mußte der leichtfüßige Verdorbene seine Strafe absitzen; oder wenn er tanzte, dann rund um den Schandpfahl, den man den puritanischen Maibaum hätte nennen können.
Eine Schar dieser grimmigen Puritaner, die sich mühsam durch den unzugänglichen Wald arbeitete, jeder mit einer ganzen Pferdeladung von Eisenwaffen, die seinen Schritt beschwerte, kam zuweilen in die sonnige Gegend von Frohberg. Da tanzten die lustigen Siedler um den Maibaum, lehrten vielleicht einen Bären das Tanzen oder mühten sich, einem ernsthaften Indianer ihre Fröhlichkeit mitzuteilen; oder sie verkleideten sich in die Häute von Hirschen und Wölfen, die sie eigens für diesen Zweck gejagt hatten. Oft spielte die ganze Kolonie Blindekuh, die Beamten und alle anderen hatten die Augen verbunden, außer einem einzigen Sünden-

bock, den die blinden Sünder nach dem Klingeln der Glocken an seinem Kleid verfolgten. Einmal sah man, so wurde erzählt, wie sie einer blumenbedeckten Leiche fröhlich mit festlicher Musik zum Grabe folgten. Aber ob der Tote wohl lachte? In ihren stillsten Stunden sangen sie Balladen und erzählten Geschichten zur Erbauung ihrer frommen Besucher; oder sie verblüfften sie mit Kunststücken, die sie ihnen vormachten; oder sie grinsten sie durch ein Pferdegeschirr an; und wenn das Spiel selbst langweilig wurde, machten sie aus ihrer eigenen Dummheit ein Spiel und fingen an, um die Wette zu gähnen. Schon bei der geringsten dieser Ungeheuerlichkeiten schüttelten die Männer in Eisen den Kopf und schauten so finster drein, daß die Ausgelassenen aufsahen und dachten, eine Wolke habe einen Augenblick lang die Sonne verdeckt, die immer hätte da sein sollen. Auf der anderen Seite beteuerten die Puritaner, wenn ein Psalm von ihrer Weihestätte aufstieg, schiene das Echo, das der Wald zurückwarf, wie ein Chor, der sie lustig nachäffe und mit einem dröhnenden Gelächter ende. Wer anders als der Teufel und seine leibeigenen Sklaven, die Bande von Frohberg, konnten sie so gestört haben? Es kam die Zeit, da erhob sich eine Fehde, hart und bitter auf der einen Seite und auf der anderen so ernst, wie irgend etwas überhaupt nur sein konnte für so leichte Gemüter, die dem Maibaum die Treue geschworen hatten. Das künftige Aussehen Neu-Englands wurde in diesem entscheidenden Streit bestimmt. Würden die grauen Heiligen über die lustigen Sünder endgültig zu Gericht sitzen, dann würde ihr Geist den ganzen Landstrich verdunkeln und aus ihm auf immer ein Land mürrischer Gesichter und harter Arbeit, ein Land der Predigten und Psalmen machen. Wäre aber der Sieg mit der Fahne von Frohberg, dann würde die Sonne über den Hügeln aufgehen, Blumen würden den Wald verschönen, und lange noch würde die Nachwelt dem Maibaum huldigen.

Nach diesen zuverlässig wahren Abschnitten aus der Geschichte kehren wir zur Hochzeitsfeier des Maikönigs und der Maikönigin zurück. O weh, wir haben zu lange verweilt und müssen zu schnell nun in unserer Geschichte Trübes berichten. Wenn wir wieder einen Blick auf den Maibaum werfen, sehen wir einen einsamen Sonnenstrahl auf seinem Wipfel erblassen, und er läßt nur einen schwachen goldenen Schimmer zurück, gemischt mit den Farben des Regenbogens. Selbst dieses trübe Licht verliert sich nun und überläßt das ganze Reich von Frohberg der abendlichen Düsternis, die rasch aus den schwarzen, nahen Wäldern eilt. Aber ein paar dieser Schatten stürmen vorwärts in menschlicher Gestalt.

Ja, mit dieser sinkenden Sonne war der letzte fröhliche Tag in Frohberg zu Ende gegangen. Der Kreis der lustigen Maskierten war in Unordnung gebracht und zerstreut; der Hirsch senkte sein Geweih in Verzweiflung; der Wolf wurde sanfter als ein Lamm; die Glokken der Maskentänzer klingelten in bebendem Schrekken. Die Puritaner hatten in dem Mummenschanz um den Maibaum eine bezeichnende Rolle gespielt. Ihre dunklen Gestalten mischten sich unter die wilden Erscheinungen ihrer Feinde und machten so die Szene zu einem Bild, wie wir es wohl in einem Augenblick haben, wenn erwachende Gedanken aus den zerstreuten Phantasien eines Traumes auftauchen. Der Führer der feindlichen Partei stand mitten im Kreis, während die Schar von Ungeheuern um ihn hockte wie böse Geister in der Gegenwart eines furchtbaren Zauberers. Ihre wüste Narretei konnte ihm nicht ins Gesicht blicken. So hart wirkte sein Anblick, daß es fast schien, als sei der ganze Mann – sein Gesicht, seine Gestalt und seine Seele – aus Eisen gemacht, begabt mit Leben und Gedanken, doch mit Helm und Brustharnisch ganz aus einem Stoff. Es war der Puritaner aller Puritaner. Es war Endicott selbst!

»Fort mit dir, du Priester des Baal!« sagte er mit grimmiger Miene und legte ohne jede Ehrfurcht seine Hand auf das Chorhemd. »Ich kenne dich, Schwarzstein!* Du bist der Mann, der nicht einmal den Gesetzen seiner eigenen, verderbten Kirche treu zu bleiben vermochte, und du bist hergekommen und willst Böses predigen und das Beispiel dafür mit deinem eigenen Leben geben. Aber nun werden wir sehen, daß der Herr diese Wildnis für sein auserwähltes Volk geheiligt hat. Weh dem, der sie schändet! Und zuerst nun erstehe, statt dieses blumengeschmückten, abscheulichen Bildes, der Altar deiner Anbetung.«
Und mit seinem scharfen Schwert stürmte Endicott auf den geheiligten Maibaum los. Nicht lange widerstand der seiner Waffe. Er ächzte in traurigem Ton, er ließ Blätter und Rosenknospen auf den unbarmherzigen Schwärmer rieseln. Und schließlich stürzte der Fahnenmast von Frohberg mit all seinen grünen Zweigen und Bändern und Blumen, den Zeichen vergangener Freuden. Als er sank, so erzählt die Überlieferung, ward der Abendhimmel dunkler, und die Wälder warfen noch düsterere Schatten.
»Da«, schrie Endicott und blickte triumphierend auf sein Werk, »da liegt der einzige Maibaum in ganz Neu-England. Ich glaube fest, mit seinem Sturz ist das Schicksal aller leichten, faulen Spaßmacher unter uns und unserer Nachkommenschaft besiegelt. Amen, spricht John Endicott.«
»Amen«, echoten seine Anhänger.
Die Jünger des Maibaums seufzten um ihr Götzenbild. Bei diesem Ton blickte der Führer der Puritaner auf die Schar des Comus, jeder von ihnen eine helle, freu-

* Hätte der Herrscher Endicott hier weniger bestimmt gesprochen, so würden wir hier einen Fehler vermuten. War Pfarrer N. Schwarzstein auch überspannt, so ist er doch nicht als unmoralisch bekannt. Wir zweifeln einigermaßen an seiner Identität mit dem Priester von Frohberg.

dige Gestalt, doch zeigten sie in diesem Augenblick auf seltsame Weise Sorge und Trauer.

»Werter Hauptmann«, sprach Peter Palfrey, der Älteste der Schar, »was befiehlst du über die Gefangenen?«

»Ich hätte nicht gedacht, daß es mir einmal leid sein würde, einen Maibaum umgeschlagen zu haben«, erwiderte Endicott, »aber jetzt ist mir zumute, als möchte ich ihn wieder pflanzen, daß diese vertierten Heiden noch einmal um ihr Götzenbild tanzen könnten. Er hat sicher nicht oft als Schandpfahl gedient.« – »Aber es gibt genug Fichten«, schlug sein Vertreter vor. »Richtig, guter Alter«, sagte der Führer. »Also binde die Heidenschar und gib jedem ein paar Peitschenhiebe, die so ernst sind, wie unsere zukünftige Gerechtigkeit es sein wird. Und sobald die Vorsehung uns zu einer unserer wohlgeordneten Siedlungen leitet, wo es entsprechende Räume gibt, setzt ein paar von den Schurken hinter Schloß und Riegel, daß sie sich ausruhen können. Weitere Strafen, das Brandmarken und das Beschneiden von Ohren, sollen später bedacht werden.«

»Wieviel Schläge für den Priester?« fragte der Älteste Palfrey.

»Noch keinen«, antwortete Endicott und richtete seine eiserne, erzürnte Miene auf den Schuldigen. »Es muß dem großen und allgemeinen Gerichtshof überlassen werden, zu entscheiden, ob Schläge und lange Gefangenschaft und andere schreckliche Strafen seine Vergehen wiedergutmachen können. Überlasse ihn sich selbst. Solchen, die unsere Bürgerordnung verletzen, dürfen wir wohl Gnade erweisen. Aber wehe dem Elenden, der unsere Religion antastet!«

»Und dieser Tanzbär«, fuhr der Älteste fort, »soll er die Schläge mit seinen Genossen teilen?«

»Schieß ihm eine Kugel durch den Kopf!« sagte der tatkräftige Puritaner. »Ich glaube, das Tier hat Hexenkraft in sich.«

»Hier wäre ein prächtiges Pärchen«, fuhr Peter Palfrey

fort und zeigte mit seiner Waffe auf den Maikönig und die Maikönigin. »Sie scheinen von hohem Range zu sein unter diesen Missetätern. Mich dünkt, ihrer Würde ist höchstens mit einer doppelten Portion von Streichen genug getan.«
Endicott stützte sich auf sein Schwert und betrachtete eindringlich Kleidung und Aussehen des unglücklichen Paares. Da standen sie, blaß, niedergeschlagen und ängstlich. Und doch war zwischen ihnen etwas wie gegenseitige Hilfe, eine reine Zuneigung, ein Hilfesuchen und Hilfegewähren, das zeigte, daß sie Mann und Frau waren und daß der Priester ihre Liebe gesegnet hatte. Der Jüngling hatte in der Gefahr des Augenblicks seinen vergoldeten Stab fallen lassen und seinen Arm um die Maienkönigin gelegt, die sich an seine Brust lehnte, zu leicht, um ihm eine Last zu sein, und doch schwer genug, um zu zeigen, daß ihre Schicksale in Freud und Leid aneinander geknüpft waren. Sie sahen zuerst einander an und dann dem grimmigen Hauptmann ins Gesicht. Da standen sie, in der ersten Stunde ihrer Ehe, und die müßigen Freuden, verkörpert von ihren Genossen, hatten den ernstesten Sorgen des Lebens in Gestalt der dunklen Puritaner Platz gemacht. Aber nie war ihre jugendliche Schönheit so rein und so hoch erschienen wie jetzt, da ihre Glut von der Not gedämpft war.
»Jüngling«, sprach Endicott, »du hast einen schlimmen Stand, du und dein jungfräuliches Weib! Mach dich schnell bereit! Denn ich bin gesonnen, euch beiden ein Zeichen zuteil werden zu lassen, daß ihr eures Hochzeitstages gedenken sollt.«
»Harter Mann«, rief der Maikönig, »wie kann ich dich rühren? Hätte ich die Mittel, ich würde dir widerstehen bis zum Tode. Aber da ich machtlos bin, bitte ich! Tu mit mir, was du willst, aber rühre Edith nicht an!«
»Nicht doch«, erwiderte der unversöhnliche Eiferer, »wir pflegen nicht dem Geschlecht, das die härtere Zucht

braucht, müßige Artigkeiten zu erweisen. Was sagst du, Mädchen? Soll dein prächtiger Bräutigam deinen Anteil an der Strafe miterleiden außer seiner eigenen?«

»Möge es der Tod sein«, sagte Edith, »und lege alles mir auf.«

Es war wirklich, wie Endicott gesagt hatte: die armen Liebenden befanden sich in einer traurigen Lage. Ihre Feinde triumphierten, ihre Freunde waren gefangen und gedemütigt, ihre Heimat verlassen, um sie die öde Wildnis, und einzig ihr hartes Schicksal in Gestalt des Puritanerführers wies ihnen ihren Weg. Doch konnte das dunkelnde Zwielicht nicht ganz verbergen, daß der eiserne Mann besänftigt war; er lächelte über das schöne Schauspiel früher Liebe; er seufzte fast über den unvermeidlichen Schaden, den frühe Hoffnungen leiden müssen.

»Die Sorgen des Lebens brechen schnell über dieses junge Paar herein. Wir wollen sehen, wie sie sich unter den Prüfungen des Augenblicks betragen, ehe wir ihnen Schwereres auflegen. Wenn unter der Beute sittsamere Kleidung zu finden ist, dann laßt sie diesen Maikönig und seine Königin anlegen statt jener glänzenden Eitelkeiten. Ein paar von euch mögen danach sehen.«

»Und soll nicht dem Jüngling das Haar geschoren werden?« fragte Peter Palfrey und blickte mit Abscheu auf die Schmachtlocken und das lange glänzende Haar des jungen Mannes.

»Beschneide sie sogleich und recht nach einer Kürbisschale«, antwortete der Hauptmann. »Dann nehmt sie mit, aber nicht so streng wie ihre Genossen. In dem Jüngling mögen Eigenschaften verborgen sein, die ihn wertvoll zum Kampf machen, nüchtern zur Arbeit und fromm zum Gebet, und in dem Mädchen solche, die sie recht dazu bestimmen, Mutter zu werden in unserem Israel und Kinder besser aufzuziehen, als sie selber aufgezogen wurde. Denkt auch nicht, ihr Jungen, daß die die Glücklichsten sind, selbst in unserem flüchtigen Leben, die es damit vergeuden, um den Maibaum zu tanzen!«

Und Endicott, der strengste aller Puritaner, der den Felsengrund über Neu-England schuf, hob das Rosengewinde von den Trümmern des Maibaumes und warf es mit seiner eigenen gepanzerten Hand über die Häupter des Maienkönigs und seiner Königin. Es war eine prophetische Tat. Wie die Düsternis des Sittlichen in der Welt alle gewollte Fröhlichkeit überwältigt, so ward ihre Heimat, Stätte lauter Freude, verwüstet mitten in dem düsteren Wald. Sie kehrten nicht mehr zu ihr zurück. Aber wie ihr blumiges Band aus den leuchtendsten Rosen gewunden war, die dort wuchsen, so waren auch in das Band zwischen ihnen die reinsten und besten ihrer frühen Freuden verwoben. Sie wanderten himmelwärts, halfen einander auf dem schweren Pfad, den zu gehen ihnen das Schicksal bestimmt hatte, und nie verschwendeten sie einen Gedanken des Bedauerns an die Eitelkeiten von Frohberg.

HERMAN MELVILLE

Herman Melville (1819–91) dichtet und deutet wie Hawthorne in Sinnbildern, doch sind die seinen elementar, urgewaltig. Hawthornes Rahmen war die Enge der Tradition, des Gesetzes, Melvilles ist die Weite der Freiheit, aber auch der Heimatlosigkeit. Früh Halbwaise einer verarmten vornehmen Familie, geriet er in die harte Schule des Lebens, musterte als Schiffsjunge (sein Roman 'Redburn' erzählt davon), danach als Matrose auf einem Walfänger an, wo er Magie und Misere des Lebens und Strebens in der monomanen Jagd nach dem weißen Wal erlebt und in 'Moby Dick' zu einem großartigen Gemälde verdichtet. Hier wie in den Südseebüchern 'Taipi' und 'Omu' ringt Himmlisches mit Höllischem; der Inselzauber des Südens breitet sich über Grauen und Tod, die Majestät des Meeres über die täglichen Gemeinheiten an Bord, Schönheit nackter Insulaner über häßlichem Kannibalentum: Eden und – Jenseits von Eden. Melville schrieb als gereifter Künstler Erzählungen von dunkler Eindringlichkeit und tiefer Problematik, die 'Piazza Tales' (1856) (darin 'Bartleby') sowie die Novelle 'Billy Budd' u. a. Der große Erzähler fand erst im 20. Jahrhundert gebührende Anerkennung.

BARTLEBY

Ich bin schon ein älterer Mann. Die Art meiner beruflichen Tätigkeit hat mich in den letzten dreißig Jahren in ungewöhnlich enge Berührung mit einem Personenkreis gebracht, den man wohl interessant und einzigartig nennen kann und über den bis jetzt – soviel ich weiß – noch nichts geschrieben worden ist – nämlich die Gerichtsschreiber, überhaupt die beruflichen Schreiber. Ich kenne viele im Berufsleben und privat, und wenn ich wollte, könnte ich ein paar Geschichten erzählen, über die würden gutmütige Männer vielleicht lächeln, und gefühlvolle Seelen würden vielleicht darüber weinen. Aber ich verzichte auf alle Berichte über das Leben anderer Schreiber, um ein paar Abschnitte aus dem Leben Bartlebys zum besten zu geben; denn er war der sonderbarste Schreiber, den ich je gesehen und von dem ich je gehört habe. Bei anderen Gerichtsschreibern könnte ich das ganze Leben schildern, aber nicht bei Bartleby. Ich glaube, für eine lückenlose und befriedigende Biographie dieses Mannes gäbe es gar kein Material – ein unersetzlicher Verlust für die Literatur. Bartleby gehörte zu jenen, über die nichts zu erkunden ist, wenn man es nicht aus Originalquellen bezieht, und diese sind in seinem Falle sehr unzulänglich. Ich weiß nichts weiter von Bartleby als das, was meine eigenen erstaunten Augen sahen, allerdings mit Ausnahme eines unklaren Berichts, der nachher noch angefügt werden soll.

Bevor ich den Schreiber so einführe, wie er zuerst bei mir auftrat, ist es wohl angebracht, daß ich etwas über mich selber sage, über meine Angestellten, meine Tätigkeit, meine Zimmer und meine Umgebung im allgemeinen, da solche Beschreibung für ein entsprechendes Verständnis des Hauptcharakters, der dargestellt werden soll, unerläßlich ist. So will ich vorausschicken: Ich bin ein Mann, der von Jugend auf von der tiefen Überzeugung erfüllt war, die leichteste Art zu leben sei die beste. Und wenn ich auch einem Beruf angehöre, der sprichwörtlich energisch und nervös ist, zuweilen bis zur Heftigkeit, habe ich daher doch nie geduldet, daß irgendeine Störung solcher Art in meinen Frieden einbreche. Ich bin einer jener Rechtsanwälte, die keinen Ehrgeiz haben, die niemals ein Urteil anfechten oder sonst irgendwie den Beifall des Publikums auf sich lenken, sondern in der kühlen Ruhe behaglicher Zurückgezogenheit gemächlich ihre Geschäfte erledigen, Schuldverschreibungen von reichen Leuten, Hypotheken und Eigentumsurkunden. Alle, die mich kennen, schätzen mich als außerordentlich zuverlässig. Der verstorbene John Jakob Astor, dessen Natur wenig zu schwärmerischer Begeisterung neigte, gab ohne weiteres zu, daß meine stärkste Seite Vorsicht sei und meine zweitstärkste Methode. Ich sage das nicht aus Selbstgefälligkeit, sondern ich erwähne nur die Tatsache, daß ich in meinem Beruf auch den verstorbenen John Jakob Astor zu meinen Klienten zählte. Ich will zugeben, daß ich den Namen gern wiederhole: er hat solch einen runden kugligen Ton und klingt ganz nach Gold. Ich will auch offen gestehen, daß ich gegen des verstorbenen John Jakob Astors gute Meinung nicht unempfindlich war.

Kurz vor der Zeit, zu der diese kleine Geschichte beginnt, waren meine Geschäfte außerordentlich angewachsen. Das gute, alte Amt eines Referenten im Kanzleigericht, das es heute im Staate New York nicht mehr gibt, war mir übertragen worden. Es war kein sehr mühsames Amt, aber es brachte erfreulich viel ein. Ich werde zwar selten heftig, und noch seltener gebe ich in bedenklicher Erregung Ungerechtigkeiten und Empörung Raum, aber hier muß man mir doch einmal gestatten, offen zu sein und erklären zu dürfen, daß ich die plötzliche, unvermittelte Abschaffung des Postens eines Kanzleigerichtsreferenten durch die neue Konstitution für überstürzt halte, insofern nämlich, als ich auf einen lebenslänglichen Gewinn daraus gehofft hatte, und nun hatte ich ihn nur ein paar kurze Jahre hindurch. Doch dies nur nebenbei.

Meine Räume waren in der Wallstreet No. – in einem der oberen Stockwerke gelegen. Auf einer Seite sah man auf eine weiße Wand – das Innere eines geräumigen Lichtschachtes, der sich durch das ganze Haus zog vom Dach bis zum Erdgeschoß.

Diesen Anblick konnte man kaum anders als langweilig nennen; denn es fehlte ihm ganz und gar, was die Maler »Leben« nennen. Dazu bildete die Aussicht vom anderen Ende meiner Zimmer wenn nicht mehr, doch zumindest einen Gegensatz. In dieser Richtung boten meine Fenster einen ungehinderten Blick auf eine hohe

Ziegelmauer, schwarz von Alter und immerwährenden Schatten. Um die verborgenen Schönheiten dieser Mauer zu entdecken, brauchte man kein Fernglas; denn zum Glück für alle kurzsichtigen Betrachter war sie mir auf zehn Fuß vor mein Fenster gesetzt. Da meine Zimmer im zweiten Stock lagen und die Gebäude sehr hoch waren, erinnerte der Raum zwischen dieser Mauer und der meinen nicht wenig an eine große viereckige Zisterne.

In der Zeit unmittelbar vor dem Auftauchen Bartlebys beschäftigte ich zwei Leute als Schreiber und einen hoffnungsvollen Jüngling als Laufburschen. Der erste war Turkey – Truthahn, der zweite Nippers, das heißt Kneifer, und der dritte Ginger Nut, das bedeutet Ingwerkeks. Dies sind wohl Namen, wie man sie nicht so leicht im Adreßbuch findet, und sie waren auch wirklich Spitznamen, die meine drei Schreiber sich gegenseitig gegeben hatten, und sie glaubten, ihre ehrenwerten Personen und ihre Charaktere seien damit hinreichend bezeichnet. Truthahn war ein kleiner beleibter Engländer, ungefähr in meinem Alter – also etwa um die sechzig. Am Morgen war sein Gesicht, man möchte sagen, von zarter rötlicher Färbung, aber nach zwölf Uhr mittags – seiner Essenszeit – glühte es wie ein Kamin voller Weihnachtskohlen und glühte immerfort – aber gleichsam immer mehr abnehmend – bis ungefähr um sechs Uhr; danach sah ich nichts mehr von dem Eigentümer des Gesichts, das seinen Glutgipfel mit der Sonne erreichte und mit ihr unterzugehen schien, um am nächsten Tag mit gleicher Regelmäßigkeit und unverminderter Pracht sich zu erheben, seinen Höhepunkt zu überschreiten und abzusteigen. Im Laufe meines Lebens habe ich viel Sonderbares gesehen, und nicht das geringste darunter war die Tatsache, daß mit dem kritischen Moment, da Truthahn auf seinem roten glühenden Gesicht seine vollsten Strahlen entfaltete, dann auch die Tageszeit begann, in der ich seine geschäftlichen Fähigkeiten für den Rest der vierundzwanzig Stunden als ernstlich gestört betrachten mußte. Nicht, daß er dann ganz faul gewesen wäre oder sich vor der Arbeit gedrückt hätte – im Gegenteil. Die Schwierigkeit lag darin, daß er dann im allgemeinen dazu neigte, allzu energisch aufzutreten. Dann entfaltete er eine sonderbar erregte, ruhelose, flüchtige und unbesonnene Geschäftigkeit. Ständig tauchte er dann seinen Federhalter unvorsichtig ins Tintenfaß. Alle seine Kleckse auf meinen Dokumenten waren nach zwölf Uhr mittags entstanden. Ja, er war am Nachmittag nicht nur unüberlegt und leicht geneigt, Kleckse zu machen, sondern an manchen Tagen ging es so weit, daß er ziemlich herumlärmte. Auch flammte zu solchen Zeiten sein Gesicht in noch vermehrter Pracht, wie wenn Cannelkohle auf Anthrazit geschüttet wird. Er machte einen fürchterlichen Lärm mit seinem Stuhl; er verschüttete sein Sandfaß; wenn er seine Federn reparierte, spaltete er sie dabei alle in kleine Stücke und schleuderte sie in plötzlicher Wut auf die Erde, stand auf, lehnte sich über seinen Tisch und schob dabei seine Papiere in einer unglaublichen Art auf dem Tisch herum, was bei einem älteren Mann sehr betrüblich anzusehen war. Doch in mancher Hinsicht war er mir sehr wertvoll, und die ganze Zeit vor zwölf Uhr mittags arbeitete er schnell und zuverlässig und erledigte vieles auf eine Art und Weise, die ihresgleichen sucht; aus diesen Gründen war ich trotzdem bereit, seine Schrullen zu übersehen, wenn ich ihm auch freilich gelegentlich Vorhaltungen machte. Ich tat dies jedoch sehr vorsichtig; denn war er auch am Morgen äußerst höflich, ja, denkbar sanftmütig und ergeben, so war es doch am Nachmittag leicht möglich, daß auf eine Herausforderung hin seine Zunge mit ihm durchging, ja sogar, daß er unverschämt wurde. Da ich nun seine morgendlichen Dienste so würdigte und entschlossen war, sie mir nicht zu verscherzen, doch zugleich auch von seiner nervösen Art nach zwölf Uhr

unangenehm berührt und nicht gewillt war, mit meinen Ermahnungen unziemliche Erwiderungen von seiner Seite herauszufordern, entschloß ich mich als friedliebender Mann, ihm an einem Sonnabend mittag (am Sonnabend war er immer besonders schlecht aufgelegt) sehr freundlich anzudeuten, daß es vielleicht, da er nun doch schon alt würde, besser sei, seine Arbeitszeit zu verkürzen; kurz, daß er nach zwölf Uhr nicht mehr ins Büro zu kommen brauche, sondern daß er nach dem Essen am besten nach Hause in seine Wohnung ginge und sich bis zum Tee ausruhen solle. Aber nein – er bestand auf seinem Nachmittagsdienst. Sein Gesicht fing an, unerträglich zu glühen, als er mir mit Rednerallüren darlegte, daß seine Dienstleistungen, wenn sie des Morgens nützlich seien, am Nachmittag doch geradezu unentbehrlich wären. Dabei fuchtelte er am anderen Zimmerende mit dem Lineal herum.
»Mit Verlaub, Herr«, sagte Truthahn bei dieser Gelegenheit, »ich glaube doch, ich bin Ihre rechte Hand. Am Morgen ordne ich meine Kolonnen und stelle sie auf, am Nachmittag aber trete ich an ihre Spitze und greife den Feind an mit aller Tapferkeit – so«, und er hieb heftig mit dem Lineal.
»Aber die Kleckse, Truthahn«, gab ich zu bedenken.
»Das stimmt; aber mit Verlaub, Herr, sehen Sie dieses Haar! Ich werde alt – ein oder zwei Kleckse an einem hitzigen Nachmittag, Herr –, das können Sie doch nicht im Ernst gegen graues Haar anführen. Alter ist der Ehren wert – wenn man auch mal eine Seite bekleckst. Mit Verlaub, Herr – wir werden *beide* alt!«
Diesem Appell an mein Solidaritätsgefühl konnte ich kaum widerstehen. Ich sah auf jeden Fall, daß er nicht gehen würde, und so entschloß ich mich, ihn bleiben zu lassen, aber trotzdem zuzusehen, daß er am Nachmittag immer nur mit meinen weniger wichtigen Papieren zu tun hatte.
Kneifer, der zweite im Bunde, war ein bärtiger, bleicher

junger Mann von etwa fünfundzwanzig Jahren, der im großen ganzen den Eindruck eines Seeräubers machte. Ich sah ihn immer als Opfer zweier böser Mächte: seines Ehrgeizes und schlechter Verdauung. Der Ehrgeiz bekundete sich in einer gewissen Ungeduld bei seiner bloßen Schreibtätigkeit und unverantwortlichen Eingriffen in streng berufliche Angelegenheiten, etwa das Entwerfen von Originaltexten für Rechtsurkunden. Anzeichen für schlechte Verdauung waren eine gelegentliche nervöse Verdrießlichkeit und eine Reizbarkeit, die ihn hörbar mit den Zähnen knirschen ließ, wenn ihm beim Abschreiben Fehler unterliefen; unnötiges Fluchen im Eifer der Arbeit, mehr gezischt als gesprochen, und besonders eine dauernde Unzufriedenheit mit der Höhe des Tisches, an dem er arbeitete. Obwohl dieser Tisch eine sehr sinnreiche Mechanik hatte, konnte Kneifer nie mit ihm zurechtkommen. Er legte Holzstücke unter, Klötze von der verschiedensten Größe, und Pappe, und endlich versuchte er es sogar mit einer ganz besonderen Vorrichtung – mit gefalteten Stücken von Löschpapier. Aber es half alles nichts. Wenn er, um es seinem Rücken leichter zu machen, die Tischplatte in einem spitzen Winkel fast bis ans Kinn brachte und darauf schrieb wie einer, der das steile Dach eines Holländerhauses als Schreibpult benutzt, behauptete er, das störe den Blutkreislauf in seinen Armen. Wenn er nun den Tisch bis zu seinem Rockbund herabließ und sich beim Schreiben drüberbückte, bekam er schreckliche Rückenschmerzen. Kurz, die Sache war die, daß Kneifer nicht wußte, was er wollte, oder wenn er überhaupt etwas wollte, dann wollte er seinen Schreibertisch ganz und gar los sein. Zu den Äußerungen seines krankhaften Ehrgeizes gehörte es, daß er mit Vorliebe Besuche von gewissen zweideutig aussehenden Personen in schäbigen Überziehern empfing, die er seine Klienten nannte. Es fiel mir tatsächlich auf, daß er nicht nur zuzeiten ein bedeutender Wahlpolitiker war, sondern sich gelegentlich ein wenig in den Gerichtshöfen betätigte und auf den Stufen des Stadtgefängnisses nicht unbekannt war. Indessen habe ich doch guten Grund anzunehmen, daß alle, die ihn in meinen Amtsräumen aufsuchten und mit großartiger Miene darauf bestanden, seine Klienten zu sein, nichts weiter waren als Gläubiger und daß die angebliche Eigentumsurkunde eine Rechnung war. Aber mit all seinen Fehlern und bei allem Ärger, den er mir machte, war Kneifer wie sein Landsmann Truthahn doch sehr nützlich für mich; er schrieb eine saubere, schnelle Hand; und wenn er wollte, konnte er sich recht gesittet betragen. Überdies kleidete er sich immer vornehm, und so brachte er meine Amtsräume in guten Ruf, während ich bei Truthahn immer darauf sehen mußte, daß er mein Geschäft nicht in Mißkredit brachte. Seine Kleider sahen leicht ölig aus und rochen nach Speisehäusern. Im Sommer trug er seine Hosen ganz locker und wie Säcke. Seine Mäntel waren scheußlich, gar nicht zu reden von seinem Hut. Aber während der Hut mir gleichgültig war, da seine natürliche Höflichkeit und Ergebenheit ihn als einen Engländer in abhängiger Stellung veranlaßte, diesen sofort abzunehmen, wenn er ins Zimmer trat, war es doch anders bei seinem Mantel. Über seine Mäntel verhandelte ich mit ihm, aber ohne Erfolg. Wahrscheinlich kann eben ein Mann mit einem so niedrigen Einkommen solch ein leuchtendes Gesicht und einen prächtigen Mantel auf einmal nicht tragen. Wie Kneifer einmal bemerkte, gab Truthahn sein Geld hauptsächlich für rote Tinte aus. Eines Tages im Winter schenkte ich Truthahn einen sehr respektabel aussehenden Mantel von mir – einen gefütterten grauen Mantel, behaglich warm und mit einer Knopfreihe vom Hals bis zu den Knien. Ich dachte, Truthahn würde diese Gunst zu würdigen wissen und seine Hast und sein Lärmen des Nachmittags würden nachlassen. Aber nein! Ich glaube wirklich, es hatte einen schädlichen Einfluß auf ihn, sich in solch einen molligen Mantel einzuknöpfen, der übrigens einer Pferdedecke ähnelte – so wie man sagt, daß zuviel Hafer den Pferden nicht gut tut. Wahrhaftig – genauso wie es heißt, der Hafer sticht ein wagehalsiges, störrisches Pferd, so wurde Truthahn von seinem Mantel angestachelt. Er machte ihn unverschämt. Er war ein Mensch, auf den Besitz einen schlechten Einfluß ausübte.

Über Truthahns Genießergewohnheiten hegte ich freilich meine eigenen privaten Vermutungen, doch in Hinsicht auf Kneifer war ich voll und ganz überzeugt, daß er doch zumindest ein enthaltsamer junger Mann sei, was er auch in anderer Beziehung noch für Fehler haben mochte. Freilich schien die Natur selber sein Weinhändler zu sein und ihn bei seiner Geburt so gründlich mit einer reizbaren branntweinartigen Anlage belastet zu haben, daß alle nachfolgenden Zechereien überflüssig waren. Wenn ich bedenke, wie Kneifer sich zuweilen – mitten in der Stille meiner Amtsräume – ungeduldig von seinem Sitz erhob, sich über den Tisch beugte, seine Arme weit auseinanderbreitete, das ganze Pult ergriff, aufhob und mit einer qualvoll grimmigen Bewegung in den Boden rammte, als sei der Tisch ein Agent, der sich mit Absicht widerspenstig zeige, um ihn zu ärgern und ihm einen Strich durch die Rechnung zu machen, sehe ich ganz klar, daß Kneifer Branntwein nicht nötig hatte.

Es war ein Glück für mich, daß auf Grund ihrer besonderen Ursache – der schlechten Verdauung –, die Reizbarkeit und daraus folgende Nervosität von Kneifer sich hauptsächlich des Morgens bemerkbar machte, während er am Nachmittag verhältnismäßig umgänglich war, so daß ich mich, da Truthahns Anfälle gegen zwölf Uhr ihren Anfang nahmen, nie zur gleichen Zeit mit ihren Schrullen plagen mußte. Ihre Anfälle lösten einander ab wie Wachen. Wenn Kneifer seinen hatte, war Truthahn normal und umgekehrt. Dies war unter den gegebenen Umständen eine gute Einrichtung der Natur.

Ingwerkeks, der dritte im Bunde, war ein Bursche von etwa zwölf Jahren. Sein Vater war ein Kärrner, und es war sein Ehrgeiz, seinen Sohn beim Gericht zu sehen und nicht am Karren, bevor er starb. So schickte er ihn in mein Büro als Studenten der Rechte und Laufburschen und zum Reinemachen und Staubwischen für einen Dollar Wochenlohn. Er hatte ein kleines Pult für sich, aber er benützte es nicht oft. Die Schublade brachte bei einer Untersuchung eine Menge Nußschalen aller Art an den Tag. Und in der Tat lag die ganze edle Wissenschaft des Rechts für diesen aufgeweckten jungen Mann in einer Nußschale beschlossen. Nicht die niedrigste unter Ingwerkeksens Beschäftigungen und die, der er mit der größten Bereitwilligkeit nachging, war seine Pflicht, Truthahn und Kneifer mit Kuchen und Äpfeln zu versorgen. Da das Abschreiben von Rechtsdokumenten eine sprichwörtlich trockene, Durst erregende Tätigkeit ist, waren meine Schreiber genötigt, ihre Münder oft mit 'Spitzenbergs' anzufeuchten, die man in den vielen Ständen in der Nähe des Zoll- und Postamtes bekam. So schickten sie denn Ingwerkeks sehr oft nach diesen merkwürdigen Kuchen – klein, flach, rund und sehr würzig –, und danach hatten sie ihn dann genannt. An einem ruhigen Morgen, als das Geschäft nur flau war, verschlang Truthahn Dutzende von diesen Kuchen, als wären sie nur Waffeln – sie werden freilich auch zu sechs oder acht Stück für einen Cent verkauft –, und das Kratzen seiner Feder mischte sich mit dem Krachen der knusprigen Stückchen in seinem Mund. Eins jener vielen Mißgeschicke und überstürzten Hitzigkeiten, die Truthahn am Nachmittag unterliefen, war es, einen Ingwerkeks zwischen seinen Lippen anzufeuchten und ihn dann wie ein Siegel auf eine Hypothek zu klatschen. Ich hätte ihn fast deswegen entlassen. Aber er besänftigte mich mit einer orientalischen Verneigung, indem er sagte: »Mit Verlaub, Herr, wie großzügig von mir, Sie auf eigene Rechnung mit Schreibmaterial zu versorgen.«

Nun war meine eigentliche Tätigkeit, die eines Notars, Titelinhabers und Aufzeichners von Geheimdokumenten aller Art, beträchtlich erweitert durch das Amt des Referenten. Es gab viel Arbeit für die Schreiber. Ich mußte nun nicht nur meine Angestellten mitschleifen, sondern außer ihnen noch eine Hilfe haben.

Auf meine Annonce hin stand eines Morgens ein junger Mann unbeweglich auf der Schwelle meines Büros. Die Tür war geöffnet, denn es war Sommer. Ich sehe die Gestalt noch heute – blaß und sauber, dürftig, anständig und unendlich hilflos. Es war Bartleby.

Nach ein paar Worten über seine Tauglichkeit stellte ich ihn an und war froh, in meiner Schreiberformation einen Mann von so unvergleichlich ruhiger Erscheinung zu haben, von dem ich glaubte, er könne auf das flüchtige Temperament von Truthahn und das feurige von Kneifer nur wohltätig einwirken.

Ich hätte schon früher erwähnen sollen, daß Flügeltüren aus Glas meine Räume in zwei Teile teilten, von denen meine Schreiber den einen inne hatten und den anderen ich selber. Je nach Stimmung öffnete ich diese Tür oder machte sie zu. Ich beschloß, Bartleby eine Ecke bei den Flügeltüren anzuweisen, aber auf meiner Seite, um diesen ruhigen Menschen leicht rufen zu können, wenn irgendeine Kleinigkeit zu tun sein würde. Ich stellte sein Pult dicht an ein kleines Seitenfenster in diesem Teil des Raumes, ein Fenster, das ursprünglich einen seitlichen Blick auf rußige Hintergärten und Ziegelbauten geboten hatte, aber spätere Bauten hatten die ganze Aussicht verdeckt, wenn das Fenster auch etwas Licht spendete. Drei Fuß vor dem Fenster stand eine Mauer, und das Licht kam von hoch oben herab zwischen zwei hohen Gebäuden wie aus einer sehr kleinen Öffnung in einem Gewölbe. Weiterhin besorgte ich um alles recht befriedigend zu gestalten, eine hohe, grüne spanische Wand, die Bartleby vollkommen meinen Blicken entzog, wenn auch meine Stimme bis zu ihm dringen konnte, und so waren in gewisser Weise Abgeschlossenheit und Gemeinschaftlichkeit vereint.

Zuerst schrieb Bartleby außerordentlich viel. Als habe er lange nach Schreibarbeit gehungert, schien er meine Dokumente förmlich zu verschlingen. Er machte keine Verdauungspausen. Tag und Nacht schrieb er, bei Sonnenschein und Kerzenlicht. Sein Fleiß hätte mich gefreut, wenn er fröhliche Geschäftigkeit gezeigt hätte. Aber er schrieb still, blaß und mechanisch.

Natürlich ist es ein unentbehrlicher Teil der Schreibarbeit, die Richtigkeit der Abschrift Wort für Wort zu prüfen. Wo zwei oder mehr Schreiber in einem Büro sind, helfen sie sich gegenseitig beim Durchsehen; einer liest die Abschrift, und der andere hat das Original. Das ist eine sehr trostlose, ermüdende und stumpfsinnige Angelegenheit. Ich kann mir recht gut denken, daß sie einem lebhaften Menschen ganz und gar unerträglich ist. Ich glaube zum Beispiel nicht, daß der feurige Dichter Byron sich dazu hergegeben hätte, sich mit Bartleby hinzusetzen und ein Gesetzesdokument von, sagen wir, fünfhundert Seiten, dicht in verschnörkelter Schrift beschrieben, durchzusehen.

Hier und da pflegte ich im Eifer der Arbeit selbst beim Vergleichen kurzer Dokumente mitzuhelfen, und dann rief ich Truthahn oder Kneifer dazu. Ein Grund, der mich bewog, Bartleby so leicht erreichbar hinter den Schirm zu setzen, war der, mich bei solchen kleinen Gelegenheiten seiner Hilfe zu bedienen. Ich glaube, er war den dritten Tag bei mir, und es hatte sich noch nicht die Notwendigkeit ergeben, seine eigenen Schreibarbeiten durchzusehen, als ich einmal kurz nach Bartleby rief, in großer Eile, eine kleine Sache zu erledigen, mit der ich eben beschäftigt war. In meiner Hast und natürlich in der Erwartung, daß er sogleich folgen würde, saß ich über das Original gebeugt an meinem Schreibtisch und hielt meine rechte Hand mit der Abschrift etwas nervös zur Seite hin ausgestreckt, damit Bartleby, wenn er aus seinem Schlupfwinkel herauskam, diese sogleich ergreifen und unverzüglich mit der Arbeit beginnen könne.

In dieser Haltung saß ich, als ich ihn rief und ihm schnell sagte, was ich von ihm wollte, nämlich, ein kurzes Schreiben mit mir durchzusehen. Man stelle sich meine Überraschung, ja, meine Bestürzung vor, als Bartleby, ohne aus seiner Abgeschlossenheit herauszukommen, mit unvergleichlich sanfter, entschiedener Stimme erwiderte: »Ich möchte lieber nicht.«

Eine Weile saß ich vollkommen stumm, bis meine betäubten Geisteskräfte sich wieder erholt hatten. Sofort aber fiel mir ein, daß mich meine Ohren betrogen haben konnten oder daß Bartleby meine Worte völlig falsch verstanden haben mochte. Ich wiederholte mein Verlangen, so deutlich ich konnte, aber ebenso deutlich kam die Erwiderung von vorher zurück: »Ich möchte lieber nicht.«

»Möchte lieber nicht!« echote ich, stand erregt auf und durchquerte den Raum mit einem Schritt. »Was meinen Sie? Sind Sie verrückt geworden? Ich wünsche, daß Sie dieses Blatt hier mit mir vergleichen – nehmen Sie!« Und ich warf es ihm hin.

»Ich möchte lieber nicht«, sagte er.

Ich sah ihn starr an. Sein Gesicht war mager, seine grauen, trüben Augen blickten ruhig. Keine Spur von Aufregung zeigte sich an ihm. Wäre in seinem Benehmen auch nur die mindeste Unruhe, Verärgerung, Ungeduld oder Unverschämtheit gewesen, mit anderen Worten, hätte sich irgend etwas normal Menschliches an ihm gezeigt, dann hätte ich ihn bestimmt mit Gewalt hinausgeworfen. So aber hätte ich ebensogut auf den Gedanken kommen können, meine bleiche gebrannte Gipsbüste von Cicero auf die Straße zu setzen. Ich stand eine Weile und sah ihn an, wie er in seiner eigenen

Schreibarbeit fortfuhr, und dann setzte ich mich wieder an meinen Schreibtisch. Das ist ja merkwürdig, dachte ich. Was ist da am besten zu tun? Aber meine Arbeit drängte. Ich beschloß, die Angelegenheit für jetzt beiseite zu legen und sie mir für eine künftige Mußestunde aufzuheben. So rief ich Kneifer aus dem anderen Zimmer und schnell war das Papier durchgesehen.

Ein paar Tage danach beendete Bartleby vier sehr lange Dokumente, vierfache Ausfertigungen eines Wochenberichtes von meinem Hohen Kanzleigericht. Sie mußten nun durchgesehen werden. Es war ein wichtiger Prozeß, und große Genauigkeit war dringend notwendig. Nachdem ich alles vorbereitet hatte, rief ich Truthahn, Kneifer und Ingwerkeks aus dem nächsten Zimmer in der Absicht, meinen vier Angestellten die vier Abschriften in die Hand zu drücken, indessen ich das Original vorlesen würde. Truthahn, Kneifer und Ingwerkeks hatten also in einer Reihe Platz genommen, jeder ein Schriftstück in der Hand, als ich nach Bartleby rief, damit er sich dieser interessanten Gruppe anschließen solle.

»Bartleby! Schnell! Ich warte!«

Ich hörte ein langsames Scharren von Stuhlbeinen auf dem teppichlosen Boden, und bald erschien er am Eingang seiner Einsiedelei.

»Was wird gewünscht?« fragte er milde.

»Die Abschriften! Die Abschriften!« sagte ich hastig. »Wir müssen sie durchsehen. Da«, und ich hielt ihm die vierte Abschrift hin.

»Ich möchte lieber nicht«, sagte er und verschwand ruhig hinter seinem Schirm.

Ein paar Augenblicke lang stand ich zur Salzsäule erstarrt da an der Spitze meiner Schreiberschar. Dann kam ich wieder zu mir, trat zum Schirm und verlangte den Grund für ein so außerordentliches Verhalten zu erfahren.

»Warum weigern Sie sich?«

»Ich möchte lieber nicht.«

Bei jedem anderen wäre ich geradeheraus in einen furchtbaren Zorn geraten, hätte mir alle weiteren Worte erspart und ihm mit Schimpf und Schande die Tür gewiesen. Aber an Bartleby war etwas, das mich nicht nur sonderbar entwaffnete, sondern mich auf wunderbare Art rührte und verwirrte. Ich fing an, mit ihm zu argumentieren.

»Wir sind dabei, Ihre eigenen Abschriften durchzusehen. Damit sparen wir Ihnen Arbeit; denn einmal Durchsehen genügt für Ihre vier Papiere. Das ist allgemein so üblich. Jeder Schreiber muß helfen, seine Abschriften durchzusehen. Oder etwa nicht? Wollen Sie sich nicht dazu äußern? Antworten Sie!«

»Ich möchte nicht«, erwiderte er in flötendem Ton. Es schien mir, als erwäge er, während ich sprach, sorglich jede Feststellung, die ich machte, fasse ihren Sinn auf, könne ihren unwiderstehlichen Ergebnissen nichts entgegensetzen; zugleich aber setzte sich eine ausschlaggebende Erwägung in ihm durch und veranlaßte ihn, so zu antworten.

»Sie sind also entschlossen, meiner Aufforderung nicht Folge zu leisten – einer Aufforderung, die nur etwas allgemein Übliches und Vernünftiges verlangt?«

Er gab mir kurz zu verstehen, daß in diesem Punkte meine Annahme den Tatsachen entspreche, sein Entschluß sei unumstößlich.

Es kommt nicht selten vor, daß jemand, wenn er auf solche nie dagewesene, eindringliche und unvernünftige Art eingeschüchtert wird, anfängt, an seinem eigenen klaren Verstand zu zweifeln. Er kommt sozusagen zu der unbestimmten Annahme, so wunderlich es auch scheine, sei doch alles Recht und alle Vernunft auf der anderen Seite. Wenn also irgendwelche unparteiischen Personen zugegen sind, wendet er sich an sie, um dort Unterstützung für seine schwankende Meinung zu suchen.

»Was meinen Sie, Truthahn? Habe ich nicht recht?«

»Mit Verlaub, Herr«, sagte Truthahn in seinem sanftesten Ton, »das möchte ich meinen.«
»Kneifer«, sagte ich »was denken Sie darüber?«
»Ich glaube, ich würde ihn rauswerfen.«
(Der aufmerksame Leser wird hier bemerken, daß Truthahns Antwort in höfliche und ruhige Ausdrücke gekleidet ist, Kneifer dagegen antwortet wutenbrannt. Also, um einen früheren Satz zu wiederholen, Kneifer hatte seine schlechte Laune und Truthahn seine gute.)
»Ingwerkeks«, sagte ich in der Absicht, auch die geringste Stimme für mich zu werben, »was hältst du denn davon?«
»Ich glaube, der ist ein bißchen verrückt«, erwiderte Ingwerkeks mit einem Grinsen.
»Sie hören, was die anderen sagen«, sagte ich und wandte mich zum Schirm. »Kommen Sie heraus und tun Sie Ihre Pflicht.«
Aber er geruhte nicht zu antworten. Einen Augenblick lang grübelte ich nach in ungeheurer Erregung. Aber wieder drängte die Arbeit. Ich beschloß erneut, die Untersuchung dieser Schwierigkeit bis zu einer künftigen Mußestunde aufzuschieben. Mit etwas Mühe kamen wir bei dem Durchsehen der Papiere ohne Bartleby zurecht, nicht ohne daß Truthahn immer nach einer oder zwei Seiten untertänigst, in aller Ehrerbietung, seine Meinung einfließen ließ, daß diese Arbeitsweise keineswegs in der Ordnung sei, während Kneifer in mürrischer Gereiztheit auf seinem Stuhl hin und her rückte und ab und zu zwischen zusammengepreßten Zähnen zischend einen Fluch über den dickköpfigen Esel hinterm Schirm knirschte. Und für sein – Kneifers – Teil sei dies das erste und letzte Mal, daß er ohne Lohn die Arbeit für jemand anderen tue.
Indessen saß Bartleby in seiner Einsiedelei über seiner eigenen Arbeit, blind für alles andere.
Ein paar Tage vergingen, und der Schreiber war mit einer anderen sehr langen Arbeit beschäftigt. Sein un-

gewöhnliches Betragen vor kurzem veranlaßte mich, seine Wege genau zu überwachen. Ich bemerkte, daß er nie zum Mittagessen ging, ja, daß er niemals irgendwohin ging. Bis dahin hatte ich persönlich noch nie davon erfahren, daß er jemals mein Büro verlassen hätte. Er war ein ständiger Posten in der Ecke. Gegen elf Uhr morgens allerdings bemerkte ich, daß Ingwerkeks sich der Öffnung in Bartlebys Schirm näherte, als sei er stumm dorthin gewinkt worden durch eine Geste, die ich von da, wo ich saß, nicht sehen konnte. Danach verließ der Junge das Büro, klimperte dabei mit ein paar Pfennigen und erschien wieder mit einer Handvoll Ingwerkuchen, die er in der Einsiedelei ablieferte, wobei er für seine Mühe zwei Stück bekam.
Er lebt also von Ingwerkuchen, dachte ich, ißt nie Mittag, genau gesagt: er muß also Vegetarier sein; aber nein, er ißt ja nicht einmal Gemüse, er ißt nichts als Ingwerkuchen. Dann erging sich mein Geist in Träumereien darüber, was es wohl für Wirkungen auf die menschliche Konstitution haben könne, wenn man ausschließlich von Ingwerkuchen lebt. Ingwerkuchen werden so genannt, weil sie als einen besonderen Bestandteil Ingwer enthalten, der den endgültigen Geschmack gibt. Was war eigentlich Ingwer? Ein scharfes, beißendes Zeug! War Bartleby scharf und beißend? Ganz und gar nicht. So hatte also Ingwer keine Wirkung auf Bartleby. Wahrscheinlich »möchte er es lieber nicht«.
Nichts reizt einen ernsthaften Menschen so wie passiver Widerstand. Wenn der, gegen den man sich so auflehnt, nicht unmenschliche Charakteranlagen hat, und wenn der, der sich auflehnt, in seiner Passivität vollkommen harmlos ist, dann wird der erstere bei guter Laune nachsichtig mit seiner Phantasie zu erklären versuchen, was sich seinem Verstand als unbegreiflich entzieht. Meist sah ich Bartleby und seine Lebensweise sogar so an. Armer Bursche! dachte ich. Er meint es ja nicht böse; natürlich will er nicht unverschämt sein.

Sein Anblick beweist deutlich genug, daß seine Schrullen unfreiwillig sind. Er leistet mir gute Dienste, und ich komme mit ihm aus. Wenn ich ihn hinauswerfe, kann es sein, daß er einen weniger nachsichtigen Arbeitgeber findet, und dann wird er schlecht behandelt und vielleicht weggejagt und muß elend verhungern. Ja, hier konnte ich mir billig ein prächtiges Selbstlob verdienen. Bartleby zu unterstützen, seinem komischen Eigensinn nachzugeben, würde mich wenig oder gar nichts kosten, und ich speicherte dabei etwas in meiner Seele auf, was sich möglicherweise einmal als eine süße Beruhigung für mein Gewissen erweisen könnte. Aber diese Stimmung in mir hielt nicht unveränderlich an. Manchmal ärgerte mich Bartlebys Passivität. Ich fühlte mich merkwürdig angestachelt, ihm in neuem Widerspruch zu begegnen, einen Funken des Ärgers in ihm zu entzünden, der meinen eigenen Zorn entschuldigen würde. Aber ich hätte freilich ebensogut versuchen können, mit meinem Knöchel an einem Stück Windsorseife Feuer zu schlagen. Eines Nachmittags jedoch überwältigte mich mein böser Geist, und die folgende kleine Szene spielte sich ab:

»Bartleby«, sagte ich, »wenn all diese Papiere geschrieben sind, will ich sie mit Ihnen durchsehen.«

»Ich möchte lieber nicht.«

»Wie? Sie wollen doch wohl nicht immer weiter bei Ihren eigensinnigen Launen beharren?«

Keine Antwort.

Ich riß die Flügeltüren daneben auf, wandte mich an Truthahn und Kneifer und rief: »Bartleby sagt schon wieder, er will seine Papiere nicht durchsehen. Was halten Sie davon, Truthahn?«

Es sei daran erinnert, daß es Nachmittag war. Truthahn saß und glühte wie ein Kupferkessel; sein kahler Schädel rauchte; seine Hände wühlten unter beklecksten Papieren.

»Davon halten?« schrie Truthahn. »Ich komme gleich zu

ihm hinter seinen Schirm und schlage ihn grün und blau.«
Damit sprang Truthahn auf und hob seine Arme in Boxerstellung. Er kam heran, um sein Wort wahr zu machen, aber ich hielt ihn auf, erschreckt von dieser Wirkung, da ich so unvorsichtig gewesen war, Truthahns Streitlust nach Tisch zu wecken.
»Setzen Sie sich, Truthahn«, sagte ich, »und hören Sie, was Kneifer zu sagen hat. Was halten Sie davon, Kneifer? Wäre das nicht ein Grund, Bartleby auf der Stelle zu entlassen?«
»Um Vergebung – dies zu entscheiden, steht Ihnen zu, Herr. Aber ich finde sein Benehmen ganz eigenartig und wirklich ungerecht gegen Truthahn und mich. Vielleicht ist es auch nur eine Laune und geht vorbei.«
»Na«, rief ich aus. »Sie haben ja Ihre Meinung merkwürdig geändert. Sie sprechen ja jetzt so milde über ihn.«
»Das macht alles das Bier«, schrie Truthahn, »die Sanftmut kommt vom Bier. Kneifer und ich haben heute zusammen zu Mittag gegessen. Sie sehen ja, wie milde *ich* bin, Herr! Soll ich kommen und ihn verprügeln?«
»Meinen Sie Bartleby? Nein, heute nicht, Truthahn«, erwiderte ich. »Bitte lassen Sie mal das mit Ihren Fäusten!«
Ich schloß die Türen und trat wieder zu Bartleby. Ein neuer Anreiz war es, der mich ins Verderben lockte. Ich brannte darauf, daß sich noch einmal jemand gegen mich auflehnen möchte. Mir fiel ein, daß Bartleby nie das Büro verließ.
»Bartleby«, sagte ich, »Ingwerkeks ist fort; gehen Sie doch mal hinüber ins Postamt, ja (es war nur ein Weg von drei Minuten), und sehen Sie nach, ob irgend etwas für mich da ist.«
»Ich möchte lieber nicht.«
»Sie *wollen* nicht?«
»Ich *möchte* nicht.«

Ich stolperte zu meinem Schreibtisch und saß dort tief in Gedanken. Meine blinde Hartnäckigkeit kehrte zurück. Konnte ich es nicht noch mit irgend etwas anderem dazu bringen, daß dieser dürre, arme Wicht – mein angestellter Schreiber – mich schmählich abwies? Was gab es noch, was ganz und gar vernünftig gewesen wäre und was zu tun er sich bestimmt weigern würde?

»Bartleby!«

Keine Antwort.

»Bartleby!« in lauterem Ton.

Keine Antwort.

»Bartleby!« schrie ich.

Wie ein Geist nach den Gesetzen magischer Beschwörung erschien er bei der dritten Aufforderung am Eingang seiner Klause.

»Gehen Sie ins andere Zimmer und sagen Sie Kneifer, er soll zu mir kommen.«

»Ich möchte nicht«, sagte er respektvoll und langsam und verschwand sacht.

»Gut, Bartleby!« sagte ich in einem ruhigen, gelassenernsten, beherrschten Ton und deutete so die unwandelbare Absicht einer sehr nahe bevorstehenden, furchtbaren Vergeltung an. Im Augenblick hatte ich auch so etwas Ähnliches im Sinn. Aber wie es dann so zum Mittagessen ging, hielt ich es doch für das beste, meinen Hut aufzusetzen und für diesen Tag nach Hause zu gehen, arg gequält von meinen Scherereien und Sorgen.

Soll ich es eingestehen? Das Ende vom Liede war, daß ein blasser junger Schreiber namens Bartleby mit seinem Schreibtisch bald ein fester Bestandteil in meinen Amtsräumen wurde und daß er für mich schrieb zu dem üblichen Preis: vier Cent eine Folioseite (hundert Worte); aber er war ein für allemal davon befreit, seine Arbeiten durchzusehen, und diese Pflicht wurde Truthahn und Kneifer übertragen, zweifellos als Kompliment für ihren überlegenen Verstand; darüber hinaus durfte besagter Bartleby in keinem Falle auf den geringsten Botengang irgendwelcher Art geschickt werden; und selbst wenn man ihn um so etwas bat, war es für alle selbstverständlich, daß er »nicht möchte« – mit anderen Worten, daß er es rundheraus abschlug.

Wie die Tage so dahingingen, söhnte ich mich ganz erstaunlich mit Bartleby aus. Sein beständiges Wesen, frei von aller Flüchtigkeit, seine nie endende Geschäftigkeit (außer wenn es ihm gefiel, sich hinter seinem Schirm in stille Träumereien zu verlieren), seine große Schweigsamkeit, sein gleichmäßiges Betragen unter allen Umständen machten ihn zu einer wertvollen Errungenschaft. Wesentlich war, daß er *immer* da war, der erste am Morgen, den ganzen Tag über und der letzte am Abend. Ich hatte ein außerordentliches Vertrauen zu seiner Ehrlichkeit. Meine kostbarsten Papiere waren mir in seiner Hand vollkommen sicher. Manchmal freilich – und wenn es mein Leben gekostet hätte – konnte ich nicht hindern, daß mich ein plötzlicher sprunghafter Zorn auf ihn überkam. Denn es war außerordentlich schwierig, die ganze Zeit seine absonderlichen Launen im Kopf zu haben, diese Vorrechte und unerhörten Freisprechungen, stillschweigende Bedingungen Bartlebys dafür, daß er in meinem Büro blieb. Hier und da – im Eifer, dringende Arbeit zu erledigen – rief ich Bartleby aus Versehen in einem kurzen, eiligen Ton, sagen wir etwa, damit er seinen Finger auf den Anfang von einem Stück roten Band legen sollte, mit dem ich ein paar Papiere zusammenbinden wollte. Bestimmt aber kam dann hinter dem Schirm hervor die übliche Antwort: »Ich möchte nicht«, und wie könnte dann auch ein menschliches Wesen, behaftet mit der allgemeinen Schwäche unserer Natur, sich enthalten, erbittert über solchen Eigensinn und solche Unvernunft zu eifern? Jede neue Abweisung solcher Art jedoch, die mir zuteil wurde, half dazu, die Wahrscheinlichkeit zu mindern, daß sich meine Unachtsamkeit wiederhole.

Nun muß erwähnt werden, daß ich mehrere Schlüssel für meine Tür hatte, wie es bei den meisten Rechtsanwälten üblich ist, die Räume in dicht bevölkerten Geschäftsgebäuden bewohnen. Einen hatte die Frau, die im Dachgeschoß wohnte, jede Woche meine Räume scheuerte und jeden Tag fegte und Staub wischte. Einen anderen hatte Truthahn aus Bequemlichkeitsgründen. Den dritten trug ich selber manchmal in der Tasche. Wer den vierten hatte, wußte ich nicht.

Eines Sonntags morgens nun ging ich in die Dreifaltigkeitskirche, um einen berühmten Prediger zu hören, und da ich schon ziemlich zeitig da war, dachte ich, daß ich noch eine Weile in meine Amtsräume hinübergehen könnte. Glücklicherweise hatte ich den Schlüssel bei mir, aber als ich ihn ins Schloß steckte, bemerkte ich, daß etwas Widerstand leistete, was von drinnen eingesteckt war. Voller Überraschung tat ich einen lauten Ausruf, als zu meiner Bestürzung von innen ein Schlüssel umgedreht wurde und die Erscheinung von Bartleby auftauchte, in Hemdsärmeln und in einem merkwürdigen, zerlumpten Hausrock; er schob mir sein mageres Gesicht entgegen, hielt die Tür halb offen und sagte mir ruhig, es täte ihm leid, aber er sei gerade sehr beschäftigt und möchte mich im Augenblick nicht einlassen. In ein paar kurzen Worten fügte er außerdem noch hinzu, daß ich am besten zwei- oder dreimal ums Viertel gehen solle, und in dieser Zeit würde er wahrscheinlich seine Arbeit erledigt haben.

Nun, dieses gänzlich unerwartete Auftauchen Bartlebys, der am Sonntagmorgen hier in meinen Amtsräumen hauste mit einer totenstarren, höflichen Gleichmütigkeit und doch zugleich fest und selbstbewußt, hatte eine so merkwürdige Wirkung auf mich, daß ich auf der Stelle vor meiner eigenen Tür kehrtmachte und tat, was er wünschte, aber nicht ohne viele Regungen machtloser Auflehnung gegen die sanftmütige Unverschämtheit dieses sonderbaren Schreibers zu empfinden.

Es war wirklich in der Hauptsache seine wunderbare Sanftmut, die mich nicht nur entwaffnete, sondern sozusagen meiner Manneskräfte beraubte. Denn ich finde, wenn einer sich eine Zeitlang ruhig von seinem angestellten Schreiber tyrannisieren und sich durch ihn von seiner eigenen Tür wegweisen läßt, muß er wohl seine Manneskräfte eingebüßt haben. Außerdem war mir der Gedanke unbehaglich, was Bartleby wohl in Hemdsärmeln und im übrigen in entkleidetem Zustand am Sonntagmorgen in meinem Büro vorhaben konnte. War da irgend etwas nicht in Ordnung? Nein, das war ausgeschlossen. Daß Bartleby ein unmoralischer Mensch sei, konnte man auf keinen Fall annehmen. Aber was konnte er hier tun? Schreiben? Nein, auch das nicht; was Bartleby auch immer für Schrullen haben mochte, er war doch ein außerordentlich anständiger Mensch. Er wäre der letzte, der sich in einem fast unbekleideten Zustand an seinen Schreibtisch setzen würde. Außerdem war Sonntag, und irgend etwas an Bartleby verbot die Vermutung, daß er den besonderen Charakter dieses Tages durch irgendwelche weltlichen Beschäftigungen verletzen würde.

Trotzdem war ich nicht beruhigt; und voll rastloser Neugier kehrte ich endlich zur Tür zurück. Ungehindert schob ich meinen Schlüssel hinein, öffnete und trat ein. Bartleby war nicht zu sehen. Beunruhigt sah ich mich um, schaute hinter seinen Schirm, aber wahrscheinlich war er fortgegangen. Bei näherer Untersuchung des Ortes kam ich zu der Vermutung, daß Bartleby seit unbestimmter Zeit in meinem Büro essen, sich ankleiden und schlafen mußte und dies alles ohne Teller, Spiegel oder Bett. Der gepolsterte Sitz eines wackligen alten Sofas in einer Ecke trug einen schwachen Eindruck von einer mageren hingestrecken Gestalt. Unter seinem Schreibtisch fand ich eine Decke, die er weggepackt hatte, unter dem leeren Kamin eine geschwärzte Schachtel und eine Bürste; auf einem Stuhl eine Zinnschüssel mit Seife und ein zerfetztes Handtuch; in einem Stück Zeitungspapier ein paar Krümel von Ingwerkuchen und einen Bissen Käse. Ja, dachte ich, es ist ganz klar, daß Bartleby sich hier so ganz für sich eine Junggesellenbude häuslich eingerichtet hat. Gleich darauf streifte mich der Gedanke, welche ärmliche Freudlosigkeit und Verlassenheit sich hier kundtat! Seine Armut war wohl groß; aber wie furchtbar war seine Einsamkeit! Man bedenke: am Sonntag ist die Wallstreet verlassen wie die Wüste Sahara, und jede Nacht ist sie von neuem wieder eine Einöde. Auch dies Gebäude, in dem es an Wochentagen von Geschäftigkeit und Leben wimmelt, hallt bei Einbruch der Nacht wider von lauter Leere und ist den ganzen Sonntag über verlassen. Und hier lebt nun Bartleby! Einziger Betrachter einer Einöde, die er ganz belebt gesehen hat – eine Art unschuldiger moderner Marius, der auf den Trümmern von Karthago grübelt.

Zum ersten Male in meinem Leben faßte mich ein Gefühl überwältigender schmerzlicher Schwermut. Niemals vorher hatte ich etwas anderes empfunden als eine nicht unangenehme Traurigkeit. Nun trieben mich die Bande gemeinsamen Menschseins unwiderstehlich in den Trübsinn. Eine brüderliche Schwermut – denn ich und Bartleby –, wir waren beide Adams Söhne. Ich dachte an die weißen Seidenkleider und die strahlenden Gesichter, die ich an demselben Tag im festlichen Schmuck wie Schwäne den Mississippi des Broadway hatte hinabschwimmen sehen; ihnen stellte ich den bleichen Schreiber gegenüber und dachte bei mir selber: Ja, Glück huldigt dem Licht, darum glauben wir, die Welt ist froh; aber das Unglück verbirgt sich, deshalb glauben wir, es gäbe kein Unglück. Diese traurigen Vorstellungen – zweifellos Gespinste eines kranken und beschränkten Geistes – führten weiter zu anderen und bestimmteren Gedanken über Bartlebys Schrullen. Vorahnungen seltsamer Entdeckungen erfüllten mich. Des

Schreibers weiße Gestalt erschien mir erschlagen unter gleichgültigen Fremden in einem flatternden Leichentuch.
Plötzlich wurde ich von Bartlebys geschlossenem Schreibtisch angezogen, dessen Schlüssel im Schloß steckte, allen Blicken sichtbar.
Ich meine es ja nicht böse, dachte ich, und will nur eine Neugier befriedigen, die ganz und gar nicht herzlos ist; außerdem gehört der Schreibtisch mir und auch sein Inhalt, also werde ich mir erlauben, hineinzusehen. Alles war ordentlich zurechtgelegt, die Papiere glatt hineingeschoben. Die Schubfächer waren tief, und ich schob die Stöße von Dokumenten zur Seite und griff in ihre Tiefen. Sofort fühlte ich dort etwas und zog es heraus. Es war ein altes buntes Taschentuch, zusammengeknotet und schwer. Ich öffnete es und sah, daß es eine Sparkasse war.
Nun dachte ich an all die stillen Geheimnisse, die ich an dem Mann bemerkt hatte. Ich dachte daran, daß er niemals sprach, außer wenn er gefragt wurde; daß er doch eine Menge Zeit für sich hatte, wenn auch nur ab und zu, daß ich ihn aber niemals hatte lesen sehen – nein –, nicht einmal eine Zeitung; daß er lange Zeit dastehen konnte an seinem trüben Fenster hinter dem Schirm und hinaussehen auf die tote Ziegelwand; ich wußte genau, daß er niemals irgendein Speisehaus oder Restaurant besuchte; sein blasses Gesicht zeigte deutlich, daß er niemals Bier trank wie Truthahn oder auch nur Tee und Kaffee wie andere Leute; niemals, soviel ich wußte, ging er irgendwohin; niemals ging er aus, um einen Spaziergang zu machen, nur freilich gerade jetzt; er hatte sich geweigert, zu sagen, wer er sei oder woher er komme oder ob er irgendwelche Verwandte auf der Welt habe; obwohl er doch so dünn und blaß war, beklagte er sich nie über schlechte Gesundheit. Und vor allem dachte ich an eine gewisse Sphäre ungewollten, blassen – wie soll ich es nennen? –, blassen

Hochmuts, sagen wir, oder besser einer strengen Zurückhaltung, die um ihn war und die mir förmlich Ehrfurcht eingeflößt und mich dazu veranlaßt hatte, all seinen Sonderlichkeiten so sanftmütig nachzugeben; daß ich mich gefürchtet hatte, ihn zu fragen, ob er mir nicht den kleinsten gelegentlichen Dienst tun wolle, selbst wenn ich vielleicht gewußt hätte, daß er in solch einer Träumerei vor der kahlen Wand hinter seinem Schirm stand.

Wie ich nun über alle diese Dinge nachdachte und sie mit der eben entdeckten Tatsache – daß er mein Büro als ständigen Aufenthaltsort und Heim benützte – in Zusammenhang brachte, wie ich auch an seine krankhafte schlechte Laune dachte und dies alles nun so erwog, kam mir ein recht vernünftiges Gefühl. Meine ersten Empfindungen waren nur reine Schwermut und ernstliches Mitleid gewesen; aber in demselben Verhältnis, in dem Bartlebys Verlassenheit in meiner Phantasie wuchs und wuchs, mischte sich diese Schwermut mit Furcht, das Mitleid mit Widerwillen. So furchtbar es ist, so wahr ist es auch, daß der Gedanke oder Anblick eines Unglücks wohl bis zu einem gewissen Grade unsere besten Gefühle für sich gewinnt, in bestimmten besonderen Fällen über diesen Grad hinaus aber nicht mehr. Die, die behaupten, daß dies immer unveränderlich der angeborenen Selbstsucht des menschlichen Herzens zuzuschreiben sei, täuschen sich. Es entspringt eher einer gewissen Hoffnungslosigkeit, so übergroßes gesetzmäßiges Übel zu heilen. Einem empfindsamen Wesen ist Mitleid nicht selten eine Pein, und wenn sich endlich herausstellt, daß dieses Mitleid nicht zu einer wirkungsvollen Hilfe führen kann, befiehlt der gesunde Menschenverstand der Seele, sich davon loszumachen. Was ich an diesem Morgen sah, überzeugte mich, daß der Schreiber das Opfer angeborener und unheilbarer Krankheit sei. Ich hätte seinem Körper Almosen geben können, aber sein Körper war nicht krank; seine Seele litt, und seine Seele konnte ich nicht erreichen.

Meinen Vorsatz, in die Dreifaltigkeitskirche zu gehen, führte ich an diesem Morgen nicht aus. Irgendwie hatte mich das, was ich gesehen hatte, für den Augenblick unfähig gemacht, in die Kirche zu gehen. Ich ging nach Hause und dachte darüber nach, was ich mit Bartleby anfangen sollte. Schließlich kam ich zu folgendem Entschluß: ich würde ihm am nächsten Morgen ein paar ruhige Fragen stellen über seine Lebensgeschichte und so weiter, und wenn er sich weigern würde, sie offen und rückhaltlos zu beantworten (und ich nahm an, er »möchte lieber nicht«), dann würde ich ihm einen Zwanzigdollarschein geben und was ich ihm darüber hinaus noch schuldete und ihm sagen, seine Dienste würden nicht mehr benötigt; aber wenn ich ihm etwa auf irgendeine andere Weise behilflich sein könnte, würde ich dies gerne tun; besonders wenn er in seine Heimat zurückkehren wolle, wo immer das auch sein möge, würde ich ihm gern helfen, die Ausgaben zu bestreiten. Wenn er dann noch, nachdem er zu Hause angelangt sei, jemals einer Hilfe bedürftig wäre, könnte er auf einen Brief stets mit einer Antwort rechnen.

Der nächste Morgen kam.

Ich rief ihn sanft hinter seinem Schirm an: »Bartleby!«

Keine Antwort.

»Bartleby«, sagte ich in einem noch sanfteren Ton, »kommen Sie her. Ich werde Sie auch um nichts bitten, was Sie lieber nicht tun möchten – ich möchte nur mit Ihnen sprechen.«

Daraufhin trat er geräuschlos in Erscheinung.

»Wollen Sie mir sagen, wo Sie geboren sind, Bartleby?«

»Ich möchte lieber nicht.«

»Wollen Sie mir irgend etwas von sich erzählen?«

»Ich möchte lieber nicht.«

»Aber was für ein vernünftiger Grund kann Sie denn

daran hindern, zu mir zu sprechen? Ich meine es doch gut mit Ihnen!«
Er sah mich nicht an, als ich sprach, sondern hatte seinen Blick auf meine Cicero-Büste geheftet, die gerade hinter mir stand, so wie ich damals saß, und zwar etwa fünfzehn Zentimeter über meinen Kopf.
»Was haben Sie zu antworten?« sagte ich, nachdem ich geraume Weile auf eine Antwort gewartet hatte, während seine Gesichtszüge ungerührt blieben und nur um den blassen, zusammengepreßten Mund ein schwaches, kaum sichtbares Zucken lief.
»Ich möchte im Augenblick nicht antworten«, sagte er und zog sich in seine Klause zurück.
Ich muß gestehen, ich war ziemlich gutmütig, aber sein Benehmen bei dieser Gelegenheit ärgerte mich. Es schien nicht nur eine gewisse ruhige Verachtung darin zu liegen, sondern sein merkwürdiges Betragen war auch undankbar, wenn man die unleugbar gute Behandlung und Nachsicht bedachte, die er von mir erfahren hatte.
Da saß ich wieder und grübelte, was ich tun sollte. Wenn mich sein Benehmen auch gedemütigt hatte und wenn ich auch entschlossen gewesen war, ihn zu entlassen, als ich das Büro betrat, fühlte ich doch, wie etwas Seltsames abergläubisch mir ans Herz griff und mir verbot, mein Vorhaben auszuführen, etwas, das mich drohend einen Schurken nannte, wenn ich es wagen würde, diesem Verlassensten unter allen Menschen nur ein einziges hartes Wort zu sagen. Endlich zog ich mir meinen Stuhl vertraulich hinter seinen Schirm, setzte mich nieder und sagte: »Bartleby, es schadet nichts, wenn Sie mir auch nichts aus Ihrem Leben erzählen; aber als Freund möchte ich Sie doch bitten, daß Sie sich so weit wie möglich den Sitten dieses Büros fügen. Sagen Sie jetzt, daß Sie die Papiere mit durchsehen werden – morgen oder die nächsten Tage –, also sagen Sie, daß Sie in ein oder zwei Tagen anfangen werden,

ein bißchen vernünftig zu sein – sagen Sie's doch, Bartleby!«

»Augenblicklich möchte ich ganz und gar nicht vernünftig sein«, war seine milde, kaltblütige Antwort.

In diesem Augenblick wurde die Flügeltür geöffnet, und Kneifer kam herein. Er schien an den Folgen einer ungewöhnlich schlechten Nachtruhe zu leiden, die durch eine noch schlechtere Verdauung als gewöhnlich verursacht sein mochte. Er hörte Bartlebys abschließende Worte.

»Möchte nicht, was?« knirschte Kneifer. »Ich *möchte* ihn, an Ihrer Stelle, Herr«, zu mir gewandt, »ich möchte ihn! Ich würde ihm Vorzugstarif zahlen, dem halsstarrigen Esel! Was ist es denn, bitte, Herr, was er wieder nicht *möchte?«*

Bartleby rührte sich nicht.

»Herr Kneifer«, sagte ich, »ich möchte, daß Sie sich sofort zurückziehen.«

Irgendwie war ich seit kurzem darauf gekommen, das Wort »möchte« bei jeder mehr oder weniger passenden Gelegenheit zu gebrauchen, und ich zitterte bei dem Gedanken, daß meine Verbindung mit dem Schreiber schon allen Ernstes einen geistigen Einfluß auf mich haben könne. Welche weitere und tiefere Verirrung könnte dies nicht noch erzeugen? Diese Wahrnehmung blieb nicht ohne Wirkung auf meinen Beschluß, ein abgekürztes Verfahren durchzuführen.

Als Kneifer sauer und verdrießlich verschwand, näherte sich Truthahn höflich und ergeben.

»Um Vergebung, Herr«, sagte er, »gestern habe ich so über Bartleby hier nachgedacht, und ich dachte, wenn er nur ein Viertel gutes Bier jeden Tag trinken möchte, das würde ihm schon sehr auf die Beine helfen, und dann könnte er uns auch helfen, die Papiere durchzusehen.«

»Haben Sie das Wort auch schon aufgeschnappt?« sagte ich etwas erregt.

»Mit Verlaub, was für ein Wort, Herr?« fragte Truthahn und drängte sich respektvoll in den engen Raum hinter dem Schirm, und so kam es, daß ich Bartleby anstieß. »Was für ein Wort, Herr?«

»Ich möchte lieber hier allein sein«, sagte Bartleby, als sei er beleidigt, in seiner Zurückgezogenheit belästigt zu werden.

»*Das* ist das Wort, Truthahn«, sagte ich, »das ist es.«

»Oh, möchte? – o ja, komisches Wort. Ich selber gebrauche es nie. Aber, Herr, wie gesagt, wenn er nur möchte –.«

»Truthahn«, unterbrach ich ihn, »gehen Sie bitte.«

»O gewiß, Herr, wenn Sie es möchten.«

Als er die Flügeltür öffnete, um sich zurückzuziehen, fing Kneifer an seinem Pult einen Blick von mir auf und fragte, ob ich ein bestimmtes Dokument auf blaues oder weißes Papier kopiert haben möchte. Er legte nicht den mindesten boshaften Akzent auf das Wort möchte. Es war klar, daß er es ohne Absicht aussprach. Und ich dachte bei mir, ich müßte auf jeden Fall den Schwachsinnigen los werden, der bis zu einem gewissen Grade schon die Zungen, wenn nicht gar die Köpfe meiner Angestellten und meinen eigenen behext hatte. Aber ich hielt es für geraten, ihm die Entlassung nicht sogleich mitzuteilen.

Am nächsten Tag bemerkte ich, daß Bartleby überhaupt nichts tat, sondern am Fenster stand und zu seiner kahlen Wand hinüberträumte. Als ich ihn fragte, warum er nicht schriebe, sagte er, er habe sich entschlossen, keine Schreibarbeit mehr zu machen.

»Nanu, was denn jetzt? Und was haben Sie dann noch auf Lager?« rief ich aus. »Keine Schreibarbeit mehr machen?«

»Nein, ich möchte nicht mehr.«

»Und aus welchem Grunde?«

»Sehen Sie den Grund nicht selber?« erwiderte er gleichgültig. Ich sah ihn aufmerksam an und bemerkte, daß seine Augen trübe und glasig aussahen. Sofort fiel mir ein, daß sein beispielloser Fleiß beim Abschreiben an dem dunklen Fenster in den ersten paar Wochen, die er bei mir war, sein Sehvermögen vorübergehend geschwächt haben könne.

Ich war erschüttert. Ich sprach ihm mein Mitgefühl aus. Ich deutete an, daß es natürlich gut sei, wenn er eine Zeitlang nicht schreiben würde, und nötigte ihn, diese Gelegenheit zu gesunder Bewegung in der frischen Luft zu benützen. Aber das tat er nicht. Ein paar Tage darauf, als meine anderen Angestellten nicht da waren und ich ein paar Briefe sehr eilig mit der Post abschicken wollte, dachte ich, da Bartleby nun nicht das geringste zu tun hatte, würde er gewiß weniger halsstarrig sein als sonst und diese Briefe zum Postamt tragen. Aber er weigerte sich einfach. So ging ich selbst, obwohl es mir sehr ungelegen kam.

Noch ein paar Tage vergingen. Ich konnte nicht sagen, ob es mit Bartlebys Augen besser wurde oder nicht. Ich dachte, allem Anschein nach sei es so. Aber als ich ihn danach fragte, würdigte er mich keiner Antwort. Jedenfalls wollte er nicht schreiben. Endlich, in Erwiderung auf mein Drängen unterrichtete er mich darüber, daß er das Schreiben für immer aufgegeben habe.

»Was?« rief ich aus, »wenn Ihre Augen nun wieder ganz in Ordnung wären – besser als je zuvor –, würden Sie dann auch nicht wieder schreiben?«

»Ich habe das Schreiben aufgegeben«, erwiderte er und glitt davon.

Wie immer blieb er ein Inventarstück in meinem Zimmer. Ja – wenn das überhaupt noch möglich war, wurde er es in noch größerem Maße als jemals zuvor. Was war zu tun? Er arbeitete nicht im Büro, warum sollte er dann dableiben? Eigentlich war er jetzt für mich ein Mühlstein geworden, nicht nur nutzlos wie ein Halsschmuck, sondern mühsam zu tragen. Und doch tat es mir leid um ihn. Es ist noch milde ausgedrückt, wenn ich sage, daß er mir seinerseits förmlich Unbehagen verursachte. Hätte er mir nur einen einzigen Verwandten oder Freund genannt, ich hätte sofort geschrieben und dafür gesorgt, daß diese den armen Burschen schleunigst fortschafften und ihn an einem geeigneten Ort unterbrachten. Aber er schien allein zu sein, ganz und gar allein auf der Welt – ein Stück Schiffswrack mitten auf dem Ozean. Schließlich triumphierte die Notwendigkeit im Verein mit meinen Geschäften über alle anderen Betrachtungen. So gütig, wie ich konnte, teilte ich Bartleby mit, daß er in sechs Tagen unbedingt das Amt verlassen müsse. Ich ermahnte ihn, in der Zwischenzeit Maßnahmen zu treffen und sich eine andere Wohnung zu besorgen. Ich bot ihm an, ihm in seinen Bemühungen beizustehen, wenn er nur selber die ersten Schritte zum Umzug tun würde. »Und wenn Sie mich endgültig verlassen«, fügte ich hinzu, »werde ich zusehen, daß Sie nicht ganz unversorgt fortgehen. Von heute an noch sechs Tage, denken Sie daran!«

Nach Ablauf dieser Frist sah ich vorsichtig hinter den Schirm, und siehe da! Bartleby war noch da.

Ich knöpfte meinen Überzieher zu, schwankend, was ich tun solle, ging dann langsam zu ihm hin, tippte ihn an die Schulter und sagte: »Es ist jetzt soweit; Sie müssen von hier fort; es tut mir leid für Sie; hier haben Sie Geld; aber gehen müssen Sie.«

»Ich möchte lieber nicht«, erwiderte er, den Rücken noch immer gegen mich gewendet.

»Sie müssen.«

Er blieb still.

Nun war es so, daß ich ein grenzenloses Vertrauen in die allgemeine Ehrbarkeit dieses Mannes setzte. Er hatte mir öfter Centstücke und Dollars zurückgebracht, die ich achtlos auf den Boden hatte fallen lassen; denn ich neige in solchen Kragenknopfgeschichten sehr zum

Leichtsinn. Daher wird man das folgende Vorgehen nicht verwunderlich finden.
»Bartleby«, sagte ich, »ich schulde Ihnen zwölf Dollar auf Abschlag; hier sind zweiunddreißig; die übrigen zwanzig gehören Ihnen – wollen Sie sie nehmen?« Und ich hielt ihm die Geldscheine hin.
Aber er rührte sich nicht.
»Dann lasse ich sie hier«, und ich schob sie unter einen Briefbeschwerer auf seinem Tisch. Dann nahm ich meinen Hut und Stock, ging zur Tür, wandte mich ruhig um und fügte hinzu: »Wenn Sie Ihre Sachen aus dem Büro weggebracht haben, Bartleby, schließen Sie natürlich die Tür ab – denn außer Ihnen sind schon alle fort –, und schieben Sie bitte Ihren Schlüssel unter die Matte, daß ich ihn dann früh habe. Ich sehe Sie wohl nicht mehr; dann also auf Wiedersehen. Wenn ich Ihnen an Ihrem neuen Wohnort noch irgendwelche Dienste tun kann, dann geben Sie mir nur in einem Brief Nachricht. Auf Wiedersehen, Bartleby, und leben Sie wohl.«
Aber er erwiderte kein Wort; wie die letzte Säule eines zerstörten Tempels blieb er stumm und allein mitten in dem leeren Zimmer zurück.
Als ich in nachdenklicher Stimmung heimging, siegte meine Eitelkeit über mein Mitleid. Ich mußte mich selber doch sehr loben, wie meisterhaft ich es angefangen hatte, Bartleby loszuwerden. Meisterhaft, sage ich, und so mußte es jedem unparteiisch Denkenden erscheinen. Das Schöne an meiner Handlungsweise schien mir in ihrer vollkommenen Geräuschlosigkeit zu liegen. Kein ordinäres Gezänk, keine Spur von irgendwelcher Großtuerei, kein jähzorniges Auftrumpfen! Ich war auch nicht im Zimmer hin und her gerannt und hatte Bartleby in heftigem Ton befohlen, er solle sich mit seinem Bettlerbündel wegscheren. Nichts dergleichen. Ohne daß ich Bartleby laut aufgefordert hätte, zu verschwinden – wie ein weniger genialer Geist es

vielleicht tun würde –, hatte ich als Grundbedingung vorausgesetzt, daß er verschwinden müsse, und auf diese Bedingung hatte ich alles andere, was zu sagen war, aufgebaut. Je mehr ich über meine Handlungsweise nachdachte, desto mehr entzückte sie mich. Und doch – am nächsten Morgen, als ich aufwachte, kamen mir Zweifel –, irgendwie hatte ich den Rausch meiner Eitelkeit verschlafen. Ein Mann hat seine kühlsten und klügsten Stunden des Morgens, wenn er eben aufgewacht ist. Mein Vorgehen erschien noch ebenso weise wie vorher – aber nur in der Theorie. Wie es sich in der Praxis erweisen würde – da saß der Haken. Es war wirklich ein guter Gedanke, einfach vorauszusetzen, daß Bartleby ausziehen würde; aber schließlich war dies nur meine eigene Voraussetzung, nicht die Bartlebys. Die Hauptsache war nicht, ob ich vorausgesetzt hatte, daß er mich verlassen würde, sondern ob er es möchte. Er war ein Mensch der Neigungen, Voraussetzungen halfen nichts bei ihm.

Nach dem Frühstück ging ich hinunter in die Stadt und erwog die Wahrscheinlichkeit des Für und Wider. Einmal dachte ich, alles würde sich als ein kläglicher Mißerfolg erweisen, und ich würde Bartleby bei bester Gesundheit in meinem Büro finden wie gewöhnlich. Dann wieder schien es mir, daß sein Stuhl leer sein würde. So schwankte ich immer hin und her. An der Ecke von Broadway und Canalstraße sah ich eine recht aufgeregte Gruppe von Leuten, die in ernstem Gespräch standen.

»Ich wette, er macht's nicht!« sagte eine Stimme, als ich vorbeiging.

»Er geht nicht? Abgemacht!« sagte ich. »Halten Sie Ihr Geld bereit!«

Unwillkürlich steckte ich dabei meine Hand in die Tasche, um mein eigenes hervorzuholen, als mir einfiel, daß Wahltag war. Die Worte, die ich gehört hatte, bezogen sich nicht auf Bartleby, sondern auf Erfolg oder

Niederlage irgendeines Kandidaten für das Bürgermeisteramt. In meiner gespannten Geistesverfassung hatte ich mir eingebildet, der ganze Broadway nehme teil an meiner Aufregung und berate mit mir über dieselbe Frage. Ich ging weiter, herzlich dankbar, daß der Lärm auf der Straße meine augenblickliche Geistesabwesenheit verdeckte.

Wie beabsichtigt, war ich früher als gewöhnlich an meiner Bürotür. Einen Augenblick stand ich und horchte. Alles war still. Er mußte fort sein. Ich drückte auf die Klinke. Die Tür war verschlossen. Ja, mein Verfahren hatte Wunder gewirkt; er mußte wirklich verschwunden sein. Doch irgendwie mischte sich Schwermut in diesen Gedanken; mein glänzender Erfolg tat mir fast leid. Ich tastete unter dem Türvorleger nach dem Schlüssel, den Bartleby dort für mich hatte lassen sollen, als mein Knie zufällig an die Wand stieß und eine Art Klopfen verursachte; als Antwort kam von drinnen eine Stimme: »Noch nicht! Ich habe zu tun.«

Es war Bartleby.

Ich stand wie vom Schlag gerührt. Einen Augenblick blieb ich so stehen wie jener Mann, der vor langer Zeit in Virginia vom Blitz getroffen wurde; an einem wolkenlosen Nachmittag stand er an seinem offenen Fenster, die Pfeife im Mund, und so wurde er erschlagen. Er blieb da stehen, hinausgelehnt in den träumerischen Nachmittag, bis jemand ihn anrührte, daß er umfiel.

»Noch da«, murmelte ich endlich. Aber wieder gehorchte ich diesem erstaunlichen Einfluß, den der rätselhafte Schreiber auf mich ausübte, jenem Einfluß, von dem ich mich trotz allen Sträubens nicht vollkommen frei machen konnte, ich ging langsam die Treppe hinunter und auf die Straße hinaus, und während ich ums Viertel ging, überlegte ich, was ich nun als nächstes unternehmen sollte, um dieser ungeheuerlichen Schwierigkeit zu begegnen. Ich konnte ja den Mann nicht mit Gewalt hinauswerfen. Mit Schimpfworten würde er sich nicht vertreiben lassen; die Polizei zu rufen war mir ein unerfreulicher Gedanke; und doch mochte ich auch daran nicht denken, zuzulassen, daß er sich seines starren, tatenlosen Triumphes über mich freute. Was war zu tun? Oder, wenn nichts getan werden konnte, was konnte ich dann in dieser Sache noch irgendwie annehmen? Ja, so wie ich vorher vorausblickend angenommen hatte, daß Bartleby ausziehen würde, so könnte ich jetzt zurückblickend annehmen, daß er ausgezogen sei. In wohlbegründeter Durchführung dieser Annahme könnte ich das Büro in größter Eile betreten, mich so stellen, als sähe ich Bartleby gar nicht, und gerade auf ihn zugehen, als wäre er Luft. Solch ein Vorgehen würde großartig wirken. Der Hieb würde sitzen! Es war kaum möglich, daß Bartleby einer solchen Anwendung der Voraussetzungslehre widerstehen konnte. Aber bei einer zweiten Überlegung schien der Erfolg des Plans ziemlich zweifelhaft. Ich beschloß, noch einmal mit ihm über die Sache zu reden.

»Bartleby«, sagte ich, als ich ins Büro trat, mit ruhigem, ernstem Gesichtsausdruck, »ich bin ernstlich ungehalten. Es berührt mich schmerzlich, Bartleby; das hätte ich nicht von Ihnen gedacht. Ich dachte, Sie hätten eine so anständige Gesinnung, daß in irgendeiner heiklen Lage ein kleiner Wink genügen würde, kurz, eine Andeutung. Aber ich habe mich anscheinend getäuscht. Nun«, fügte ich hinzu und lenkte ganz natürlich auf ein anderes Thema über, »Sie haben noch nicht einmal das Geld hier angerührt«, und ich zeigte darauf, genau wo ich es am Abend vorher hingelegt hatte.

Er antwortete nicht.

»Wollen Sie nun von hier fortgehen oder nicht?« Ich fragte in plötzlicher Heftigkeit und trat dicht vor ihn hin.

»Ich möchte lieber *nicht* von hier fortgehen«, erwiderte er und legte einen sanften Nachdruck auf das *nicht.*

»Was haben Sie denn um alles in der Welt für ein Recht, hierzubleiben? Zahlen Sie irgendwie Miete? Zahlen Sie meine Steuern? Oder ist das hier Ihr Eigentum?«

Er antwortete nicht.

»Sind Sie bereit, jetzt wieder zu schreiben? Sind Ihre Augen jetzt wieder in Ordnung? Können Sie mir heute morgen ein kleines Schriftstück kopieren? Oder helfen, ein paar Zeilen durchzusehen? Oder hinüber aufs Postamt gehen? Mit einem Wort also: wollen Sie überhaupt etwas tun, um Ihrer Weigerung, diese Räume zu verlassen, eine Berechtigung zu verleihen?«

Er zog sich stumm in seine Klause zurück.

Ich befand mich in einem solchen Zustand nervöser Erregung, daß ich es für geraten hielt, für den Augenblick mit weiteren Äußerungen zurückzuhalten. Bartleby und ich waren allein. Ich dachte an die Tragödie des unglücklichen Adams und des noch unglücklicheren Colt in dem verlassenen Büro des letzteren; und wie der arme Colt, von Adams furchtbar in Wut gebracht, so unvorsichtig war, seiner schrecklichen Erregung nachzugeben, und so plötzlich zu seiner verhängnisvollen Tat getrieben wurde – einer Tat, die sicher keiner mehr beklagen konnte als der Täter selbst. Oft hatte ich in meinen Betrachtungen über diese Sache nachgedacht, daß dieser Streit anders geendet hätte, wenn er auf offener Straße oder in einer Privatwohnung stattgefunden hätte. Dieser Umstand aber – allein zu sein in einem menschenleeren Büro, in einem nach oben gelegenen Stockwerk, in einem Gebäude, das von keinerlei bürgerlich-häuslicher Gemeinschaft geheiligt war, in einem Büro ohne Teppiche, in dem es sicher staubig und wüst aussah –, das muß es wohl vor allem gewesen sein, was die leicht zu reizende Wut des unglücklichen Colt noch steigerte.

Aber als dieser alte Adam des Zorns sich in mir erhob und mich mit Bartleby versuchte, ergriff ich ihn und schleuderte ihn weg. Wie ich das tat? Nun, ich dachte einfach an den göttlichen Befehl: Ein neu Gebot gebe ich euch, daß ihr euch untereinander liebet. Ja, das rettete mich. Abgesehen von höheren Erwägungen wirkt Nächstenliebe oft als ein Prinzip großer Weisheit und Vorsicht – als mächtiger Beschützer für den, der sie hegt. Menschen haben Morde begangen aus Eifersucht, aus Wut, aus Haß, aus Selbstsucht, aus geistigem Hochmut; aber ich habe noch nie gehört, daß einer um süßer Nächstenliebe willen einen teuflischen Mord begangen hätte. So sollte schon bloße Selbstsucht – wenn ein besseres Motiv nicht herbeigeführt werden kann – allen Wesen, besonders heißblütigen, die Nächstenliebe und Menschenliebe predigen. Bei dieser Gelegenheit jedenfalls bemühte ich mich, meine Zorngefühle gegen den Schreiber zu ertränken, indem ich mir sein Verhalten wohlwollend ausdeutete. Armer Kerl! Armer Kerl! dachte ich; er meint's ja nicht böse; und dann hat er wohl schlechte Zeiten erlebt, und man muß ihm etwas nachsehen.

Ich versuchte also sofort, mich zu beschäftigen und dabei meine Wut zu besänftigen. Ich versuchte, mir vorzustellen, daß Bartleby im Laufe des Morgens zu einer Zeit, die ihm eben angenehm wäre, aus freiem Entschluß aus seiner Einsiedelei herauskommen und schnurstracks in Richtung Tür marschieren würde. Aber nein! Es wurde halb zwölf; Truthahns Gesicht fing an zu glühen, er warf sein Tintenfaß um und wurde überhaupt unerträglich laut; Kneifer mäßigte sich zu Stille und Höflichkeit; Ingwerkeks kaute hörbar seinen Mittagsapfel; Bartleby stand noch immer an seinem Fenster und betrachtete in tiefste Träumereien versunken seine kahle Wand. Möchte man es für möglich halten? Soll ich es gestehen? An diesem Nachmittag verließ ich das Büro, ohne noch ein Wort zu ihm zu sagen.

Ein paar Tage vergingen nun, während deren ich in freien Stunden ein wenig in Edwards' 'Über den Willen' und Priestleys 'Über die Notwendigkeit' herumblätterte. In der augenblicklichen Situation weckten diese Bücher in mir ein heilsames Gefühl. Nach und nach gewann ich die Überzeugung, daß diese meine Sorgen um den Schreiber mir alle von Ewigkeit her bestimmt waren, und daß Bartleby bei mir einquartiert war, schien mir die geheimnisvolle Absicht einer allwissenden Vorsehung, die zu ergründen einem armen Sterblichen wie mir nicht zukam. Ja, Bartleby, bleibe da hinter deinem Schirm, dachte ich; ich werde dich nicht mehr verfolgen; du bist so harmlos und still wie einer von den alten Stühlen hier; ja, ich fühle mich nie so ungestört, wie wenn ich weiß, daß du hier bist; endlich sehe ich es; ich dringe vor zu dem Ziel, das meinem Leben bestimmt ist. Ich bin zufrieden. Andere mögen großartige Rollen zu spielen haben; aber mein Auftrag in der Welt, Bartleby, ist es, dir ein Asyl in meinem Büro zu gewähren, solange du es für angebracht halten wirst, hier zu verweilen.

Ich glaube, dieser weise und gesegnete Geisteszustand hätte bei mir angehalten, wären nicht die unerbetenen und hartherzigen Bemerkungen gewesen, die mir meine Berufsfreunde aufdrängten, wenn sie in meine Räume kamen. Aber es ist häufig so, daß die beständige Nörgelei engherziger Geister endlich die besten Entschlüsse der Großzügigeren zunichte macht. Freilich, wenn ich darüber nachdachte, war es sicher nicht verwunderlich, daß Leute, die in mein Büro kamen, von dem eigenartigen unerklärlichen Anblick Bartlebys betroffen und so in Versuchung waren, ein paar häßliche Bemerkungen über ihn fallen zu lassen. Manchmal versuchte ein Anwalt, der geschäftlich mit mir zu tun hatte, mich in meinem Büro aufsuchte und dort niemanden fand als den Schreiber, von ihm genaue Auskunft darüber einzuholen, wo ich mich aufhielte. Aber seine Reden waren zwecklos. Bartleby blieb unbeweglich mitten im Zimmer stehen und achtete gar nicht auf sie. So ging der Anwalt gewöhnlich wieder, nicht klüger, als er gekommen war, nachdem er ihn eine Weile in dieser Stellung bewundert hatte.

Ebenso wenn eine Beratung anfing, das Zimmer voll war von Rechtsanwälten und Zeugen und die Geschäfte drängten; dann bat wohl irgendein sehr beschäftigter Herr vom Gericht Bartleby, sobald er sah, daß dieser absolut nichts zu tun hatte, in sein (des Herrn) Büro zu laufen und ein paar Papiere für ihn zu holen. Dies lehnte Bartleby ruhig ab, blieb aber müßig wie zuvor. Dann machte der Rechtsanwalt große Augen, wandte sich zu mir, und was konnte ich sagen? Endlich wurde ich darauf aufmerksam gemacht, daß durch den ganzen Kreis meiner beruflichen Bekannten ein verwundertes Tuscheln lief über die merkwürdige Kreatur, die ich mir in meinem Büro hielt. Dies machte mir viel Kummer, und als mir der Gedanke kam, er könne sich möglicherweise als langlebig erweisen und immer meine Räume bewohnen, ohne meine Autorität anzuerkennen, meine Besucher in Verwunderung setzen, meinem beruflichen Ansehen schaden und ganz allgemein einen Schatten auf meine Räume werfen, könne sich so durchschlagen, bis seine Ersparnisse verbraucht waren (er gab am Tag bestimmt nur ein paar Cents aus), könne mich am Ende vielleicht gar überleben und auf Grund ständiger Benutzung Anspruch auf mein Büro erheben, da bedrängten mich all solche dunklen Vorahnungen mehr und mehr, und unablässig lagen mir meine Freunde in den Ohren mit ihren unbarmherzigen Bemerkungen über die Erscheinung in meinem Zimmer; eine große Veränderung vollzog sich in mir. Ich beschloß, alle meine Kräfte zusammenzuraffen und mich auf immer von diesem unerträglichen Alp zu befreien.

Bevor ich jedoch irgendeinen komplizierten Plan erwog, der diesem Ziel dienen sollte, gab ich Bartleby erst ganz

einfach zu verstehen, daß er jetzt wirklich für immer ausziehen solle. In ruhigem und ernstem Ton empfahl ich diesen Gedanken seiner sorgsamen und reiflichen Überlegung. Aber nachdem er drei Tage darüber nachgedacht hatte, benachrichtigte er mich davon, daß sein ursprünglicher Entschluß der gleiche bleibe; kurz also, er »möchte« noch immer bei mir wohnen.
Was soll ich tun? fragte ich nun mich selber und knöpfte meinen Rock bis zum letzten Knopf zu. Was soll ich tun? Was müßte ich tun? Was sagt mir mein Gewissen, daß ich mit diesem Mann oder besser Geist anfangen soll? Ich muß ihn loswerden; gehen soll er. Aber wie? Hinauswerfen will ich ihn nicht, den armen, blassen, stillen Menschen – solch eine hilflose Kreatur will man doch nicht auf die Straße setzen! Mich durch eine solche Grausamkeit entehren? Nein, das will ich nicht, das kann ich nicht. Lieber lasse ich ihn hier leben und sterben und maure seine sterblichen Überreste in die Wand ein. – Was willst du also tun? Mit aller Überredung bringst du ihn nicht von der Stelle. Bestechungsgelder läßt er unter deinem eigenen Briefbeschwerer auf dem Tisch liegen; kurz also, es ist ganz klar, daß er bei dir bleiben möchte.
Dann muß also etwas Ernsthaftes, Ungewöhnliches unternommen werden. Natürlich willst du ihn nicht von einem Schutzmann festnehmen lassen und seine unschuldige Blässe dem öffentlichen Gericht überantworten. Und auf Grund welcher Tatsache könntest du das auch? Was denn? Ist der ein Vagabund, ein Landstreicher, der sich weigert, vom Fleck zu gehen? Eben weil er kein Landstreicher sein will, suchst du dann also, ihn zum Landstreicher zu stempeln. Das ist gar zu widersinnig. Offenbar verfügt er über keine Unterhaltsmittel; da habe ich ihn. Wieder falsch; denn ganz ohne Zweifel unterhält er sich selbst, und das ist der einzige unwiderlegbare Beweis, den jemand dafür erbringen kann, daß er die Mittel hat, es zu tun. Also

genug davon! Da er mich nicht verlassen will, muß ich ihn verlassen. Ich werde mein Büro verlegen; ich werde irgendwo anders hinziehen und ihm freundlich mitteilen, daß ich, wenn ich ihn in meiner neuen Behausung antreffen sollte, gegen ihn vorgehen werde wie gegen irgend jemand sonst, der so unverschämt ist, fremden Boden unbefugt zu betreten.
Ich wandte mich also am nächsten Tag an ihn. »Diese Räume sind mir zu weit vom Rathaus entfernt; die Luft ist ungesund; mit einem Wort, ich beabsichtige, nächste Woche mit meinem Büro umzuziehen, und ich benötige Ihren Dienst nicht mehr. Ich sage Ihnen das jetzt, damit Sie sich einen anderen Platz suchen können.«
Er gab keine Antwort, und es wurde nicht weiter darüber gesprochen.
Am vereinbarten Tage mietete ich Wagen und Leute, ging in meine Räume, und da ich nur wenig Möbel hatte, war alles in ein paar Stunden ausgeräumt. Die ganze Zeit über stand der Schreiber hinter seinem Schirm, der nach meiner Anordnung als letztes weggebracht werden sollte. Er wurde weggezogen, zusammengefaltet wie ein großes Blatt Papier, und er ließ ihn zurück – den reglosen Bewohner eines kahlen Raumes. Ich stand am Eingang und beobachtete ihn einen Augenblick, während in mir Vorwürfe laut wurden.
Ich trat wieder ein, die Hand in der Tasche, und das Herz saß mir auf der Zungenspitze.
»Auf Wiedersehen, Bartleby; ich gehe jetzt – auf Wiedersehen, und Gott möge Sie schützen; und nehmen Sie das!« und ich ließ etwas in seine Hand gleiten. Aber es fiel zu Boden, und dann – seltsam zu sagen – riß ich mich von ihm los, den ich so lange hatte los sein wollen.
Als ich mich in meinem neuen Quartier eingerichtet hatte, hielt ich einen Tag oder zwei die Tür verschlossen und erschrak bei jedem Schritt auf dem Gang. Wenn

ich nach kurzer Abwesenheit in meine Räume zurückkehrte, hielt ich einen Augenblick auf der Schwelle inne und horchte gespannt, ehe ich meinen Schlüssel einsteckte. Aber diese Angst war unnötig. Bartleby tauchte nie wieder in meiner Nähe auf.

Ich dachte, alles ginge gut, als eines Tages ein verstört aussehender Fremder zu mir kam und fragte, ob ich der Mann sei, der vor kurzem in der Wallstreet No. – einige Räume bewohnt habe.

Voller Vorahnungen erwiderte ich, daß ich das sei.

»Dann, mein Herr«, sagte der Fremde, ein Rechtsanwalt, wie sich herausstellte, »sind Sie verantwortlich für den Mann, den Sie dort gelassen haben. Er weigert sich, irgend etwas zu schreiben; er weigert sich, überhaupt etwas zu tun; er sagt, er möchte nicht; und er weigert sich, die Räume zu verlassen.«

»Es tut mir sehr leid, mein Herr«, sagte ich mit angenommener Ruhe und innerlich bebend, »aber mit dem Mann, von dem Sie sprechen, habe ich wahrhaftig nichts zu tun – er ist nicht verwandt mit mir und auch nicht mein Lehrling, daß Sie mich für ihn verantwortlich machen könnten.«

»Ja, zum Teufel, wer ist er denn?«

»Das kann ich Ihnen nicht genau sagen. Ich weiß nichts von ihm. Früher war er bei mir als Schreiber beschäftigt. Aber er hat schon seit einiger Zeit nicht mehr für mich gearbeitet.«

»Dann werde ich ihn wegbringen lassen – guten Morgen, mein Herr.«

Ein paar Tage vergingen, und ich hörte nichts mehr von der Sache; und obwohl oft eine Stimme in mir zum Guten redete und mir zuraunte, hinzugehen und nach dem armen Bartleby zu sehen, hielt mich doch eine gewisse Scheu zurück, ich weiß selber nicht, wovor.

Jetzt ist doch das alles mit ihm schon vorbei, dachte ich endlich, als nach einer weiteren Woche mich keine andere Nachricht erreichte. Aber als ich am Tage darauf in mein Büro kam, fand ich vor meiner Tür ein paar Leute, die im Zustand höchster Erregung auf mich warteten.

»Das ist der Herr, da kommt er«, rief der vorderste, in dem ich den Rechtsanwalt erkannte, der mich zuvor allein besucht hatte.

»Sie müssen ihn sofort wegbringen, Herr, auf der Stelle«, rief ein wohlbeleibter Mann. Ich wußte, es war der Hauswirt der Wallstreet No. –. »Diese Herren, meine Mieter, können es nicht mehr aushalten; Herr B.«, und er zeigte auf den Rechtsanwalt, »hat ihn aus dem Zimmer geworfen, und jetzt macht er dauernd das ganze Gebäude unsicher. Bei Tag sitzt er auf dem Treppengeländer, und bei Nacht schläft er im Eingang; jeder wundert sich, Kunden verlassen die Büros. Manche haben Angst, es könnte sich um eine Diebesbande handeln. Sie müssen etwas unternehmen, und zwar sofort.«

Bestürzt wich ich vor diesem Ausbruch zurück, und gern hätte ich mich in mein neues Quartier eingeschlossen. Umsonst bestand ich darauf, daß ich nichts mit Bartleby zu tun habe – nicht mehr als irgend jemand sonst. Vergebens – ich war der letzte, von dem man wußte, daß er überhaupt etwas mit ihm zu tun gehabt habe, und nun zogen sie mich so furchtbar zur Verantwortung.

Voller Angst, in der Zeitung bloßgestellt zu werden (wie einer der Anwesenden dunkel androhte), bedachte ich die Sache und sagte schließlich zu, wenn der Rechtsanwalt mir eine vertrauliche Unterredung mit dem Schreiber in seinem (des Rechtsanwalts) eigenen Zimmer gewähre, würde ich am Nachmittag alles versuchen, um sie von der Plage, über die sie klagten, zu befreien.

Als ich zu meiner alten Behausung hinaufstieg, fand ich Bartleby still am Treppenabsatz auf dem Geländer sitzen.

»Was machen Sie denn hier, Bartleby?« sagte ich.

»Ich sitze auf dem Geländer«, erwiderte er milde.
Ich forderte ihn auf, mit ins Zimmer des Rechtsanwalts zu kommen, und dieser ließ uns allein.
»Bartleby«, sagte ich, »sind Sie sich klar, daß Sie mir viel Ärger machen, wenn Sie sich dauernd hier am Eingang aufhalten, nachdem man Sie aus dem Büro gewiesen hat?«
Keine Antwort.
»Jetzt müssen entweder Sie etwas unternehmen, oder es muß etwas gegen Sie unternommen werden. Eins von beiden muß sein. Mit was für einer Art von Tätigkeit möchten Sie denn beschäftigt werden? Wollen Sie wieder für jemanden Schreibarbeit machen?«
»Nein, ich möchte lieber, daß alles beim alten bleibt.«
»Möchten Sie eine Stellung in einem Kurzwarengeschäft annehmen?«
»Da muß man sich zu sehr einschränken. – Nein, ich möchte keine Stellung, aber ich bin nicht wählerisch.«
»Zu sehr einschränken«, rief ich »ja, Sie schränken sich doch dauernd selber ein.«
»Ich möchte keine Stellung annehmen«, erwiderte er, als wolle er diese kleine Einzelheit gleich festlegen.
»Wie wär's mit dem Posten eines Büfettiers? Das ist gar nicht anstrengend für die Augen!«
»Dazu habe ich überhaupt keine Lust; aber wie gesagt, ich bin nicht wählerisch.«
Seine ungewohnte Redseligkeit ermutigte mich. Ich ging noch einmal zum Angriff über.
»Na schön; aber hätten Sie Lust, über Land zu reisen und Rechnungen für Kaufleute einzuziehen? Das würde Ihrer Gesundheit gut tun.«
»Nein, dann möchte ich schon lieber etwas anderes.«
»Aber als Gesellschafter mit nach Europa gehen, irgendeinen jungen Mann unterhalten – wie würde Ihnen das passen?«
»Das kommt gar nicht in Frage; ich kann mir auch gar nicht denken, daß dabei überhaupt etwas zu tun ist. Ich

bleibe auch gern am Ort. Aber ich bin nicht wählerisch.«

»Also bleiben Sie am Ort«, schrie ich; denn mir riß die Geduld, und zum ersten Male in meinen aufregenden Beziehungen zu ihm geriet ich ziemlich in Wut. »Wenn Sie nicht noch vor Abend diese Räume verlassen, sehe ich mich gezwungen – wahrhaftig – *muß* – muß ich – selber gehen!« Ich schloß ziemlich widersinnig, denn mir fiel keine Drohung ein, mit der ich vielleicht hätte versuchen können, ihm Angst einzujagen und seine Unbeweglichkeit so in Willfährigkeit zu verwandeln. Verzweifelt gab ich alle weiteren Bemühungen auf und wollte ihn hastig verlassen, als ein letzter Gedanke mir in den Sinn kam – ein Gedanke, mit dem ich auch vorher schon gespielt hatte.

»Bartleby«, sagte ich in dem freundlichsten Ton, den ich unter so aufregenden Umständen aufbringen konnte, »wollen Sie jetzt mit mir nach Hause gehen – nicht in mein Büro, sondern in meine Wohnung – und dort bleiben, bis wir einmal in einer freien Stunde irgendeine passende Regelung für Sie treffen können? Kommen Sie, wir wollen gleich gehen.«

»Nein; ich möchte für den Augenblick überhaupt, daß alles so bleibt.«

Ich antwortete nicht; aber ich entging allem mit Erfolg durch eine plötzliche, eilige Flucht, rannte aus dem Gebäude, lief die Wallstreet hinauf zum Broadway, sprang in den ersten Autobus und war bald jeder Verfolgung entronnen. Sobald ich meine Ruhe wiedergewonnen hatte, sah ich deutlich, daß ich nun alles getan hatte, was ich nur konnte, bezüglich der Forderungen des Hauswirts und seiner Mieter und auch im Hinblick auf mein Pflichtgefühl und mein Verlangen, Bartleby Gutes zu tun und ihn gegen grobe Verfolgung zu schützen. Nun gab ich mir Mühe, vollkommen sorglos und ruhig zu sein. Mein Gewissen gab mir das Recht zu diesem Versuch; freilich war er trotzdem nicht so erfolgreich, wie ich es mir gewünscht hätte. So sehr fürchtete ich mich, der Hauswirt und seine verärgerten Mieter würden mich wieder aufspüren, daß ich meine Geschäfte Kneifer übertrug und in meinem Kutschwagen durch den oberen Teil der Stadt und die Vororte fuhr, hinüber nach Jersey City und Hoboken; ich stattete auch Manhattanville und Astoria flüchtige Besuche ab und lebte wirklich fast nur in meinem Wagen die ganze Zeit.

Aber siehe da: als ich wieder in mein Büro kam, lag ein Brief des Hauswirts auf meinem Schreibtisch. Mit zitternder Hand öffnete ich ihn. Ich erfuhr, daß dieser nach der Polizei geschickt und Bartleby als Landstreicher ins Gefängnis habe schaffen lassen. Da ich im übrigen mehr von ihm wisse als irgend jemand sonst, wünsche er, daß ich mich dorthin begebe und entsprechende Angaben über die Tatsachen mache. Diese Nachricht löste sehr widerstreitende Gefühle in mir aus. Erst war ich ungehalten, aber schließlich stimmte ich ihm doch fast zu. Der Hauswirt hatte mit seiner kurzen, entschlossenen Anordnung einen Weg eingeschlagen, zu dem ich mich selber, glaube ich, nicht entschlossen hätte; und doch schien es unter so besonderen Umständen die letzte Zuflucht und das einzige Mittel zu sein.

Wie ich später erfuhr, hatte der arme Schreiber, als man ihm sagte, daß er ins Stadtgefängnis gebracht werden müsse, nicht den mindesten Widerstand geleistet, sondern sich in seiner seltsamen, unerschütterlichen Art stumm gefügt.

Ein paar mitleidige, neugierige Zuschauer hatten sich der Gruppe angeschlossen, und angeführt von einem Polizisten, der Bartleby am Arm genommen hatte, war der stumme Zug durch die Durchfahrten marschiert, die um Mittag von Lärm, Geschäftigkeit und Fröhlichkeit widerhallten.

Noch am selben Tage, an dem ich den Brief erhalten hatte, begab ich mich ins Stadtgefängnis oder, genau gesagt, zu den Halls of Justice. Ich suchte den richtigen Beamten, gab den Zweck meines Besuches an und erfuhr, daß die von mir beschriebene Person sich in der Tat dort befinde. Ich versicherte dann dem Beamten, daß Bartleby ein vollkommen ehrenwerter Mann und sehr zu bedauern sei, wenn auch eigenartig überspannt. Ich berichtete alles, was ich wußte, und anschließend äußerte ich den Vorschlag, man solle ihn in so nachsichtiger Haft halten wie nur möglich, bis etwas weniger Strenges für ihn getan werden könne – wenn ich auch freilich kaum wußte, was. Jedenfalls mußte das Armenhaus ihn aufnehmen, wenn nicht anders über ihn entschieden werden konnte. Dann bat ich um eine Unterredung.

Da er nicht unter einer ehrenrührigen Anklage stand und im Benehmen ganz ruhig und harmlos war, hatte man ihm erlaubt, im Gefängnis herumzugehen und vor allem in den eingeschlossenen Höfen, auf denen struppiges Gras wuchs. So fand ich ihn dort, wie er im stillsten der Höfe ganz allein stand, das Gesicht zu einer hohen Wand gekehrt, und ich glaubte ringsum hinter den schmalen Schlitzen der Gefängnisfenster die Augen von Mördern und Dieben zu sehen, die zu ihm hinausspähten.

»Bartleby?«

»Ich weiß, wer Sie sind«, sagte er, ohne sich umzudrehen, »und ich habe keine Lust, mit Ihnen zu reden.«

»Nicht ich habe Sie hierhergebracht, Bartleby«, sagte ich, bitter gequält von seinem unausgesprochenen Verdacht, »und für Sie sollte dieser Ort nicht so furchtbar sein. Wenn Sie auch hier sind, hängt Ihnen deswegen doch nichts an. Und sehen Sie, es ist doch gar nicht so trostlos hier, wie man denken möchte. Sehen Sie doch – dort ist der Himmel, und hier ist Gras.«

»Ich weiß, wo ich bin«, erwiderte er, aber mehr sagte er nicht, und so verließ ich ihn.

Als ich wieder in den Gang trat, näherte sich mir ein

breiter, fleischiger Mann mit einer Schürze und sagte, indem er mit dem Daumen über seine Schultern zeigte: »Ist das Ihr Freund?«

»Ja!«

»Will der denn verhungern? Dann lassen Sie ihn nur von der Gefängniskost leben, das wollte ich Ihnen bloß gesagt haben.«

»Wer sind Sie?« fragte ich, weil ich nicht wußte, was ich davon halten sollte, daß einer an solch einem Ort so wenig amtlich redete.

»Ich bin der Essenträger. Herren, die Freunde hier haben, bezahlen mich, damit ich denen was Gutes zu essen besorge.«

»Stimmt das?« fragte ich, zum Gefängniswärter gewandt.

Er sagte, es sei so.

»Nun gut denn«, sagte ich und drückte dem Essenträger (denn so nannte man ihn) ein Silberstück in die Hand. »Ich möchte Sie bitten, auf meinen Freund besonders achtzugeben; er soll das beste Essen haben, daß Sie auftreiben können, und seien Sie zu ihm so höflich, wie Sie können.«

»Stellen Sie mich vor, ja?« sagte der Essenträger und sah mich an mit einem Ausdruck, der zu sagen schien, er brenne vor Ungeduld nach einer Gelegenheit, eine Probe seiner Erziehung zu geben.

Da ich dachte, es würde für den Schreiber gut sein, willigte ich ein; ich fragte den Essenträger nach seinem Namen und ging mit ihm zu Bartleby.

»Bartleby, dies ist ein Freund; Sie werden sehen, er ist Ihnen sehr nützlich.«

»Diena, Herr, Diena«, sagte der Essenträger und machte eine tiefe Verbeugung in seiner Schürze. »Hoffentlich gefällt's Ihnen hier, Herr; nette Gegend, kühle Zimmer – hoffentlich bleiben Sie eine Zeitlang hier bei uns; wollen sehen, wie wir's Ihnen nett machen können. Was wünschen Sie heute zu Mittag?«

»Ich möchte heute kein Mittagessen«, sagte Bartleby und drehte sich weg. »Es würde mir gar nicht bekommen; ich bin nicht an Mittagessen gewöhnt.« Als er das gesagt hatte, wanderte er zum anderen Ende der Einfriedung und stellte sich vor die kahle Wand.
»Nanu?« sagte der Essenträger zu mir mit einem erstaunten Blick. »Der ist wohl bißchen komisch, wie?«
»Ich glaube, er ist etwas verrückt«, sagte ich traurig.
»Verrückt? Verrückt is er. Na, so was! und ich hab' gedacht, der Freund von Sie is'n Herr Fälscher; die sind immer so blaß und vornehm, die Fälscher. Da muß ich immer so Mitleid haben mit – ich kann mir nich helfen, Herr. Kenn' Sie Monroe Edwards?« fügte er in einer rührenden Art hinzu und hielt inne. Dann legte er die Hand mitleidig auf meine Schulter und seufzte. »Der is in Sing-Sing an der Schwindsucht gestorben. Da haben Sie also Monroe nich gekannt?«
»Nein, ich habe noch nie Umgang mit Fälschern gehabt. Aber ich habe jetzt keine Zeit. Kümmern Sie sich nur um meinen Freund da drüben. Es soll Ihr Schade nicht sein. Wir sprechen uns noch.«
Ein paar Tage darauf erhielt ich wieder Einlaß ins Gefängnis und ging durch die Gänge auf der Suche nach Bartleby, aber ich fand ihn nicht.
»Ich habe ihn vor kurzem aus der Zelle kommen sehen«, sagte ein Gefängniswärter. »Vielleicht ist er auf die Höfe spazierengegangen.«
So ging ich in dieser Richtung.
»Suchen Sie den, der nie was redet?« fragte ein anderer Wärter, der an mir vorbeiging. »Drüben liegt er und schläft – dort im Hof. Es ist keine zwanzig Minuten her, da hab' ich gesehen, wie er sich hingelegt hat.«
Im Hof war es ganz still. Die gewöhnlichen Gefangenen durften nicht hierher. Die Mauern ringsum – von erstaunlicher Dicke – hielten alle Laute hinter sich zurück. Der ägyptische Charakter des Mauerwerks bedrückte mich mit seiner Düsterkeit. Aber ein sanfter

eingekerkerter Rasen wuchs unter meinen Füßen. Es schien, als hätten Vögel durch die Spalten wunderlichen Zaubersamen hier hereinfallen lassen, und als sei davon einer ewigen Pyramide das Herz zersprungen.
Sonderbar zusammengerollt und auf der Seite, die Knie angezogen, den Kopf an den alten Steinen, sah ich am Fuße der Wand den geschwächten Bartleby liegen. Aber nichts regte sich. Ich hielt an; dann trat ich näher zu ihm, beugte mich über ihn und sah, daß seine trüben Augen offen waren; sonst schien er tief zu schlafen. Etwas bewog mich, ihn anzurühren. Ich faßte seine Hand an, da rann mir ein bebender Schauder den Arm hinauf und die Wirbelsäule hinunter bis in die Füße.
Jetzt sah mich das runde Gesicht des Essenträgers an.
»Sein Essen is fertig. Will er denn wieder nich essen heute? Der lebt wohl von der Luft?«
»Er lebt von der Luft«, sagte ich und schloß die Augen.
»He! – der schläft wohl, was?«
»Mit Kaisern und Königen«, murmelte ich.

Es scheint ziemlich unnötig, dieser Geschichte noch etwas hinzuzufügen. Die Phantasie wird gern bereit sein, den mageren Bericht von des armen Bartleby Begräbnis zu liefern. Aber bevor ich von meinem Leser Abschied nehme, möchte ich noch eins sagen: wenn diese kleine Erzählung ihn genug interessiert hat, um seine Neugier darauf zu wecken, wer Bartleby war und was für ein Leben er geführt hatte, bevor der Erzähler dieser Geschichte seine Bekanntschaft machte, kann ich nur erwidern, daß ich diese Neugier voll und ganz teile, aber völlig außerstande bin, sie zu befriedigen. Doch weiß ich nicht, ob ich nicht ein kleines Gerücht erzählen soll, das mir ein paar Monate nach des Schreibers Tod zu Ohren kam. Worauf es sich gründete, konnte ich niemals feststellen, und daher kann ich auch nicht sagen, ob es wahr ist. Aber da dieser unklare Bericht zwar tragisch, doch nicht ohne einen gewissen verführerischen Reiz für mich war, mag er den wohl auch für manchen anderen haben, und so will ich ihn kurz erwähnen. Der Bericht lautete wie folgt: Bartleby war ein kleiner Angestellter in dem Büro für unbestellbare Briefe in Washington gewesen und war plötzlich, durch einen Wechsel in der Verwaltung, daraus entlassen worden. Ich kann kaum ausdrücken, was für Empfindungen mich ergreifen, wenn ich über dies Gerücht nachsinne. Unbestellbare Briefe! Klingt es nicht wie unbestellbare Menschen? Man denke sich einen Menschen, von Natur und Mißgeschick bestimmt zu bleicher Hoffnungslosigkeit: gibt es irgendeine Tätigkeit, die mehr dazu angetan wäre, ihn darin zu bestärken als dies, immerzu mit unbestellbaren Briefen umzugehen und sie fürs Feuer auszusortieren? – denn alljährlich werden sie in ganzen Wagenladungen verbrannt. Manchmal nimmt der blasse Beamte aus den gefalteten Papieren einen Ring – der Finger, für den er bestimmt war, modert vielleicht im Grabe – oder einen Geldschein, in eiliger Barmherzigkeit gesandt – der, dem er helfen sollte, ißt nicht mehr und hungert nicht mehr; Gnade denen, die in Verzweiflung starben; Hoffnung denen, die ohne Hoffnung starben; gute Botschaft denen, die starben, erstickt in ungelindertem Elend; auf den Irrungen des Lebens treiben diese Briefe dem Tode zu.

O Bartleby! O Menschlichkeit!

FITZ-JAMES O'BRIEN

Fitz-James O'Brien (1828–62), ein gebürtiger Ire, kam für das letzte Lebensjahrzehnt nach den Vereinigten Staaten und fiel im Bürgerkrieg. Nicht nur deswegen gehört er zu Amerika; hier reifte er auch als Künstler. Er hatte früher für irische und englische Zeitschriften geschrieben; sein Name ist jedoch mit den in Amerika entstandenen und an Poes Seelenanalysen erinnernden Novelletten verknüpft. Er ist ein Meister des zierlichen Filigrans (man nennt seine Kunst rokokohaft), versteht sich aber auch auf herbe Milieubilder; und das Geheimnisvolle und Schauerliche zog sein irisches Temperament immer wieder an. 'Die diamantene Linse' (1858 im Atlantic Monthly), die Vignette einer Gewissenskapriole, stellt sich den ernsten Sinnbildern vom sittlichen Dasein – wie sie Hawthorne und Melville schufen – seltsam zur Seite.

DIE DIAMANTENE LINSE

I. Die Wünschelrute zittert

Schon sehr früh in meinem Leben wendeten sich alle meine Neigungen mikroskopischen Untersuchungen zu. Als ich ungefähr zehn Jahre alt war, wollte ein entfernter Verwandter unserer Familie meine Unerfahrenheit in Staunen versetzen und baute mir ein einfaches Mikroskop, indem er in eine Kupferscheibe ein kleines Loch bohrte; durch die Kapillaranziehung hielt sich darin ein Tropfen reinen Wassers in der Schwebe. Dieser sehr primitive Apparat vergrößerte ungefähr um das Fünfzigfache des Durchmessers, zeigte aber nur unscharfe und undeutliche Bilder, allerdings noch wunderbar genug, um meine Phantasie in einen unnatürlichen Erregungszustand zu versetzen.

Als mein Vetter mein Interesse an diesem rohen Instrument sah, erklärte er mir alles, was er selbst von den

Grundprinzipien des Mikroskops wußte, erzählte mir von mancherlei Wundern, die mit seiner Hilfe erreicht worden waren, und versprach mir schließlich, sofort nach seiner Rückkehr in die Stadt ein richtiges Mikroskop zu schicken. Ich zählte die Tage, die Stunden und die Minuten, die zwischen seinem Versprechen und seiner Abreise lagen.

In der Zwischenzeit war ich nicht müßig. Ich machte mich über jeden durchsichtigen Gegenstand, der auch nur die entfernteste Ähnlichkeit mit einer Linse hatte, und beschäftigte mich mit vergeblichen Versuchen, nur um das Instrument zu verwirklichen, von dessen Konstruktion ich bisher nur eine undeutliche Vorstellung hatte. Alle Glasscheiben mit jenen flachgedrückten, sphäroiden Knoten, die als »Ochsenaugen« bekannt sind, wurden erbarmungslos zerstört in der Hoffnung, daraus Linsen von wunderbarer Kraft zu gewinnen. Ja, ich ging so weit, aus den Augen von Fischen und anderen Tieren die kristallinische Flüssigkeit herauszuziehen, und versuchte, sie der Mikroskopie dienstbar zu machen. Ich bekenne mich schuldig, die Gläser aus Tante Agathes Brille gestohlen zu haben mit der undeutlichen Absicht, daraus Linsen mit wunderbaren Vergrößerungseigenschaften zu schleifen, wobei ich wohl kaum zu sagen brauche, daß der Versuch gänzlich fehlschlug.

Schließlich traf das versprochene Instrument ein. Es war das bekannte Field'sche Mikroskop und hatte vielleicht an die fünfzig Dollar gekostet. Zum Lernen konnte man kein besseres Instrument wählen. Eine kleine Abhandlung über das Mikroskop, seine Geschichte, seine Verwendung und seine Entdeckungen war beigefügt. Zum ersten Male verstand ich damals die Erzählungen aus 'Tausendundeiner Nacht'. Der trübe Schleier des alltäglichen Daseins, der die Welt verhängt, schien sich plötzlich zu heben und ein Zauberland zu offenbaren. Gegenüber meinen Gefährten kam ich mir vor wie ein Seher unter einer Menge gewöhnlicher Menschen. Ich unterhielt mich mit der Natur in einer Sprache, die andere nicht verstehen konnten. Täglich stand ich mit lebenden Wundern in Verbindung, wie man sie selbst in kühnsten Träumen nicht erdenken konnte. Ich drang durch das äußere Tor der Dinge und schritt durch Heiligtümer. Wo andere an der Fensterscheibe nur einen Regentropfen niederrollen sahen, erblickte ich ein Universum, von allen Leidenschaften des physischen Lebens bewegt, dessen winzige Welt von ebenso wilden und ausgedehnten Kämpfen wie die der Menschen durchtobt war. Aus den gewöhnlichen Schimmelflecken, die meine Mutter als gute Hausfrau gründlich von ihren Marmeladetöpfen entfernte, entstanden für mich unter dem Namen Meltau Zaubergärten, erfüllt von Tälern und Straßen mit dichtem Laubwerk und staunenswertem Grün, während von den phantastischen Zweigen dieser mikroskopischen Wälder seltsame grün, silbern und golden glitzernde Früchte herabhingen.

Es war nicht Wissensdurst, der damals mein Inneres erfüllte. Es war die reine Freude eines Dichters, dem eine Welt voller Wunder erschlossen war. Zu niemand sprach ich von den Seligkeiten meiner Einsamkeit. Allein mit meinem Mikroskop verdarb ich mir die Augen, indem ich mich Tag für Tag und Nacht für Nacht in die Wunder vertiefte, die es vor mir auftat. Ich war wie einer, der das alte Eden in seinem ursprünglichen Glanz aufs neue entdeckt und den Entschluß gefaßt hat, sich einsam seiner zu erfreuen und keinem Sterblichen das Geheimnis seiner Lage zu verraten. Mein Lebensbogen war in diesem Augenblick gespannt. Ich beschloß, Mikroskopiker zu werden.

Natürlich hielt ich mich wie jeder Neuling für einen Entdecker. Zu dieser Zeit wußte ich nichts von den unzähligen scharfsinnigen Köpfen, die gleich mir, aber mit dem Vorteil von tausendmal stärkeren Instrumenten, dem gleichen Ziel entgegenarbeiteten. Die Namen von Leeuwenhoek, Williamson, Spencer, Ehrenberg,

Schultze, Dujardin, Schacht und Schleiden waren mir damals entweder gänzlich unbekannt, oder ich wußte nichts von ihrer geduldigen und wunderbaren Forschungsarbeit. Bei jedem neuen Exemplar der Gattung der Kryptogamen, das ich unter mein Instrument schob, glaubte ich, Wunder zu entdecken, von denen die Welt noch nichts wußte. Ich erinnere mich noch des Wonneschauers und des Staunens, die mich durchströmten, als ich das gewöhnliche Rädertierchen (Rotifera vulgaris) seine biegsamen Speichen ausdehnen und zusammenziehen sah, und wie es dabei durch das Wasser trieb. Aber ach! Als ich älter wurde und einige Werke, die mein Lieblingsstudium behandelten, in die Finger bekam, fand ich heraus, daß ich erst an der Schwelle einer Wissenschaft stand, deren Erforschung einige der größten Männer des Jahrhunderts ihr Leben und ihre Geistesgaben widmeten.

Als ich heranwuchs, waren meine Eltern, die in der Prüfung von Moosstückchen und Wassertropfen durch ein Messingrohr und ein Stück Glas geringe Aussichten auf praktische Resultate erblickten, bedacht, daß ich einen Beruf ergreifen sollte. Es war ihr Wunsch, ich sollte in das Geschäftshaus meines Onkels Ethan Blake, eines wohlhabenden Kaufmanns, der in New York arbeitete, eintreten. Diesen Plan bekämpfte ich ganz entschieden. Ich hatte keine Neigung für das Kaufmännische, ich würde ganz und gar versagen. Kurz, ich weigerte mich, Kaufmann zu werden.

Aber ich mußte einen Beruf wählen. Meine Eltern waren nüchterne Neu-England-Menschen, die auf der Notwendigkeit der Arbeit bestanden. Und wenn ich auch dank des Vermächtnisses meiner guten Tante Agathe bei meiner Großjährigkeit ein kleines Vermögen erben sollte, gerade groß genug, um mich der Not zu entheben, so wurde beschlossen, nicht darauf zu warten, sondern zu handeln und die noch fehlenden Jahre darauf zu verwenden, mich unabhängig zu machen.

Nach vielen Beratungen fügte ich mich den Wünschen meiner Familie und wählte einen Beruf. Ich beschloß, in New York auf der Akademie Medizin zu studieren. Dieser Zukunftsplan gefiel mir. Die Entfernung von meinen Angehörigen versetzte mich in die Lage, meine Zeit nach meinen eigenen Wünschen zu verbringen ohne die Sorge, dabei entdeckt zu werden. Solange ich meine Studiengebühren bezahlte, konnte ich mich von den Vorlesungen drücken, wenn es mir paßte. Und da ich niemals auch nur die geringste Absicht hatte, eine Prüfung abzulegen, lief ich keine Gefahr durchzufallen. Überhaupt war eine Großstadt der richtige Ort für mich. Dort konnte ich ausgezeichnete Instrumente bekommen, die neuesten Bücher und Umgang mit Menschen mit einer verwandten Beschäftigung haben, kurz alle Dinge, die eine nutzbringende Hingabe meines Lebens an meine geliebte Wissenschaft gewährleisteten. Ich hatte genug Geld und über meinen Reflektor und mein Objektiv hinaus wenig Wünsche. Was also sollte mich hindern, ein berühmter Erforscher der verschleierten Welten zu werden! Mit den lebhaftesten Hoffnungen verließ ich das heimatliche Neu-England und richtete mich in New York ein.

II. Der Wunsch eines Gelehrten

Zuerst versuchte ich natürlich, passende Zimmer zu bekommen. Ich fand sie nach mehrtägiger Suche in der Vierten Avenue, ein hübsches, nichtmöbliertes zweites Stockwerk, bestehend aus einem Wohn- und Schlafraum und einem kleineren Zimmer, das ich als Laboratorium einzurichten beschloß. Ich stattete meine Zimmer einfach, aber geschmackvoll aus und widmete mich dann mit aller Kraft der Ausschmückung meines Tempels. Ich suchte Pike, den berühmten Optiker, auf und ging seine prächtige Sammlung von Mikroskopen durch und entschloß mich endlich zu dem als Spencers Mikroskop bekannten Instrument, das alle Vorteile der anderen mit einer fast vollkommenen Erschütterungsfreiheit verbindet. Daneben erwarb ich alles nur erdenkliche Zubehör wie Röhren, Mikrometer, eine Camera lucida, eine Hebevorrichtung, achromatische und parabolische Kondensatoren, Lichtquellen, Prismen, einen Polarisationsapparat, Zangen, Wasserbehälter und Fischgläser, die alle in der Hand eines erfahrenen Mikroskopikers sehr nützlich gewesen wären, die aber, wie ich nachträglich erfahren mußte, im Augenblick nicht den geringsten Wert hatten. Es bedarf vieler Jahre der Praxis, um ein kompliziertes Mikroskop sinnvoll zu benützen. Der Optiker betrachtete mich argwöhnisch, als ich so umfängliche Einkäufe machte. Offenbar war er nicht sicher, ob er mich für eine wissenschaftliche Berühmtheit oder für einen Verrückten halten sollte. Ich glaube, er neigte dazu, das letztere anzunehmen. Ich bin selbst überzeugt, ich war wahnsinnig. Jeder große Geist ist von dem Gegenstand, der ihm am meisten liegt, besessen. Ist er erfolglos, dann fällt er in Ungnade, und man nennt ihn einen Wahnsinnigen.

Wahnsinnig oder nicht, ich machte mich mit einem Eifer ans Werk, wie ihn wenige ernsthafte Studenten wohl je erreicht haben. Ich mußte auf dem delikaten Gebiet, auf das ich mich begeben hatte, alles erst lernen, ein Studium, das die ernsthafteste Geduld, die schärfsten Denkkräfte, die sicherste Hand, ein nie ermüdendes Auge und die feinste und subtilste Handhabung verlangte.

Lange Zeit lag die Hälfte meiner Apparatur unbenützt in den Regalen meines Laboratoriums, das jetzt mit allen nur erdenklichen Dingen zur Förderung meiner Forschungen ausgestattet war. In Wahrheit wußte ich nicht, wie ich mein wissenschaftliches Gerät anwenden sollte, da ich niemals die Mikroskopie erlernt hatte, und was ich theoretisch verstand, war von geringem

Nutzen, bevor ich nicht durch die Praxis das notwendige Feingefühl für das Handwerkliche erreicht hatte. Und doch waren der blinde Eifer meines Ehrgeizes, die unermüdliche Hartnäckigkeit meiner Experimente so groß, daß ich nach Ablauf eines Jahres – es ist schwer zu glauben – theoretisch und praktisch ein vollkommener Mikroskopiker wurde.

In dieser Zeit meiner Bemühungen, in der ich Gegenstände jeder Substanz, die mir vor das Auge gerieten, unter meine Linsen nahm, wurde ich ein Entdecker, in bescheidenem Maße allerdings, denn ich war sehr jung, aber dennoch ein Entdecker. Ich war es, der Ehrenbergs Theorie zerstörte, Volvox globator sei ein tierisches Lebewesen, ich bewies vielmehr, daß seine »Monaden« mit ihren Mägen und Augen nur Durchgangsstadien einer pflanzlichen Zelle waren, die, wenn sie ihren Reifezustand erreichten, zum Akt der Vereinigung oder zu irgendeinem Fortpflanzungsakt gar nicht fähig waren, ohne den aber kein Organismus, der sich über den pflanzlichen Zustand erhebt, als vollkommen bezeichnet werden kann. Ich war es, der das eigenartige Problem des Kreislaufs in den Zellen und Haaren von Pflanzen in eine Anziehungserscheinung auflöste trotz aller Versicherungen von Wenham und anderen Forschern, meine Erklärung sei das Ergebnis einer optischen Täuschung.

Aber trotz dieser Entdeckungen, die ich mit unendlicher Mühe gemacht hatte, fühlte ich mich entsetzlich unbefriedigt. Bei jedem Schritt war ich durch die Unvollkommenheit meiner Instrumente gehemmt. Wie jeder rührige Mikroskopiker ließ ich meine Phantasie frei spielen. Allgemein beklagt man sich über solche Menschen, weil sie die Unzulänglichkeit ihrer Instrumente durch die Erfindungen ihrer Gehirne ersetzen. In meiner Phantasie ersann ich nun alle erdenklichen Tiefen der Natur, an deren Erforschung mich nur die beschränkte Kraft meiner Linsen hinderte. In der Nacht lag ich wach und konstruierte imaginäre Mikroskope von unermeßlicher Stärke, mit deren Hilfe ich durch alle Hüllen der Materie bis zum Atom vordringen konnte. Wie verfluchte ich jene unvollkommenen Werkzeuge, die ich aus Unwissenheit zu benützen verurteilt war! Wie sehnte ich mich danach, das Geheimnis einer vollkommenen Linse zu entdecken, deren vergrößernde Kraft nur noch durch die Löslichkeit des Objekts begrenzt sein sollte und die gleichzeitig frei war von allen Hindernissen, frei von sphärischen und chromatischen Abweichungen, über die der arme Mikroskopiker ununterbrochen strauchelt! Ich war davon überzeugt, daß ein einfaches Mikroskop mit einer einzigen Linse von so weiter und makelloser Kraft konstruierbar sei. Der Versuch, das Verbundmikroskop auf einen solchen Gipfel zu bringen, hätte allerdings den Beginn am falschen Ende bedeutet; dieses Instrument stellte ja nur den teilweise geglückten Versuch dar, die Grundmängel des einfachen Apparates zu beseitigen. Gelänge dies, bliebe nichts mehr zu wünschen übrig.

In dieser Gemütsverfassung wuchs ich allmählich zu einem schöpferischen Mikroskopiker heran. Nach einem weiteren Jahr, das ich über dieser Beschäftigung verbrachte, wobei ich mit jeder nur erdenkbaren Materie experimentierte – Glas, Edelsteine, Feuerstein, Kristalle, künstliche Kristalle aus Mischungen von glasartigen Materialien –, kurz, nachdem ich so viele verschiedene Linsen konstruiert hatte, wie Argus Augen besaß, stand ich genau am Anfang und hatte mir nichts weiter als ein ausgedehntes Wissen in der Glasmacherkunst angeeignet. Meine Eltern waren über die so offenkundig geringen Fortschritte in meinen medizinischen Studien erstaunt (ich hatte seit meiner Ankunft in der Stadt eine einzige Vorlesung besucht), und die Ausgaben meiner verbohrten Tätigkeit waren so groß gewesen, daß sie mich ernsthaft bekümmerten.

In dieser Stimmung experimentierte ich eines Tages in

meinem Laboratorium mit einem kleinen Diamanten, jenem Stein, der wegen seiner großen Brechungseigenschaften immer vor allen anderen meine Aufmerksamkeit angezogen hatte, als ein junger Franzose, der im Stockwerk über mir wohnte und der mich gelegentlich zu besuchen pflegte, in das Zimmer eintrat.
Ich glaube, Jules Simon war Jude. Er hatte viele jüdische Charaktereigenschaften: eine Vorliebe für Juwelen, für ausgesuchte Kleidung und für kostspielige Lebensweise. Etwas Geheimnisvolles umgab ihn. Er hatte immer etwas zu verkaufen und bewegte sich dennoch in der besten Gesellschaft. Wenn ich sage: verkaufen, dann hätte ich vielleicht besser sagen sollen: handeln. Seine Tätigkeit beschränkte sich im allgemeinen auf den Verkauf von einzelnen Gegenständen, eines Gemäldes zum Beispiel, einer Elfenbeinarbeit, eines Paars Duellpistolen oder eines mexikanischen Caballeroanzuges. Zu Anfang, als ich meine Räume möblierte, machte er mir einen Besuch, der mit dem Kauf einer altertümlichen Silberlampe endete, von der er behauptete, sie sei eine Cellini-Arbeit – sie war auch ohnedies hübsch genug –, und noch anderer Kleinigkeiten für mein Wohnzimmer. Weshalb Simon sich mit diesem Trödelhandel abgab, habe ich niemals herausbekommen können. Offenbar hatte er genug Geld und Zutritt zu den besten Häusern der Stadt, wobei er sich allerdings hütete, wie ich glaube, im Zauberkreis der Oberen Zehn Geschäfte zu betreiben. Ich kam schließlich zu der Meinung, dieser Handel sei nur eine Maske, um etwas Größeres zu verschleiern, und ich ging so weit zu glauben, mein jugendlicher Bekannter sei in den Sklavenhandel verwickelt. Das aber ging mich nichts an.
Bei dieser Gelegenheit betrat Simon das Zimmer in beträchtlicher Aufregung.
»Mon ami!« rief er aus, noch bevor ich ihn wie üblich begrüßen konnte, »ich bin zufällig Zeuge der erstaunlichsten Sache von der Welt geworden. Ich spaziere

zum Hause von Madame – wie heißt doch das kleine Tier, le renard, lateinisch?«

»Vulpes«, antwortete ich.

»Ach richtig – Vulpes. Ich gehe zu Madame Vulpes.«

»Dem Medium?«

»Jawohl, dem großen Medium. Großer Gott, was für eine Frau! Ich schreibe auf einen Papierstreifen eine Menge Fragen über die geheimsten Dinge, die in den tiefsten Abgründen meines Herzens verborgen sind, und was meinst du, was geschieht? Dieses Teufelsweib gibt mir denkbar wahrheitsgetreue Antworten. Sie spricht mir von Dingen, über die ich mit mir selbst nicht gerne spreche. Was soll ich davon halten? Ich stehe fest auf der Erde!«

»Soll ich dich so verstehen, Monsieur Simon, daß diese Frau Fragen beantwortete, die du heimlich aufgeschrieben hattest, Fragen, die sich auf nur dir bekannte Vorgänge beziehen?«

»Oh, mehr als das, mehr als das«, erwiderte er mit einem Zug von Unruhe. »Sie berichtete mir Dinge – aber«, fügte er nach einer Pause hinzu und änderte sein Benehmen plötzlich, »weshalb sich mit diesen Torheiten abgeben? Ich brauche nicht zu sagen, daß ich dem allen keinen Glauben schenke. Aber weshalb sind wir hier, mon ami? Durch Zufall habe ich das Herrlichste entdeckt, was du dir nur vorstellen kannst – eine Vase mit grünen Eidechsen, eine Schöpfung des großen Bernard Palissy. Sie ist in meinem Zimmer, gehen wir hinauf. Ich will sie dir zeigen.«

Mechanisch folgte ich Simon, aber meine Gedanken waren weit entfernt von Palissy und seiner Töpferware, weil ich genau wie Simon im Dunkel einer großen Entdeckung nachspürte. Die zufällige Erwähnung der Spiritistin Madame Vulpes brachte mich auf einen neuen Gedanken. Wenn dieser Spiritismus in Wirklichkeit eine große Tatsache wäre? Wenn ich mit Hilfe von feineren Organen als meinen eigenen mit einem Schlag

das Ziel erreichen könnte, das zu erreichen mir ein ganzes Leben qualvoller geistiger Arbeit vielleicht niemals ermöglichen würde?
Während ich von meinem Freunde Simon die Palissy-Vase erwarb, legte ich mir im Kopf einen Besuch bei Madame Vulpes zurecht.

III. Der Geist Leeuwenhoeks

Zwei Abende später erwartete mich Madame Vulpes allein in ihrer Wohnung nach einer brieflichen Verabredung und nach Zusage eines großzügigen Honorars. Sie war eine Frau mit groben Gesichtszügen, scharfen und ziemlich grausamen Augen und einem ungewöhnlich sinnlichen Zug um Mund und Kinn. Sie empfing mich schweigend in einem spärlich ausgestatteten Zimmer zu ebener Erde. In der Mitte des Raumes, nahe der Stelle, wo Frau Vulpes saß, stand ein gewöhnlicher, runder Mahagonitisch. Wäre ich gekommen, den Schornstein zu fegen, die Frau hätte bei meinem Erscheinen nicht gleichgültiger aussehen können. Sie machte keinen Versuch, den Besucher durch Furcht zu beeindrucken. Alles bot einen einfachen und praktischen Anblick. Offenbar war der Verkehr mit der Geisterwelt für Frau Vulpes eine ebenso vertraute Beschäftigung wie ein Mittagessen oder eine Fahrt im Omnibus.
»Sie kommen wegen einer Sitzung, Herr Linley?« fragte das Medium in trockenem, geschäftsmäßigem Ton.
»Nach der Verabredung – ja.«
»Was für eine Mitteilung wünschen Sie, eine schriftliche?«
»Jawohl, bitte eine schriftliche.«
»Von einem bestimmten Geist?«
»Ja.«
»Haben Sie auf Erden diesen Geist gekannt?«
»Niemals. Er starb lange vor meiner Geburt. Ich möchte

von ihm nur eine Auskunft haben, die er besser als jeder andere zu geben vermag.«

»Wollen Sie sich an den Tisch setzen, Herr Linley«, sagte das Medium, »und Ihre Hände darauf legen?«

Ich gehorchte, Frau Vulpes saß mir gegenüber, die Hände ebenfalls auf dem Tisch. Wir blieben so ungefähr anderthalb Minuten, als eine Folge heftiger Klopflaute auf dem Tisch, auf der Lehne meines Stuhls, auf dem Fußboden unter mir, ja sogar gegen die Fensterscheiben ertönte. Frau Vulpes lächelte mit Fassung.

»Sie sind heute abend sehr stark«, bemerkte sie. »Sie haben Glück.« Dann fuhr sie fort: »Wollen die Geister mit diesem Herrn in Verbindung treten?«

Heftige Zustimmung.

»Will der Geist, mit dem er zu sprechen wünscht, mit ihm in Verbindung treten?«

Ein sehr verworrenes Klopfen folgte dieser Frage.

»Ich weiß, was sie wollen«, sagte Frau Vulpes und wendete sich zu mir, »Sie sollen den Namen des bestimmten Geistes, mit dem Sie sich unterhalten wollen, aufschreiben. Ist das so?« fügte sie hinzu und wendete sich an ihre unsichtbaren Gäste.

Daß es so war, wurde aus den vielen zustimmenden Antworten deutlich. Während dies so fortging, zog ich einen Zettel aus meinem Notizbuch und kritzelte unter dem Tisch einen Namen darauf.

»Will sich dieser Geist schriftlich mit diesem Herrn unterhalten?« fragte das Medium noch einmal.

Nach einem Augenblick wurde ihre Hand von einem heftigen Zittern befallen, sie bebte so mächtig, daß der Tisch vibrierte. Ich reichte ihr einige Bogen Papier vom Tisch und einen Bleistift. Diesen hielt sie lose in der Hand, und er begann sofort, mit sonderbarer und anscheinend unfreiwilliger Bewegung über das Papier zu gleiten. Nachdem einige Augenblicke verstrichen waren, reichte sie mir das Papier, auf dem in großer, ungeschickter Handschrift die Worte standen, »Er ist nicht hier, aber man hat nach ihm geschickt.« Eine Pause von ungefähr einer Minute folgte, in der Frau Vulpes ganz still sitzen blieb, das Klopfen aber in regelmäßigen Abständen anhielt. Als die erwähnte kurze Zeitspanne vergangen war, wurde die Hand des Mediums abermals von dem krampfhaften Zittern befallen, und sie schrieb unter diesem seltsamen Einfluß einige Worte auf das Papier, das sie mir reichte. Sie lauteten:

Ich bin hier. Frage mich. Leeuwenhoek.

Ich war verblüfft. Der Name war der gleiche, den ich unter dem Tisch aufgeschrieben und sorgfältig verborgen hatte. Es war wenig wahrscheinlich, daß eine ungebildete Frau wie Madame Vulpes auch nur den Namen des großen Vaters der Mikroskopie kennen konnte. Es hätte Gedankenübertragung sein können, aber diese Erklärung war bald zum Scheitern verurteilt. Ich schrieb auf meinen Zettel – noch immer vor Frau Vulpes verborgen – eine Reihe von Fragen. Um Weitschweifigkeit zu vermeiden, werde ich sie zusammen mit den Antworten der Reihenfolge nach niederschreiben.

Frage: Kann das Mikroskop zur Vollendung geführt werden?

Geist: Ja.

Frage: Ist es mir bestimmt, diese große Aufgabe zu vollenden?

Geist: Ja.

Frage: Wie muß ich es anstellen, um dieses Ziel zu erreichen? Bei deiner Liebe zur Wissenschaft, hilf mir!

Geist: Ein Diamant von einhundertvierzig Karat, der lange Zeit elektromagnetischen Strömen unterworfen wird, erfährt eine Neuordnung seiner Atome inter se. Aus diesem Stein wirst du die Universallinse formen.

Frage: Wird die Verwendung einer solchen Linse große Entdeckungen zur Folge haben?

Geist: So große, daß alles Vorhergegangene dagegen verschwindet.
Frage: Aber die Brechungskraft ist so gewaltig, daß das Bild innerhalb der Linse gebildet wird. Wie kann man diese Schwierigkeit überwinden?
Geist: Durchbohre die Linse in der Achse, und die Schwierigkeit ist beseitigt. Das Bild wird in der Bohrung erscheinen, die selbst als Sehrohr dienen wird. Jetzt ruft man mich ab. Gute Nacht!
Ich kann die Wirkung, die diese außerordentlichen Mitteilungen auf mich hatten, gar nicht beschreiben. Ich war ganz verwirrt. Durch keine Theorie ließ sich die Erfindung der Linse erklären. Das Medium konnte vielleicht mit Hilfe einer gedanklichen Verbindung mit meinem Verstand so weit gelangen, daß es meine Fragen lesen und im Zusammenhang beantworten konnte. Aber diese Verbindung konnte es niemals zu der Entdeckung befähigen, daß magnetische Ströme die Kristalle des Diamanten derart verändern, um seine früheren Mängel zu beheben und aus ihm eine vollkommene Linse zu schleifen. Eine solche Theorie mochte mir wohl einmal durch den Kopf gegangen sein, aber ich hatte sie dann eben wieder vergessen. In meinem Gemütszustand blieb mir kein anderer Ausweg, ich mußte mich bekehren lassen. Ich verließ daher in schmerzhaftester, nervöser Erregung an diesem Abend das Haus des Mediums. Sie begleitete mich zur Tür und hoffte, ich sei zufriedengestellt. Das Klopfen verfolgte uns, als wir den Hausflur durchschritten, es tönte gegen das Treppengeländer, den Fußboden und sogar gegen die Türpfosten. Hastig drückte ich meine Befriedigung aus und entwich eilig in die kühle Nachtluft. Von einem einzigen Gedanken besessen, eilte ich nach Hause – wie sollte ich zu einem Diamanten von der verlangten unermeßlichen Größe gelangen? Alle meine Mittel, hundertmal vervielfacht, hätten nicht zu seinem Kauf ausgereicht. Solche Steine waren selten, sie werden

historisch. Ich konnte sie nur in den Kronschätzen orientalischer und europäischer Monarchen finden.

IV. Das Auge des Morgens

Es war Licht in Simons Zimmer, als ich mein Haus betrat. Ein unbestimmter Impuls trieb mich, ihn aufzusuchen. Als ich die Tür seines Wohnzimmers unangemeldet öffnete, beugte er sich, den Rücken mir zugewendet, über eine Lampe und war anscheinend damit beschäftigt, einen Gegenstand, den er in den Händen hielt, genau zu prüfen. Als ich eintrat, fuhr er in die Höhe, steckte die Hand in die Brusttasche und wendete sich mir mit einem vor Verwirrung feuerroten Gesicht zu.

»Was!« rief ich aus, »du brütest über dem Bild einer hübschen Dame? Werde nur nicht so rot, ich will sie ja gar nicht sehen.«

Simon lachte ziemlich verlegen, protestierte aber nicht, wie er es bei solchen Gelegenheiten zu tun pflegte. Er forderte mich auf, Platz zu nehmen.

»Simon«, sagte ich, »ich komme soeben von Madame Vulpes.«

Dieses Mal wurde Simon weiß wie ein Tuch, er schien betäubt, als hätte ihn ein elektrischer Schlag getroffen. Er murmelte unzusammenhängende Worte und ging hastig zu einer Kammer, wo er gewöhnlich seinen Alkohol aufbewahrte. Obwohl ich über seine Erregung erstaunt war, beschäftigten mich meine eigenen Gedanken viel zu sehr, als daß ich auf etwas anderes geachtet hätte.

»Du hast ganz recht, wenn du Madame Vulpes ein Teufelsweib nennst«, fuhr ich fort. »Simon, sie hat mir heute abend wunderbare Dinge verkündet, oder besser, sie war das Werkzeug, durch das mir diese wunderbaren Dinge verkündet wurden. Ach! Könnte ich

doch einen Diamanten von hundertvierzig Karat bekommen!«
Kaum war der Seufzer, mit dem ich diesen Wunsch äußerte, auf meinen Lippen erstorben, als Simon mich mit dem Blick eines wilden Tieres gräßlich ansah und zum Kamin stürzte, über dem ein paar fremdartige Waffen an der Wand hingen. Er ergriff einen malaiischen Kris und schwang ihn wütend.
»Nein«, rief er in französischer Sprache, in die er in der Erregung immer fiel. »Nein! Du sollst ihn nicht haben. Du bist ein Verräter. Du hast jenen Dämon befragt und willst meinen Schatz haben! Aber eher will ich sterben! Ja, ich habe Mut! Du kannst mich nicht erschrecken!«
Alles dies, mit lauter, vor Aufregung zitternder Stimme hervorgestoßen, verblüffte mich. Mit einem Blick erkannte ich, ich war durch Zufall über die Schwelle eines Geheimnisses getreten, was es auch sein mochte. Ich mußte ihn beruhigen.
»Mein lieber Simon«, sagte ich, »ich bin in Verlegenheit, weil ich nicht weiß, was du meinst. Ich bin zu Madame Vulpes gegangen, um sie über ein wissenschaftliches Problem zu befragen; ich habe erfahren, daß zu seiner Lösung ein Diamant von der erwähnten Größe nötig ist. Während des ganzen Abends ist keine Anspielung auf dich gefallen, ebenso hat niemand, wenigstens soweit es mich betrifft, an dich gedacht. Was bedeutet dieser Ausbruch? Wenn du auch zufällig eine Reihe wertvoller Diamanten besitzt, brauchst du von mir nichts zu befürchten. Den Diamanten, den ich brauche, kannst du nicht besitzen, oder du lebtest nicht hier.«
Etwas in meinem Ton mußte ihn völlig beruhigt haben; denn sein Ausdruck verwandelte sich zu einer Art gezwungener Lustigkeit, die aber mit einer gewissen argwöhnischen Wachsamkeit gegen mich verbunden war. Er lachte und sagte, ich solle Nachsicht mit ihm haben. Er leide zu bestimmten Zeiten an Schwindel-

anfällen, die sich in wirren Reden äußerten, aber diese Anfälle vergingen so schnell, wie sie kämen. Bei diesen Worten legte er die Waffe beiseite und versuchte mit einigem Erfolg, ein freundlicheres Aussehen anzunehmen.

Dies alles konnte mich nicht im geringsten täuschen. Ich war zu sehr an analytisches Arbeiten gewöhnt, als daß ein so durchsichtiger Schleier mich hätte täuschen können. Ich beschloß daher, dem Geheimnis auf den Grund zu gehen.

»Simon«, sagte ich lustig, »wir wollen alles über einer Flasche Burgunder vergessen. Ich habe da unten noch eine Kiste mit Clos Vougeot von Lausseure, lieblich im Duft und vom Sonnenlicht der Côte d'Or gerötet. Brechen wir ein paar Flaschen den Hals. Was meinst du dazu?«

»Von Herzen gern«, erwiderte Simon lächelnd.

Ich holte den Wein hervor, und wir setzten uns zum Trinken nieder. Es war ein berühmtes Gewächs von 1848, einem Jahr, in dem Weine und Kriege gediehen, und sein reiner und kräftiger Saft verlieh dem Körper neue Lebenskraft. Als wir die zweite Flasche zur Hälfte geleert hatten, fing Simon, dessen Schwäche ich kannte, an, unsicher zu werden, während ich selbst so ruhig wie vorher blieb, nur daß jeder Schluck mir einen neuen Kraftstrom durch die Glieder zu senden schien. Simons Äußerungen wurden immer undeutlicher. Er sang französische Chansons mit zweifelhaftem Inhalt. Am Schluß einer dieser unzusammenhängenden Strophen erhob ich mich plötzlich vom Tisch, heftete mit einem ruhigen Lächeln meinen Blick auf ihn und sagte: »Simon, ich habe dich getäuscht. Heute abend habe ich dein Geheimnis in Erfahrung gebracht. Du kannst ganz aufrichtig zu mir sein. Frau Vulpes oder einer ihrer Geister hat mir alles erzählt.«

Er fuhr vor Schrecken in die Höhe. Einen Augenblick lang schien seine Trunkenheit zu schwinden, und er griff

zu der Waffe, die er kurz zuvor fortgelegt hatte. Ich hielt ihn mit der Hand zurück.
»Ungeheuer!« rief er leidenschaftlich, »ich bin verloren! Was soll ich tun? Niemals sollst du ihn haben! Ich schwöre es bei meiner Mutter!«
»Ich will ihn gar nicht haben«, sagte ich, »aber sei offen zu mir und erzähle mir alles.«
Sein Rausch kehrte wieder. Mit rührseliger Ernsthaftigkeit beteuerte er, ich befände mich ganz und gar im Irrtum – ich selbst sei betrunken. Dann forderte er mich auf, ihm ewige Verschwiegenheit zu schwören, und versprach, mir sein Geheimnis zu enthüllen. Selbstverständlich gelobte ich alles. Er blickte unsicher umher, und mit Händen, die vor Trunkenheit und Aufregung zitterten, zog er ein kleines Futteral aus der Brusttasche und öffnete es. Beim Himmel! Wie brach sich das milde Lampenlicht in tausend Strahlen des Prismas, als es auf den großen, rosaroten, in seinem Kästchen funkelnden Diamanten fiel! Ich war kein Diamantenkenner, aber mit einem Blick sah ich, daß dieser ein Edelstein von seltener Größe und Reinheit war. Mit Verwunderung sah ich auf Simon und – muß ich es gestehen? – mit Neid. Wie war er zu diesem Schatz gekommen? Auf meine Fragen konnte ich aus seinen trunkenen Aussagen, deren Zusammenhanglosigkeit, wie ich glaube, zur Hälfte gespielt war, nur entnehmen, daß er in Brasilien eine Gruppe von Sklaven bei der Diamantenwäsche beaufsichtigt hatte, daß er einen von ihnen einen Diamanten verheimlichen sah, daß er, statt dies seinen Vorgesetzten zu melden, den Neger heimlich beim Vergraben des Schatzes beobachtet hatte, daß er ihn ausgegraben und mit ihm geflohen war, und daß er noch immer den Versuch scheute, ihn öffentlich abzusetzen. Ein so wertvoller Edelstein mußte fast ganz sicher die Aufmerksamkeit auf die Vorgänger seines Besitzers lenken, und er hatte noch keinen jener dunklen Kanäle ausfindig

machen können, durch die solche Geschäfte ohne Gefahr abgeschlossen werden. Er fügte hinzu, er habe nach orientalischem Brauch seinem Diamanten den phantasievollen Namen »Auge des Morgens« gegeben.
Während mir Simon dies berichtete, betrachtete ich aufmerksam den großen Diamanten. Niemals zuvor hatte ich etwas so Wunderbares gesehen. Alle erdenklichen und beschriebenen Herrlichkeiten des Lichts schienen in seinen Kristallkammern zu pulsieren. Sein Gewicht betrug, wie ich von Simon erfuhr, genau einhundertvierzig Karat. Das war ein verblüffendes Zusammentreffen. Die Vorsehung schien ihre Hand im Spiel zu haben. Am gleichen Abend, als Leeuwenhoeks Geist mir das große Geheimnis des Mikroskops mitteilte, tauchte das unbezahlbare Werkzeug, dessen ich mich bedienen sollte, in Reichweite auf! Mit klarer Überlegung beschloß ich, mich in den Besitz von Simons Diamanten zu setzen.
Ich saß ihm gegenüber, während er über seinem Glas nickte, und ließ mir die Sache ruhig durch den Kopf gehen. Nicht einen Augenblick lang dachte ich an einen so törichten Akt wie einen gewöhnlichen Diebstahl, der selbstverständlich entdeckt werden und mich auf alle Fälle zur Flucht und zu einem Leben im Verborgenen zwingen würde, was beides meinen wissenschaftlichen Plänen zuwiderlaufen mußte. Es gab nur eine Möglichkeit, ich mußte Simon töten. Was bedeutet schon das Leben eines kleinen Handelsjuden im Vergleich zu den Forderungen der Wissenschaft. Jeden Tag werden Verurteilte zu medizinischen Versuchen aus den Gefängnissen geholt. Dieser Simon war nach seinem eigenen Eingeständnis ein Verbrecher, ein Räuber und bei meiner Seele ein Mörder. Er verdiente den Tod genau wie jeder durch das Gesetz verurteilte Schurke. Weshalb sollte ich nicht wie der Staat dafür sorgen, daß seine Bestrafung zum Fortschritt des menschlichen Wissens beitragen sollte?

Die Mittel, um alle meine Wünsche zu befriedigen, lagen vor mir. Auf dem Kaminsims stand eine halbgefüllte Flasche mit französischem Laudanum. Simon war mit seinem Diamanten, den ich ihm zurückgegeben hatte, so beschäftigt, daß es nicht schwierig war, etwas davon in sein Glas zu schütten. In einer Viertelstunde lag er in tiefem Schlaf.
Jetzt öffnete ich seinen Rock, nahm den Diamanten aus der Innentasche, in die er ihn gesteckt hatte, und schleppte Simon zum Bett. Ich legte ihn so, daß die Füße herunterhingen. Mit der Rechten hatte ich mich des malaiischen Kris bemächtigt, während ich mit der anderen Hand nach dem Pulsschlag so genau wie möglich die Stelle des Herzens ausfindig machte. Es war wesentlich, daß alle Begleitumstände seines Todes zur Annahme von Selbstmord führen mußten. Daher berechnete ich genau den Winkel, in dem die Waffe, wäre sie von Simons eigener Hand geführt, wahrscheinlich in seine Brust eindringen würde. Dann bohrte ich den Kris mit einem mächtigen Stoß in die Stelle, die ich treffen wollte. Ein krampfhaftes Zucken lief durch Simons Glieder. Ich hörte einen unterdrückten Laut aus seiner Kehle dringen, ähnlich dem Platzen einer großen Luftblase von einem Taucher, wenn sie die Wasseroberfläche erreicht. Er drehte sich auf die Seite, und als wollte er meine Pläne noch wirksamer unterstützen, packte seine rechte Hand, von einem krampfartigen Impuls bewegt, den Griff des Kris, den sie mit ungewöhnlicher Muskelkraft festhielt. Sonst fand kein sichtbarer Kampf statt. Das Laudanum hatte, wie ich annehme, die übliche Reaktion der Nerven aufgehoben. Er mußte augenblicklich tot gewesen sein.
Noch etwas gab es zu tun. Um jeden Tatverdacht von den Hausbewohnern abzulenken und Simon selbst zu belasten, mußte man die Tür am Morgen von innen verschlossen vorfinden. Wie konnte man dies erreichen und darauf selbst entkommen? Nicht durch das Fenster,

das war physisch unmöglich. Außerdem hatte ich beschlossen, daß man das Fenster ebenfalls verriegelt finden sollte. Die Lösung war einfach genug. Ich stieg leise zu meinem Zimmer hinunter, um ein Werkzeug zu holen, das ich zum Halten kleiner, schlüpfriger Gegenstände wie winziger Glasscheiben verwendete. Dieses Instrument war nichts weiter als ein langer, dünner Feilkloben mit einem mächtigen Griff und beträchtlicher Hebelkraft, die zufällig mit der Form des Griffs zusammenhing. Steckte der Schlüssel im Loch, war nichts leichter, als das Ende des Bartes mit diesem Feilkloben von außen durch das Schlüsselloch zu packen und die Tür abzuschließen. Bevor ich dies tat, verbrannte ich in Simons Ofen eine Anzahl von Papieren. Selbstmörder pflegen fast immer etwas zu verbrennen, ehe sie sich umbringen. Ich schüttete auch noch etwas Laudanum in Simons Glas, nachdem ich daraus vorher alle Weinspuren entfernt hatte, säuberte das andere Glas und nahm die Flaschen mit. Hätte man die Spur von zwei trinkenden Personen im Zimmer vorgefunden, es wäre die Frage aufgetaucht, wer war der zweite? Außerdem konnte man feststellen, daß die Flaschen mir gehörten. Das Laudanum schüttete ich aus, um für den Fall der Leichenöffnung sein Vorhandensein im Magen zu erklären. Man würde glauben, daß er sich zuerst vergiften wollte, aber dann, nachdem er davon etwas verschluckt hatte, vielleicht von seinem Geschmack abgestoßen wurde oder aus anderen Gründen seinen Sinn änderte und den Dolch wählte. Nach diesen Vorkehrungen ging ich hinaus, ließ das Gas brennen, verschloß die Tür mit meinem Werkzeug und ging zu Bett.

Simons Tod wurde erst gegen drei Uhr nachmittags entdeckt. Das Mädchen war erstaunt, als es das Licht brennen sah – es schien durch einen Spalt unter der Tür auf den dunklen Flur –, spähte durch das Schlüsselloch und sah Simon auf dem Bett liegen. Sie schlug

Alarm. Die Tür wurde erbrochen, und die Nachbarschaft befand sich in fieberhafter Aufregung. Jedermann im Hause, auch ich, wurde verhaftet. Aber außer Selbstmord konnte man keine Erklärung für seinen Tod finden. Merkwürdigerweise hatte er in der vergangenen Woche mehrfach zu Freunden Äußerungen getan, die auf Selbstmordabsichten schließen ließen. Ein Mann beschwor, Simon habe in seiner Gegenwart gesagt, er sei lebensmüde. Sein Hauswirt versicherte, er habe bei der letzten Mietzahlung bemerkt, »er werde nicht mehr lange Miete zahlen«. Alle anderen Anzeichen paßten dazu: die von innen verschlossene Tür, die Lage des Toten, die verbrannten Papiere. Wie ich vermutet hatte, wußte niemand, daß Simon einen Diamanten besaß, so daß kein Motiv auf Mord deuten konnte. Das Gericht fällte nach langer Untersuchung das übliche Urteil, und die Nachbarn versanken wieder in ihre gewohnte Ruhe.

V. Animula

Die auf Simons Katastrophe folgenden drei Monate widmete ich Tag und Nacht meiner diamantenen Linse. Ich hatte eine umfangreiche galvanische Batterie aus nahezu zweitausend Platten konstruiert – eine noch stärkere Kraft wagte ich nicht anzuwenden, damit der Diamant nicht verbrannte. Mit Hilfe dieser riesengroßen Maschinerie war ich in der Lage, einen mächtigen elektrischen Strom ununterbrochen durch meinen großen Diamanten zu schicken, der mit jedem Tag an Feuer zuzunehmen schien. Nach Ablauf eines Monats begann ich mit dem Schleifen und Polieren der Linse, eine unendlich mühevolle und delikate Arbeit. Die große Härte des Steins und die Sorgfalt, die die Oberflächenkrümmung der Linse erforderte, machten diese Arbeit zur schwersten und qualvollsten, der ich mich jemals unterzogen hatte.

Schließlich kam der große Augenblick: die Linse war fertig. Zitternd stand ich an der Schwelle neuer Welten. Alexanders berühmter Traum lag verwirklicht vor mir. Die Linse lag auf dem Tisch, fertig, um montiert zu werden. Meine Hand zitterte leise, als ich einen Tropfen Wasser zur Untersuchung mit einem dünnen Film von Terpentinöl überzog, eine notwendige Maßnahme, um die schnelle Verdunstung des Wassers zu verhüten. Darauf tat ich den Tropfen auf einem Objektträger unter die Linse, und nachdem ich durch ein Prisma und einen Spiegel einen mächtigen Lichtstrahl darauf geworfen hatte, näherte ich mein Auge dem winzigen, durch die Achse der Linse gebohrten Loch. Im Augenblick sah ich nur etwas, was ein beleuchtetes Chaos zu sein schien, einen weiten, lichterfüllten Abgrund. Ein reines, weißes Licht, wolkenlos und heiter, anscheinend grenzenlos wie der Raum selbst, war mein erster Eindruck. Langsam und mit größter Sorgfalt schraubte ich die Linse um Haaresbreite nach unten. Die wundervolle Beleuchtung hielt weiter an, aber als sich die Linse dem Objekt näherte, entfaltete sich ein Bild von unbeschreiblicher Schönheit vor meinen Blicken.

Mir war, als sähe ich in einen weiten Raum, dessen Grenzen sich weit über meine Blicke erstreckten. Eine Atmosphäre magischen Lichts durchflutete das ganze Gesichtsfeld. Ich war erstaunt, keine Spur tierischen Lebens zu entdecken. Anscheinend bewohnte kein Lebewesen die flimmernde Weite. Ich begriff sofort, daß ich mit Hilfe der wunderbaren Kraft meiner Linse über die gröberen Partikel der Wassermaterie hinaus vorgedrungen war, hinaus über die Bereiche der Infusorien und Protozoen, hinab bis zu den ursprünglichen, gasförmigen Bestandteilen, in deren lichterfülltes Innere ich jetzt wie in einen beinahe grenzenlosen, mit übernatürlicher Helligkeit erfüllten Dom schaute.

Es war aber keine glänzende Leere, in die ich sah. Auf

beiden Seiten erblickte ich herrliche anorganische Gebilde von unbekannter Zusammensetzung und von zauberhaften Farbschattierungen. Diese Dinge boten einen Anblick, den man aus Mangel an treffenden Worten als Blätterwolken hätte bezeichnen können; das heißt, sie wogten und verzweigten sich in pflanzliche Gebilde und waren dabei so glänzend gefärbt, daß das goldene Herbstlaub unserer Wälder damit verglichen wie Schlacke gegen echtes Gold wirkte. Weit in die unermeßliche Ferne erstreckten sich lange Reihen dieser luftigen Wälder, undeutlich schimmernd und von den Farben des Prismas unvorstellbar überglänzt. Die hängenden Zweige wehten über die Lichtungen, so daß der Blick durch schimmernde, bunte, seidene Fahnen zu schweifen schien. Von den Kronen dieses zauberhaften Laubwerks, vermischt mit tausend immer wechselnden Farbtönungen, rieselte etwas herab, was Früchte oder Blüten sein konnten. Keine Berge, keine Seen und Flüsse, keine lebenden oder unbelebten Gebilde waren zu sehen mit Ausnahme jener rosigen Gebüsche, die gemächlich in der leuchtenden Stille mit ihren Blättern, Früchten und den wie von unbekanntem Feuer glänzenden Blumen dahinschwebten, unbegreiflich für die bloße Vorstellung.

Wie seltsam, so dachte ich, daß diese Welt zur Einsamkeit verurteilt sein sollte! Ich hoffte, doch wenigstens irgendeine neue Form tierischen Lebens zu entdecken — vielleicht auf einer niedrigeren Daseinsstufe, als uns bisher bekannt war, einen lebenden Organismus. Ich hielt meine neuentdeckte Welt, wenn ich so sagen darf, für eine wundervolle, glänzende Wüste.

Während ich so über die merkwürdigen Wege im Haushalt der Natur nachdachte, durch die sie so oft unsere stärksten Theorien in Atome zertrümmert, schien es mir, als sähe ich eine Gestalt sich langsam durch die Lichtungen eines der prismatischen Wälder bewegen. Ich sah genauer hin und fand, daß ich mich nicht getäuscht hatte. Worte können die Spannung nicht beschreiben, mit der ich auf das Erscheinen des seltsamen Gegenstandes wartete. War es nur eine unbelebte Substanz, die sich in der gespannten Atmosphäre dieser Kleinwelt im Schwebezustand hielt? Es kam näher, huschte hinter den dünnen, farbigen Schleiern des Laubwerkes, wurde für Sekunden undeutlich sichtbar und verschwand alsbald. Schließlich zitterten die violetten Fahnenranken, die mir zunächst herabhingen, sie wurden sanft beiseite geschoben, und das Gebilde floß hinaus in das volle Licht.

Es war eine weibliche menschliche Gestalt. Wenn ich »menschlich« sage, dann meine ich, sie besaß menschliche Umrisse, aber damit endet auch der Vergleich. Ihre bewunderungswürdige Schönheit hob sie weit in unbegrenzte Höhen über die lieblichste Tochter Adams.

Ich kann den Versuch nicht wagen, die Reize dieser göttlichen Offenbarung vollkommener Schönheit zu beschreiben. Diese geheimnisvoll violetten Augen, tauig und heiter, entziehen sich meiner Beschreibung. Das lange, üppige Haar, das ihr Haupt wie die Spur einer Sternschnuppe mit einem goldenen Wirbel umgab, erstickt mit seinem Glanz meine glühendsten Worte. Und ließen sich auch alle Bienen von Hybla auf meine Lippen nieder, sie könnten nur heiser die wundervollen Harmonien, die ihre Gestalt umschlossen, besingen.

Sie schwebte zwischen den regenbogenfarbenen Vorhängen der Wolkenbäume hinaus in das breite, davor liegende Lichtmeer. Ihre Bewegungen glichen denen einer anmutigen Najade, die die klaren, ungekräuselten Wasser der Meeresräume durchbricht. Sie glitt heraus mit der heiteren Grazie einer zarten Luftblase, die durch die stille Atmosphäre eines Junitages aufsteigt. Die vollkommenen Rundungen ihrer Glieder bildeten liebliche und entzückende Biegungen. Es war, als höre man der geistvollsten Sinfonie des göttlichen Beethoven zu, wenn man den harmonischen Fluß dieser Linien beobachtete. Wahrhaft ein Vergnügen, für das kein Preis zu hoch war! Was kümmerte es mich, daß ich an die Schwelle dieses Wunders durch das Blut eines anderen geschritten war? Ich hätte das eigene hingegeben, um nur einen Augenblick solcher Verzauberung und solchen Entzückens zu genießen.

Atemlos starrte ich auf dieses liebliche Wunder, vergaß über seiner Gegenwart einen Augenblick alles und blickte von dem Mikroskop auf – doch ach! Als mein Blick auf den dünnen Glasstreifen fiel, der unter dem Instrument lag, funkelte das helle Licht des Spiegels und des Prismas auf einem farblosen Wassertropfen! Dort, in jenem winzigen Tautropfen war dieses wunderbare Wesen für immer gefangen. Der Planet Neptun war mir nicht ferner als sie. Eilig beugte ich mein Auge noch einmal über das Mikroskop.

Animula – laßt mich sie jetzt bei diesem teuren Namen nennen, den ich ihr später gab – hatte ihre Stellung verändert. Sie hatte sich wieder dem wunderbaren Walde genähert und schaute mit ernstem Blick nach oben. Plötzlich entfaltete einer der Bäume, ich muß sie wohl so nennen, einen langen Arm, mit dem er eine glänzende Frucht an der höchsten Spitze ergriff, damit langsam niederschwebte und sie Animula darbot. Die Sylphe ergriff sie mit zarter Hand und begann zu essen. Meine Aufmerksamkeit war von ihr so sehr gefangengenommen, daß ich nicht entscheiden konnte, ob diese seltsame Pflanze mit Willenskraft begabt war oder nicht.

Ich beobachtete sie bei ihrer Mahlzeit mit der größten Aufmerksamkeit. Die Geschmeidigkeit ihrer Bewegungen sandte einen Wonneschauer durch meinen Körper; mein Herz schlug wild, als sie ihren Blick auf eine Stelle richete, an der ich stand. Was hätte ich für die Macht gegeben, mich in dieses Lichtmeer zu stürzen und mit ihr durch jene purpurnen Wälder zu schweben. Während ich so atemlos jede ihrer Bewegungen verfolgte, stutzte sie plötzlich, schien einen Augenblick lang zu horchen, dann durchfuhr sie den glänzenden Äther, in dem sie schwamm wie ein Lichtstrahl, und stürzte durch den opalfarbenen Wald davon.

Sogleich durchlief mich eine Reihe der seltsamsten Empfindungen. Mir war, als sei ich plötzlich blind geworden. Der lichterfüllte Raum lag noch immer vor mir, aber mein Sonnenlicht war geschwunden. Was war der Grund ihres schnellen Verschwindens? Hatte sie einen Geliebten, einen Gatten? Ja, das war die Lösung! Der Ruf eines glücklichen Wesens war durch die Waldeslichtungen gedrungen, und sie hatte der Aufforderung gehorcht.

Die Qual meiner Empfindungen, als ich zu dieser Erklärung gelangte, ließ mich auffahren. Ich versuchte, die Überzeugung, die mein Verstand mir aufzwang, von mir zu stoßen. Ich kämpfte gegen diese fürchterliche Erkenntnis, doch vergebens. Es gab kein Entrinnen. Ich liebte ein mikroskopisch kleines Lebewesen!

Dank der wunderbaren Kraft meines Mikroskops schien sie menschliche Gestalt zu besitzen. Im Gegensatz zu den abstoßenden, gewöhnlichen Kreaturen, die in den leichter durchdringbaren Teilen des Wassertropfens leben, kämpfen und sterben, war sie von reizender, delikater und unübertrefflicher Schönheit. Aber wozu dies alles? Sooft ich mein Auge von dem Instrument entfernte, fiel es auf einen kümmerlichen Wassertropfen, der – mit diesem Wissen mußte ich mich zufriedengeben – alles beherbergte, was mein Leben angenehm machen konnte.

Hätte sie mich nur ein einziges Mal sehen können! Hätte ich nur für einen Augenblick die mystischen Mauern durchbrechen können, die sich so unerbittlich vor uns türmten und uns trennten, und hätte ich ihr zuflüstern können, was meine Seele erfüllte, ich hätte mich für den Rest meines Lebens mit dem Wissen um ihre ferne Sympathie begnügt. Ein schwaches persönliches Band verbände uns – sie hätte bisweilen, wenn

sie durch die zauberhaften Lichtungen streifte, an den wundersamen Fremdling denken können, der mit seiner Gegenwart die Eintönigkeit ihres Lebens unterbrochen und eine zarte Erinnerung in ihrem Herzen hinterlassen hatte!
Aber es konnte nicht sein. Keine Erfindung des menschlichen Verstandes war fähig, die Schranken niederzureißen, die die Natur errichtet hatte. Meine Seele konnte sich an ihrer wundervollen Schönheit weiden, aber immer mußten Animula die anbetenden Augen unbekannt bleiben, die Tag und Nacht auf sie schauten und die sie, wenn auch geschlossen, noch in ihren Träumen sahen. Mit einem bitteren Schmerzensruf floh ich aus dem Zimmer, ich warf mich auf mein Bett und weinte mich wie ein Kind in den Schlaf.

VI. Das Gefäß zerbricht

Im Morgengrauen des nächsten Tages erhob ich mich und stürzte zu meinem Mikroskop. Ich zitterte, als ich die lichte Kleinwelt suchte, die mein Alles enthielt. Animula war da. Als ich nachts zu Bett gegangen war, hatte ich die Gaslampe brennen lassen. Ich fand die Sylphe beim Bade, in dem glänzenden Licht, das sie umgab, belebte der Ausdruck des Vergnügens ihre Züge. Mit unschuldiger Koketterie warf sie ihr reiches, goldenes Haar über die Schultern. Sie lag in dem durchsichtigen Medium, in dem sie sich unbeschwert bewegte, und hüpfte mit der bezaubernden Grazie der Nymphe Salmakis herum, als diese den verschämten Hermaphroditen zu erobern suchte. Ich versuchte ein Experiment, um mich davon zu überzeugen, wie weit ihr Wahrnehmungsvermögen entwickelt sei, indem ich das Lampenlicht beträchtlich verminderte. Bei dem verbleibenden trüben Licht konnte ich einen schmerzlichen Ausdruck über ihr Gesicht huschen sehen. Sie blickte nach oben, und ihre Brauen zogen sich zusammen. Ich ließ erneut das volle Licht auf den Objektträger des Mikroskops fallen, und ihr Ausdruck veränderte sich. Wie schwerelos sprang sie auf, ihre Augen glänzten, ihre Lippen bewegten sich. Ach! Hätte doch die Wissenschaft die Mittel, Laute hörbar zu machen und zu verstärken, wie sie es bei den Lichtstrahlen vermag! Welche glücklichen Weisen hätten dann mein Ohr getroffen! Welche Jubelhymnen an Adonai hätten die strahlende Luft erfüllt!

Jetzt verstand ich den Grafen de Gabalis, als er seine mystische Welt mit Sylphen bevölkerte, mit schönen Wesen mit feurigem Lebensodem, die sich für ewig in den Gefilden des reinsten Äthers und Lichts tummelten. Die Rosenkreuzer hatten das Wunder vorausgeahnt, das ich praktisch verwirklicht hatte.

Wie lange der Kult mit meiner seltsamen Göttin währte, weiß ich kaum. Ich verlor alle Empfindung für die Zeit. Jeden Tag vom Morgengrauen bis tief in die Nacht hinein war ich über dieser wundervollen Linse zu finden, ich sah keinen Menschen, ich ging nicht fort, und ich nahm mir kaum genügend Zeit für meine Mahlzeiten. Mein ganzes Leben war von einer Art Entrückung gefangengenommen, ebenso hingegeben wie nur das eines der römischen Heiligen. Jede Stunde, die ich auf die göttliche Gestalt schaute, verstärkte meine Leidenschaft, eine Leidenschaft, die immer von der verzweiflungsvollen Überzeugung beschattet wurde, daß ich Animula zwar nach Belieben betrachten, sie selbst mich aber niemals anschauen konnte!

Schließlich wurde ich durch den fehlenden Schlaf und das fortgesetzte Nachgrübeln über meine wahnsinnige Liebe und die grausamen Umstände so bleich und ausgezehrt, daß ich mich zu dem Versuch durchrang, Schluß zu machen. Geh, sagte ich zu mir, im besten Fall ist dies nur Phantasie. Deine Einbildungskraft hat Animula mit Reizen ausgestattet, die sie in Wirklichkeit gar nicht besitzt. Die Abschließung von aller weiblichen Gesellschaft hat diesen krankhaften Gemütszustand hervorgerufen. Vergleiche sie mit den wundervollen Frauen deiner eigenen Welt, und diese trügerische Verzauberung wird schwinden.

Zufällig fiel mein Blick auf die Zeitungen. Dort sah ich die Ankündigung einer berühmten Tänzerin, die jeden Abend bei Niblo auftrat. Die Signorina Caradolce genoß den Ruf der schönsten und graziösesten Frau der Welt. Augenblicklich kleidete ich mich um und ging ins Theater.

Der Vorhang hob sich. Im Halbkreis standen wie üblich die Feen in weißem Musselin auf der rechten Zehenspitze, rund um die mit grüner Leinewand bespannte Blumenbank, auf der der müde Prinz schlummerte. Die Feen erschrecken. Die grüne Dekoration öffnet sich, die Feen stehen jetzt auf der linken Zehenspitze, und die Königin tritt auf. Es war die Signorina. Sie kam unter Beifallsstürmen nach vorn und blieb auf einem Bein, wie im Gleichgewicht in der Luft schwebend, stehen. O Himmel! War dies die große Zauberin, die Monarchen vor ihren Triumphwagen gespannt hatte? Diese dicken, muskulösen Gliedmaßen, diese dicken Knöchel, diese tiefliegenden Augen, dieses starre Lächeln, diese grob bemalten Wangen! Wo war der purpurfarbene Schmelz, wo die feuchten, ausdrucksvollen Augen, wo die harmonischen Glieder meiner Animula?

Die Signorina tanzte. Was für grobe und ungelenke Bewegungen! Das Spiel ihrer Gliedmaßen war ganz falsch und künstlich. Ihre Sprünge waren peinliche athletische Anstrengungen; ihre Posen waren eckig und taten dem Auge weh. Ich konnte es nicht länger ertragen. Mit einem Ausruf des Abscheus, der aller Augen auf mich zog, erhob ich mich mitten in dem »Pas de Fascination« von meinem Platz und verließ schnell das Theater.

Ich eilte nach Hause, um mich noch einmal an den lieblichen Formen meiner Sylphe zu weiden. Ich fühlte, daß es unmöglich sein würde, diese Leidenschaft zu bekämpfen. Ich beugte mein Auge über die Linse. Animula war da, aber was hatte sich ereignet? Eine schreckliche Veränderung mußte während meiner Abwesenheit eingetreten sein. Ein geheimer Kummer schien ihre lieblichen Gesichtszüge zu verdüstern. Ihr Gesicht war dünn und hager geworden, ihre Glieder schleppten sich dahin; der wundervolle Glanz ihres goldenen Haares war geschwunden. Sie war krank, und ich konnte ihr nicht helfen! Ich glaube, ich hätte in diesem Augenblick alle Ansprüche auf mein menschliches Geburtsrecht mit Freuden dahingegeben, wenn ich mich in die Zwergengestalt eines mikroskopischen Lebewesens hätte verwandeln können, wenn es mir vergönnt gewesen wäre, sie zu trösten, von der das Schicksal mich auf ewig getrennt hatte.

Ich zermarterte mir das Gehirn, um dieses Problem zu lösen. Was bedrückte die Sylphe? Sie schien unendliche Pein zu leiden. Ihr Gesicht verzog sich, ja sie schien, von einem inneren Schmerz gepeinigt, zu schrumpfen. Die wunderbaren Wälder schienen auch einen Teil ihrer Schönheit eingebüßt zu haben. Ihre Färbung war verschwommen und an manchen Stellen verblaßt. Mit brechendem Herzen beobachtete ich stundenlang Animula, sie schien unter meinen Augen buchstäblich zu verdorren. Plötzlich dachte ich daran, daß ich seit Tagen schon nicht mehr nach dem Wassertropfen gesehen hatte. In der Tat, sein Anblick war mir verhaßt, weil er mich an die natürliche Grenze zwischen Animula und mir mahnte. Hastig sah ich unter das Mikroskop. Der Glasstreifen war noch dort, aber – großer Gott! –, der Wassertropfen war verschwunden! Die fürchterliche Gewißheit brach über mich herein: er war verdampft, so klein war er geworden, daß er für das bloße Auge nicht mehr sichtbar war. Ich hatte auf sein letztes Atom geschaut, das einzige, das Animula enthielt – und sie lag im Sterben!

Ich stürzte wieder zu der Linse und sah hindurch. Doch ach! Die regenbogenfarbenen Wälder waren zerschmolzen, und Animula lag schwach noch kämpfend in einem trüben Lichtfleck. Der Anblick war furchtbar. Die einst so gerundeten und lieblichen Gliedmaßen waren zu nichts geschrumpft, die Augen – jene Augen, die wie das Himmelslicht geschienen hatten – zu schwärzlichem Staub verwandelt, das reiche Goldhaar glatt und verfärbt. Der Todeskampf nahte heran. Ich sah das letzte Zucken der schwarz werdenden Gestalt, meine Sinne schwanden.

Als ich aus stundenlangem Dämmerzustand erwachte, lag ich mitten zwischen den Trümmern meines Instruments, ebenso zerschmettert an Geist und Körper. Ich schleppte mich mühsam zu meinem Bett, von dem ich mich monatelang nicht mehr erhob.

Man behauptet, ich sei wahnsinnig, aber die Leute irren sich. Ich bin nur arm; denn ich habe keinen Arbeitswillen mehr. Mein Geld ist vertan, und ich lebe von der Mildtätigkeit anderer. Vereine junger Männer laden mich zum Spaß ein und lassen sich von mir einen Vortrag über Optik halten, wofür sie mich bezahlen und während des Vortrags über mich lachen. »Linley, der verrückte Mikroskopiker« werde ich genannt. Wahrscheinlich rede ich ganz unzusammenhängendes Zeug während meines Vortrages. Wer könnte vernünftig sprechen, wenn das Gehirn von so grauenhaften Erinnerungen verfolgt wird, und wenn ich unter den Todesschatten niemals wieder die lichte Gestalt meiner verlorenen Animula sehen werde!

JOHN S. ROBB

Von John Robb sind nicht einmal die Lebensdaten bekannt. Sein Hauptschaffen fällt in die vierziger Jahre. Er war ein typischer Grenzer, arbeitete als Druckergeselle in St. Louis, kam weit umher und hielt den äußersten Südwesten, dessen Pioniere und ihre rauhe Art in seinen Erzählungen um den schon fast legendären Ohio- und Mississippi-Schiffer Mike Fink (der auch andere zum Fabulieren bewegt hat) fest. Robbs derber, wetterharter Humor, seine Unbeschwertheit, sein launiges Stromertum geben seinen Kurzgeschichten eine besondere Ursprünglichkeit, die durch leicht angedeutetes Lokalkolorit noch verstärkt wird. Die Mike Fink-Geschichten erschienen gesammelt als 'Streiflichter vom Siedlerleben und fernen Westen' (1847).

DIE LEBEND VERSCHLUCKTE AUSTER

Zu später Abendstunde wurde neulich die Tür einer Austernküche in unserer Stadt aufgerissen, und einer von der Zunft der Stromer stolzierte herein. Er war gut und gern sechs Fuß lang, ging leicht gebeugt, und auf seinem Gesicht malten sich Hunger und Furcht. Die Hände hatte er tief in die Hosentaschen vergraben. Seine äußere Hülle ließ sich schwer definieren. Nach genauer Betrachtung kam man zu dem Schluß, daß der Anzug aus schmutzig-gelbem Zeug zu einer Zeit gemacht wurde, als sein Träger noch ein Kind war. Als der Eigentümer dann mit erstaunlicher Geschwindigkeit emporschoß, hatte er den Anzug mit allen möglichen bunten Flicken erweitern müssen, damit er mit dem Körper Schritt halte. Trotz aller Anstrengungen war der Anzug jedoch um etwa einen Fuß im Rückstand geblieben, und um eben dieses Stück ragten nun also die Beine des Mannes aus seinen Unaussprechlichen heraus. Auf seinem geschorenen Kopf thronte die drolligste Kappe aus Seehundsfell, die man sich denken kann. Der Ankömmling wählte sich einen Platz, pflanzte sich auf und musterte zunächst ausgiebig den Wirt, der die Muscheln öffnete. Schließlich brachte er langsam heraus: »Austern?«

»Jawohl«, antwortete der aufmerksam Hantierende, »und prima Ware!«

»Hm. Hab schon mal was davon gehört«, sagte der Stromer, »aber sehn tu ich se 's erstemal. Vielleicht krieg ich auch raus, was damit los is, eh' ich hier wieder abhaue.«

Nachdem er diese kühne Absicht kundgetan hatte, näherte er sich vorsichtig der Platte und musterte die entschalten Austern. Sein Ernst und seine Aufmerksamkeit hätten einem hervorragenden Forscher Ehre gemacht, der den verborgensten Geheimnissen der Natur nachspürt. Schließlich begann er ein Selbstgespräch darüber, wie schwierig es doch sei, die Tiere herauszulösen, und wie seltsam sie ohne Schale aussähen.

»Hab nie was gesehn, was so festhält! Mensch, Chef, da muß man ja bohren, um was rauszukriegn! Elend schleimig und glitschrig, he? Glatt wie'n Aal. Ich bin nich abgeneigt, diesem Vieh da mal bei mir Asyl zu gebn. Mal sehn, was dabei rauskommt, wie Onkel Jess immer sagte, wenn er spekeliern tat.«

»Je nun«, meinte der Wirt, »zwei Happen, und Sie haben sie runter. Ein Dutzend kann man verputzen.«

»Zwei Hapse!« regte sich der Penner auf. »Hörn Se mal, das glaubn Se wohl selber nich, Chef? Das wär ja so viel wie 'n Hähnchen. Un mehr wie fünf Cent kriegn Se nich fürs Hähnchen... Als ich 's erstemal nach St. Louis machte, hab ich fünfundvierzig solche Viecher zu fünf Cent zusammgekriegt... Ich will Se mal was sagn. Ich wer' Sie zwei Hähnchen für'n Dutzend gebn! Machn Se mit?«

Ein Spaßvogel, der dabeistand und sich an einem Dutzend delektierte, zwinkerte dem Wirt zu. Er bestellte ein Dutzend Austern, und das Angebot war angenommen.

»Also klar«, wiederholte der Schnorrer, »ohne Menkenke... Zwei Hähnchen für'n Dutzend. Sie sin Zeuge, Herr« – dabei wandte er sich an den Witzbold –, »machen Se keine Schiebung. Ich hab nämlich gehört, ihr Städter seid ganz schöne Gauner manchmal.«
Nachdem also der Handel ordnungsgemäß abgeschlossen war, stellte sich unser Schnorrer breitbeinig in Positur. Bedächtig nahm er seine kuriose Seehundsmütze ab, krempelte die Ärmel hoch und wartete mit aufgepflanzter Gabel auf die erste Auster. Sie kam – er sah sie – und schon hatte er sie verschluckt. Es folgte ein Augenblick bedrückender Stille. Der Schalk ließ Messer und Gabel sinken. Er mimte Erstaunen und Entsetzen – so sieht es aus, wenn bei Shakespeare Hamlet den Geist seines Papas erblickt. Dann rief er mit Pathos: »Lebend verschluckt! So wahr mir Gott helfe!«
Einen Augenblick zuvor hatte unser heldenhafter Schnorrer mit Appetit den Mund geöffnet – jetzt blieb er ihm offenstehen. Grauen, Angst – er wußte gar nicht recht wovor –, eine Ahnung, daß nicht alles stimmte –, aber was falsch war, wußte er nicht – es war einfach fürchterlich.
»Haben Sie die Auster lebend verschluckt?« vergewisserte sich der Spötter.
»Ich hab' se so runtergeschluckt, wie der se mir gegebn hat«, schrie der Stromer.
»Sie sind dem Tod geweiht!« rief sein besorgter Gönner. »Das Tier ist lebendig und wird sich einfach durch Sie durchfressen«, fügte er in gespielter Verzweiflung hinzu.
»Her mit 'ner Kolbenpumpe und pumpt se raus«, brüllte der Landstreicher wie am Spieße, und seine Augen quollen förmlich aus den Höhlen. »Teufel auch, was mach ich bloß? Das Biest hat sich schon in meine Eingeweide verbissen. Ich bin tot wie'n Hähnchen! Tut doch was! Steht nich bloß rum! Laßt mich doch nich vor

euern Augen von der verdammten Seekröte auffressen!«
»Gießen Sie doch ein bißchen hiervon drauf!« riet der Witzbold und deutete auf eine Flasche mit scharfer Pfeffersauce.
Der Wink genügte. Augenblicklich ergriff der Schnorrer die Flasche, riß den Korken verzweifelt heraus und schluckte die Hälfte der scharfen Würze auf einen Zug. Dann ein Schrei. Der Gauner schnappte nach Luft, schnaufte, schlug um sich und krümmte sich, als hätte er flüssiges Feuer geschluckt. Dabei liefen ihm die Tränen über die Backen. Allmählich beruhigte er sich etwas. Sein spitzbübischer Ratgeber trat näher – er konnte das Lachen kaum verbeißen – und fragte: »Wie geht es jetzt, alter Junge? Hast du sie tot gekriegt?« –
»Das will ich meinen, Boß. Aber meine Eingeweide ... Auu! ... Das war wie'n Erdbebn in meinem Bauch, als das Vieh verreckte. Das könnter mir glaubn! Und das Biest hat sich gewunden wie 'ne Schlange, wie es das Mordszeug saufen mußte!«
Er hielt inne, verbiß den Schmerz und sagte langsam und überlegt – man sah förmlich, wie ein Entschluß in ihm reifte –: »Wenn *Sie* von mich zwei Hähnchen für das lebendje Biest kriegn, will ich verdammt sein!«
Nahm seine Mütze und verließ fluchtartig das Lokal.

ARTEMUS WARD

Artemus Ward, Pseudonym von Charles Farrar Browne (1834 bis 1867), gehört an die Seite Robbs und an die Spitze der Humoristen der Grenze, deren Vorläufer wie Longstreet, Davy Crockett und »Erben« noch aus dem vergangenen Jahrhundert stammten. Ward ist ein übermütiger Spaßvogel, der die Sprechkomik – mundartliche, gesunkene oder verballhornte Sprache – wirkungsvoll einzusetzen verstand. Die 'Aussprüche Artemus Wards' (seit 1857) zeugen von erzählerischem Einfallsreichtum, und nicht zufällig wurden Harte und Twain die klassischen Vollender, aber auch Überwinder dieses Lebens- und Erzählstils, der eine Auflehnung der jungen Plebs gegen die Aristokratie der »Brahmanen« darstellte. Lincoln hat dem Kabinett einmal aus 'Artemus Wards Buch' vorgelesen; und Ward selbst las in größtem Maßstab vor. Für die Entwicklung amerikanischen Schrifttums wurde seine Begegnung mit Mark Twain folgenreich.

DIE ZITTERER

So ne komische relegiöse Sektion als wie die Zitterer sin mir nur einmal übern Weg gelaufn. Erzähln höhren hatte ich schon von sie, un gesehn hatt ich se auch schon mit ihre breitkrampfige Hüte un langtallige Röke. Aber in unmittelbarn Kontrakt war ich noch nie nich mit ihn gekomm. Ich hielt sie fürn bischen schwehr von Kappé, denn in meine Bude warn sie nie nich gekomm. Oder wenn se gekomm warn, hatten se sich als vernünftche Leute verkleiden, sodas ich sie nich erkennen tat.
Aber im Frühling 18 . . trib ich mir mal wieder an den Grentzen des Staates New York rum. Es war ne dunkle un stürmische Nacht, der Sturm prauste erbermlich. Da muste ich eben mit die Zitterer anbendeln.
Ich kariolte durch den Dreck. Da sah ich in undeutlichen Panaroma vor mich das Licht von ne Talkkerze. Ich setze meinen rechten Pferd Hornisen untern

Schwantz, ums bischen aufzumöbeln, un so kam ich bald hin. Ich klopte an die Tür. Ein großes, glattgeschabtes, feierlich aussehndes Individijum öfnete. Es stelte sich raus, das es ein Ältester war.

»Mr. Zitterer«, sage ich, »Sie sehn gewissermasen Hänsel ausm Walde vor Ihnen, un er bietet Schutz von Sie.« – »Hm«, sagte der Zitterer un fürte mich ins Haus. Ein annerer Zitterer muste meine Pferde un mein Viehikel unter Dach bringen.

Ein permanentes Weibstück, was wie ne vorjährige Bohnenstange aussah, wo man in einem langen Mehlsack gesteckt hatte, kam rein un frugte mich, ob ich hungern un dürsten täte. Gebildet antwortete ich sie: »O doch ja. Es langt zu.« Sie ging weg, un ich versuchte nu, mit den ollen Manne ne Konservation zu eröfnen.

»Ältester, scheint mich?« – »Hm«, sagte er. »Gesunt un munter, hoff ich?« – »Hm.« – »Was kriegtn so'n Ältester bezalt, wenn er sein Laden schmeist – oder tun Sie gratis un franco dienen?« – »Hm.« – »Stürmische Nacht, was?« – »Hm.« – »Wenns weiter so mies bleipt, gibts aufn Strasen elenden Schlamassel, was?« – »Hm.« – »Kein Verknügn nich, so durchn Schlamassel ze waten!« – »Hm.« – »Wenn ich mich de Frage erlaubn darf, mein Herr, was kost denn so'n Ordenskittel, wo Sie da anhaben, mit Garnierung?« – »Hm.«

Ich pauste ne Minute. Dann wollte ich mal auspromblieren, ihm fiedel zu komm. Mal sehn, wie das würgte. Ich klopte im also auf de Schulter, lachte orntlich raus un sagte ihn, als Hm-er wär er auf die Erde unübertrofen.

Er fuhr hoch, als hätten se ihn kochendes Wasser ins Ohr gejossen, stönte, rollte mit die Augen himmelwärz un sagte: »Du bis ein sündiger Mensch.« Dann ging er ausn Zimmer.

In diesen Memento stekte die Frau in Mehlsack ihrn Kopf rein un konstatuirte, das die Erfrischungen den

müden Reissenden erwarten täten. Wenn se damit Fresalien meinte, sagte ich, dann wär der müde Reisende angenehm. Un ich folkte ihr ins Nebenzimmer.
Ich saß mir an den Tisch, un die Frau in Mehlsack gos Tee ein. Sagen tat se kein Wort nich. Fünf Minuten lang war nichs nich als wie die olle hölzerne Uhr zu hörn. Die tikte leise un schüchtern in der Ecke. Diese Totesstile bedruckte mir. Un so nahm ich mir vor, die Frau anzeredn oder ze platzen. Also sag ich: »Heiraten dürfen Se wol nach Ire Statuen nich, Maam?« – »Hm.« – »De Geschlächter lebn wol streng getrent?« – »Hm.« – »Is ja gediegn«, sage ich mit mein freunlichsten Grinzen un mit gewonnener Stimme, »das so ne hübsche Mamzel der Richtje nich angebissen hat!« (N. B. Se war mer wie fierzig un häßlich wie ne Vogelscheuche, aber ich wolte ihr kitzeln.)
»Ich verachte die Männer«, sagte se barsch.
»Ach nee! Ich nich«, sage ich, »se sin doch n ziemlich wessentlicher Bestanteil von die Bewölkung. Ich kann mir nich recht verstelln, wie mer ohne ihnen auskomm will.«
»Wir armen Frauen täten viel weiter komm, wenns keine Männer nich geben würde.«
»Schuldiken Se, Maam, aber das is wol kein Argement nich. Dies wäre anormal.«
»Ich hab' Angst für de Männer!« sagte sie.
»Haben Se nich nötig, Maam. Sie tut keiner nichs. Dadrum keine Angst nich.«
»Hier sin wir von die sündige Welt abgeschlossen. Hier is nichs nich wie Frieden. Hier sin wir Brüder un Schwestern. Wir heiratn nich un haben infolgedem auch kein häuslichen Krach nich. De Männer miesbehandeln ihre Frauen nich, un de Frauen ärgern ihre Männer nich. Wir haben keine Kinder nich, wo uns ärgern täten. Nichs ärgert uns hier. Wir kenn keine schlechte Ehe nich. – Wilst du nich Zitterer wern?«
»Nein«, sage ich, »das geht mir nich aufn Strich!«

Inzwischen hatt ich mich so viel Profitant reingeschaufelt wie ich nur fortbekam. Ich lente mir nu im Stuhl zerük un fing an, mir mit der Gabel de Zäne reine ze machen. Die Frau ging raus und lies mir un de Uhr alleine. Ich hatt noch nich lange so gesetzen, da stekte der Älteste den Kopf bei der Tür rein. »Du bis ein sündiges Mensch!« sagte er, stönte un ging weg.

Nu kam direktemang zwei junge Zittererinen rein, nette, saubere Personens, so was siht der Mensch nich oft. Freilich hatten se auch Mehlsäcke an wie die Olle, wo ich vorher gesehn hatte, un ihr weiches goltiges Haar war nich ze sehn von wegen die langen weisen Mützen. So ne Dinger haben wol die weiblichen Richter aufn Kopfe. Aber ihre Augen stalten wie Brilanten, ihre Beckchen warn wie Rosen, und se warn so adreht, daß mer ihrerwegen seine Grosmutter umgebracht hätte, wenns sies hätten haben wolln. Sie fingen nu an, das Geschir wegzeräum, un warfen dabei egalweg gestolene Blicke auf mir. Ich kam ganz ausn Häuschen. In meine Begeisterung vergas ich Betsy Jane un sage: »Nu, meine Hübschen, wie gehts, wie stehts?«

»Uns gehts gut«, sagten se ernst.

»Wo isn der Alte?« sagte ich mit sanfte Stimme.

»Wen meinest du – Bruder Uriah?«

»Ich meine dem verknügten, redsäligem Gevatter, der wo mich ein sündiges Mensch nent. Soll mich nich wundern, wenn er Uriah heißen tut.«

»Der is schlafen gegang.«

»Nu da, meine hübschen Schätzchens«, sage ich, »da wolln wirn bischen verknügt sein. Wolln wir Kämmerchenvermietens spieln?«

»Bis du ein Zitterer, Herr?« frugten sie.

»Na ja, meine hübschen Schätzchens. Zwar hab ich meinem sündigem Adam nich in son langen Rok nich gehüllt. Aber wenn alle Zitterer so sin als wie ihr, dann würd ich mich das vieleicht noch mal überlegn. In Memento bin ichn Zitterer.«

Sie warn sehr verknügt. Das hatt ich se aufn ersten Blick angesehn gehabt. Freilich warn se was verschüchtert. Ich lernte se Kämmerchenvermietens un ähnliche Spiele, un wir hatten unsern Spas. Natürlich warn wir egalweg leise, damit der Olle nichs nich hörn sollte. Wie wir aufhörn taten, sage ich: »Nu, meine hübschen Schätzchens, bevor das ihr geht, habt ihr doch nichs nich gegen einem unschuldign Abschietskuß?« – »Gewiß«, sagten sie, un ich vergewisserte meiner.

Ich ging nu rauf und in de Falle. Ich klaube, ich hatt ne halbe Stunde geschnarchen, da wurd ich durchn Gereusch bei die Tür aufgewekt. Ich richtete mir im Bette hoch, stüzte mir auf die Ellebogen un rieb mir de Augen. Un da sah ich nu dies Bild: In die Tür stand der Älteste mitn Talklicht in die Hand. An Kleidasche hatte er nichs nich an als wie sein Nachthemde, wo im Zug wedelte wie ne Fahne. »Du bis ein sündiger Mensch!« sagte er, stönte un schlurfte weg.

Ich schlif wieder ein, un mich träumte, ich mache mit die zwei hübschen kleinen Zitterinnen fort, un zwar aufn Rücken von meine kalifornische Märe. Der Jaul wollte unbedingt direktemang meine Haustüre in Baldinsville ansteuern. Un Betsy Jane kam raus un gab uns nen warmen Empfang mitn Eimer kochendes Wasser.

Früh an Morgen wachte mir der Älteste auf. Erfrischungen täten unten stehn, sagte er mir. Dann sagte er noch mal, ich wäre ein sündiges Mensch, und ging stönend raus.

Ich ging nu durch die Diele in dem Zimmer, wo das Essen stand. Da sah ich dem Ältesten un die Olle von gestern abend. Un was klaubn Se, was die taten? Die herzten un küsten ihnen wien junges Perchen in seinen überschwenklichsten Stadion. Sage ich: »Nu, meine lieben Zitterer, da feift nur lieber auf eure Statuen un tut heiraten!«

»Du must Nachtsicht mit Bruder Uriah haben«, sagte

die Alte, »er kriegt Anfelle, und wenn er die hat, weis er nich, was er tut.«
»Verstehe, verstehe«, sage ich. »Mir hat es heufig auch so gepackt.«
»Du bis ein sündiger Mensch!« sagte der Älteste.
Nach dem Früstück kamen meine kleinen Zitter-Freundinnen wieder rein um abzeräum.
»Nu, meine hübschen Schätzchens«, sage ich, »wolln wir uns wieder vergewissern?«
»Nein«, sagten sie, un ich sagte eben auch Nee.
Die Zitterer baten mir, zu ihren Mieting zu komm, indem sie an diesen Formittag Gottesdienst hattn. Also hüllte ich mir in saubere, geplättene Gewender un ging hin. Das Beethaus war pieksauber. Der Fußboden war kreideweis un glatt wie Glaß. Die Zitterer warn alle da in saubern Röken un Mehlsäcken un angetreten wie milleterische Kompanien, die Männleins auf die eine Seite, die Weibleins auf die annere. Se fingen nu an, in die Hände ze kloppen, ze singen un ze tanzen. Anfangs tanzten se man blos lanksam, aber wie se warm wurden, legten se ne kesse Sohle hin, das kann ich Se sagn! Vor alln der Älteste Uriah hupte los auf seine Beine, un dabei war er doch der jünkste nich mehr. Un wie er mal nahe bei mich vorbeihobste, griente ich ihm an un sagte: »Doller Kerl! Immer feste ran, Uriah!« – »Du bis ein sündiger Mensch!« sagte er un schlürfte weiter.
Der Geist, wie se das nenn taten, kam nu über ein kleinen dicken Zitterer, wo 'n Paar Worte redete. Er sagte, se wärn alle Zitterer, un alle wärn gleich. Se wärn de saubersten un ausgewähltesten Menschen auf die Erde. Die annern Menschen wärn elent sündig, aber die Zitterer wärn in Ordnunk. Alle Zitterer käm hastewaskanste im gelobten Land, und die annern solln blos aufpassen, das se ihnen nich in die Kwere komm, wenn se nicht überfarn wern wollen.
Dann sangen se un hupten wieder rum, un wie se fertig

warn, frugte mir einer, obs mir denn gefalln täte. Sagte ich: »Was soll denn das alles?« – »Was?« sagte er. »Nu, dies Rumgehobse un Gesinge, die langen Röke un de Antisimpatie gegen das Heiraten? Meine Gutsten, ihr seit ja ganz orntlich. Bei euch fliest Milch un Honich. Eure Besen keren gut, un euer Appelmus is prima. Wenn mer bei euch ne Bükse davon kaufen tut, fint mer nich immer Sägespähne drunter. Unter uns gesagt: manche von meine Vorväters haben damit ganz schön gemohgelt. Euer Unkraut is prima. Wenn mer das aufn Felsen von Gipraltar pflantzen täte, hätt mer dort bestimmt ne prima Ernte. Ihr seit prima Koofmichs un macht kein Beschis nich. Ihr tut keinen was un stört niemand nich. Das is alles in Ordnunk. Aber mit eure Relegion – na, ich weis ja nich. Da lebt ihr nu hier so alleine un drollig. Un indem das ihr immer ganz unter euch alleine seit, habt ihr euern eignen Splien un kommt nich durchnander. Blos manchmal tut de mönschliche Natur ausbrechen. Das tut ja auch bei euch pasiern. Das weis ich nähmlich. (Dabei kuckte ich Uriahn scharf an, un der zugte zusamm wien gestochenes Schwein.) Lange Röke habt ir, lange Gesichter macht ihr, un Trauerklöse seit ihr auch. In euern Buden brillen keine Kinder nich, egal lebt ihr sozesagn im Nebel, un wenn doch mal de Sonne scheinen tut, dann kuckt ihr se schief an. Sonne is nichs nich für euch mit eure lange Röke un Mehlsäcke un euern geistlichen Krahm. Die Meechens bei euch – die knuspriksten, wo ich je vor Augen kriegte – möchten bestimmt mal mitn richtjen Mann knutschen. Aber ihr Ollen bilt euch ein, die armen Dinger wärn hier am richtjen Ort un mit ihren Leben zufrieden. Da quatscht ihr nu über die Sünden von eine Welt, die ihr gar nich kennt. Aber die Welt dreht sich, un zwar immer weiter un immer um ihre eigene Akst in vierunzwanzich Stunden, wie das in de Konstition von de Vereinigten Staaten steht. Un mer hat seinen Spas auf de Welt. Un ihr? Verkorkst, blödsinnig un

miesetümplig – das is eure Welt! So, das muste mal raus. Un nun by by, ihr Zitterer. Machts besser! Ihr habt mir prima behandelt. Schön Dank auch! By by!«
»Ein übles Eksemplar dekenerierter Affen un prinzipienloser Wachsfiegurn!« sagte Uriah.
»Ach, Uriah«, sage ich, »dir hätt ich bald vergessen. Nimm dir in acht mit deinen Anfelle, erkälte dir nich un geh nich ein, jung un hübsch wie de bist!«
Un damit haute ich ab.

EDWARD EVERETT HALE

In Edward Everett Hale (1822–1909), dem unitarischen Prediger (im konservativen Boston) und späteren Senatskaplan, lebt der militante Puritanismus als Patriotismus fort. Im 'Mann ohne Vaterland' (1863 im Atlantic Monthly) überschreitet die Moral: der Fahne zu dienen, auch wenn dieser Dienst durch tausend Höllen führe – die Grenzen des Erträglichen. Aber die Erzählung ist charakteristisch für die Bürgerkriegsjahre; Hale wollte sagen, »welchen furchtbaren Fehler der beginge, der sich von seinem Vaterland lossagte«. Spuren des Rip van Winkle- oder Peter Rugg-Motivs sind in ihr noch erkennbar. Der historische Philip Nolan (1771–1801), über den Hale auch geschrieben hat, war Pferdeschmuggler in Mexiko; hier hat er lediglich den Namen für den Helden hergegeben.

DER MANN OHNE VATERLAND

Vermutlich haben nur wenige Leser des 'New York Herald' vom 13. August 1863 zufällig in einer verborgenen Ecke unter »Gestorben« folgende Anzeige gelesen:

> NOLAN. Gest. an Bord der USKorvette 'Levant', 2° 11′ südl. Breite, 131° westl. Länge, am 11. Mai, Philip Nolan.

Ich stieß von ungefähr auf diese Anzeige, als ich im alten Missionshaus in Mackinaw festsaß und auf den Lake-Superior-Dampfer wartete, der nicht zu kommen geruhte. Also verschlang ich mit Stumpf und Stiel alles Gedruckte, dessen ich habhaft werden konnte, bis hin zu den Todes- und Heiratsanzeigen im 'Herald'. Ich habe ein gutes Gedächtnis für Namen und Menschen, und der Leser wird im weiteren finden, daß ich guten Grund hatte, mich an Philip Nolan zu erinnern. Hunderte von Lesern hätten bei der Lektüre dieser Anzeige gestutzt, hätte der Offizier der 'Levant', der sie abfaßte, die Worte so gewählt:

Am 11. Mai starb der Mann ohne Vaterland.

Denn als »Mann ohne Vaterland« hatten die Offiziere, die ihn etwa fünfzig Jahre in Haft hielten, Philip Nolan im allgemeinen gekannt. Unter jenem Namen kannten ihn auch die Mannschaften, die unter diesen Offizieren segelten. Ich übertreibe nicht: mancher, der auf einer dreijährigen Segelfahrt alle vierzehn Tage mit diesem armen Kerl beim Wein saß, wußte nicht, daß er Nolan hieß oder überhaupt einen Namen hatte.

Jetzt kann es niemandem mehr schaden, wenn die Geschichte dieses Unglücklichen erzählt wird. Von dem Zeitpunkt an, als 1817 Madisons Regierungszeit ablief, bis heute war strengste Geheimhaltung geboten, Dienstgeheimnis der Herren von der Flotte, die Nolan nacheinander unter Aufsicht hielten. Es spricht zweifellos für den Korpsgeist und gereicht den Offizieren zur Ehre, daß die Geschichte dieses Mannes der Presse und meines Wissens auch dem ganzen Land völlig unbekannt blieb. Nach Ermittlungen, die ich in den Flottenarchiven anstellte, als ich dem Flottenbauamt nahestand, habe ich Grund anzunehmen, daß jeder offizielle Bericht über Nolan vernichtet wurde, als Ross die öffentlichen Gebäude in Washington niederbrannte. Einer der Tuckers, vielleicht auch einer der Watsons, hatte Nolan Ende des Krieges in Gewahrsam. Von Fernfahrt zurückgekehrt, berichtete er in Washington einem der Crowninshields, der gerade im Flottenministerium saß. Dabei stellte sich heraus, daß das Ministerium von der ganzen Angelegenheit nichts wußte. Ob man wirklich nichts wußte oder ob es ein non mi ricordo war, auf das man sich wie auf einen politischen Leitsatz verließ, das weiß ich nicht. Nur so viel weiß ich: seit

1817 und wahrscheinlich schon früher hat kein Seeoffizier Nolan in seinem Fahrtbericht erwähnt.

Aber, wie gesagt, jetzt ist keine Geheimhaltung mehr vonnöten. Und da nun der arme Kerl tot ist, scheint es mir der Mühe wert, etwas von seinem Geschick zu erzählen, um den heutigen Amerikanern klarzumachen, was es heißt, ein »Mann ohne Vaterland« zu sein.

Philip Nolan war einer der schneidigsten jungen Offiziere in der 'Legion des Westens', wie die westliche Division unseres Heeres damals hieß. Als Aaron Burr 1805 seine erste Blitzexpedition nach New Orleans hinab machte, fügte es der Teufel, daß er in Fort Massac oder dort in der Gegend am Fluß diesem fröhlichen, forschen, jungen Mann begegnete, vermutlich bei einem großen Essen. Er fiel Burr auf. Dieser unterhielt sich mit ihm, ging mit ihm spazieren, nahm ihn auf eine Ein- oder Zweitagefahrt in seinem Flußboot mit, kurzum, er bezauberte ihn. Im nächsten Jahr erschien dem armen Nolan das Kasernenleben reichlich öde. Gelegentlich machte er von der Erlaubnis Gebrauch, die ihm der bedeutende Mann gegeben hatte, und schrieb ihm. Lange, geschraubte Briefe voll großer Worte entwarf der arme Junge, schrieb sie noch einmal um und übertrug sie dann in Reinschrift. Aber der saubere Heuchler antwortete ihm nie mit einer Zeile. Die anderen Offiziere machten sich über Nolan lustig, weil er sich nicht mehr mit ihnen am Schießen und Rudern vergnügte, während er diese hochtrabenden Briefe an seinen großen Freund verfaßte. Sie konnten nicht verstehen, daß Nolan sich abseits hielt, wenn sie high-low-jack spielten – Poker war damals noch nicht erfunden.

Aber es dauerte nicht lange, da hatte der junge Mann seine Genugtuung. Zunächst erschien Seine Exzellenz, Hochwohlgeboren Aaron Burr, wieder, und zwar unter ganz anderen Aspekten. Gerüchtweise verlautete, er habe eine Armee hinter sich und – wie man allgemein annahm – eine große Zukunft vor sich. Diesmal beneideten die jungen Kerle Nolan. Burr hatte noch keine zwanzig Minuten mit dem Kommandanten gesprochen, als er schon bat, nach Leutnant Nolan zu schicken. Nach einer kurzen Unterhaltung fragte er dann Nolan, ob er ihm den großen Fluß und die Pläne der neuen Stellung genauer zeigen könne. Er bat Nolan, ihn in seinem Boot mit hinauszunehmen und ihm ein Röhricht oder einen Baumwollbaum zu zeigen – so sagte er jedenfalls. In Wirklichkeit wollte er Nolan zu seinem Werkzeug machen.

Nach der Bootsfahrt hatte Nolan sich ihm mit Leib und Seele verschrieben. Ohne es zu ahnen, lebte er von diesem Augenblick an schon als Mann ohne Vaterland.

Was Burr vorhatte, weiß ich ebensowenig wie du, geneigter Leser. Es geht uns auch jetzt nichts an. Aber dann kam die große Katastrophe. In dem großen Hochverratsprozeß von Richmond flochten Jefferson und der Senat von Virginia alle etwaigen Clarences des damaligen Hauses York aufs Rad. Einige von der niederen Brut in dem abgelegenen Mississippi-Tal, das damals weiter abseits lag als Puget's Sund heute, führten die gleiche Neuheit auf ihrer Provinzbühne ein. Um die sommerliche Langeweile in Fort Adams zu unterbrechen, eröffnete man vor dem Kriegsgericht zum Zeitvertreib eine Kette von Prozessen gegen die dort stationierten Offiziere. Nacheinander wurden die Obersten und Majore verhört und – um die Zahl vollzumachen – auch der kleine Nolan. Gegen ihn lag weiß Gott genügend Beweismaterial vor: daß er den Dienst satt habe und ihm untreu werden wolle; daß er jedem Befehl gefolgt wäre, der die Unterschrift »Auf Befehl S. E. A. Burr« getragen hätte, und wäre er auch mit irgendwem sonstwohin beordert worden. Die Verhandlungen schleppten sich hin. Die großen Tiere kamen

frei; zu Recht, soweit mir bekannt ist. Aber weder du, mein Leser, noch ich hätten je von Nolan gehört, hätte ihn der Vorsitzende des Gerichts nicht abschließend gefragt, ob er irgend etwas vorzubringen habe, das seine unveränderliche Treue gegen die Vereinigten Staaten bewiese. Da nun schrie Nolan in einem Wutanfall: »Wenn ich doch nie wieder von den Vereinigten Staaten zu hören brauchte!«
Vermutlich ahnte er nicht, wie sehr diese Worte den alten Oberst Morgan entsetzten, der den Vorsitz führte. Die Hälfte der beisitzenden Offiziere hatte während der ganzen Revolution gedient und Leib und Leben für eben das eingesetzt, was Nolan in seiner Verblendung so hochmütig verfluchte. Er selbst war im damaligen Westen aufgewachsen, inmitten Spanischen Landes und Orleans-Landes, und was es da noch so gab. Er war auf einer Plantage erzogen worden, auf der ein spanischer Offizier oder ein französischer Kaufmann aus Orleans das äußerste an guter Gesellschaft bedeuteten. Seine Erziehung, soweit man davon überhaupt reden kann, wurde auf Handelsreisen nach Vera Cruz vollendet. Wenn ich mich recht erinnere, erzählte er mir, sein Vater habe einmal einen Engländer als Privatlehrer für einen Winter auf der Plantage angestellt. Nolan hatte die Hälfte seiner Jugend mit einem älteren Bruder verlebt, der in Texas Pferde jagte. Kurzum, für ihn konnten die »Vereinigten Staaten« schwerlich eine greifbare Wirklichkeit sein. Aber all die Jahre hindurch, die er nun in der Armee diente, hatte man ihn mit den »Vereinigten Staaten« überfüttert. Er hatte auf seinen christlichen Glauben geschworen, den »Vereinigten Staaten« treu zu dienen. Es waren die »Vereinigten Staaten«, die ihm seine Uniform gaben und den Degen an seiner Seite. Ja ja, mein armer Nolan, nur weil dich die »Vereinigten Staaten« anfänglich als einen ihrer Getreuen auszeichneten, scherte sich Aaron Burr einen Pfifferling mehr um dich als um die Bootsleute, die sein Boot führten.

Ich entschuldige Nolan nicht, ich erkläre dem Leser nur, warum er sein Vaterland verfluchte und dessen Namen nie wieder hören wollte.

Er hörte diesen Namen tatsächlich nur noch einmal wieder. Von diesem Augenblick an, vom 23. September 1807, bis zu seinem Todestag, dem 11. Mai 1863, hörte er den Namen seines Vaterlandes nicht mehr. Für dieses reichliche halbe Jahrhundert war er ein Mann ohne Vaterland.

Wie ich schon sagte, entsetzte sich der alte Morgan fürchterlich. Wenn Nolan George Washington mit Benedict Arnold verglichen hätte oder ausgerufen hätte »Gott segne König Georg!«, es hätte Morgan nicht peinlicher berühren können. Er berief den Gerichtshof in sein Privatkabinett. Nach einer Viertelstunde kam er mit leichenblassem Gesicht zurück und verkündete: »Angeklagter, vernimm das Urteil des Gerichtshofes! Der Gerichtshof entscheidet vorbehaltlich der Zustimmung des Präsidenten, daß der Angeklagte niemals wieder den Namen der Vereinigten Staaten hören soll.«

Nolan lachte. Sonst lachte niemand. Der alte Morgan war zu ernst, und im ganzen Raum blieb es minutenlang totenstill. Sogar Nolan stellte sein leichtfertiges Lachen augenblicklich ein. Dann fügte Morgan hinzu: »Mr. Marshall, Sie bringen den Gefangenen auf einem bewaffneten Schiff nach Orleans und übergeben ihn dem dortigen Flottenkommandeur.«

Mr. Marshall gab seine Befehle, und der Gefangene wurde aus dem Gerichtssaal geführt.

»Mr. Marshall«, fuhr der alte Morgan fort, »passen Sie auf, daß niemand vor dem Gefangenen die Vereinigten Staaten erwähnt. Übermitteln Sie Leutnant Mitchell in Orleans meine Empfehlungen und veranlassen Sie ihn zu einem Befehl, daß niemand vor dem Gefangenen die Vereinigten Staaten erwähnen darf, solange er an Bord ist. Ihre schriftlichen Weisungen erhalten Sie heute abend hier vom diensthabenden Offizier. Das Gericht vertagt sich auf unbestimmte Zeit.«

Ich habe immer vermutet, daß Oberst Morgan selbst die Entscheidung des Gerichts nach Washington brachte und sie Mr. Jefferson erläuterte. Sicher ist, daß der Präsident ihr zustimmte. Sicher, wenn ich denen glaube, die seine Unterschrift gesehen zu haben behaupten.

Ehe die 'Nautilus' mit dem Gefangenen an Bord von New Orleans zum Nordatlantik gelangte, war das Urteil bestätigt und Nolan ein Mann ohne Vaterland.

Das Verfahren, das man damals anwandte, war im wesentlichen das gleiche, das man auch später beibehielt. Vielleicht war es angeregt worden durch die Notwendigkeit, Nolan auf dem Wasserwege von Fort Adams nach Orleans zu bringen. Der Marineminister – es muß der erste Crowninshield gewesen sein, obwohl ich mich nicht auf ihn besinnen kann – wurde angewiesen, Nolan an Bord eines Regierungsschiffes zu bringen, das zu Großer Fahrt auslief. Er hatte ferner anzuordnen, den Gefangenen in seiner Freiheit nur so weit zu beschränken, daß man sicher war, er würde nie etwas von seinem Vaterland hören oder sehen. Damals gab es nur wenige Fernfahrten, und die Flotte stand nicht in besonders hohem Ansehen. Da ich fast die ganze Geschichte nur aus mündlicher Überlieferung kenne – das sagte ich ja schon –, kann ich nicht genau sagen, wohin die erste Fahrt führte. Der Kommandant, dem Nolan anvertraut war, vielleicht war es Tingey oder Shaw, obgleich ich annehme, es war einer der jüngeren Offiziere – freilich sind wir jetzt auch schon alt genug –, regelte die Maßnahmen und Vorkehrungen, und nach seinem Plan wurden sie vermutlich bis zu Nolans Tode durchgeführt.

Als ich einige dreißig Jahre später Zweiter Offizier auf der 'Intrepid' war, sah ich den Originalbefehl. Ich habe es seither immer wieder bedauert, daß ich ihn nicht vollständig kopierte. Er lautete im wesentlichen wie folgt:

»Sehr geehrter Herr!

Von Leutnant Neale wird Ihnen der Philip Nolan zugeführt, ein ehemaliger Leutnant in der Armee der Vereinigten Staaten. Dieser Mann gab unter Eid vor einem Kriegsgericht dem Wunsch Ausdruck, nie wieder von den Vereinigten Staaten zu hören.
Das Gericht verurteilte ihn zur Erfüllung dieses Wunsches. Zunächst wird die Ausführung dieses Urteils vom Präsidenten dem Ministerium anvertraut.
Sie nehmen den Gefangenen an Bord Ihres Schiffes und halten ihn dort so, daß er nicht entfliehen kann.
Sie geben ihm Quartier, Verpflegung und Bekleidung, die einem Offizier seines früheren Ranges entsprechen, der im Auftrag der Regierung auf Ihrem Schiff reist.
Die Herren an Bord können nach Belieben mit ihm verkehren. Er ist keiner Beleidigung irgendwelcher Art auszusetzen, noch soll er je unnötig daran erinnert werden, daß er Gefangener ist.
Unter keinen Umständen jedoch darf er jemals von seinem Vaterland hören oder irgendwelche Berichte darüber lesen. Sie werden sämtliche Offiziere besonders anweisen, daß trotz aller zugestandenen Freiheiten diese Anordnung nicht verletzt wird, in der die Strafe beschlossen liegt.
Es ist die Absicht der Regierung, daß der Gefangene das Vaterland nie wiedersehen soll, das er verleugnet hat. Vor Abschluß Ihrer Fahrt werden Sie entsprechende Weisungen erhalten.

Mit vorzüglicher Hochachtung
i. V. Southard
Marineminister«

Hätte ich nur dieses Dokument vollständig behalten, so gäbe es keine Lücke im Anfang dieser meiner Wiedergabe der Geschichte. Denn Kapitän Shaw, wenn er es war, übergab das Dokument seinem Nachfolger in der Bewachung des Gefangenen, und sicher hat es der Kom-

mandant der 'Levant' jetzt im Besitz als Legitimation für die milde Haft des Mannes.
Ich nehme an, daß das Verfahren an Bord der Schiffe, auf denen ich dem Mann ohne Vaterland begegnete, von Anfang an weitergegeben wurde. Keine Messe hatte ihn gern ständig, weil seine Anwesenheit jedes Gespräch über die Heimat oder Aussichten der Rückkehr, über Politik und Literatur, über Krieg und Frieden verbot – also mehr als die Hälfte des Gesprächsstoffes, den die Seefahrer bevorzugten. Andererseits wurde es als ungerechte Härte empfunden, daß er uns nur begegnen sollte, um zu grüßen, und so einigten wir uns schließlich auf eine feste Ordnung. Mit der Mannschaft durfte der Gefangene nur sprechen, wenn ein Offizier anwesend war. Mit den Offizieren war sein Umgang nicht eingeschränkt, soweit das nicht von ihm oder von ihnen aus geschah. Er wurde allmählich menschenscheu, faßte jedoch eine Vorliebe für den einen oder anderen, so auch für mich. Der Kapitän bat ihn nun immer montags zum Essen. Danach übernahm jede Messe der Reihe nach die Einladung. Je nach der Größe des Schiffes hatte man den Mann also mehr oder weniger oft bei Tisch. Sein Frühstück nahm er allein in seiner Staatskabine ein – er reiste immer Staatskabine –, die so lag, daß ein Posten oder die Wache die Tür sehen konnte. Und was er sonst noch aß oder trank, aß oder trank er allein. Wenn die Marinesoldaten oder die Matrosen mitunter ein besonderes Fest feierten, durften sie »Blankknopf«, wie sie ihn nannten, einladen. Dann wurde Nolan mit einem Offizier hingeschickt, und die Leute durften nicht von der Heimat sprechen, solange er da war. Vermutlich hielt man den Anblick seiner Strafe heilsam für die Mannschaften. Sie nannten ihn »Blankknopf«; denn er trug stets eine reguläre Armee-Uniform, doch waren ihm die Armeeknöpfe nicht erlaubt, weil sie entweder die Initialen oder die Insignien des Landes trugen, das er abgeschworen hatte.

Ich erinnere mich, daß ich kurz nach meinem Eintritt in die Marine mit einigen der älteren Offiziere unseres Schiffes und der 'Brandywine', die wir in Alexandria getroffen hatten, an Land war. Wir hatten Erlaubnis, in geschlossener Gesellschaft Kairo und die Pyramiden zu besuchen. Als wir so dahinzockelten (damals reiste man auf Eseln), gerieten einige der Herren – wir Jüngeren nannten sie Don, aber diese Anrede gibt es längst nicht mehr – ins Gespräch über Nolan. Einer erzählte, wie von Anfang an mit seinen Büchern und seiner sonstigen Lektüre verfahren wurde.

Da er fast nie die Erlaubnis erhielt, an Land zu gehen, auch wenn das Schiff monatelang im Hafen lag, schleppte sich seine Zeit, gelinde gesprochen, hin. Jedermann durfte ihm Bücher leihen, wenn sie nicht in Amerika verlegt waren oder Amerika erwähnten. Solche Bücher gab es damals in genügender Anzahl; denn die Menschen der anderen Hemisphäre sprachen so selten von den Vereinigten Staaten wie wir heute von Paraguay. Früher oder später bekam Nolan auch alle ausländischen Zeitungen, die an Bord kamen. Freilich mußte sie erst jemand durchsehen und jede Anzeige oder jeden eingestreuten Absatz herausschneiden, der sich auf Amerika bezog. Das war manchmal reichlich grausam; denn die Rückseite des Ausschnittes konnte ja so harmlos sein wie Hesiod. Gerade mitten in einer Schlacht Napoleons oder in einer Rede Cannings fand der arme Nolan dann ein großes Loch, weil auf der Rückseite des Blattes ein Postboot nach New York angezeigt oder ein Ausschnitt aus der Botschaft des Präsidenten wiedergegeben wurde.

Ich glaube, bei dieser Gelegenheit hörte ich zum erstenmal von der ganzen Sache, mit der ich später mehr als genug zu tun hatte. Ich erinnere mich daran; denn der arme Phillips, der mit von der Partie war, erzählte einen Vorfall, der sich auf Nolans erster Reise in der Nähe des Kaps der Guten Hoffnung ereignete. Das ist aber auch das einzige, was mir je von dieser Reise zu Ohren kam. Sie hatten am Kap angelegt und, wie das so üblich war, viel mit den Offizieren der englischen Flotte verkehrt. Als sie dann zur Fernfahrt in den Indischen Ozean ausliefen, hatte Phillips eine Menge englischer Bücher von einem Offizier entliehen. So etwas war damals ein besonderer Glücksfall und ist es ja auch heute noch. Unter diesen Büchern, der Teufel mochte es so gefügt haben, war auch 'Des letzten Minnesängers Sang', von dem sie alle schon gehört hatten, aber die meisten hatten das Buch nie gesehen. Ich glaube, es war damals gerade erst erschienen. Nun gut, natürlich dachte keiner, daß darin die Gefahr einer nationalen Anspielung zu erwarten wäre. Phillips schwor allerdings, der alte Shaw habe selbst aus dem 'Sturm' von Shakespeare ausgeschnitten, ehe er ihn Nolan gab, »denn«, habe er gesagt, »die Bermudas müßten eigentlich uns gehören, und das werden sie bei Gott auch eines Tages!« Also durfte Nolan dem Kreis angehören, der nachmittags rauchend an Deck saß und laut vorlas. So etwas tun die Menschen heutzutage kaum noch; aber als ich jung war, haben wir uns manche Stunde auf diese Weise um die Ohren geschlagen. Nun gut, es geschah also, daß Nolan an die Reihe kam, das Buch zu nehmen und den anderen vorzulesen. Und er las gut, das weiß ich. Keiner im Kreise kannte eine Zeile des Gedichts, aber Magie und Grenzrittertum bildeten den Hauptinhalt, und die Geschichte spielte vor zigtausend Jahren. Der arme Nolan las sich also wacker durch den 5. Canto, hielt einen Augenblick inne, um etwas zu trinken, und las dann weiter, ohne auch nur zu ahnen, was dann kam:

»Wo lebt ein Mensch, des kalte Brust
Sich nie in Wonne ward bewußt...«

Uns erscheint es unvorstellbar, daß jemand diese Worte zum erstenmal hörte, aber den Versammelten ging es so, und auch der arme Nolan las unbefangen oder mechanisch weiter:

»Wie teuer ihm sein Vaterland?«

Da merkten sie alle, daß etwas fällig war. Aber Nolan wollte vermutlich darüber hinwegkommen. Er wurde zwar blaß, holperte aber weiter:

»Des Herze nicht in Liebe glüht,
Wenn er die Heimat wiedersieht
Nach langer Fahrt am fremden Strand.
Lebt solch ein Mensch, laß ihn allein . . .«

Hier waren die Männer alle außer sich und wünschten, er würde zwei Seiten überspringen. Aber dazu hatte er nicht genug Geistesgegenwart. Er stockte kurz, wurde blutrot und stammelte weiter:

»Nicht Minnesang kann ihn erfreun;
Wie hoch sein Titel, stolz sein Blut,
Wie unermeßlich auch sein Gut,
Wie sehr er auch nach Ehre strebt,
Wird, der nur kalt sich selber lebt . . .«

Und hier verschlug es ihm die Sprache, er konnte nicht weiterlesen, sprang auf, schleuderte das Buch ins Meer und verschwand in seine Staatskabine. »Mein Gott«, sagte Phillips, »zwei Monate haben wir ihn dann nicht gesehen. Und ich mußte eine erbärmliche Geschichte für den englischen Arzt erfinden, warum ich ihm seinen Walter Scott nicht zurückgab.«

Diese Begebenheit fällt ungefähr in die Zeit, da Nolans Großtuerei zusammenbrach. Wie man erzählt, sprach er anfangs sehr von oben herab, betrachtete seine Gefangenschaft als eine Komödie, gab vor, die Reise zu genießen und so weiter. Aber Phillips sagte, als er damals aus seiner Kajüte wieder zum Vorschein kam, sei er nicht mehr der alte gewesen. Er las niemals wieder laut vor, es sei denn aus Shakespeare, der Bibel oder einem anderen Werk, das er genau kannte. Aber es war nicht nur das. Er kam niemals wieder richtig auf kameradschaftlichen Fuß mit den anderen jungen Leuten. Er war seitdem immer scheu, sprach selten unaufgefordert, außer zu wenigen Freunden. Gelegentlich taute er auf – ich erinnere mich, daß ich einmal Zeuge war, wie er sich geradezu beredt über ein Thema verbreitete, zu dem ihn die Predigten Fléchiers angeregt hatten. Im allgemeinen jedoch hatte er den gehetzten, müden Blick eines zutiefst verwundeten Menschen.

Als Kapitän Shaw in die Heimat zurückkehrte – immer vorausgesetzt, daß es Shaw war –, steuerten sie zur allgemeinen Verwunderung eine der Windward-Inseln an und lagen dort fast eine Woche vor Anker. Die Jungens meinten, die Offiziere hätten den Salzfisch satt und wollten vor der Heimkehr gern Mockturtle-Suppe essen. Nach einigen Tagen jedoch fand sich die 'Warren' am Treffpunkt ein. Die Schiffe tauschten Signale. Die 'Warren' schickte Phillips und den Heimkehrern Dienstpapiere und Post für die Heimat und teilte mit, daß sie ins Ausland führe, vielleicht ins Mittelmeer. Und dann nahm ihr Boot den armen Nolan und seine Sachen mit zurück, damit er seine zweite Fahrt antrete. Er sah sehr erstaunt drein, als man ihm mitteilte, er solle sich bereitmachen, an Bord der 'Warren' zu gehen. Soviel verstand er von Himmel und Wolken, um zu wissen, daß es bis zu diesem Augenblick »heimwärts« gegangen war. Aber dieser Befehl ließ unmißverständlich eine Möglichkeit erkennen, die er vielleicht nicht in Betracht gezogen hatte – daß es für ihn keine Heimkehr gab, nicht einmal in ein Gefängnis.

Dies war die erste von einigen zwanzig derartigen Umschiffungen, die Nolan nach und nach fast auf die Hälfte unserer besten Schiffe führten, ihn aber sein ganzes Leben lang immer mindestens hundert Meilen von dem Lande fernhielten, von dem niemals wieder zu hören er sich gewünscht hatte.

Es mag auf dieser zweiten Fahrt gewesen sein – jedenfalls war es einmal im Mittelmeer –, daß Mrs. Graff, damals die gefeiertste Schönheit der Südstaaten, mit ihm tanzte. Das Schiff hatte lange im Golf von Neapel gelegen, die Offiziere verkehrten viel mit der englischen Flotte. Es hatten bereits großartige Festlichkeiten stattgefunden, und unsere Leute sahen sich veranlaßt, an Bord einen großen Ball zu geben. Wie sie das an Bord der 'Warren' fertigbrachten, weiß ich wahrhaftig nicht. Vielleicht war es nicht die 'Warren', oder die Damen nahmen damals nicht so viel Platz in Anspruch wie heute. Für irgend etwas wollte man gern Nolans Staatskabine benutzen, doch wollte man das keinesfalls tun, ohne ihn einzuladen. Also erlaubte der Kapitän, daß er eingeladen wurde, doch mußten die Offiziere dafür die Verantwortung übernehmen, daß Nolan nicht mit den falschen Leuten ins Gespräch kam, »die ihm Nachrichten übermitteln könnten«. Der Ball fand also statt, ohne Übertreibung die prächtigste Gesellschaft, die man je gehabt hatte – denn ich habe nie von einem Ball an Bord eines Kriegsschiffes gehört, der das nicht gewesen wäre. Als Damen waren zugegen: die Angehörigen des amerikanischen Konsuls, ein oder zwei Reisende, die bis in diese Gegend vorgedrungen waren, und eine muntere Schar englischer Mädchen und Frauen, vielleicht sogar Lady Hamilton selbst.

Also gut. Verschiedene Offiziere lösten einander ab, bei Nolan zu stehen und sich freundschaftlich mit ihm zu unterhalten. So wurde verhindert, daß Fremde mit ihm sprachen. Es wurde mit Schwung getanzt, und nach einiger Zeit fürchteten selbst die Offiziere von Nolans Ehrengarde keine unglücklichen Zufälle mehr. Nur als eine Engländerin – vielleicht Lady Hamilton, wie ich schon sagte – den Wunsch nach einigen »amerikanischen Tänzen« äußerte, geschah etwas Merkwürdiges. Die schwarze Kapelle zeigte sich keineswegs abgeneigt, beriet, was wohl unter amerikanischen Tänzen zu verstehen wäre, und begann dann mit »Virginia Reel«.

Darauf ließ sie »Money Musk« folgen. Jetzt hätte nun damals »The Old Thirteen« kommen müssen. Als aber Dick, der Dirigent, gerade den Violinen den Einsatz gab, sich vorneigte und in echt schwarzer Grandezza ankündigen wollte: »The Old Thirteen, meine Damen und Herren«, so wie er »Virginia Reel, bitt schön!« und »Money Musk, bitt schön!« angekündigt hatte – gerade da klopfte ihm der Bursche des Kapitäns auf die Schulter und flüsterte ihm etwas zu. Und Dick kündigte den Tanz nicht namentlich an. Er verneigte sich nur und begann. Alle tanzten los, und die Offiziere zeigten den englischen Damen die Figuren, sagten ihnen aber nicht, warum der Tanz keinen Namen hatte.

Aber das wollte ich gar nicht erzählen. Der Ball ging weiter, und Nolan und unsere Jungen wurden immer vergnügter. Nolan war schließlich so ausgelassen, daß es ihm ganz selbstverständlich erschien, sich vor der reizenden Mrs. Graff zu verbeugen und zu sagen: »Ich hoffe, Sie haben mich nicht vergessen, Miß Rutledge! Wollen Sie mir die Ehre eines Tanzes gewähren?«

Das ging alles so schnell, daß Fellows, der mit Nolan zusammenstand, ihn gar nicht daran hindern konnte. Mrs. Graff lachte und anwortete: »Ich bin zwar nicht mehr Miß Rutledge, Mr. Nolan, aber trotzdem will ich tanzen.« Sie nickte Fellows zu, als wollte sie ihm sagen, er könne ihr Nolan ruhig überlassen, und ging ihm zur Tanzfläche voraus.

Nolan glaubte, nun sei seine Chance gekommen. Er hatte Mrs. Graff in Philadelphia kennengelernt, sie auch anderswo getroffen, und also war dies ein Geschenk des Himmels. In Kontretänzen konnte man sich nicht wie in Kotillons oder auch in Walzerpausen unterhalten, aber es gab schon Möglichkeiten, Augen und Zungen sprechen zu lassen und zu erröten. Nolan fing mit ihren Reisen an, mit Europa, dem Vesuv, den Franzosen. Als es darüber nichts mehr zu sagen gab und die lange Gesprächspause am Ende des Tanzes kam, fragte er kühn – etwas blaß sei er gewesen, sagte sie, als sie mir den Vorfall nach Jahren erzählte –: »Und was hören Sie aus der Heimat, Mrs. Graff?«

Und dieses glänzende Geschöpf durchschaute ihn, mein Gott, wie sie ihn durchschaute! »Heimat, Mr. Nolan? Ich glaubte, Sie wären der Mann, der nie wieder von seiner Heimat hören wollte!« Und sie ging über das Deck gerade auf ihren Mann zu. Der arme Nolan blieb so verlassen stehen, wie er immer lebte. Er tanzte nicht wieder.

Ich kann seine Geschichte nicht genau der Reihe nach erzählen, das kann heute niemand mehr. Ich versuche es übrigens auch gar nicht.

Diese Episoden wähle ich nach ihrer Glaubwürdigkeit aus den Legenden aus, die seit vierzig Jahren über diesen Mann erzählt werden. Der Lügen über ihn sind Legion. Manche behaupteten, er sei die »Eiserne Maske«, und der arme George Pons pilgerte zu seinem Grab in dem Glauben, er sei der Autor des 'Junius', der für sein berühmtes Pamphlet über Thomas Jefferson bestraft wurde. Pons war auf historischem Gebiet nicht sonderlich beschlagen.

Eine erfreulichere Geschichte als die bisher erzählten stammt aus dem Kriege. Sie ereignete sich wenig später. Man hat mir den Vorfall in drei oder vier Versionen erzählt, er kann sich tatsächlich öfters ereignet haben. Auf welchem Schiff es war, kann ich nicht sagen. Jedenfalls aber geschah es in einer der großen Kreuzer-Schlachten, in denen die Flotte die Feuertaufe empfing, daß eine feindliche Kanonenkugel genau in eine Stückpforte hineinschlug und den Offizier am Geschütz und fast die ganze Bedienungsmannschaft wegriß. Nun kann man über Kaltblütigkeit sagen, was man will, aber so etwas ist wirklich kein erfreulicher Anblick. Als sich nun die unverletzten Matrosen aufrappelten und zusammen mit den Sanitätern die Gefallenen wegtrugen, da erschien plötzlich Nolan in Hemdsärmeln, den großen Ladestock in der Hand. Gebieterisch, als sei er der Offizier, kommandierte er die Leute, ordnete an, wer mit den Verwundeten in den Lazarettraum zu gehen hatte und wer bei ihm bleiben mußte. Er war ordentlich heiter und hatte eine Art, die die Leute davon überzeugte, daß alles klar ging und auch weiter klar gehen würde. Eigenhändig lud er das Geschütz fertig, richtete es und befahl Feuer. Und da stand er, Befehlshaber über das Geschütz, und hielt die Leute bei der Stange, bis der Feind die Segel strich. Während das Geschütz abkühlte, saß er auf der Lafette, obgleich er dort keinerlei Deckung hatte. Er zeigte den Leuten, wie sie besser mit schweren Geschossen hantieren konnten, so daß die alten Seebären über ihre eigene Ungeschicklichkeit lachten. War das Geschütz dann wieder abgekühlt, so luden und feuerten sie doppelt so oft wie jedes andere Geschütz an Bord. Der Kapitän kam vorüber, um die Mannschaften zu ermuntern. Da grüßte Nolan militärisch und erklärte: »Ich zeige ihnen nur, wie wir das bei der Artillerie machen, Kapitän.«

Und nun kommt der Teil der Geschichte, über den alle Berichte gleichlauten. Der Kommandant erwiderte: »Das sehe ich und danke Ihnen. Keiner von uns beiden wird diesen Tag je vergessen.« Und als alles vorüber war, und der Kapitän empfing auf dem Achterdeck in festlichem Gepränge den Degen des Engländers, da fragte er: »Wo ist Mr. Nolan? Mr. Nolan möchte bitte herkommen!« Und als er kam, sagte er: »Mr. Nolan, wir alle sind Ihnen zu großem Dank verpflichtet. Heute sind Sie einer der Unseren. Sie werden in den Berichten erwähnt werden.«

Dann schnallte der alte Herr seinen eigenen Paradedegen ab, überreichte ihn Nolan und hieß diesen, den Degen anzulegen. Das hat mir einer erzählt, der es mit eigenen Augen gesehen hat. Nolan weinte wie ein kleines Kind, und dazu hatte er auch allen Grund. Seit jenem Höllentag in Fort Adams hatte er keinen Degen mehr getragen. Aber von nun an legte er bei feierlichen Anlässen den altmodischen französischen Degen des Kommodore an.

Der Kapitän erwähnte ihn tatsächlich in den Berichten. Man sagte allgemein, er habe um Nolans Begnadigung nachgesucht. Jedenfalls schrieb er in dieser Absicht an den Kriegsminister. Aber es kam nichts dabei heraus. Wie ich schon sagte, war das etwa zu der Zeit, als man den ganzen Fall in Washington nicht mehr beachtete und Nolans Gefangenschaft sich hinschleppte, weil sie von der Heimat aus nicht durch neue Befehle beendet wurde.

Ich habe sagen hören, Nolan sei mit Porter gefahren, als dieser die Nukuhiwa-Inseln besetzte. Nicht dieser Porter, verstehn Sie recht, sondern der alte Porter, sein Vater, Essex Porter, das heißt der alte Essex Porter, nicht dieser Essex. Als Artillerieoffizier, der im Westen gedient hatte, wußte Nolan mehr über Befestigungen, Schießscharten, Außenwerke, Palisaden und diese Dinge als jeder andere an Bord. Und er arbeitete sichtlich bereitwillig mit daran, die Batterie gut in Stellung zu bringen. Ich hab' immer gemeint, es war ein Jammer, daß ihn Porter nicht mit Gamble als Befehlshaber einsetzte. Damit wäre die Frage seiner Strafe ein für allemal geregelt gewesen. Außerdem hätten wir die Inseln gehalten und hätten jetzt einen Stützpunkt im Pazifik. Und unsere französischen Freunde, die diesen Platz zum Wassernehmen gern haben wollten, hätten ihn auch bereits besetzt gefunden. Aber Madison und die Virginier verwarfen das natürlich.

Das alles geschah vor nahezu fünfzig Jahren. Wenn Nolan damals dreißig war, so muß er mit fast achtzig gestorben sein. Als er vierzig Jahre alt war, sah er wie ein Sechziger aus. Aber von da an veränderte er sich äußerlich nicht ein bißchen mehr.

Wenn ich mir so nach dem, was ich gehört und miterlebt habe, sein Leben vergegenwärtige, so muß er fast jedes

Meer befahren haben, aber er kam fast nie an Land. Flüchtig muß er mehr Offiziere unserer Marine gekannt haben als irgendein Lebender. Mit einem schwermütigen Lächeln sagte er mir einmal, kein anderer Mensch auf der Welt führe ein so geregeltes Leben wie er. »Sie wissen doch, die Jungen nennen mich 'Eiserne Maske', und wissen auch, wie fleißig dieser Mann war.« Er meinte, keiner könnte die ganze Zeit lesen oder irgend etwas anderes ununterbrochen tun. Er pflege genau fünf Stunden am Tag zu lesen. »Dann«, fuhr er fort, »halte ich meine Tagebücher auf dem laufenden, trage von dann bis dann ein, was ich gelesen habe, und führe meine Sammelbücher.«

Diese Sammelbücher waren wirklich sehr merkwürdig. Er hatte sechs oder acht für verschiedene Gebiete. Da gab es eins über Geschichte, eins über Naturwissenschaften und eins, das er »Sammelsurium« betitelte. In diesen Büchern fand man aber nicht nur Zeitungsausschnitte. Da sah man Pflanzenteile und Bänder, eingebundene Muscheln, beinerne und hölzerne Schnitzereien, wie sie die Leute nach seinen Angaben fertigen gelernt hatten. Auch waren diese Bücher reich illustriert. Nolan zeichnete glänzend. Er hatte in diesen Büchern einige der drolligsten, aber auch einige der ergreifendsten Zeichnungen, die ich in meinem ganzen Leben gesehen habe. Ich möchte gern wissen, wer Nolans Sammelbücher bekommt.

Nun gut, er meinte also, Lesen und Schreiben sei sein Beruf, der ihn täglich fünf beziehungsweise zwei Stunden beanspruchte. »Nun soll aber jeder Mensch außer seinem Beruf noch ein Steckenpferd haben«, sagte er. »Mein Steckenpferd ist meine Naturgeschichte.« Die nahm weitere zwei Stunden oder mehr in Anspruch. Die Leute brachten ihm Vögel und Fische, aber auf einer langen Seefahrt mußte er sich auch mit Tausendfüßlern, Kakerlaken und solchem Kleinvieh zufriedengeben. Er war der einzige mir bekannte Naturforscher, der etwas von der Lebensweise der Stubenfliege und der Moskitos wußte. Die andern können einem wohl sagen, ob sie dies oder das sind; aber wenn sie sagen sollen, wie man sie los wird oder wie sie reagieren, wenn man nach ihnen schlägt – davon wußte Linné ebensowenig wie der Narr John Foy. Diese neun Stunden machten Nolans tägliche »Beschäftigung« aus. Die restliche Zeit unterhielt er sich oder ging spazieren. Bis in sein hohes Alter hinein enterte er täglich ins Takelwerk. Er blieb immer in Übung, und ich habe nie gehört, daß er je krank gewesen wäre. War jemand anderes krank, so war er der besorgteste Pfleger; er wußte auch mehr als die Hälfte aller Schiffsärzte. Außerdem war er immer bereit, Gebete zu lesen – wenn jemand krank war oder starb, wenn der Kapitän es wünschte oder bei irgendeiner anderen Gelegenheit. Daß er gut las, sagte ich ja schon.

Meine Bekanntschaft mit Nolan begann sechs oder acht Jahre nach dem Englischen Krieg auf meiner ersten Reise, nachdem ich Seekadett geworden war. Kurz nach Abschluß unseres Sklavenhandels-Vertrages nahm das regierende Haus – es war noch das Haus Virginia – die Beseitigung der Schrecken in der Middle Passage noch ernst und tat ab und zu etwas dagegen. In solchem Auftrag waren wir damals im Südatlantik. Als ich anmusterte, muß ich Nolan wohl für eine Art Laienpriester gehalten haben – einen Laienpriester im blauen Rock. Ich erkundigte mich nie nach ihm. Alles auf dem Schiff war mir neu. Fragen zu stellen war anfängerhaft, das wußte ich. Wahrscheinlich dachte ich damals, es gäbe an Bord jedes Schiffes einen »Blankknopf«. Einmal in der Woche hatten wir Nolan zum Essen in unserer Messe, und es war untersagt worden, an diesem Tag über die Heimat zu sprechen. Aber wenn man uns untersagt hätte, über den Planeten Mars oder den Deuterojesaias zu sprechen – ich hätte nicht nach dem Grund gefragt. Mir erschien ja so vieles sinnlos. Zum erstenmal erfuhr ich etwas über den Mann ohne Vaterland, als wir eines Tages einen dreckigen kleinen Segler kontrollierten, der Sklaven an Bord hatte. Ein Offizier wurde hinüberbeordert, um das Schiff zu betreuen, doch nach wenigen Minuten schickte er sein Boot zurück und ließ um jemanden bitten, der Portugiesisch spräche. Wir standen alle an der Reling, als diese Botschaft eintraf, und jeder hätte gern gedolmetscht, als der Kapitän fragte, wer Portugiesisch spräche. Aber keiner der Offiziere konnte es. Als der Kapitän gerade nach vorn schicken wollte, ob irgend jemand von der Mannschaft einspringen könne, trat Nolan vor, versicherte, daß er die Sprache beherrsche, und erklärte sich bereit, auf Wunsch des Kapitäns zu dolmetschen. Der Kapitän nahm sein Anerbieten dankend an und rüstete ein weiteres Boot mit Nolan aus. Ich hatte das Glück, mit in dieses Boot zu kommen.

Auf dem Segler erwartete uns ein Anblick, wie man ihn selten und jedenfalls nicht gern hat: unvorstellbarer Dreck und inmitten dieses Drecks das entfesselte Chaos. Sehr viele Neger sah man nicht. Um den wenigen klarzumachen, daß sie frei seien, hatte Vaughan ihnen die Hand- und Fußschellen abnehmen und diese der Einfachheit halber der schurkischen Schiffsbesatzung anlegen lassen. Die meisten Neger waren aus dem Laderaum hervorgekommen und wimmelten auf dem schmierigen Deck durcheinander. Eine Gruppe umgab Vaughan und redete in allen Negersprachen und allen Dialekten vom Schnalzen der Zulus bis zum Pariserisch von Beledeljereed auf ihn ein.

Als wir an Deck kamen und Vaughan uns von dem Faß herab entdeckte, auf das er in seiner Verzweiflung geklettert war, rief er: »Kann um Gottes willen einer diesen Wichten etwas begreiflich machen? Man hat ihnen Rum gegeben, aber das beruhigte sie nicht. Ich habe den großen Kerl da zweimal niedergeschlagen, das hat ihn nicht besänftigt. Dann habe ich Kauderwelsch zu allen gesprochen, und ich will Hans heißen, wenn sie das nicht ebensogut wie Englisch verstanden haben!«

Nolan erklärte ihm, daß er portugiesisch spräche. Daraufhin wurden ein oder zwei gut aussehende Kaffern herausgesucht, aus denen man bereits herausbekommen hatte, daß sie an der Küste von Fernando Po für die Portugiesen gearbeitet hatten. »Sagen Sie den Leuten, daß sie frei sind«, befahl Vaughan, »und sagen Sie ihnen, daß diese Schufte da gehängt werden, sobald wir genügend Stricke haben.«

Nolan »übersetzte das ins Spanische«, das heißt, er erläuterte es in einem Portugiesisch, das die Kaffern verstehen konnten, und sie wiederum übersetzten es den Negern, denen sie sich verständlich machen konnten. Daraufhin brachen alle in ein Freudengeheul aus, schüttelten sich die Hände, sprangen und tanzten umher. Nolan küßten sie die Füße und stürmten dann alle auf das Faß los, um Vaughan als deus ex machina dieser Befreiung ihre Verehrung zu bezeigen. »Sagen Sie ihnen«, fuhr Vaughan angenehm berührt fort, »daß ich sie alle nach Cap Palmas bringen werde.«

Das schlug nicht so ein. Cap Palmas war so weit von der Heimat der meisten entfernt wie New Orleans von Rio, das heißt, sie wären praktisch ewig von ihrer Heimat getrennt gewesen. Soweit wir es verstehen konnten, sagten ihre Dolmetscher sofort: »Nein! Nicht Palmas!«, und begannen zungenfertig unendlich viele andere Möglichkeiten vorzuschlagen. Vaughan war recht enttäuscht über diesen Erfolg seiner Großmut und befragte Nolan eifrig, was die Neger sagten.

Dem armen Nolan stand der Schweiß auf der blassen Stirn, als er die Leute zum Schweigen brachte und antwortete: »Er sagt, nicht nach Palmas. Er sagt, bringt uns nach Hause, bringt uns in unsere Heimat, bringt uns zu unseren Kindern und Frauen. Er sagt, seine alten Eltern würden sterben, wenn sie ihn nicht wiedersehn. Und der da sagt, seine ganze Familie war krank. Er wäre nach Fernando gepaddelt, um den weißen Arzt um Hilfe zu bitten, als ihn diese Teufel in der Bucht vor seiner Heimat fingen. Seither hat er niemanden von zu Hause gesehen. Und dieser hier«, stieß Nolan hervor, »sagt, er habe sechs Monate lang nichts von zu Hause gehört, weil er in einer verfluchten Baracke eingesperrt war.«

Vaughan pflegte zu erzählen, er sei selbst blaß geworden, während Nolan diese Übersetzung zusammenstoppelte. Ich wußte ja nichts von der Tragik, die darin lag, und sah nur, daß die Elemente selbst bei dieser Hitze zusammenschmelzen mußten und eine unbekannte äußerste Grenze erreicht war. Sogar die Neger hörten auf zu heulen, als sie Nolans Erregung und Vaughans fast gleich starkes Mitgefühl sahen. So schnell er die Worte nur hervorbringen konnte, rief Vaughan: »Sagen Sie ihnen: Ja, ja, ja. Sagen Sie ihnen, sie können ins Mondgebirge kommen, wenn sie das wollen. Und wenn ich mit dem Schiff durch die große weiße Wüste segle, sie sollen nach Hause kommen!«

Irgendwie brachte ihnen Nolan das bei. Da küßten sie ihn wieder und wollten ihre Nasen an seiner reiben.

Aber er konnte es nicht lange mehr aushalten. Nachdem er Vaughan um Erlaubnis zur Rückkehr gebeten hatte, winkte er mir, mit hinunter ins Boot zu kommen. Als wir auf den Achtersitzen saßen und die Männer sich in die Riemen legten, wandte er sich zu mir: »Junger Mann, das mag Ihnen zeigen, was es heißt, keine Heimat, kein Vaterland zu haben. Und wenn Sie jemals in Versuchung kommen, ein Wort zu äußern, das Sie um Ihre Familie, Ihre Heimat, Ihr Vaterland bringen könnte, dann bitten Sie Gott, daß er Sie im selben Augenblick gnädig zu sich in den Himmel nehme. Halt fest an deiner Familie, Junge, vergiß dich selbst und tu alles für sie! Denk an deine Heimat, Junge, schreib, schick Pakete, sprich von der Heimat. Sie muß dir in Gedanken um so näher sein, je weiter dich die Reise von ihr wegführt. Und sobald du kannst, eile zurück in die Heimat wie dieser arme Negersklave! Und dein Vaterland, mein Junge« – seine Worte klangen heiser –, »und diese Fahne« – er deutete auf das Schiff – »bilde dir nicht einmal im Traume ein, je etwas anderes zu tun, als ihr zu dienen, wie dir befohlen wird, mag dich dieser Dienst auch durch die tiefste Hölle führen. Ganz gleich, was dir geschieht, ganz gleich, wer dir schmeichelt oder dich schmäht, sieh niemals eine andere Fahne an! Laß keinen Abend vorübergehen, ohne daß du Gott um Segen für diese Fahne bittest. Denk daran, Junge, hinter allen, mit denen du zu tun hast – hinter den Offizieren, hinter der Regierung und hinter dem Volk selbst –, steht das Vaterland, dein Vaterland. Zu diesem Vaterland gehörst du so wie zu deiner Mutter. Junge, steh dem Vaterland bei, wie du deiner Mutter beistehen würdest, wenn diese Teufel da sie eines Tages ergriffen hätten.«

Seine ruhige, starke Inbrunst erschreckte mich zu Tode. Unbeholfen brachte ich heraus, daß ich das tun wollte, bei allem, was da heilig ist, und daß ich niemals daran gedacht hätte, etwas anderes zu tun. Er schien mir kaum zuzuhören. Aber fast im Flüsterton seufzte er: »Hätte mir doch jemand diesen Rat in deinem Alter gegeben!«

Ich glaube, dieses halbe Bekenntnis, das uns später zu guten Freunden machte, habe ich nie mißbraucht; denn bis heute habe ich diese Geschichte nie erzählt.

Er war sehr freundlich zu mir. Oft blieb er abends auf oder stand sogar wieder auf, um mit mir an Deck herumzugehen, wenn ich Wache hatte. Er erklärte mir viele meiner mathematischen Aufgaben, und ihm verdanke ich es, daß ich Geschmack an der Mathematik gefunden habe. Er lieh mir Bücher und beriet mich bei der Wahl meiner Lektüre. Niemals wieder spielte er so deutlich auf sein Schicksal an. Aber von dem einen oder anderen Offizier habe ich im Laufe von dreißig Jahren erfahren, was ich heute erzähle. Als wir uns am Ende unserer Fahrt im Hafen von St. Thomas von ihm trennten, ging mir das unaussprechlich nahe. Ich war glücklich, ihm 1830 wieder zu begegnen. Später, als ich einigen Einfluß in Washington zu haben glaubte, setzte ich Himmel und Hölle in Bewegung, daß er entlassen würde. Ich hätte ebensogut vorhaben können, ein Gespenst aus dem Gefängnis zu befreien! Man behauptete, es gäbe diesen Mann gar nicht, hätte ihn nie gegeben. Sicher behaupten sie das jetzt noch im Ministerium. Vielleicht wissen sie wirklich nichts. Es wird nicht das einzige aus dem Dienstleben sein, von dem das Ministerium nichts zu wissen scheint.

Es gibt eine Überlieferung, nach der Nolan einmal auf einem unserer Schiffe Burr begegnete, als im Mittelmeer eine Gesellschaft von Amerikanern an Bord kam. Das ist aber meiner Ansicht nach nicht wahr und nur eine gut erfundene Anekdote. Danach soll er Burr hochgenommen und vernichtet haben mit der Frage, wie es ihm denn »ohne Vaterland« gefalle. Aber aus Burrs Lebenslauf geht ganz klar hervor, daß eine solche Begegnung nicht stattgefunden haben kann. Ich erwähne diese Geschichte nur als ein Beispiel dafür, was für Erzählungen in Umlauf kommen, wenn nur eine Spur von Wahrscheinlichkeit darin liegt.

Philip Nolans Wunsch wurde also in der geschilderten Weise erfüllt. Ich kenne nur ein Schicksal, das noch schrecklicher ist: das Schicksal derer, denen nur ein Tag bleibt, sich selbst zu verbannen, weil sie versucht haben, den Untergang ihres Vaterlandes herbeizuführen. Und außerdem müssen diese Menschen mit ansehen, zu welchem Wohlstand und Ansehen dieses Vaterland emporsteigt, nachdem es sich von ihnen und ihren Schändlichkeiten befreit hat. Wir alle nannten ihn schließlich den armen Nolan, nicht weil er so hart bestraft wurde, sondern weil er sein Vergehen so ehrlich bereute. Sein Wunsch war genau der Wunsch der Bragg und Beauregard, die vor zwei Jahren ihren Soldateneid brachen; war der Wunsch der Maury und Barron, die ihren Matroseneid brachen. Ich weiß nicht, wie oft sie bereut haben. Mir ist bekannt, daß sie mit allen Kräften versucht haben, kein Vaterland zu haben. Alle Ehren, Bindungen, Erinnerungen und Hoffnungen, die sie mit dem Vaterland verknüpften, haben sie in kleine Fetzen zerrissen und in den Wind gestreut. Ich weiß auch, daß ihre Strafe die gleichen Bitternisse haben wird wie die Strafe Nolans, wenn sie in verfluchten Boulognes oder Leicester-Squares den Rest ihres Lebens dahinvegetieren und ihnen jeder Tag bis zum Tode zur Qual wird. Bei ihnen kommt als besondere Pein noch hinzu, daß jeder sie verachtet und verabscheut. Auch ihnen wird ihr Wunsch erfüllt – wie Nolan.

Er freilich, der arme Kerl, bereute seine Torheit und unterwarf sich als Mann dem Schicksal, das er sich selbst bereitet hatte. Absichtlich trug er niemals dazu bei, die schwierige, peinliche Aufgabe derer zu erschweren, die ihn in Gewahrsam hatten. Natürlich gab es Zufälle, aber ihn traf nie eine Schuld. Leutnant Truxon erzählte mir, daß es bei der Eingliederung von Texas eine heftige Debatte unter den Offizieren gab. Sollte man sich des schönen Kartenwerks Nolans bemächtigen und Texas aus der Weltkarte und der Karte von Mexiko herausschneiden? Die Vereinigten Staaten waren herausgeschnitten worden, als man den Atlas für Nolan kaufte. Aber es wurde ganz richtig entschieden, daß man ihm dadurch praktisch zeigen würde, was geschehen war, oder er – wie Harry Cole bemerkte – dann annehmen müsse, der alte Burr habe Erfolg gehabt. Nolan war also unschuldig daran, daß an meinem Tisch ein großes Stottern ausbrach. Damals befehligte ich für kurze Zeit die Korvette 'George Washington', als sie in Südamerika stationiert war. Wir lagen im La Plata.

Einige Offiziere waren gerade von einem Ausflug an Land zurückgekehrt und erheiterten uns mit der Beschreibung ihrer vergeblichen Versuche, die halbwilden Pferde von Buenos Aires zu reiten. Nolan saß mit am Tisch und war ungewöhnlich aufgeräumt und gesprächig. Die Beschreibung eines Sturzes erinnerte ihn an ein ähnliches Erlebnis, das er selbst hatte, als er mit seinem unternehmungslustigen Vetter in Texas wilde Pferde fing. Er muß damals noch ein halbes Kind gewesen sein. Er erzählte den Vorfall sehr witzig, und einen Augenblick lag jene Stille über der Tafelrunde, die einer guten Geschichte zu folgen pflegt. Nolan selbst brach diese Stille und fragte völlig harmlos: »Bitte, was ist denn eigentlich aus Texas geworden? Nachdem die Mexikaner ihre Unabhängigkeit erhielten, hatte ich angenommen, die Provinz Texas würde schnell vorankommen. Es ist wirklich eines der schönsten Länder auf der Erde, es ist das Italien unseres Erdteils. Aber ich habe seit zwanzig Jahren kein Wort über Texas gehört oder gelesen.«

Am Tisch saßen zwei Offiziere aus Texas. Der Grund, warum Nolan nie etwas über Texas gehört hatte, war der, daß alles über Texas sorgsam aus seinen Zeitungen ausgeschnitten worden war, seit Austin die ersten Siedlungen gegründet hatte. Während Nolan also über Honduras und Tamaupilas und bis in die jüngste Zeit hinein über Kalifornien las, hatte diese unberührte Provinz für ihn zu existieren aufgehört, in der sein Bruder so weit herumgekommen und wohl auch gestorben war. Waters und Williams, die beiden aus Texas, sahen sich finster an und versuchten das Lachen zu verbeißen. Edward Morris konzentrierte seine Aufmerksamkeit auf den dritten Arm im Kronleuchter des Kapitäns. Watrous bekam einen Niesanfall. Nolan selbst merkte, daß etwas nicht stimmte, wußte sich aber keine Erklärung. Schließlich mußte ich als Gastgeber sagen: »Texas ist nicht mehr auf der Karte, Mr. Nolan. Haben Sie

Kapitän Backs Bericht über Sir Thomas Roes Empfang gelesen?«
Nach dieser Fahrt sah ich Nolan nie wieder. Ich schrieb ihm mindestens zweimal im Jahr; denn auf dieser Reise waren wir uns sehr nahegekommen. Er antwortete mir jedoch nie. Andere haben mir berichtet, daß er in diesen fünfzehn Jahren sehr schnell alterte. Das war ja auch ganz natürlich. Aber er sei noch immer der sanfte, stille Dulder, der die selbst erwirkte Strafe nach besten Kräften klaglos ertrage. Vielleicht sei er Unbekannten gegenüber nicht mehr so entgegenkommend, wohl aber ängstlich bestrebt, mit den jungen Leuten auf gutem Fuß zu stehen, ihnen zu helfen und sie zu belehren. Manche scheinen ihn geradezu vergöttert zu haben. Und nun soll der gute alte Kerl tot sein. Zu guter Letzt hat er doch noch eine Heimat, ein Vaterland gefunden.

Das hatte ich damals geschrieben, und nun fragte ich mich, ob ich es veröffentlichen solle. Es könnte den jungen Nolans, Vallandinghams und Tatnalls von heute eine Warnung sein und ihnen zeigen, was es heißt, sein Vaterland von sich zu werfen. Inzwischen erhielt ich einen Brief von Danforth, der an Bord der 'Levant' ist. Darin berichtet er über die letzten Stunden Nolans. Durch diesen Bericht werden alle meine Zweifel behoben, ob ich seine Geschichte erzählen darf.
Der Leser wird Danforths Brief, jedenfalls seinen Anfang, verstehen, wenn er sich vergegenwärtigt, daß jeder in einer schwierigen Lage war, der Nolan nach zehnjähriger Verbannung in seiner Obhut hatte. Die Regierung hatte es nämlich unterlassen, den Befehl von 1807 über die Behandlung Nolans zu erneuern. Was sollte man tun? Sollte man ihn freilassen? Was aber dann, wenn man vom Department zur Rechenschaft gezogen wurde, weil man den Befehl von 1807 verletzt hatte? Sollte man Nolan weiter gefangenhalten? Dann konnte Nolan eines Tages freigelassen werden und

einen Prozeß wegen unberechtigter Inhaftierung oder wegen Menschenraub gegen alle die anstrengen, die ihn in Gewahrsam gehalten hatten. Mit diesen Erwägungen bestürmte ich Southard heftig und habe Grund anzunehmen, daß andere Offiziere das auch taten. Aber der Minister behauptete – wie man das so oft in Washington tut –, besondere Befehle seien überflüssig, wir sollten nach eigenem Ermessen handeln. Mit anderen Worten: hat man Erfolg, dann wird man gefördert. Geht es aber schief, so ist man geliefert. Nun, Danforth meint ganz richtig, das ist jetzt vorüber. Das weiß ich zwar nicht. Trotzdem setze ich mich gerichtlicher Verfolgung aus durch meine Enthüllungen. Der Brief hat folgenden Wortlaut:

»Levant, 2° 2′ S., 131° W.

Lieber Fred!
Ich versuche, den Mut aufzubringen, um Dir mitzuteilen, daß es mit dem lieben alten Nolan zu Ende ist. Auf dieser Fahrt bin ich mehr denn je mit ihm zusammen gewesen. Jetzt verstehe ich auch voll und ganz, warum Du immer so und nicht anders von ihm gesprochen hast. Zwar hatte ich gemerkt, daß er nicht bei Kräften war, hätte aber nie vermutet, daß das Ende so nahe war. Der Arzt überwachte ihn sehr sorgfältig. Gestern morgen nun sagte er mir, Nolan ginge es gar nicht gut. Er hatte seine Staatskabine nicht verlassen. Ich kann mich nicht erinnern, daß so etwas je zuvor geschehen wäre. Wie er so dalag, ließ Nolan den Arzt zu sich kommen – dieser war zum erstenmal in der Staatskabine – und äußerte dann den Wunsch, mich zu sehen. Mein Gott, Du erinnerst Dich der Märchen, die wir jungen Kerle über seine Kajüte auf der alten 'Intrepid' erfanden? Nun gut, ich ging also hinein, und da lag der arme Kerl wirklich in seiner Koje. Er lächelte freundlich, als er mir die Hand entgegenstreckte, sah aber sehr gebrechlich aus. Ich konnte es mir nicht versagen, einen Blick in die Runde zu werfen. Dabei sah

ich, welch ein Schatzkästlein er aus der Koje gemacht hatte, in der er lag. Vor der Flagge mit den Sternen und Streifen hing ein Bild von Washington. Nolan hatte einen mächtigen Adler gezeichnet, von dessen Schnabel Blitze zuckten; seine Fänge umkrallten die Erdkugel, die im Schatten seiner Schwingen lag. Der gute alte Kerl bemerkte meinen Blick und sagte mit traurigem Lächeln: 'Sie sehen, hier habe ich ein Vaterland!' Dann zeigte er auf das Fußende seines Bettes. Ich hatte die große Karte der Vereinigten Staaten vorher nicht bemerkt, die er aus dem Gedächtnis gezeichnet hatte, um sie vor Augen zu haben, wenn er dort lag. Merkwürdige, altmodische Namen las man da in großen Lettern: Indiana-Land, Mississippi-Land, Louisiana-Land. So haben es wohl unsere Väter gelernt. Texas hatte der Alte auch hineingeflickt und die westliche Grenze bis an den Pazifik verlegt, aber an der Küste fehlten alle näheren Angaben.

'O Danforth', sagte er, 'ich weiß, daß ich sterbe. Nach Hause kann ich nicht mehr. Sie erzählen mir jetzt doch etwas, ja? Halt, halt, sprechen Sie nicht! Erst will ich Ihnen sagen, was Sie ja sicher schon wissen: Weder auf diesem Schiff noch in Amerika – Gott segne es! – gibt es einen aufrichtigeren Patrioten als mich. Kein Mensch kann die alte Fahne so lieben wie ich, für sie beten wie ich, für sie hoffen wie ich. Vierunddreißig Sterne hat sie jetzt, Danforth. Dafür danke ich Gott, obgleich ich nicht weiß, welche Namen sie tragen. Niemals ist ein Stern entfernt worden. Auch dafür danke ich Gott. Ich entnehme daraus, daß niemals ein Burr sein Ziel erreichte. O Danforth, Danforth', seufzte er auf, 'wenn man nach einem Leben wie dem meinen zurückblickt, dann gleichen die kindlichen Vorstellungen von persönlichem Ruhm und Selbstherrlichkeit einem Nachtmahr!

Aber nun erzählen Sie mir, erzählen Sie mir etwas, erzählen Sie mir alles, bevor ich sterbe, Danforth!'

Ingham, ich schwöre Dir, ich kam mir wie ein Ungeheuer vor, daß ich ihm nicht schon längst alles erzählt hatte. Gefahr hin, Gefahr her, ob es nun kitzlig war oder nicht – wer war ich denn, daß ich mich die ganze Zeit lang dem guten, frommen Greis gegenüber als Tyrann aufgespielt hatte! Mit seinem ganzen Leben als reifer Mann hatte er längst den Wahn seines jugendlichen Verrats gebüßt. 'Mr. Nolan', antwortete ich, 'ich werde Ihnen jede Frage beantworten. Aber wo soll ich denn anfangen?'

Ach, das selige Lächeln, das sein bleiches Gesicht verklärte! Er drückte mir die Hand und sagte: 'Gott segne Sie. Sagen Sie mir ihre Namen!' Er deutete auf die Sterne der Fahne. 'Der letzte, den ich kenne, heißt Ohio. Mein Vater lebte in Kentucky. Michigan und Indiana habe ich erraten – dort liegt Fort Adams. Damit sind es zwanzig. Aber wo liegen die anderen vierzehn? Es ist doch nicht etwa einer von den alten weggefallen?'

Nun, das war kein schlechtes Thema. Ich zählte ihm also die Namen möglichst der Reihe nach auf, so gut ich es eben konnte. Er bat mich, seine schöne Karte herunterzunehmen und die Staaten nach bestem Können mit Bleistift einzuzeichnen. Über Texas war er ganz außer sich vor Freude und erzählte mir, wie sein Vetter dort gestorben war. An der Stelle, wo er ungefähr dessen Grab vermutete, hatte er ein goldenes Kreuz eingezeichnet. Und Texas hatte er erraten. Dann war er entzückt, Kalifornien und Oregon zu sehen. Die hätte er nur zum Teil vermutet, weil er an dieser Küste niemals hatte an Land gehen dürfen, obgleich die Schiffe häufig dort lagen. 'Und die Leute schleppten nicht nur Pelze von dort weg!' meinte er lachend. Dann wanderte er zurück – mein Gott, wie weit zurück! – und fragte nach der 'Chesapeake'. Was wurde aus Barron, der sie der 'Leopard' auslieferte? Hatte Burr jemals wieder versucht...? Er knirschte mit den Zähnen, das war das einzige Zeichen von Erregung. Doch ging sie im Augenblick vorüber. 'Gott verzeih mir', sagte er. 'Ich habe Burr bestimmt verziehen.' Er fragte dann nach dem ersten Krieg. Dabei erzählte er mir, wie es wirklich zuging, als er an jenem Tag das Geschütz bediente, an dem wir die 'Java' nahmen. Nach dem guten alten David Porter, wie er ihn nannte, fragte er auch. Dann wurde er etwas ruhiger und ließ sich glückstrahlend von mir in einer Stunde die Geschichte von fünfzig Jahren erzählen.

Wie hab' ich gewünscht, es hätte das jemand getan, der wirklich Bescheid wußte! Ich machte es eben, so gut ich konnte. Ich erzählte ihm vom Englischen Krieg, von Fulton und dem Aufkommen der Dampfschiffe. Ich erzählte ihm vom alten Scott und von Jackson. Was mir nur einfiel, berichtete ich ihm über den Mississippi, über New Orleans und Texas und über sein geliebtes altes Kentucky. Du hältst es nicht für möglich, er fragte, wer jetzt die 'Legion des Westens' kommandiere. Ich antwortete ihm, es sei ein sehr tapferer Offizier namens Grant, der nach unseren neusten Informationen sein Hauptquartier in Vicksburg aufschlagen wolle. Dann: 'Wo liegt Vicksburg?' Ich zeichnete es auf der Karte ein. Es liegt etwa hundert Meilen nördlich von seinem Fort Adams, das meines Wissens jetzt eine Ruine ist. 'Es muß die Pflanzung des alten Vick in Walnut Hills sein', überlegte er. 'Welch eine Veränderung!'

Ich sage Dir, Ingham, es war eine harte Nuß, die Geschichte eines halben Jahrhunderts in dieses Gespräch mit dem Kranken zusammenzupressen! Ich weiß nicht mehr, was ich ihm alles erzählte: von der Auswanderung und ihrer Bedeutung, von Dampfschiff, Eisenbahn, Telegraph, von Erfindungen, von Büchern und Literatur, von den Universitäten, von West Point und der Marineakademie. Er stellte die seltsamsten Zwischenfragen, die Du Dir denken kannst. Er war Robinson Crusoe, der alle die Fragen stellte, die sich in sechsundfünfzig Jahren angesammelt hatten.

Ich erinnere mich, daß er unvermittelt fragte, wer denn zur Zeit Präsident sei. Als ich es ihm sagte, wollte er wissen, ob Old Abe der Sohn des Generals Lincoln sei. Dem sei er bei irgendeinem Vertragsabschluß mit den Indianern einmal begegnet, da sei er selbst aber noch ein halbes Kind gewesen. Ich verneinte. Old Abe stamme aus Kentucky wie er selbst, aus welcher Familie könne ich allerdings nicht sagen. Er habe sich von unten heraufgedient. 'Das ist gut', rief Nolan, 'darüber bin ich froh! Ich habe viel darüber nachgedacht und mich gefragt, ob es nicht eine Gefahr für uns ist, daß wir die Erbfolge der ersten Familien beibehalten.' Dann kam ich ins Erzählen über meinen Besuch in Washington. Ich berichtete ihm über das Zusammentreffen mit dem Kongreßmann Harding aus Oregon; über die Smithsonsche Stiftung und die Forschungs-Expedition. Ich erzählte ihm vom Capitol, von den Figuren am Giebel, von Crawfords Freiheitsstatue und Greenoughs Denkmal für Washington. Ingham, ich erzählte ihm alles, was mir einfiel, alles, was ihm die Größe und den Wohlstand unseres Landes vor Augen führte. Aber ich brachte es nicht übers Herz, ihm von diesem verdammten Bürgerkrieg zu erzählen.
Er sog alles in sich hinein und freute sich, ich kann Dir gar nicht sagen, wie sehr. Freilich wurde er immer stiller, doch kam ich nicht auf den Gedanken, er könne müde oder schwach sein. Ich reichte ihm ein Glas Wasser. Aber er feuchtete nur seine Lippen an und bat mich zu bleiben. Dann mußte ich ihm das Common Prayer Book geben, das da lag. Lächelnd meinte er, es würde sich schon an der richtigen Stelle aufschlagen. Und so war es. Mit zwei roten Strichen hatte er die Seite gekennzeichnet. Ich kniete nieder und las, und er wiederholte mit mir: 'Für uns und unser Vaterland danken wir Dir, o gütiger Gott, daß Du uns Deine wunderbare Gnade weiterhin geschenkt hast, wiewohl wir Deine heiligen Gesetze so oft übertreten haben ...', und so bis

zum Ende dieser Danksagung. Dann wandte er sich dem Schluß des Buches zu, und ich las die Worte, die mir besser vertraut waren: 'Von Herzen bitten wir Dich, Deinen Diener, den Präsidenten der Vereinigten Staaten, in Deiner Gnade zu erhalten und ihn zu segnen und mit ihm die ganze Regierung ...', bis zum Ende dieses Gebets. 'Danforth', sagte Nolan, 'diese Gebete habe ich nun seit fünfundfünfzig Jahren jeden Morgen und jeden Abend gesprochen.' Dann wollte er ruhen. Er zog mich zu sich hinab und küßte mich. 'Sieh in meine Bibel, Danforth, wenn ich nicht mehr bin.' Und ich verließ ihn.

Nie hatte ich daran gedacht, daß dies das Ende sein könnte. Ich glaubte, er sei müde und wolle schlafen. Da ich ihn glücklich wußte, wollte ich ihn mit seinem Glück allein lassen.

Aber als der Arzt eine Stunde später leise hineinging, stellte er fest, daß Nolan sein Leben lächelnd ausgehaucht hatte. Er hielt etwas an seine Lippen gedrückt. Es war seines Vaters Ordensband vom Orden von Cincinnati.

Wir sahen in seine Bibel. Es lag ein Lesezeichen an der Stelle, wo er den Text angestrichen hatte: 'Nun aber begehren sie eines besseren Vaterlandes, nämlich eines himmlischen. Darum schämt sich Gott ihrer nicht, zu heißen ihr Gott; denn er hat ihnen eine Stadt bereitet.' (Hebräer 11, 16.)

Auf das Lesezeichen hatte er geschrieben: 'Begrabt mich im Meer, es ist meine Heimat gewesen, und ich liebe es. Aber vielleicht errichtet mir jemand einen Gedenkstein in Fort Adams oder in Orleans, damit ich nicht härter verurteilt werde, als ich es ohnehin bin. Schreibt darauf:

Zum Gedenken an Philip Nolan, Leutnant in der Armee der Vereinigten Staaten.

Er liebte sein Vaterland mehr, als je ein Mensch; aber niemand war seines Vaterlandes weniger würdig.'«

MARK TWAIN

Mark Twain (1835–1910), eigentlich Samuel Langhorne Clemens, verkörpert wie kaum ein anderer Grenzerart. Früh genötigt, sein Brot zu verdienen, arbeitet er als Setzer, danach als Mississippi-Lotse. Der Lotsenruf »Achtung! Zwei (Faden)!« wird sein Pseudonym, das Leben auf dem Ol' Man River seine hohe Schule. Der Bürgerkrieg legt den Verkehr auf dem Strom still, Twain zieht ins Feld, sucht dann sein Glück als Goldgräber, kommt zurück zur Presse, nunmehr als Journalist; wird mit einem Satz berühmt durch die Sätze des 'Berühmten Springfrosches' (1865, Saturday Press), reist in die Alte Welt, die er in den burlesk-satirischen 'Harmlosen im Ausland' (1869), dem 'Tramp unterwegs' (1882), der Artusidyllen-Persiflage vom 'Yankee an König Arthurs Hof' (1889) belacht. Auch Amerika bespöttelt er ('Durch Dick und Dünn', 1872; 'Das vergoldete Zeitalter', 1873), bekundet aber seine Liebe zu ihm in stark autobiographischen, machtvollen Epen ('Tom Sawyer', 1876; 'Huckleberry Finn', dem »Epos von Amerikas glücklicher Kindheit«, 1884, und dem 'Leben auf dem Mississippi', 1883). Hinter sprühendem Witz und Humor zeigt sich zunehmend Wehmut und Bitterkeit: das »vergoldete« Zeitalter hatte die glückliche Kindheit eines »Grenzertums in Kniehosen« verdrängt. Der große Dichter aber hatte dem Vergänglichen Dauer verliehen.

DER BERÜHMTE SPRINGFROSCH VON CALAVERAS

Ein Freund aus dem Osten hatte mich brieflich gebeten, doch einmal den gutmütigen, redseligen alten Simon Wheeler aufzusuchen und mich bei ihm nach einem Freunde meines Freundes zu erkundigen, einem *Leonidas* W. Smiley. Was dabei herauskam, werde ich gleich berichten. Ich habe ja den stillen Verdacht, dieser *Leonidas* W. Smiley ist eine Erfindung, und mein Freund hat nie einen solchen Mann gekannt; er spekulierte nur darauf, wenn ich den alten Wheeler nach ihm fragte, würde der an seinen berüchtigten *Jim* Smiley erinnert werden, sofort loslegen und mich zu Tode anöden mit irgendeiner vertrackten Geschichte über diesen Kerl, die ich dann des langen und breiten verpaßt bekäme, ohne das mindeste damit anfangen zu können. Wenn mein Freund diese Absicht hatte, dann kann er tatsächlich einen vollen Erfolg verzeichnen.

In der alten, baufälligen Kneipe in Angel's früherem Bergwerkslager fand ich Simon Wheeler, der in der Schenkstube am Ofen behaglich döste. Ich stellte fest, daß er dick war und eine Glatze hatte. Seine ruhige Miene zeigte gewinnende Sanftmut und Unkompliziertheit. Er schreckte auf und bot mir einen guten Tag. Ich erläuterte ihm, daß mich ein Freund beauftragt habe, mich nach einem lieben Kameraden seiner Jugendjahre zu erkundigen. Dieser Mann hieße *Leonidas* W. Smiley, Pfarrer Leonidas W. Smiley, und er sei ein junger Künder des Evangeliums gewesen. Soweit meinem Freund bekannt, habe er auch eine Zeitlang in Angel's Lager gelebt. Ich fügte hinzu, sollte Wheeler mir irgend etwas über diesen Pfarrer *Leonidas* W. Smiley berichten können, so wäre ich ihm zu großem Dank verpflichtet.

Simon Wheeler drängte mich in eine Ecke, verbarrikadierte mich dort mit seinem Stuhl und hieß mich Platz nehmen. Dann leierte er die eintönige Erzählung herunter, die hier folgt. Er lächelte dabei nicht ein einziges Mal, er runzelte die Stirn nicht, er hob die Stimme nicht einmal, sondern sprach in dem gleichen sanft dahinplätschernden Tonfall, den er im ersten Satz angeschlagen hatte. Nie verriet er auch nur eine Spur von Anteilnahme. Aber durch die ganze endlose Geschichte zog sich ein eindrucksvoller Ernst und eine Aufrichtigkeit, die mir unmißverständlich bewies, daß er selbst seine Erzählung keineswegs lächerlich oder spaßig fand. Ihm war sie wichtig, und in den beiden Helden sah er Männer von unübertroffener, genialer Gerissenheit. Ich fand es hochgradig albern, wie der Mann da ein so närrisches Garn friedlich dahinspann, ohne ein einziges Mal zu lächeln. Wie ich schon sagte, bat ich ihn, mir zu erzählen, was er von Pfarrer *Leonidas* W. Smiley wußte, und er antwortete wie folgt. Ich ließ ihn auf seine Art erzählen und unterbrach ihn nicht.

»Da war hier mal einer, der hieß *Jim* Smiley. Das war im Winter 49 oder im Frühling 50, so genau weiß ich das nicht mehr. Aber eins von beiden war's; denn ich besinne mich, daß der große Graben noch nicht fertig war, als er zum erstenmal im Lager auftauchte. Jedenfalls war er der komischste Kauz hier. Unentwegt wettete er auf alles und jedes, wenn er nur wen fand, der auf der Gegenseite mithielt. Fand er den nicht, dann wechselte er die Seite. Was dem andern in den Kram paßte, war ihm auch recht. Hauptsache, er bekam seine Wette, dann war er zufrieden. Dabei hatte er auch Dusel, Mordsdusel – er gewann fast jedesmal. Immer war er aufgelegt und lauerte auf eine Gelegenheit. Man konnte reden, von was man wollte, der Kerl bot sofort eine Wette an und stellte sich selbst auf jede Seite, die gewünscht wurde, das sagte ich Ihnen ja schon. Fand ein Pferderennen statt, dann war er danach entweder freudig erregt oder völlig niedergeschmettert. Er wettete bei einem Hundekampf. Er wettete bei einem Katzenkampf. Er wettete bei einem Hahnenkampf. Ja, wenn zwei Vögel auf einem Zaun saßen, wettete er mit Ihnen, welcher zuerst fortfliegen würde. An jedem Lagergottesdienst nahm er unweigerlich teil und setzte auf Pfarrer Walker, den er für den besten Bußprediger hier hielt – das war er übrigens auch und ein guter Mensch noch dazu. Er brauchte nur zu sehen, daß ein Krabbelkäfer seine Beine irgendwohin in Bewegung setzte, schon wettete er mit Ihnen, wie lange er brauchen würde, um zu seinem Ziel zu kommen. Wenn Sie mitmachten, dann wäre er dem Käfer bis Mexiko hinterhergelaufen, nur um rauszubekommen, wohin er krabbelte und wie lange er unterwegs war. Viele von den

Burschen hier kannten diesen Smiley und könnten Ihnen von ihm erzählen. Ja also, ihm war alles gleich, er wettete auf alles und jedes, so verrückt war der Kerl. Einmal war Pfarrer Walkers Frau lange schwerkrank und schon fast aufgegeben. Eines Morgens aber kam der Pfarrer ins Lager, und Smiley fragte ihn, wie es seiner Frau ginge. Es ginge ihr wesentlich besser – Dank sei dem Herrn in seiner unermeßlichen Güte –, wenn sie weiter so gute Fortschritte mache, würde sie es mit Gottes Hilfe überstehen. Ohne sich zu besinnen, sagte Smiley: 'Gut, ich wette zweieinhalb Dollar, daß sie nicht durchkommt!'

Dieser Smiley hatte einen Gaul – die Burschen nannten ihn den Viertelstundengaul, aber nur im Spaß, verstehn Sie; denn natürlich war er schneller. Mit diesem Pferd machte Smiley Geld, obwohl das Vieh langsam war und ständig Asthma, Kolik, Auszehrung oder so was hatte. Man gab dem Gaul zwei- bis dreihundert Yard vor und überholte ihn dann auf der Strecke. Aber jedesmal gegen Ende des Rennens wurde das Vieh aufgeregt und rapplig, tänzelte, spreizte die Beine und warf sie munter um sich, mal in die Luft, mal seitwärts in die Hürden – kurz, es wirbelte einen Mordsstaub auf und machte einen Höllenlärm mit seinem Husten, Niesen und Schnaufen. Und dann ging es jedesmal mit einer Kopflänge Vorsprung durchs Ziel, soweit man das genau feststellen konnte.

Smiley hatte auch eine kleine Bulldogge. Wenn Sie die sahen, hätten Sie keinen Pfifferling dafür gegeben und gemeint, der Köter sei nur dazu geschaffen, rumzustreunen, bissig auszusehen oder auf die nächste Gelegenheit zum Stehlen zu warten. Aber sobald Geld auf ihn gesetzt wurde, war der Hund wie ausgewechselt. Sein Unterkiefer stand dann wie das Vorschiff eines Dampfers vor, er bleckte die Zähne, daß sie wie Weißglut im Schmelzofen glänzten. Mochte ein andrer Hund ihn packen, ihn hetzen und beißen oder zwei-, bis dreimal hinter sich schleudern, Andrew Jackson – so hieß der Köter nämlich –, Andrew Jackson focht das nicht an, er war es offensichtlich zufrieden und hatte nichts anderes erwartet. Mittlerweile wurden die Wetten verdoppelt und nochmal verdoppelt, bis auf der Gegenseite alles Geld bis zum letzten Heller gesetzt war. Da plötzlich schnappte Andrew Jackson den anderen Hund genau an der Hinterpfote und hing sich dran. Er biß nicht zu, verstehn Sie, sondern schnappte nur zu und hielt fest, bis man den Schwamm hochwarf, und wenn das ein Jahr gedauert hätte. Smiley gewann immer mit diesem Köter, bis er ihm einmal einen Hund gegenüberstellte, der keine Hinterbeine hatte, weil sie ihm von der Kreissäge abgeschnitten worden waren. Als der Kampf seine Zeit gedauert hatte und alles Geld gesetzt war, tat Andrew den Schnapper nach seinem Hauptangriffspunkt. Sofort merkte er, daß man ihn reingelegt hatte und der andre Hund ihm nun sozusagen das Wasser abgrub. Erst schien er überrascht zu sein, dann ließ er den Schwanz hängen und machte keinen Versuch mehr zu gewinnen. Er wurde übel zugerichtet. Da sah er Smiley an mit einem Blick, als wollte er sagen, sein Herz sei gebrochen, und das sei einzig Smileys Schuld, weil er ihm einen Hund ohne Hinterbeine gegenübergestellt hatte, nach denen er hätte schnappen können, wo das doch seine größte Sicherheit im Kampf war. Dann hinkte er ein Stück weg, legte sich hin und starb. Er war wirklich ein guter Köter, dieser Andrew Jackson, und er hätte sich einen Namen gemacht, wenn er am Leben geblieben wäre; denn er hatte das Zeug dazu, er war genial – mir ist das klar, er selbst hatte ja nicht viel Gelegenheit, es zu beweisen. Aber es ist sonnenklar, ein Hund kann solche Kämpfe unter diesen Bedingungen nie gewinnen, wenn er kein Talent dazu hat. Mich macht es immer ganz traurig, wenn ich an Andrew Jacksons letzten Kampf und sein Ende denke.

Ja also, dieser Smiley hatte auch Rattenfängerhunde, Kampfhähne, Kater und lauter solches Viehzeugs. Nie war man vor ihm sicher, mit nichts konnte man ihm kommen, worauf er einem nicht die Wette halten konnte. Eines Tages fing er einen Frosch, nahm ihn mit nach Hause und behauptete, er könne ihn dressieren. Drei Monate lang hockte er nur in seinem Hinterhof, um dem Frosch das Springen beizubringen. Und er brachte es ihm bei, da können Sie jede Wette drauf eingehn! Er gab ihm von hinten einen kleinen Schubs, und im nächsten Augenblick wirbelte der Frosch wie ein Pfannkuchen durch die Luft. Hatte er einen guten Start gehabt, dann schlug er ein oder zwei Purzelbäume und landete wie eine Katze wieder auf allen vieren. Durch die Fliegenjagd brachte ihn Smiley so in Form und hielt ihn in ständiger Übung, daß der Frosch jede Fliege ergatterte, die er überhaupt entdecken konnte. Smiley behauptete, ein Frosch brauche nur Dressur, dann könne er so ziemlich alles – und damit hat er recht. Ganz bestimmt. Ich habe selbst gesehen, wie er Daniel Webster hier auf den Fußboden setzte – der Frosch hieß Daniel Webster – und dann laut rief: 'Fliegen, Daniel, Fliegen!' Und schwups sprang der Frosch hoch in die Luft, schnappte eine Fliege von der Theke hier und plumpste wie ein Klumpen Dreck wieder auf die Erde. Dort kratzte er sich mit dem Hinterbein so gelassen den Kopf, als hätte er keine Ahnung, daß er mehr geleistet hatte als ein gewöhnlicher Frosch. Sie haben bestimmt nie einen so bescheidenen und unaufdringlichen Frosch gesehen, der dabei so begabt war. Ging es dann gar ans Springen auf ebener Fläche, so schaffte er eine größere Strecke als jeder andere Frosch seiner Art, den Sie kennen. Weitsprung war seine besondere Stärke, müssen Sie wissen. Kam es dazu, dann setzte Smiley auf ihn, solange er nur einen Heller hatte. Er war mächtig stolz auf seinen Frosch, und dazu hatte er auch allen Grund. Jeder, der in der Welt herumgekommen war, bestätigte ihm, der Frosch wäre allen anderen über, die er je gesehen hätte.

Also gut. Smiley hielt das Tier in einem kleinen Holzkäfig, und manchmal holte er ihn herunter und lauerte auf eine Wette. Eines Tages traf ihn ein Kerl – er war fremd im Lager, verstehn Sie – mit seinem Käfig und fragte: 'Was haben Sie denn da in der Schachtel?'

Und Smiley antwortet scheinbar völlig gleichgültig: 'Könnte ein Papagei sein oder ein Kanarienvogel, ist es aber nicht – ist nur ein Frosch.'

Und der Kerl nahm den Kasten, besah ihn genau, drehte ihn nach allen Seiten und meinte: 'Hm. Stimmt. Aber wozu taugt der da drin denn?' – 'Nun', erwidert Smiley leichthin und harmlos, 'wenn ich mir ein Urteil erlauben kann, dann taugt er zu einem: er ist jedem Frosch im Bezirk von Calaveras im Springen über.'

Der Kerl griff wieder nach dem Käfig, sah sich den Frosch noch einmal lange und genau an, gibt ihn dann Smiley zurück und sagt bedächtig: 'Hm. Ich kann nichts finden, was diesen Frosch von anderen Fröschen unterscheidet.'

'Das mag schon sein', entgegnet Smiley. 'Vielleicht verstehn Sie was von Fröschen, vielleicht auch nicht. Vielleicht haben Sie Erfahrungen damit, vielleicht sind Sie auch nur Amateur. Wie dem auch sei, ich habe meine Überzeugung, und ich wette vierzig Dollar, daß er weiter springt als jeder andere Frosch in Calaveras.'

Der Fremde überlegte kurz und sagte dann fast traurig: 'Ich bin leider fremd hier und habe keinen Frosch. Aber wenn ich einen hätte, würde ich die Wette halten.'

Da sagt nun Smiley: 'Das kriegen wir hin, das kriegen wir hin. Wenn Sie mal einen Augenblick meinen Käfig halten wollen, hole ich Ihnen einen Frosch!' Also nahm der Kerl den Kasten, legte seine vierzig Dollar neben die von Smiley, setzte sich hin und wartete.

Da saß er nun lange Zeit und sinnierte und grübelte.

Schließlich nahm er den Frosch heraus, sperrte ihm das Maul auf und löffelte ihm Schrotkügelchen ein, daß er bis zur Halskrause voll war. Dann setzte er ihn auf den Boden. Smiley ging inzwischen zum Sumpf, patschte lange im Schlamm umher und fing schließlich einen Frosch. Den trug er ins Lager und gab ihn dem Fremden mit den Worten: 'Also, wenn Sie mitmachen, dann setzen Sie ihn neben Daniel, daß seine Vorderfüße auf gleicher Linie mit denen von Daniel stehen. Ich gebe dann den Start'. Und dann: 'Eins – zwei – drei – Sprung!' Und beide schubsten die Frösche von hinten. Der neue Frosch sprang los, aber Daniel machte nur einen Versuch, hob dann die Schultern – so – wie ein Franzose, aber es half nichts, er kam nicht hoch. Er saß fest wie ein Amboß und konnte sich nicht rühren, gerad als wäre er im Boden verankert. Smiley war sprachlos und mißmutig dazu, aber er hatte natürlich keine Ahnung, was eigentlich los war.

Der Kerl nahm das Geld und brach auf. In der Tür zeigte er mit dem Daumen über die Achsel auf Daniel – so – und sagte wieder sehr bedächtig: 'Also, ich kann nichts finden, was diesen Frosch von anderen Fröschen unterscheidet!'

Smiley kratzte sich den Kopf und sah lange auf Daniel herab. Schließlich sagt er: 'Ich möchte bloß wissen, was in der Welt dem Frosch fehlt, mit dem muß was los sein, er kommt mir irgendwie mächtig dick vor.' Und er ergriff Daniel an der Nackenhaut, hob ihn hoch und ruft: 'Also, mich soll der Affe lausen, wenn der nicht fünf Pfund wiegt!' Damit stellte er den Frosch auf den Kopf, und der spuckte zwei Handvoll Schrot aus. Nun ging Smiley ein Licht auf, und er tobte. Er setzte den Frosch hin und rannte dem Kerl nach, aber er erwischte ihn nicht.

Und ...«

In diesem Augenblick hörte sich Simon Wheeler aus dem Vorgarten beim Namen rufen und stand auf, um nachzusehn, was los war. Unterwegs drehte er sich noch einmal zu mir um und sagte: »Bleiben Sie ruhig dort sitzen, fremder Herr, und ruhn Sie sich aus. Ich bin gleich wieder da.«

Aber Sie gestatten mir die Ansicht, daß eine Fortsetzung der Geschichte des unternehmungslustigen Vagabunden *Jim* Smiley mir nicht sonderlich viel Auskunft über den Pfarrer *Leonidas* W. Smiley gegeben hätte. Also machte ich mich aus dem Staube.

An der Tür traf ich mit dem gemütlichen Wheeler zusammen, der gerade zurückkehrte. Er hielt mich am Rockzipfel fest und fing wieder an: »Also, dieser Smiley hatte eine gelbe Kuh mit nur einem Auge, die hatte keinen Schwanz, sondern nur so'n kleinen Stummel wie eine Banane, und . . .«

»Zum Teufel mit Smiley und seiner verflixten Kuh!« murmelte ich gutmütig, sagte dem Alten auf Wiedersehn und ging.

MRS. MCWILLIAMS UND DER BLITZ

»Ja ja, mein Herr«, fuhr Mr. McWilliams fort, denn er redete schon eine ganze Weile, »die Angst vor dem Blitz ist eine der betrüblichsten Schwächen, von der ein Mensch befallen sein kann. Sie tritt meist bei Frauen auf, aber ab und zu findet man sie auch bei einem jungen Hund und manchmal bei einem Mann. Es ist dies eine ganz besonders traurige Schwäche, weil sie den Menschen mehr von Sinnen bringt als jede andere Angst. Man kann auch keine Vernunftgründe dagegen anführen oder einen Menschen dazu bewegen, daß er sich dieser Angst schämt. Eine Frau, die dem Teufel – oder einer Maus – die Stirn bieten würde, verliert die Nerven und ist völlig aufgelöst wegen eines Blitzstrahles. Es ist ein Jammer, ihre Angst mitanzusehn.

Nun also, wie ich Ihnen erzählte, erwachte ich von

jenem erstickten Schrei: 'Mortimer, Mortimer!', der von irgendwoher in meine Ohren tönte. Sobald ich meine Sinne beieinander hatte, griff ich ins Dunkel hinüber und fragte: 'Evangeline, hast du gerufen? Was ist los? Wo bist du?' – 'Ich hab' mich in die Stiefelkammer eingeschlossen. Schämen solltest du dich, dort zu liegen und zu schlafen, während ein so schreckliches Gewitter tobt.' – 'Aber, aber, wie kann man sich denn schämen, wenn man schläft? Das ist Unfug! Der Mensch kann sich nicht schämen, wenn er schläft, Evangeline.' – 'Du machst ja gar keinen Versuch, Mortimer. Du weißt genau, daß du es nie versuchst.'
Ich hörte ersticktes Schluchzen. Dieser Laut tötete die scharfe Antwort, die ich auf der Zunge hatte, und ich sagte statt dessen: 'Es tut mir leid, meine Liebe, es tut mir wirklich leid. Es geschah nie absichtlich. Komm ins Bett und ...' – 'Mortimer!' – 'Himmel! Was ist los, meine Liebe?' – 'Du willst doch nicht etwa sagen, daß du noch immer im Bett liegst?' – 'Aber natürlich.' – 'Steh sofort auf! Man sollte denken, du wärest wenigstens ein bißchen um dein Leben besorgt, um meinetwillen und um der Kinder willen, wenn du es schon um deiner selbst willen nicht bist.' – 'Aber, liebe Evangeline ...' – 'Rede nicht, Mortimer. Du weißt, bei einem Gewitter ist es nirgends so gefährlich wie im Bett; das steht in allen Büchern. Und du bleibst einfach liegen und setzt dein Leben leichtsinnig aufs Spiel, Gott weiß, wofür, wenn nicht, um endlos zu streiten und ...' – 'Aber zum Teufel, Evangeline, ich liege ja gar nicht mehr im Bett. Ich bin ...'
(Der Satz wurde von einem jähen Lichtstrahl unterbrochen, dem ein schwacher Entsetzensschrei von Mrs. McWilliams und ein mächtiger Donnerschlag folgten.)
'Da! Das kommt davon! O Mortimer, wie kannst du so verworfen sein, in einem solchen Augenblick zu fluchen?' – 'Ich habe nicht geflucht. Jedenfalls kam der Blitz nicht deshalb. Er wäre ganz genauso gekommen,

wenn ich kein Wort gesagt hätte. Du weißt außerdem sehr gut, Evangeline, du solltest es wenigstens wissen, wenn die Luft mit Elektrizität geladen ist, dann ...' – 'O ja, nun verbreite dich endlos darüber. Ich verstehe nicht, wie du dich so benehmen kannst, wo du doch weißt, es ist kein Blitzableiter auf dem Haus, und deine Frau und deine Kinder sind einzig auf die Gnade des Himmels angewiesen. Was machst du denn? Jetzt ein Streichholz anzuzünden! Bist du denn völlig von Sinnen?' – 'Zum Kuckuck, Frau, was ist denn dabei? Das Zimmer ist dunkel wie die Seele eines Heiden und ...' – 'Mach es aus, mach es sofort aus! Willst du uns alle umbringen? Du weißt, nichts zieht den Blitz so an wie ein Licht. (Ssss – Krach Bum – bumberum – bum – bum!) Hör doch nur! Da siehst du, was du angerichtet hast!' – 'Nein, ich sehe nicht, was ich angerichtet habe. Ein Streichholz kann von mir aus den Blitz anziehen, aber es verursacht keinen Blitz – da nehm' ich Gift drauf. Und diesmal habe ich den Blitz nicht für einen Pfifferling angezogen; denn wenn dieser Blitz mein Streichholz treffen sollte, dann war es ein verdammt schlechter Treffer. Von einer Million Punkten war das nicht mal einer. Jedenfalls hätte solche Schützenkunst in Dollymount ...' – 'Schäm dich, Mortimer! Hier stehen wir Aug in Auge mit dem Tode, und in diesem ernsten Augenblick kannst du so lästern. Wenn du keine Lust hast zu ... Mortimer!' – 'Ja?' – 'Hast du heute abend gebetet?' – 'Ich ... ich wollte, aber ich mußte ausrechnen, wieviel zwölf mal dreizehn ist, und ...'
(Ssst – Bum – bumberum – bum rumbumbum – Peng – Krach!)
'Oh, wir sind verloren, rettungslos verloren. Wie konntest du so etwas unter diesen Umständen vergessen?' – 'Aber es waren nicht 'diese Umstände'. Es stand keine Wolke am Himmel. Woher sollte ich denn ahnen, daß wegen so einer kleinen Unterlassungssünde ein solches Gerumpel und Gewummere losgehen würde? Ich finde

es auch nicht sehr nett von dir, daß du so eine Begebenheit daraus machst. Es kommt doch sehr selten vor. Ich habe es nie vergessen, seit ich damals vor vier Jahren das Erdbeben verursachte.' – 'Mortimer, was du nur redest! Hast du das gelbe Fieber vergessen?' – 'Meine Liebe, du legst mir immer das gelbe Fieber zur Last, ich halte mich für gänzlich unschuldig daran. Ohne Relais kannst du nicht mal bis Memphis telegrafieren, wie soll also meine kleine geistliche Unterlassungssünde so weit in die Ferne wirken? Das Erdbeben nehme ich auf mich, weil es in der Nähe war. Aber ich will gehängt werden, wenn ich verantwortlich gemacht werden soll für jedes verdammte ...'
(Ssst – Bum – berumbum–bum – Peng!)
'O Gott, o Gott, o Gott! Das hat bestimmt eingeschlagen, Mortimer. Wir werden den neuen Tag nicht erleben. Es wird dir gut tun, dich nach unserem Tod daran zu erinnern, daß deine entsetzlichen Reden ... Mortimer?' – 'Ja, was ist denn?' – 'Deine Stimme klingt, als ob ... Mortimer, stehst du etwa vor dem offenen Kamin?' – 'Genau dieses Verbrechens mache ich mich schuldig.' – 'Geh sofort dort weg! Du scheinst unbedingt Vernichtung auf uns herabbeschwören zu wollen. Weißt du denn nicht, daß ein offener Schornstein der beste Blitzleiter ist? Wohin bist du jetzt gegangen?' – 'Ich stehe hier am Fenster.' – 'Mein Gott, hast du den Verstand verloren? Mach dich sofort weg von dort! Jeder Säugling weiß, daß man bei einem Gewitter nicht nahe am Fenster stehen darf. Du meine Güte, ich werde den neuen Tag nicht erblicken. Mortimer?' – 'Ja.' – 'Was raschelt da so?' – 'Ich.' – 'Was machst du?' – 'Ich versuche, von der richtigen Seite in meine Hosen hineinzukommen.' – 'Schnell, wirf die Hosen weg! Ich glaube, du ziehst sie absichtlich unter diesen Umständen an. Du weißt doch aber ganz genau, alle Autoritäten sind sich einig, daß Wollsachen den Blitz anziehen. O du meine Güte! Nicht genug, daß unser Le-

ben durch natürliche Ursachen in Gefahr schwebt – du mußt auch noch alles tun, diese Gefahr zu erhöhen. Sing doch nicht noch! Was denkst du dir eigentlich?' – 'Was ist denn da nun dabei?' – 'Mortimer, ich habe dir nicht nur einmal, ich habe dir hundertmal gesagt, daß Singen Luftbewegungen verursacht, die den Weg des elektrischen Stroms unterbrechen und... Warum machst du denn nur die Tür auf?' – 'Gute Güte, Frau, was soll denn das nun wieder schaden?' – 'Schaden? Tod bringt das! Jeder, der sich mit diesen Fragen befaßt hat, weiß, daß man den Blitz hereinläßt, wenn man Zug verursacht. Du hast die Tür nur halb geschlossen, mach sie fest zu und mach es schnell, sonst gehen wir alle zugrunde! Ach, ist das fürchterlich, unter diesen Umständen mit einem Wahnsinnigen eingesperrt zu sein! Mortimer, was machst du denn jetzt?' – 'Nichts. Ich drehe nur das Wasser an. In diesem Raum ist es zum Ersticken heiß und drückend, deshalb will ich mir Gesicht und Hände waschen.' – 'Du mußt doch den letzten Rest deines Verstandes eingebüßt haben! Wenn der Blitz irgendwo anders *ein*mal einschlägt, schlägt er in Wasser fünfzigmal ein. Dreh das Wasser ab! O Gott, uns kann wahrhaftig nichts mehr retten! Mir scheint... Mortimer, was war das?' – 'Es war – zum T... es war ein Bild. Ich riß es herunter.' – 'Dann bist du dicht an der Wand. Dieser Leichtsinn ist unerhört! Weißt du denn nicht, daß eine Mauer der beste Blitzleiter ist? Geh dort weg! Außerdem wolltest du gerade wieder fluchen. Wie kannst du nur so entsetzlich gottlos sein, wo deine Familie in solcher Gefahr ist? Mortimer, hattest du dir ein Federbett geben lassen, wie ich dir auftrug?' – 'Nein. Vergessen.' – 'Vergessen! Das kann dir das Leben kosten. Du wärest völlig sicher, wenn du jetzt ein Federbett in der Mitte des Zimmers ausbreiten und dich darauflegen könntest. Komm hier herein, komm schnell, eh du weitere unverantwortliche Dummheiten anstellen kannst!'

Ich versuchte es, aber bei geschlossener Tür hatten wir zusammen nicht Platz, wenn wir nicht ersticken wollten. Einen Augenblick schnappte ich nach Luft, dann erkämpfte ich mir den Weg hinaus. Meine Frau schrie auf: 'Mortimer, irgend etwas muß für unsere Rettung geschehen. Gib mir das deutsche Buch, das an der Ecke auf dem Kaminsims liegt, und eine Kerze; aber zünde sie nicht an. Gib mir ein Streichholz, ich will es hier drin anstreichen. Das Buch gibt einige Ratschläge.'

Ich holte das Buch – eine Vase und ein paar andere zerbrechliche Gegenstände gingen dabei drauf. Die gnädige Frau schloß sich mit ihrer Kerze ein. Ich hatte einen Augenblick Ruhe. Dann rief sie: 'Mortimer, was war das?' – 'Oh, nur die Katze.' – 'Die Katze! O Himmel! Fang sie und sperr sie in den Waschtisch. Mach schnell, Lieber! Katzen sind mit Elektrizität geladen. Bestimmt wird mein Haar in dieser gefahrvollen Nacht weiß.'

Wieder hörte ich ersticktes Schluchzen. Wäre das nicht gewesen, so hätte ich weder Hand noch Fuß zu einer so aufregenden Unternehmung im Dunkeln gerührt.

Ich machte mich also an die Arbeit. Es ging über Stühle und gegen alle möglichen Widerstände – sie waren natürlich hart, und die meisten hatten scharfe Kanten. Schließlich aber erwischte ich die Katze und sperrte sie in die Kommode ein. Die entstandenen Kosten an zerbrochenen Möbeln und Schienbeinen beliefen sich auf mehr als 400 Dollar. Aus dem Kämmerchen kamen nun folgende gedämpfte Worte: 'Es heißt hier, es sei am sichersten, mitten im Zimmer auf einem Stuhl zu stehen, Mortimer. Die Stuhlbeine müssen isoliert sein. Du mußt also die Stuhlbeine in Gläser setzen. (Sst – Bum – Peng – Krach!) Hör nur! Eil dich, Mortimer, eh du erschlagen wirst!' Ich brachte es fertig, Gläser zu finden und bereitzustellen. Es waren die letzten vier, die anderen gingen alle zu Bruch. Ich isolierte die Stuhlbeine und bat um weitere Anweisungen.

'Mortimer, hier steht: *Während eines Gewitters entferne man Metalle, wie zum Beispiel Ringe, Uhren, Schlüssel etcetera, von sich und halte sich auch nicht an solchen Stellen auf, wo viele Metalle beieinander liegen oder mit andern Körpern verbunden sind, wie an Herden, Öfen, Eisengittern und dergleichen.* Was heißt das, Mortimer? Soll man Metallgegenstände an sich behalten oder von sich entfernen?'

'Ja, ich weiß nicht recht. Es scheint mir etwas verworren. Jeder deutsche Rat ist mehr oder weniger verworren. Mir scheint, in dem Satz überwiegt der Dativ, auf gut Glück ist hier und da etwas Genitiv und Akkusativ eingestreut. Also nehme ich an, man soll etwas Metall an sich behalten.'

'Ja, das wird stimmen. Es ist so einleuchtend. Metalle ähneln Blitzableitern, weißt du. Setz deinen Feuerwehrhelm auf, Mortimer, der ist fast ganz aus Metall!'

Ich holte ihn und setzte ihn auf – ein elend schweres, ungefüges und unbequemes Möbel in einer heißen Nacht in geschlossenem Zimmer. Sogar mein Nachthemd war schon mehr Bekleidung, als ich brauchte. 'Mortimer, du mußt dich auch in der Mitte schützen! Schnall doch bitte deinen Militärsäbel um!'

Ich gehorchte.

'Und jetzt mußt du irgendwie noch deine Füße schützen, Mortimer! Bitte leg die Sporen an!'

Ich tat es schweigend und wahrte die Fassung, so gut es ging.

'Mortimer, hier steht weiter: *Das Gewitterläuten ist sehr gefährlich, weil die Glocke selbst, sowie der durch das Läuten veranlaßte Luftzug und die Höhe des Turmes den Blitz anziehen könnten.* Mortimer, heißt das, daß es gefährlich ist, die Kirchenglocken nicht zu läuten, solange es gewittert?'

'Ja, das wird es wohl heißen – wenn das Mittelwort der Vergangenheit Nominativ Einzahl ist, und das ist es wohl. Ja, ich denke, es heißt, daß es wegen der Höhe des Kirchturms und wegen des mangelnden Luftzugs *sehr gefährlich* wäre, während des Gewitters keine Glocken zu läuten. Außerdem, verstehst du denn nicht, die Wortstellung ...'

'Darauf kommt es nicht an, Mortimer. Vergeude die kostbare Zeit nicht mit reden. Hol die große Dinnerglocke, sie steht gleich in der Diele. Schnell, lieber Mortimer, wir sind nun fast sicher. O Gott, ich glaube, wir werden schließlich doch noch gerettet.'

Unser kleiner Sommersitz steht auf dem Kamm eines Höhenzuges und überblickt ein Tal. Einige Bauernhäuser in der Nachbarschaft sind mindestens einen Kilometer entfernt.

Auf dem Stuhl stehend, schwang ich die entseztliche Glocke. Nach sieben oder acht Minuten wurden unsere Fensterläden plötzlich von außen geöffnet, und eine helle Blendlaterne erschien im Fensterrahmen. Ihr folgte die heisere Frage: 'Was um alles in der Welt ist denn hier los?'

In der Fensteröffnung tauchten Gesichter auf; diese Gesichter hatten Augen, die entsetzt auf mein Nachthemd und meine kriegerische Ausrüstung starrten.

Ich ließ die Glocke sinken, sprang verwirrt vom Stuhl und antwortete: 'Nichts ist los, Freunde. Nur das Gewitter macht etwas Unbehagen. Ich versuchte, den Blitz fernzuhalten.'

'Gewitter? Blitz? Aber Mr. McWilliams, haben Sie den Kopf verloren? Die Nacht ist ruhig und sternklar; es hat gar nicht gewittert!'

Ich sah hinaus und war so erstaunt, daß es mir zunächst die Sprache verschlug. Dann murmelte ich: 'Das verstehe ich nicht. Wir sahen den Schein der Blitze deutlich durch Gardinen und Fensterläden hindurch und hörten den Donner.'

Einer nach dem andern warfen sich die Leute zu Boden und lachten so, daß zwei daran starben. Einer der Überlebenden meinte schließlich: 'Schade, daß Sie nicht darauf kamen, die Vorhänge aufzuziehen und zu der Hügelkuppe dort hinüberzusehen! Was Sie hörten, waren Kanonenschüsse; was sie sahen, war das Aufblitzen der Abschüsse. Sie müssen wissen, grade um Mitternacht kam nämlich die Nachricht, daß Garfield als Kandidat aufgestellt wurde. Das ist los!'

Ja, Mr. Twain, wie ich schon eingangs sagte«, meinte Mr. McWilliams, »die Vorschriften, wie man Menschen gegen den Blitz schützt, sind so gut und so zahlreich, daß es mir das größte Rätsel auf Erden ist, wie es überhaupt jemand fertigbringt, vom Blitz getroffen zu werden.«

Damit ergriff er seine Mappe und seinen Schirm und stieg aus, denn der Zug war in seiner Heimatstadt angelangt.

BRET HARTE

Bret Harte (1839–1902) gehört aus verschiedenen Gründen an die Seite Mark Twains: er war sein Freund; er ging einen ähnlichen Weg, war Goldsucher, Setzer und Journalist; er kannte den Westen und seine Grenzer; er wurde durch eine Kurzgeschichte berühmt: 'Das Glück des Brüllerlagers' (1868). Sie gilt als erste local color-story, eine Kalifornien-Story, der sich dann die Kreolen-Geschichten Cables und die Georgia-Skizzen von Harris zugesellten. Die Literatur verdankt Harte die Kunst der Kondensation, die er auch als Lyriker pflegt, und die Verquickung von realistischem Lokalkolorit mit tiefschöpfender Daseinsbedeutung, so in den 'Verstoßenen von Poker Flat' (1869), dem Hohelied auf sittliche Erhabenheit mancher Verworfenen. Harte, 1878 Konsul in Krefeld, später in Glasgow, schuf nach 1870 kaum noch etwas, was sich mit den 'Verstoßenen', 'Miggles' oder 'Tennessees Partner' messen könnte. Er wollte der Irving des Westens werden; und er hat die Gattung der Skizze tatsächlich auf neue Höhen geführt.

MIGGLES

Zusammen mit dem Kutscher waren wir acht. Wir hatten die letzten sechs Meilen der Fahrt kein Wort gesprochen, seit das Poltern des schweren Wagens auf der schlechter werdenden Straße dem Richter das letzte poetische Zitat verdorben hatte. Der große Mann neben dem Richter war eingeschlafen, den Arm hatte er durch den Schleuderriemen gezogen und seine Hand darauf gelegt; wie ein schlaffes, hilfloses Etwas sah er aus, als habe er sich aufgehängt und sei zu spät abgeschnitten worden. Die Französin auf dem Rücksitz schlief ebenfalls, aber in einer Attitude, die sich halbbewußt sogar an ihrem Taschentuch zeigte, das sie gegen ihre Stirn drückte. Es verdeckte das Gesicht zum Teil. Die Dame aus Virginia City, die mit ihrem Gatten reiste, hatte längst alle Individualität in einem wilden Durcheinander von Bändern, Schleiern, Pelzen und Schals verloren. Man vernahm nur noch das Rasseln der Räder und das Rauschen des Regens auf dem Wagendach. Plötzlich hielt die Kutsche, undeutlich schlugen Stimmen an unser Ohr. Der Kutscher befand sich offenbar in einem aufgeregten Zwiegespräch mit einer Person auf der Straße, einem Gespräch, von dem Bruchstücke wie »die Brücke fortgerissen«, »zwanzig Fuß hoch Wasser«, »kein Durchkommen« gelegentlich durch das Heulen des Sturms hörbar wurden. Dann wurde es still, und eine geheimnisvolle Stimme rief dem Kutscher zum Abschied den Rat zu: »Versucht es mit Miggles.«

Als der Wagen langsam wendete, konnten wir einen Blick auf unseren Führer erhaschen, einen Reiter, der im Regen verschwand, und dann waren wir offenbar auf dem Wege zu Miggles.

Wer und wo war Miggles? Der Richter, unsere Autorität, konnte sich des Namens nicht erinnern, und dabei kannte er das Land gründlich. Der Reisende aus Washoe meinte, Miggles müsse ein Hotelbesitzer sein. Nur eines wußten wir, wir waren auf allen Seiten durch Hochwasser blockiert, und Miggles war unser Rettungsanker. Zehn Minuten lang patschten wir auf einem gewundenen Nebenwege, der für unseren Wagen kaum breit genug war, herum, dann gelangten wir vor ein verschlossenes und verbarrikadiertes Tor in einer ungefähr acht Fuß hohen Steinmauer oder Umzäunung. Offenbar waren wir bei Miggles angelangt, und offenbar war Miggles kein Hotelbesitzer.

Der Kutscher stieg vom Bock und versuchte es mit dem Tor. Es war fest verschlossen.

»Miggles! Miggles!«

Keine Antwort.

»Migg-les! Hallo, Miggles!« fuhr der Fahrer mit steigender Wut fort.

»Miggleschen!« fiel der Schaffner im Ton der Überredung ein. »Ach, Miggy! Mig!«

Aber von dem anscheinend gefühllosen Miggles kam keine Antwort. Der Richter, dem es endlich gelungen war, das Fenster herabzulassen, steckte den Kopf hinaus und stellte eine Reihe von Fragen, die kategorisch beantwortet ohne Zweifel das ganze Geheimnis aufgeklärt hätten, die aber der Kutscher mit den Worten abschnitt, wenn wir nicht die ganze Nacht im Wagen sitzen bleiben wollten, sollten wir lieber aufstehen und alle zusammen Miggles rufen.

So standen wir denn auf und brüllten erst im Chor und dann einzeln »Miggles«. Als wir aufhörten, brüllte ein Reisegefährte aus Irland vom Wagendach herunter »Mehgells!«, worüber wir alle lachten. Auf einmal rief der Kutscher »Sst!«

Wir horchten. Zu unserem Erstaunen tönte unser Chorgebrüll von der anderen Seite der Mauer zurück, sogar der Schlußruf »Mehgells«.

»Tolles Echo«, meinte der Richter.

»Verfluchtes Stinktier!« brüllte der Kutscher verächtlich. »Komm raus, Miggles, zeige dich. Sei ein Kerl, Miggles! Versteck dich nicht im Dunkeln. An deiner Stelle täte ich das nicht, Miggles!« fuhr Juba Bill fort und tanzte jetzt voller Wut herum.

»Miggles!« erscholl die Stimme wieder. »Ach, Miggles!«

»Mein bester Herr Migehl«, rief der Richter und glättete dabei die sprachliche Rauheit des Namens nach Kräften. »Überlegen Sie sich Ihr wenig gastfreundliches Verhalten, wenn Sie uns ein Obdach gegen die Unbill des Wetters versagen, besonders den hilflosen Frauen. Wirklich, mein verehrter Herr –« Aber eine ganze Reihe von »Miggles«-Rufen, die in einem Gelächter endeten, erstickte seine Stimme.

Juba Bill zögerte nun nicht länger. Er nahm einen schweren Stein von der Straße und schlug damit das Tor ein und betrat mit dem Schaffner das Gehöft. Wir folgten hinterdrein. Kein Mensch war zu sehen. An den Rosenbüschen, die von ihren tropfenden Blättern einen feinen Sprühregen über uns schütteten, konnten wir in der zunehmenden Dunkelheit erkennen, daß wir uns in einem Garten und vor einem langen, unregelmäßig gebauten Holzgebäude befanden.

»Kennen Sie Miggles?« fragte der Richter Juba Bill.

»Nein, ich will ihn auch gar nicht kennenlernen«, antwortete Juba Bill kurz, der in seiner Person die Postgesellschaft durch den halsstarrigen Miggles für beleidigt ansah.

»Aber, mein lieber Herr«, wandte der Richter ein, denn er dachte an das verschlossene Tor.

»Finden Sie nicht auch«, sagte Juba Bill mit leiser Ironie, »es wäre besser, Sie gingen wieder zurück und setzten sich in den Wagen, bis Sie vorgestellt werden! Ich gehe«, und er stieß die Tür des Gebäudes auf. Ein langer Raum, der nur von der Glut eines erlöschenden Feuers auf dem Herd am äußersten Ende beleuchtet war! Die Wände waren seltsam mit Papier beklebt. Am Herd saß jemand in einem großen Lehnstuhl. Dieser Anblick bot sich uns, als wir alle zusammen hinter dem Kutscher und dem Schaffner eintraten.

»Hallo, sind Sie Miggles?« fragte Juba Bill den einsamen Bewohner.

Die Gestalt rührte sich nicht und sprach kein Wort. Juba Bill ging wütend auf sie zu und ließ einen Strahl seiner Wagenlaterne darauf fallen. Es war das vorzeitig gealterte und runzlige Gesicht eines Mannes mit sehr großen Augen, in denen ein Ausdruck von Feierlichkeit lag, wie ich ihn zuweilen in den Augen von Eulen gesehen hatte. Seine großen Augen wanderten von Bills Gesicht zur Laterne und blieben schließlich an diesem lichten Gegenstand hängen, ohne irgendein Erkennungsvermögen zu zeigen.

Bill hielt sich nur mit Mühe zurück.

»Miggles! Sind Sie taub? Stumm sind Sie nicht, das wissen wir«, und Juba Bill rüttelte die unempfindliche Gestalt an der Schulter.

Als Bill die Hand fortzog, schrumpfte der ehrwürdige Fremde um die Hälfte seiner Größe zu einem unförmlichen Kleiderhaufen zusammen.
»Verflucht«, sagte Bill, sah uns hilfesuchend an und gab den Kampf als hoffnungslos auf.
Der Richter trat nun vor, und wir hoben den geheimnisvollen, wirbellosen Körper wieder in seine frühere Stellung. Bill wurde mit der Laterne fortgeschickt, um sich draußen umzusehen, denn bei der Hilflosigkeit dieses einsamen Mannes war es klar, daß noch mehr Menschen bei der Hand sein mußten. Wir scharten uns inzwischen um das Feuer. Der Richter, der seine Autorität wiedergewonnen und seine unterhaltsame Liebenswürdigkeit niemals verloren hatte, stand vor uns mit dem Rücken zum Herd und redete uns wie eine Gerichtsversammlung folgendermaßen an: »Es ist klar, daß unser würdiger Freund hier entweder jenen Lebenszustand erreicht hat, den Shakespeare als das 'dürre und vergilbte Herbstblatt' bezeichnet, oder an einem vorzeitigen Nachlassen seiner geistigen und körperlichen Fähigkeiten leidet. Ob er wirklich Miggles ist –«
Hier wurde er durch Rufe »Miggles! Ach, Miggles, Miggleschen! Mig!« unterbrochen; es war der ganze Miggles-Chor in der gleichen Tonart, wie wir ihn schon früher gehört hatten.
Etwas erschrocken sahen wir uns einen Augenblick lang an. Besonders der Richter verließ schnell seinen Platz, da die Stimme unmittelbar hinter seiner Schulter herzukommen schien. Die Ursache wurde allerdings schnell in einer großen Elster entdeckt, die auf einem Brett über der Feuerstelle saß und schnell wieder in tiefes Schweigen verfiel, das von ihrer Schwatzhaftigkeit merkwürdig abstach. Ohne Zweifel war es ihre Stimme, die wir auf der Straße gehört hatten, und unser Freund im Stuhl war an dieser Unhöflichkeit nicht schuld.
Juba Bill, der nach erfolgloser Suche gerade wieder eintrat, war von dieser Erklärung nur schwer zu über-

zeugen und betrachtete den hilflos Dasitzenden argwöhnisch. Er hatte einen Schuppen gefunden und seine Pferde dort untergebracht. Naß und voller Mißtrauen kam er zurück. »Im Umkreis von zehn Meilen von diesem Blockhaus gibt es keinen Menschen, und das weiß der verfluchte alte Krüppel ganz genau.«

Aber die Meinung der Mehrheit erwies sich als richtig. Kaum hatte Bill aufgehört zu maulen, als wir an der Tür einen schnellen Schritt und das Schleifen eines nassen Kleides vernahmen. Die Tür ging auf, und mit blitzenden Zähnen und funkelnden, dunklen Augen und ohne jegliche Förmlichkeit oder Befangenheit trat eine junge Frau ein, schloß die Tür hinter sich und lehnte sich keuchend mit dem Rücken daran.

»Wenn Sie erlauben, ich bin Miggles!«

Das also war Miggles! Diese junge Frau mit den munteren Augen und dem vollen Hals. Das nasse Kleid aus grobem, blauem Stoff konnte den Reiz der weiblichen Formen, an die es sich schmiegte, nicht verbergen. Von dem kastanienbraunen, von einem Südwester bedeckten Kopf bis zu den kleinen Füßen und zarten Knöcheln, die in grobem Schuhwerk verborgen waren, atmete alles Anmut. Das war Miggles, und sie lachte uns in der freiesten und ungezwungensten Weise an, die man sich nur denken konnte.

»Seht ihr, Jungens«, sagte sie ganz außer Atem und hielt sich mit der einen kleinen Hand die Seite. Dabei kümmerte sie sich nicht im geringsten um unsere sprachlose Verwirrung und Bills vollkommene Entgeisterung, dessen Gesichtszüge den Ausdruck unberechtigter und geistesschwacher Fröhlichkeit annahmen. »Seht ihr, Jungens, ich war über zwei Meilen weit fort, als ihr die Straße herabfuhrt. Ich konnte mir schon denken, daß ihr hier einkehren würdet, und deshalb bin ich den ganzen Weg gelaufen. Ich wußte doch, daß außer Jim niemand im Hause war – und nun bin ich ganz außer Atem –, dies zu meiner Entschuldigung.«

Bei diesen Worten zog Miggles mit boshaftem Schwung den triefenden Südwester vom Kopf, der uns alle mit einem Schauer von Regentropfen überschüttete, versuchte das Haar nach hinten zu werfen, verlor dabei lachend zwei Haarnadeln und setzte sich mit den Händen im Schoß neben Juba Bill. Der Richter erholte sich zuerst und versuchte es mit einem hochtrabenden Kompliment.

»Ich muß Sie schon wegen der Haarnadeln bemühen«, sagte Miggles ernsthaft. Ein halbes Dutzend Hände streckte sich eifrig aus, die verlorenen Haarnadeln wurden ihrer schönen Besitzerin zurückgegeben. Miggles ging einmal durch den Raum und sah dem Invaliden scharf ins Gesicht. Seine feierlichen Augen erwiderten den Blick mit einem Ausdruck, den wir vorher noch nicht gesehen hatten. Leben und Verstand schienen mühsam in das verrunzelte Gesicht zurückzukehren. Miggles lachte wieder, ein merkwürdiges Lachen, und zeigte uns noch einmal die weißen Zähne und schwarzen Augen.

»Dieser geprüfte Mensch ist –«, der Richter zögerte.

»Jim«, sagte Miggles.

»Ihr Vater?«

»Nein.«

»Ihr Bruder?«

»Nein.«

»Ihr Gatte?«

Miggles warf einen schnellen, etwas herausfordernden Blick auf die beiden weiblichen Fahrgäste, die, wie ich bemerkt hatte, an der allgemeinen Bewunderung der Männer für Miggles nicht teilgenommen hatten, und sagte ernst: »Nein, Jim.«

Ein verlegenes Schweigen trat ein. Die Damen rückten näher zusammen. Der Ehemann aus Washoe sah abwesend ins Feuer, und der große Herr schien seine Augen nach innen zu richten, um dort in dieser Situation einen Halt zu finden. Aber Miggles' Lachen, das so ansteckend wirkte, unterbrach das Schweigen. »Kommt nur«, sagte sie lebhaft, »ihr müßt doch hungrig sein. Wer hilft mir, den Tee bereiten?«

An Freiwilligen fehlte es nicht. Einige Augenblicke später war Juba Bill damit beschäftigt, wie Caliban für seine Miranda Holzscheite herbeizuschleppen. Der Schaffner mahlte auf der Veranda Kaffee, mir selbst war die mühsame Aufgabe übertragen, Speck zu schneiden, und der Richter lieh jedem seinen gut gemeinten und wortreichen Rat. Und als Miggles mit Hilfe des Richters und unseres irischen Deckpassagiers den Tisch mit allem erreichbaren irdenen Geschirr deckte, waren wir alle ganz fröhlich geworden trotz des Regens, der gegen die Fenster schlug, trotz des Windes, der durch den Schornstein fegte, trotz der zwei Damen, die in einer Ecke flüsterten, und trotz der Elster, die zur Unterhaltung einen satirischen Kommentar von der Stange herunterkrächzte. Im hell flackernden Licht sahen wir, daß die Wände mit illustrierten Zeitschriften beklebt waren, die aber mit weiblichem Geschmack und Verstand ausgewählt schienen. Die Einrichtung war improvisiert und aus Lichterschachteln und Kisten hergestellt, die mit grauem Kaliko oder mit Tierhaut überzogen waren. Der Lehnstuhl des armen Jim war die sinnreiche Umarbeitung einer Mehltonne. Alles war sauber, und die wenigen Gegenstände in dem langen Raum verrieten sogar einen malerischen Zug.

Das Essen wurde ein kulinarischer Erfolg, noch mehr, es wurde ein sozialer Triumph, wohl hauptsächlich wegen des seltenen Taktes, mit dem Miggles die Unterhaltung führte. Sie stellte selbst alle Fragen mit einem Freimut, der jeden Gedanken, sie wolle etwas verbergen, ausschloß, so daß wir von uns selbst, unseren Plänen, von der Reise, vom Wetter, kurz von allem, nur nicht von unseren Gastgebern redeten. Man muß gestehen, daß Miggles' Unterhaltung nicht besonders elegant und nur selten grammatisch richtig war, und daß sie gelegentlich

Ausdrücke gebrauchte, die eigentlich nur unserem Geschlecht vorbehalten sind, aber alles kam mit blitzenden Zähnen und leuchtenden Augen über ihre Lippen und mit einem Lachen – einem Miggles eigentümlichen Lachen –, so frisch und ehrlich, daß es die Luft gleichsam zu reinigen schien.
Einmal während des Essens hörten wir ein Geräusch, als scheuere sich ein schwerer Körper an der Außenwand des Hauses, darauf ein Kratzen und Schnüffeln an der Tür. »Das ist Joaquin«, sagte Miggles als Antwort auf unsere fragenden Blicke, »wollt ihr ihn sehen?« Noch ehe wir antworten konnten, hatte sie die Tür geöffnet und ließ einen halbausgewachsenen Grizzlybären sehen, der sich sofort auf den Hinterfüßen aufrichtete, während er die Vordertatzen nach bekannter Bettelart herunterhängen ließ und voller Bewunderung Miggles anschaute. In seiner Art ähnelte er stark Juba Bill.
»Das ist mein Wachhund«, sagte Miggles zur Erklärung, »ach, er beißt nicht«, fügte sie hinzu, als die beiden Damen in eine Ecke flüchteten. »Nicht wahr, alter Toppy?«, womit sie sich dem klugen Joaquin zuwendete. »Ich kann euch nur sagen«, fuhr Miggles fort, nachdem sie Ursa minor gefüttert und die Tür wieder geschlossen hatte, »ihr habt Glück gehabt, daß Joaquin nicht in der Nähe war, als ihr heute nacht hereingeschneit seid.«
»Wo war er denn?« fragte der Richter. »Bei mir, nachts läuft er immer mit mir, als wäre er ein Mensch.«
Einige Augenblicke schwiegen wir und horchten auf den Wind. Wahrscheinlich hatten wir alle das gleiche Bild vor Augen, wie Miggles, den wilden Wächter zur Seite, durch die regennassen Wälder lief. Ich erinnere mich, daß der Richter etwas von Una und ihrem Löwen sagte, aber Miggles nahm dieses Kompliment wie auch andere mit ruhiger Würde auf. Ob sie die Bewunderung, die sie allgemein erregte, nicht bemerkte – Juba Bills Anbetung konnte ihr bestimmt nicht entgehen –, weiß ich nicht. Ihr Freimut ließ auf eine solche Gleichgültigkeit

gegen das andere Geschlecht schließen, daß sich die jüngeren Mitglieder unserer Gesellschaft grausam beschämt fühlten.

Die Geschichte mit dem Bären trug nicht zu einer günstigeren Meinung der anwesenden Vertreterinnen ihres eigenen Geschlechts bei. Und tatsächlich strahlte nach Beendigung des Mahls von den beiden weiblichen Passagieren eine solche Kälte aus, daß die Fichtenkloben, die Juba Bill herbeischleppte und als Opfer in das Herdfeuer warf, nichts dagegen vermochten. Miggles fühlte es und erklärte plötzlich, es sei Zeit aufzubrechen. Sie erbot sich, den Damen im angrenzenden Raum das Bett zu zeigen. »Ihr, Jungens, müßt euch hier draußen am Herd lagern, so gut es geht«, fügte sie hinzu, »denn es gibt weiter keinen Raum im Haus.«

Im allgemeinen wird unserem Geschlecht – damit meine ich natürlich den stärkeren Teil der Menschheit – nicht der Vorwurf der Neugier oder der Klatschsucht gemacht. Ich muß aber gestehen, kaum hatte sich die Tür hinter Miggles geschlossen, als wir uns flüsternd, kichernd, schmunzelnd zusammensteckten und Vermutungen und tausend Erklärungen für unsere hübsche Wirtin und ihren merkwürdigen Gefährten austauschten. Ja, ich fürchte, wir brachten sogar den armen, gelähmten Krüppel in Bedrängnis, der wie eine stumme Memnonsäule in unserer Mitte saß und mit heiterer Unbekümmertheit in seinen ausdruckslosen Augen auf unsere wortreichen Erörterungen herabsah. Inmitten einer aufgeregten Diskussion tat sich die Tür noch einmal auf, und Miggles trat wieder ein.

Allerdings nicht, wie es schien, die gleiche Miggles, die wenige Stunden zuvor so plötzlich bei uns aufgetaucht war. Sie hielt die Augen niedergeschlagen und zögerte, eine Decke auf dem Arm, einen Augenblick auf der Schwelle; sie schien ihre frühere Offenheit, die uns eben noch so sehr entzückt hatte, verloren zu haben. Sie kam herein und rückte einen niedrigen Schemel neben den Stuhl des Gelähmten. Sie setzte sich und zog die Decke um die Schultern. »Wenn es euch nichts ausmacht, Jungens«, sagte sie, »will ich die Nacht hier verbringen.«

Sie nahm die welke Hand des Invaliden in die ihre und blickte in das erlöschende Feuer. Das unbestimmte Gefühl, dies könne die Einleitung zu vertraulicheren Erörterungen sein, vielleicht auch eine gewisse Beschämung über unsere frühere Neugier ließen uns schweigen. Der Regen prasselte noch immer auf das Dach, vereinzelte Windstöße ließen die Glut für einen Augenblick aufleuchten, als Miggles beim Schweigen der Elemente plötzlich den Kopf hob, das Haar über die Schulter warf und uns den Blick zuwendete.

»Ist keiner unter euch, der mich kennt?«

Wir antworteten nicht.

»Denkt einmal nach. Ich habe 53 in Marysville gelebt. Jedermann hat mich dort gekannt und hatte das Recht, mich zu kennen. Ich hatte damals den Polka-Salon, bis ich mit Jim zusammen lebte. Das ist sechs Jahre her. Vielleicht habe ich mich etwas verändert.«

Daß niemand sie erkannte, mochte sie in Verlegenheit bringen. Sie wendete sich wieder dem Feuer zu, und erst nach einigen Sekunden sprach sie schneller als vorher: »Seht ihr, ich habe geglaubt, einige von euch hätten mich kennen müssen. Doch das macht nichts. Was ich euch sagen will, ist dies: Jim hier«, bei diesen Worten ergriff sie seine Hand, »kannte mich genau und gab eine Menge Geld für mich aus. Ich schätze, er gab alles aus, was er überhaupt besaß. Eines Tages, in diesem Winter sind es sechs Jahre her, kam Jim zu mir in die Hinterstube, setzte sich auf das Sofa, ganz so, wie ihr ihn jetzt auf dem Stuhl sitzen seht, und konnte sich seitdem nicht mehr ohne fremde Hilfe bewegen. Mit einem einzigen Schlag hat es ihn getroffen, und dabei ist es ihm niemals zum Bewußtsein gekommen, was ihm eigentlich fehlt. Die Ärzte kamen und erklärten, es sei durch seinen

Lebenswandel gekommen – Jim hatte frei und toll gelebt –, und er werde niemals wieder gesund werden, aber lange werde es nicht dauern. Sie rieten mir, ihn nach Frisco in das Hospital zu schicken, da er jedem nur zur Last falle und sein Leben lang hilflos wie ein Kind sein werde. Vielleicht war es etwas in Jims Auge, vielleicht war es meine Kinderlosigkeit, ich sagte Nein! Ich war damals reich, denn ich war bei allen Leuten beliebt – feine Herren wie ihr selbst besuchten mich –, ich verkaufte also mein Geschäft und erwarb dieses Gehöft, weil es vom Reiseweg abliegt, und brachte mein Baby hierher.«

Mit dem angeborenen Takt und dem poetischen Sinn des Weibes hatte sie während ihrer Worte ihre Stellung langsam verändert, so daß die stumme Gestalt des unglücklichen Mannes zwischen ihr und den Zuhörern saß, während sie selbst sich im Schatten verbarg, als wolle sie ihn wie eine stumme Entschuldigung für ihre Handlungen anbieten. Schweigsam und ausdruckslos legte er ein Wort für sie ein; hilflos und vom Schlag des Himmels getroffen, streckte die Gestalt einen unsichtbaren Arm nach ihr aus.

In der Dunkelheit verborgen, hielt Miggles noch immer seine Hand und fuhr fort: »Es hat lange gedauert, ehe ich mich an diese Einsamkeit gewöhnen konnte, denn ich war an Geselligkeit und Lebhaftigkeit gewöhnt. Ich konnte keine Frau zur Hilfe bekommen, aber mit den Indianern, die mir manchen Dienst erwiesen haben, sind Jim und ich gut fertig geworden. Das Notwendige ließ ich mir von North Fork schicken. Der Arzt von Sacramento kommt von Zeit zu Zeit, er sieht dann nach, was Miggles' Baby macht, wie er Jim genannt hat. Wenn er geht, pflegt er zu sagen: 'Miggles, du bist ein Prachtkerl!' Und dann komme ich mir nicht mehr so einsam vor. Als er bei seinem letzten Besuch die Tür zum Gehen öffnete, sagte er: 'Weißt du, Miggles, dein Baby wird noch ein Mann werden und seiner Mutter Ehre machen.

Nur nicht hier, Miggles, nicht hier!' Ich glaube, er ging traurig fort und – und –« hier verloren sich Miggles' Gesicht und Stimme gleichsam im Schatten.

»Die Leute in der Umgegend sind aber sehr freundlich«, sagte Miggles nach einer Pause und rückte wieder etwas zum Licht. »Zuerst trieben sich die Männer von North Fork hier herum, bis sie herausfanden, daß sie unerwünscht waren. Die Frauen sind freundlich und kommen nicht. Ich war recht allein, bis ich drüben im Walde eines Tages Joaquin aufgelesen habe, als er noch klein war. Ich habe ihm beigebracht, um sein Futter zu bitten. Und dann ist da noch Polly, die Elster, sie weiß so viele Kunststücke und macht mit ihrem Geschwätz die Abende so gemütlich, daß ich gar nicht auf den Gedanken komme, ich sei das einzige Lebewesen auf der Farm. Und Jim hier«, sagte Miggles mit ihrem alten Lachen im vollen Schein des Herdfeuers, »Jim, Jungens, ihr würdet staunen, was er alles versteht. Manchmal bringe ich ihm Blumen, und er betrachtet sie ganz so, als kenne er sie. Wenn wir allein zusammensitzen, lese ich ihm die Dinge an den Wänden vor. Mein Gott«, sagte Miggles mit ihrem frischen Lachen, »in diesem Winter habe ich ihm die eine Seite des Hauses vorgelesen. Es hat niemals einen Mann gegeben, der so aufs Lesen aus ist wie Jim.«

»Weshalb«, fragte der Richter, »heiraten Sie den Mann nicht, dem Sie Ihr junges Leben gewidmet haben?«

»Ach, sehen Sie«, antwortete Miggles, »das hieße schlecht an Jim handeln, wollte ich aus seiner Hilflosigkeit Vorteil ziehen. Wären wir Mann und Frau, dann wüßten wir beide, daß ich zu allem verpflichtet wäre, was ich jetzt freiwillig tue.«

»Aber Sie sind noch jung und hübsch –«

»Es wird spät«, sagte Miggles, »ihr tätet besser, euch hinzulegen. Gute Nacht, Jungens!« Sie zog die Decke über den Kopf, legte sich neben Jims Stuhl und bettete ihren Kopf auf den Schemel, auf dem Jims Füße ruhten.

Sie sprach nicht weiter. Langsam erlosch das Feuer auf dem Herd, schweigend suchten wir unsere Decken zusammen, und dann gab es keinen Laut mehr in dem langen Raum außer dem Plätschern des Regens auf dem Dach und den schweren Atemzügen der Schläfer.

Im Morgengrauen erwachte ich aus einem unruhigen Traum. Der Sturm hatte sich gelegt, die Sterne funkelten, und durch das ladenlose Fenster sah der volle Mond über den feierlichen Fichten in den Raum hinein. Mit unendlichem Mitgefühl streifte er die einsame Gestalt im Stuhl und schien mit seiner leuchtenden Flut das gebeugte Haupt der Frau zu taufen, deren Haar wie in der schönen Geschichte des Evangeliums die Füße des geliebten Mannes badete. Es verlieh sogar den rauhen Zügen Juba Bills einen milden, poetischen Schimmer. Er hielt, auf den Ellenbogen gestützt, zwischen den beiden und seinen Fahrgästen mit geduldigem Auge Wacht. Und dann schlief ich wieder ein und erwachte erst bei vollem Tageslicht. Neben mir stand Juba und brüllte mir sein »Alle Mann an Bord« ins Ohr.

Auf dem Tisch stand Kaffee für uns bereit, aber Miggles war verschwunden. Wir gingen durch das Haus und zögerten noch, als die Pferde schon lange angeschirrt waren, aber sie kehrte nicht zurück. Es war klar, sie wollte den förmlichen Abschied vermeiden, damit wir so aufbrechen sollten, wie wir gekommen waren. Nachdem wir den Damen in den Wagen geholfen hatten, gingen wir noch einmal zurück und drückten dem gelähmten Jim feierlich die Hand. Nach jedem Handschlag rückten wir ihn ebenso feierlich wieder in seine alte Stellung. Dann sahen wir uns zum letzten Male in dem langen, niedrigen Raum um, betrachteten den Stuhl, auf dem Miggles gesessen hatte, und nahmen zögernd unsere Plätze in der wartenden Postkutsche ein. Die Peitsche knallte, und fort ging es!

Als wir aber die Landstraße erreicht hatten, griff Bills geschickte Hand in die Zügel der sechs Pferde, und der

Wagen hielt mit einem Ruck. Denn dort auf einem kleinen Hügel neben der Straße stand Miggles mit fliegenden Haaren und leuchtenden Augen. Sie ließ ihr Taschentuch wehen und blitzte uns mit ihren weißen Zähnen ein letztes Lebewohl zu. Wir schwenkten unsere Hüte. Und dann schlug Bill wohl aus Furcht vor neuer Bezauberung auf seine Pferde ein, und wir sanken in unsere Sitze zurück. Bis nach North Gable sprachen wir kein Wort, und dann hielt der Wagen vor dem 'Gasthaus zur Unabhängigkeit'. Unter Führung des Richters gingen wir in die Gaststube und nahmen nachdenklich unsere Plätze am Schanktisch ein.

»Sind Ihre Gläser gefüllt, meine Herren?« fragte der Richter und nahm feierlich seinen weißen Hut ab.

Sie waren gefüllt.

»Auf Miggles' Wohl denn! Gott segne sie!«

Vielleicht hat er sie schon gesegnet. Wer kann es wissen?

DIE VERSTOSSENEN VON POKER FLAT

Als Mr. John Oakhurst, der Spieler, am Morgen des 23. November 1850 die Hauptstraße von Poker Flat betrat, spürte er seit dem vergangenen Abend eine Veränderung der moralischen Atmosphäre. Ein paar Männer, die in ein Gespräch vertieft waren, verstummten bei seinem Kommen und tauschten bedeutsame Blicke. Es lag eine sonntägliche Stille in der Luft, ein unheilvolles Vorzeichen in einer Siedlung, die an sonntägliche Einflüsse gar nicht gewöhnt war.

Mr. Oakhursts ruhiges und hübsches Gesicht verriet bei diesen Anzeichen wenig Besorgnis. Ob er die Ursache ahnte, war eine andere Frage. Wahrscheinlich sind sie hinter jemand her, überlegte er bei sich, vielleicht hinter mir. Er steckte das Taschentuch, mit dem er den roten Staub von Poker Flat von seinen hübschen Schuhen geklopft hatte, in die Tasche und schlug sich alle weiteren Vermutungen aus dem Sinn.

Allerdings war Poker Flat hinter jemand her. Es hatte in letzter Zeit den Verlust von mehreren Tausend Dollar, zweier wertvoller Pferde und eines angesehenen Bürgers erlitten. Es erlebte jetzt einen wahren Anfall von tugendhafter Reaktion, die ungefähr ebenso ungesetzlich und ungebärdig war wie die Taten, die sie hervorgerufen hatten. Ein Ausschuß hatte beschlossen, die Stadt von allen ungehörigen Personen zu säubern. Dies war bereits für alle Zeit mit zwei Männern geschehen, die an den Zweigen einer Sykomore oben in der Schlucht hingen, für den Augenblick aber durch die Verbannung gewisser anderer Anstoß erregender Charaktere. Zu meinem Bedauern muß ich gestehen, daß ein paar Damen darunter waren. Aber wir sind dem schönen Geschlecht die Feststellung schuldig, daß es sich um gewerbsmäßigen anstößigen Lebenswandel handelte, und nur bei solchen so offenkundigen Staatsverbrechen wagte Poker Flat zu Gericht zu sitzen.

Mr. Oakhurst hatte recht mit seiner Annahme, daß er in diese Gattung miteingeschlossen sei. Einige Mitglieder des Ausschusses hatten für Aufhängen gestimmt als Exempel und als die sicherste Methode, aus seiner Tasche die Summen wieder einzustreichen, die er ihnen abgewonnen hatte. »Das geht ja gegen jede Gerechtigkeit«, sagte Jim Wheeler, »daß dieser junge Kerl aus dem Brüllerlager, also ein Fremder, unser Geld wegträgt.« Immerhin überstimmte ein rauhes Billigkeitsgefühl bei denen, die so glücklich gewesen waren, Mr. Oakhurst etwas abzugewinnen, dieses engherzige örtliche Vorurteil.

Mr. Oakhurst nahm seinen Urteilsspruch mit philosophischer Ruhe auf, ja besonders kaltblütig, als er das Schwanken seiner Richter bemerkte. Er war viel zu sehr Spieler, als daß er sich nicht in sein Schicksal gefügt hätte. Für ihn war das Leben im besten Fall ein ungewisses Spiel, und so fand er sich eben mit den üblichen Prozenten für den Bankhalter ab.

Ein Trupp bewaffneter Männer begleitete die verbannte Verworfenheit von Poker Flat bis ans Weichbild der Niederlassung. Außer Mr. Oakhurst, der als kalt entschlossen bekannt war und zu dessen Einschüchterung die bewaffnete Eskorte gedacht war, bestand die Gesellschaft der Ausgestoßenen aus einer jungen Frau, die unter dem Spitznamen die »Herzogin« allgemein bekannt war, einer anderen Frauensperson mit dem Titel »Mutter Shipton« und »Onkel Billy«, der ein notorischer Trunkenbold war und unter dem Verdacht stand, die Goldwäschen bestohlen zu haben. Die Kavalkade rief auf Seiten der Zuschauer keine Bemerkungen hervor, ebenso äußerte die Eskorte kein Wort. Als die Schlucht, die die äußerste Grenze von Poker Flat bezeichnete, erreicht war, hielt der Anführer eine knappe und sachliche Ansprache. Bei Gefahr ihres Lebens wurde den Verbannten die Rückkehr verboten.

Sobald die Eskorte verschwunden war, machten sich die unterdrückten Gefühle Luft, bei der Herzogin in ein paar hysterischen Tränen, etwas Unflat von Mutter Shipton und einer wahren Schimpfkanonade von Onkel Billy. Nur der philosophische Oakhurst verhielt sich still. Er hörte sich ruhig an, daß Mutter Shipton jemand das Herz ausreißen wollte, daß die Herzogin immer wieder feststellte, sie werde auf der Landstraße sterben, und er hörte sich die lästerlichen Flüche an, die beim Reiten aus Onkel Billy gleichsam herausgequetscht wurden. Mit der für seinen Stand charakteristischen Gutmütigkeit bestand er darauf, sein eigenes Reitpferd 'Five Point' gegen das kümmerliche Maultier, das die Herzogin ritt, auszutauschen. Aber selbst diese Tat brachte die Gesellschaft in keine engere Berührung. Die junge Frau ordnete ihre etwas mitgenommenen Hutfedern mit fadenscheiniger Koketterie, Mutter Shipton betrachtete den Besitzer von 'Five Point' mit giftigen

Blicken, und Onkel Billy belegte die ganze Gesellschaft mit einem umfassenden Bannfluch.
Die Straße nach Sandy Bar, einem Lager, das die Reinigungsbestrebungen von Poker Flat noch nicht erfahren hatte und daher für die Emigranten etwas Einladendes hatte, führte über eine steile Gebirgskette. Es lag eine tüchtige Tagesreise entfernt. Bei der vorgeschrittenen Jahreszeit geriet die Gesellschaft bald aus der feuchten, gemäßigten Region der Vorberge in die trockene, kalte und schneidende Luft der Sierra. Der Pfad war schmal und mühselig. Gegen Mittag ließ sich die Herzogin aus dem Sattel gleiten und erklärte, nicht weiterzugehen, worauf die Gesellschaft haltmachte.
Die Stelle war eigentümlich wild und eindrucksvoll. Ein waldiges Amphitheater, auf drei Seiten von steilen Granitwänden umgeben, neigte sich sanft gegen den Rand eines Abgrundes, von wo man das Tal übersehen konnte. Es war allerdings die geeignetste Stelle für ein Lager, wenn die Errichtung eines Lagers überhaupt anzuraten war. Mr. Oakhurst wußte, daß man kaum die Hälfte des Weges nach Sandy Bar zurückgelegt hatte und daß die Gesellschaft für einen solchen Aufenthalt weder ausgerüstet noch mit Lebensmitteln versehen war. Diese Tatsache machte er in kurzen und bestimmten Worten seinen Gefährten klar und knüpfte daran einen philosophischen Kommentar über die Torheit, »die Karten hinzuwerfen, bevor die Partie zu Ende gespielt« sei. Man war aber mit Schnaps versehen; er sollte in dieser Lage Nahrung, Wärme, Ruhe und Einsicht ersetzen. Trotz aller Einwände standen sie bald mehr oder weniger unter dem Einfluß des Alkohols. Onkel Billy wechselte schnell von seinem kriegerischen Zustand zum Stumpfsinn über, die Herzogin bekam das heulende Elend, und Mutter Shipton schnarchte. Nur Mr. Oakhurst, an einen Felsen gelehnt, blieb aufrecht und betrachtete sie alle ruhig.
Mr. Oakhurst trank nicht. Es vertrug sich nicht mit

einem Beruf, der Kaltblütigkeit, Leidenschaftslosigkeit und Geistesgegenwart verlangte. Außerdem konnte er es sich nach seinen eigenen Worten »nicht leisten«. Als er seine Leidensgefährten liegen sah, bedrückte ihn zum ersten Male ernstlich seine Einsamkeit, die seinem Gewerbe, seinen Lebensgewohnheiten und seinen Lastern entsprang. Er machte sich daran, seine schwarzen Kleider abzustäuben, sich Gesicht und Hände zu waschen und sich mit anderen Dingen zu beschäftigen, die für seine betont gepflegten Manieren charakteristisch waren. Darüber vergaß er eine Zeitlang seine innere Unruhe. Der Gedanke, seine schwächeren und bedauernswerteren Leidensgenossen zu verlassen, kam ihm wohl niemals. Doch konnte er nicht umhin, das Ausbleiben jener Erregung zu empfinden, die, seltsam genug, gerade sonst den Gleichmut hervorrief, für den er bekannt war. Er betrachtete die düsteren Wände, die sich an die tausend Fuß hoch über die umgebenden Fichten erhoben, den drohend bewölkten Himmel und das im Schatten verdämmernde Tal unten. Plötzlich hörte er seinen Namen rufen.

Ein Reiter kam langsam den Weg herab. An seinem frischen und offenen Gesicht erkannte Mr. Oakhurst Tom Simson, das »Unschuldslamm« von Sandy Bar. Er war ihm ein paar Monate zuvor bei einem »Spielchen« begegnet und hatte dem harmlosen Jüngling dabei das ganze Vermögen, an die vierzig Dollar, mit der größten Seelenruhe abgenommen. Nach dem Spiel zog Mr. Oakhurst den jugendlichen Spekulanten beiseite und sagte: »Tommy, du bist ein netter Kerl, aber du kannst nicht einmal um einen lumpigen Cent spielen. Laß die Finger davon!« Darauf gab er ihm das Geld zurück, schob ihn zur Tür hinaus und machte sich auf diese Weise Tom Simson zu seinem ergebenen Sklaven.

Etwas wie eine Erinnerung daran lag in seiner jungenhaften und überschwenglichen Begrüßung Mr. Oakhursts. Er habe sich aufgemacht, sagte er, um in Poker

Flat sein Glück zu versuchen. »Allein?« Nein, nicht gerade allein. In Wirklichkeit – und dabei kicherte er – sei er mit Piney Woods durchgebrannt. Könne sich Mr. Oakhurst noch auf Piney besinnen? Sie sei im Mäßigkeitsverein Kellnerin gewesen. Sie seien schon lange verlobt, aber der alte Jake Woods sei dagegen gewesen, und deshalb seien sie ausgerissen und gingen jetzt nach Poker Flat, um zu heiraten. Da wären sie nun, müde, aber glücklich, einen Rastplatz und Gesellschaft gefunden zu haben. Das Unschuldslamm plapperte dies schnell dahin, während Piney, ein stämmiges und hübsches Mädel von fünfzehn Jahren, hinter einem Fichtenstamm, wo sie ungesehen errötet war, hervorkam und neben ihren Geliebten ritt.

Mr. Oakhurst ließ sich selten durch Gefühlsdinge und noch weniger durch Fragen der Schicklichkeit aus der Fassung bringen. Er hatte aber das unbestimmte Gefühl, die Situation sei nicht besonders glücklich. Immerhin hatte er genügend Geistesgegenwart, Onkel Billy, der gerade etwas sagen wollte, einen Tritt zu versetzen, und Onkel Billy war noch nüchtern genug, um in Mr. Oakhursts Fußtritt eine höhere Macht zu erkennen, mit der nicht zu spaßen war. Er versuchte, Tom Simson jeden weiteren Aufenthalt auszureden, aber vergebens. Dabei verwies er auch auf den Umstand, daß weder Vorräte noch Material zum Aufschlagen eines Lagers vorhanden waren. Unglücklicherweise begegnete das Unschuldslamm diesem Einwand mit der Versicherung, er führe ein mit Vorräten beladenes Maultier mit sich, außerdem habe er ein rohes Blockhaus in der Nähe des Weges entdeckt. »Piney kann bei Frau Oakhurst bleiben«, sagte das Unschuldslamm und zeigte auf die Herzogin, »ich selbst helfe mir schon weiter.«

Nur Mr. Oakhursts mahnender Fuß verhinderte ein schallendes Gelächter Onkel Billys. Daher fühlte er sich veranlaßt, sich in den Cañon zurückzuziehen, bis er wieder ein ernsthaftes Gesicht machen konnte. Dort vertraute er den Spaß den hohen Fichten an, schlug sich auf die Schenkel, schnitt Gesichter und riß schlechte Witze. Als er aber zu den anderen zurückkehrte, fand er alle in anscheinend freundschaftlicher Unterhaltung um das Feuer sitzend; denn die Luft war seltsam kalt geworden, und der Himmel hatte sich bezogen. Piney schwatzte impulsiv und mädchenhaft mit der Herzogin, die interessiert und mit einer Lebhaftigkeit zuhörte, wie sie sie schon seit vielen Tagen nicht mehr gezeigt hatte. Das Unschuldslamm hielt sich mit gleichem Erfolg an Mr. Oakhurst und an Mutter Shipton, die sich sogar zu einer gewissen Liebenswürdigkeit herabließ. »Sieht so euer verdammtes Picknick aus?« rief Onkel Billy zornig, als er die Gruppe im Walde, das flackernde Feuer und die angepflockten Tiere im Vordergrund stehen sah. Plötzlich fuhr ihm ein Gedanke durch das von Alkoholdünsten umnebelte Gehirn. Anscheinend war er spaßiger Natur; denn er fühlte sich veranlaßt, sich abermals auf die Schenkel zu klatschen und die Faust in den Mund zu stopfen.

Als die Schatten langsam den Berg hinaufkrochen, fuhr eine leichte Brise durch die Spitzen der Fichten und zog klagend durch ihre langen, düsteren Reihen. Die zerfallene Hütte, mit Fichtenzweigen geflickt und abgedeckt, wurde den Damen überlassen. Als das Liebespaar sich trennte, tauschten beide ohne Ziererei so ehrlich und offen einen Kuß, daß man ihn über den schwankenden Fichten hätte hören können. Die sündige Herzogin und die mißgünstige Mutter Shipton waren wahrscheinlich zu verblüfft, um sich über dieses Beispiel von Einfalt auszulassen, und wendeten sich wortlos zur Hütte. Das Feuer wurde neu geschürt, die Männer legten sich vor die Tür und waren nach wenigen Minuten eingeschlafen.

Mr. Oakhurst hatte einen leichten Schlaf. Gegen Morgen erwachte er, benommen und vor Kälte erstarrt. Als er das verlöschende Feuer versorgte, fegte ihm der

Wind, der jetzt kräftig wehte, etwas an die Wangen, das ihn erbleichen ließ – Schnee!
Er sprang auf mit der Absicht, die Schläfer zu wecken; denn es war keine Zeit zu verlieren. Aber als er sich zu der Stelle wendete, wo Onkel Billy gelegen hatte, fand er, daß er verschwunden war. Ein Verdacht durchfuhr ihn, ein Fluch kam von seinen Lippen. Er lief zu dem Fleck, wo die Maultiere angepflockt waren, sie waren verschwunden. Ihre Spuren verwischten sich bereits schnell im Schnee.
Nach der Erregung des ersten Augenblicks kam Mr. Oakhurst mit seiner gewohnten Ruhe an das Lagerfeuer zurück. Er weckte die Schläfer nicht. Das Unschuldslamm schlummerte friedlich mit einem Lächeln auf seinem gutmütigen und sommersprossigen Gesicht; die jungfräuliche Piney schlief neben ihren sündigeren Schwestern so süß, als beschützten sie himmlische Wächter. Mr. Oakhurst zog die Decke über die Schultern, strich sich den Bart und wartete auf die Morgendämmerung. In einem dunstigen Wirbel von Schneeflocken, die das Auge blendeten und verwirrten, kam sie langsam herauf. Soweit man von der Landschaft überhaupt etwas sehen konnte, schien sie magisch verändert. Er überschaute das Tal und faßte Gegenwart und Zukunft in ein Wort zusammen: Eingeschneit.
Eine sorgfältige Prüfung der Vorräte, die man zum Glück für die Gesellschaft innerhalb der Hütte verstaut hatte und die daher Onkel Billys Gaunerfingern entgangen waren, ergab, daß man bei Sparsamkeit und Vorsicht noch zehn Tage durchhalten konnte. »Das heißt«, sagte Mr. Oakhurst zum Unschuldslamm, »wenn Sie uns beköstigen wollen. Wenn nicht – vielleicht täten Sie besser daran –, können Sie ja warten, bis Onkel Billy mit Lebensmitteln zurückkehrt.« Aus irgendeinem unerklärlichen Grunde konnte sich Mr. Oakhurst nicht dazu entschließen, Onkel Billys Schuftigkeit zu enthüllen, und gab statt dessen die Vermutung zum besten,

Billy habe sich aus dem Lager verirrt und dabei die Tiere scheu gemacht. Der Herzogin und Mutter Shipton gab er einen Wink; denn beide durchschauten natürlich den Verrat ihres Kameraden. »Sie werden schon die Wahrheit über uns alle herausbekommen, wenn sie überhaupt etwas herausbekommen«, fügte er bedeutungsvoll hinzu, »aber es hat keinen Zweck, sie jetzt zu erschrecken.«

Tom Simson stellte nicht nur seine ganze Habe Mr. Oakhurst zur Verfügung, ja die Aussicht auf eine zwangsweise Abschließung von der Welt schien ihm sogar Vergnügen zu machen. »Acht Tage lang werden wir ein schönes Lagerleben führen, und dann wird der Schnee schmelzen, und wir gehen zusammen zurück.« Die Lustigkeit des jungen Mannes und Mr. Oakhursts Ruhe steckten die übrigen an. Das Unschuldslamm improvisierte aus ein paar Fichtenzweigen ein Dach für die offene Hütte, und die Herzogin unterwies Piney bei der Einrichtung des Inneren mit einem Geschmack und Takt, die dem Landkind die blauen Augen so weit, wie es nur möglich war, öffneten.

»Ich sehe, ihr seid in Poker Flat an feine Dinge gewöhnt«, sagte Piney. Die Herzogin wendete sich schnell ab, weil sich ihre Wangen unter ihrer gewerbsmäßigen Farbe röteten, und Mutter Shipton befahl Piney, nicht zu schwatzen. Als aber Mr. Oakhurst von seiner mühseligen Suche nach dem Wege heimkehrte, vernahm er den Widerhall fröhlichen Gelächters von den Felsen. In einiger Besorgnis machte er halt, und seine Gedanken gingen zu dem Whisky, den er klugerweise verborgen hatte. »Und doch klingt es gar nicht nach Whisky«, sagte sich der Spieler. Erst als er das lodernde Feuer durch den immer noch blendenden Schneesturm und die im Kreise herumsitzende Menschengruppe erkennen konnte, war er davon überzeugt, daß alles Spaß sei.

Ob Mr. Oakhurst seine Karten zusammen mit dem Whisky versteckt hatte als etwas, was dem Zugriff der

Allgemeinheit entzogen werden mußte, kann ich nicht behaupten. Sicher ist, daß er nach Mutter Shiptons Worten nicht einmal das Wort »Karten« während des ganzen Abends aussprach. Zum Glück konnte man sich die Zeit mit einer Harmonika vertreiben, die Tom Simson etwas prahlerisch aus seinem Gepäck hervorzog. Trotz einiger Schwierigkeiten in der Handhabung dieses Instruments entlockte Piney Wood seinen Klappen doch ein paar widerstrebende Melodien, die das Unschuldslamm mit Kastagnetten begleitete. Gekrönt aber wurde dieses Abendfest mit einer rauhen Lagerhymne, die das Liebespaar mit gefalteten Händen sehr ernsthaft und mit viel Stimmaufwand vortrug. Ein gewisser herausfordernder Ton und ein puritanischer Rhythmus hatten wahrscheinlich mehr als die erbauliche Eigenschaft dazu beigetragen, die anderen anzustecken, die schließlich in den Refrain einstimmten:

»Stolz bin ich, im Dienst des Herrn zu leben,
Ich muß in seinem Heere sterben.«

Die Fichten wiegten sich, der Sturm brauste und wirbelte über die Schar der Unglücklichen, und die Flammen ihres Altars züngelten zum Himmel wie ein Zeichen ihres Gelübdes.

Um Mitternacht ließ der Sturm nach, die treibenden Wolken teilten sich, und die Sterne funkelten hell über dem schlafenden Lager. Mr. Oakhurst, dessen berufliche Gewohnheiten ihn befähigten, mit der denkbar geringsten Menge Schlaf auszukommen, hatte sich mit Tom Simson in die Wache geteilt und es dabei so eingerichtet, daß der größere Teil dieser Pflicht auf ihn fiel. Er entschuldigte sich bei dem Unschuldslamm mit den Worten, er sei oft eine ganze Woche ohne Schlaf ausgekommen. »Und was taten Sie?« fragte Tom. »Pokern!« erwiderte Oakhurst bündig. »Wenn der Mensch eine Glückssträhne hat, so ein rechtes Negerglück, wird er nicht müde. Das Glück gibt zuerst nach. Glück«, fuhr der Spieler nachdenklich fort, »ist ein sonderbares und mächtiges Ding. Alles, was man davon sicher weiß, ist, daß es wechselvoll ist. Herauszubekommen, wann es sich wendet, ist der springende Punkt. Seit wir Poker Flat verlassen haben, sind wir in einer Pechsträhne, und da kommen Sie daher und geraten selbst hinein. Wenn Sie Ihre Karten halten können, dann steht es gut um Sie. Denn«, fügte der Spieler mit lustiger Unbekümmertheit hinzu:

»Stolz bin ich, im Dienst des Herrn zu leben,
Ich muß in seinem Heere sterben.«

Der dritte Tag zog herauf, und als die Sonne durch das weißverhängte Tal blickte, sah sie die Flüchtlinge ihre langsam schwindenden Vorräte zum Morgenmahl teilen. Es gehörte zu den Besonderheiten jenes Bergklimas, daß die Strahlen, gleichsam wie aus Mitleid mit der Vergangenheit, eine freundliche Wärme über die Winterlandschaft breiteten. Aber die Sonne enthüllte Schneeschicht um Schneeschicht, die sich hoch um die Hütte türmten, ein hoffnungsloses, unwegsames weißes Meer unter den Felsküsten, an die sich die Schiffbrüchigen noch immer klammerten. In der wunderbar klaren Luft stieg der Rauch des braven Poker Flat in meilenweiter Entfernung in die Höhe. Mutter Shipton sah es und schleuderte von einer entlegenen Zinne ihrer Felsenburg einen letzten Fluch in jene Richtung. Es war ihre letzte Schmähung, und vielleicht deshalb war sie mit einer gewissen Größe umkleidet. Wie sie der Herzogin im Vertrauen mitteilte, tat es ihr gut. »Geh nur auch hin und fluche dich aus, du wirst sehen.« Dann machte sie sich daran, das »Kind« zu unterhalten, wie sie und die Herzogin Piney zu nennen pflegten. Piney war auch kein Küken mehr, aber es hatte etwas Beruhigendes für das Paar, sich auf diese Weise für die Tatsache, daß sie nicht fluchte und sich im Gegenteil anständig benahm, zu entschädigen.

Als die Nacht abermals durch die Schluchten heraufzog, hoben und senkten sich an dem flackernden Herdfeuer aufzuckend und lang gedehnt die schrillen Töne der Harmonika. Aber die Musik konnte die durch ungenügende Nahrung entstandene Leere nicht ganz ausfüllen, und so schlug denn Piney einen neuen Zeitvertreib vor – Geschichtenerzählen. Mr. Oakhurst und seine Gefährtinnen hatten keine Lust, ihre persönlichen Erlebnisse zu berichten, und so wäre der Plan ins Wasser gefallen, wenn nicht das Unschuldslamm dagewesen wäre. Einige Monate zuvor war ihm zufällig ein verirrtes Exemplar von Popes genialer Übersetzung der Ilias in die Hände gefallen. So schlug er denn vor, die Hauptereignisse dieser Dichtung in der Mundart von Sandy Bar vorzutragen; denn er hatte zwar die Tatsachen im Kopf behalten, die Worte aber ganz und gar vergessen. Und so wanderten für den Rest der Nacht die homerischen Halbgötter wieder einmal über die Erde. Prächtige Trojaner und listige Griechen schlugen sich im Winde herum, und die Fichten schienen sich in der Schlucht unter dem Zorn des Peliden zu beugen. Mr. Oakhurst hörte mit Befriedigung zu. Besonders interessierte ihn das Schicksal des »Aschieles«, wie das Unschuldslamm hartnäckig den »schnellfüßigen Achilles« verballhornte.

So ging mit wenig Kost, viel Humor und Harmonikamusik eine Woche über die Häupter der Verstoßenen dahin. Die Sonne verließ sie wieder, und von dem bleiernen Himmel rieselten die Schneeflocken über das Land. Tag für Tag schloß sich der Ring aus Schnee enger, bis sie schließlich aus ihrem Gefängnis auf ganze Wehen blendendweißen Schnees sehen konnten, die sich zwanzig Fuß hoch über ihren Köpfen türmten. Immer schwieriger wurde es, das Lagerfeuer, selbst mit den umherliegenden umgestürzten Stämmen zu versorgen, die jetzt im Schnee halb begraben waren. Und doch beklagte sich niemand. Das Liebespaar wendete sich von dem traurigen Anblick ab, schaute sich in die Augen und war glücklich. Mr. Oakhurst fand sich kaltblütig damit ab, daß das Spiel verloren war. Die Herzogin, jetzt viel vergnügter als früher, beschäftigte sich mit Piney. Nur Mutter Shipton, einst die Stärkste der Gesellschaft, schien krank zu werden und dahinzuschwinden. Um Mitternacht des zehnten Tages rief sie Oakhurst zu sich. »Mit mir geht es zu Ende«, sagte sie mit schwacher und kläglicher Stimme, »aber sagen Sie es nicht weiter. Wecken Sie die Kleine nicht, und nehmen Sie das Bündel unter meinem Kopf hervor und öffnen Sie es.« Mr. Oakhurst tat es. Es enthielt Mutter Shiptons unberührte Rationen der letzten Woche. »Geben Sie das dem Kind«, sagte sie und zeigte auf die schlafende Piney. »Aber Sie sterben ja selber vor Hunger«, rief der Spieler. »So nennen es die Leute«, sagte die Frau, dann streckte sie sich, drehte sich zur Wand und verschied friedlich.

Harmonika und Kastagnetten hatten an jenem Tag Ruhe, und der Homer war vergessen. Nachdem Mutter Shiptons Leiche dem Schnee übergeben war, nahm Mr. Oakhurst das Unschuldslamm beiseite und zeigte ihm ein Paar Schneeschuhe, die er aus dem alten Packsattel zusammengebastelt hatte. »Es gibt noch eine Chance eins zu hundert, sie zu retten«, sagte er und wies auf Piney. »Aber sie liegt dort«, fügte er hinzu und zeigte nach Poker Flat. »Wenn Sie es in zwei Tagen sicher erreichen, ist sie gerettet.« – »Und Sie?« fragte Tom Simson. »Ich bleibe hier«, war die kurze Antwort.

Das Paar schied mit einer langen Umarmung. »Gehen Sie etwa auch?« fragte die Herzogin, als sie Oakhurst warten sah, um Tom zu begleiten. »Nur bis zur Schlucht«, erwiderte er. Plötzlich wandte er sich um und küßte die Herzogin; ihr bleiches Gesicht überzog sich mit Röte, und ihre zitternden Glieder wurden vor Erstaunen starr.

Die Nacht sank herab, aber Mr. Oakhurst kam nicht.

Mit ihr kehrten der Sturm und das Schneetreiben zurück. Als die Herzogin das Feuer schürte, bemerkte sie, daß jemand still neben der Hütte Brennholz für ein paar Tage aufgeschichtet hatte. Ihre Augen füllten sich mit Tränen, aber sie verbarg sie vor Piney.

Die Frauen schliefen nur wenig. Als sie sich am Morgen in die Augen blickten, lasen sie darin ihr Schicksal. Keine sprach, aber Piney, jetzt die Stärkere, schmiegte sich an die Herzogin und legte den Arm um sie. In dieser Stellung verblieben sie den Rest des Tages. In der folgenden Nacht erreichte der Sturm seine größte Stärke und drang, nachdem er die schützenden Fichten umgelegt hatte, sogar in die Hütte ein.

Gegen Morgen hatten sie nicht mehr die Kraft, das Feuer zu versorgen, das allmählich erlosch. Als die Glut langsam schwarz wurde, kroch die Herzogin näher zu Piney und brach das Schweigen vieler Stunden: »Piney, kannst du beten?« – »Nein, Liebe«, erwiderte Piney schlicht. Die Herzogin, ohne eigentlich den Grund zu kennen, fühlte sich erleichtert, legte den Kopf gegen Pineys Schulter und sprach nicht mehr. Indem die Jüngere und Reinere das Haupt ihrer sündigen Schwester an ihrer jungfräulichen Brust bettete, sanken sie um und schliefen ein.

Der Wind legte sich, als fürchtete er, die beiden zu wecken. Wie Federn flogen von den langen Fichtenzweigen die Schneeflocken gleich weißbeschwingten Vögeln und deckten die Schlafenden zu. Durch die Wolken sah der Mond auf die Reste des Lagers. Alle menschliche Schande, alle Spuren der Erdenmühe lagen unter dem makellosen Mantel verborgen, der voller Erbarmen darüber gebreitet war.

Sie schliefen den ganzen Tag und den nächsten, sie erwachten auch nicht, als Stimmen und Tritte das Schweigen des Lagers brachen. Als mitleidige Hände den Schnee von ihren bleichen Gesichtern wischten, hatte man in dem Frieden, der auf beiden ruhte, kaum er-

kennen können, welche von beiden die Sünderin gewesen war. Selbst das Gesetz von Poker Flat erkannte dies an, wandte sich ab und ließ die beiden umschlungen.
Am Eingang der Schlucht aber, an einer der stärksten Fichten, fand man mit einem Buschmesser an die Rinde gespießt eine Treffas-Spielkarte. Auf ihr stand in fester Handschrift mit Bleistift geschrieben:

Unter diesem Baum
ruht
John Oakhurst
Er zog am 23. November 1850
eine schlechte Karte und
bezahlte am 7. Dezember 1850
seinen Einsatz.

Leblos und kalt, den Revolver neben sich, die Kugel im Herzen, ruhig, wie er es im Leben gewesen war, lag unter dem Schnee der Mann, der zugleich der Stärkste und Schwächste von allen Verstoßenen von Poker Flat gewesen war.

GEORGE WASHINGTON CABLE

George Washington Cable (1844–1925), Laufbursche, Kaufmann, Soldat, Geometer, Journalist und einer der Führer der Heimatkunst, stammt aus dem romanischen und romantischen New Orleans, dessen französische Kultur sich reizvoll mit dem fast tropischen Klima verband und dessen seltsam hierarchische Gesellschaftsform den Eindruck des Fremdartigen noch verstärkte, besonders für den puritanisch erzogenen Cable. ''Sieur George' ist der Sammlung anmutig-wehmütiger Novelletten 'Alte kreolische Tage' (1879) entnommen, die seinen Ruf begründete, den er dann mit dem Louisiana-Roman 'Die Grandissimes' befestigte. Hierin erzählte er die Geschichte einer Sippenfehde. Cable ist Nachfahre und Biograph des Romanciers W. G. Simms; er wurde Wegbereiter von Heimaterzählern wie Kate Chopin, Hearn, Grace King u. a. Kalvinische Strenge hat sein Künstlertum zweifellos eingeengt.

'SIEUR GEORGE

Seit etwa einem dreiviertel Jahrhundert steht im Herzen von New Orleans ein großes vierstöckiges Backsteingebäude. Seine Zimmer sind an eine gewisse Schicht von Leuten vermietet, die nur deshalb hier wohnen, weil ihnen der Unternehmungsgeist fehlt, anderswo bessere und billigere Wohnungen zu suchen. In seinem grauen Putz, der sich in großen Stücken von den Mauern löste, bot das Haus den traurigen Anblick einer in Lumpen gehüllten Vornehmheit und stand oder hing sozusagen an der Ecke zweier alter Straßen wie ein verkommener Stutzer, der vorgibt, nach Arbeit Ausschau zu halten.
Im Haupttorgang befindet sich eine schmutzige Apotheke. Nach der einen Straße zu liegen der Laden einer modiste en robes et chapeaux und andere kümmerliche Geschäfte; auf die andere Straße hinaus führen große Lattentüren mit Gittern über dem Türsturz. Mit ihren vielen schweren Eisenbeschlägen gleichen sie Kerkerpforten. Darüber hängt ein im Winde knarrendes Schild

(der Sheriff hatte es hängenlassen), auf dem, kaum noch erkennbar, Weine und Liköre angepriesen werden. Durch die Läden hindurch sieht man in einen rechteckigen Innenhof, über den sich viele Wäscheleinen voll nasser Kleidungsstücke spannen. An die Hofwände lehnen sich morsche Treppen, die vergeblich aus dem Unrat emporzuklimmen suchen.
In die Nachbarschaft sind schon vor langer Zeit fünftklassige Geschäfte eingezogen, deren Inhaber und Inhaberinnen mit verführerischen Schlagworten wie »au gagne petit« arbeiten. Unzählige Kinder wimmeln umher, und es muß wohl ein Zauber über der Gegend liegen, daß sie nicht überfahren werden; mit ihren lärmenden Spielen versperren sie die Bürgersteige.
In den vielen Fenstern des Hauses tauchen leidlich gut aussehende Frauen in Kattunkleidern auf und verschwinden wieder; sie gießen ihre Blumen und Kakteen auf den Fensterbrettern und hängen Vogelbauer heraus. Ihre Männer sind Verwalter von Weinlagern, Mieteinnehmer für Agenten alter Franzosen, die sich für den Rest ihres Lebens nach Paris zurückgezogen haben, überzählige Zollbeamte und Hilfsschreiber auf dem Gericht (denn ein zweitklassiger Kreole sucht sich immer einen kleinen Angestelltenposten). Ein aus der Mauer herausragendes, verwittertes Gesims wirft kleine Mörtelstücke auf die Passanten herab, wie es die Knaben eines Internats gern tun.
Der Besitzer dieses Hauses ist ein gewisser Kookoo, ein alter Kreole von zweifelhaft reinem Blut, der auf Grund seiner langjährigen Erfahrungen als Hauswirt jede Bitte um Reparaturen als persönliche Beleidigung auffaßt. Als ihm sein Vater dieses Erbteil hinterließ, war er noch ein junger Bursche und ist nun in dieser Funktion als Hauswirt alt, runzlig und ledern geworden, zu einer Art zeitweilig wiederbelebten Mumie. Er raucht Cascarilla, trägt Manchester und ist peinlich genau wie ein Gerichtsvollzieher.

Viele Jahre hindurch kam Abend für Abend ein alter Mann in dieses ehrwürdige Besitztum Kookoos; er stolperte durch die Scharen schwatzender Kinder, die fröhlich im frühen Mondenschein umhertollten. Niemand wußte, wie er hieß, aber alle Menschen aus der Nachbarschaft hatten ihm den Namen »'Sieur George« gegeben. Seine Gewohnheit war es, geradewegs, ohne auch nur im geringsten von seinem Kurs abzuweichen, auf seine Wohnung loszusteuern. Zuweilen schob er sich so langsam vorwärts, als wehe eine steife Brise direkt von vorn; ein andermal wiederum jagte er mit kleinen Trippelschritten so schnell dahin, als stünde ein Tornado von achtern. Die Haupttreppe ging er immer sehr langsam hinauf, manchmal blieb er auf halbem Wege stehen und träumte dann dreißig oder vierzig Minuten vor sich hin; wenn er aber schließlich bis zum Treppenabsatz gekommen war und in sein im zweiten Stock gelegenes Zimmer stapfte, so geschah das nie ohne einen gewissen Stolz, daß er es noch an der alten Stelle wiederfand. Wären nicht diese kleinen Anzeichen des Trunkes gewesen, so hätte man gerade ihn aus einer Gruppe von tausend Menschen als einen Geizhals herausgefunden. Vor ein oder zwei Jahren verschwand er dann plötzlich.

Vor sehr langer Zeit, als das alte Haus noch neu war, kam ein junger Mann ohne anderes Gepäck als einen kleinen Fellkoffer in der Hand und mietete sich in dem soeben genannten Zimmer und einem danebenliegenden ein. Ursprünglich wollte er nur fünfzig Tage bleiben – aber schließlich wurden daraus mehr als fünfzig Jahre. Damals war dieses Viertel noch vornehm, und deshalb behielt er seine Zimmer von Monat zu Monat.

Als er aber etwa ein Jahr hier gelebt hatte, widerfuhr ihm etwas – so besagt das Gerücht –, was seine Lebensweise nachhaltig beeinflußte. Seit jenem Tage begannen sich an ihm eine Reihe von Verfallserscheinungen zu zeigen und sich wechselseitig zu steigern. Die Art und

Weise, wie das geschah, wurde für Kookoo zum Gegenstand tiefgründiger Studien. Die Ursachen dieses Verfalls verwirrten das recht beschränkte Vorstellungsvermögen des Hauswirts ein gutes halbes Jahrhundert hindurch völlig. Man sprach von einem Duell, von verwirkten Rechtsansprüchen, von Enterbung; und noch viele andere haltlose Gerüchte machten die Runde, ehe sie wieder in der Versenkung verschwanden, während er zu einem Einsiedler wurde und – wie viele behaupten – sich dann beiläufig zu jener unmännlichen Gewohnheit des Trunkes hinreißen ließ, die wir bereits an ihm bemerkten. Seine Nachbarn hätten auch weiterhin gute Beziehungen zu ihm unterhalten, wenn er es nur gewollt hätte. Aber da er ihnen keine Aufklärung über sein Verhalten gab und les Américains ohnehin recht drollige Leute sind, so blieb ihnen nichts weiter übrig, als ihn links liegen zu lassen.

Er wurde so sehr zum Einsiedler, daß er (obwohl dies auch Sparsamkeitsgründe gehabt haben mag) sich nie eine Aufwartung nahm, sondern seine Wohnung allein in Ordnung hielt. Einzig die lustigen Straßensänger, die zu dieser Zeit noch unter den Balkonen zu singen pflegten, hielten ihn zuweilen mit einem kleinen Ständchen zum besten; und da sie seinen wirklichen Namen nicht in Erfahrung bringen konnten, nannten sie ihn aufs Geratewohl George, setzten aber immer »Monsieur« voran. Später, als er in seiner Kleidung nachlässig zu werden begann und Ständchen aus der Mode gekommen waren, wagten es die einfacheren Leute, die Anrede auf »'Sieur George« zu verkürzen.

Viele Sommer kamen und gingen. Die Stadt änderte ihr Gesicht wie ein heranwachsender Junge, die vornehmen Leute und die feine Welt zogen in die Oberstadt; aber 'Sieur George bewohnte nach wie vor seine beiden Zimmer. Man kannte ihn flüchtig und grüßte ihn, aber niemand kannte ihn genauer, es sei denn ein Dutzend der geselligen, blauuniformierten Burschen vom kleinen Fort St. Charles. Oft kam er sehr spät nach Hause, an jedem Arm einen von ihnen; jeder sang ein anderes Lied, und aller zwanzig Schritte blieben sie stehen und flüsterten sich etwas ins Ohr. Schließlich aber wurde das Fort niedergerissen, Kirchen- und Staatseigentum schmolzen unter der warmen Sonne der Bodenspekulation dahin, und die Stadt wuchs wie ein Hautgeschwür – und eines Tages tritt 'Sieur George in voller Uniform aus dem alten Haus!

Die kreolischen Nachbarn stürzen barhäuptig auf die Mitte der Straße, als erlebten sie ein Erdbeben oder einen Schornsteinbrand. Was sie tun, sagen oder denken sollen, wissen sie nicht; sie sind am Ende ihres Lateins, aus eben diesem Grunde wohl aber auch ganz glücklich.

Nun will es aber der Zufall, daß ganz in der Nähe die Werkstatt eines deutschen Schmiedes liegt, und so schauen sie gespannt, was Jacob wohl tun wird. Jacob geht auf die Straße hinaus und mustert ihn scharf; er tritt an Monsieur heran – er spricht ihn an – sie schütteln einander die Hand – sie beginnen eine Unterhaltung – Monsieur legt die Hand auf den Säbel! – dann geht Monsieur weiter.

Die Menschenmenge umringt den Schmied, die Kinder klatschen leise in die Hände und hüpfen vor lauter Neugierde auf den Zehenspitzen – 'Sieur George zieht in den Krieg nach Mexiko!

»Aha«, sagt ein kleines Mädchen aus der Menge, »nun werden die beiden Zimmer von 'Sieur George frei, das finde ich aber drollig.«

Der Hausbesitzer – besagter Kookoo – befindet sich ebenfalls in der Menschenmenge. Er eilt ins Haus und stürzt die Treppe hinauf. »Fünfzehn Jahre sind es jetzt her, seitdem er in dieses Zimmer gekommt ist!« Er steht an der Tür – sie ist zu. »Sie ist verschlossen!«

Um es kurz zu machen: weitere Nachforschungen ergaben, daß eine jüngere, schwarz gekleidete Dame zusammen mit einer im mittleren Alter stehenden Sklavin in die Zimmer eingezogen war. Einige der Nachbarn hatten sie in das Haus gehen sehen, niemand aber hatte natürlich eine so bedeutsame Absicht vermutet. Nun bot sie ihm an der nur zu einem Spalt geöffneten Tür eine Monatsmiete im voraus. Was blieb da einem Hausbesitzer anderes übrig als zu lächeln? Aber noch hatte er einen Vorwand zur Hand: »In den Zimmern sind doch sicher einige Reparaturen nötig?« – »Nein, mein Herr, aber Sie können ja hereinschauen und selbst sehen.« Welche Freude! Er sah in das Zimmer. Alles blitzte vor Sauberkeit. Der Fußboden war in gutem Zustand, in den Wänden zeigten sich nur wenige Risse, und diese waren erst unlängst mit Gips verschmiert worden, zweifellos hatte das 'Sieur George aus Geiz selbst in Ordnung gebracht. Kookoo musterte die beiden Zimmer sehr eingehend. Die Möbel waren noch alle vorhanden. Auch der kleine Fellkoffer von Monsieur stand noch da. Diesen kleinen Koffer würde er so schnell nicht wieder vergessen. Es war nun etwa fünfzehn Jahre her, als er den Koffer ergriffen hatte, um Monsieur bei der Einrichtung seiner Wohnung behilflich zu sein; und Monsieur hatte seine Hand zurückgerissen und ihn angeschrien: »Stellen Sie ihn gefälligst hin!« Mais – aber, aber! Und nun stand er dort, Kookoo kam er sehr verdächtig vor, und da kam nun die Dienerin der Dame, sauber wie ein Goldfink, und setzte sich einfach darauf. Ob dieser Koffer wohl Schätze barg? Wahrscheinlich war es so; denn der Dame war sehr daran gelegen, die Tür wieder zu schließen, und das tat sie denn auch.

Die Dame war sehr hübsch – sie mußte früher noch hübscher gewesen sein, aber sie war noch immer jung – und hatte eine angenehme Stimme. Den hinteren Raum hatte sie an ihre zurückhaltende, schweigsame Mulattin abgegeben, eine große, dralle Frau mit feurigen Augen, von der aber alle jungen Kreolen aus der Nachbarschaft meinten, sie sähe »verdammt gut aus«.

Unter les Américains, wo der neu Zugezogene immer von den älteren Anwohnern besucht wird, hätte diese Dame, obwohl sie ebenso zurückgezogen lebte wie 'Sieur George, sicher bald einige Bekanntschaften geschlossen; da aber unter den Kreolen ganz andere Sitten üblich waren und sie sich offenbar allein recht wohlfühlte, zog sie Zurückgezogenheit einem geselligen Leben vor.
Der arme Hausbesitzer war ziemlich beunruhigt; in seinem Hause durfte sich nichts de trop abspielen. Er beobachtete die beiden Zimmer mit größter Aufmerksamkeit, aber ohne jeden Erfolg. Das einzige, was er in Erfahrung brachte, war, daß sich die Dame ihren Lebensunterhalt mit Handarbeiten verdiente, ihr Geld fast nur für Harfensaiten ausgab und im übrigen sorgfältig über den kleinen Koffer von Monsieur wachte. Diese Bespitzelung wirkte sich aber nur günstig auf den Ruf der Dame und ihres Dienstmädchens aus; denn nachdem Kookoo erklärt hatte, daß alles in bester Ordnung sei, wurde von den Außenstehenden nicht mehr über sie geredet. Mehr als eine Frage aber hatte die ältliche Dienstmagd dem Hauswirt nie beantwortet:
»Madame is wohl ein bißchen in Verlegenheit pour Geld, he?«
»Non; das gnädige Fräulein (beachten Sie: Fräulein!) hat einiges Vermögen, aber sie beabsichtigt nicht, es anzugreifen.«
Zuweilen kamen ihre Freundinnen in sehr eleganten Kutschen vorgefahren, und die eine oder andere von ihnen hatte das Fräulein gebeten, mit ihnen zu kommen, das Haus zu verlassen; aber es war vergeblich gewesen, und so stellten sie ihre Besuche ein, und die Dame und ihre Dienerin standen nun allein in der Welt. So vergingen Jahre, und der mexikanische Krieg war vorüber.
Die Freiwilligen kehrten nach Hause zurück; es herrschte Frieden, und die Stadt begann sich von neuem nach

allen Seiten hin auszudehnen. Aber 'Sieur George kam nicht nach Hause. Die Stadt überwucherte das Land wie Cocoa-Gras. Die Felder, Wege und Haine, wohin sich 'Sieur George einstmals vor den Menschen zurückgezogen hatte, waren nun bebaut. Im »Old Third« stand ein kleines einstöckiges Haus neben dem andern, und oben in »Lafayette« lagen schöne Villengrundstücke und Gärten. Die Straßen schnitten wie Fleischermesser die alten Plantagen entzwei, deren erste Besitzer nicht einmal im Traum daran gedacht hatten, daß die Stadt jemals bis zu ihnen vordringen könnte – aber 'Sieur George blieb noch immer aus. Das vierstöckige Klinkergebäude wurde alt und unansehnlich, seine Umgebung trübe und verträumt. Die Theater, Prozessionen, Kaufhäuser, die Regierungsgebäude, die Banken und Hotels, der ganze Unternehmergeist waren in die Canal Street und die dahinterliegende Gegend übergesiedelt; und sogar die Bettler waren mit ihnen fortgezogen. Der kleine Koffer war nun schon sehr alt und abgewetzt, und noch immer war sein Besitzer säumig; noch immer sah die Dame, an der die Zeit auch nicht spurlos vorübergegangen war, vom Balkonfenster aus in die kurze südliche Abenddämmerung, und die Magd schüttelte jeden Morgen ein oder zwei zerschlissene Teppiche über dem gefährlich aussehenden Geländer aus; und noch immer hatte sich keiner von ihnen einen Freund oder einen Feind geschaffen.

Da die Zimmer in der ersten Zeit nur recht dürftig unterhalten worden waren, wurden nun fast ununterbrochen Reparaturen notwendig, so daß ihre Bewohnerinnen immer abwechselnd von einem Zimmer in das andere ziehen mußten. Dennoch aber war der kleine Fellkoffer selten zu sehen, da der Hauswirt zu seinem großen Ärger immer etwas zu spät seine Hilfe anbot. Die Frauen hatten den Koffer – wie schwer oder leicht er auch sein mochte – immer selbst hin- und hergetragen. Der Hauswirt fand das merkwürdig.

Eines Abends in einem außergewöhnlich strengen Winter – in jener Jahreszeit, da die Straßen zum höchsten Ergötzen aller Kinder knöcheltief mit Schnee bedeckt waren – erklang ein leises Klopfen an der Korridortür der kleinen Wohnung. Die Dame öffnete und erblickte einen hochaufgeschossenen, hageren, eisgrauen Mann, einen völlig fremden Menschen; hinter ihm stand – 'Sieur George! Beide Männer waren sonnengebräunt, mit Narben bedeckt und zerlumpt. Über 'Sieur Georges Haupt lief als Andenken an einen mexikanischen Säbel eine nackte Narbe durch das weiße Haar.

Der Hauswirt hatte sie bis an die Tür geleitet; es war eine zu günstige Gelegenheit. Mademoiselle forderte sie auf, einzutreten, und suchte jedem von ihnen eine Sitzgelegenheit einzuräumen; und da ihr dies nicht gelang, ging 'Sieur George geradewegs durch das Zimmer und *setzte sich auf den kleinen Koffer.* Dieses Benehmen war so verdächtig, daß es tief im Gedächtnis des Hauswirts haftenblieb.

'Sieur George war ruhig oder, wie es schien, beruhigt. Die Mulattin stand neben ihm, und das wenige, was er zu sagen hatte, richtete er mit leiser Stimme an sie; Mademoiselle überließ er seinem Gefährten. Der Fremde war ein guter Gesellschafter und schien der Dame vom ersten Augenblick an zu gefallen; aber sonst war nichts angenehm. Der über alle Maßen neugierige Kookoo suchte einen Vorwand, um noch bleiben zu können, aber er fand keinen. Sie paßten alle nicht zueinander. Die Dame schien der Ansicht zu sein, daß Kookoo hier nichts zu suchen hätte; 'Sieur George schien das gleiche von seinem Gefährten zu denken; die wenigen Worte, die Mademoiselle und 'Sieur George wechselten, waren recht kühl. Die Magd fühlte sich offensichtlich wohl, aber dennoch konnte sie es nicht lassen, ihre Herrin ab und zu ängstlich anzuschauen. Natürlich war dieser Besuch nur sehr kurz.

Am übernächsten Tag kamen die Herren wieder, diesmal waren sie besser angezogen. Offensichtlich hatte 'Sieur George für seinen Gefährten nur wenig Sympathien, dennoch schien er sich aber nicht von ihm trennen zu wollen. Der Fremde war ein gestikulierender, theatralischer Bursche, viel jünger als Monsieur, und redete unaufhörlich in seinem kreolischen Französisch. Während er sich über Kleinigkeiten maßlos erregen konnte, war er aber nicht in der Lage, den Wert großer Dinge zu würdigen. Einmal, als sie das Haus verließen, stand Kookoo – derartige Zufälle ereignen sich ja – unter der Treppe. Als die beiden Männer die Stufen herabkamen, sprach der hochaufgeschossene Freund: »... es ist besser, wir begraben es.« Der erschreckte Hausbesitzer wagte nicht mehr zu atmen, da seine Gedanken sofort zu dem Koffer wanderten. Weiter sprachen sie aber nichts.

Eine Woche später kamen sie wieder.

Eine Woche später kamen sie wieder.

Eine weitere Woche später kamen sie wahrhaftig wieder!

Dem Hausbesitzer ging ein Licht auf. Hier mußte eine Brautwerbung im Gange sein. Es war nun völlig klar, weshalb 'Sieur George keinen Wert auf die Gegenwart des großen Herrn legte; aber da er regelmäßig und häufig kam, war es ebenso verständlich, warum er sich nicht von ihm trennte – es wäre doch nicht schicklich gewesen, hier ohne Begleitung ein und aus zu gehen. Vielleicht hatte der hochaufgeschossene Mann auch nur deshalb gesagt: »Es ist besser, wir begraben es.« Jetzt drangen häufig Laute einer lustigen Unterhaltung aus dem ersten der beiden Zimmer, das zu einem Empfangsraum umgewandelt worden war. Während der ganzen folgenden Wochen war der hochaufgeschossene Mann stets bester Stimmung, wenn die Freunde die Treppe herunterkamen, und es sah immer so aus, als wolle er 'Sieur George am liebsten umarmen, aber dieser – schlauer Hund, dachte der Hausbesitzer – gab sich Mühe, sehr ernst auszusehen, und lächelte höchstens einmal verlegen. »Ah, Monsieur, de bildest dir wohl ein, daß de sehr gewitzt bist; mais, so gerissen wie Kookoo biste noch lange nich, mein Lieber«, und der wißbegierige kleine Mann schüttelte noch einmal den Kopf und lächelte, wie es das gute Recht eines Mannes ist, der zu der Überzeugung gelangt, daß er der Lösung des Rätsels, das ihn gute zwanzig Jahre zum besten gehabt hatte, nun endlich auf die Spur gekommen sei. Er hatte nun enträtselt, was im Kopfe 'Sieur Georges vorging, und er würde auch herausfinden, was in dem Koffer war.

Die nächsten Monate verstrichen schnell, und jedem Beobachter im Hause und in der Nachbarschaft wurde klar, daß die Vermutungen des Hauswirts nicht unbegründet waren; in der Tat, Mademoiselle würde heiraten.

An einem regnerischen Nachmittag im Frühling fuhr vor dem Haupteingang des alten Hauses eine Mietskutsche vor. Das erregte einiges Aufsehen, und eine ganze Horde regennasser Kinder lief vor der Haustür zusammen. In einen ausgebesserten Mantel gehüllt, sprang 'Sieur George aus der Kutsche und eilte die Treppen hinauf. Wenige Augenblicke später erschien er wieder und führte die bekränzte und verschleierte Mademoiselle die Stufen hinab. Mademoiselle sah noch immer recht annehmbar aus. Sie war eine reife Schönheit – sehr reif –, möglicherweise schon ein wenig zu reif, aber doch nur ein wenig. Und als sie im berückenden Duft ihres Brautstraußes die Treppe herabkam, ähnelte sie dem bekränzten Opfer eines heidnischen Festes. Die Mulattin folgte in ihrem Sonntagsstaat.

Der Hausbesitzer hatte eine Verpflichtung der Allgemeinheit gegenüber; auf der letzten Stufe hielt er die Magd auf: »Folgt Ihre Herrin 'Sieur George pour marier? Das tut mich aber freuen, freuen, freuen!«

»'Sieur George heiraten? Non, Monsieur.«

»Non? Nicht heiraten 'Sieur George? Mais comment?«
»Sie heiratet den großen Herrn.«
»Diable! Den lang'n Herrn!« Er legte die Hände vor die Stirn und sah der davonrollenden Kutsche nach. Sie verschwand im Regen; er wandte sich um und ging in das Haus, und plötzlich begann er unter der Last eines ungeheuren Gedankens zu wanken – sie hatten den Koffer zurückgelassen! Und wieder, wie schon vor sieben Jahren, hastete er die Treppe hinauf, aber wieder – »O je!« – war die Tür verschlossen, und es war kein Pfennig Miete fällig.
Am späten Abend desselben Tages tastete sich ein kleiner, breitschultriger Mann in einem nassen Mantel in den feuchten Eingang des Hauses, stolperte die knarrenden Stiegen hinauf und schloß nach mehreren erfolglosen Versuchen die Tür zu den beiden Zimmern auf. Er fiel über den kleinen Koffer und schlief so lange, bis die Strahlen der Morgensonne über den Balkon geklettert waren, das Fenster erreicht hatten und ihm voll in den Nacken schienen. Der alte Kookoo kam gerade in diesem Augenblick an der Tür vorüber und war erstaunt, daß sie nur angelehnt stand – heimlich öffnete er sie und sah, wie sich drinnen 'Sieur George neben dem geheimnisvollen Koffer soeben von den Knien erhob! Er war also doch zurückgekommen, um auch weiterhin diese beiden Zimmer zu bewohnen.
Nachdem 'Sieur George das zweite Mal hier eingezogen war, zeigte er sich als ein völlig anderer Mensch – er hatte sich noch weiter zu seinem Nachteil verändert. War er früher sehr verschwiegen gewesen und hatte er sehr zurückgezogen gelebt, so war er jetzt, vielleicht wegen seines höheren Alters oder möglicherweise auch infolge der schrecklichen Kopfwunde, sehr schwatzhaft. Wenn ihn auch zuweilen eine Beschäftigung gefunden hatte (denn er selbst suchte sich nie eine Arbeit), so blieb er doch immer schmutzig und seine Kleidung fadenscheinig, da sein Lohn immer den gleichen Weg

nahm. Nun schloß er mit dem Hauswirt und so ziemlich jeder Seele aus der Nachbarschaft enge Bekanntschaft. Er berichtete ihnen alle Erlebnisse, die er in mexikanischen Gefängnissen und kubanischen Städten gehabt hatte. Dabei ging er auf alle Einzelheiten der Nöte und Gefahren ein, die ihm zusammen mit dem »großen Herrn«, der Mademoiselle geheiratet hatte, widerfahren waren. Dieser Mann war übrigens kein Mexikaner oder Kubaner, sondern ein echter Louisianer.

»Er ist es gewesen, der sich an mich herangemacht hat«, sagte er, »nicht umgekehrt; aber da er nun einmal einen Narren an mir gefressen hatte, fand ich nicht mehr die Kraft, ihn abzuschütteln. Daß Madame ihn überhaupt leiden mochte, ist eine jener weiblichen Launen, die ein Mann niemals verstehen wird. Er paßt so wenig zu ihr, wie Lumpen einer Königin anstehen. Und in der Nacht, als er mir um den Hals fiel und mir von ihrem selbstmörderischen Unterfangen berichtete, hätte ich ihm am liebsten den Kopf abgeschlagen. Aber täglich machen andere schöne Frauen die gleiche Dummheit, nur daß sie damit nicht warten, bis sie vier- oder fünfunddreißig sind. – Warum ich ihn nicht ausstehen kann? Nun ja, dafür gibt es nur einen Grund: er ist ein Trunkenbold!« An dieser Stelle pflegte Kookoo, dessen mangelhafte englische Sprachkenntnisse ihn hinderten, die Geschichte voll zu verstehen, laut loszulachen, als sei hier die Pointe des Witzes.

Bei aller Schwatzhaftigkeit aber entschlüpfte Monsieur nie ein Wort über das, was er einstmals gewesen war, ehe er fortging. Und das große Rätsel des Fellkoffers war noch immer das gleiche Rätsel geblieben und wurde von Tag zu Tag größer.

Schon bis zu diesem Zeitpunkt waren die beiden Zimmer Stätten recht eigenartiger, wenn nicht sogar wunderlicher Vorkommnisse gewesen. Aber das merkwürdigste war wohl, daß 'Sieur George eines Tages nach Hause kam, wie ein Kind weinte und auf seinen Armen einen

Säugling trug – ein Mädchen –, den liebreizenden Sproß des Trunkenboldes, den er so verabscheut hatte, und der armen, beraubten, geistig gebrochenen und nun verstorbenen Dame. Er umsorgte die Waise mit großer Liebe; denn sehr bald war sie wirklich elternlos. Der lange Herr wurde eines Morgens aus dem Old Basin gezogen, und 'Sieur George identifizierte die Leiche auf der Trémé Station. Ein Kindermädchen stellte er nicht an. Der Vater hatte die Magd der Dame in eine ferne Gegend verkauft, und so brachte er das Mädchen durch alle kleinen Krankheiten und führte es sicher um alle scharfen Klippen des Säuglingslebens und der Kindheit, ohne daß ihm dabei ein Mensch geholfen hätte. Eines Abends aber – bisher hatte er Wochen und Monate hindurch beharrlich die Augen davor verschlossen wie ein Mensch, der im Sonnenschein zu schlafen sucht – wachte er zu der Erkenntnis auf, daß sie erwachsen war. Dies geschah an einem nebligen Novembertag, dem ersten kühlen Herbsttag. Die untergehende Sonne war vom Rauch der brennenden Prärie verschleiert, Asche von Gras und Ried erfüllte die Luft, zerlumpte Gestalten schleppten Feuerholz nach Hause, und als vor Kookoos altem Hause ein Stück Kohle von einem Karren fiel, wurde ein Kind von einer blanchisseuse de fin aus dem gegenüberliegenden Haus über die Straße zurückgeprügelt und seiner Beute beraubt.

Der alte Mann kehrte festen Schrittes nach Hause zurück. Ohne ein einziges Mal zu verschnaufen, ging er schnell die Treppe hinauf, mit ungewöhnlich leisen Schritten betrat er sein Zimmer und setzte sich an das Fenster, das auf den rostigen Balkon hinausführte.

Es war ein kleines Zimmer, gegenüber früheren Zeiten hatte es sich traurig verändert, ebensosehr wie 'Sieur George selbst. Der Raum war dumpf und dunkel, an den Wänden zeigten sich Feuchtigkeitsspuren, und von der Decke war an vielen Stellen der Putz abgefallen, und das Rohrgeflecht wurde sichtbar. Es gab nur wenige billige Möbel, zwischen denen der seltsame kleine Fellkoffer auffiel. Der Fußboden war aus breiten Schalbrettern gefügt, die festgenagelt waren und sich ein- oder zweimal wellenförmig aufwarfen und senkten, als seien sie schon so weit den Strom der Zeit herabgetrieben, daß sie nun die Gezeiten spürten.

Aber der Fußboden war sauber, das Bett ordentlich gemacht, der Tisch aus Zypressenholz stand an seinem Platz, und der muffige Mauergeruch wurde etwas von dem Duft einer Geranie gemildert, die auf dem Fensterbrett stand.

Als er in das Zimmer trat und sich gerade setzte, erkundigte sich eine Stimme aus dem Nebenzimmer (das er ebenfalls noch immer gemietet hatte), ob er es auch sei, der soeben gekommen war. Als er es bestätigte, sagte die Stimme: »Papa George, rate einmal, wer heute hier war!«

»Kookoo, der die Miete haben wollte?«

»Ja, aber er wird nicht noch mal kommen.«

»Nein? Warum nicht?«

»Weil du ihm nichts bezahlen wirst.«

»So? Warum nicht?«

»Weil ich sie ihm schon bezahlt habe.«

»Das ist doch nicht möglich! Wo hattest du denn das Geld her?«

»Kannst du dir das nicht denken? – Von Mutter Nativity.«

»Was, doch nicht etwa für deine Stickereien?«

»Nein? Warum denn eigentlich nicht? Mais oui!«

Mit diesen Worten trat die Sprecherin munter lachend ins Zimmer. Sie war ein Mädchen von ungefähr sechzehn Jahren, sehr schön, mit ganz schwarzen Augen und Haaren. Ihr Gesicht und ihre Gestalt waren so außergewöhnlich schön, wie man sie in der ganzen Stadt nicht noch einmal gefunden hätte. Sie setzte sich zu seinen Füßen, legte ihre gefalteten Hände auf seine Knie, und ihr Gesicht, in dem sich kindliche Unschuld und weib-

liche Klugheit mischten, war dem seinen zugewandt und von einer Unterhaltung in Anspruch genommen, die man draußen auf dem Korridor natürlich nicht verstehen konnte.
Was sie auch miteinander besprochen haben mochten, plötzlich jedenfalls stand sie auf, er öffnete die Arme, und sie setzte sich auf seinen Schoß und küßte ihn. Danach trat Schweigen ein. Beide lächelten versonnen und starrten über den verfallenden Balkon hinaus auf die Straße. Nach einer Weile schreckte sie auf, sagte etwas über den Witterungswechsel, machte sich von ihm los und warf ein Streichholz durch das Kamingitter. Der Alte drehte sich zum Feuer um. Sie holte aus ihrem kleinen Zimmer einen Nähschemel, setzte sich neben 'Sieur George, legte ihren Kopf auf seine Knie, und er streichelte ihre Stirn mit seinen braunen Händen.
Dann begann er mit veränderter, tiefer, trauriger Stimme eintönig zu sprechen.
So saßen sie beieinander; er sprach sehr bedächtig, und sie hörte ihm zu, bis schließlich die ganze Nachbarschaft in tiefem Schlummer lag – alle Nachbarn schliefen, nur Kookoo nicht.
Kookoo war auf seine alten Tage ein großer Lauscher geworden. An diesem Abend wechselten sich vor dem Schlüsselloch Ohr und Auge nur so ab; denn 'Sieur George erzählte hier Dinge, die nicht für Außenstehende bestimmt waren. Er hörte das Mädchen schluchzen, und der alte Mann sagte: »Du mußt mich jetzt allein lassen. Es ist nicht länger schicklich und sicher, daß du bei mir wohnst, so sehr ich es auch wünsche. Nur der Herr weiß, wie schwer mir das alles wird, nur Er weiß, wohin Er dich führt; aber Er ist unser Herrgott, mein Kind, und Er wird dich sicher geleiten. Ich war die Ursache für den Tod deines Großvaters. Ich habe das Vermögen deiner armen, toten Mutter durchgebracht, möge dies das letzte Unheil gewesen sein, das ich angerichtet habe.«

»Und ich habe immer nur das Beste gewollt«, fügte er zu sich selbst hinzu.

Soweit Kookoo verstehen konnte, hatte 'Sieur George wohl soeben dem Mädchen die ganze Geschichte erzählt, von der wir bis hierher schon im einzelnen gehört haben. Das Mädchen war lautlos zu Boden gesunken und verbarg sein Gesicht in den Händen, dann sagte es unter Schluchzen: »Ich kann hier nicht fortgehn, Papa George, oh, Papa George, ich kann nicht gehn!«

In diesem Augenblick wurde 'Sieur George durch das jämmerliche Schluchzen der Waise zu der unvernünftigsten Handlung seines Lebens ermutigt, nachdem er den Entschluß schon den ganzen Tag mit sich herumgetragen hatte. Er sagte dem weinenden Mädchen, daß sie nicht blutsverwandt seien; daß es zwischen ihnen keinerlei natürliche Verwandtschaft gäbe; daß er aber ihrem Großvater gelobt habe, sich seiner Enkelin anzunehmen. Und wenn er das bisher auch nur sehr kümmerlich getan habe, so würde er das Versprechen noch mehr brechen als ohnehin schon, wenn er sie der Gnade der Welt überließe, und sei diese noch so gut.

»Ich habe all die Jahre hindurch immer versucht, gut zu dir zu sein. Als ich dich als winzig kleines Baby zu mir nahm, wußte ich noch nicht, wie alles auslaufen würde. Ich hatte die Absicht, dir deine Kinderjahre so schön wie möglich zu gestalten, und schließlich hoffte ich, auch einmal über den Berg zu kommen, und dann solltest du dir die Häuser, in denen du verkehren wolltest, und deine Freunde selbst aussuchen können.

Ich weiß wirklich nicht, woran es lag, daß ich es nicht erreicht habe!« Hier machte er eine Pause und sann einen Augenblick nach, dann sprach er unvermittelt weiter.

»Ich hatte immer gehofft, dir eine bessere Ausbildung als durch Mutter Nativity geben zu können, damit du mit deinen Reizen in eine bessere Umwelt kämst: alle guten Mütter und Schwestern hätten sich glücklich schätzen sollen, dich zu ihrer Familie zählen zu können. Die Schönheit eines glücklichen Frauenlebens sollte sich in dir voll entfalten.

Ich hätte mein Leben dafür hingegeben. Ich habe es hingegeben, so wie es war; aber ich weiß, daß mein Leben recht ärmlich war, etwas Gutes hätte man dafür nicht kaufen können.

Schon seit langem beschäftigt mich ein Gedanke, aber ich wage nicht, ihn auszusprechen. Er kam mir nicht erst heute oder gestern, er läßt mich schon seit langem nicht mehr los – seit Monaten.«

Das Mädchen starrte in die glühende Asche und hörte aufmerksam zu.

»Oh, meine Liebe, wenn ich dich nur dazu bringen könnte, meine Ansichten zu teilen, dann könntest du bei mir bleiben.«

»Wie lange?« fragte sie, ohne sich zu bewegen.

»Oh, so lange, wie es dem Himmel gefallen würde. Aber das ist nur unter einer Bedingung möglich«, sagte er vorsichtig. »Es gibt nur eine Möglichkeit, daß wir zusammenbleiben können. Weißt du, was ich meine?«

Sie sah mit gequältem, forschendem Blick zu dem alten Mann auf.

»Wenn du meine – Frau werden könntest, Liebe.«

Sie stieß einen leisen Entsetzensschrei aus, eilte aus dem Zimmer und schloß zum ersten Mal in ihrem jungen Leben die Tür zwischen sich und 'Sieur George zu.

Und der alte Mann saß da und weinte.

Dann sah Kookoo, der durch das Schlüsselloch blickte, daß sie in den Koffer geschaut hatten. Der Deckel stand offen, aber er war der Tür zugewandt, und so konnte er nicht mehr sehen, als wenn der Koffer geschlossen gewesen wäre.

Er stand gebückt und starrte durch das Loch, bis seine trockenen, alten Knie zu bersten drohten. Es schien ihm, als sei 'Sieur George aus Stein, nur daß Stein nicht so weinen konnte.

Jeder einzelne Wirbel schmerzte fürchterlich. Er würde zehn Dollar dafür gegeben haben – zehn süße Dollar –, wenn 'Sieur George aufgestanden wäre und den Koffer herumgedreht hätte.
Da! 'Sieur George erhob sich – was für ein Gesicht!
Er ging auf das Bett zu; als er am Koffer war, blieb er stehen und sah auf ihn herab, murmelte etwas wie »Ruin« und »Vermögen«, stieß mit dem Fuß den Deckel zu und warf sich quer über das Bett.
Daß er nun sein eigenes Lager aufsuchen konnte, nützte dem alten Kookoo wenig: der kleine Hausbesitzer fand keine Ruhe. Schon fast ein halbes Jahrhundert hatte er seinen Mieter verdächtigt, er verberge in seinem Hause einen Schatz; und an diesem Abend hatte er nun von 'Sieur George selbst vernommen, daß der Koffer ein Vermögen barg. Noch nie in seinem Leben war sich Kookoo so arm vorgekommen. Und außerdem regte sich in ihm der echte Zorn eines Kreolen darüber, daß der Mieter wohlhabend sein sollte, während sein Hauswirt Armut litt.
Und Kookoo wußte überdies, was der Mieter tun würde. Wenn er auch nicht wußte, was er in seinem Koffer aufbewahrte, so war ihm doch bekannt, was er sonst noch bei sich hatte, und er wußte, daß er davon in dieser Nacht genug nehmen würde, um festen Schlaf zu finden.
Niemand würde Kookoo je eines Verbrechens fähig gehalten haben. Er war viel zu sehr auf seinen guten Ruf bedacht, als daß er ihn aufs Spiel setzen würde; außerdem war er alt und schwach, und vor allen Dingen war er ein großer Feigling. Trotz alledem aber erhob sich der schlaflose Mann schon zwei oder drei Stunden vor Sonnenaufgang, schlüpfte in seine Kleider und schlich auf Strümpfen zum Korridor, der zur Wohnung 'Sieur Georges führte. Die Novembernacht war warm und klar geworden, wie es oft in dieser Gegend der Fall ist. Die Sterne funkelten wie Diamanten, die in

dem tiefblauen Himmel aufgehängt waren, und an jedem Fenster, jedem Gitter und jedem Spalt, an dem Kookoo vorüberkam, warf der volle, helle Mond seine glitzernden Strahlen auf den eisgrauen Dieb, als er an dem morschen Geländer entlang über den alten Korridor schlich, der zu 'Sieur Georges Zimmer führte.

'Sieur Georges Tür protestierte mit einem lauten Knarren, so vorsichtig er sie auch geöffnet hatte. Der Hauswirt war in kalten Schweiß gebadet, blieb einige Minuten zitternd stehen, daß der Fußboden unter ihm bebte, und trat dann in das vom Mondlicht erhellte Zimmer ein. Der Mieter schien sich nicht gerührt zu haben und schlief fest. Jetzt zitterte der alte Hasenfuß derart, daß er nicht wußte, wie er sich vor dem Koffer auf die Knie niederlassen sollte, ohne hinzustürzen. Zwei- oder dreimal wäre er fast der Länge nach hingeschlagen. Ihm wurde eiskalt. Doch der Schläfer bewegte sich, und der Gedanke, daß ihm diese einzigartige Gelegenheit entgehen könne, peitschte seine Nerven im Augenblick auf. Vorsichtig ließ er sich neben dem Koffer nieder, legte seine Hand auf den Deckel, hob ihn an und ließ das helle Mondlicht hineinfallen. Der Koffer war bis obenhin vollgestopft, bis an den Rand gefüllt mit Anteilscheinen der Havanna-Lotterie.

Kurz nach Tagesanbruch sah Kookoo von seinem Fenster aus, wie die Waise an der Ecke stehenblieb. Für einen Augenblick hielt sie inne, dann tauchte sie in dem dichten Nebel unter, der vom Fluß heraufgezogen kam, und war verschwunden. Er sah sie nie wieder.

Doch der Herr hat sie nicht verlassen. Nur ein einziges Mal hat sie 'Sieur George wiedergesehen. Sie war auf dem Aussichtsturm des Gebäudes gewesen, das sie jetzt ihr Zuhause nannte, und hatte auf die weitausgedehnte Stadt hinabgeblickt. Fern im Westen und Süden glitzerte der große Fluß im Sonnenuntergang. An seinen weiten Schleifen entlang zogen sich rauchende Fabrikschornsteine, Speicher für den Überfluß; die Parks der Reichen, die Türme von hundert Gotteshäusern und Hütten bedeckten die fruchtbaren Felder der Erbgüter, die den kolonialen Esaus zu 'Sieur Georges Lebzeiten von ihren blauäugigen Brüdern aus dem Norden abgegaunert worden waren. Unmittelbar vor ihr lag der verlassene, schweigende Landstrich mit bescheidenen Wohnungen, den die Regierung vernachlässigt hatte und den alle Freunde der Behaglichkeit mieden. Hier hatten sich einst die blühenden Felder der großen Plantage ihres Großvaters erstreckt. Und etwas weiter entfernt entdeckten ihre Augen 'Sieur George, wie er sich durch die sumpfigen Gemeindewiesen schleppte und dem Sonnenuntergang hinaus in die Prärie folgte, um in dem hohen Gras einen Ruheplatz für die Nacht zu finden.

Sofort wandte sie sich um, raffte ihren roten Kattunrock, gab durch ihre Tränen hindurch acht auf die Stufen und stieg die steile Wendeltreppe hinab zu ihrem Betplatz unter den wohlriechenden Kerzen des Hausaltars in dem Asyl der Mutter Nativity.

'Sieur George ist obdachlos. Er kann die Waise nicht wiederfinden. Mutter Nativity scheint nichts über sie zu wissen. Wenn er sie jetzt finden könnte und sie ihm für nur drei Tage zehn Dollar borgte, wüßte er eine Möglichkeit, all das Vergangene wettzumachen; es könnte nicht schiefgehen, denkt er. Aber er kann sie nicht finden, und die Briefe, die er ihr schreibt – alle sprechen nur von dem einen Plan –, verschwinden im Briefkasten, und das ist alles.

THOMAS BAILY ALDRICH

Thomas Bailey Aldrich (1836–1907), Verfasser der halb-autobiographischen 'Geschichte eines bösen Buben' (1869), kam von der neoklassizistischen Formkunst (eines Willis und Halleck) her, schrieb selbst zunächst gleißende Gedichte, zu denen der ursprüngliche Humor des 'Bösen Buben' nicht recht passen will, 1873 die Causerien 'Marjorie Daw', voll charmanter Eleganz, und, 1880, die düstere und drohende 'Stillwater Tragödie', die Aldrichs Anteilnahme an sozialen Nöten und Spannungen bekundet. Seine Romane zeichnen sich durch sorgfältige und erfinderische Bauweise aus: in der Prosa galt wie in der Poesie seine ganze Kraft und Liebe der Tektonik.

MARJORIE DAW

I. Dr. Dillon an Edward Delaney, Wohlgeboren,
The Pines bei Rye, New Hampshire.

8. August 1872

Sehr geehrter Herr,

Ich freue mich, Ihnen mitteilen zu können, daß Ihre Befürchtungen unnötig sind. Flemming wird lediglich drei oder vier Wochen ans Sofa gefesselt sein und später beim Gehen noch etwas vorsichtig sein müssen. Eine Fraktur dieser Art ist immer eine etwas langwierige Angelegenheit. Glücklicherweise befand sich in dem Drugstore, in den man Flemming nach seinem Sturz brachte, zufällig ein Arzt, der den Knochen vortrefflich gerichtet hat; und ich glaube nicht, daß der Unfall chronische Nachwirkungen hinterlassen wird. Rein physisch macht Flemming sehr gute Fortschritte; aber ich muß gestehen, daß mir seine Reizbarkeit und die Melancholie, in die er nach seinem Mißgeschick verfallen ist, große Sorgen bereiten. Warum mußte auch ausgerechnet er sich das Bein brechen. Sie wissen ja selbst am besten, wie ungestüm unser Freund gewöhnlich ist, er steckt doch voller Tatendrang und Energie; wenn er nicht irgendeiner Aufgabe nachjagen kann, wie der Stier in der Arena dem roten Tuch nachsetzt, dann ist er doch nicht zufrieden. Trotz allem aber war er immer liebenswürdig. Das ist er jetzt nicht mehr. Seine Launen sind geradezu entsetzlich. Miß Fanny Flemming ist aus Newport, wo sich ihre Familie zur Zeit in der Sommerfrische aufhält, eigens deshalb hierher geeilt, um ihn zu pflegen; aber schon am nächsten Morgen hat er sie bis zu Tränen gereizt und wieder davongejagt. Neben seinem Sofa hat er die gesammelten Werke Balzacs aufgestapelt, alle siebenundzwanzig Bände; und jedesmal, wenn Watkins, dieses Muster von einem Diener, ihm das Essen bringt, greift er nach einem Buch und will damit nach ihm werfen. Gestern habe ich ihm, ohne mir dabei etwas zu denken, als Geschenk einen kleinen Korb Zitronen mitgebracht. Sie wissen ja, die Ursache für das Mißgeschick unseres Freundes war ein Stück Zitronenschale im Rinnstein. Nun ja, er hatte die Zitronen noch gar nicht richtig erblickt, als er auch schon in einen Wutanfall ausbrach, den ich Ihnen einfach nicht beschreiben kann. Das ist aber nur eine seiner Launen und beileibe noch nicht einmal die beunruhigendste. Zuweilen sitzt er auch schweigend, finster und verzweifelt über sein gebrochenes Bein gebeugt. Wenn er einen solchen Anfall hat – und der hält manchmal einen ganzen Tag an –, dann kann ihn nichts aus seiner Melancholie reißen. Er verweigert das Essen, liest keine Zeitungen, und selbst Bücher vermögen ihn nicht zu reizen, es sei denn, er kann sie als Geschosse gegen Watkins verwenden. Sein Zustand ist wahrhaft beklagenswert.

Wenn er nun ein armer Mann wäre und eine Familie von seiner täglichen Arbeit leben müßte, dann wäre ja seine Reizbarkeit und Mutlosigkeit nur zu verständlich. Aber für einen jungen Mann von vierundzwanzig Jahren, der viel Geld hat und auf dieser Welt doch offensichtlich keine Sorgen kennt, ist es doch ein etwas unnatürliches Gebaren. Wenn er seinen Launen weiterhin so nachgibt wie bisher, so wird das noch letzten Endes zur Entzündung seines Wadenbeines führen. Er hat sich nämlich das Wadenbein gebrochen. Ich bin am Ende meiner Kunst und weiß nicht mehr, was ich ihm verschreiben soll. Mir stehen zwar Schlafmittel und essigsaure Tonerde zur Verfügung, mit denen ich meinen Patienten Schlaf und Linderung ihrer Schmerzen verschaffen kann, aber ich habe keine Medizin, die etwas gesunden Menschenverstand hervorruft. Das liegt außerhalb meiner Möglichkeiten, aber vielleicht können Sie es erreichen. Sie sind doch Flemmings bester Freund, sozusagen sein fidus Achates. Schreiben Sie ihm, schreiben Sie ihm oft, zerstreuen Sie seine Gedanken, muntern Sie ihn auf und verhindern Sie, daß er ein chronischer Fall von Melancholie wird. Vielleicht ist er auch dadurch, daß er jetzt ans Sofa gefesselt ist, verhindert, wichtige Vorhaben auszuführen. Wenn dem so ist, wird es Ihnen ja sicherlich bekannt sein, und dann werden Sie auch wissen, wie Sie ihn am besten beraten können. Ihrem Vater hat doch die Luftveränderung sicher sehr gut getan? Ich verbleibe, sehr geehrter Herr, mit vorzüglicher Hochachtung, etc.

II. Edward Delaney an John Flemming,
West 38th Street, New York

9. August 1872

Mein lieber Jack,

Heute morgen erhielt ich einige Zeilen von Dillon, aus denen zu meiner großen Freude hervorgeht, daß Dein Unfall nicht so ernst ist, wie uns ursprünglich berichtet wurde. Gott sei Dank geht es Dir nun doch nicht so schlecht, wie man es uns ausgemalt hatte. Wenn Du Dillons Ratschlägen folgst und auch ein bißchen Geduld an den Tag legst, dann hat er Dich sicherlich in zwei bis drei Wochen wieder auf die Beine gestellt.

Hast Du eigentlich meinen Brief vom letzten Mittwoch erhalten? Ich war wirklich ehrlich erschüttert, als ich von Deinem Unfall erfuhr.
Ich kann mir sehr gut vorstellen, wie still und klösterlich alles um Dich herum zugeht, seitdem sie Dein Bein zum Kühlen in den Trog gesteckt haben! Es ist wirklich verteufelt unangenehm, zumal wir uns doch schon so auf einen schönen, gemeinsamen Monat an der See gefreut hatten. Aber wir wollen es trotzdem nicht tragisch nehmen. Unglücklicherweise gestattet es mir der Gesundheitszustand meines Vaters nicht, ihn allein zu lassen. Er hat sich meiner Meinung nach zwar gut erholt; die Seeluft ist nun einmal sein natürliches Element; aber er muß sich doch noch immer bei Spaziergängen auf meinen Arm stützen, und zuweilen braucht er auch noch mehr Fürsorge, als sie ihm ein Bediensteter angedeihen lassen kann. Leider kann ich unter diesen Umständen nicht zu Dir kommen, lieber Jack, aber ich habe sehr viel freie Zeit, und wenn es Dich etwas zerstreut, so will ich Dir gern ganze Säcke voll Briefe schreiben. Aber weiß der Himmel, hier passiert wirklich nichts, worüber ich Dir schreiben könnte. Leider ist hier alles ganz anders als in den Strandhäusern; ja, wenn ich dort wohnte, könnte ich Dir so manche Charakterstudie schicken. Ich würde Dir ganze Gruppen von Seegöttinnen herzaubern, denen ihre eigenen (oder vielleicht auch falschen) kohlrabenschwarzen und blonden Mähnen auf die Schultern herabfallen. Ich würde Dir Aphrodite im Morgenrock, im Abendkleid und in ihrem herrlichsten Badeanzug schildern. Aber von diesen Dingen ist hier bei uns nichts zu sehen. Wir wohnen in einem Farmhaus, unweit von einer Kreuzung, etwa zwei Meilen von den Hotels entfernt, und führen das ruhigste Leben, das man sich nur vorstellen kann.
Ich wünschte, ich wäre Schriftsteller. Hier ist so ganz der richtige Ort, um eine Sommerromanze zu schreiben: Das alte Haus mit den sandbestreuten Dielen, der

hohen Täfelung und den kleinen Fenstern, die auf einen Fichtenhain hinausschauen, der sich bei jedem Windhauch in Äolsharfen verwandelt. In dieser Geschichte würde man den Duft der Wälder und den Atem des Meeres spüren. Es müßte so ein Roman werden, wie ihn dieser russische Bursche geschrieben hat – wie heißt er doch gleich? – Tourguenieff, Turguenef, Turgenif, Toorguniff, Turgenjew – der Teufel weiß, wie er sich wirklich schreibt. Aber wer weiß, ob es selbst einer Lisa oder Alexandra Pawlowna gelänge, das Herz eines Menschen zu rühren, der ununterbrochen Schmerzen in seinem Bein hat. Ich bin ja noch nicht einmal überzeugt, daß Dich eins unsrer typischen amerikanischen Mädchen, Du weißt schon, eins von dem hochmütigen und spirituellen Typ, in Deinem augenblicklichen beklagenswerten Zustand trösten könnte. Wenn es aber doch so wäre, so würde ich sofort hinunter nach Surf House eilen und Dir eine besorgen; oder, was noch besser wäre: ich würde Dir das junge Mädchen bringen, das gerade hier bei uns gegenüber wohnt.
Du mußt Dir nämlich uns gegenüber ein großes, weißes Haus vorstellen, es ist ein Herrenhaus, wahrscheinlich in der kolonialen Periode gebaut. Es hat weitläufige Anbauten, ein Walmdach und ist an drei Seiten von Veranden umgeben – es ist ein selbstbewußtes, sehr kultiviertes Stück Architektur und trägt die Nase sehr hoch. Es steht etwas von der Straße zurück und ist feierlich von Ulmen, Eichen und Trauerweiden eingefriedet. Manchmal erscheint am Vormittag auf der Veranda eine junge Dame, in der Hand trägt sie ein wahrhaft penelopisches Netz von einer Stickerei oder ein Buch. Meistens erscheint sie aber erst am Nachmittag, wenn dieser Teil des Gebäudes nicht mehr von der Sonne beschienen wird. Auf der Veranda befindet sich eine Hängematte; soweit ich es von hier aus beurteilen kann, ist sie aus Ananas-Bast. Wenn man, wie diese junge Dame, erst achtzehn Jahre alt ist, goldenes

Haar und schwarze Augen hat, ein wundervolles smaragdfarbiges Kleid in der Art der Meißner-Porzellan-Schäferinnen trägt und einer Schönheit aus der Zeit des Louis Quatorze gleicht, dann steht einem eine Hängematte besonders gut. Denn all dieser Glanz steigt in die Hängematte und bewegt sich dann wie eine Wasserlilie im goldenen Nachmittag leise hin und her. Mein Schlafzimmerfenster sieht direkt auf diese Veranda hinaus – und auch ich schaue immer hinüber.

Aber jetzt Schluß mit diesem Unsinn. Da kannst Du einmal sehen, welches Leiden einen gesetzten jungen Rechtsanwalt ankommt, der seine Ferien in der Gesellschaft eines kranken Vaters verbringen muß. Schreibe mir ein paar Zeilen, lieber Jack, und berichte mir, wie es wirklich um Dich steht. Schildere mir Deinen Zustand. Schreibe mir einen langen, ruhigen Brief. Wenn Du Dich wild gebärdest oder gar schimpfst, sollst Du von mir etwas erleben.

III. John Flemming an Edward Delaney

11. August 1872

Deinen Brief, lieber Ned, hat mir Gott gesandt. Stell Dir doch nur einmal vor, in was für einer Situation ich mich befinde – ich, der ich seit meiner Geburt nicht einen einzigen Tag krank war. Mein linkes Bein wiegt drei Tonnen. Es ist wie eine Mumie mit Gewürzen einbalsamiert und durch mehrere Lagen feinsten Leinens geradezu erstickt. Ich kann mich nicht bewegen. Seit fünftausend Jahren habe ich mich schon nicht mehr bewegt. Ich stamme aus Pharaos Zeiten.

Vom frühen Morgen bis in die späte Nacht liege ich hier auf der Chaise und starre hinaus auf die heiße Straße. Alles ist aus der Stadt geflüchtet und erholt sich. Die Backsteinhäuser auf der anderen Straßenseite sehn wie eine Reihe billiger Särge aus, die man hochkant hingestellt hat. Auf den Namen der Verstorbenen, die in die silbernen Türschilder eingegraben sind, hat sich

schon Grünspan niedergeschlagen. Hämische Spinnen haben die Schlüssellöcher zugewebt. Alles riecht nach Schweigen, Staub und Trostlosigkeit. – Jetzt muß ich aber erst einmal unterbrechen und mir Watkins mit dem zweiten Band von 'César Birotteau' vom Leibe halten. Ich habe ihn nicht getroffen! Ich wäre sicher, daß ich ihn k. o. schlagen würde, wenn ich nur eine Ausgabe von Sainte-Beuve oder vom 'Dictionnaire Universel' hier hätte. Diese kleinen Balzac-Bände liegen mir irgendwie nicht richtig in der Hand; aber trotzdem werde ich ihn schon noch einmal erwischen, darauf kannst Du Dich verlassen. Ich habe Watkins schwer im Verdacht, daß er sich über den Château Yquem meines alten Herrn hermacht. Mit einem Nachschlüssel zum Weinkeller. Im Souterrain fließt der Hiberner, und der junge Cheops liegt oben fein säuberlich in Leichentücher eingewickelt. Wenn Watkins in mein Zimmer schleicht, hat er immer sein farbloses, heuchlerisches Gesicht aufgesetzt, so lang wie eine aufgezogene Ziehharmonika; aber ich bin fest überzeugt, er grinst draußen die ganze Zeit vor sich hin und freut sich, daß ich mir das Bein gebrochen habe. Als ich an jenem Abend in die Stadt ging, um an Delmonicos Dinner teilzunehmen, muß mein Unglücksstern aber auch wirklich im Zenit gestanden haben. Aber ich bin ja nicht nur wegen der Einladung losgegangen. Ich wollte auch Frank Livingstones Rotschimmel kaufen, die Margot. Und jetzt werde ich in den nächsten zwei Monaten nicht einmal fähig sein, im Sattel zu sitzen. Ich werde Dir das Pferd nach The Pines schicken – so heißt doch wohl der Ort, wo Du Dich gegenwärtig aufhältst?
Der alte Dillon ist wohl der Meinung, daß ich irgend etwas am Kopfe habe. Mit seinen Zitronen bringt er mich zur Raserei. Zitronen für einen Geisteskranken! So ein Unsinn. Eine solche Gefangenschaft bin ich nicht gewöhnt, ich kriege die Hummeln – das ist alles. Stell Dir einen Mann vor, der in seinem ganzen Leben, ab-

gesehen von Kopf- und Zahnschmerzen, nie etwas gehabt hat, schnalle sein Bein unter einen Wasserstrahl, sperre ihn bei dem heißen Wetter in seine Stadtwohnung ein, und dann erwarte noch, daß er lächelt, schnurrt und glücklich ist. Das ist doch geradezu albern. Wie soll ich denn da froh oder gar zufrieden sein.

Dein Brief war in den zehn Tagen, die seit meinem Unfall vergangen sind, der einzige Trost, den ich hatte. Für eine halbe Stunde hat er mich wirklich aufgemuntert. Wenn Du etwas für mich übrig hast, Ned, dann schreibe mir sooft und soviel wie nur irgend möglich. Mich interessiert alles. Schreibe mir mehr über das Mädchen in der Hängematte. Es war alles so schön, was Du da von der Schäferin aus Meißner Porzellan und den Wasserlilien geschrieben hast; Deine Vorstellungen waren ja offensichtlich etwas durcheinander geraten, aber trotzdem war das, was Du da schreibst, wirklich sehr nett. Daß Du so sentimentale Möbel in Deinem Oberstübchen hast, hätte ich gar nicht gedacht. Aber das beweist einmal mehr, daß man selbst beim besten Freund, den man doch nun schon seit Jahren kennt, allenfalls bis in die Empfangsräume vordringt und eigentlich doch nie sicher weiß, wie es in der Mansarde aussieht. Ich dachte immer, Dein ganzer Boden sei mit trockenen juristischen Pergamenten, Hypotheken und eidesstattlichen Erklärungen vollgestopft, und nun legst Du mir einen Packen Manuskripte auf den Tisch, da ist man doch einfach platt! Es sind Gedichte, Sonette und Chansonetten. Sie haben wirklich eine schriftstellerische Ader, Edward Delaney, und ich habe Sie schwer im Verdacht, daß Sie anonym Liebesgeschichten in Magazinen veröffentlichen.

Bis Dein nächster Brief kommt, werde ich sicherlich ungenießbar sein. Erzähle mir alles, was Du über Deine hübsche inconnue von jenseits der Straße in Erfahrung bringen kannst. Wie heißt sie denn? Wer ist sie? Wer ist ihr Vater? Wo ist ihre Mutter? Hat sie einen Verehrer? Du kannst Dir gar nicht vorstellen, wie sehr mich das alles interessiert. Je mehr Einzelheiten, um so besser. Meine Gefangenschaft hat mich geistig schon so anspruchslos gemacht, daß ich Deine Briefstellerei nachgerade als eine erstaunliche Gabe zu bewundern beginne. Es ist ganz offensichtlich, ich werde jetzt senil. Paß auf, in ein oder zwei Wochen spiele ich wieder mit Gummiringen und Kinderklappern. Ein Silberbecher mit der entsprechenden Aufschrift wäre dann eine nette Aufmerksamkeit von Dir. Ehe es aber so weit kommt, schreibe!

IV. Edward Delaney an John Flemming

12. August 1872

Der kranke Pascha soll unterhalten sein. Bismillah! Er will es nun einmal so haben. Wenn aber der Geschichtenerzähler zu weitschweifig oder ermüdend wird – dann besorge Dir eine seidene Schnur zum Erdrosseln, einen Sack und zwei Negersklaven und wirf ihn in die Piscataqua! Aber wirklich, Jack, ich habe eine schwere Aufgabe übernommen. Hier ist auch buchstäblich nichts los – das einzige, was es gibt, ist das kleine Mädchen von gegenüber. Im Augenblick schaukelt sie gerade in ihrer Hängematte. Ihr Anblick entschädigt mich wirklich für so manches, was mir das Leben vorenthalten hat, vor allem dann, wenn sie so ab und zu ihren schmalen Schuh – der bei ihr übrigens so fest ansitzt wie ein Handschuh – zeigt und ihrer Hängematte wieder einen Schwung gibt. Ja, nun willst Du wissen, wer sie ist und wie sie heißt? Sie heißt Daw und ist die einzige Tochter des Obersten a. D. und Bankiers Mr. Richard W. Daw. Ihre Mutter ist tot. Einer ihrer Brüder studiert in Harvard, der älteste Bruder ist vor zehn Jahren in der Schlacht bei Fair Oaks gefallen. Die Daws sind eine alteingesessene und reiche Familie. Hier ist ihr eigentliches Zuhause, Vater und Tochter bringen hier etwa acht der zwölf Monate zu; den Rest des

Jahres leben sie in Baltimore und Washington. Die neuenglischen Winter sind für den alten Herrn zu streng. Die Tochter heißt Marjorie, Marjorie Daw. Wenn man das zum ersten Male hört, klingt es etwas komisch, nicht? Aber wenn man es erst ein halbes Dutzend Mal vor sich hingesagt hat, findet man Gefallen daran. Es klingt angenehm altmodisch, etwas geziert und veilchenhaft. Gestern abend hatte ich unsern Gastgeber hier in The Pines auf der Zeugenbank und entlockte ihm die vorstehenden Aussagen. Er hält den Gemüsegarten der Daws in Ordnung und kennt die Familie seit dreißig Jahren. Wahrscheinlich werde auch ich in den nächsten Tagen ihre Bekanntschaft machen. Es ist nahezu ausgeschlossen, daß ich Mr. Daw oder seiner Tochter nicht auf einem meiner Spaziergänge begegne. Die junge Dame bevorzugt einen ganz bestimmten Weg hinunter zum Strand. Ich werde sie dort eines Morgens einmal abfangen und höflich meinen Hut ziehen. Die Prinzessin wird mir dann ihr schönes Gesicht höflich überrascht und nicht ohne etwas Herablassung zuwenden. Möglicherweise wird sie mich auch abblitzen lassen. Aber was tue ich nicht alles für Dich, o Pascha von Knacks-Radachse! ... Wie eigenartig doch oft der Zufall spielt! Vor zehn Minuten wurde ich in das Wohnzimmer hinuntergerufen – Du kennst ja die Wohnzimmer in den Bauernhäusern an der Küste, mit den Muscheln und den Rottannenzweigen auf dem Kaminsims wirken sie doch wirklich amphibisch; und dort kam ich nun gerade dazu, als sich Mr. Daw und mein Vater mit antiquierter Höflichkeit bewedelten. Er war zu uns herübergekommen, um seinem neuen Nachbarn einen Anstandsbesuch abzustatten. Mr. Daw ist ein hochgewachsener, schlanker Mann von ungefähr fünfundfünfzig Jahren, hat ein blühendes Gesicht und trägt einen schneeweißen Backen- und Schnurrbart. Er ähnelt Mr. Dombey ein bißchen, oder besser, er sieht so aus, wie Mr. Dombey ausgesehen haben würde, wenn er einige Jahre in der englischen

Armee gedient hätte. Im letzten Krieg war Mr. Daw Oberst, er befehligte das Regiment, in dem sein Sohn als Leutnant gestanden hatte. Er ist ein zackiger alter Junge, hart wie New Hampshire-Granit. Ehe er sich wieder von uns verabschiedete, lud er uns in einer Form ein, als gäbe er einen Regimentsbefehl heraus. Für vier Uhr habe Miß Daw einige Bekannte zum Krocket auf dem Rasen (Exerzierplatz) und zum Tee (Empfang der kalten Ration) auf der Veranda eingeladen. Ob wir geruhten, sie mit unserer Anwesenheit zu beehren (oder ob wir lieber in den Bau wandern wollten)? Mein Vater entschuldigte sich, da er sich gesundheitlich nicht wohl fühlte. Aber sein Sohn hat diese Einladung mit aller Höflichkeit, deren er fähig ist, angenommen.
In meinem nächsten Brief werde ich Dir also viel zu berichten haben. Unserer kleinen Schönheit habe ich dann von Angesicht zu Angesicht gegenüber gesessen. Ich habe es so im Gefühl, Jack, als ob diese Daw eine rara avis ist! Bis zu meinem nächsten Brief Kopf hoch, Junge – und schreibe mir bitte eingehend, was Dein Bein macht.

V. Edward Delaney an John Flemming

13. August 1872

Die Gesellschaft, mein lieber Jack, war so langweilig wie nur denkbar. Anwesend waren: ein Marineleutnant, der Oberpfarrer der Anglikanischen Kirche von Stillwater und ein aufgeblasener Salonlöwe aus Nahant. Der Leutnant machte ein Gesicht, als habe er ein paar von seinen Knöpfen verschluckt und dabei festgestellt, daß Gold unverdaulich ist; der Oberpfarrer ist ein ziemlich schwermütiger Junge, weißt Du, einer von der bläßlichen Sorte; und mit dem Stutzer aus Nahant war weiß Gott auch nicht gerade viel los. Die Frauen waren auf jeden Fall besser, aber das ist ja gewöhnlich so; die beiden Miß Kingsbury aus Philadelphia – sie wohnen im Sea-shell House – sind zwei hübsche, sympathische

Mädchen. Aber bei weitem nicht zu vergleichen mit Marjorie Daw!

Die Gäste verabschiedeten sich nach dem Tee, ich aber blieb noch ein bißchen da und rauchte mit dem Oberst auf der Veranda eine Zigarre. Es war rührend anzusehen, mit welcher Liebe Miß Marjorie den alten Soldaten umsorgt und ihm tausend kleine Aufmerksamkeiten erweist. Sie brachte die Zigarren, und die Art, wie sie mit ihren schmalen Händen die Kerze anzündete, war geradezu bezaubernd. Als wir nun dort so zusammen saßen und sie in der sommerlichen Abenddämmerung hin- und herging, erschien sie mir in ihrem weißen Kleid und dem goldenen Haar wie ein liebliches Phantom, das aus unseren Rauchringen hervorgegangen war. Wenn sie sich plötzlich in ein Nichts aufgelöst hätte, wie die Statue der Galatea in dem Theaterstück, dann wäre ich wohl sehr traurig, kaum aber erstaunt gewesen.

Es war ganz offensichtlich, daß sie der alte Oberst sehr liebt, und sie hängt mit der gleichen Liebe an ihm. Ich bin übrigens der Überzeugung, daß das Verhältnis zwischen einem alten Vater und einer zur Frau heranreifenden Tochter etwas außerordentlich Schönes ist. In einem solchen Verhältnis liegt ein inniges Verstehen, das es zwischen Mutter und Tochter oder Vater und Sohn einfach nicht gibt. Aber jetzt fange ich an zu philosophieren.

Bis um halb elf blieb ich noch bei den Daws, und wir sahen den Mond aus dem Meer steigen. Die See, die sich still und schwarz bis zum Horizont ausdehnte, wurde von einem Zauberer in ein Feld zerbrochenen, glitzernden Eises verwandelt, das von herrlichen Silberstreifen durchzogen war. Ganz in der Ferne leuchteten die Shoal-Inseln, wie eine Kette von Eisbergen, die langsam an uns vorüberglitt. Polarfelder im Juniwetter! Es war einfach herrlich. Ja, und worüber wir gesprochen haben? Über das Wetter haben wir uns unterhalten –

und über Dich! Das Wetter war in den letzten Tagen nicht gerade sehr freundlich – und Dir ist es ja auch nicht sehr gut gegangen. Und so konnte ich ohne große Schwierigkeiten das Gespräch von einem zum anderen Thema überleiten. Ich erzählte meinen Freunden von Deinem Unfall und wie dadurch alle unsere Sommerpläne vereitelt wurden, ich sagte ihnen auch, was wir uns ursprünglich vorgenommen hatten. Dein Wadenbein bot mir ein vortreffliches Gesprächsthema. Und dann habe ich Dich beschrieben, doch nein, das tat ich eigentlich nicht. Ich habe von Deiner Liebenswürdigkeit berichtet, von der Geduld, die Du trotz aller schweren Prüfungen aufbringst, und Deiner tiefempfundenen Dankbarkeit für die Zitronen, die Dir Dillon schenkt. Ich erzählte von der zärtlichen Liebe zu Deiner Schwester Fanny, der Du nicht einmal erlaubt hast, Dich zu pflegen, und die Du selbstlos wieder nach Newport zurückgeschickt hast, weil Du Dich mit Deiner Köchin Mary und dem Diener Watkins bescheidest, dem Du, ganz nebenbei bemerkt, übrigens mit großer Liebe zugetan bist. Wenn Du dabeigewesen wärest, Jack, Du hättest Dich einfach nicht wiedererkannt! Ich wäre bestimmt ein außerordentlich guter Strafverteidiger geworden, wenn ich mich nicht schon einem anderen Zweig der Jurisprudenz zugewandt hätte.
Miß Marjorie hat sich recht eingehend nach Dir erkundigt. Zuerst hatte ich es gar nicht bemerkt, aber später ist es mir dann wie Schuppen von den Augen gefallen, daß sie dieser Unterhaltung außerordentlich aufmerksam gefolgt war. Als ich wieder in mein Zimmer zurückkam, rief ich mir ins Gedächtnis zurück, wie gespannt sie sich vorgeneigt und mir förmlich die Worte von den Lippen abgelesen hatte; ihr schneeweißer Hals schimmerte dabei im hellen Mondlicht. Allen Ernstes, ich glaube, ich habe Dich ihr durch meine Erzählungen sehr nahegebracht!
Diese Miß Daw ist ein Mädchen, das Du sicherlich

auch sehr gern haben würdest, das kann ich Dir sagen. Sie ist eine Schönheit ohne Launen, eine vornehme und zarte Natur, wenn man überhaupt die Seele eines Menschen von seinem Gesicht ablesen kann. Und der alte Oberst ist auch ein edler Charakter.

Ich freue mich wirklich sehr darüber, daß die Daws so nette Menschen sind. The Pines ist nun einmal ein sehr abgelegener Ort, und mein Stoff ist knapp. Sicherlich wäre mir hier die Zeit bald sehr lang geworden, wenn ich außer meinem Vater hier keine Gesellschaft gefunden hätte. In diesem Falle wäre der wehrlose Invalide das Ziel meines Feuers geworden; aber für Artillerie habe ich nun einmal nicht viel übrig, moi.

VI. John Flemming an Edward Delaney

17. August 1872

Obwohl Du ein Mensch bist, der für Artillerie nicht sehr viel übrig hat, so muß ich Dir doch sagen, mein Freund, daß Du meine inneren Befestigungen unter ein recht lebhaftes Feuer genommen hast. Aber mache nur weiter so; denn der Zynismus ist ein kleines Feldgeschütz, das manchmal auch nach hinten losgehen kann und dabei den Kanonier tötet.

Du kannst mich meinetwegen beschimpfen und schmähen, soviel Du willst, ich werde mich darüber nicht beklagen; denn was sollte ich wohl ohne Deine Briefe anfangen. Sie machen mich ja schließlich wieder gesund. Seit dem vergangenen Sonntag habe ich auch nicht mehr nach Watkins geworfen. Das liegt einmal daran, daß ich unter Deiner Fuchtel wieder etwas entgegenkommender geworden bin, zum anderen aber hat es seinen Grund darin, daß Watkins eines Nachts meine Munition erbeutet und wieder in die Bibliothek geschleppt hat. Bisher hat er sich immer gleich geduckt, wenn ich mich auch nur ans Ohr faßte oder den rechten Arm hob. Seine Vorsicht hat sich dann aber sehr schnell wieder gegeben. Aber was den Weinkeller anbetrifft,

so habe ich ihn noch immer in Verdacht. Man kann Watkins kurz und klein schlagen, man kann ihn zerschmettern, aber der Geruch des Roederers wird ihn noch immer umgeben.
Ned, diese Miß Daw muß einfach eine zauberhafte Person sein! Ich würde sie sicherlich in mein Herz schließen. Ich glaube, das ist sogar schon geschehen. Schon als Du mir in Deinem ersten Brief von einem Mädchen schriebst, das Deinem Fenster gegenüber in einer Hängematte schaukelt, fühlte ich mich mächtig von ihr angezogen. Wie das möglich ist, kann ich Dir auch nicht sagen. Was Du dann weiterhin von Miß Daw geschrieben hast, verstärkte diesen Eindruck nur noch mehr. Es kommt mir alles so vor, als beschriebest Du eine Frau, der ich schon einmal in einem anderen Leben oder in einem Traum begegnet bin. Auf mein Wort: ich glaube, wenn Du mir eine Photographie von ihr schicktest, ich würde sie auf den ersten Blick wiedererkennen. Ihre ganze Art, ihre Haltung, wenn sie Deinen Worten folgt, ihre Charakterzüge, so wie Du sie mir beschreibst, das helle Haar und die dunklen Augen – all das ist mir so vertraut. Und sie hat wirklich so viele Fragen gestellt? Sie will etwas über mich wissen? Ich finde das alles sehr eigenartig.
Wenn Du wüßtest, Du verdammter alter Zyniker, daß ich die ganze Nacht bei kleinem Gaslicht wach liege und an das Haus in The Pines Dir gegenüber denke, würdest Du Dir bestimmt ins Fäustchen lachen. Wie kühl es jetzt dort bei Euch sein muß. Ich sehne mich nach der salzigen Seeluft. Ich male mir aus, wie der Oberst seine Manilazigarre auf der Veranda raucht. Dann stelle ich mir vor, wie Du mit Miß Daw am Strand entlangschlenderst. Manchmal lasse ich Euch beim Mondlicht unter Ulmen spazierengehen, denn in meinen Gedanken seid Ihr nun beide schon gut miteinander befreundet, und in meinen Vorstellungen trefft Ihr Euch jeden Tag. Ich weiß genau, wie Ihr Euch

gebt und benehmt! Dann übermannt mich ein Anfall von Grausamkeit, und ich würde am liebsten jemanden umbringen. Ist es Dir vielleicht aufgefallen, ob irgend so etwas wie ein Verehrer diese kolonialen Laren und Penaten umgaukelt? Sind dieser Leutnant von der berittenen Gebirgsmarine und der junge Kerl aus Stillwater oft bei den Daws? Denke nun aber ja nicht, daß ich ohne diese Neuigkeiten nicht auskommen kann, aber so ein bißchen Tratsch ist doch immer ganz nett. Ich staune ja nur, daß Du Dich noch nicht selbst in Miß Daw verliebt hast. Bei mir fehlt wirklich nicht mehr viel, und es ist passiert. Übrigens, da wir gerade von Photographien sprachen: könntest Du mir nicht eine ihrer cartes de visite aus ihrem Album stibitzen – sie hat doch bestimmt so ein Album – und sie mir dann schicken? Ich schicke sie Dir postwendend wieder zurück, so daß ihr Fehlen überhaupt nicht auffällt. Das wäre ein wahrer Freundschaftsdienst; Ist übrigens das Pferd gesund und munter bei Dir angekommen? Es wird im Herbst in Central Park Aufsehen machen.
Ach ja – und was mein Bein macht? Ich habe es völlig vergessen. Es ist besser.

VII. Edward Delaney an John Flemming

20. August 1872

Du hast mit Deinen Mutmaßungen recht behalten. Ich stehe mit unseren Nachbarn jetzt auf denkbar bestem Fuße. Der Oberst und mein Vater rauchen bei uns im Wohnzimmer oder drüben auf der Veranda gemeinsam ihre Abendzigarren, und ich verbringe jeden Tag ein oder zwei Stunden mit der Tochter. Die Schönheit, Bescheidenheit und Klugheit von Miß Daw versetzen mich mehr und mehr in Erstaunen.
Du fragst mich nun, warum ich mich nicht in sie verliebe. Ich will da ganz offen sein, Jack, ich war schon auf dem besten Wege dazu. Sie ist jung, reich und sehr gebildet: sie vereinigt in sich mehr geistig und persön-

lich Anziehendes, als ich es bisher bei einer mir bekannten Frau fand; aber das gewisse Etwas, das notwendig wäre, um mein besonderes Interesse zu wecken, fehlt ihr eben. Wenn eine Frau dieses gewisse Etwas hat, braucht sie weder schön, reich noch sehr jung zu sein, und sie würde mich trotzdem zu ihren Füßen sehen. Aber das fehlt Miß Daw eben. Wenn ich zusammen mit ihr nach einem Schiffbruch ans Ufer einer unbewohnten Insel geworfen würde – sagen wir mal, eine tropische Insel, denn es kostet ja nichts, die Sache etwas auszumalen –, dann würde ich ihr eine Bambushütte bauen, für sie Brotfrüchte und Kokosnüsse pflücken, ihr Yamswurzeln braten, herrliche Schildkröten fangen und ihr daraus eine nahrhafte Suppe kochen, aber verlieben würde ich mich nicht in sie – zumindest dann nicht, wenn es unter achtzehn Monaten abgeht. Ich würde sehr gern mit ihr zusammen leben wie mit einer Schwester, sie schützen und beraten und mein halbes Gehalt für Spitzen und Kamelhaar-Schals ausgeben. (Jetzt sind wir nicht mehr auf der Insel.) Aber selbst dann, wenn ich über alle diese Dinge hinwegsähe, gäbe es noch immer Gründe, die mich davon abhalten würden, Miß Daw zu lieben. Mir könnte kaum etwas Schlimmeres passieren, als wenn ich mich jetzt in sie verliebte. Flemming, jetzt offenbare ich Dir etwas, was Dich in großes Erstaunen versetzen wird. Es ist dabei gut möglich, daß meine Ausgangspunkte und damit auch meine Schlußfolgerungen falsch sind; aber Du sollst das selbst entscheiden.

Als ich an jenem Abend nach der Krocket-Gesellschaft wieder in mein Zimmer zurückgekehrt war und noch einmal all die unbedeutenden Ereignisse des Nachmittags überdachte, fiel mir plötzlich die Anteilnahme auf, mit der Miß Daw meinem Bericht über Deinen Unfall gefolgt war. Ich glaube, ich habe das schon einmal erwähnt. Nun gut, am nächsten Morgen, als ich meinen Brief einstecken wollte, überholte ich Miß Daw auf der

Straße nach Rye, denn dort ist das nächste Postamt, und wir gingen gemeinsam hin und zurück. Wieder kamen wir auf Dich zu sprechen, und abermals bemerkte ich jenen unerklärlichen, interessierten Blick, der schon am Abend vorher ihr Gesicht so aufgehellt hatte. Seit jenem Tage habe ich Miß Daw vielleicht schon zehnmal, möglicherweise auch noch häufiger getroffen. Aber jedesmal mußte ich erkennen, daß ich ihre Aufmerksamkeit nicht fesseln konnte, wenn ich nicht von Dir, Deiner Schwester, irgendeinem Ort oder irgendeiner Person sprach, die mit Dir im Zusammenhang stehen. Sie war dann immer wie geistesabwesend, sie sah mich nicht mehr an, und ihr Blick wanderte über die See oder hinaus zu irgendeinem Punkt in der Landschaft; ihre Finger spielten mit den Seiten ihres Buches, und ich war völlig sicher, daß sie mir nicht mehr zuhörte. Wenn ich dann in solchen Augenblicken plötzlich abbrach, das Gesprächsthema wechselte – ich habe dieses Experiment verschiedene Male durchgeführt – und auch nur eine kleine Bemerkung über meinen Freund Flemming fallen ließ, wanderten ihre verträumten Augen im Nu zu mir zurück.

Ist es nicht das Merkwürdigste, das es je gegeben hat? Doch halt, nein, das ist es nicht. Die Wirkung, die meine beiläufige Erwähnung eines unbekannten Mädchens, das hier in einer Hängematte schaukelt, bei Dir hervorrief, ist zumindest ebenso merkwürdig. Du kannst Dir sicher vorstellen, wie mich der entsprechende Abschnitt aus Deinem Brief vom Freitag überrascht hat. Sollte es denn wirklich möglich sein, daß zwei Menschen, die sich nicht kennen und Hunderte von Meilen voneinander getrennt leben, irgendeinen magnetischen Einfluß aufeinander ausüben können? Ich habe ja schon oft von derartigen psychologischen Phänomenen gelesen, aber daran geglaubt habe ich natürlich nie. Die Lösung dieses Rätsels überlasse ich Dir. Was aber mich anbetrifft, und wenn alles so wäre, wie ich es mir sonst wünschte,

würde es mir dennoch unmöglich sein, mich in eine Frau zu verlieben, die mir nur dann zuhört, wenn ich von meinem Freunde spreche!
Bisher habe ich noch nicht bemerkt, daß sich meiner schönen Nachbarin irgend jemand mit besonderen Absichten genähert hat. Manchmal kommt abends der Marineleutnant vorbei – er ist in Rivermouth stationiert –, ein andermal der Oberpfarrer aus Stillwater; aber der Leutnant ist doch häufiger hier. Erst gestern abend besuchte er sie wieder. Es sollte mich gar nicht wundern, wenn er ein Auge auf die Erbin geworfen hat; aber ein ernsthafter Bewerber ist er nicht. Miß Daw ist mit einer netten kleinen ironischen Lanze bewaffnet, und der ehrenhafte Leutnant scheint das besondere Geschick zu haben, sich immer an deren Spitze aufzuspießen. Ich möchte sagen, er ist ungefährlich; aber andrerseits hat man es ja auch schon erlebt, daß sich eine Frau jahrelang über einen Mann lustig gemacht und ihn dann letzten Endes doch noch geheiratet hat. Der kleine Oberpfarrer ist aber auf jeden Fall ungefährlich; aber auch hier möchte ich einwenden, daß sich zuweilen grobe Wollstoffe behaupteten, wo Goldbrokat längst in die Brüche gegangen ist.
Nun aber zu der Photographie. Im Herrenzimmer über dem Kaminsims hängt in einem Passepartout ein herrliches Bild von Marjorie. Wenn ich es wegnähme, würde man es aber sofort merken. Jack, ich will alles für Dich tun, was in meinen Kräften steht und sich in den Grenzen der Vernunft bewegt; aber Du darfst es mir auch nicht verübeln, wenn ich kein brennendes Interesse daran habe, mich eines Tages wegen eines leichten Diebstahls vor den örtlichen Friedensrichter schleppen zu lassen.
P. S. – Ich lege Dir noch einen Zweig Reseda bei, aber ich rate Dir: behandele ihn besonders zärtlich. Ja, und gestern abend haben wir wieder wie gewöhnlich von Dir gesprochen. Für mich wird das jetzt schon langsam ein bißchen langweilig.

VIII. Edward Delaney an John Flemming

22. August 1872

Dein letzter Brief hat mich den ganzen Vormittag beschäftigt. Ich weiß wahrhaftig nicht mehr, was ich von der ganzen Sache halten soll. Du willst doch damit nicht etwa sagen, daß Du Dich schon halb in eine völlig fremde Frau verliebt hast – in einen Schatten, in ein Hirngespinst? Denn was kann Miß Daw anderes für Dich sein? Ich verstehe nun überhaupt nichts mehr. Ich verstehe weder Dich noch sie. Offensichtlich seid ihr ätherische Wesen, die in einer dünneren Luft leben, als ich sie mit meinen gewöhnlichen Lungen atmen kann. Eine so zarte Gefühlsveranlagung ist etwas, was ich einfach bewundern muß, ohne es zu verstehen. Ich bin wirklich beunruhigt. Ich bin so irdisch wie nur irgend möglich, und nun sehe ich mich in der widersinnigen Lage, daß ich es mit reinen Seelen, mit so fein gestimmten Naturen zu tun habe, daß ich wirklich befürchten muß, sie durch meine Ungehobeltheit zu zerschmettern. Ich komme mir vor wie Caliban unter den Geistern!

Wenn ich Deinen Brief überdenke, so beginne ich Zweifel zu hegen, ob es überhaupt klug ist, diese Korrespondenz fortzuführen. Aber nein, Jack, jetzt tue ich Deiner Vernunft unrecht, die doch die Grundlage Deines Charakters bildet. Du bist sehr an Miß Daw interessiert; Du spürst, daß Du sie möglicherweise anbeten könntest, wenn Du sie erst einmal kennengelernt hast: gleichzeitig ist Dir aber auch völlig klar, daß dann Deine Chancen wie zehn zu fünf stehn, Du weißt, es ist gut möglich, daß sie weit hinter Deinem Idealbild von ihr zurückbleibt und Dir dann nichts mehr bedeutet. Wenn Du die ganze Angelegenheit auch weiterhin in diesem vernünftigen Licht siehst, werde ich Dir auch in Zukunft nichts vorenthalten.

Gestern nachmittag fuhren mein Vater und ich zusammen mit den Daws hinüber nach Rivermouth. Am Morgen war ein schwerer Regen niedergegangen, hatte die Luft etwas abgekühlt und den Nebel zu Boden gedrückt. Nach Rivermouth sind es acht Meilen, die Straße windet sich durch die Landschaft und ist die ganze Strecke von wilden Berberitzenbüschen gesäumt. Ich habe nie etwas Schöneres als diese Büsche gesehen; das grüne Laub und die blaßroten Beeren leuchteten nach dem Regen noch kräftiger. Der Oberst kutschierte, und mein Vater saß neben ihm; Miß Daw und ich saßen im Rücksitz. Ich hatte mich entschlossen, Deinen Namen auf den ersten fünf Meilen nicht über meine Lippen kommen zu lassen. Ich schmunzelte über die wahrhaft gekonnten Versuche, die Miß Daw sogleich zu Beginn der Fahrt unternahm, um meine Zurückhaltung zu brechen. Dann schwieg sie, und wenig später wurde sie plötzlich sehr lustig. Ihre Aufgewecktheit, über die ich mich immer so gefreut hatte, wenn sie gegen den Leutnant gerichtet war, stellte sich als wesentlich unangenehmer heraus, als es gegen mich ging. Miß Daw ist bestimmt sehr sanft veranlagt, aber sie kann auch ausgesprochen ungnädig sein. Sie ist wie die junge Dame in dem Vers, Du weißt schon, die mit der Locke auf der Stirn:

> Wenn sie gut ist,
> Ist sie sehr, sehr gut,
> Aber wenn sie böse ist, ist sie fürchterlich!

Trotz allem hielt ich an meinem Entschluß fest; aber auf dem Rückweg ließ ich mich doch erweichen und sprach von Deinem Pferd. An einem der nächsten Vormittage will Miß Daw die Margot einmal satteln. Für mein Gewicht ist das Pferd zu leicht gebaut. Ach, und das hätte ich nun fast vergessen, gestern war Miß Daw in Rivermouth beim Photographen. Wenn die Negative gut ausfallen, soll ich einen Abzug bekommen. Du siehst, wir kommen also, auch ohne ein Verbrechen zu begehen, unserem Ziele näher. Ich hätte Dir ja gern das Bild aus dem Herrenzimmer geschickt, weil es sehr trefflich koloriert ist und Du Dir dann die Haar- und

Augenfarbe besser vorstellen könntest. Das ist bei dem anderen Bild leider nicht möglich.
Nein, Jack, der Resedazweig kam nicht von mir. Ein Mann von achtundzwanzig Jahren legt keine Blumen in einen Brief – zumindest dann nicht, wenn er an einen anderen Mann gerichtet ist. Aber lege diesem Umstand bitte nicht zu viel Gewicht bei. Sie hat auch dem Oberpfarrer und dem Leutnant Zweige geschenkt. Sie hat sogar Deinem Freund eine Rose von ihrem Busen überreicht. Es ist nun einmal so ihre fröhliche Art; sie teilt Blumen aus wie der Frühling.
Daß meine Briefe zuweilen ungeordnet sind, mußt Du verzeihen; Du mußt nämlich wissen, daß ich sie nie auf einmal fertig schreibe. Ich schreibe nur dann, wenn ich wirklich Lust dazu habe.
Jetzt habe ich keine Lust mehr.

IX. Edward Delaney an John Flemming

23. August 1872

Soeben bin ich von einem höchst merkwürdigen Interview mit Marjorie zurückgekehrt. Sie hat mir ihre Zuneigung zu Dir voll und ganz gestanden. Aber mit welcher Zurückhaltung und Würde! Ihre Worte entgleiten meiner Feder, wenn ich sie auf dem Papier festzuhalten versuche; aber es waren ja weniger ihre Worte als vielmehr ihre ganze Art, und die kann ich einfach nicht beschreiben. Vielleicht liegt es an der Besonderheit des ganzen Falles, daß sie ihre Liebe zu einem Mann, den sie noch nie gesehen hat, so ruhig einem Dritten mitteilte. Aber durch Deine tätige Mithilfe habe ich jede Fähigkeit verloren, überrascht zu sein. Ich nehme die Dinge eben so hin, wie andere bunte Träume hinnehmen. Jetzt, da ich wieder in meinem Zimmer sitze, kommt mir alles wie eine Illusion vor – die schwarzen Rembrandtschen Schatten unter den Bäumen, die pyrrhischen Tänze der Glühwürmchen in

den Sträuchern, dahinter die See, und Marjorie in ihrer Hängematte!
Mitternacht ist nun vorüber, und ich bin zu müde, um weiterzuschreiben.

Donnerstag morgen.

Mein Vater hat sich plötzlich in den Kopf gesetzt, ein paar Tage auf die Shoal-Inseln zu fahren. In dieser Zeit wirst Du nichts von mir hören. Ich sehe gerade, daß Marjorie mit dem Oberst im Garten spazierengeht. Ich hätte ganz gern noch einmal allein mit ihr gesprochen, aber ich fürchte, das wird bis zu meiner Abreise nicht mehr möglich sein.

X. Edward Delaney an John Flemming

28. August 1872

Du hast mir doch neulich geschrieben, daß Du jetzt senil wirst, nicht wahr? Dein Intellekt hat sich schon so zurückgebildet, daß Dir meine Art des Briefschreibens als etwas Besonderes erscheint, so war es doch? Ich will den Sarkasmus noch weitertreiben, so wie Du es in Deinem Brief vom 11. dieses Monats getan hast, und feststellen, daß Dich mein fünftägiges Schweigen geradezu in die tiefsten Tiefen der Verzagtheit gestürzt haben muß.
Wir sind erst heute morgen von Appledore zurückgekehrt, es ist eine zauberhafte Insel – Kostenpunkt: vier Dollar pro Tag. Auf meinem Schreibtisch finde ich drei Briefe von Dir vor. Offensichtlich zweifelst Du nicht daran, daß ich an der Korrespondenz große Freude habe. Deine Briefe tragen zwar keine Daten, aber in dem, den ich für den letzten halte, sind zwei Absätze, die meine besondere Beachtung verdienen. Entschuldige, lieber Flemming, wenn ich es so gerade heraussage, aber mir drängt sich die Überzeugung auf, daß in dem Maße, wie sich Dein Bein erholt, Dein Kopf schwächer wird. Du fragst mich in einer besonderen Sache um meinen Rat. Ich will ihn Dir geben.

Meiner Meinung nach wäre es das dümmste, was Du tun könntest, wenn Du einen Brief an Miß Daw schreiben und Dich für die Blume bedanken würdest. Das würde zweifellos ihre zarte Seele ein für allemal verletzen. Sie kennt Dich doch nur durch mich; für sie bist Du ja nur eine Abstraktion, eine Traumgestalt – aus einem Traum, aus dem sie der zarteste Stoß aufwecken würde. Natürlich würde ich ihr einen Brief übergeben, wenn Du einen an sie beilegen würdest, aber ich rate Dir: tue es nicht.

Du sagst, daß Du nun schon wieder mit Hilfe des Stockes im Zimmer umhergehen kannst und daß Du sofort nach The Pines zu kommen gedenkst, sobald Dich Dillon kräftig genug für die Reise hält. Und wieder muß ich Dir raten: tu es nicht. Siehst Du denn nicht ein, daß jede weitere Stunde, die Du noch abwesend bist, Marjories Zauber nur noch vertieft und daß Dein Einfluß auf sie dadurch nur noch stärker wird? Durch Übereilung wirst Du alles zerstören. Warte ab, bis Du völlig wiederhergestellt bist. Auf keinen Fall aber komme, ohne mir vorher Bescheid gegeben zu haben. Ich fürchte nämlich die Auswirkungen, die Deine überraschende Ankunft hier hervorrufen würde – besonders unter den augenblicklichen Umständen.

Miß Daw ist offensichtlich recht froh, daß wir wieder hier sind; denn sie streckte mir freudig beide Hände entgegen. Sie hielt heute nachmittag einen Augenblick mit ihrer Kutsche vor unserer Tür, sie kam gerade aus Rivermouth, wo sie wegen der Bilder gewesen war. Unglücklicherweise hat der Photograph irgendwelche Säure über die Platten geschüttet, und nun mußte eine neue Aufnahme gemacht werden. Ich habe das Gefühl, daß Marjorie etwas bedrückt. Sie war so ganz anders als gewöhnlich. Es kann aber auch sein, daß ich mich irre... Obwohl ich Dir noch manches zu berichten hätte, muß ich schließen, da ich jetzt meinen Vater auf einem seiner weiten Spaziergänge begleiten will, die zur Zeit seine hauptsächliche Medizin sind – und auch mir tun sie sehr gut!

XI. Edward Delaney an John Flemming

29. August 1872

Ich schreibe in größter Eile, um Dir zu berichten, was seit meinem letzten Brief von gestern abend hier geschehen ist. Ich bin völlig durcheinander. Eines ist aber jetzt ganz klar: Du darfst nicht einmal mehr im Traum daran denken, nach The Pines zu kommen. Marjorie hat ihrem Vater alles gebeichtet. Ich habe sie vor einer Stunde einige Augenblicke im Garten sprechen können, und soviel ich aus ihren Worten entnahm, ist folgendes passiert: Leutnant Bradley – das ist der Marineoffizier, der in Rivermouth stationiert ist – macht Miß Daw schon seit einiger Zeit den Hof, aber er ist weniger ihr als vielmehr dem Oberst zugetan, der wohl ein alter Freund des Vaters dieses jungen Herrn ist. Gestern nun (ich hatte recht, daß sie etwas bedrückte, als sie in der Kutsche vor unserer Tür hielt) hat der Oberst zu Marjorie über Bradley gesprochen – der vermutlich um ihre Hand angehalten hat. Marjorie hat ihre Abneigung gegen den Leutnant in ihrer gewohnten Offenheit ausgesprochen, und schließlich hat sie ihrem Vater gestanden – ja, aber was sie nun eigentlich gestanden hat, weiß ich wirklich nicht genau. Es muß eine sehr unklare Beichte gewesen sein, jedenfalls ist der Oberst recht verstimmt. Er ist sehr gereizt. Ich glaube, auch ich bin irgendwie in die ganze Sache mit hineingeraten, und der Oberst ist auch auf mich böse. Warum eigentlich, weiß ich nicht. Ich habe keine Briefe zwischen Dir und Miß Daw vermittelt; ich habe mich so diskret wie nur eben möglich verhalten. Ich kann in meinem Benehmen beim besten Willen keinen Fehler finden. Ich wüßte nicht, daß hier überhaupt jemand irgend etwas angerichtet hat – es sei denn, der Oberst selbst.

Trotzdem aber ist es sehr gut möglich, daß nun die

freundschaftlichen Beziehungen zwischen unseren beiden Häusern abgebrochen werden. »Zum Schaden beider Häuser«, wie man so sagt. Ich werde Dich aber auch weiterhin so gut wie möglich über die Geschehnisse im gegenüberliegenden Haus informieren. Wir werden noch bis zur zweiten Septemberwoche hierbleiben. Bleibe Du aber, wo Du bist, und laß es Dir keinesfalls einfallen, herzukommen... Oberst Daw sitzt gerade auf der Veranda und sieht richtig gefährlich aus. Seitdem ich mich von Marjorie im Garten verabschiedete, habe ich sie noch nicht wieder gesehen.

XII. Edward Delaney an Dr. med. Thomas Dillon, Madison Square, New York

30. August 1872

Sehr geehrter Herr Doktor, wenn Sie irgendeinen Einfluß auf Flemming haben, dann ersuche ich Sie, zu verhindern, daß er zum gegenwärtigen Zeitpunkt hierher zu mir kommt. Es gibt Umstände – ich werde Ihnen das später erläutern –, die es außerordentlich wichtig machen, daß er nicht hier in die Nähe kommt. Seine Ankunft hier, und das möchte ich recht eindringlich gesagt haben, würde für ihn schreckliche Folgen haben. Sie würden ihm und mir einen großen Dienst erweisen, wenn Sie ihn dazu bringen könnten, in New York zu bleiben oder in einen Kurort auf dem Lande zu fahren. Ich bitte Sie natürlich, meinen Namen in diesem Zusammenhang nicht zu nennen. Sie kennen mich gut genug, mein lieber Doktor, um sicher zu sein, daß die Gründe, um derentwillen ich Sie um Schweigen ersuche, Ihre vollste Zustimmung finden werden, wenn ich sie Ihnen erst auseinandergesetzt habe. Wir werden am fünfzehnten nächsten Monats wieder in die Stadt zurückkehren, und meine erste Pflicht wird darin bestehen, an Ihrer gastlichen Tür zu erscheinen, um Ihre Wißbegierde zu befriedigen, falls ich sie erregt haben sollte. Ich bin froh, Ihnen mitteilen zu dürfen, daß sich der

Gesundheitszustand meines Vaters wesentlich gebessert hat und daß man ihn wahrhaftig nicht mehr als einen Invaliden bezeichnen kann. Ich verbleibe mit vorzüglicher Hochachtung, etc.

XIII. Edward Delaney an John Flemming

31. August 1872

Deinen Brief, der die Wahnsinnsidee ausspricht, herzukommen, habe ich soeben erhalten. Ich beschwöre Dich, überlege es Dir noch einmal gut! Dieser Schritt würde sich für Deine und ihre Interessen verhängnisvoll auswirken. Du würdest R. W. D. nur noch mehr verrückt machen, und wenn er auch Marjorie abgöttisch liebt, so ist er doch zu allem fähig, wenn man ihn reizt. Ich glaube nicht, daß Dir etwas daran gelegen ist, Anlaß dafür zu sein, daß er sie in Zukunft strenger behandelt. Das aber wären die Folgen, wenn Du zum augenblicklichen Zeitpunkt nach The Pines kämst. Es tut mir sehr leid, daß ausgerechnet ich Dir das sagen muß, Jack, die Situation ist kritisch, der kleinste Fehler kann jetzt das ganze Spiel verderben, wenn wir nicht größte Vorsicht walten lassen. Wenn Du der Ansicht bist, daß Dir ein Sieg etwas bedeutet, dann fasse Dich in Geduld. Vertraue noch ein bißchen auf meinen Scharfsinn. Warte ab und sieh, was geschehen wird. Außerdem entnehme ich einem Schreiben Dillons, daß Du einer so weiten Reise noch längst nicht gewachsen bist. Er ist der Ansicht, daß die Seeluft Gift für Dich ist; er meint, Du solltest irgendwohin aufs Land gehen. Laß Dir von mir raten! Laß Dich von Dillon beraten!

XIV. Telegramme

1. September 1872

(1) *An Edward Delaney*

Brief erhalten. Zum Teufel mit Dillon. Ich glaube, das beste ist, wenn ich komme. J. F.

(2) *An John Flemming*

Bleib, wo Du bist. Du würdest die Sache nur komplizieren. Unternimm nichts, ehe Du nicht wieder von mir gehört hast. E. D.

(3) *An Edward Delaney*

Meine Anwesenheit in The Pines könnte doch geheimgehalten werden. Ich muß sie sehen. J. F.

(4) *An John Flemming*

Alles Unsinn. Es wäre nutzlos. R. W. D. hat M. in ihrem Zimmer eingesperrt. Du würdest sie doch nicht sprechen können. E. D.

(5) *An Edward Delaney*

In ihr Zimmer eingesperrt. Um Himmels willen! Damit ist für mich alles klar. Ich nehme den Expreß um 12.15 Uhr. J. F.

XV. Die Ankunft

Als am zweiten Tag im September des Jahres 1872 der Expreß, der fahrplanmäßig um 3.40 Uhr ankommt, den Bahnhof von Hampton verließ, stieg ein junger Mann am Arme seines Dieners, den er mit Watkins anredete, die Treppe des Bahnsteigs hinab, nahm eine Droschke und befahl, nach The Pines zu fahren. Als er vor der Gartenpforte des bescheidenen Bauernhauses, das einige Meilen vom Bahnhof entfernt lag, angekommen war, stieg der junge Mann nicht ohne Schwierigkeiten aus dem Gefährt und warf einen hastigen Blick hinüber auf die andere Straßenseite. Irgendeine Besonderheit in der Landschaft schien ihn tief zu beeindrucken. Wieder nahm er den Arm dieses Watkins, ging zur Tür des Bauernhauses und erkundigte sich nach einem gewissen Mr. Edward Delaney. Der alte Mann, der ihm geöffnet hatte, ließ ihn wissen, Mr. Edward Delaney sei erst gestern nach Boston gefahren, aber Mr. Jonas Delaney sei im Hause. Der Fremde schien über diese Nachricht nicht sonderlich begeistert zu sein und erkundigte sich, ob Mr. Edward Delaney nicht irgend etwas für einen Mr. John Flemming hinterlassen habe. Wenn er die besagte Person wäre, so sei tatsächlich ein Brief für Mr. John Flemming da. Nach kurzer Abwesenheit kam der alte Mann mit einem Brief zurück.

XVI. Edward Delaney an John Flemming

1. September 1872

Ich bin entsetzt darüber, was ich angerichtet habe! Als ich den Briefwechsel begann, hatte ich kein anderes Ziel, als Dir die Langeweile Deines Krankenlagers etwas zu erleichtern. Dillon hatte mich gebeten, Dich ein bißchen aufzumuntern. Und das habe ich versucht. Ich dachte, Du würdest es genauso auffassen. Bis vor einigen Tagen hatte ich ja auch keine Ahnung, daß Du die Angelegenheit au grand sérieux nimmst.

Was soll ich Dir nun sagen? Ich trauere in Sack und Asche. Ich bin ein Paria, ein ausgestoßener Hund. Ich wollte weiter nichts als eine kleine Romanze schaffen, etwas, was Dich ablenken würde, etwas Schönes und Idyllisches, Gott ist mein Zeuge! Ich habe es nur gut gemeint. Mein Vater weiß von all dem nichts, deshalb behellige ihn damit auch möglichst nicht. Ich floh vor Deinem Zorn, der mit Deiner Ankunft kommen mußte! Denn, mein lieber Jack, es gibt kein koloniales Herrenhaus auf der anderen Straßenseite, keine Veranda, keine Hängematte – und eine Marjorie Daw existiert auch nicht!

JOEL CHANDLER HARRIS

Joel Chandler Harris (1848–1908), aus Georgia, kam wie Harte und andere von der Setzerei über die Journalistik in die Redaktion. Er war ein scharfer, dabei liebevoller Beobachter seiner Zeit und Umwelt und ein hervorragender Kenner der Negervolkskunde. Die 'Onkel Remus-Geschichten' (ab 1879) mit ihrem lebensechten Helden, ihrer Treue in der Wiedergabe der Negermentalität und -sprechweise sowie der Plantagenatmosphäre gehören zum Gelungensten dieses literarischen Genres. Harris lieferte außerdem noch manchen Beitrag zum Verständnis sowohl der Ethnologie wie auch der Soziologie Georgias.

MEISTER LAMPE MACHT SICH BEWEGUNG

Es war Abend. Der kleine Junge saß bei Onkel Remus in der Hütte und wartete, daß der Alte mit seiner Plinse fertig würde. Vielleicht besann er sich dann auf neue Abenteuer Meister Lampes mit seinen Freunden und Feinden.

Plötzlich krachte etwas aufs Hausdach; es klang wie ein Pistolenschuß. Das Kind fuhr zusammen, Onkel Remus dagegen sah kaum auf und rief nur triumphierend: »Aha!«

Der Junge wartete ein Weilchen, was wohl weiter geschehen würde, dann fragte er: »Was war das, Onkel Remus?«

»Is der Frost, wo sich meldt, mein Kind. Wenn der Hickorybaum draußen hören den Frost kommen, er runterwerfen alle seine Früchte.« Mit einem alten Messer schabte der Alte die schwarze Kruste von seiner Plinse ab und fuhr dann fort: »Ich heilfroh, daß Hickorynüsse nich so groß un schwer wie Mühlsteine!«

Er hielt einen Augenblick inne, um zu sehen, welchen Eindruck diese seltsame Behauptung auf das Kind machen würde.

»Gott wissen, ich heilfroh, du mir glauben! Wenn Hickorynüsse so groß wie Mühlsteine, dann dieser alte Kotter kaputt, längst bevor is Weihnachten.«
In diesem Moment fiel eine zweite Hickorynuß aufs Dach, und wieder sprang das Kind auf. Offenbar hatte Onkel Remus seinen Spaß daran; denn er lachte so sehr, daß er an seiner dampfenden Plinse fast erstickte.
»Du hochfahren grad wie Meister Lampe, Gott mir helfen, grad so wie er! Jeder das wissen!« rief der Alte, sobald er wieder Luft bekam.
Das Kind fühlte sich durch diesen Vergleich ungemein geschmeichelt und wollte auf der Stelle wissen, wie es denn Meister Lampe ginge. Onkel Remus war guter Laune, so daß es keiner weiteren Aufforderung bedurfte. Er schob die Brille auf die Stirn, wischte sich den Mund am Ärmel ab und fing an zu erzählen:
»Es sich begeben, daß Meister Lampe an einen frühen Herbstmorgen im Wald rumhoppeln un nach paar Bergamotten suchen, wo er sich können Pomade draus machen. Ging da frischer Wind, un unser Meister Lampe ornlich frieren, un immer, wenn er Gebüsch rascheln hörn, er erschrecken. Er nu so hoppeldipoppel weiter. Da er hörn weit hinten in Wald, wie Mr. Mensch Bäume fällen. Unser Lampe Männchen machen un dann lauschen, erst mit einen Löffel, dann mit den andern.
Mr. Mensch immer loshauen un hauen mit Axt, un Meister Lampe, er immer treu lauschen. Nu allmählich, nach langer Zeit, da der Baum – Krach – bum – bumberumbum – runterkommen. Un da unser Lampe akrat so ein Satz tun als wie du un dann Haken schlagen un auf un davon, als sein die Hunde hinter ihn her.«
»Hatte er Angst, Onkel Remus?« wollte das Kind wissen.
»Angst? Wer? Der? Pah! Du man keine Angst um Lampen. Früher nichs nich da, wo dem Angst machen können. Klar, er vorsichtig. Du mir mal den zeigen, wo

nicht vorsichtig, du mir den mal zeigen, bei Gott! Das ich erleben!«

Onkel Remus kochte ordentlich vor wortreicher Entrüstung.

»Nu also«, fuhr er fort, »Meister Lampe laufen, bis er leidlich sicher, un grade wollen Männchen machen un wittern. Wen er da treffen? Nu wen? Na, Meister Waschbärn doch, der wo nach Hause trotten. Der sich mit Gevatter Ochsenfrosch in Haaren gelegen. Meister Waschbär Lampen rennen sehn un rufen: 'Was du' so rennen, Gevatter Lampe?' – 'Ich keine Zeit, ich müssen weiter!' – 'Deine Leute krank?' – 'Gott sei Dank, nein. Ich keine Zeit, ich müssen weiter!' – 'Du wohl deine Beine üben?' – 'Nein doch. Ich keine Zeit, ich müssen weiter!' – 'Bitt schön, Gevatter Lampe, was denn nur los?' – 'Großer Spektakel hinten in Wald! Ich keine Zeit, ich müssen weiter!'

Meister Waschbärn es nu mächtig mulmig wern, denn er weit weg von Hause. Er also auf un wütig in Wald reintrotten. Er laufen ein Stück, dann er treffen Meister Reinicke.

'He, Gevatter Waschbär, wohin, wohin?' – 'Ich keine Zeit, ich müssen weiter!' – 'Du zu'n Arzt?' – 'Gott doch, nein. Ich keine Zeit, ich müssen weiter!' – 'Bitt schön, Gevatter Waschbär, was denn nur los?' – 'Elend verdächt'ger Lärm hinten in Wald. Ich keine Zeit, ich müssen weiter!'

Meister Reinicke das hörn, un aufspringen un lossausen wie der Wind. Er noch nich lange unterwegens, da er treffen Meister Isegrim.

'He, Gevatter Reinicke! Mal anhalten un verschnaufen!' – 'Ich keine Zeit, ich müssen weiter!' – 'Wer brauchen denn Arzt?' – 'Zum Kuckuck, niemand nich. Ich keine Zeit, ich müssen weiter!' – 'Bitt schön, Gevatter Reinicke, du mir sagen, was los, es sein gut oder schlecht!' – 'Mächt'ger Spektakel hinten in Wald. Ich keine Zeit, ich müssen weiter!'

Das hörn, un Meister Isegrim von der Heide auf un los. Er noch nich weit gelaufen, da er treffen Meister Petz. Der einmal schnaufen un dann auch lossausen. Du meine Güte, bald alle Tiere, wirklich, alle Tiere flüchten durch den Wald, als ob der Leibhaftige hinter sie her. Un allens nur, indem daß Meister Lampe gehört, wie daß Mr. Mensch Baum fällen.

Sie immer weiter rennen«, fuhr Onkel Remus fort, »bis schließlich sie kommen zu Muhme Schildkröten ihre Wohnung, un dort sie langsam laufen, indem daß sie nu ganz von Atem. Muhme Schildkröte ihnen fragen, wohin sie laufen. Da sie ihr erzählen von den gewaltigen, fürchterlichen Spektakel da hinten in Wald. Die Schildkröte fragen, wie denn der Lärm klingen? Einer sagen, er nich wissen; der nächste sagen, er nich wissen; un schließlich alle sagen, sie nich wissen. Da nu die Schildkröte fragen, wer denn den Lärm gehört? Einer sagen, er nich; der nächste sagen, er nich; un schließlich alle sagen, sie nich gehört. Da müssen Muhme Schildkröte ins stille lachen, aber laut sie sagen: 'Ihr alle losrennen, indem daß ihr Angst gehaben. Wenn ich gekochen mein Frühstück un Geschirr aufgewaschen un ich noch was von verdächt'gen Lärm hörn, ich vielleicht meinen Schirm nehmen un euch langsam nachkommen!' sie sagen.

Nu die Tiere gegenseitig fragen, wer das Geschwätz aufbringen. Un die Spur führen geradenwegs zu Lampe. Aber sieh mal an, Meister Lampe nich da, un es sich zeigen, daß Meister Waschbär ihm zuletzt gesehn. Nu die Tiere sich Vorwürfe machen, un es nahe dran, sie ihnen auf der Stelle schrecklich in die Wolle kriegen. Aber da die alte Muhme Schildkröte ihr einmischen un sagen, sie doch lieber Gevatter Lampen aufsuchen un ihn fragen, was eigentlich los.

Alle Tiere einverstanden un laufen zu Meister Lampen seine Wohnung. Wenn sie dort hinkommen, sitzen Gevatter Lampe mit verschränkten Armen auf die vordere

Veranda un blinzeln in die Sonne. Nu Meister Petz loslegen: 'Warum du mir zum Narren halten, Gevatter Lampe?' – 'Ich dir zum Narren halten, Gevatter Petz?' – 'Ja, Gevatter, du mir!' – 'Aber ich dich sehen das erstemal, Gevatter Petz, un du mir sehr willkommen!'
Alle Tiere ihn nu fragen, un alle gleiche Antwort bekommen. Schließlich sein Meister Waschbär dran: 'Warum du mir zum Narren halten, Gevatter Lampe?' – 'Wieso ich dir zum Narren halten, Gevatter Waschbär?' – 'Du behaupten, daß ein mächt'ger Lärm, Gevatter Lampe!' – 'Aber das sein doch wahr, Gevatter Waschbär!' – 'Was denn das für ein Lärm, Gevatter Lampe?' – 'Aha! Warum du nich so fragen heute morgen, Gevatter Waschbär?' – 'Ich fragen jetzt, Gevatter Lampe?' – 'Mr. Mensch fällen Bäume, Gevatter Waschbär.'
Natürlich Meister Waschbär sich vorkommen als wie ein Siebenmonatskind in neunten Monat. Schließlich aber alle Tiere dienern vor Meister Lampe un dann nach Hause laufen.«
»Und Meister Lampe lachte sich ins Fäustchen«, meinte der Junge.
»Na klar, das er tun«, bestätigte Onkel Remus. »Meister Lampe damals ein Mordskerl!«

FRANK R. STOCKTON

Frank R. Stockton (1834–1902) aus Philadelphia begann mit Kinder- und Jugendgeschichten seine Laufbahn, wandte sich dann der Fantasie und der Burleske zu, in der er das Sentimentale und Talmi-Romantische verulkt, so in der Kanalboot-Idylle 'Ruderhof' (1879), die mehrere Fortsetzungen fand, oder der Robinsonade 'Der Schiffbruch von Mrs. Lecks und Mrs. Aleshines' (1886), der auch eine Fortsetzung folgte, und der Piratenburlesken 'Freibeuter und Seeräuber an unserer Küste' (1898) sowie 'Kate Bonnet' (1902). In seinem Humor erinnert er an den Ironiker der englischen Romantik, Thomas Love Peacock.

DER SELTSAME SCHIFFBRUCH DER 'THOMAS HYKE'

Die Uhr im Amtszimmer des Vorstehers im Seeamt zeigte ein Uhr dreißig. Das Zimmer war leer; denn es war Mittwoch. Mittwochs nämlich ging der Vorsteher immer zeitig nach Hause. Das hatte er so eingeführt, als er das Amt übernahm. Er war durchaus bereit, seinen Mitmenschen in jeder annehmbaren Stellung zu dienen, in die man ihn berufen mochte. Aber er hatte private Interessen, und die durften nicht zu kurz kommen. Er gehörte seinem Land, aber in diesem Land gehörte ihm ein Haus, und um was alles mußte man sich nicht an diesem Hause kümmern, besonders bei warmem Sommerwetter! Man muß allerdings zugeben, der Vorsteher war oft auch an solchen Nachmittagen nicht da, die nicht auf einen Mittwoch fielen. Da er aber eine feste Zeit für die Erledigung seiner außerdienstlichen Obliegenheiten anberaumt hatte, wurde deren Wichtigkeit nur unterstrichen. Seine Mitarbeiter im Amt sahen also unschwer ein, daß derart gewichtige Angelegenheiten nicht immer an einem einzigen Nachmittag der Woche erledigt werden konnten.

Das große Zimmer, das ausschließlich dem Vorsteher

zur Verfügung stand, war also leer. Die angrenzenden Räume waren das jedoch nicht. Die Flucht von Büros zur Linken geht uns nichts an. Wir beschränken unsere Aufmerksamkeit auf ein mittelgroßes Zimmer rechts neben dem des Vorstehers, das durch eine jetzt geschlossene Tür mit diesem großen, gut ausgestatteten Raum verbunden war. Hier amtierte der Sachbearbeiter für Schiffbrüche. Augenblicklich hielten sich fünf Personen in diesem Büro auf. Eine davon war der Sachbearbeiter selbst, ein gut aussehender Mann zwischen fünfundzwanzig und fünfundvierzig. Er trat auf wie einer, der einmal eine hohe Staatsstellung bekleidet hatte, durch die Intrigen seiner Widersacher jedoch gezwungen worden war, von jenen großen Vorhaben abzustehen, die er geleitet hatte. Nun wies er dem Volk mit resignierter Miene die nichtigen und verhängnisvollen Bemühungen jenes Unfähigen, der sich seinen Platz angemaßt hatte. Der Sachbearbeiter für Schiffbrüche hatte zwar niemals eine derartige Stellung verloren, weil er sie nie bekleidet hatte, aber schon auf der untersten Sprosse der Rangleiter hatte er sich das eben geschilderte Gebaren zugelegt.

Weiter gehörte zu den Anwesenden ein sehr junger Mann, der Sekretär des Vorstehers, der mittwochs immer alle Türen im Zimmer dieses Beamten schloß und das auch an anderen Tagen tat, wenn außerdienstliche Interessen die Abwesenheit seines Chefs erforderten. In solchen Stunden pflegte er das Zimmer seines Freundes, des Sachbearbeiters für Schiffbrüche, aufzusuchen.

Zu den Freunden des Sachbearbeiters zählte auch Mathers, ein Mann mittleren Alters, einer der acht Bewerber um einen untergeordneten Posten im Seeamt. Der jetzige Inhaber dieses Postens würde vermutlich ausscheiden, sobald es seinem einflußreichen Freund in einem binnenländischen Bezirk gelänge, von einem einflußreichen Politiker als Vertreter seines Distrikts im Kongreß nominiert zu werden. Mit der Wahl dieses

Politikers wiederum war bestimmt zu rechnen, sobald eine gewisse zu erwartende Regierungsmaßnahme seine Partei an die Macht bringen würde. Dann also erhoffte der Inhaber des untergeordneten Postens eine bessere Stellung. Mathers war nun eifrig bestrebt, während der Wartezeit auf diesen Posten das Seeamt im Ministerium häufig aufzusuchen und sich mit seinen Aufgaben vertraut zu machen.
Der vierte der Anwesenden, J. George Watts, von Beruf Geschworener, hatte seinen Schwager mitgebracht, der in der Stadt fremd war.
Der Sachbearbeiter für Schiffbrüche hatte den guten Rock abgelegt, den er zum Essen trug, und ihn durch ein leichteres Leinenjackett ersetzt, das reichlich mit Tinte bekleckst war. Jetzt brachte er eine Zigarrenkiste mit sechs Zigarren zum Vorschein.
»Herrschaften«, erklärte er, »das ist der Rest von dieser Kiste. Natürlich greift man lieber ins volle, aber mehr habe ich nicht zu bieten.«
Mr. Mathers, J. George Watts und der Schwager bedienten sich in jener lässigen und doch ehrerbietigen Art, die immer den Nehmenden vom Geber unterscheidet. Die Kiste wurde dann beiläufig Harry Covare angeboten, dem Sekretär des Vorstehers. Aber der junge Mann lehnte ab. Er rauche lieber Zigaretten, und damit zog er ein Päckchen aus der Tasche. Er kannte die Kiste mit der Marke »Havanna« genau, hatte sie selbst aus dem Nachbarzimmer geholt, nachdem der Vorsteher sie geleert hatte. Von da an wurde sie unweigerlich mit sechs Zigarren, keiner mehr oder weniger, herumgereicht. Harry Covare wußte sehr wohl, daß ihn der Sachbearbeiter nicht mit Tabak zu versorgen beabsichtigte. Die Freunde, die den Sachbearbeiter gewöhnlich Mittwoch nachmittags überfielen, wären genauso erfreut gewesen, wenn er ihnen die Papiertüte mit den Zigarren angeboten hätte, die einzeln fünf Cent, im halben Dutzend jedoch einen Vierteldollar

kosteten. Aber seiner Überheblichkeit gefiel es nun einmal, die Zigarren in eine leere Kiste zu legen und sie so durch die Vorstellung zu verklären, vierundneunzig ihrer importierten Gefährten wären schon geraucht worden.

Nachdem sich der Sachbearbeiter selbst eine Zigarre angezündet hatte, ließ er sich auf seinem Drehstuhl nieder, kehrte dem Schreibpult den Rücken und warf sich mit übergeschlagenen Beinen in eine Positur, die deutlich besagte, er sei hier im Amt zu Hause. Harry Covare stieg auf einen hohen Stuhl, während sich die Gäste auf drei hölzerne Armstühle setzten. Man hatte jedoch kaum ein paar Worte gewechselt und die erste Zigarrenasche auf den Fußboden abgestreift, da wurde die äußere Tür geöffnet, und mit schweren Schritten trat jemand ins Zimmer des Vorstehers. Harry Covare sprang von seinem Stuhl, legte die halbgerauchte Zigarette darauf und stürzte ins Nebenzimmer. Die Tür schloß er hinter sich. Eine Minute später kam er wieder. Der Sachbearbeiter sah ihn fragend an.

»Ein alter Maat in der Teerjacke«, erklärte Mr. Covare, nahm seine Zigarette auf und kletterte wieder auf seinen Stuhl. »Ich sagte ihm, der Vorsteher wäre vormittags da. Er hätte ihm über einen Schiffbruch zu berichten, meinte er. Ich sagte ihm, der Vorsteher wäre vormittags da. Dreimal mußte ich ihm das sagen. Dann ging er.«

»In der Schule gibt es keinen freien Mittwochnachmittag«, bemerkte J. George Watts mit vielsagendem Lächeln.

»Das stimmt schon«, bestätigte der Sachverständige für Schiffbrüche nachdrücklich und schlug das andere Bein über. »Man kann aber nicht tagaus tagein schuften, ohne sich fertigzumachen. Außenstehende können davon halten, was sie wollen, es ist einfach nicht anders. Wir müssen auch mal ausspannen. Wer arbeitet, braucht die Ausspannung ebenso wie der, der nur zuguckt.«

»Mehr noch, möchte ich meinen«, bemerkte Mr. Mathers.

»Unsere kleine Pause Mittwoch nachmittags ist so gewiß wie der Tod«, warf Harry Covare bescheiden ein. »Die Pausen an anderen Tagen gleichen mehr den Krankheiten, die in bestimmten Gegenden auftreten. Man weiß nie, ob man sie bekommt oder nicht.«

Der Sachbearbeiter lächelte herablassend über diese Bemerkung, die anderen lachten. Mr. Mathers hatte sie schon einmal gehört, aber er wollte das gute Einvernehmen mit einem zukünftigen Kollegen nicht dadurch beeinträchtigen, daß er merken ließ, er erinnere sich dieses Vergleichs.

»Solche Einfälle stammen aus seinen verdammten Statistiken«, erklärte der Sachbearbeiter für Schiffbrüche. »Die setzen ihm manchmal ganz schön zu, möchte ich meinen«, bemerkte Mr. Mathers.

»Das wäre gar nicht nötig«, erwiderte der Sachverständige für Schiffbrüche, »wenn hier die Arbeit so durchgeführt würde, wie es sein sollte. Wenn John J. Laylor« – damit meinte er den Vorsteher – »der richtige Mann wäre, sähe es hier ganz anders aus als jetzt. Dann wäre der Stab größer.«

»Bestimmt«, pflichtete Mr. Mathers bei.

»Und nicht genug damit. Wir hätten bessere Gebäude und mehr Annehmlichkeiten. Ist jemand von Ihnen mal in Anster gewesen? Da fahren Sie nur ja mal hin und sehen Sie sich an, was für Häuser das Ministerium dort hat! William Q. Green ist ein ganz anderer Kerl als John J. Laylor. Der sitzt nicht den ganzen Winter lang auf seinem Stuhl und stochert in den Zähnen herum, und der Vertreter seines Distrikts im Kongreß schweigt auch nicht von Anfang bis Ende der Sitzungsperiode. Wenn ich hier verantwortlich wäre, ich würde so viel verändern, daß Sie dieses Amt nicht wiedererkennen sollten! Ich würde zwei Zimmer abteilen und einen Korridor und eine Eingangstür in diesem Flügel einrichten. Diese Tür da würde ich zuschließen« – er deutete zum Zimmer des Vorstehers –, »und wenn John J. Laylor hier hereinkommen will, könnte er gefälligst wie alle anderen zur äußeren Tür herumgehen.« Harry Covare ging es durch den Sinn, daß in diesem Falle ja kein John J. Laylor hier wäre, aber er wollte nicht unterbrechen.

»Aber das wäre noch nicht alles«, fuhr der Sachbearbeiter für Schiffbrüche fort. »Ich würde dieses ganze Amt sonnabends um zwölf Uhr schließen. Jetzt hat man nicht mal Zeit, seinen privaten Geschäften nachzugehen. Wenn ich zum Beispiel ein Stück Land kaufen und mir an Ort und Stelle ansehen wollte, oder einer von Ihnen hier wollte ein Stück Land kaufen und an Ort und Stelle besichtigen – was würden Sie denn tun? Am Sonntag werden Sie nicht gehen wollen, wann wollen Sie aber sonst gehen?«

Keiner der anderen Herren hatte je daran gedacht, ein Stück Land zu kaufen. Sie hatten auch nicht den mindesten Anlaß anzunehmen, daß sie jemals einen Zoll Boden erwerben würden, es sei denn im Blumentopf. Trotzdem pflichteten sie alle bei, daß sich unter den augenblicklichen Verhältnissen niemand um seine Privatangelegenheiten kümmern könne.

»Aber man kann von John J. Laylor nicht erwarten, daß er etwas unternimmt«, konstatierte der Sachbearbeiter.

Immerhin, eines konnte dieser Herr bestimmt von John J. Laylor erwarten. War nämlich der Vorsteher in den Dienststunden von einer Anzahl Herren umgeben, hatte er sie erfolgreich von der Bedeutung seines Amtes und von der Notwendigkeit überzeugt, ihm, dem Amtsvorsteher, im Interesse ihrer Abschlüsse die gebührende Achtung zu zollen – dann unterließ es John J. Laylor nie, durchs Büro zu stolzieren und mit dem Sachbearbeiter für Schiffbrüche in einem Ton zu reden, der den Anwesenden zeigte, daß dieser nicht mehr als

ein Beamter war. Er dagegen, der Amtsvorsteher, war der Chef. Diese Demütigungen konnte der Sachverständige für Schiffbrüche nie vergessen.
Es trat jetzt eine kleine Pause ein, dann äußerte Mr. Mathers: »Sicher langweilen Sie doch die langen Schiffbruchgeschichten entsetzlich, die Ihnen die Leute hier erzählen?«
Er hoffte, der Unterhaltung eine andere Wendung zu geben. Denn er wollte zwar mit den untergeordneten Beamten in gutem Einvernehmen bleiben, doch war es nicht wünschenswert, daß er sich verleiten ließ, viel gegen John J. Laylor zu sagen.
»O nein, durchaus nicht«, antwortete der Sachbearbeiter. »Ich bin ja nicht hierhergekommen, um mich langweilen zu lassen. Die ollen begriffsstutzigen Seebären, die hier über ihre Schiffbrüche berichten, spinnen vor mir nie ihr langstieliges Garn. Zunächst einmal mache ich ihnen klar, was ich von ihnen zu erfahren wünsche. Solange ich den Fall bearbeite, wagt sich keiner auch nur einen Zoll weiter vor. Manchmal kommt John J. Laylor herein und hängt sich in die Sache. Der will dann die ganze Geschichte hören. Das ist natürlich ausgemachter Blödsinn und Quatsch; denn John J. Laylor versteht nicht mehr von Schiffbrüchen als von ...«
»... den endemischen Krankheiten am Lake George«, schlug Harry Covare vor.
»Ja, oder von irgend etwas anderem innerhalb seines Dienstbereichs«, ergänzte der Sachbearbeiter. »Wenn er sichs in den Kopf gesetzt hat, stockt der gesamte Dienst so lange, bis der Zweite Maat eines Kohlenschoners seine Geschichte zu Ende erzählt hat, angefangen bei der Sichtung von Land am Morgen eines Tages bis zur Landung dort am Nachmittag des nächsten. – Ich halte mich natürlich mit solchem Unfug nicht auf. Mir kann kein Mensch was über Schiffbrüche vormachen. Ich bin zwar selbst nie zur See gefahren, aber das ist gar nicht nötig. Und wenn ich zur See gefahren wäre, hätte ich

vermutlich nicht Schiffbruch erlitten. Aber ich habe über alle Arten von Schiffbrüchen gelesen, die je vorgekommen sind. Als ich hier anfing, habe ich mich sorgfältig über diese Dinge informiert, weil ich wußte, das würde mir Ungelegenheiten ersparen. Ich habe den 'Robinson Crusoe' gelesen, ferner den 'Schiffbruch der Grovesnor', den 'Untergang der Royal George'; ich habe gelesen über Schiffbrüche durch Wasserhosen, Flutwellen und jede andere Ursache, die ein Schiff wie einen Zylinderhut zusammenstauchen kann. Ich habe jede Art von Schiffbruch in ihre Rubrik eingeordnet. Wenn ich heraushabe, zu welcher Kategorie ein Schiffbruch gehört, dann weiß ich alles darüber. Wenn also einer herkommt, um über einen Schiffbruch zu berichten, muß er erst mal den Mund halten, muß geradestehen und einige Fragen beantworten, die ich ihm stelle. In zwei Minuten weiß ich, was für einen Schiffbruch er erlitten hat. Nennt er mir dann noch den Namen des Schiffes und ein oder zwei Einzelheiten, so kann er gehen. Ich weiß genau Bescheid über seinen Schiffbruch und kann besser darüber berichten, als er es in einer Erzählung von drei Tagen und drei Nächten hätte tun können. Man kann gar nicht in Zahlen ausrechnen, welche Unsummen unseren Steuerzahlern dadurch erspart werden, daß ich die Arbeit in diesem Amt in ein System gebracht habe.«

Der Schwager von J. George Watts streifte die Asche von seinem Zigarrenstummel ab, betrachtete nachdenklich die Glut und ließ sich dann vernehmen: »Wenn ich recht verstanden habe, sagten Sie, Sie wüßten über jeden Schiffbruch Bescheid?«

»Ganz richtig«, bestätigte der Sachverständige für Schiffbrüche.

»Ich glaube«, meinte der andere, »ich könnte Ihnen von einem Schiffbruch erzählen, den ich mitgemacht habe. Der würde in keine Ihrer Kategorien passen.«

Der Sachbearbeiter für Schiffbrüche warf seinen Zi-

garrenstummel weg, vergrub beide Hände in den Hosentaschen, streckte die Beine von sich und sah den Mann unverwandt an, der diese unglaubliche Äußerung getan hatte. Dann stahl sich ein mitleidiges Lächeln über seine Züge, und er erwiderte: »Nun, mein Herr, Ihr Bericht würde mich interessieren. Ehe Sie noch den vierten Teil erzählt haben, werde ich Sie unterbrechen und Ihnen unverzüglich den Rest der Geschichte selbst erzählen.«
»Bestimmt«, fiel Harry Covare ein. »Er schießt so sicher los, wie die Lokomotive aus einem schadhaften Gleis springt.«
»Nun gut«, meinte der Schwager von J. George Watts. »Ich werde erzählen.« Und er begann: »Es war genau vor zwei Jahren, am Ersten dieses Monats. Da lief ich auf der 'Thomas Hyke' nach Südamerika aus.«
Der Sachbearbeiter für Schiffbrüche wandte sich sofort um und schlug ein dickes Buch beim Buchstaben T auf.
»Dieser Schiffbruch wurde hier nicht gemeldet«, erläuterte der Erzähler. »Sie finden ihn nicht in Ihrem Buch.«
»In Anster aber wohl?« fragte der Sachbearbeiter, schloß den Wälzer und wandte sich wieder um.
»Das kann ich nicht sagen«, entgegnete der andere. »Ich bin nie in Anster gewesen, um die dortigen Bücher einzusehen.«
»Nun, das wäre nicht nötig gewesen«, meinte der Sachbearbeiter. »Sie haben gute Karteien in Anster. Der Vorsteher dort macht seine Sache. Aber eine systematische Ordnung der Schiffbrüche wie wir hier haben sie auch dort nicht.«
»Schon möglich«, äußerte der Schwager. Und er fuhr in seiner Erzählung fort. »Die 'Thomas Hyke' war ein kleines Schiff von sechshundert Tonnen und fuhr von Ulford nach Valparaiso. Ihre Ladung bestand hauptsächlich aus Eisenbarren.«

»Eisenbarren nach Valparaiso?« verwunderte sich der Sachbearbeiter für Schiffbrüche. Gedankenvoll runzelte er die Stirn und sagte: »Erzählen Sie weiter!«
»Das Schiff war neu«, fuhr der Erzähler fort, »und hatte wasserdichte Abteilungen. Für ein Schiff dieser Klasse ist das zwar ungewöhnlich, aber sie war eben so gebaut. Ich bin kein Seemann und verstehe nichts von Schiffen. Jch fuhr als Passagier. Außer mir war noch ein gewisser William Anderson mit seinem etwa fünfzehnjährigen Sohn Sam an Bord. Wir reisten beide geschäftlich nach Valparaiso. Ich kann mich weder erinnern, wie lange wir schon auf See gewesen waren, noch wo wir uns befanden. Irgendwo vor der Küste Südamerikas stießen wir eines Nachts – auch noch bei Nebel, soviel ich weiß, ich schlief nämlich – mit einem nach Norden fahrenden Dampfer zusammen. Wie wir das fertigbrachten, weiß ich nicht. Schließlich hatten ja auf beiden Seiten alle Schiffe der Welt Platz genug, aneinander vorüberzufahren. Jedenfalls passierte es. Als ich an Deck kam, hatte das andere Schiff seinen Weg bereits fortgesetzt, und wir sahen es niemals wieder. Ob es sank oder den Heimathafen erreichte, kann ich nicht sagen. Aber sehr bald stellten wir fest, daß einige Eisenplatten am Bug der 'Thomas Hyke' ernstlich beschädigt waren und das Schiff Wasser schluckte wie ein durstiger Hund. Der Kapitän ließ das vordere wasserdichte Schott schließen und die Pumpen in Tätigkeit setzen, aber es nützte nichts. Die vordere Abteilung füllte sich eben mit Wasser, und die 'Thomas Hyke' tunkte mit dem Bug unter Wasser. Ihr Deck lag abschüssig wie ein Bergabhang, und die Schraube stand so hoch, daß sie auch dann nicht arbeiten konnte, wenn man die Maschinen in Gang gehalten hätte. Der Kapitän ließ die Masten kappen und hoffte, das Schiff dadurch aufzurichten, aber es half nicht viel. Es ging ziemlich schwere See, und die Wellen schlugen das abschüssige Deck hinauf wie die Brandung an der Meeresküste. Der Kapitän gab Befehl, alle

Luken zuzunageln, damit kein Wasser eindringe. Man konnte nun nur noch durch die Kajütentür ins Schiff hinuntergelangen, und diese Tür lag weit achtern. Es war eine gefährliche Arbeit, alle Luken dicht zu machen; denn die Decks fielen steil ins Wasser ab. Wäre einer ausgerutscht, so hätte ihn nichts aufgehalten, er wäre ins Meer abgesaust. Aber die Männer banden sich mit Tauen fest und arbeiteten eifrig. Binnen kurzem waren Deck und Maschinenhaus dicht wie eine zugekorkte Flasche. Der Schornstein lag weit vorn. Als die Masten gekappt wurden, hatte eine Spiere ihn weggerissen. Da die Wellen in das Loch hineinschlugen, das dadurch entstanden war, ließ es der Kapitän mit alten Segeln ausstopfen, die gut festgemacht wurden. Es war schrecklich zu sehen, wie das Schiff mit dem Bug einfach unter Wasser lag, während das Heck in die Luft emporragte. Wären die wasserdichten Abteilungen nicht unbeschädigt geblieben, so wäre das Schiff unverzüglich abgesoffen. Am Nachmittag des Tages nach dem Zusammenstoß legte sich der Wind. Binnen kurzem war die See ziemlich glatt. Der Kapitän war überzeugt, es würde nicht schwierig sein, das Schiff flott zu halten, bis ein vorüberkommender Dampfer uns auffischte. Unsere Flagge wehte verkehrt herum an einer Stange am Heck. Wenn jemand ein Schiff in der Lage sah, die die 'Thomas Hyke' jetzt einnahm, dann würde er bestimmt herankommen und die Sache untersuchen, selbst wenn kein Notsignal gesetzt war. Wir versuchten, es uns so bequem wie nur möglich zu machen. Das war freilich gar nicht einfach, weil doch alles so abschüssig war. In dieser Nacht hörten wir im Laderaum ein Poltern und Knirschen. Die Neigung des Schiffes schien zuzunehmen. Bald rief der Kapitän alle Mann zusammen und eröffnete uns, daß sich die Ladung von Eisenbarren verschiebe und zum Bug rutsche. Bald würde das Eisen die Schotten durchstoßen. Dann würden wir vollaufen und zügig zum Grund hinuntergehen. Deshalb alles in die Boote und so schnell wie möglich weg vom Schiff! Die Boote waren einfach genug zu Wasser zu setzen. Man brauchte sie nicht außenbords von den Davits herunterzulassen, sondern ließ sie bis aufs Deck und dann ins Wasser gleiten. Dort wurden sie mit Tauen so lange gehalten, bis alles startbereit war. Drei Boote wurden klargemacht und mit reichlich Mundvorrat und Wasser ausgerüstet. Dann schiffte sich alles ein. Nur William Anderson, ich und sein Sohn konnten uns nicht entschließen, in die Boote zu gehen und auf den dunklen, unermeßlichen Ozean hinauszurudern. Es waren zwar die größten Boote, die wir an Bord hatten, aber sie waren doch winzig genug. Das Schiff erschien uns bei weitem sicherer, auch konnte es bei Tagesgrauen leichter entdeckt werden als die drei Boote, die vielleicht von einem aufkommenden Sturm Gott weiß wohin abgetrieben wurden. Unserer Meinung nach hatte sich die Ladung nun so weit verlagert, wie das möglich war; denn unten war jedes Geräusch verstummt. Wie dem auch sei, wir kamen überein, lieber auf dem Schiff zu bleiben als in die Boote zu gehen. Der Kapitän versuchte uns zum Mitkommen zu bewegen, aber wir wollten nicht. Da erklärte er, wenn wir es vorzögen, zurückzubleiben und zu ertrinken, dann sei das unsere Sache, und er könne nichts daran ändern. Dann machte er uns darauf aufmerksam, daß noch ein kleines Boot achteraus vorhanden war. Er empfahl uns, es zu Wasser zu lassen und bereitzuhalten, falls eine Wendung zum Schlimmeren eintreten und wir uns doch entschließen sollten, das Schiff zu verlassen. Dann ruderte er mit den anderen Booten so weit fort, daß sie nicht vom Sog erfaßt werden konnten, falls der Dampfer unterging. Wir drei blieben an Bord. Das Beiboot brachten wir auf die gleiche Weise zu Wasser, wie wir das bei den anderen Booten beobachtet hatten, und seilten uns dabei sorgfältig an. Wir verstauten im Boot alles, was wir unseres Erachtens brauchen würden. Dann begaben wir uns in die Kajüte und erwarteten den Morgen. Es war eine seltsame Kajüte: der Fußboden fiel steil ab wie das Dach eines Hauses, aber wir setzten uns in die Ecken und freuten uns, hier zu sein. Die schaukelnde Lampe brannte, und es war hier drin wirklich gemütlicher als draußen. Im Morgengrauen ging jedoch unten das Poltern und Rasseln wieder los. Der Bug der 'Thomas Hyke' senkte sich tiefer und tiefer. Nach kurzer Zeit lag das vorderste Schott der Kajüte, das man unter normalen Verhältnissen als ihre Vorderwand bezeichnen konnte, so waagerecht unter unseren Füßen wie sonst der Fußboden. Die Lampe lag auf der Decke, von der sie sonst herabhing. Sie können versichert sein, wir hielten es nun für die höchste Zeit, hier herauszukommen. Am Fußboden waren Bänke mit Armlehnen angeschraubt, an denen wir bis zum Fuß der Kajütentreppe hinaufkletterten, die jetzt gewissermaßen verkehrt herum lag, so daß wir hinabsteigen mußten, um hinauszugelangen. Als wir die Kajütentür erreicht hatten, lag ein Teil des Decks unter uns wie die Wand eines Hauses, das – wie angeblich in Venedig – ins Wasser gebaut war. Wir hatten unser Boot an einem langen Tau an der Kajütentür festgemacht und sahen es jetzt ruhig auf dem glatten Wasser schwimmen, das etwa zwanzig Fuß unter uns lag. Wir zogen das Boot möglichst nahe heran, dann ließen wir den Knaben Sam an einem Tau hinunter. Nach einigem Strampeln und Stoßen gelangte er tatsächlich ins Boot und ergriff die Ruder. Nun hielt er das Boot genau unter uns, während wir an den Tauen hinabkletterten, mit denen wir das Boot zu Wasser gebracht hatten. Kaum waren wir im Boot, da kappten wir die Taue und ruderten so schnell wie möglich weg. Erst als wir uns in sicherer Entfernung glaubten, hielten wir inne, um uns nach der 'Thomas Hyke' umzusehen. Ihr Lebtag haben Sie so ein Schiff nicht gesehen! Zwei Drittel des Rumpfes lagen unter Wasser, das Schiff stand senkrecht mit dem Heck in der Luft. Wo das Toppsegel hingehörte, ragte das Steuerruder empor. Die Schraube glich dem Rad auf einer jener Windmühlen, mit denen man im Binnenland Wasser hochpumpt. Die Ladung war also so weit nach vorn gerutscht, daß sie das Schiff auf die Spitze gestellt hatte. Untergehen konnte es jedoch nicht dank der Luft in den wasserdichten Abteilungen, in die das Wasser nicht hatte eindringen können. Über allem wehte die Notflagge an einer Stange, die über das Heck hinausragte. Obgleich es heller Tag war, sahen wir keine Spur von den anderen Booten. Wir hatten angenommen, sie würden sich nicht weit entfernen, sondern bis Tagesanbruch in sicherem Abstand liegenbleiben. Offenbar hatten sie aber Angst bekommen und waren weiter hinausgerudert als beabsichtigt. Nun gut, wir blieben den ganzen Tag im Boot und beobachteten die 'Thomas Hyke'. Sie blieb unverändert liegen und schien nicht einen Zoll tiefer zu sinken. Wegrudern war zwecklos, denn welches Ziel hätten wir ansteuern sollen? Außerdem nahmen wir an, passierende Schiffe würden eher das hoch in die Luft ragende Heck sichten als unser kleines Boot. Zu essen hatten wir genug. Nachts schliefen immer zwei, der dritte hielt Wache. Wir hatten die Zeit eingeteilt und wechselten uns ab. Am Morgen stand die 'Thomas Hyke' noch genauso kopf wie bisher. Es rollte eine lange Dünung, und bei jeder Welle hob sich das Schiff, neigte sich ein bißchen und richtete sich dann wieder in seine alte Lage auf. Die Nacht verging wie die vorige. Am Morgen fanden wir uns ein Stück weiter abgetrieben, aber die 'Thomas Hyke' schwamm unverändert wie eine große Boje, die auf einer Sandbank verankert ist. Von den Booten entdeckten wir keine Spur und gaben sie nachgerade auf. Unser Frühstück war recht kümmerlich. Es bestand nur aus Schiffszwieback und einem Rest gekochten Fleisches. Nachdem wir eine Zeitlang untätig dagesessen hatten und uns mächtig unbehaglich fühlten, meinte William Anderson: 'Hören Sie mal! Wissen Sie, wir wären Toren, wollten wir die ganze Nacht hier frieren und tagsüber von Schiffszwieback leben, während auf dem Schiff genügend Vorräte sind, daß wir satt werden und uns warm halten können. Nachdem der Dampfer zwei Tage so getrieben ist, kann niemand sagen, wie lange er noch schwimmt. Wir könnten also ebensogut an Bord gehen und uns holen, was wir brauchen.' – 'Einverstanden', stimmte ich zu; denn ich hatte das Nichtstun satt, und Sam war es erst recht zufrieden. Wir ruderten also zum Dampfer und stoppten dicht am Deck. Das ragte wie eine Hauswand empor, wie ich schon sagte. Die Kajütentür, die einzige Öffnung im Deck, lag etwa zwanzig Fuß über uns. Die Taue, die wir an den inneren Treppengeländern festgemacht hatten, hingen noch herab. Sam war ein gewandter Bursche. Er brachte es fertig, an einem dieser Taue hochzuklettern. Als er oben angelangt war, zog er das Tau nach und machte in Abständen von ungefähr einem Fuß Knoten hinein, dann ließ er es wieder hinab. Weder William Anderson noch ich hätten uns nämlich ohne Knoten oder irgendeinen Anhaltspunkt am Tau nur mit den Armen emporziehen können. Es fiel uns auch so noch recht schwer, hinaufzukommen, aber wir schafften es schließlich doch. Dann stiegen wir die Treppe hinauf und traten dabei auf die Setzstufen, statt auf die Tritte wie sonst. Als wir beim Fußboden der Kajüte angelangt waren, der jetzt wie eine Wand senkrecht aufragte, mußten wir an den festgeschraubten Möbeln hinabklettern bis zum Vorschott, das jetzt den Kajütenboden bildete. Dicht neben dem Schott lag ein kleiner Raum, die Kombüse des Stewards. Hier fanden wir massenhaft zu essen. Freilich war alles lächerlich durcheinandergefallen. Zwiebackbüchsen, Konservendosen und Flaschen in Weidenkörben lagen an einem Ende des Raumes auf einem Haufen. In den Schränken und Schubladen war alles durcheinandergepurzelt. William Anderson und ich machten uns daran, herauszusuchen, was wir brauchten. Sam mußte in die Staatskabinen hinaufklettern, von denen vier auf jeder Seite der Kajüte lagen. Dort sollte er Decken zum Wärmen und einige Laken holen, die wir als Sonnensegel im Boot befestigen wollten. Die Tage waren nämlich ebenso heiß wie die Nächte kalt. Als wir alles Notwendige zusammenhatten, kletterten William Anderson und ich in unsere eigenen Kajüten und packten einen Koffer mit dem, was wir unbedingt von unseren Kleidern und sonstigen Sachen retten wollten. Unterdessen verständigte uns Sam, daß es regne. Er saß an der Kajütentür und hielt Ausschau. Erst wollte ich ihm zurufen, er solle die Tür schließen, damit es nicht hereinregne. Als ich mir aber die tatsächliche Lage vergegenwärtigte, mußte ich über diesen Einfall lachen. Über dem Eingang zur Kajüte war eine Art kleiner Verschlag errichtet, an dessen einer Seite die Tür war. Bei der jetzigen Lage des Schiffes befand sich die Türöffnung unterhalb des Verschlages, also konnte es natürlich nicht hineinregnen. Sehr bald hörten wir, wie es goß. Der Regen trommelte wie Hagel auf das Heck des Schiffes. Wir kletterten zur Treppe und sahen hinaus. Es goß in Strömen, wie man das nur in tropischen Breiten sieht. 'Wie gut, daß wir hier drin sind', meinte William Anderson. 'Draußen im Boot müßten wir ersaufen.' Ich pflichtete ihm bei, und wir beschlossen, das Ende des Regens hier abzuwarten. Nun, es regnete etwa vier Stunden. Als es aufgehört hatte und wir hinaussahen, fanden wir unser kleines Boot fast ganz voll Wasser und so tief liegend, daß es bestimmt gesunken wäre, wenn einer von uns hineingestiegen wäre. 'Das ist ein kritischer Fall', stellte William Anderson fest. 'Uns bleibt gar nichts weiter übrig als hierzubleiben.' Ich glaube, im stillen war er froh darüber; denn wenn es je einer satt hatte, in einem Boot wie dem unseren zwei Tage und zwei Nächte zuzubringen, dann war es William Anderson. Jedenfalls aber erübrigte sich jede Erörterung. Wir machten es uns also bequem. Aus den Staatskabinen holten wir einige Matratzen und Kissen. Als es dunkel wurde, steckten wir die Lampe an, die wir mit Speiseöl aus einer Flasche in der Kombüse gefüllt hatten, weil wir nichts anderes fanden. Die Lampe hingen wir am Treppengeländer auf. Wir schliefen gut in dieser Nacht. Mich störte nur, daß William Anderson jedesmal, wenn er sich auf die andere Seite drehte, den Kopf hob und feststellte, wieviel gemütlicher es doch hier sei als in dem vertrackten kleinen Boot. Am nächsten Morgen frühstückten wir ausgiebig und kochten uns sogar Tee auf einem Spirituskocher, den wir statt mit Alkohol mit Branntwein füllten. William Anderson und ich wollten die Kapitänskajüte aufsuchen, um zu sehen, ob wir noch irgend etwas zum Mitnehmen bereitlegen sollten, falls ein Schiff vorüberkam und uns aufnahm. Diese Kajüte lag weit im Heck und also hoch oben. Aber wir konnten nicht so gewandt klettern wie Sam und sahen keine Möglichkeit, dorthin zu gelangen. Sam behauptete, er habe in der Kammer unmittelbar neben dem Schott eine Leiter gesehen. Da William ängstlich darauf bedacht war, in die Kapitänskajüte zu kommen, schickten wir den Jungen auf die Suche. In dem Schott zu unseren Füßen befand sich eine Schiebetür. Wir öffneten sie so weit, daß Sam hindurchschlüpfen konnte. Wie ein Affe kletterte er in den angrenzenden Raum, der leidlich hell war, obgleich der untere Teil, der an den Maschinenraum anschloß, unter der Wasserlinie lag. Tatsächlich entdeckte Sam eine Leiter mit eisernen Haken an einem Ende. Er wollte sie uns heraufreichen, doch war das sehr schwierig; denn er mußte über alles mögliche hinwegklettern. Dabei kippte die Leiter, und das Ende mit den Eisenhaken schlug gegen die runde Scheibe eines Bullauges. Zwar war das Glas dick und stark, aber die Leiter fiel mit Wucht dagegen und zertrümmerte es. Das Unglück wollte es, daß dieses Fenster unter der Wasserlinie lag, und das

Wasser stürzte in dickem Strahl herein. Wir warfen Sam Laken zu, um das Loch zu stopfen, aber es hatte keinen Zweck. Als er das Bullauge unter großen Schwierigkeiten erreicht hatte, drang das Wasser mit solcher Gewalt ein, daß er kein Laken in das Leck stopfen konnte. Wir hatten Angst, daß er da unten ertrinke, und befahlen ihm, schnellstens heraufzukommen. Er richtete die Leiter wieder auf, hakte sie an der Schiebetür ein, und wir hielten sie fest, während er daran emporkletterte. Dabei schauten wir hinunter und sahen, wie das Wasser einströmte. Der Raum würde bald voll Wasser sein. Also schlossen wir die Tür und dichteten sie ab. Dann sagte William Anderson: 'Das Schiff wird immer tiefer sinken, je mehr Wasser hereinströmt. Unter Umständen kann das Wasser außen bis zur Kajütentür steigen, wir müssen sie möglichst gut abdichten.' Sam hatte die Leiter hinter sich hochgezogen, und sie tat uns gute Dienste auf dem Wege zur Kajütentreppe. Wir machten die Kajütentür zu, verschlossen und verriegelten sie. Da sie gut schloß, hofften wir, sie würde nicht viel Wasser durchlassen, falls das Schiff so tief sank. Am oberen Ende der Kajütentür war eine Flügeltür angebracht, die in normaler Lage waagerecht schloß und nur bei schlechtem, kaltem Wetter benutzt wurde. Diese Flügel zogen wir zu und banden sie fest, so daß wir nun einen doppelten Schutz gegen das Wasser hatten. Nun, wir waren nicht zu früh mit diesen Arbeiten fertig, denn das Wasser stieg tatsächlich bis zur Kajütentür. Etwas sickerte sogar durch die äußere Tür und durch die Spalten der inneren ein. Aber wir machten uns ans Werk und dichteten alles mit Streifen von den Laken ab, die wir mit unseren Taschenmessern fest einklemmten. Dann setzten wir uns auf die Treppe und harrten der Dinge, die nun kommen sollten. Die Türen zu allen Staatskabinen standen offen, und durch die dicken Glasscheiben der festgeschlossenen Bullaugen konnten wir sehen, daß das Schiff immer tiefer sank, je mehr Wasser einströmte. Sam kletterte in eine der äußeren Staatskabinen hinauf und meldete, das Wasser draußen stünde fast bis zum Heck. Bald darauf sahen wir, daß die Heckluken vom Wasser überspült wurden. Mehr und mehr Wasser sahen wir, das Licht drang immer schwächer hindurch. Nun wußten wir, daß wir unter die Wasseroberfläche sanken. 'So ein Dusel, daß hier kein Wasser eindringen kann', meinte William Anderson. William hatte ein zuversichtliches Gemüt und sah immer die gute Seite aller Dinge. Ich muß allerdings gestehen, mir wurde himmelangst, als ich durch die Heckluken Wasser statt des Himmels sah. Es wurde immer dämmeriger, je tiefer wir sanken, aber wir konnten noch ganz gut sehen. Es ist nämlich erstaunlich, wieviel Licht durch das Wasser dringt. Nach einiger Zeit stellten wir fest, daß die Helligkeit nicht mehr abnahm. Da verkündete William Anderson: 'Hurra! Wir sinken nicht mehr!' – 'Was macht das schon aus?' fragte ich. 'Meines Erachtens sind wir dreißig, vierzig Fuß oder mehr unter Wasser.' – 'Schon möglich, aber offenbar sind jetzt die Abteilungen vollgelaufen, so daß wir nicht weiter sinken werden.' – 'Aber dadurch sind wir doch um nichts gebessert!' beharrte ich. 'Für einen Ertrinkenden sind dreißig oder vierzig Fuß unter Wasser ebenso schlimm wie tausend Fuß.' – 'Ertrinken!' rief William aus. 'Wie wollen Sie denn ertrinken? Hier kann doch kein Wasser eindringen.' – 'Aber auch keine Luft', erwiderte ich, 'und meines Wissens ertrinkt der Mensch aus Mangel an Luft.' – 'Das müßte doch nicht mit rechten Dingen zugehen', meinte William, 'daß man im Ozean ertrinkt und dabei staubtrocken bleibt! Aber es ist müßig, sich wegen der Luft Sorgen zu machen. Wir haben genügend Luft hier, um wer weiß wie lange damit auszukommen. Dieser Heckraum ist der größte im Schiff und enthält Unmengen von Luft. Denken Sie nur an den Laderaum! Er muß fast ganz mit Luft gefüllt sein. Im hinteren Laderaum sind nur Nähmaschinen verstaut. Ich habe gesehen, wie sie eingeladen wurden. Die Eisenbarren lagen hauptsächlich mittschiffs oder jedenfalls weiter vorn, nicht in diesem Laderaum. Keine andere Ladung läßt mehr Raum für Luft als Nähmaschinen! Sie sind in hölzernen Rahmen verschalt, nicht in Kisten, und nehmen nicht die Hälfte des Raumes ein, den sie beanspruchen. Um sie herum ist überall Luft. Welch ein tröstlicher Gedanke, daß der Laderaum nicht voller Baumwollballen oder aufgeschüttetem Weizen steckt!' Vielleicht war das tröstlich; ich fand nicht viel Gutes dabei. Sam, der in der Kajüte umherkletterte und überall nach dem Rechten sah, verkündete jetzt auch noch, daß wieder etwas Wasser an der Kajütentür und an einigen Fensterrahmen durchsickere. 'So ein Glück, daß wir nicht tiefer gesunken sind', meinte William Anderson, 'sonst hätte das Wasser die schweren Scheiben eingedrückt. Jetzt müssen wir alle Ritzen verstopfen. Je mehr wir arbeiten, desto wohler fühlen wir uns.' Wir rissen also mehr Streifen und verstopften alle Ritzen, die wir fanden. 'Welch ein Glück', stellte William Anderson fest, 'daß Sam die Leiter gefunden hat, sonst hätten wir schwere Mühe, zu den Bullaugen in den hinteren Kabinen vorzudringen. Wenn wir die Leiter auf die unterste Treppenstufe stellen, die jetzt die oberste ist, können wir jeden Teil der Kajüte erreichen.' Im stillen war ich zwar der Ansicht, wir wären wesentlich besser dran gewesen, wenn Sam die Leiter nicht gefunden hätte, aber ich wollte William Andersons gute Laune nicht beeinträchtigen und sagte nichts.

Und nun bitte ich Sie um Entschuldigung, mein Herr«, wandte sich der Erzähler an den Sachbearbeiter für Schiffbrüche, »ich vergaß ja ganz, daß Sie die Geschichte zu Ende erzählen wollten. Vielleicht nehmen Sie den Faden hier auf?«

Der Sachbearbeiter schien überrascht zu sein und hatte offenbar sein früheres Anerbieten vergessen. »O nein«, lehnte er ab, »erzählen Sie Ihre Geschichte nur selbst! Wir sind doch jetzt nicht im Dienst!«

»Nun gut«, erwiderte der Schwager von J. George Watts, »ich fahre also fort.

Wir dichteten alles bestmöglich ab und aßen Abendbrot. Da wir das Dinner vergessen hatten, waren wir nämlich sehr hungrig. Tee kochten wir nicht, und die Lampe steckten wir auch nicht an; denn das hätte die Luft verbraucht, wie wir wußten. Aber unsere Mahlzeit war weit besser, als es drei Leute erwarten konnten, die im Ozean außer Sichtweite versunken waren. 'Was mich am meisten beunruhigt', meinte William Anderson, 'ist die Tatsache, daß unsere Flaggenstange verdeckt sein muß, wenn wir vierzig Fuß unter Wasser sind. Wenn die Flagge aus dem Wasser ragte, und sie weht ja verkehrt herum, dann könnte ein vorüberfahrendes Schiff sie bemerken und sich denken, daß hier etwas nicht stimmt.' – 'Wenn das Ihr ganzer Kummer ist', entgegnete ich, 'dann werden Sie vermutlich sanft schlafen! Selbst wenn ein Schiff die Flagge sähe, glaube ich kaum, daß man uns hier unten vermuten würde. Wie sollten sie uns auch herausbekommen, wenn sie schon auf den Gedanken kämen?' – 'Ach, das würden sie schon zustandebringen', meinte William Anderson, 'bei den Kapitänen kann man sich darauf verlassen.' Dann schlief er ein. Am nächsten Morgen wurde die Luft in unserem Teil der Kajüte schon mächtig schlecht. Da sagte William Anderson: 'Wir müssen jetzt in die Staatskabinen im Heck klettern, wo die Luft reiner ist. Zum Essen können wir immer hierher herunterkommen, dann klettern wir wieder hinauf, wo wir leichter atmen.' – 'Und was machen wir, wenn die Luft oben verbraucht ist?' fragte ich William, der sich offenbar anschickte, den Sommer in unserem augenblicklichen Quartier zu verbringen. 'Ach, da findet sich schon Rat', antwortete er. 'Schließlich braucht man ja die Luft ebensowenig zu verschwenden wie alles andere. Wenn wir alle Luft in dieser Kajüte aufgebraucht haben, können wir durch den Fußboden Löcher zum Laderaum bohren und Luft von dort hereinlassen. Wenn wir sparsam sind, reicht die Luft Gott weiß wie lange.' Die Nacht verbrachten wir jeder in einer Staatskabine, an deren Rückwand wir schliefen, statt in der Koje. Erst am Nachmittag des nächsten Tages wurde die Luft in der Kajüte so schlecht, daß wir frische haben mußten. Also ließen wir uns auf das Schott nieder und bohrten mit einem Bohrer, den wir in der Kombüse gefunden hatten, drei Löcher in den Kajütenboden, etwa einen Yard voneinander entfernt. Der Fußboden war ja jetzt eine der Wände des Raumes, das Schott der Fußboden und die hintere Wand mit zwei Bullaugen die Decke oder auch das Dach. Jeder nahm ein Loch, und ich kann Ihnen nur sagen, es war ein Genuß, die Luft aus dem Laderaum einzuatmen! 'Ist das nicht prächtig!' sagte William Anderson. 'Wir können wirklich heilfroh sein, daß im Laderaum nicht Stockfisch oder Seife gelagert ist. Nichts riecht besser als neue, noch nie benutzte Nähmaschinen! Diese Luft genügt allen Ansprüchen.' Auf Williams Rat verfertigten wir drei Stöpsel, mit denen wir die Löcher schlossen, wenn wir für den Augenblick genug Luft geschöpft hatten. 'Jetzt brauchen wir auch nicht mehr in diese scheußlichen Staatskabinen hinaufzuklettern', sagte er, 'wir können hier bleiben und es uns gemütlich machen. Luft lassen wir nach Bedarf herein.' – 'Wie lange, denken Sie, wird denn die Luft im Laderaum ausreichen?' fragte ich. – 'Ach, sehr lange, wenn wir weiter so sparsam damit umgehen. Ich nehme an, nach einiger Zeit wird es nicht mehr so gut mit der Zufuhr durch diese kleinen Löcher klappen. Dann können wir ein großes Loch in den Fußboden sägen, in den Laderaum gehen und dort atmen, wenn wir wollen.' Am gleichen Abend sägten wir ein Loch von ungefähr einem Fuß im Quadrat, damit wir während der Nacht viel Luft hatten, aber in den Laderaum gingen wir nicht; denn er war ganz ordentlich mit Nähmaschinen vollgepfropft. Am nächsten Tag aber steckten Sam und ich zeitweise den Kopf für eine ordentliche Nase voll Luft in den Laderaum, obgleich William Anderson das nicht guthieß; denn er war der Ansicht, wir sollten unsere Atemrationen knapp halten, damit der Luftvorrat recht lange ausreiche. 'Was hat es denn aber für Zweck', sagte ich zu William, 'daß wir versuchen, mit der Luft möglichst lange auszukommen, wenn wir doch hier ersticken müssen?' – 'Was es für Zweck hat?' fragte er. 'Haben wir nicht genug Zwieback, Fleischkonserven und massenhaft andere Lebensmittel? Haben wir nicht dort gegenüber der Kombüse ein Wasserfaß, ganz zu schweigen von Wein und Branntwein, wenn Sie sich ein bißchen aufheitern wollen? Haben wir nicht gute Matratzen zum Schlafen? Warum sollten wir nicht möglichst gemütlich zu leben versuchen, solange das möglich ist?' – 'Ich will aus dieser Kiste heraus!' beharrte ich. 'Die Vorstellung, hier unter Wasser eingesperrt zu sein, kann ich nicht ertragen. Lieber würde ich versuchen, zur Oberfläche zu gelangen und umherzuschwimmen, bis ich ein Stück Holz oder etwas anderes finde, auf dem ich treiben kann.' – 'Bilden Sie sich nur das nicht ein!' erwiderte er. 'Wenn wir ein Bullauge oder eine Tür öffneten, um hinauszugelangen, würde das Wasser hereinstürzen, uns zurückwerfen und den Raum hier im Handumdrehen füllen. Dann versänke die ganze Herrlichkeit in die Tiefe. Und was wollten Sie denn tun, selbst wenn Sie an die Oberfläche kämen? Es ist höchst unwahrscheinlich, daß Sie irgend etwas finden, auf dem Sie sich retten können. Und fänden Sie doch etwas, dann könnten Sie kaum lange ohne Nahrung durchhalten. Nein, mein Lieber', schloß er, 'wir müssen mit den Annehmlichkeiten zufrieden sein, die uns hier umgeben. Es wird sich schon etwas tun, daß wir hier rauskommen. Passen Sie auf, ob ich nicht recht habe!' Es hatte gar keinen Zweck, William Anderson überzeugen zu wollen, und ich sprach nicht mehr vom Herauskommen. Was Sam anlangte, der verbrachte seine Zeit vor den Bullaugen der Staatskabine und sah hinaus. Wir konnten ein gutes Stück weit ins Wasser sehen, weiter als man annehmen sollte. Manchmal sahen wir Fische, meist Tümmler, die herumschwammen und sicher auskundschaften wollten, was ein Schiff hier unter Wasser zu suchen hatte. Sam hatte Angst, ein Schwertfisch könne sein Schwert beim Vorüberschwimmen in eines der Bullaugen stoßen. Dann wäre alles vorüber, dann hieße es Hinunter! für uns. Ab und zu verkündete Sam: 'Jetzt kommt einer.' Und wenn ich dann gerade aufspringen wollte: 'Nein, es ist ein Tümmler.' Von Anfang an war ich überzeugt – und ich bin auch heute noch der Ansicht –, der Junge wäre besser nicht mit dabei gewesen. In dieser Nacht wurde das Schiff ganz schön geschüttelt, es tauchte heftiger auf und nieder als je zuvor, seit wir darauf zurückgeblieben waren. 'Oben muß schwere See gehen', meinte William Anderson. 'Wenn wir oben wären, würden wir schrecklich schlingern. Hier ist die Bewegung so sanft wie in einer Wiege. Und außerdem können wir nicht sehr tief gesunken sein; denn sonst merkten wir überhaupt keine Bewegung.' Gegen Mittag des nächsten Tages lief plötzlich ein Zittern und eine Erschütterung durch das ganze Schiff. Tief unter uns hörten wir es rasseln und poltern, daß ich fast von Sinnen kam. Erst glaubte ich, wir wären auf Grund gestoßen. Aber William Anderson meinte, das sei unmöglich, denn es sei noch genauso hell in der Kajüte. Wären wir tiefer gesunken, so hätte es natürlich viel dunkler werden müssen. Nach kurzer Zeit hörte das Rasseln auf, und dann schien es eher heller zu werden. Sam, der zu den Heckluken über uns hinaufsah, schrie plötzlich: 'Himmel!', und wahrhaftig, wir konnten durch unsere Bullaugen den blauen Himmel sehen. Gar kein Zweifel. Dann neigte sich das Schiff ungefähr in die Lage zurück, die wir hatten, als die vorderen Abteilungen sich zuerst mit Wasser füllten. Auf einmal standen wir wieder mit den Füßen auf dem Kajütenboden statt auf dem Schott. Ich stand dicht bei einer der großen Staatskabinen, und wie ich so hineinsehe, schien das Sonnenlicht durch das feuchte Bullauge – etwas Schöneres habe ich auf dieser Welt nie gesehen! William Anderson tat einen Satz, schraubte eines der Bullaugen auf und riß es auf. Wir hatten die Luft hier drin für so gut gehalten, daß sie noch eine Weile reichen würde. Aber es war schon ein ander Ding, als jetzt das Bullauge offenstand und frische Luft hereinströmte, das kann ich Ihnen versichern! William steckte den Kopf aus dem Bullauge und sah sich nach allen Seiten um. 'Das Schiff ist fast ganz über dem Wasser', rief er. 'Wir können die Kajütentür aufmachen.' Wir alle drei stürzten zur Treppe, die nun wieder fast normal stand, und im Handumdrehn war die Tür offen. Wir sahen hinaus. Tatsächlich trieb das Schiff ziemlich unverändert so wie damals, als Kapitän und Mannschaft es verlassen hatten. Im Gegenteil, wir waren uns einig, daß das Deck nicht mehr so steil abfiel. 'Wissen Sie, was geschehen ist?' fragte William Anderson, nachdem er einige Zeit reglos gestanden, geschaut und nachgedacht hatte. 'Das Auf- und Abtauchen vorige Nacht hat die Eisenbarren im Schiff zusammengerüttelt und auf eine Stelle geworfen. Die Eisenplatten am Bug, die durch den Zusammenstoß beschädigt und gelockert waren, haben unter dem Gewicht nachgegeben. So ist die ganze Ladung Eisenbarren durchgebrochen und versunken. Dadurch kamen wir natürlich nach oben. Habe ich Ihnen nicht gesagt, es würde schon eine günstige Wendung für uns kommen?'

Nun, ich will die Geschichte nicht unnötig ausdehnen. Am Tage darauf wurden wir von einem nach Norden gehenden Zuckerschiff übernommen und kamen sicher nach Ulford. Dort trafen wir den Kapitän und die Mannschaft. Sie waren von einem Schiff aufgefischt worden, nachdem sie drei oder vier Tage in den Booten waren. Dieses Schiff war unserer Route gefolgt, um uns zu finden, was ihm natürlich nicht gelang; denn zu dieser Zeit waren wir unter Wasser und nicht zu sehen.« –

»Und nun, mein Herr«, wandte sich der Schwager von J. George Watts an den Sachbearbeiter für Schiffbrüche, »in welche Ihrer Kategorien gehört mein Schiffbruch?«

»Herrschaften«, sagte der Sachverständige für Schiffbrüche und erhob sich von seinem Stuhl, »es ist vier Uhr, und da wird dieses Amt geschlossen!«

AMBROSE BIERCE

Ambrose Bierce (1842–1914) – ungleich dem zurückgestellten James vom Bürgerkrieg gehärtet – auf einer Ohio-Farm ohne rechte Schule aufgewachsen, nach dem Krieg bei Bret Harte zum Journalisten geformt, entwickelte ein geradezu grauses Erzählergenre mit einer an Poe gemahnenden Thematik (Tod, Entsetzen, Unerbittlichkeit des Schicksals), jedoch in naturalistischer, ätzender Darstellung. Sein Pathos ist grausam, sein Humor sarkastisch makaber. Er sucht durch überraschende Pointen Entsetzen, lähmenden Schrecken zu erregen ('Spinnweben aus einem hohlen Schädel', 1874; 'Erzählungen von Soldaten und Zivilisten', 1891; 'Gibt es so etwas überhaupt?', 1893; 'Des Zynikers Wörterbuch', 1906). Bierce, zunehmend vom Daseinsekel und Lebensüberdruß bedrängt, gab 1909–12 seine Gesammelten Werke heraus und begab sich 1913 nach Mexiko, damals Schauplatz der Huerta-Rebellion. Seitdem ist er verschollen.

ZWISCHENFALL AUF DER BRÜCKE ÜBER DEN EULENFLUSS

I

Ein Mann stand auf einer Eisenbahnbrücke im nördlichen Alabama und blickte hinab in das Wasser, das zwanzig Fuß unter ihm dahinströmte. Der Mann hielt die Hände auf dem Rücken; denn sie waren ihm mit einem Strick um die Handgelenke zusammengebunden. Ein Seil lag eng um seinen Hals. Es war an einem soliden Kreuzbalken über seinem Kopf befestigt und hing von dort im Bogen schlaff bis in die Höhe seiner Knie hinab. Auf den Eisenbahnschwellen lagen einige lose Planken, auf denen der Mann und seine Henker standen. Diese Henker waren zwei Gemeine der Föderalistischen Armee. Sie wurden von einem Sergeanten befehligt, der im Zivilleben stellvertretender Sheriff sein mochte. Dicht an der provisorischen Plattform

stand ein bewaffneter Offizier in der Uniform seines Ranges. Er war Hauptmann. Ein Posten an jedem Ende der Brücke hielt das Gewehr in Habt-Acht-Stellung, das heißt senkrecht vor der linken Schulter, den Spanner auf dem Unterarm, der waagerecht vor der Brust lag. Diese Haltung war steif, unnatürlich und verkrampft. Offenbar gehörte es nicht zur Pflicht der beiden Männer, zu wissen, was in der Mitte der Brücke geschah. Sie riegelten lediglich an beiden Seiten die Fußplanken ab, die über die Brücke liefen.
Hinter dem einen Posten war niemand weiter zu sehen. Die Eisenbahnstrecke führte schnurgerade etwa hundert Yard tief in den Wald hinein, machte dann eine Biegung und entschwand den Blicken. Sicher stand dort weiter draußen noch ein Posten. Auf der anderen Seite des Flusses lag offenes Land. Die sanfte Uferböschung krönten Palisaden aus senkrechten Baumstämmen mit Schießlöchern für Gewehre und einer einzelnen Schießscharte, aus der die Mündung einer Messingkanone hervorsah, die die Brücke beherrschte. Halben Wegs auf dem Abhang zwischen Brücke und Fort standen die Zuschauer – eine einzige Kompanie Infanterie in Linie, Gewehr bei Fuß, so daß die Läufe leicht zurückgeneigt auf die rechte Schulter wiesen. Die Hände waren über dem Lauf gekreuzt. Ein Leutnant rechts an der Linie hielt die Degenspitze zu Boden gesenkt und ließ die linke Hand auf der rechten ruhen. Abgesehen von den vieren in der Mitte der Brücke rührte sich niemand. Die Kompanie stand wie aus Erz gegossen und starrte unbewegt auf die Brücke. Die Posten, die auf die Flußufer blickten, hätten ebensogut Brückenfiguren sein können. Der Hauptmann stand mit verschränkten Armen. Ruhig und ohne Befehle zu geben, beobachtete er die Arbeit seiner Untergebenen. Wenn er angemeldet kommt, ist der Tod ein Würdenträger, der selbst von denen mit förmlichen Ehrenbezeigungen empfangen wird, denen er am engsten ver-

traut ist. Die militärischen Kennzeichen der Ehrerbietung sind Schweigen und Unbewegtheit.

Der Mann, der gehängt werden sollte, zählte etwa fünfunddreißig Jahre. Er war Zivilist, wenn man nach seiner Kleidung urteilte: es war die eines Pflanzers. Er hatte gutgeschnittene Züge: gerade Nase, fester Mund, hohe Stirn, von der sein langes dunkles Haar straff hinter die Ohren zurückgekämmt war und auf den Kragen seines gutsitzenden Rocks herabfiel. Er trug Schnurr- und Spitzbart, aber keinen Backenbart. Seine Augen waren groß und dunkelgrau. Ihrem freundlichen Ausdruck nach hätte man sie nicht bei einem Manne vermutet, um dessen Hals die Schlinge lag. Offenbar war der Mann kein gewöhnlicher Mörder. Das großzügige Militärgesetz hat eben Vorsorge getroffen, daß vielerlei Arten von Menschen gehängt werden können, und Gentlemen sind dabei nicht ausgenommen.

Als die Vorbereitungen abgeschlossen waren, traten die beiden Gemeinen zurück, und jeder zog die Planke weg, auf der er gestanden hatte. Der Sergeant machte zum Hauptmann kehrt, salutierte und stellte sich dann unmittelbar hinter den Offizier, der seinerseits einen Schritt beiseite trat. Durch diese Veränderungen standen nun der Sergeant und der Verurteilte auf den beiden Enden der gleichen Planke, die über drei Bahnschwellen der Brücke reichte. Das Ende der Planke, in dessen unmittelbarer Nähe der Zivilist stand, berührte eine vierte Schwelle. Diese Planke war bisher durch das Gewicht des Hauptmanns an ihrem Platz gehalten worden, jetzt hielt sie der Sergeant im Gleichgewicht. Auf ein Zeichen des Offiziers hin würde er zur Seite treten, die Planke würde kippen und der Verurteilte zwischen zwei Schwellen hängen. Diese Anordnung empfahl sich seiner Einsicht als einfach und zweckmäßig. Man hatte weder sein Gesicht verhüllt, noch ihm eine Binde vor die Augen gelegt. Er blickte gerade auf den unsicheren Halt seiner Füße hinab und ließ dann den Blick zum strudelnden Wasser des Stromes schweifen, der unter seinen Füßen ungebärdig dahinjagte. Ein Stück tanzenden Treibholzes erregte seine Aufmerksamkeit, und seine Augen folgten ihm, wie es von der Strömung davongetragen wurde. Wie langsam es sich zu bewegen schien! Welch träger Fluß!

Der Mann schloß die Augen, um seine letzten Gedanken auf Weib und Kinder zu konzentrieren. Das Wasser, das die Morgensonne in Gold verwandelte, weiter draußen die ziehenden Nebel an den Ufern, das Fort, die Soldaten, das Stück Treibholz – das alles hatte ihn abgelenkt. Und nun störte ihn etwas anderes. Die Gedanken an seine Lieben wurden durch einen Laut unterbrochen, den er weder überhören noch sich erklären konnte: ein scharfer, metallischer Schlag erklang, so hell wie ein Schmiedehammer auf dem Amboß. Der Mann überlegte, was das wohl sein könnte, ob es in der Nähe sei oder unendlich weit weg – beides schien möglich. Der Laut ertönte regelmäßig, aber in langen Abständen wie das Läuten einer Totenglocke. Der Mann erwartete jeden Schlag mit Ungeduld und mit einer ihm selbst unerklärlichen Furcht. Die Intervalle zwischen den Schlägen wurden allmählich länger; die Verzögerung machte ihn fast wahnsinnig. Je seltener die Schläge wurden, desto lauter und durchdringender klangen sie. Sie taten seinem Ohr weh, als würde ein Messer hineingestoßen, so daß er Angst hatte, er würde schreien. Was er hörte, war das Ticken seiner Uhr.

Er öffnete seine Augen wieder und sah auf das Wasser unter seinen Füßen. Wenn ich meine Hände freibekäme, könnte ich die Schlinge abwerfen und in den Fluß springen. Vor den Kugeln würde ich tauchen. Wenn ich kräftig schwimme, käme ich ans Ufer. Dann könnte ich im Wald verschwinden und nach Hause entkommen. Mein Haus liegt, Gott sei Dank, noch außerhalb ihres Bereichs. Meine Frau und die Kinder sind noch weit weg von den vordersten Linien der Eindringlinge.

Die Gedanken, die hier in Worte gefaßt wurden, dachte der Verurteilte eigentlich nicht, sie zuckten durch seinen Sinn. Unterdessen nickte der Hauptmann dem Sergeanten zu. Dieser trat beiseite.

II

Peyton Farquhar war ein wohlhabender Pflanzer und entstammte einer alten, hochangesehenen Familie aus Alabama. Da er Sklaven hielt und wie alle Sklavenhalter Politiker war, gehörte er natürlich von Anfang an zu den Sezessionisten und war der Sache der Südstaaten glühend ergeben. Umstände höherer Art, die hier nicht erörtert zu werden brauchen, hatten ihn gehindert, Dienst in jener tapferen Armee zu nehmen, deren schreckliche Feldzüge mit dem Fall von Corinth endeten. Er lehnte sich gegen den unrühmlichen Zwang auf. Nur zu gern hätte er seine Kräfte eingesetzt, das freiere Leben des Soldaten geführt und Gelegenheit zur Auszeichnung gehabt. Er war überzeugt, daß diese Gelegenheit, wie immer in Kriegszeiten, kommen würde. Unterdessen tat er, was er konnte. Kein Dienst war ihm zu gering, wenn er ihn für die Südstaaten leisten konnte, kein Wagnis zu groß, wenn es einem Zivilisten anstand, der im Herzen Soldat war und in gutem Glauben, ohne sonderliche Vorbehalte, dem doch verbrecherischen Wort zustimmte, daß in der Liebe und im Krieg jedes Mittel recht ist.
Eines Abends, als Farquhar und seine Frau auf einer schlichten Bank am Tor seiner Pflanzung saßen, ritt ein graugekleideter Soldat vor und bat um einen Schluck Wasser. Frau Farquhar war nur zu glücklich, ihm den Trunk mit ihrer weißen Hand selbst zu kredenzen. Während sie Wasser holte, näherte sich ihr Mann dem staubigen Reiter und fragte begierig nach Nachrichten von der Front.

»Die Yankees stellen die Eisenbahnlinien wieder her und bereiten sich auf einen neuen Angriff vor. Sie haben die Brücke am Eulenfluß erreicht, sie repariert und am Nordufer ein Fort errichtet. Der Kommandant hat einen Befehl ausgegeben, der überall angeschlagen ist. Darin wird erklärt, daß jeder Zivilist, der dabei betroffen wird, die Eisenbahn, ihre Brücken, Tunnel oder Züge zu beschädigen, standrechtlich gehängt wird. Den Befehl habe ich selbst gesehen.«

»Wie weit ist es bis zur Brücke am Eulenfluß?« fragte Farquhar. »Etwa vierzig Meilen.« – »Stehen Truppen diesseits des Flusses?« – »Nur eine Feldwache eine halbe Meile vom Fluß entfernt an der Bahnlinie und ein einzelner Posten am hiesigen Ende der Brücke.« – »Angenommen, ein Mann – Zivilist und Student der Galgenwissenschaft – umginge die Feldwache und überlistete den Brückenposten. Was könnte er denn tun?« fragte Farquhar lächelnd. Der Soldat überlegte. »Ich war vor einem Monat dort«, antwortete er schließlich. »Mir fiel auf, daß das Winterhochwasser eine Menge Treibholz am diesseitigen Holzpfeiler der Brücke angeschwemmt hat. Dieses Holz ist nun trocken und würde wie Zunder brennen.«

Frau Farquhar brachte jetzt das Wasser, und der Soldat trank. Er dankte ihr förmlich, verbeugte sich vor ihrem Mann und ritt davon. Etwa eine Stunde später, nach Einbruch der Dunkelheit, kam er wieder an der Pflanzung vorüber und ritt nordwärts in die Richtung, aus der er gekommen war. Es war ein Kundschafter der Föderalisten.

III

Als Peyton Farquhar senkrecht durch die Brücke hinabfiel, verlor er das Bewußtsein und schien bereits tot zu sein. Aus diesem Zustand wurde er – wie ihm vorkam, erst Jahrhunderte später – erweckt durch den

Schmerz eines scharfen Druckes auf seinen Hals, dem ein Gefühl des Erstickens folgte. Durchdringende, stechende Schmerzen schossen von seinem Nacken aus in jede Faser seines Körpers und seiner Glieder hinab. Diese Schmerzen folgten offenbar ganz bestimmten Bahnen und durchzuckten ihn in unglaublich kurzen Abständen. Sie glichen Strömen pulsierenden Feuers, die eine unerträgliche Hitze in ihm erregten. In seinem Kopf fühlte er nur den Blutandrang. All diese Empfindungen waren nicht von Gedanken begleitet. Der denkende Teil seines Selbst war bereits ausgelöscht; er konnte nur noch fühlen, und dieses Fühlen war eine Qual. Dann wurde er sich einer Bewegung bewußt. Umhüllt von einer lichten Wolke, deren feuriger Mittelpunkt er war, schwang er ohne körperliche Schwere wie ein riesiges Pendel durch unvorstellbare Räume. Dann schoß urplötzlich das ihn umgebende Licht unter lautem Aufklatschen aufwärts. In seinen Ohren dröhnte es fürchterlich, und ringsum war es kalt und finster. Er konnte jetzt wieder denken und wußte, daß das Seil gerissen und er in den Fluß gestürzt war. Das Würgen um seinen Hals wurde nicht stärker; die Schlinge erstickte ihn ohnehin fast und ließ kein Wasser in seine Lungen dringen. Am Strick auf dem Grund eines Flusses zu sterben – die Vorstellung erschien ihm lächerlich. Er öffnete die Augen in der Dunkelheit und sah über sich einen Lichtschein, aber er war fern, unerreichbar fern. Er sank noch immer; denn der Schein wurde immer schwächer, war nur noch ein fahler Schimmer. Dann wuchs er und wurde heller, und Farquhar wußte nun, daß er zur Oberfläche aufstieg – widerwillig nahm er es wahr; denn er fühlte sich jetzt recht wohl. Gehängt und ertränkt zu werden, dachte er, das ist gar nicht übel; aber erschossen möchte ich nicht werden. Nein, ich will nicht erschossen werden, das wäre nicht fair. Er war sich keiner Bemühung bewußt, aber ein heftiger Schmerz am Handgelenk bewies ihm, daß er versuchte,

seine Hände freizubekommen. Ohne am Ausgang interessiert zu sein, wandte er diesem Kampf seine Aufmerksamkeit zu, wie ein müßiger Beobachter dem Trick eines Zauberkünstlers zuschaut. Welch lobenswerte Bemühung, welch bewundernswerte, übermenschliche Anstrengung! Das war ein edler Kampf. Bravo! Der Strick fiel, die Arme lösten sich voneinander und wurden nach oben getrieben. Farquhar konnte die Hände undeutlich in der zunehmenden Helligkeit erkennen und beobachtete mit ungemindertem Interesse, wie sich erst die eine, dann die andere auf die Schlinge um seinen Hals stürzte. Sie zerrten das Seil weg und warfen es zornig zur Seite, daß es wie eine Wasserschlange in Wellenlinien davonglitt. Wieder anmachen, wieder anmachen! Er glaubte, diese Worte seinen Händen zuzurufen; denn die Entfernung der Schlinge hatte ihn die schrecklichsten Qualen gekostet, die er bisher erlitten hatte. Sein Hals schmerzte fürchterlich, sein Gehirn stand in Flammen, sein Herz, das bisher nur schwach geschlagen hatte, tat einen großen Satz, als wollte es zum Mund herausspringen. Sein ganzer Körper wurde von unerträglichen Qualen gerädert und gefoltert. Aber seine ungehorsamen Hände achteten nicht auf den Befehl. Sie schlugen das Wasser mit schnellen Schlägen nach unten und zwangen ihn an die Oberfläche. Er fühlte, wie sein Kopf auftauchte. Seine Augen waren vom Sonnenlicht geblendet, seine Brust dehnte sich krampfhaft, und mit äußerster und letzter Pein nahmen seine Lungen einen großen Strom von Luft auf, die er augenblicklich als Schrei wieder ausstieß.
Er war nun völlig seiner Sinne mächtig. Sie waren sogar übernatürlich klar und wach, ja, durch die schreckliche Störung seines Lebenssystems so verschärft und verfeinert, daß sie Dinge wahrnahmen, die sie früher nicht wahrgenommen hatten. Er spürte die kleinen Wellen an seinem Gesicht und hörte jede einzeln anschlagen. Er blickte auf den Wald am Flußufer, sah die einzelnen

Bäume, die Blätter und ihr Geäder, sah selbst die Insekten auf den Blättern: Heuschrecken, Fliegen mit schillernden Körpern, graue Spinnen, die ihr Netz von Zweig zu Zweig spannten. Er sah die Regenbogenfarben in all den Tautropfen auf Millionen von Grashalmen funkeln. Tanzende Mücken sangen über den Wasserstrudeln, Libellenflügel klirrten; selbst die zuckenden Beine der Wasserspinnen, diese Ruder, die ihr Boot in die Höhe gehoben hatten, machten hörbare Musik. Ein Fisch glitt unter seinen Augen entlang, und er vernahm den Laut, mit dem sein Leib das Wasser teilte.

Als er auftauchte, blickte er stromab. Dann schien sich für einen Augenblick die sichtbare Welt langsam um ihn als Angelpunkt zu drehen; er sah die Brücke, das Fort, die Soldaten auf der Brücke, den Hauptmann, den Wachtmeister und die beiden Gemeinen, seine Henker. Sie hoben sich als Silhouetten gegen den blauen Himmel ab. Sie schrien, gestikulierten und zeigten auf ihn. Der Hauptmann hatte seine Pistole gezogen, schoß aber nicht. Die anderen waren unbewaffnet. Ihre Bewegungen wirkten grotesk und drohend, ihre Gestalten riesig.

Plötzlich hörte er einen scharfen Knall, und etwas schlug wenige Zoll neben seinem Kopf hart ins Wasser, so daß sein Gesicht mit Wassertropfen bespritzt wurde. Ein zweiter Knall ertönte, und er sah einen der Posten mit dem Gewehr an der Schulter, von dessen Mündung ein blaues Rauchwölkchen aufstieg. Der Mann im Wasser sah das Auge des Mannes auf der Brücke durch das Visier hindurch auf sich gerichtet. Er stellte fest, daß dieses Auge grau war, und erinnerte sich, gelesen zu haben, daß graue Augen am schärfsten seien und alle bekannten Schützen graue Augen hätten. Nun, dieser hatte jedenfalls sein Ziel verfehlt.

Eine Gegenströmung hatte Farquhar ergriffen und drehte ihn halb herum. Er sah nun wieder den Wald

gegenüber dem Fort. Hinter ihm ertönte eine klare, laute Stimme in melodischem Singsang und drang mit solcher Deutlichkeit über das Wasser, daß sie jedes andere Geräusch durchbrach und übertönte, sogar das Anschlagen der kleinen Wellen an seinem Ohr. Obgleich er nicht Soldat war, kannte Farquhar von zahlreichen Aufenthalten in Kriegslagern her die furchtbare Bedeutung dieses ausgeklügelten, langsamen, akzentuierten Singsangs. Der Leutnant am Ufer griff in die Vorgänge dieses Vormittags ein. In genau bemessenen Abständen, mit gleichmäßiger, ruhiger Betonung, die den Leuten Ruhe bewies und aufzwang, fielen kalt und erbarmungslos die grausamen Worte: »Kompanie, Achtung! ... Legt an! ... Fertig! ... Zielt! ... Feuer!«
Farquhar tauchte, tauchte so tief er konnte. Das Wasser toste in seinen Ohren wie die Niagarafälle, trotzdem hörte er den gedämpften Donner der Salve. Als er wieder zur Oberfläche emporkam, begegneten ihm schimmernde Metallstücke, die seltsam abgeplattet waren und glitzernd langsam hinabsanken. Einige berührten ihn an Gesicht und Händen, glitten dann ab und setzten ihren Weg in die Tiefe fort. Eins klemmte sich zwischen Hals und Kragen fest; es war ungemütlich warm, und er fingerte es heraus.

Als er wieder auftauchte und nach Luft schnappte, stellte er fest, daß er lange unter Wasser gewesen war; denn er befand sich nun merklich weiter stromabwärts – der Sicherheit näher. Die Soldaten waren fast fertig mit Laden. Die metallnen Ladestöcke blitzten alle auf einmal im Sonnenschein, als sie vom Lauf gezogen, in der Luft gewendet und in die Buchsen gesteckt wurden. Die beiden Posten feuerten wieder ohne Kommando und ohne Erfolg.

Der Verfolgte sah das alles mit zurückgewandtem Kopf. Er schwamm jetzt kräftig mit dem Strom. Sein Gehirn arbeitete ebenso energisch wie Arme und Beine; er dachte blitzschnell. Der Offizier, überlegte er, wird nicht noch einmal einen so groben Fehler machen. Einer Salve kann man ebenso leicht ausweichen wie einem einzelnen Schuß. Wahrscheinlich hat er schon Befehl gegeben, ohne Kommando zu feuern. Dann helfe mir Gott, ich kann nicht allen Kugeln gleichzeitig ausweichen.

Einem entsetzlichen Aufprall etwa zwei Yard entfernt von ihm folgte ein lauter, gleitender Ton, der schwächer wurde, durch die Luft zum Fort zurückzueilen schien und dort in einer Explosion endete, die den Fluß bis in die tiefsten Tiefen erschütterte. Eine aufsteigende Wasserfontäne neigte sich über den Schwimmer, fiel auf ihn herab, blendete ihn, erstickte ihn. Die Kanone hatte ihre Rolle in diesem Stück übernommen. Als Farquhar den Kopf vom Tumult des aufgewirbelten Wassers freischüttelte, hörte er das abgelenkte Geschoß durch die Luft sausen, und einen Augenblick später zerfetzte und knickte es die Zweige drüben im Wald.

Das werden sie nicht wieder tun, dachte er. Nächstes Mal werden sie eine Ladung Kartätschen nehmen. Ich muß die Kanone im Auge behalten. Der Rauch wird mich warnen. Der Schall kommt zu spät, er hinkt hinter dem Geschoß her. Die Kanone ist gut. Plötzlich fühlte er sich herumgewirbelt und drehte sich wie ein Kreisel. Das Wasser, die Ufer, die Wälder und weiter entfernt Brücke, Fort und Menschen – alles floß ineinander und verschwamm. Nur die Farben blieben. Waagerechte bunte Kreise – das war alles, was er sah. Ein Strudel hatte ihn erfaßt und wirbelte ihn mit solcher Schnelligkeit vorwärts und im Kreis herum, daß ihm schwindlig und übel wurde. Einen Augenblick später fand er sich auf den Kies am linken Flußufer geworfen. Eine Biegung des Flusses verbarg ihn seinen Feinden. Daß seine rasende Fahrt so unvermittelt aufhörte und er sich eine Hand auf dem Kies aufschürfte, brachte ihn wieder zu sich. Er weinte vor Freude. Er grub seine Hände in den Sand, warf ihn über sich in die Luft und pries ihn laut. Diamanten, Rubine, Smaragden – es fiel ihm nichts Schönes ein, dem dieser Sand nicht glich. Die Bäume am Ufer waren riesige Gartengewächse, er fand, daß sie in wohlbedachter Ordnung standen, und sog den Duft ihrer Blüten ein. Ein seltsames rötliches Licht glänzte zwischen den Stämmen. Der Wind spielte in den Zweigen wie auf Äolsharfen. Farquhar hatte keine Lust, seine Flucht fortzusetzen, sondern war es zufrieden, an diesem zauberhaften Fleck zu bleiben, bis man ihn wieder einfing. Ein Zischen und Prasseln von Kartätschen in den Zweigen hoch über sich riß ihn aus seinen Träumen. Der verblüffte Kanonier hatte ihm auf gut Glück einen Abschiedsgruß nachgeschickt. Farquhar sprang auf, stürzte die Uferböschung hinan und tauchte im Wald unter.

Den ganzen Tag wanderte er und richtete seinen Weg nach der Sonne. Der Wald schien kein Ende zu nehmen. Nirgendwo entdeckte er eine Lichtung oder auch nur einen Holzfällerpfad. Er hatte gar nicht gewußt, daß er in einer so einsamen Gegend lebte. Diese Entdeckung beunruhigte ihn ziemlich.

Als die Nacht hereinbrach, war er erschöpft, hatte sich die Füße wundgelaufen und verhungerte fast. Der Gedanke an Frau und Kinder trieb ihn weiter. Schließlich stieß er auf eine Straße, die in die Richtung seines Zieles führte. Sie war breit und gerade wie eine Straße in der Stadt, doch schien sie unbegangen zu sein. Keine Felder grenzten daran, kein Haus war zu entdecken. Nicht einmal Hundegebell verriet die Nähe einer menschlichen Wohnung. Die schwarzen Umrisse der Bäume bildeten zu beiden Seiten gerade Wälle und liefen am Horizont in einem Punkt zusammen wie auf einer Zeichnung im Perspektive-Unterricht. Als Farquhar in dieser Waldschneise nach oben sah, blitzten über ihm große goldene Sterne, die ihm unbekannt waren und in seltsamen Konstellationen standen. Er war überzeugt, daß sie nach einem Plan angeordnet waren, der insgeheim Unheil bedeutete. Auf beiden Seiten der Straße drangen vereinzelt Laute aus dem Wald. Darunter hörte er einmal, dann wieder und wieder Flüstern in einer fremden Sprache.

Sein Hals schmerzte, und als er ihn betastete, fand er ihn schrecklich geschwollen. Er wußte, daß das würgende Seil eine schwarze Linie zurückgelassen hatte. Seine Augen fühlten sich blutunterlaufen an, er konnte sie nicht mehr schließen. Seine Zunge war vor Durst geschwollen. Er kühlte ihren Brand, indem er sie zwischen den Zähnen in die kalte Nachtluft hinausstreckte. Wie weich der Rasen seinen Teppich über die unbegangene Straße gelegt hatte! Er fühlte den Weg gar nicht mehr unter den Füßen.

Sicher war er trotz seiner Schmerzen im Gehen eingeschlafen; denn plötzlich sieht er ein anderes Bild – vielleicht ist er auch nur aus dem Delirium erwacht. Er steht am Tor seiner eigenen Besitzung. Alles ist unverändert, wie er es verlassen hat, und glänzt freundlich im Licht der Morgensonne. Er muß die ganze Nacht hindurch gewandert sein. Während er das Tor aufstößt und die breite weiße Auffahrt entlanggeht, sieht er Frauenkleider wehen. Frisch, kühl und reizend anzuschauen, kommt ihm seine Frau von der Veranda herab entgegen. Am Fuß der Treppe bleibt sie wartend stehen, ein Lächeln unendlichen Glücks auf den Lippen. Unvergleichliche Grazie und Würde liegt in ihrer Haltung. Wie schön ist sie doch! Mit ausgebreiteten Armen stürzt er vorwärts. Als er sie gerade umfangen will, fühlt er einen betäubenden Schlag auf den Nacken. Mit einem Knall wie ein Kanonenschlag schießt blendendweißes Licht rings um ihn auf – dann ist alles dunkel und still.

Peyton Farquhar war tot. Mit gebrochenem Genick schwang sein Körper unter den Schwellen der Brücke am Eulenfluß sanft von einer Seite zur anderen.

SARAH ORNE JEWETT

Sarah Orne Jewett (1849–1909), eine sehr begabte Heimaterzählerin, hatte als Arzttochter ihren Vater bei Besuchsreisen oft begleitet und ihre engere Heimat, Maine, dabei erlebt und geschaut. An Jane Austens, aber auch Thackerays und Elizabeth Gaskells feiner Ironie geschult, beeindruckt von Flaubert, unmittelbar zum Schreiben bewogen durch Harriet Beecher Stowe, die Verfasserin von 'Onkel Toms Hütte', beginnt sie mit 'Deephaven' (1877) das verarmende, verstummende, verstaubende Maine feinempfindend, aber unbestechlich zu schildern. 'Ein weißer Reiher' (1886), zart-herbe Kurzgeschichten, ihr Meisterwerk 'Land der spitzen Fichten' (1896), Porträts und Episoden im Lokalton sowie die 'Lebensgeschichte Nancys' (1895, darin 'Hiltons Ausflug') haben wegen ihres künstlerischen Reizes nicht nur die Kleinkunst einer Mary E. Wilkins Freeman, sondern eine so reiche und volle Epik wie die Willa Cathers beeinflußt.

HILTONS AUSFLUG

I

Der helle Vollmond stand am klaren Himmel, und im Westen leuchtete noch immer schwach der Sonnenuntergang. Das alte Farmhaus der Hiltons war ringsum von dunklen Wäldern umgeben, nur im Westen erstreckten sich schattige Felder den Hügel hinab. John Hilton und schon vorher sein Vater hatten sie mit viel Mühe der Natur abgerungen und bestellt – diesen kleinen Feldern hatten sie all ihren Fleiß, ja die Liebe ihres rechtschaffenen Lebens gewidmet.

John Hilton saß auf der Türschwelle seines Hauses. Ab und zu wandte er sich zu seiner Frau und sprach mit ihr, sein Kopf tauchte dabei zuweilen aus der Dunkelheit auf, und so konnte man im Mondlicht sein gutes, rauhes und etwas vierschrötiges Gesicht sehen. Er schien wirklich ein Geschöpf der schattigen Wälder und der braunen Erde zu sein. Nichts an ihm erinnerte an die lärmende Stadt. An diesem langen Frühlingsabend war es schon sehr spät geworden; denn John Hilton war eben erst von den unteren Feldern zurückgekommen, freudig wie ein Junge und stolz, daß er nun die letzten Kartoffeln in die Erde gebracht hatte.

»Die letzte Reihe hab' ich fast nur noch nach dem Gefühl gelegt«, sagte er zu seiner Frau. »Bin richtig froh, daß ich durchgemacht habe und nach dem Abendbrot noch mal runtergegangen bin. Sonst hätte ich morgen bestimmt noch den halben Vormittag dazu gebraucht und den Tag angebrochen.«

»Wirst dich noch ganz zuschanden arbeiten«, sagte die Frau schnell. »Ich sage dir, es ist jetzt besonders hart, daß wir unsern Jungen nicht behalten durften. Diesen Herbst wäre er vierzehn geworden, fast schon erwachsen, und hätte die ganze Zeit mit dir zusammen arbeiten können.«

»Es war schwer, ihn zu verlieren. Mir fehlt der kleine John sehr«, sagte der Vater traurig. »Wer weiß, wozu es gut war. Aber ich bin ja kräftig und kann arbeiten. Mein Vater war schon ein mordskräftiger Mann, der konnte arbeiten wie ein Pferd. Die Arbeit schaffe ich schon. Aber ich dachte heut so bei mir, wie gut es wäre, den Jungen dabei zu haben. So klein er noch war, aber bei dem Gespann konnte ich ihn überall allein lassen. Und wie er immer bettelte, daß er mitdurfte, wollte immer mit mir gehen; tritt genau in meine Fußtapfen, hab' ich immer gesagt. Der arme kleine John, so jung wie er war, aber er hatte doch schon recht viel Verstand. Wär' mal ein ordentlicher Mann geworden.«

Die Mutter saß im Schatten und seufzte schwer.

»Aber wir haben doch die kleinen Mädchen, die sind doch eine mächtige Hilfe, und wir sind nicht allein«, sagte der Vater eifrig, als hielte er es für unrecht, den Sorgen und dem Verlust nachzuhängen. »Katy ist fast wie ein Junge, nur nicht so unbändig. Sie ist ein richtiger kleiner Farmer. Im Frühjahr hat sie mir mächtig geholfen. Und du hast doch Susan Ellen, die ist schon fast eine richtige kleine Hausfrau. Eigentlich sind wir besser dran als die meisten andern. Wir haben doch beide eine Hilfe.«

»Schon recht, John«, stimmte ihm Mrs. Hilton gedankenverloren zu und schaukelte gleichmäßig in ihrem geraden, rohrbezogenen Schaukelstuhl hin und her. Es war immer ein gutes Zeichen, wenn sie schaukelte.

»Wo treiben sich denn die Mädchen noch so spät rum?« fragte der Vater. »Es ist doch schon längst acht durch. So lange sind wir ewig nicht mehr aufgeblieben, aber heute ist es ja schon fast so schön wie im Sommer. Wo sind sie denn eigentlich hingegangen?«

»Ich hab' dir doch erzählt, sie sind nur mal zu Beckers rüber«, antwortete die Mutter. »Ich wundere mich auch schon, wo sie so lange bleiben. Nach dem Abendessen haben sie so gebettelt, da hab' ich sie laufen lassen. Sie sind ganz verrückt nach der neuen Lehrerin. Sie hat sie eingeladen. Sie soll im Rechnen so tüchtig sein, aber mir ist sie ein bißchen zu mager. Sie will Katy Flicken für ihre Puppe schenken, aber ich habe Katy gleich gesagt, sie soll sich was schämen, noch hinter Puppensachen her zu sein, wo sie doch schon so groß ist. Aber ich weiß auch nicht recht. Schließlich wird sie doch im Sommer erst neun.«

»Laß ihr nur den Spaß«, sagte der gutherzige Mann. »Durch so was kommt sie mit der Lehrerin näher zusammen, und sie lernen sich besser kennen. Katy ist vor fremden Leuten immer schüchtern, da ist Susan Ellen anders, die ist immer geschäftig, aber Katy ist scheu und verträumt.«

»Ich weiß auch nicht, aber das ist schon wahr«, stimmte die Mutter nachdenklich zu. »Und es ist doch gediegen, wie gut du dich mit Katy verstehst und ich mich dafür mit Susan Ellen. So war das von Anfang an. Bloß manchmal denke ich, daß Katy keine von denen ist, die heiraten – jedenfalls nicht hier in der Drehe. Sie spinnt sich ein. Susan Ellen ist da ganz anders, sie kann nicht allein leben, sie braucht immer Gesellschaft; sogar die Jungen sind schon hinter ihr her. Da brauche ich keine Sorgen zu haben, die findet schon das Richtige, wenn es soweit ist. Susan Ellen kommt bestimmt mal gut unter die Haube – sie kommt sich jetzt schon erwachsen vor. Aber Katy kümmert sich nicht für einen Sechser um all das. Sie will nur immer draußen herumstreifen. Ich glaube, sie könnte den ganzen Vormittag einem Vogel zuhören.«

»Vielleicht wird sie mal Lehrerin«, meinte John Hilton. »Sie sitzt mehr hinter ihren Büchern als Susan Ellen. Ich möchte gern, daß eine von beiden Lehrerin wird. Meine Mutter war auch Lehrerin. Sie sind wirklich gute Kinder.«

»Das sind sie«, sagte die Mutter ungewohnt weich. Der Schaukelstuhl knarrte so regelmäßig wie das Ticken einer Uhr. Der Abendwind rauschte in den großen Wäldern, und das Murmeln des Baches, der den Hügel hinabfloß, wurde immer lauter. Von Zeit zu Zeit hörte man das klagende Piepsen eines Vogels. Der Mond glänzte weiß wie im Winter und schien auf das niedrige Haus, daß die kleinen Fensterscheiben wie Silber glitzerten. Fast konnte man die Farben des Fliederbusches erkennen, der in dem geschützten Winkel neben der Küchentür stand. In den Niederungen hörte man unaufhörlich die Frösche quaken.

»Schläfst du schon, John?« fragte die Frau unvermittelt.

»Ich glaub' schon, ich war eingenickt«, sagte der müde Mann und schreckte auf. »Sollte mich nicht wundern, wenn ich hier auf der Schwelle einschlafe. Liegt wohl an der hellen Nacht, daß meine Augen so schwer sind; ist alles so friedlich. Bin ja heute schon kurz vor vier aufgestanden und gleich aufs Feld gefahren. Ja, um vier!« Er lachte verschlafen und rieb sich die Augen. »Wo bleiben bloß die beiden Mädchen? Werde ihnen wohl besser mal ein Stück entgegengehn.«

»Das brauchst du nicht, die finden auch allein wieder nach Hause, aber sie bleiben wirklich reichlich lange. Sie sollten lieber nicht noch so spät bei den Beckers sein. Warten wir noch ein bißchen«, schlug Mrs. Hilton vor.

»Ich hab' schon den ganzen Tag drüber nachgedacht, wie ich den Kindern 'ne Freude machen kann«, sagte der Vater. Er war wieder völlig munter. »Deshalb hab' ich auch nur so schnell gearbeitet, weil ich so etwas im Sinn hatte. Sie haben nicht die Möglichkeiten wie andere, und ich möchte doch, daß sie auch was von der Welt sehen und nicht nur immer hier auf der Farm bleiben wie zwei festgewurzelte Büsche.«

»Sie sind aber besser dran, wenn sie nicht so viele Flausen im Kopf haben wie andere«, wandte die Mutter argwöhnisch ein.

»Sicher«, stimmte der Farmer zu, »aber sie sind gute, prächtige Mädchen und fangen an, sich umzusehn. Sie sollen alles haben, was wir ihnen bieten können, und ich will, daß sie auch mal sehn, wie andere Leute leben.«

»Als ob ich das nicht auch wollte« – an dieser Stelle blieb der Schaukelstuhl drohend stehen –, »aber solange sie zufrieden sind . . .«

»Genügsamkeit ist nicht das ganze Leben; Maden sind vielleicht zufrieden, wenn sie ihr ganzes Leben lang in der Dunkelheit rumwühlen. Ich weiß nicht, ob man bei Kindern immer nur auf Genügsamkeit sehen soll. Man soll auch nach was mehr streben, finde ich.«

»Du hast dir also was in den Kopf gesetzt.« Der Schaukelstuhl setzte sich wieder in Bewegung. »Warum rückst du denn nicht offen heraus damit?«

»Ist ja nichts Besonderes«, antwortete der Mann ein bißchen aufgeregt. Er hatte sich noch immer nicht daran gewöhnt, daß seine Frau seine Vorhaben immer vorausahnte. »Na ja, du merkst auch immer gleich, was los ist! Ich hatte mir nur überlegt, ob ich morgen nicht mit ihnen irgendwo hinfahre, wenn es schön ist. Ich hab' ihnen doch schon lange versprochen, mal mit ihnen nach Topham Corners zu fahren. Als wir das letzte Mal dort waren, waren sie noch ganz klein.«

»Ich glaube ja, du willst dir selber mal einen guten Tag machen. Du bleibst doch immer ein Junge.« Mrs. Hilton hatte offenbar ihren Spaß daran. »Fahr nur, wenn du willst, und nimm sie mit; sie haben doch Sommerhüte und neue Kleider. Es wäre vielleicht besser gewesen, wenn man in einen Zirkus oder so was gehen könnte. Warte doch noch, bis die Mädchen Erdbeeren und Hagebutten gepflückt haben, die können sie dann an die Geschäfte verkaufen.«

John Hilton dachte angestrengt nach. »Ich muß mir noch etwas guten gelben Rübensamen für die späte Aussaat besorgen. Mit dem, den mir Ira Speed in den letzten Jahren verkauft hat, bin ich nicht mehr zufrieden. Außerdem muß ich eine neue Hacke haben; mit der alten ist nicht mehr viel anzufangen, ich glaube nicht, daß ich sie noch mal zusammenflicken kann.«

»Alles Ausreden«, sagte Mrs. Hilton nachsichtig. »Das mit der Hacke schiebst du doch nur vor, nicht wahr, so ist es doch? Ira Speed ist sehr nachtragend, er wird es zwanzig Jahre lang nicht vergessen, wenn du jetzt hingehst und dir deine neue Hacke bei 'nem andern kaufst.«

»Ich dachte immer, wir leben in einem freien Land«, sagte John Hilton ernüchtert. »Ich will Ira ja nicht verschnupfen, er hat uns ja auch immer ganz ordentlich bedient. Und ehrlich ist er wie nur einer, viel verdient er ja auch nicht.«

In diesem Augenblick ertönten plötzlich helle Stimmen, und aus dem Schatten des Waldes traten zwei Kinder auf die vom Mondlicht überflutete Wiese. Im Schuppen krähte ein alter Hahn auf seiner Stange so laut, als sei er der Herold einer königlichen Hoheit. Die beiden Mädchen näherten sich Hand in Hand. Ein verspielter junger Hund tollte um sie herum.

»War es unterwegs nicht schon ein bißchen dunkel im Walde so spät am Abend?« fragte die Mutter hastig und etwas vorwurfsvoll.

»Ich mag nicht, daß ihr noch so spät weg seid. Mutter und ich haben uns schon Gedanken gemacht. Und außerdem dürft ihr die Beckers nicht so lange stören«, sagte ihr Vater unzufrieden. »Ich will auch nicht, daß man meinen Töchtern nachsagt, sie wüßten nicht, was sich gehört.«

»Die Lehrerin hat uns doch eingeladen«, zwitscherte Susan Ellen, die ältere der beiden Schwestern. »Nach der Schule hat sie die Jungens von Grovers und Mary und Sarah Speed eingeladen. Miß Becker war wirklich nett zu uns: es gab Kuchen und Süßigkeiten, die brachte sie auf einem von ihren besten Tellern, und dann haben wir Spiele gespielt und auch etwas gesungen. Miß Becker hat gesagt, wir hätten wirklich schön gesungen. Ich kann schon fast eine ganze Melodie auf dem Harmonium. Die Lehrerin sagt, sie will mir Stunden geben.«

»Nu hör nur einer an!« rief John Hilton.

»Ja, und außerdem haben wir 'Copenhagen' gespielt und um die Wette buchstabiert, und im Buchstabieren war Katy allen über.«

Katy war nicht so lebhaft wie ihre Schwester und sagte nichts. Während Susan Ellen ihre Ansprache an ihr kleines, aufmerksam lauschendes Publikum richtete, setzte sie sich neben den Vater auf die Türschwelle. Er legte den Arm um ihre Schultern und zog sie an sich. Sie saß ganz still.

»Na, und du hast uns wohl gar nichts zu erzählen?« fragte er seine kleine Tochter und sah freundlich auf sie nieder, und Katy antwortete mit einem zufriedenen Seufzer.

»Erzähl doch mal, was wir am letzten Schultag alles vorhaben, und wie wir das Klassenzimmer schmücken wollen«, sagte sie, und Susan Ellen erläuterte begeistert das ganze Programm.

»Das wird ja großartig«, sagte die Mutter, als Susan Ellen geendet hatte. »Ich weiß gar nicht, warum die Leute immer woanders hinfahren wollen, wo doch um sie herum so viel los ist.« Aber die Kinder merkten nicht, wie geheimnisvoll sie tat. »Kommt jetzt, ihr müßt schleunigst ins Bett.«

Sie gingen alle miteinander in das dunkle, warme Haus. Die ganze Nacht hindurch schien der Mond auf die Farm, und bis zum Morgengrauen flüsterte kein Hauch in den Fliederblüten.

II

Die Hiltons standen immer sehr früh auf, ebenso früh wie ihre Nachbarn, die Kühe, die Stare und Rotkehlchen, die behenden Füchse und die Eichhörnchen in den Wäldern. An diesem Morgen wachte John Hilton erst kurz vor fünf auf, das war eine Stunde später als gewöhnlich; denn sie hatten abends zu lange aufgesessen. Er stieß die Tür auf und lief so schnell über den kurzgeschorenen Rasen, als sei der Tag bereits so weit fortgeschritten, daß man auch nicht eine Minute mehr verlieren dürfe. Die Bedeutsamkeit seines Plans, sich einen ganzen Tag frei zu nehmen, bedrückte ihn etwas; aber das Wetter war schön, und selbst seine Frau, deren Einwände man nicht so ohne weiteres hätte übergehen können, hatte ihm zugestimmt und lächelte sogar über das große Vorhaben. Er konnte nun nicht mehr zurück: er mußte mit den Kindern nach Topham Corners fahren. Mrs. Hilton hatte nun die Freude, die Mädchen zu wecken und ihnen diese große Neuigkeit zu erzählen.

Im Nu kamen sie herausgesprungen und berieten den großen Plan. Das Vieh war schon gefüttert, und der

Vater war beim Melken. Das einzige äußere Zeichen der bevorstehenden Festlichkeit war der Wagen. Er stand bereits auf dem Hof, und die Sitze waren hineingestellt als wäre Sonntag. Aber Mr. Hilton trug noch immer seine Arbeitssachen, und Susan Ellen war darüber sehr enttäuscht.
»Wir fahren wohl nicht, Vater?« fragte sie klagend, aber er nickte und lächelte ihr zu, obwohl die Kuh ihm mit ihrem starken Schwanz ins Gesicht schlug, weil sie endlich auf die Weide wollte. Er senkte den Kopf und sagte trotz seines Ärgers fröhlich: »Natürlich fahren wir, Kleines, wir fahren, und es soll ein ganz schöner Tag werden.« Susan Ellen erschien der Vater in diesem Augenblick wie ein Junge, und sie liebte ihn deshalb nur um so mehr. »Geh, hilf der Mutter beim Frühstück und im Haus, wir wollen recht bald losfahren. Seht doch mal beide zu, ob ihr Mutter nicht herumkriegt, daß sie mitfährt.«
»Sie hat gesagt, keine zehn Pferde brächten sie dazu«, antwortete Susan Ellen. »Sie sagt, es würde heute sehr heiß, und außerdem muß sie heute nachmittag Tante Tamsen Brooks besuchen.«
Der Vater seufzte, aber dann faßte er sich wieder. Seine Frau hatte ja von Anfang an über das ganze Vorhaben geschmunzelt, und so sehr er auch sonst ihre Begleitung und ihren Rat schätzte, so wußte er doch auch, daß sie an ihrer Fahrt mehr Freude haben würden, wenn sie zu Hause blieb. Aber natürlich hatte man bei einem solchen Gedanken unbedingt ein schlechtes Gewissen. Denn mochte sie auch seinen kühnsten Gedanken verständnislos gegenüberstehen, er liebte seine Pläne und seine Frau nur um so mehr und setzte alles daran, ihre unbestimmten Erwartungen zu erfüllen. Seine Frau hatte sich noch immer viel von ihrer jugendlichen Schönheit bewahrt, die nun in Susan Ellen neu zu erblühen begann.
Eine Stunde später war der beste Wagen fertig, und die

große Expedition machte sich auf den Weg. Der kleine Hund saß abseits, und er bellte so laut, als sei einzig ihm die Aufgabe zuteil geworden, der allgemeinen Aufregung Ausdruck zu geben. Im Wagen standen beide Bänke, und der leere Platz zeugte von Mrs. Hiltons Unnachgiebigkeit. Sie hatte gesagt, daß eine breite Bank für diese Reise auch genug sei, aber John Hilton wagte einzuwenden, daß der Wagen besser aussähe, wenn beide darin wären. Die kleinen Mädchen saßen auf dem Rücksitz, sie waren beide gleich gekleidet. Sie trugen ihre Sonntagsstrohhüte mit den blauen Bändern, und um ihre schmalen Schultern waren sorgsam die kleinen Schultertücher festgesteckt. Sie hatten graue Zwirnhandschuhe an und saßen kerzengerade. Wenn man die beiden Mädchen von hinten sah, wirkten sie fast gleich, wenn auch Susan Ellen ihre Schwester um einen halben Kopf überragte. Und der Vater trug seinen besten Sonntagsstaat – einen schlichten dunklen Rock und seinen dicken Winterfilzhut, der nicht recht zu diesem warmen Frühsommertag paßte. John Hilton hatte aber vor, sich in Topham Corners einen neuen Strohhut zu kaufen; und so gab es mit dem Rübensamen und der Hacke also drei gewichtige Gründe für seine Fahrt.

»Daß ihr mir aber die Tücher abnehmt, wenn ihr hinkommt. Tragt sie über dem Arm«, sagte die Mutter. Sie gluckte wie eine aufgeregte Henne um ihre Küken. »Aber so werden eure neuen Kleider auf der Hin- und Rückfahrt nicht so staubig. Und wenn ihr eßt, dann bekleckert euch nicht, und zeigt nicht mit den Fingern auf die Leute, wenn ihr vorüberfahrt, und starrt sie nicht so an, daß sie gleich merken, daß ihr vom Lande kommt. Und du, John, guck mal mit zu Kusine Ad'lin Marlow rein und sieh mal, wie es allen geht, und sag ihr, ich rechne bestimmt darauf, daß sie uns noch vor dem Heuen ein paar Tage besucht. Ihre Schwindsucht wird immer etwas besser, wenn sie hier bei uns in den Bergen ist. Und dann habe ich mir auch überlegt, daß ich ihr den Teppich aus der guten Stube wieder in Ordnung bringen will, ohne daß er kaputt geht. Und dann, John, komm nicht todmüde nach Hause, und kauf mir nicht irgendwelche Kinkerlitzchen. Ich bin kein Kind mehr, und du kannst es dir nicht leisten, Geld zum Fenster rauszuschmeißen. Aber wie ich dich kenne, wirst du dir bestimmt so 'ne verrückte Jungsmütze kaufen; paß ja auf, daß es auch gutes Stroh ist und nicht solches, das nachher am Rand bricht. Und dann, denke daran, John ...«

»Ja, ja, hör schon auf!« rief John ungeduldig. Dann sah er sie noch einmal liebevoll und beruhigend an, ganz erfüllt von der Aufregung und Verantwortung, daß sie in guter Form abführen. »Es wäre mir lieber, wenn du auch mitkämst«, sagte er lächelnd. »Wirklich!« Dann zog das alte Pferd an, und sie fuhren aus dem Tor und vorsichtig den langen Berg hinab. Den jungen Hund hatten sie am Fliederbusch festgebunden; er winselte wie wild. Immer noch einmal piepsten die beiden Mädchen ihr »Auf Wiedersehen«, und auch der Vater wandte sich mehrmals um und winkte. Die Mutter blieb allein zurück und sah ihnen nach, bis sie verschwunden waren.

Weit draußen auf der Landstraße konnte man den Wagen noch einmal sehen. Sie wartete, und es schien ihr sehr lange zu dauern, bis er noch einmal auftauchte, um dann endgültig hinter einem flachen Hügel zu verschwinden. »Sie sind alle miteinander nur Kinder«, sagte sie laut und fühlte sich einsamer, als sie gedacht hätte. Als sie ins Haus zurückging, streichelte sie im Vorübergehen sogar den noch immer untröstlichen Hund.

Die ganze Reise wurde bedeutsamer, als sie alle angenommen hatten; sogar die beiden Mädchen waren sprachlos. Zuerst kam es ihnen so vor, als führen sie in ihren neuen Kleidern zur Kirche oder zu einem Begräbnis. Zu Beginn des Ferientags wußten sie gar nicht, wie sie sich benehmen sollten. Wenn sie an Bekannten vorüberfuhren, die zufällig auf der Straße gingen, grüßten sie sehr würdig. Ein- oder zweimal hielten sie vor einem Farmhaus an, und der Vater unterhielt sich endlos mit irgend jemandem über die Ernte und das Wetter, und dann sprachen sie sogar noch über Stadtangelegenheiten und die Anordnungen der Stadtvorsteher; darüber hätte man sich doch auch ein andermal unterhalten können. Und die Erklärungen, mit denen er ihre Reise begründete, waren erst recht überflüssig. Er setzte bis ins kleinste auseinander, daß er etwas in Topham Corners erledigen und bei dieser Gelegenheit gleich die kleinen Mädchen mitnehmen wolle, da sie in der Schule recht fleißig wären; außerdem sei er mit der Aussaat fertig und könne sich deshalb schon mal einen freien Tag leisten. Aber bald kam ihnen allen diese Fahrt ganz alltäglich vor, und Susan Ellen begann eifrig zu fragen, während Katy schweigend danebensaß und so glücklich war wie nie zuvor. Sie freute sich über die fremden Häuser und die Kinder, die in ihnen wohnten. Besonders schön war, daß überall an der Straße entlang Blumen standen, die sie kannte, ganz gleich, wie weit sie auch von zu Hause entfernt waren. Auch die kleinste Hütte zeigte sich heute von der besten und schönsten Seite und fügte sich in die Schönheit des Frühsommers ein; auch sie hatte teil am üppigen Grünen und Blühen, das die ganze ländliche Welt überzog. Fast vor jeder Tür stand eine frühe Pfingstrose oder ein später Flieder.

Bis nach Topham waren es siebzehn Meilen. Es kam ihnen vor, als seien sie schon sehr weit von zu Hause entfernt, die Berge lagen weit hinter ihnen, und sie fuhren in eine offene Ebene hinab. Die Wälder wurden seltener, und die Saat auf den ebenen Feldern, die sich vor ihnen erstreckte, war schon weiter als bei ihnen zu Hause. Alle Häuser waren gestrichen, und die Straßen waren glatter und breiter. Es war eine so schöne Fahrt, daß sich Katy vor der fremden Stadt fürchtete, als diese in der Ferne auftauchte, aber Susan Ellen konnte es nicht erwarten und fragte immer wieder, ob sie denn nun nicht endlich bald da wären. Sie zählten die Türme der vier Kirchen, und dann zeigte ihnen der Vater die Topham Academy. wo ihre Großmutter einst zur Schule gegangen war, und er sagte ihnen, sie würden vielleicht auch eines Tages dort hingehen. Katys Herz hüpfte vor Freude; es war so überwältigend, nur daran zu denken, und plötzlich wurde es ihr eine Gewißheit. Mit ernster Ehrfurcht blickte sie auf den schlanken Glockenturm und die langen Fensterreihen in der Vorderfront der Academy, die dort hoch und weiß inmitten weitausladender Bäume stand. Sie hoffte, der Vater würde ohne anzuhalten vorüberfahren, aber sie wagte nicht, ihren Wunsch auszusprechen.

Bald befanden sie sich mitten in der Stadt. Ihr Vater wandte sich um und sah die Kinder mit liebevoller Besorgnis an.

»Nun setzt euch mal gerade hin und macht ein freundliches Gesicht«, flüsterte er ihnen zu. »Wir sind jetzt unter feinen Leuten, und ich will, daß sie einen guten Eindruck von euch haben.«

»Wir sind doch genauso gut wie die, denke ich«, bemerkte Susan Ellen und blickte finster und argwöhnisch auf einige unschuldige Passanten herab. Katy aber versuchte wirklich, recht gerade zu sitzen, und faltete ihre Hände artig im Schoß. Sie wollte alles tun, um ihrem Vater zu gefallen. In diesem Augenblick sah eine ältere Frau zum Wagen und dem gesetzten Völkchen darin herüber und lächelte so freundlich, daß Katy nun den Eindruck hatte, als habe ganz Topham Corners sie begrüßt und aufgenommen. Sie lächelte zurück, als sei diese Frau eine gute, alte Bekannte, und vergaß dabei völlig, daß doch die Augen von ganz Topham Corners auf ihr geruht hatten.

»Jetzt kommen wir an einem ganz vornehmen Haus vorbei, seht euch das mal genau an; ihr werdet es nie

wieder vergessen«, sagte John Hilton. »Dort wohnt der Richter Masterson. Er ist ein großer Jurist. Alle sagen, es sei das schönste Haus im ganzen Kreise.«
»Kennst du ihn, Vater?« fragte Susan Ellen.
»Ich kenne ihn«, antwortete John Hilton stolz. »Er und meine Mutter sind als Kinder zusammen in die Schule gegangen, die beiden waren damals die besten Schüler. Einmal hat sie der Richter besucht. Er hielt vor unserem Haus, um ihr guten Tag zu sagen. Ich war damals noch ein Junge. Und dann habe ich euch doch mal erzählt, wie ich bei den Geschworenen war – das war Jahre später. Als er meinen Namen hörte, sah er mich scharf an und fragte mich, ob ich nicht der Sohn der Catharine Winn wäre. Er sprach sehr nett von eurer Großmutter und sagte, wie gut er sich noch an ihre gemeinsame Jugendzeit erinnere.«
»Erzähl doch mal«, sagte Katy.
»Großmutter hatte es auf der alten Farm wohl ziemlich schwer. Als sie meinen Vater heiratete, war sie Lehrerin hier im Bezirk. Deshalb habe ich auch dagegen gesprochen, als sie das alte Schulhaus abreißen wollten«, versicherte John Hilton und wandte sich eifrig um. »Alle waren der Meinung, daß sie oben bei uns in den Bergen länger gelebt hat, als das woanders möglich gewesen wäre; aber richtig gesund war sie nie. Als sie starb, war ich noch ein Junge. Bis dann eure Mutter zu uns kam, lebten Vater und ich allein; und das war ziemlich lange; denn ich habe nicht so jung geheiratet wie andere. Es war sehr einsam, kann ich euch sagen. Von der langen Krankheit und dem Tode seiner Frau war mein Vater schrecklich niedergeschlagen. Wir arbeiteten den ganzen Tag auf dem Feld und sagten kein Wort. Und weil ich als Kind so einsam war, freue ich mich heute um so mehr, daß ich ein paar so nette Töchter um mich habe.«
Die Stimme des Vaters hatte einen Klang, der Katys Herz mit neuer Liebe an ihn band. Unklar begriff sie,

was der Vater gemeint hatte, Susan Ellen dagegen interessierte das alles nicht. Sie hatten diese Geschichte schon oft gehört, aber Katy erschien sie immer wieder neu, während sich Susan Ellen dabei langweilte. Sie hielt es für ermüdend, wenn man immer wieder von der Großmutter sprach; sie war doch längst tot, und deshalb hatte es doch kaum einen Zweck, wenn man immer wieder von ihr sprach.

»Das ist Richter Mastersons Haus«, sagte der Vater beiläufig, als sie um eine Ecke bogen und das große weiße Haus erblickten, das hinter grünen Bäumen, Terrassen und Rasenflächen stand. Etwas so Großartiges und Schönes hatten sich die Kinder nicht einmal vorstellen können, und selbst Susan Ellen stieß einen Entzückensschrei aus. In diesem Augenblick sahen sie einen alten Herrn langsam und würdig den breiten, mit Buchsbaum gesäumten Gartenweg entlang zum Gartentor schreiten.

»Das ist er, dort kommt der Richter!« flüsterte John Hilton aufgeregt und lenkte das Pferd schnell an den grünen Straßenrand. »Er geht in die Stadt in sein Büro. Wir warten hier, er muß an uns vorbei. Ich glaube nicht, daß er mich wiedererkennt, es ist ja schon so viele Jahre her. Jetzt werdet ihr den großen Richter Masterson sehen!«

Ihre Herzen bebten vor Erwartung. Der Richter blieb an der Gartenpforte stehen und zögerte einen Augenblick, ehe er den Riegel zurückschob. Er blickte die Straße hinauf und sah den Ackerwagen mit den beiden schmucken Mädchen und dem eifrigen Kutscher. Sie schienen auf irgend etwas zu warten. Das alte Pferd fraß vom frischen Gras des Straßenrandes. Da es der Richter gewöhnt war, daß man ihn aufmerksam betrachtete, erwiderte er ihre Blicke mit einem Lächeln, als er auf der Straße näher kam. Plötzlich aber lüftete er ernst und höflich seinen Hut und ging direkt auf sie zu.

»Guten Morgen, Mr. Hilton«, sagte er. »Ich freue mich, daß ich Sie einmal wiedersehe.« Mr. Hilton, ihr eigener Vater, zog den Hut mit gleicher Höflichkeit und beugte sich herab, um dem Richter die Hand zu geben.
Susan Ellen kauerte sich zusammen und wünschte sich weit fort. Aber die kleine Katy saß noch aufrechter, und ihr blasses, zartes Gesicht spiegelte die Freude über den Stolz des Vaters wider.
»Das sind sicherlich Ihre Töchter«, sagte der alte Herr und nahm freundlich Susan Ellens schlaffe und widerstrebende Hand. Als er aber Katy ansah, strahlte er. »Wie sie Ihrer Mutter ähnelt!« sagte er bewegt. »Ich freue mich, daß ich dieses liebe Kind sehen kann. Du mußt mich einmal mit deinem Vater besuchen, meine Kleine«, fügte er hinzu und sah sie noch immer an. »Bringen Sie die beiden Mädchen mit, sie können in dem alten Garten nach Herzenslust herumtollen. Die Kirschen sind auch bald reif«, sagte Richter Masterson einladend. »Vielleicht haben Sie heute nachmittag Zeit, ehe Sie wieder nach Hause fahren?«
»Ich würde mich sehr glücklich schätzen, wenn Sie uns wieder einmal besuchten. Sie kommen doch sicher manchmal bei uns vorbei«, erwiderte John Hilton.
»Jetzt nicht mehr so oft«, antwortete der alte Richter. »Ich danke Ihnen aber für die freundliche Einladung. Ich würde gern wieder einmal den schönen Blick von Ihren Bergen nach dem Westen genießen. Kann ich Ihnen hier in der Stadt in irgendeiner Weise behilflich sein? Auf Wiedersehen, meine kleinen Freundinnen!«
Dann verabschiedeten sie sich, und Katy, die sonst so schüchterne Katy, deren Hand er während der ganzen Unterhaltung unbewußt gehalten hatte, richtete sich plötzlich auf und küßte ihn. Sie wußte nicht, warum sie es tat, sein ernstes, faltiges Gesicht hatte sie einfach angezogen. Zum ersten Mal in ihrem Leben hatte sie den Zauber guter Manieren gespürt; vielleicht empfand sie auch die Verwandtschaft zwischen dem, was ihn

geformt hatte, und dem Funken des Adels und der Reinheit in ihrem eigenen schlichten Gemüt. Als sie weiterfuhren, drehte sie sich immer wieder nach ihm um.

»Jetzt habt ihr einen der ersten Männer des Landes gesehen«, sagte der Vater. »Jetzt hat es sich doppelt gelohnt, daß wir hergefahren sind ...« Weiter sagte er nichts, er drehte sich dabei auch nicht wie gewöhnlich zurück, um die Kinder anzusehen.

In der Hauptgeschäftsstraße von Topham standen noch viele solcher Bauernwagen wie der von den Hiltons, und unseren Ausflüglern kam es recht aufregend und laut vor.

»Jetzt muß ich meine Einkäufe erledigen, und das Pferd kann sich ausruhen und fressen«, sagte John Hilton. »Ich will ihm erst mal die Kandare losmachen und den Halfter überlegen. Ich werde ihm eine ordentliche Portion anständigen Hafer besorgen. Zuerst kaufen wir meinen Strohhut. Der, den ich aufhabe, wird wohl hier in Topham etwas altmodisch wirken. Erst kaufen wir alles ein, und dann wandern wir durch die Straßen, damit ihr euch die vielen schönen Dinge in den Schaufenstern ansehn könnt: eure Mutter macht es auch immer so. Was sollt ihr mit den Tüchern machen, was hat euch Mutter aufgetragen?«

»Wir sollen sie abtun und über den Arm nehmen«, piepste Susan Ellen, ohne weiter darauf einzugehen. Aber in der Aufregung über das Aussteigen und die gepflasterte Straße wurden die Schultertücher wieder vergessen. Als der Vater in ein Geschäft ging, warteten die Kinder vor der Tür und sahen sich die neusten Tophamer Hüte an, so wie es ihnen die Mutter geraten hatte. Aber es war alles so aufregend und verwirrend, daß sie sich zu keinem entschließen konnten. Als Mr. Hilton mit einem neuen Hut in der Hand aus dem Laden trat, um ihn bei Tageslicht zu besehen, flüsterte ihm Katy zu, er solle sich doch lieber einen so schönen kaufen, wie Richter Masterson aufgehabt hatte. Aber ihr Vater lächelte nur, schüttelte den Kopf und sagte, er und Katy seien einfache Leute. Im gleichen Geschäft wurden auch Kurzwaren verkauft, und ein junger Verkäufer, der gerade Leinen ausmaß, machte einige hübsche Kärtchen mit vergoldeten Ecken und lustigen Bildern ab und gab sie den hocherfreuten kleinen Mädchen. Vielleicht hatte er zu Hause selbst kleine Schwestern; denn er suchte sogar noch zwei prächtige blaue Kartons hervor. Sie dankten ihm mit strahlenden Augen.

Es war ein großartiger Tag; sie gewöhnten sich sogar an die vielen Menschen, die vorbeigingen. In der Stadt herrschte wie immer vormittags geschäftiges Treiben, und Susan Ellen bekam neue Achtung vor ihrem Vater und ein starkes Gefühl ihrer eigenen Bedeutung; denn sogar hier in Topham kannten ihn verschiedene Leute und sprachen ihn vertraut mit seinem Namen an. Am meisten schien sich Mr. Hilton darüber zu freuen, daß er einen alten Mann wiedertraf, der früher einmal sein Nachbar gewesen war. Der alte Mann rief sie aus einer Haustür heraus an, und so traten sie denn bei ihm ein. Die Kinder setzten sich müde auf die hölzerne Türschwelle, aber ihr Vater schüttelte dem alten Freund herzlich die Hand und sagte ihm, er wäre sehr froh, daß er noch so rüstig sei und das schöne Wetter genießen könne.

»O ja«, sagte der alte Mann mit schwacher, zittriger Stimme. »Für mein Alter geht es mir erstaunlich gut. Ich klage nicht, John, ich kann nicht klagen.«

Sie unterhielten sich lange über gemeinsame Bekannte aus den vergangenen Tagen, und Katy, die sich ein bißchen müde fühlte, war froh, daß sie etwas ausruhen konnte. Sie saß still, hatte ihre Hände gefaltet und sah hinaus auf den Vorgarten. Hier standen ein paar Blumen, die sie noch nie zuvor gesehen hatte.

»Diese hier sieht meiner Mutter mächtig ähnlich«, sagte der Vater und berührte Katy an der Schulter, damit sie aufstehen und sich ansehen lassen solle. »Richter Masterson hat diese Ähnlichkeit auch festgestellt. Wir haben ihn heute früh vor seinem Haus getroffen.«

»Wirklich, John, sie sieht deiner Mutter sehr ähnlich«, sagte der alte Mann und sah Katy freundlich an. Sie fand ihn jetzt netter als vorher. »Wirklich, sie sieht ihr ähnlich. Das beste an dem jungen Völkchen ist, daß sie uns immer wieder an die Alten erinnern. Die Leute sagen ja, man soll am Leben hängen, aber ich selber bin manchmal schon recht ungeduldig. Die meisten sind ja schon weg, und ich möchte jetzt auch sterben. So hab' ich's noch vor mir, und ich wäre froh, wenn's schon hinter mir läge. Ich möchte dort bei all den andern sein. Aber ich denke, ich werd' wohl noch so'n Weilchen leben. Wir werden uns schon noch'n paarmal sehen, John.«

John Hilton munterte ihn auf. Die Kinder sollten sich Blumen pflücken; der alte Mann hatte ihnen mit seinem Wunsch nach dem Tode Furcht eingeflößt. Da hatte er nun eine ganze Stadt voller Menschen um sich, und trotzdem wirkte er so einsam wie der letzte Überlebende einer vergangenen Welt. Und dabei hatten sie bis zu diesem Augenblick geglaubt, daß alles erst begänne.

»Jetzt will ich aber noch etwas Schönes für eure Mutter kaufen«, sagte Mr. Hilton, als sie gemessen die Straße hinabgingen. Die Kinder hatten ihn fest an den Händen gefaßt. »Das alte Pferd wird wohl inzwischen gefressen haben und ausgeruht sein, da können wir langsam wieder nach Hause zuckeln. Ich zeige euch noch die Academy und das alte Bethaus, in dem Dr. Barstow immer gepredigt hat. Wißt ihr denn nicht, was Mutter wohl gern haben möchte?« fragte er plötzlich und sah sich derselben Schwierigkeit gegenüber wie alle Männer, wenn sie etwas für ihre Frauen einkaufen wollen.

»Sie hat neulich mal gesagt, sie würde bald eine Pfefferbüchse brauchen. Der Deckel von der alten hält nicht mehr lange«, sagte Susan Ellen wie aus der Pistole geschossen. »Kaufst du uns nicht ein paar Bonbons, Vater?«

»Jawohl, meine Dame«, sagte John Hilton, lächelte und schlenkerte beim Gehen ihre Hände vor und zurück. »Ich glaube, ich würde selbst auch ganz gern ein paar essen. Was ist denn das da?« Sie kamen an der Tür eines Photographen vorbei, in der eine Menge Bilder verlockend ausgestellt waren. »Ich weiß was!« rief er aufgeregt. »Ich lasse jetzt ein Bild von uns machen, darüber wird sich eure Mutter mächtig freuen.«

Abgesehen von dem sehr erfreulichen Zusammentreffen mit dem Richter war dies das größte Ereignis des Tages. Sie saßen alle in einer Reihe, der Vater in der Mitte, und zweifellos hatte sie der Photograph gut getroffen. Sie mußten zwar ihre besten Hüte abnehmen, weil sie sonst Schatten auf ihre Gesichter geworfen hätten, aber auf der Aufnahme vermißte man sie nicht, wie sie befürchtet hatten. Susan Ellen und Katy strahlten wie noch nie, und ihre entzückenden jungen Gesichter waren für immer auf dem kleinen Bild festgehalten; die ganze Freude über diesen Ausflug spiegelte sich in dieser Aufnahme wider. Sie wußten nicht, warum sich ihr Vater so sehr über das Bild freute; und sie würden es auch nicht verstehen, bis sie im Alter den Wert von Erinnerungen schätzen gelernt hätten.

Bei Einbruch der Dunkelheit kehrten die Hiltons todmüde und glücklich auf ihre Farm zurück. Katy war auf den Vordersitz neben ihren Vater geklettert; denn das war immer ihr Platz, wenn sie am Sonntag zur Kirche fuhren. Es war ein kühler Abend, ein frischer Seewind führte feinen Nebel herauf, und der Himmel bewölkte sich schnell. Irgendwie hatten sich die Kinder verändert. Der Mutter schien es, sie seien nun älter und größer als vor der Abfahrt am Morgen; und sie hatte den Eindruck, als ob sie nun genauso sehr in die Stadt wie aufs Land gehörten. Sie hatte ja auch an den großen Ereignissen dieses Tages nicht teilgenommen. Der Tag war ohne die Kinder sehr still und einsam gewesen. Seit fünf Uhr hatte sie das Abendbrot fertig, und seitdem hatte sie ängstlich nach ihnen Ausschau gehalten. Die Kinder selbst hatten zuerst nur sehr wenig zu erzählen – ihren Imbiß hatten sie schon auf der Fahrt nach Topham gegessen. Susan Ellen war kindisch eigensinnig und Katy rührend und blaß. Sie konnten es kaum erwarten, ihrer Mutter das Bild zu zeigen, und Mutter freute sich wirklich so darüber, wie sie es sich alle vorgestellt hatten.

»Was sehe ich da, ihr habt doch die Tücher umgehabt?« rief sie sofort tadelnd. »Ihr habt sie doch nicht etwa den ganzen Tag getragen? Die Leute sollten doch die schönen Kleider sehen, die ich euch genäht habe. Na ja, wäre ich nur mitgekommen und hätte auf euch acht gegeben!«

»Und hier ist die Pfefferbüchse«, sagte Katy in freundlich-unschuldigem Ton.

»Die nenne ich aber wirklich schön«, sagte Mrs. Hilton, als sie die Büchse lange prüfend angesehen hatte. »Unsere alte war nur aus Zinn. Auf eine so schöne aus Porzellan mit so herrlichem Blumenmuster habe ich ja nie zu hoffen gewagt, aber für täglich kann ich uns ja immer noch eine einfachere kaufen. Das ist wirklich der beste Hut, den du dir kaufen konntest, John. Wo hast du denn deine neue Hacke?« fragte sie ihn, als er befriedigt lächelnd aus der Scheune zurückkam.

»Weiß der Himmel, die habe ich doch glatt vergessen«, sagte der Leiter der großen Expedition kleinlaut. »Die Hacke und den gelben Rübensamen auch. Das habe ich doch glatt vergessen, es gingen mir so viele andere Sachen durch den Kopf. Aber das macht ja nichts. Die Hacke kann ich genauso gut bei Ira Speed kaufen.«

Seine Frau mußte lachen. »Hauptsache, es hat euch allen

gut gefallen. Die Mädchen sind ja ganz erfüllt davon und werden bestimmt noch eine ganze Woche erzählen. Ich glaube, es war ganz richtig, daß wir ihnen ein bißchen mehr von der Welt gezeigt haben.«

»Ja«, antwortete Hilton bescheiden. »Es war ein schöner Tag. Ich hatte nicht geglaubt, daß es so schön werden würde. Die Kinder brauchten sich vor den anderen nicht zu verstecken, und sie waren lieb und bescheiden. Die Mädchen werden sich noch lange daran erinnern. Ich glaube, sie werden den Tag mit ihrem Vater niemals vergessen.«

Und wieder war es Abend geworden, in den unteren Wiesen quakten die Frösche, und in dem höher gelegenen Wald schrie ein Käuzchen. Am Ende dieses heißen, schönen Tages trieb schwere, salzige Seeluft über das Land. Im Hause wurde die Lampe angezündet, die Kinder schwatzten glücklich miteinander, und das Abendbrot stand bereit. Vater und Mutter blieben noch einen Augenblick vor der Tür stehen und sahen hinab auf die dunklen Felder; ohne ein Wort zu sprechen, gingen sie dann ins Haus. Der große Tag war vorüber, und sie schlossen die Tür.

O. HENRY

O. Henry (William Sidney Porter, 1862–1910), Ladenjunge, Texas-Cowboy, Bankangestellter, Journalist und Witzblattchef, teilt mit Bierce das Mittel überraschender Schlußpointierungen. Er ist der Erzähler New Yorks ('Die Viermillionenstadt', 1906, hieraus 'Das möblierte Zimmer'; 'Die Stimme der Stadt', 1908; die z. T. erst posthum erschienen); aber auch Lateinamerika ('Kraut und Könige, 1904) und der Westen ('Herz des Westens', 1907) und der Süden geben seinen Episoden und Anekdoten Lokalfarbe. Seine Stärke liegt weniger in der Milieuschilderung als in den Trickbildern in Worten, den Karikaturen absurder Zufälle und der Skizzierung gewinnender Vagabunden.

DAS MÖBLIERTE ZIMMER

Ruhelos, veränderlich und flüchtig wie die Zeit selbst ist eine große Menge Menschen in den roten Backsteinhäusern auf der unteren West Side. Heimatlos haben sie hundert Heimaten. Sie ziehen von einem möblierten Zimmer zum anderen, ewig Unstete, unstet in ihrem Wohnort, unstet im Herzen und Gemüt. Sie singen »Home, sweet Home« im Negerrhythmus, sie tragen ihre Laren und Penaten in einer Hutschachtel, ihr Weinstock schlingt sich um einen Theaterhut, und ein Gummibaum ist ihr Feigenbaum.

Daher könnten die Häuser in dieser Gegend, die tausend Bewohner beherbergt haben, tausend Geschichten erzählen, meist ganz langweilige, aber es ginge wohl nicht mit rechten Dingen zu, wenn sich nicht eine Seele im Gefolge all dieser unsteten Geister finden ließe.

Eines Abends streifte nach Dunkelwerden ein junger Mann zwischen diesen zerfallenden roten Häusern umher und läutete. Am zwölften Haus angelangt, legte er sein dürftiges Handgepäck auf die Türstufe nieder und wischte sich den Staub von Hut und Stirn. Die Glocke tönte schwach und weit entfernt wie aus hohlen Tiefen.

An der Tür des zwölften Hauses, an der er geläutet hatte, erschien eine Wirtschafterin, die ihn an einen ekelhaften, überfütterten Wurm erinnerte, der seine Nuß zu einer hohlen Schale leer gefressen hat und nun versucht, die Leere wieder mit eßbaren Gästen zu füllen.

Er fragte, ob ein Zimmer frei sei.

»Treten Sie ein«, sagte die Wirtschafterin. Ihre Stimme kam tief aus der Kehle, diese Kehle schien mit Pelz gefüttert zu sein. »Ich habe im dritten Stock seit einer Woche ein Zimmer frei. Wollen Sie sich's nicht ansehen?«

Der junge Mann folgte ihr die Treppe hinauf. Ein schwacher Schimmer aus einer unbestimmten Lichtquelle milderte die Schatten auf den Gängen. Geräuschlos traten sie auf einen Treppenläufer, den sein eigener Webstuhl verleugnet hätte. Er schien zur Pflanze geworden, entartet zu sein in dieser schlechten, sonnenlosen Luft zu einer üppigen Flechte oder zu einem Moosteppich, der in großen Flecken auf der Treppe wuchs und sich unter dem Fuß klebrig wie eine organische Masse anfühlte. Auf jedem Treppenabsatz waren in der Wand leere Nischen; vielleicht hatten einmal Pflanzen darin gestanden. Aber dann waren sie in der fauligen und verdorbenen Luft eingegangen. Mag sein, es hatten auch Heiligenfiguren dort gestanden, aber man konnte leicht begreifen, daß Kobolde und Teufel sie in die Dunkelheit verschleppt hatten, hinunter in die unheiligen Tiefen einer möblierten Höhle.

»Dies ist das Zimmer«, sagte die Wirtschafterin mit ihrer pelzigen Stimme. »Es ist ein hübsches Zimmer, es ist nicht oft frei. Im letzten Sommer haben hier sehr feine Leute gewohnt – gar keinen Ärger mit ihnen gehabt, sie haben pünktlich die Miete im voraus bezahlt. Wasser gibt es am Ende der Diele. Sprowls und Mooney haben drei Monate darin gewohnt. Sie haben einen Vaudeville-Sketch aufgeführt. Fräulein B'retta

Sprowls – vielleicht haben Sie von ihr gehört – das waren ja nur Künstlernamen – gerade über dem Geschirrschrank hing ihre Trauurkunde im Rahmen. Das Gas ist hier, und Sie sehen, es ist genügend Nebengelaß vorhanden. Es ist ein Zimmer, das jedem gefällt. Es steht niemals lange leer.«

»Wohnen hier bei Ihnen viele Leute vom Theater?« fragte der junge Mann.

»Sie kommen und gehen. Eine ganze Menge meiner Mieter hat mit dem Theater zu tun. Ja, mein Herr, das ist hier das Theaterviertel. Schauspieler bleiben nirgends lange. Ich bekomme meine Miete. Ach ja, sie kommen und gehen.«

Er mietete das Zimmer und bezahlte eine Woche im voraus. Er sei müde, sagte er, und wolle sofort einziehen. Er zählte das Geld auf. Das Zimmer sei fertig, sogar Handtuch und Wasser seien da, meinte sie. Als sich die Vermieterin zum Gehen wendete, stellte er zum tausendsten Male die Frage, die er immer auf der Zunge hatte.

»Ein junges Mädchen – Fräulein Vashner – Fräulein Eloise Vashner – können Sie sich unter Ihren Mietern auf sie besinnen? Wahrscheinlich war sie eine Sängerin. Ein hübsches Mädchen von mittlerer Größe, schlank mit rotgoldenem Haar und einem dunklen Mal an der linken Braue.«

»Nein, ich kann mich auf den Namen nicht besinnen. Diese Leute vom Theater wechseln ihre Namen sooft wie ihre Zimmer. Sie kommen und gehen. Nein, ich kann mich nicht auf sie besinnen.«

Nein, immer Nein. Fünf Monate unaufhörlicher Suche und immer das unvermeidliche Nein. Die viele verschwendete Zeit, bei Tage das ewige Fragen bei Direktoren, Agenten, Schulen und Chören, die Abende unter dem Publikum im Theater von den ersten Bühnen mit der Starbesetzung bis hinab zum Varieté, so tief hinab, daß ihm graute, er könnte die Heißersehnte vielleicht dort finden. Er, der sie am innigsten liebte, er hatte versucht, sie aufzuspüren. Er war davon überzeugt, daß diese große, wasserumschlungene Stadt sie seit ihrem Verschwinden irgendwo festhielt, aber es war wie endloser Treibsand, dessen Teilchen sich ohne Unterlaß bewegen und dessen Sandkörner an der Oberfläche morgen in Schlick und Schlamm begraben sind.

Das möblierte Zimmer empfing seinen neuen Gast mit einem ersten Strahl von trügerischer Gastlichkeit, einem fiebrigen, mageren, oberflächlichen Willkommensgruß, ähnlich dem besonderen Lächeln einer Frau von zweifelhaftem Ruf. Der sophistische Trost ging in gebrochenen Strahlen von dem abgenützten Mobiliar aus, von der zerschlissenen Polsterung einer Couch und zweier Stühle, von dem fußbreiten, billigen Standspiegel zwischen den beiden Fenstern, von den vergoldeten Bilderrahmen und von einer Messingbettstelle in der Ecke.

Der Gast lehnte sich auf seinem Stuhl zurück, stumpf, während sich das Zimmer sprachverwirrt, als sei es ein Zimmer in Babel, mit ihm über die verschiedenen Bewohner unterhielt.

Ein schillernd verfärbter Teppich lag wie ein buntes, rechtwinkliges, tropisches Inselchen da, von einer wogenreichen See schmutziger Läufer umgeben. An den lustig tapezierten Wänden hingen jene Bilder, die den Heimatlosen von Haus zu Haus verfolgen: Das Hugenotten-Liebespaar, Der erste Streit, Das Hochzeitsfrühstück, Psyche an der Quelle. Die keusch-strenge Linie des Kaminsimses war, ähnlich den Schärpen des Amazonenballetts, durch eine unverschämt darübergezogene Draperie unrühmlich verhängt. Darauf stand zurückgelassenes Strandgut, beiseite geworfen von den in dieses Zimmer Verschlagenen, als ein glückliches Segel sie zu einem neuen Hafen entführt hatte – ein paar unscheinbare Vasen, Bilder von Schauspielerinnen, eine Medizinflasche, einige Blätter aus einem Kartenspiel.

Nach und nach, so wie die Schriftzeichen einer Geheimschrift lesbar zu werden beginnen, enthüllten die kleinen Zeichen, die eine Prozession von Gästen dieses möblierten Zimmers hinterlassen hatte, ihren Sinn. Die abgetretene Stelle im Teppich vor dem Geschirrschrank erzählte von einer hübschen Frau unter der Menge. Fingerspuren an den Wänden berichteten von kleinen Gefangenen, die einen Weg zu Luft und Sonne suchten. Ein Spritzfleck, leuchtend wie eine platzende Bombe, zeugte von einem geschleuderten Glas oder einer Flasche, die mit ihrem Inhalt an der Wand zerschellt war. Über die Spiegelscheibe war mit einem Diamanten in ungeschickter Schrift der Name »Marie« gekritzelt. Es schien, als seien die Bewohner toll geworden in dem möblierten Zimmer – vielleicht war ihre Geduld durch seine grelle Kälte über das Erträgliche hinaus gepeinigt worden und ließ nun ihre Rache daran aus. Die Einrichtung war abgestoßen und beschädigt. Die Couch, von gesprungenen Federn entstellt, sah wie ein scheußliches Ungeheuer aus, das mitten in einer grotesken Zuckung erschlagen worden war. Ein noch mächtigeres, umwälzendes Ereignis hatte von der marmornen Kaminplatte ein Stück abgeschlagen. Jede Diele des Fußbodens hatte ihre eigene Melodie, ihr eigenes Knarren, als stammte jedes von einem besonderen Todeskampf. Es war kaum glaubhaft, daß alle Bosheit, alles Unrecht von den Menschen über das Zimmer gebracht sein sollten, die es einmal eine Zeitlang ihr Heim genannt hatten, vielleicht war es der betrogene Sinn für Häuslichkeit, der blind noch weiterlebt, vielleicht die grollende Wut auf falsche Hausgötter, die ihren Zorn entfacht hatten. Die kleinste Hütte, die wir unser eigen nennen, fegen, pflegen und schmücken wir.

Der junge Mieter ließ diese Gedanken im Kopf vorüberziehen, während in das Zimmer möblierte Laute und Düfte zogen. Hier hörte er ein Kichern und unzusammenhängendes, schwaches Gelächter, dort den Monolog eines keifenden Weibes, das Klappern von Würfeln, ein Wiegenlied, ein schwaches Weinen; über ihm klimperte lebhaft ein Banjo. Irgendwo schlugen Türen, Hochbahnzüge rasselten dazwischen, eine Katze jaulte kläglich auf einem Zaun dahinter. Und er atmete den Atem des Hauses ein – einen dumpfigen Geschmack eher als einen Geruch –, einen kalten muffigen Hauch wie aus unterirdischen Gewölben, vermischt mit den Ausdünstungen von Linoleum und verschimmeltem und verrottetem Holz.

Plötzlich, als er so dasaß, war das Zimmer von einem starken, süßen Resedaduft erfüllt. Er kam wie auf einem einzigen Windhauch daher, so duftend und stark, als sei er ein lebender Besucher. Der junge Mann rief laut aus: »Liebste?«, als hätte man nach ihm gerufen, er sprang auf und sah sich um. Der kräftige Duft haftete an ihm und hüllte ihn ein. Er streckte seine Arme danach aus, alle seine Sinne waren einen Augenblick lang wie verwirrt. Wie konnte man von einem Geruch so stark gerufen werden? Es mußte ein Geräusch gewesen sein. Wenn es nicht der Laut gewesen war, der ihn berührt, ihn liebkost hatte?

»Sie ist in diesem Zimmer gewesen«, rief er aus und sprang auf, um ihm ein Zeichen zu entreißen; denn er wußte, er würde den geringsten Gegenstand, der ihr einmal gehört oder den sie berührt hatte, wiedererkennen. Dieser einhüllende Geruch von Reseda, dieser Duft, den sie geliebt und zu ihrem eigenen gemacht hatte – woher kam er?

Das Zimmer war ohne Sorgfalt in Ordnung gebracht worden. Verstreut auf dem kümmerlichen Brett des Geschirrschranks lag ein halbes Dutzend Haarnadeln – jene diskreten, nicht zu unterscheidenden Freunde der Frauen, so weiblich, so unendlich in der Stimmung und jeder Zeitbestimmung abhold. Um diese kümmerte er sich nicht, von ihrer triumphierenden Unpersönlichkeit überzeugt. Als er die Schubkästen des Schrankes durchwühlte, stieß er auf ein beiseite geworfenes, kleines Taschentuch. Er preßte es an sein Gesicht. Es roch feurig und aufdringlich nach Heliotrop, er schleuderte es auf den Boden. In einem anderen Fach entdeckte er seltsame Knöpfe, einen Theaterzettel, einen Pfandleihschein, zwei liegengebliebene Eibischwurzeln und ein Traumbuch. Darin lag eine Frauenhaarschleife aus schwarzem Satin, die ihn stutzig machte und ihn in einen Zustand zwischen Eis und Feuer versetzte. Aber auch die schwarze Haarschleife ist nur ein sprödes, unpersönliches weibliches Ornament, das keine Geschichten erzählt.

Und dann durchspürte er das Zimmer wie ein Hund auf der Fährte, über die Wände fahrend, auf den Knien die Falten schlagenden Läufer untersuchend, Kaminsims und Tischkästen, die Vorhänge, die Gardinen, den Schrank in der Ecke nach einem sichtbaren Zeichen durchstöbernd, unfähig zu begreifen, daß sie neben ihm stand, ihn umgab, über ihm war, daß sie sich an ihn klammerte, ihn umwarb, so deutlich nach ihm rief mit ihren feineren Sinnen, daß sogar seine gröberen sich des Rufs bewußt wurden. Noch einmal antwortete er laut: »Ja, Liebste!«, und wendete sich entgeistert um und starrte ins Leere; denn noch konnte er in dem Resedaduft nicht ihre Gestalt, keine Farben und keine ausgestreckten Arme unterscheiden. O Gott! Woher kam der Duft, und seit wann haben Düfte eine Stimme? Er tappte im Dunkel.

So wühlte er in Ecken und Ritzen herum und fand Flaschenkorken und Zigaretten. Er überging sie mit schweigender Verachtung. Einmal fand er in einer Falte des Läufers eine halbgerauchte Zigarre, mit einem rohen und schneidenden Fluch zertrat er sie unter dem Absatz. Er durchsiebte das Zimmer von einem Ende zum anderen. Er fand trübe und unrühmliche Erinnerungszeichen an manchen unsteten Bewohner, aber von ihr, die er suchte, die vielleicht hier gewohnt hatte, deren Geist hier umzugehen schien, von ihr fand er keine Spur.

Und dann dachte er an die Wirtschafterin.

Er lief aus dem verzauberten Zimmer die Treppe hinab zu einer Tür, aus der ein Lichtschimmer drang. Auf sein Klopfen kam sie heraus. Er erstickte seine Erregung, so gut er konnte.

»Wollen Sie mir nicht sagen«, bat er, »wer mein Zimmer vor mir bewohnt hat?«

»Aber gern, ich kann es ja noch einmal sagen. Es waren Sprowls und Mooney wie gesagt. Fräulein B'retta Sprowls hieß sie auf dem Theater, sonst war sie Frau Mooney. Mein Haus ist wegen seiner Anständigkeit bekannt. Die Trauurkunde hing an einem Nagel über –«

»Was für eine Dame war Fräulein Sprowls – äußerlich meine ich?«

»Schwarzhaarig, mein Herr, kurz und untersetzt mit einem komischen Gesicht. Sie zogen Dienstag vor einer Woche aus.«

»Und wer wohnte vor ihnen dort?«

»Da war ein einzelner Herr, der sich mit Zeichnen abgab. Er zog aus und blieb mir eine Woche schuldig. Davor war Frau Crowder mit ihren zwei Kindern, sie wohnte vier Monate dort, und davor war der alte Herr Doyle, dessen Söhne für ihn bezahlten. Er bewohnte das Zimmer ein halbes Jahr. Das macht ein ganzes Jahr, und weiter zurück kann ich mich nicht mehr entsinnen.«

Er dankte ihr und schlich in sein Zimmer zurück. Es war tot. Die Essenz, die es belebt hatte, war verflogen. Der Resedaduft war verschwunden. An seine Stelle war der alte, schale Geruch von muffiger Zimmereinrichtung getreten, die Atmosphäre von Lagergeruch.

Das Schwinden aller Hoffnung verzehrte seinen Glauben. Er ging zum Bett und fing an, die Betttücher in Streifen zu zerreißen. Mit der Klinge seines Messers stopfte er sie fest in alle Fenster- und Türspalten. Als alles dicht war, löschte er das Licht, drehte den Gashahn voll auf und legte sich dankbar auf das Bett.

*

Frau McCool war an diesem Abend an der Reihe, in der Kanne Bier zu holen. Sie brachte es und saß mit Frau Purdy zusammen in einem jener unterirdischen Winkel, wo Wirtschafterinnen sich zu treffen pflegen.

»Heute abend habe ich das Hinterzimmer drei Treppen hoch vermietet«, sagte Frau Purdy durch die schöne Blume auf dem Bier. »Ein junger Mann hat es genommen. Vor zwei Stunden ist er zu Bett gegangen.«

»Na, sehen Sie, Frau Purdy«, erwiderte Frau McCool voller Bewunderung. »Im Vermieten solcher Zimmer sind Sie ein wahres Wunder. Haben Sie es ihm gesagt?« schloß sie mit einem heiseren, geheimnisvollen Flüstern.

»Zimmer«, sagte Frau Purdy in ihrem pelzigsten Ton, »richtet man zum Vermieten ein. Ich habe ihm nichts gesagt, Frau McCool.«

»Sie haben recht, durchs Vermieten bringen wir uns durch. Sie haben den richtigen Geschäftssinn. Viele Leute wollen ein Zimmer nicht mieten, wenn sie hören, daß in dem Bett ein Selbstmord passiert ist.«

»Sie haben recht, wir müssen sehen, wie wir durchkommen«, bemerkte Frau Purdy.

»Ja, das ist wahr. Gerade eine Woche ist es heute her, daß ich Ihnen im dritten Stock geholfen habe. Ein hübsches, blutjunges Ding war sie, als sie sich mit dem Gas umbrachte – ein süßes, kleines Gesicht hatte sie, Frau Purdy.«

»Man hätte sie hübsch nennen können, ja, ja«, meinte Frau Purdy und stimmte etwas kritisch zu, »nur das Mal auf der linken Braue. Gießen Sie sich Ihr Glas noch mal voll, Frau McCool.«

JACK LONDON

Jack London (1876–1916), Abenteurer aus bitterer Armut, Lohnsklave, Matrose, Tramp, Goldschürfer, Berichterstatter, versucht sich zunächst in der Kurzgeschichte ('Der Sohn des Wolfes, Erzählungen aus dem hohen Norden', 1900, und vielem Ähnlichen), geht dann, Sozialist geworden, zu Klassenkampfromanen über ('Volk des Abgrunds', 1903; 'Die eiserne Ferse', 1907; dem stark autobiographischen 'Martin Eden', 1909; 'Das Mondtal', 1913; ferner Kurzgeschichten und theoretischen Abhandlungen, die sein Schwanken zwischen Marx und Nietzsche zeigen) und schreibt – nach Kriegsberichterdienst und Weltreisen – die echte Naturschilderung 'Ruf der Wildnis' (1903), die Studie einer Menschenbestie, den 'Seewolf' (1904), danach wieder Hunderomane ('Weißzahn', 1906; 'Jerry von den Inseln', 1917), Alaskaromane und Werke um die Trunksucht, der er selbst verfallen war. Die Geschichte 'Nur Fleisch' stammt aus dem Band 'Wenn Gott lacht'.

NUR FLEISCH

Er schlenderte zur Ecke und guckte die Seitenstraße auf und nieder, konnte aber nichts sehen als Lichtoasen, die die Straßenlaternen über die Kreuzungen ergossen. Dann schlenderte er den Weg, den er gekommen, wieder zurück. Er war wie der Schatten eines Menschen, der lautlos und mit sowenig Bewegungen wie möglich durch das Halbdunkel glitt. Dazu war er wachsam wie ein wildes Tier im Dschungel, dessen Sinne bis zum äußersten angespannt sind, um alle Eindrücke aufzunehmen. Die Bewegungen eines andern im Dunkel um ihn her hätten notgedrungen noch schattenhafter sein müssen, um seiner Aufmerksamkeit zu entgehen.

Während aber seine Sinne ihn jederzeit über die Situation aufklärten, gab ihm auch sein Unterbewußtsein ein Gefühl von der Atmosphäre um ihn her. Er wußte, daß Kinder in dem Hause waren, vor dem er stehengeblieben war. Aber dieses Wissen war kraft einer ungewollten Sinnesanspannung zu ihm gekommen. Er war sich dieses Wissens gar nicht einmal bewußt, so unbestimmbar war der Eindruck. Und doch würde er, wäre etwas eingetroffen, das ihn Stellung zu dem Hause hätte nehmen lassen, von der Voraussetzung aus gehandelt haben, daß Kinder darin waren. Er war sich selber nicht klar über alles, was er von dieser Nachbarschaft wußte. Ebenso wußte er, daß von den Schritten, die aus der Seitenstraße erklangen, keine Gefahr drohte. Ehe er noch den Gehenden sah, wußte er, daß es ein verspäteter Fußgänger war, der heimeilte. Dann kam an der Straßenkreuzung ein Mann zum Vorschein und verschwand die Straße hinauf. Der andere, der auf der Wacht stand, sah, daß es für einen Augenblick in einem der Fenster eines Eckhauses hell wurde, und als das Licht verschwand, wußte er, daß ein Streichholz ausgegangen war. Es war ein bewußtes Erkennen alltäglicher Erscheinungen, und durch sein Hirn flog der Gedanke: Er wollte sehen, wie spät es war. In einem andern Hause war noch ein einzelnes Fenster erleuchtet. Es war ein stetiges schwachbrennendes Licht, und er hatte das Gefühl, daß es ein Krankenzimmer sein müßte.

Aber ihn interessierte namentlich ein Haus auf der anderen Seite der Straße, mitten zwischen zwei Kreuzungen, und dieses Haus war es, dem er vor allem seine Aufmerksamkeit widmete. Einerlei, wohin er sah oder wohin er ging, immer kehrte sein Blick wieder dahin zurück. Außer, daß ein Fenster über dem Portal offenstand, war nichts Ungewöhnliches an dem Hause. Niemand kam heraus oder ging hinein. Es geschah nichts. Da war weder ein erleuchtetes Fenster, noch erschien und verschwand ein Licht in den Fenstern. Und doch war es dieses Haus, dem die ganze Zeit seine Aufmerksamkeit galt, sooft er auch zu erraten ver-

sucht hatte, wie es sich mit der übrigen Nachbarschaft verhielt.
Trotz seines Gefühls für die Umgebung war er nicht sicher. Er war sich höchstens der Gefahren bewußt, die seine Situation bot. Hatten auch die Schritte des zufälligen Fußgängers keine Wirkung auf ihn ausgeübt, so war er doch so angespannt, empfindlich und schreckhaft wie ein furchtsamer Hirsch. Er war sich bewußt, daß es andere denkende Wesen geben konnte, die im Dunkel umherschlichen – denkende Wesen, die ihm in Bewegungen, in Auffassung und Ahnungsvermögen glichen. Weit unten auf der Straße sah er den Schimmer von etwas sich Bewegendem und wußte, daß dies kein verspäteter Bürger auf dem Wege nach seinem Heim war, sondern eine drohende Gefahr. Er pfiff zweimal nach dem Haus auf der anderen Seite hinüber und zog sich dann um die Ecke zurück. Hier machte er halt und sah sich vorsichtig um. Beruhigt guckte er um die Ecke und studierte das sich bewegende Wesen, das immer näher kam. Er hatte es erraten. Es war ein Schutzmann.
Der Mann ging die Querstraße bis zur nächsten Ecke hinab, und in ihrem Schutz beobachtete er die Ecke, die er eben verlassen hatte. Er sah den Schutzmann vorbeigehen die Straße hinauf. Der Mann folgte dem Schutzmann, und als er ihn weitergehen sah, kehrte er wieder dorthin zurück, wo er hergekommen war. Er pfiff noch einmal nach dem Haus auf der anderen Seite der Straße, und nach einer Weile noch einmal. Jetzt klang das Pfeifen beruhigend, wie vorher der Doppelpfiff etwas Warnendes an sich gehabt hatte.
Er sah den Umriß einer dunklen Gestalt über dem Portal auftauchen und langsam an einem Pfeiler heruntergleiten. Dann kam sie die Treppe herab und ging durch die kleine eiserne Pforte auf den Bürgersteig, wo sie die Form einer Männergestalt annahm. Der Mann, der Wache hielt, bewegte sich in derselben Rich-

tung, aber auf der anderen Straßenseite, bis beide die Ecke erreichten; dann ging er zu dem andern hinüber. Er sah ganz klein aus neben dem Mann, den er ansprach.

»Na, wie ist's gegangen, Matt?« fragte er.

Der andere antwortete mit einem unartikulierten Brummen und ging schweigend weiter.

»Ich glaube, ich habe, was ich wollte«, sagte er dann.

Jim lachte laut in der Dunkelheit und wartete auf weitere Erklärungen. Sie passierten eine Straßenkreuzung nach der andern, und er wurde ungeduldig.

»Na, wie ist die Sore?« fragte er. »Du kannst mir doch sagen, was dabei herauskam.«

»Ich hatte zu viel zu denken, um richtig nachzusehen, aber es ist ein fetter Fang. Das will ich dir nur sagen. Es ist ein fetter Fang. Ich wage gar nicht zu denken, wieviel. Warte, bis wir heimkommen.«

Jim musterte ihn scharf im Schein der Straßenlaterne an der nächsten Kreuzung und sah, daß sein Gesichtsausdruck etwas barscher als gewöhnlich war und daß er seinen linken Arm unnatürlich hielt.

»Was ist mit deinem Arm los?« fragte er.

»Das kleine Biest hat mich gebissen. Hoffentlich bekomme ich nicht die Tollwut! Man kann manchmal Hundetollwut von Menschenbissen kriegen – nicht wahr?«

»So, hat er sich gewehrt?« fragte Jim heiter.

Der andere brummte.

»Es ist eine verfluchte Arbeit, etwas aus dir herauszukriegen«, rief Jim gereizt. »Nun erzähl endlich, wie es ging. Es kostet doch nichts, wenn du ordentlich Bescheid gibst.«

»Ja, ich hab' ein bißchen hart zugepackt«, lautete die Antwort. Und dann fügte er erklärend hinzu: »Er ist nämlich aufgewacht, will ich dir nur sagen.«

»Das hast du gut gemacht. Ich habe nicht einen Laut gehört.«

»Jim«, sagte der andere ernst. »Es gilt meinen Hals. Er ist fertig, verstehst du. Ich mußte ihn kaltmachen – er ist aufgewacht. Wir beide müssen für eine Weile verduften.«

Jim pfiff leise und verständnisvoll.

»Hast du mich pfeifen hören?« fragte er plötzlich.

»Ja, natürlich! Ich war gerade fertig – und wollte gehen.«

»Ein Greifer kam. Aber er merkte nichts. Er trottete in der Dunkelheit weiter. Da kam ich wieder und pfiff. Warum hat es da noch so lange gedauert, bis du kamst?«

»Ich wartete, bis ich sicher war«, erklärte Matt. »Und ich war mächtig froh, als ich dich wieder pfeifen hörte. Das Warten wurde mir sauer genug. Ich dachte, dachte nur – an alle möglichen Dinge. Es ist merkwürdig, was einem alles so einfallen kann. Und dann lief eine verdammte Katze immer herum und machte einen Höllenlärm.«

»Und die Sore ist grannig, sagst du«, eiferte Jim plötzlich mit Begeisterung in der Stimme.

»Ich hab' es dir gesagt, Jim, die Sore ist grannig. Ich bin mächtig gespannt, sie mir ein bißchen näher anzusehen.«

Die beiden Männer gingen unwillkürlich schneller, ohne deshalb jedoch weniger Vorsicht zu zeigen. Sie wechselten ein paarmal die Richtung, um einem Schutzmann auszuweichen, und überzeugten sich sorgfältig, daß niemand sie sah, als sie in dem finsteren Korridor eines billigen Mietshauses verschwanden.

Erst in ihrem eigenen Zimmer in der obersten Etage fanden sie den Mut, ein Streichholz anzureißen. Während Jim eine Lampe anzündete, verschloß Matt die Tür und riegelte ab. Als er sich umwandte, sah er, daß sein Kamerad mit sichtlicher Ungeduld auf ihn wartete. Matt lächelte über den Eifer des anderen. »Das ist eine sehr gute Blende«, sagte er, indem er eine kleine elektrische Taschenlampe herauszog und sie untersuchte. »Aber wir müssen eine neue Batterie einsetzen. Die wird schon sehr schwach. Ein paarmal dachte ich schon, ich müßte im Dunkeln dastehen. Merkwürdig eingerichtet war das Haus. Ich hätte mich fast geirrt. Sein Zimmer lag links, und das verwirrte mich etwas.«

»Ich habe dir doch gesagt, es liegt links«, fiel Jim ihm ins Wort.

»Du hast gesagt, es liegt rechts«, fuhr Matt fort. »Ich muß doch wissen, was du mir erzähltest, und hier ist der Plan, den du zeichnetest.«

Er suchte in seiner Westentasche und zog ein Stück zusammengefaltetes Papier heraus. Er breitete es aus, und Jim beugte sich darüber.

»Ja, da hab' ich einen Fehler gemacht«, gab er zu.

»Gewiß! Und das machte mir gleich Kopfzerbrechen.«

»Aber jetzt ist es ja einerlei«, rief Jim. »Laß sehen, was du hast.«

»Das ist nicht einerlei«, antwortete Matt. »Das ist nicht einerlei ... für mich wenigstens. Ich laufe das ganze Risiko. Ich stecke meinen Kopf in die Falle, während du auf der Straße bleibst. Du mußt dich zusammennehmen und sorgfältiger arbeiten. Also schön. Ich werd's dir zeigen.«

Er griff in die Hosentasche und zog eine Handvoll kleiner Diamanten heraus. Wie einen funkelnden Strom ließ er sie über den fettigen Tisch gleiten. Jim stieß einen derben Fluch aus.

»Das ist noch gar nichts«, sagte Matt froh und triumphierend. »Ich hab' noch gar nicht angefangen.« Und er leerte eine Tasche nach der anderen. Da waren viele, in weißes Leder gewickelte Diamanten, größer als die ersten. Aus einer Tasche holte er eine Handvoll sehr kleiner geschliffener Steine.

»Sonnenstaub«, bemerkte er, indem er sie in einem Haufen für sich auf den Tisch schüttete.

Jim untersuchte sie.

»Aber deshalb kann man sie doch einzeln für ein paar Dollar das Stück verkaufen«, sagte er. »Ist das alles?«

»Ist das vielleicht nicht genug?« fragte der andere gekränkt.

»Ja, das ist, weiß Gott, genug!« anwortete Jim mit unverkennbarer Zufriedenheit. »Mehr, als ich erwartet hatte. Ich würde den ganzen Haufen nicht unter zehntausend verkaufen – nein, nicht einen Cent billiger.«

»Zehntausend?« sagte Matt höhnisch. »Sie sind das Doppelte wert, soviel ich mich auf Edelsteine verstehe. Guck den an, Junge!«

Er nahm einen Stein aus dem funkelnden Haufen, hielt ihn dicht an die Lampe und wog und untersuchte ihn mit Kennermiene. »Der ist allein seine tausend Dollar wert«, kam Jim ihm mit seinem Urteil zuvor.

»Tausend – geh zu deiner Großmutter«, lautete Matts höhnische Antwort. »Nicht für drei könntest du ihn kaufen.«

»Weck mich! Ich träume!« Die funkelnden Edelsteine stachen Jim in die Augen, und er begann die größten Diamanten zu sortieren und zu untersuchen. »Wir sind reiche Leute, alle beide, Matt – wir können uns sehen lassen.«

›Es wird ein paar Jahre dauern, bis wir sie an den Mann gebracht haben«, wandte der praktischere Matt ein.

»Aber denk, wie wir leben können! Wir brauchen nichts zu tun, als Geld auszugeben und sie loszuschlagen!«

Matts Augen begannen zu funkeln, aber mit desto tieferer Glut, je mehr sein phlegmatisches Wesen hochgepeitscht wurde.

»Ich sagte dir ja, daß ich gar nicht auszudenken wagte, wieviel es war«, murmelte er leise.

»Was für ein Fang! Was für ein Fang!« rief der andere in überströmender Freude.

»Und das hätte ich beinah vergessen«, sagte Matt und steckte die Hand in die Brusttasche des Mantels.

Eine Reihe großer, in Seidenpapier und Waschleder eingepackter Perlen kam zum Vorschein. Jim sah sie kaum an.
»Sie sind viel Geld wert«, sagte er und beschäftigte sich wieder mit den Diamanten.
Beide schwiegen, Jim spielte mit den Diamanten, ließ sie durch seine Finger gleiten, ordnete sie in Haufen und streute sie über den Tisch aus. Er war ein bleichsüchtiger, zarter, dürrer Mann, nervös, reizbar, aufgeregt – ein typisches Kind der Straße, mit unschön verzerrten Zügen, kleinen Augen, einem Gesicht und einem Mund, die immer einen fieberhaft gierigen Ausdruck hatten, tierisch, seltsam katzenartig – ein in Grund und Boden degeneriertes Individuum.
Matt rührte die Diamanten nicht an. Er stützte das Kinn in die Hände und die Ellbogen auf den Tisch und betrachtete mit schwer blinzelnden Lidern die ganze flammende Pracht. Er war in jeder Beziehung der ausgesprochene Gegensatz zu dem andern. Er war kein Stadtgewächs – dieser schwer gebaute Mann, ein wahrer Gorilla sowohl an Kräften wie in seinem ganzen Auftreten. Für ihn gab es keine unsichtbare Welt. Seine Augen waren groß und standen weit auseinander mit einem gewissen freimütigen kameradschaftlichen Ausdruck, der im ersten Augenblick Vertrauen einflößte. Sah man aber näher zu, so entdeckte man, daß die Augen ein klein wenig zu freimütig waren und eine Spur zu weit auseinander standen. Alles an ihm war übertrieben, jenseits normaler Grenzen, und seine Züge gaben einen ganz falschen Eindruck von seinem inneren Menschen.
»Der Kram ist fünfzigtausend wert«, erklärte Jim plötzlich. »Hunderttausend«, sagte Matt.
Dann war es eine Weile still in der Stube, bis Jim das Schweigen von neuem brach.
»Was, zum Donnerwetter, wollte er mit all dem Zeugs in seiner Wohnung – das möchte ich wissen. Ich hätte

eher geglaubt, daß er es im Geldschrank in seinem Laden liegen hätte.«

Matt hatte gerade daran gedacht, wie der erwürgte Mann zuletzt in dem schwachen Schimmer der elektrischen Taschenlampe ausgesehen hatte, aber er fuhr nicht zusammen, als der andere von ihm sprach.

»Ja, das ist nicht gut zu sagen«, antwortete er. »Vielleicht wollte er seinem Kompagnon einen Streich spielen. Wenn wir nicht zufällig vorbeigekommen wären, würde er vielleicht gerade durchgebrannt sein. Ich glaube, daß es unter ehrlichen Leuten genauso viele Diebe gibt wie in der Kille. Das mußt du doch auch schon in der Zeitung gelesen haben, Jim. Kompagnons schneiden sich immer gegenseitig den Hals ab.«

Ein nervöser Schimmer trat in die Augen des andern. Matt ließ sich nicht merken, daß er es gesehen hatte, sondern fuhr fort: »Woran dachtest du eben, Jim?«

Jim wurde ein wenig verlegen.

»An nichts«, antwortete er nach einem Augenblick. »Ich dachte nur, wie merkwürdig das war – all die Edelsteine im Hause. Warum fragst du?«

»Nur so. Ich hätte es gern gewußt.«

Dann herrschte wieder Stille in der Stube, nur hin und wieder von einem leisen nervösen Kichern Jims unterbrochen. Er war von diesem Reichtum an Diamanten überwältigt. Nicht, daß er ihre Schönheit gefühlt hätte – er war sich nicht einmal klar darüber, daß sie schön an sich waren. Aber mit seiner schnellen Einbildungskraft sah er in ihnen all die Güter des Lebens, die er sich für sie kaufen konnte, und jedes Verlangen und jeder Drang in seiner verderbten Seele und seinem ungesunden Körper erhielt neues Leben durch die Verheißung, die in ihnen lag. Aus ihrer strahlenden Flammenglut baute er wunderbare Paläste, wo ewige Orgien gefeiert wurden, und er erschrak vor seinen eigenen Luftschlössern. Und da begann er zu kichern. Das alles war zu unmöglich, um Wirklichkeit zu sein. Und doch lagen sie dort funkelnd auf dem Tische vor ihm, fachten seine Gier zu hellen Flammen an, und er begann wieder zu kichern.

»Na ja, aber wir wollen sie lieber zählen«, sagte Matt plötzlich, sich von seinen Visionen losreißend. »Du mußt aufpassen und sehen, daß es ehrlich zugeht; denn zwischen uns muß alles in Ordnung sein, Jim. Verstanden?«

Jim gefiel diese Bemerkung ebensowenig wie Matt das, was er jetzt in den Augen seines Kameraden las.

»Verstanden?« wiederholte Matt, beinahe drohend.

»Sind wir nicht immer ehrlich gegeneinander gewesen?« fragte der andere, sich sofort zur Wehr setzend, weil der Gedanke an Verrat sich bereits in ihm regte.

»Es kostet nichts, ehrlich zu sein, wenn man nichts hat«, sagte Matt. »Ehrlich sein zählt erst, wenn man im Überfluß sitzt. Wenn wir nichts haben, können wir gar nicht anders als ehrlich sein. Jetzt aber sind wir reiche Leute und müssen uns wie Geschäftsleute einrichten – wie ehrliche Geschäftsleute –, verstanden?«

»Ich bin nicht taub!« sagte Jim beifällig, aber tief in seiner schäbigen Seele regten sich – und das gegen seinen Willen – losgerissene, unbotmäßige Gedanken wie gefesselte Bestien.

Matt trat an das Regal, wo sie ihre Vorräte hinter dem Petroleumofen mit den zwei Brennern aufbewahrten. Er nahm Tee aus einer Tüte und spanischen Pfeffer aus einer anderen. Dann trat er mit den Tüten an den Tisch zurück und schüttete die kleinen Diamanten hinein. Er zählte die großen Diamanten und verpackte sie wieder in ihr Seidenpapier und Waschleder.

»Hundertsiebenundvierzig mittelgroße Steine«, lautete sein Verzeichnis, »zwanzig große, zwei mächtige Dinger und ein gewaltiger Kerl, und dann ein paar Fäuste voll winziger Diamanten und Staub.«

Er sah Jim an.

»Stimmt«, lautete die Antwort.

Matt schrieb die Rechnung auf ein Stück Papier, nahm eine Abschrift und gab den einen Zettel seinem Kameraden, während er den andern selbst behielt.
»Nur der Ordnung wegen«, sagte er.
Dann trat er wieder an das Regal und schüttete eine große Tüte mit Zucker aus. Statt dessen tat er die Diamanten, große und kleine durcheinander, hinein, wickelte alles in ein Taschentuch und steckte es unter sein Kopfkissen. Hierauf setzte er sich auf den Bettrand und zog die Schuhe aus.
»Und du glaubst wirklich, daß sie hunderttausend wert sind?« fragte Jim, von seinem Schuh aufblickend, den er sich gerade aufschnürte.
»Gewiß!« lautete die Antwort. »Ich habe mal eine Tänzerin in Arizona gesehen, die mit so ein paar mächtigen funkelnden Dingern ging. Die waren nicht echt. Aber sie sagte, wenn sie es wären, würde sie nicht mehr tanzen. Sie sagte, dann wären sie wenigstens fünfzigtausend wert, und sie hatte nicht mehr als höchstens ein Dutzend.«
»Da soll der Teufel sich schinden, um was zu essen zu kriegen«, sagte Jim triumphierend. »Grobe Arbeit mit Schaufel und Hacke!« spottete er weiter. »Wenn ich mich mein ganzes Leben wie ein Hund abrackerte und alles, was ich verdiente, sparte, würde ich noch nicht halb soviel haben, wie wir heute abend erwischt haben.«
»Du taugst kaum zum Tellerwaschen und könntest nicht mehr als zwanzig Dollar den Monat verdienen – außer Kost und Logis. Deine Zahlen sind falsch, aber sonst hast du recht. Laß arbeiten, wer Lust hat. Ich arbeitete auf einer Farm für dreißig Dollar den Monat, als ich jung war und es nicht besser wußte. Na, heute bin ich älter und arbeite nicht mehr auf einer Farm.«
Er kroch von der einen Seite ins Bett. Jim verlöschte das Licht und kroch von der anderen Seite zu ihm.
»Wie geht es mit deinem Arm?« fragte Jim liebenswürdig.

Solches Interesse war ungewöhnlich, und Matt wurde sogleich mißtrauisch und anwortete: »Es ist wohl keine Gefahr, daß es Hundetollwut ist. Warum fragst du?«
Jim fühlte, daß sich das schlechte Gewissen wieder in ihm regte, und er fluchte leise über die Art des andern, unangenehme Fragen zu stellen, laut aber antwortete er: »Nichts – du schienst zuerst Angst zu haben. Was willst du mit deinem Anteil machen, Matt?«
»Mir eine Viehranch in Arizona kaufen und andere für mich arbeiten lassen. Es gibt ein paar Kerle, die ich schon bei mir um Arbeit betteln sehen möchte – die verfluchten Lumpen! Aber jetzt halt's Maul, Jim. Es dauert noch etwas, ehe ich mir eine Viehranch kaufen kann. Jetzt will ich schlafen!« Aber Jim lag noch lange unter nervösen Zuckungen wach. Er warf sich ruhelos hin und her, und sobald er ein wenig einschlummerte, bewegte er sich wieder, bis er aufwachte. Immer noch flammten die Diamanten unter seinen Lidern, und ihre Glut schmerzte. Matt hingegen schlief trotz seiner schweren Natur wie ein wildes Tier, das selbst im Schlaf immer auf dem Sprunge liegt, und jedesmal, wenn Jim sich bewegte, bemerkte er, daß sein Kamerad es auch tat, so daß sein Körper den Eindruck empfangen haben mußte und am Rande des Erwachens zitterte. Oft wußte Jim nicht, ob der andere wachte oder nicht. Einmal war Matt jedenfalls vollkommen bei Bewußtsein und sagte zu ihm: »Schlaf du nur, Jim! Zerbrich dir nicht den Kopf über die Diamanten. Sie laufen dir nicht weg.« Ja, und in diesem Augenblick hatte Jim doch ganz bestimmt gewußt, daß Matt schlief.
Gegen Morgen erwachte Matt, sobald Jim sich regte, und dann wachten und schliefen sie zusammen bis gegen Mittag. Dann standen beide auf und begannen sich anzukleiden.
»Ich will sehen, daß ich eine Zeitung und ein bißchen Brot kriegen kann«, sagte Matt. »Du kannst unterdessen Kaffee machen.«

Jim hörte zu, aber sein Blick bewegte sich unwillkürlich in der Richtung des Kopfkissens, unter dem die Diamanten, in Matts Taschentuch eingepackt, lagen. In demselben Augenblick trat in Matts Gesicht der Ausdruck eines wilden Tieres.

»Ich will dir was sagen, Jim!« knurrte er. »Du hast ehrliches Spiel zu spielen. Wenn du mich anführst, dann sollst du mich kennenlernen, verstanden? Ich könnte dich fressen, Jim – das weißt du auch gut. Ich könnte dir die Zähne in die Kehle hauen und dich wie ein Stück Ochsenfleisch fressen.«

Seine sonnenverbrannte Haut wurde schwarz von dem Blut, das unter ihr hochströmte, und seine Zähne, die braun von Tabak waren, kamen hinter den fauchenden Lippen zum Vorschein. Jim schauerte zusammen und duckte sich unwillkürlich. Der Mann, den er vor sich hatte, war zu einem Mord fähig. Erst am vorigen Abend hatte derselbe dunkelhäutige Mann einen anderen mit seinen Händen getötet, und das hatte seinen Schlaf nicht gestört. In seinem Herzen fühlte Jim ein dämmerndes Schuldbewußtsein, weil er mit Gedanken gespielt hatte, die die Drohungen des anderen nur allzu gerechtfertigt erscheinen ließen. Matt ging, und Jim blieb, am ganzen Leibe zitternd, zurück. Dann verzerrte sich sein Gesicht im Haß, und mit leiser Stimme rief er dem andern wütende Flüche nach. Hierauf fielen ihm die Juwelen ein, und er trat schnell zum Bett und fühlte unter dem Kissen nach dem in das Taschentuch gewickelten Packen. Er preßte ihn zwischen seinen Fingern, um sicher zu sein, daß die Diamanten noch da waren. Als er sich überzeugt hatte, daß Matt sie nicht mitgenommen hatte, warf er einen erschrockenen und schuldbewußten Blick auf den Petroleumofen. Dann zündete er ihn schnell an, füllte die Kaffeekanne mit Wasser und stellte sie auf die Flamme.

Als Matt wiederkam, kochte der Kaffee, und während er

Brot schnitt und Butter auf den Tisch stellte, goß Jim ein. Erst als Matt sich gesetzt und einige Schluck von seinem Kaffee getrunken hatte, zog er die Morgenzeitung aus der Tasche. »Wir sind schön dumm gewesen«, meinte er. »Ich sagte dir doch, es sei gar nicht auszudenken, wieviel wir erwischt haben. Sieh hier.«

Er zeigte auf die Überschrift auf der ersten Seite: »Nemesis schnell auf Bujanoffs Spuren«, lasen sie. »Nach Beraubung seines Kompagnons im Bett ermordet.«

»Da hast du's!« rief Matt. »Hat seinen Kompagnon beraubt – ihn beraubt wie ein dreckiger Dieb.«

»Eine halbe Million in Juwelen vermißt«, las Jim laut. Dann legte er die Zeitung fort und lachte seinen Kameraden an. »Ich hab' es dir ja gesagt«, meinte der andere. »Was zum Kuckuck wissen wir von Juwelen? Eine halbe Million – und ich hab' nicht mehr als hunderttausend ausgerechnet. Aber lies weiter!«

Sie lasen schweigend weiter, die Köpfe dicht zusammengesteckt, und vergaßen ganz ihren Kaffee, der kalt wurde. Jeden Augenblick kam ein Ausruf, bald von dem einen, bald von dem andern, wenn irgend etwas in der Zeitung stand, das ihre Aufmerksamkeit besonders erregte.

»Ich hätte Metzners Gesicht heute morgen sehen mögen, als er den Geldschrank im Laden aufmachte«, sagte Jim triumphierend. »Er lief gleich zu Bujanoff«, erklärte Matt. »Lies weiter!« – »Hatte gestern abend um zehn Uhr mit der 'Sajoda' nach der Südsee fahren wollen – Dampfer verspätet infolge Extrafracht . . .« – »Deshalb fanden wir ihn im Bett«, unterbrach Matt ihn. »Es war wirklich Schwein – wie wenn man auf ein Pferd hält, das mit fünfzig zu eins herauskommt – «

»Die 'Sajoda' fuhr heute morgen um sechs –«

»Ja, aber ohne ihn«, sagte Matt. »Ich sah, daß sein Wecker auf fünf gestellt war. Er hätte massenhaft Zeit gehabt . . ., wenn ich ihm nicht dazwischen gekommen

wäre. Aber weiter!« – »Adolph Metzner ist verzweifelt – das berühmte Haythorner Perlenkollier – prachtvolle Perlen – von Sachverständigen auf fünfzig- bis siebzigtausend Dollar geschätzt.«
Jim unterbrach sich und stieß einen schweren Fluch aus, der damit endete: »Die verfluchten Ostereier – daß sie soviel wert sind!«
Er befeuchtete sich die Lippen mit der Zunge: »Sie sind aber auch prachtvoll, daran ist nicht zu zweifeln.«
»Der große brasilianische Diamant«, las er weiter. »Achtzigtausend Dollar – viele wertvolle Brillanten von reinstem Wasser –, mehrere tausend kleine Diamanten, die reichlich ihre vierzigtausend wert sind.«
»Du scheinst viel von Juwelen zu verstehen«, meinte Matt mit gutmütigem Lächeln.
»Die Ansicht der Polizei«, las Jim, »ist, daß die Diebe Bescheid gewußt haben müssen – sie sind sehr gerissen gewesen und haben Bujanoff beobachtet, müssen von seinen Plänen erfahren und ihn nach dem Hause verfolgt haben, als er mit der Beute kam.«
»Gerissen – gerissen –, verflucht noch mal!« rief Matt. »Auf die Art wird man also in den Zeitungen berühmt. Wie konnten wir wissen, daß er seinen Kompagnon berauben wollte?«
»Nun ja, jedenfalls haben wir die ganze Herrlichkeit«, grinste Jim. »Laß sie uns noch einmal ansehen.«
Er vergewisserte sich, daß die Tür abgeschlossen und verriegelt war, während Matt das Taschentuchbündel hervorholte und den Inhalt auf den Tisch schüttete.
»Sind sie nicht schön, was!« rief Jim beim Anblick der Perlen, und eine Weile hatte er nur Augen für sie. »Nach Ansicht Sachverständiger sind sie fünfzig- bis siebzigtausend Dollar wert.«
»Und Weiber legen großen Wert auf so was«, bemerkte Matt. »Ja, und sie würden alles tun, um sie zu kriegen – sich verkaufen, morden –, einerlei, was!«
»Genau wie du und ich.«

»Ich denke nicht dran!« antwortete Matt. »Wenn ich morde, tue ich es nicht für sie, sondern für das, was ich für sie kriegen kann. Das ist der Unterschied. Weiber wollen Juwelen um ihrer selbst willen, und ich will die Juwelen, um Weiber und alles andere dafür zu kriegen.«

»Dann ist es ja gut, daß Männer und Frauen nicht nach demselben aus sind«, bemerkte Jim.

»Daß die Leute nach Verschiedenem aus sind, ist schuld an etwas, das Handel heißt«, stimmte Matt zu.

Am Nachmittag ging Jim aus, um einzukaufen. Während er fort war, packte Matt die Juwelen wieder ein und legte sie wie zuvor unter das Kissen. Dann zündete er den Petroleumofen an und machte sich daran, Kaffeewasser zu kochen. Einige Minuten später kam Jim wieder.

»Merkwürdig!« meinte er. »Straßen und Läden und Leute sind genau wie immer. Ganz unverändert. Und da ging ich mitten dazwischen und war Millionär. Das konnte mir keiner ansehen.« Matt grunzte mürrisch. Er hatte nur geringes Verständnis für die phantastischen Einfälle seines Kameraden.

»Hast du Beefsteak gekriegt?« fragte er.

»Jawohl! Ein tüchtiges Stück – einen ganzen Zoll dick. Sieh nur.«

Er packte das Beefsteak aus und hielt es hoch, daß der andere es sehen konnte. Dann machte er Kaffee und deckte den Tisch, während Matt das Fleisch briet.

»Tu aber nicht zuviel von dem roten Pfeffer drauf«, warnte Jim. »Ich bin das mexikanische Fressen nicht gewöhnt. Du nimmst immer zuviel Gewürz.«

Matt brummte etwas, achtete aber weiter auf seine Pfanne. Jim schenkte den Kaffee ein, nahm aber zuerst ein in Reispapier gewickeltes Pulver aus der Westentasche. Mit dem Rücken gegen seinen Kameraden, schüttete er es in die angeschlagene Porzellantasse, und selbst als er fertig war, wagte er sich noch nicht nach

dem andern umzusehen. Matt breitete eine Zeitung auf dem Tisch aus, und auf die Zeitung stellte er die warme Bratpfanne. Er schnitt das Beefsteak mitten durch und legte das eine Stück Jim, das andere sich auf den Teller. »Iß, solange es warm ist«, rief er und machte sich mit Messer und Gabel ans Essen.
»Nicht übel«, erklärte Jim, nachdem er den ersten Bissen geschmeckt hatte. »Aber ich will dir was sagen. Auf deiner Arizonaranch besuche ich dich nicht, du brauchst dir nicht erst die Mühe zu geben, mich einzuladen.«
»Was ist denn nun los?« fragte Matt.
»Es ist ja wie der Teufel!« lautete die Antwort. »Das mexikanische Kochen auf deiner Farm würde mir das Leben nehmen. Wenn ich doch schon nach diesem Leben in die Hölle soll, dann brauche ich doch wenigstens hier auf Erden keine Höllenqualen zu erdulden. Der verfluchte Pfeffer!«
Er lächelte, blies stark, um seinen brennenden Mund abzukühlen und machte sich wieder an das Fleisch.
»Wie denkst du übrigens über ein Leben nach diesem, Matt?« fragte er kurz darauf, während er sich heimlich darüber wunderte, daß der andere seinen Kaffee noch nicht angerührt hatte.
»Es gibt kein Leben nach diesem«, antwortete Matt und trank gleichzeitig seinen ersten Schluck Kaffee. »Weder Himmelreich, noch Hölle – keins von beiden. Was man haben soll, kriegt man in diesem Leben – sicher.«
»Und hinterher?« fragte Jim, von krankhafter Neugier gepackt; denn er wußte, daß er Angesicht zu Angesicht mit einem Manne saß, der bald sterben sollte. »Und hinterher?« wiederholte er.
»Hast du je einen Mann gesehen, der zwei Wochen tot war?« fragte der andere.
Jim schüttelte den Kopf.
»Na ja, ich aber. Er war wie das Beefsteak, das wir beide jetzt hier essen. Das war mal ein Bulle, der auf den Feldern herumtobte. Und jetzt ist es nur Fleisch.

Ja, eben – nur Fleisch. Und das ist es eben, was du und ich und alle Menschen in Wirklichkeit sind – nur Fleisch.«
Matt leerte hastig seine Tasse und goß sich wieder ein. »Fürchtest du dich vor dem Tode?« fragte er.
Jim schüttelte den Kopf. »Nein, warum? Ich sterbe ja nicht – ich soll nur ein neues Leben leben –«
»Ja, ein neues Leben lang lügen und heulen und klagen und so weiter, in alle Ewigkeit«, spottete Matt.
»Ich kann mich vielleicht bessern«, meinte Jim zuversichtlich. »Im nächsten Leben hab' ich es vielleicht nicht nötig, zu stehlen.«
Er hielt plötzlich inne und starrte erschrocken vor sich hin.
»Was ist los?« fragte Matt.
»Nichts – ich dachte nur –«, Jim nahm sich zusammen und war gleich wieder der alte, »an das mit dem Tod – das war alles!« Aber er konnte sich nicht von der Angst befreien, die ihn plötzlich gepackt hatte. Es war, als sei ein unsichtbares Wesen der Finsternis dicht an ihm vorbeigeschritten und hätte unmerkbar seinen Schatten auf seinen Weg geworfen. Eine bange Ahnung von bevorstehenden unheilvollen Begebenheiten überkam hin. Es lag Unheil in der Luft. Er sah den andern, der ihm gegenüber am Tische saß, starr an. Er konnte es nicht verstehen. Sollte er sich geirrt und sich selbst vergiftet haben? Nein, Matt hatte die angeschlagene Tasse, und er war sicher, das Gift in eben diese Tasse getan zu haben.
Es ist nur Einbildung, war sein nächster Gedanke. Seine Phantasie hatte ihm einen Streich gespielt. Dummkopf! Selbstverständlich! Selbstverständlich sollte etwas geschehen, aber nicht ihm, sondern Matt. Hatte Matt nicht die ganze Tasse ausgetrunken?
Jim kam gleich in bessere Laune und aß den Rest des Fleisches, und als er fertig war. stippte er das Brot in die Soße. »Als ich ein kleiner Bengel war –«, begann er, hielt aber plötzlich inne.

Wieder war dieses unsichtbare Wesen der Finsternis an ihm vorbeigeschritten, und sein ganzes Ich zitterte unter dem Vorgefühl eines drohenden Unheils. Er fühlte, daß irgend etwas in seinem Körper riß und zerrte, und hatte ein Gefühl von beginnenden Krämpfen in allen seinen Muskeln. Er lehnte sich plötzlich zurück, beugte sich dann ebenso plötzlich vor und legte die Ellbogen auf den Tisch. Es war wie das erste Rascheln der Blätter, ehe der Wind richtig zugreift. Er biß die Zähne zusammen. Es kam wieder – eine unwillkürliche, heftige Spannung in den Muskeln. Ein panischer Schrecken packte ihn, weil sein Körper sich so gegen ihn empörte. Seine Muskeln erkannten nicht mehr seine Herrschaft über sie an. Immer wieder zogen sie sich krampfhaft zusammen, und das trotz seinem Willen; denn er hatte gewollt, daß sie sich nicht mehr zusammenzögen. Das war Revolution in seinem eigenen Körper, das war Anarchie, und der Schrecken der Machtlosigkeit schoß plötzlich in ihm hoch, als sein Fleisch ihn in den Krallen packte und ihn wie in einem Schraubstock hielt, während es ihm kalt den Rücken herunterlief und der Schweiß in großen Tropfen auf seiner Stirn stand. Er sah sich in der Stube um, und ein merkwürdiges Gefühl, wie vertraut alle Einzelheiten ihm waren, überkam ihn. Es war, als sei er soeben von einer weiten Reise heimgekehrt. Sein Blick schweifte über den Tisch zu seinem Kameraden hinüber. Matt sah ihn unabgewandt an und lächelte. Ein Ausdruck von Entsetzen trat in Jims Gesicht.

»Mein Gott, Matt!« heulte er. »Du hast mich doch nicht vergiftet?«

Matt lächelte und sah ihn weiter unabgewandt an.

In dem folgenden Krampf verlor Jim nicht ganz das Bewußtsein. Seine Muskeln spannten sich und zogen sich zusammen, und sie peinigten und preßten ihn mit ihrem unbarmherzigen Griff. Und mitten in alledem fiel ihm auf, daß Matt sich so seltsam benahm. Er erlebte genau dasselbe. Das Lächeln war aus seinem Gesicht gewichen, und es lag ein angespannter Ausdruck darin, als lauschte er auf eine Geschichte, die sein innerstes Wesen ihm erzählte, und versuchte, den Sinn darin zu finden.

Matt stand auf, ging einmal im Zimmer auf und ab und setzte sich wieder.

»Das hast du gemacht, Jim«, sagte er ruhig.

»Ja, aber ich glaubte nicht, daß du mich ermorden würdest«, antwortete Jim vorwurfsvoll.

»O ja, du bist fertig – das ist sicher«, sagte Matt mit zusammengebissenen Zähnen und am ganzen Körper zitternd.

»Was hast du mir übrigens gegeben?«

»Strychnin.«

»Dasselbe, was ich dir gegeben habe«, sagte Matt.

»Übrigens eine hübsche Geschichte – nicht wahr?«

»Es ist doch Lüge, Matt«, flehte Jim. »Du hast mich nicht vergiftet – nicht wahr?«

»Gewiß habe ich es, Jim, und ich habe dir genau die richtige Dosis gegeben. Ich habe es hübsch in die Hälfte vom Beefsteak eingebraten. – Halt! Wo willst du hin?«

Jim war zur Tür geschossen und wollte den Riegel zurückschieben. Mit einem Sprung war Matt neben ihm und stieß ihn weg.

»Apotheke«, stöhnte Jim, »Apotheke!«

»Nein, nicht zu machen. Du bleibst hier – verstanden! Das gibt es nicht, hinauszulaufen und ein Giftdrama auf offener Straße aufzuführen – nein, nicht mit all den Diamanten unter dem Kopfkisssen, verstanden? Selbst wenn du nicht stürbest, würdest du der Polizei in die Hände fallen, und dann gäbe es alle möglichen Erklärungen. Brechmittel braucht man, wenn man vergiftet ist. Mir geht es genauso schlecht wie dir, und ich will es mit einem Brechmittel versuchen. Was anderes könnten sie dir in der Apotheke übrigens auch nicht geben.«

Er schob Jim in die Mitte der Stube zurück und verriegelte wieder die Tür. Als er nach dem Regal ging, wo sie ihre Nahrungsmittel aufbewahrten, faßte er sich mit der einen Hand an die Stirn, um sich die heißen Tropfen wegzuwischen, und man hörte sie deutlich auf den Fußboden klatschen. Jim sah zerquält zu, wie Matt den Senftopf herausnahm und nach dem Ausguß lief. Er verrührte etwas Senf mit Wasser in einer Tasse und trank es. Jim war ihm gefolgt und streckte die zitternden Hände nach der leeren Tasse aus, aber Matt schob ihn wieder weg. Sich eine neue Tasse anrührend, fragte er: »Glaubst du, ich habe mit einer Tasse genug? Du kannst wohl warten, bis ich fertig bin.«

Jim taumelte wieder nach der Tür, aber Matt hielt ihn zurück.

»Wenn du Geschichten mit der Tür machst, drehe ich dir den Hals um. Verstanden? Du kannst was kriegen, wenn ich fertig bin. Aber wenn du dich rettest, drehe ich dir unter allen Umständen den Hals um. Du hast keine Chance, was du auch anstellst. Ich hab' dir oft genug erzählt, wie es dir gehen würde, wenn du versuchtest, mich zu betrügen.«

»Aber du hast mich doch auch betrogen«, stammelte Jim mit Anstrengung.

Matt, der gerade die zweite Tasse hinuntergoß, antwortete nicht. Der Schweiß rann Jim in die Augen, und er konnte kaum den Weg zum Tische finden, um sich selbst eine Tasse zu holen. Aber Matt rührte sich eine dritte Tasse an und schob ihn wie zuvor weg.

»Ich sagte dir doch, daß du warten könntest, bis ich fertig bin«, knurrte Matt. »Weg mit dir!«

Und Jim stützte seinen krampfgeschüttelten Körper gegen den Ausguß, während er sehnsüchtig auf die gelbe Mischung sah, die für ihn das Leben selbst bedeutete. Nur durch äußerste Willensanspannung blieb er an den Ausguß geklammert stehen. Sein Fleisch wollte sich zusammenkrümmen und ihn in die Knie zwingen. Matt trank seine dritte Tasse aus, und es glückte ihm, sich mühselig zu seinem Stuhl zu schleppen und zu setzen. Der erste heftige Anfall wollte sich verziehen. Die Krämpfe, die ihn quälten, hatten aufgehört. Diese Wirkung schrieb er Senf und Wasser zu. Er war doch jedenfalls außer Gefahr. Er wischte sich den Schweiß von der Stirn, und jetzt, da er selbst Ruhe hatte, erwachte seine Neugier, und er sah seinen Kameraden an. In einem Krampfanfall war der Senftopf Jim aus den Händen geglitten, und der Inhalt floß auf den Boden. Er beugte sich nieder, um etwas von dem Senf wieder in den Topf zu schraben, aber der nächste Krampf ließ ihn sich auf dem Boden krümmen. Matt lächelte.

»Nur immer weiter«, sagte er ermunternd. »Es ist ein ausgezeichnetes Mittel. Es hat mich gerettet.«

Jim hörte ihn und wandte ihm sein von Leiden und wehmütigem Flehen verzerrtes Gesicht zu. Ein Anfall folgte dem anderen, bis er sich in Krämpfen auf dem Fußboden wälzte, Haar und Gesicht ganz gelb von dem Senf.

Matt lachte heiser bei dem Anblick, hielt aber plötzlich inne. Ein Zittern ging durch seinen ganzen Körper. Ein neuer Anfall war im Anmarsch. Er erhob sich und taumelte zum Ausguß, wo er den Finger in den Hals steckte und vergebens das Brechmittel zum Wirken zu bringen versuchte. Zuletzt klammerte er sich an den Ausguß, wie Jim sich daran geklammert hatte, von Angst gepackt, daß er zu Boden fallen sollte.

Der Anfall des anderen war jetzt überstanden, und er setzte sich auf, zu schwach und kraftlos, um sich zu erheben, mit schweißtriefender Stirn und Schaum auf den Lippen, die ganz gelb von dem Senf waren, in dem er sich gewälzt hatte. Er rieb sich die Augen mit den Knöcheln, und ein Stöhnen, fast ein Kreischen, drängte sich über seine Lippen.

»Was heulst du?« fragte Matt mitten in seiner Qual.

»Du hast nichts zu tun als zu sterben. Und wenn man stirbt, dann ist man tot.«

»Ich ... ich ... heule nicht ... es ist nur der Senf ... der mir in den ... Augen brennt«, stöhnte Jim mit verzweifelnder Langsamkeit.

Es war der letzte Versuch zu reden, der ihm glückte. Von diesem Augenblick an brachte er nur ein unzusammenhängendes Stammeln hervor, und mit zitternden Armen fuchtelte er durch die Luft, bis er in neuen Krämpfen umsank.

Matt schleppte sich zum Stuhl zurück, und zusammengekrümmt, die Arme fest um die Knie gepreßt, kämpfte er mit seinem widerspenstigen Fleisch. Als die Krämpfe vorüber waren, war er sehr ruhig und schwach. Er warf einen Blick auf den andern, um zu sehen, wie es mit ihm stände, und sah ihn ganz unbeweglich daliegen.

Er versuchte, einen kleinen Monolog zu halten, zu spaßen, zum letztenmal derb über das Dasein zu grinsen, aber seine Lippen konnten nur unzusammenhängende Laute hervorbringen. Der Gedanke schoß ihm durch den Kopf, daß das Brechmittel fehlgeschlagen hatte und daß es keine Rettung für ihn gab als die Apotheke. Er sah nach der Tür und kam mit großer Mühe auf die Füße. Dann mußte er einen Stuhl packen, um nicht zu fallen. Ein neuer Anfall hatte begonnen. Und mitten in dem Anfall, während jeder Teil seines Körpers sich wieder zusammenkrampfte, klammerte er sich an den Stuhl und schob ihn vor sich durch das Zimmer. Der letzte Rest von Willen wollte ihn verlassen, als er die Tür erreichte. Er drehte den Schlüssel um und schob den einen Riegel zurück. Er tastete nach dem anderen, aber es mißglückte. Da lehnte er sich mit seinem ganzen Gewicht gegen die Tür und sank still zu Boden.

HENRY JAMES

Henry James (1843–1916) teilte mit seinem Bruder, dem Philosophen William James, die Vorliebe für die Psychologie, wovon sein umfangreiches Erzählwerk zeugt. James ist Meister der mittelbaren Darstellung verborgener seelischer Akte und Beziehungen und wies hierin dem Roman des 20. Jahrhunderts neue Wege. James stammt aus einer begüterten Familie, wurde privat erzogen und unterrichtet, lernte früh schon Europa mit Amerika vergleichen und das eine am anderen prüfen: 'Roderick Hudson', 1876, 'Der Amerikaner', 1878, aber auch die sensitive Studie 'Daisy Miller', 1879, und die ergreifenden 'Vier Begegnungen', 1877, verdichten das stumme Prüfen einer Welt durch die andere und das bittere Scheitern der einen an der anderen. Etwas Ungetrostes durchzieht sein Werk, auch seine Meisterschöpfung 'Porträt einer Dame' (1881), die Satire 'Die Bostoner' und den Anarchistenroman 'Prinzessin Casamassima', 1886, das Künstlerbild 'Tragische Muse', 1890, u. a. 'Der heilige Quell' (1901), ziemlich selbstironisch, 'Die Schwingen der Taube' (1902), meisterlich in der indirekten Gestaltung der Persönlichkeit, 'Die Gesandten' (1903) und die 'Goldene Schale' (1904) krönen sein Spätwerk, dem sich theoretische und kritische Schriften zugesellen.

VIER BEGEGNUNGEN

Ich habe sie nur viermal gesehen, dennoch erinnere ich mich an jede dieser Begegnungen sehr lebhaft; sie beeindruckte mich. Ich fand sie sehr anziehend und interessant – sie war die liebenswerte Vertreterin eines Frauentyps, mit dem mich andere, und man kann schon sagen, weniger angenehme Erinnerungen verbinden. Die Nachricht von ihrem Tode hat mich sehr getroffen, und doch frage ich mich, warum eigentlich? Als ich sie zum letzten Male sah, war sie sicherlich nicht ... ! Aber ich halte es für besser, wenn ich von unseren Begegnungen der Reihe nach berichte.

I

Das erste Mal begegneten wir uns bei einer Teegesellschaft auf dem Lande. Das war an einem verschneiten Abend vor etwa siebzehn Jahren. Mein Freund Latouche fuhr über die Weihnachtsfeiertage zu seiner Mutter und hatte darauf bestanden, daß ich ihn begleitete; und uns zu Ehren hatte die Dame die Gesellschaft gegeben, von der ich hier spreche. Mir hat sie sehr gut gefallen – sie war so, wie eine wirkliche Gesellschaft sein muß. Zu dieser Jahreszeit war ich vorher noch nie im Herzen Neu-Englands gewesen. Es hatte den ganzen Tag geschneit, und die Schneewehen lagen knietief. Wie sich die Damen unter diesen Umständen bis zum Hause der Gastgeberin durchgekämpft hatten, war mir wirklich nicht ganz klar; aber dann folgerte ich, daß eine Gesellschaft, die die Sehenswürdigkeit zweier Herren aus New York bot, trotz der Witterungsunbilden diese großen Anstrengungen rechtfertigte.
Im Laufe des Abends fragte mich Mrs. Latouche, ob ich nicht »Lust hätte«, einer der anwesenden Damen meine Photographien zu zeigen. Die Bilder lagen in mehreren großen Mappen; ihr Sohn, der gleich mir erst kürzlich aus Europa zurückgekommen war, hatte sie mit nach Hause gebracht. Ich sah mich im Kreise der Anwesenden um und stellte überrascht fest, daß die meisten jungen Damen mit Dingen beschäftigt waren, die sie offensichtlich mehr interessierten, als es die herrlichsten Lichtbilder könnten. Aber etwas abseits am Kamin saß eine junge Dame allein. Das feine, kaum merkliche Lächeln, mit dem sie sich im Zimmer umsah, verriet ein geheimes Sehnen und paßte nicht recht zu ihrer Abgesondertheit. Ich sah sie einen Augenblick an, dann war mein Entschluß gefaßt.
»Ich würde sie gern dieser jungen Dame zeigen.«
»O ja«, sagte Mrs. Latouche, »Sie haben die richtige Wahl getroffen. Sie macht sich nicht viel aus Flirt – ich

werde es ihr sagen.« Ich entgegnete, daß sie vielleicht doch nicht ganz die richtige wäre, wenn sie sich aus Flirt nichts mache; aber mit wenigen Schritten war Mrs. Latouche bei ihr und holte ihre Zustimmung ein. »Sie ist hocherfreut«, berichtete mir meine Gastgeberin, als sie wieder zu mir trat; »Sie haben wirklich die richtige Wahl getroffen – sie ist zurückhaltend und sehr geistreich.« Und dann sagte sie mir, daß die junge Dame Miß Caroline Spencer hieße – damit stellte sie mich vor.

Miß Caroline Spencer war nicht gerade das, was man eine Schönheit nennt, dennoch aber sah sie – unauffällig und eigenartig wie sie war – recht gut aus. Ich schätzte sie auf etwa dreißig Jahre, aber sie sah fast noch wie ein junges Mädchen aus und hatte auch den Teint eines Kindes. Sie hatte einen wohlgeformten Kopf, und ihr Haar war wie das einer griechischen Statue gelegt, obwohl sehr zu bezweifeln ist, daß sie je eine griechische Statue gesehen hatte. Meiner Ansicht nach war sie etwas »künstlerisch«, wenn das polare Klima von North Verona überhaupt etwas Derartiges fördern oder hervorbringen kann. Ihre Augen waren vielleicht etwas zu groß und voller Staunen, aber ihr Mund zeigte eine gewisse milde Entschlossenheit, und ihre Zähne waren zauberhaft, wenn sie sie sehen ließ. Um den Hals trug sie, was die Damen, wenn ich nicht irre, als »Rüsche« bezeichnen, die mit einer sehr kleinen roten Korallennadel festgesteckt war, und in der Hand hielt sie einen aus Stroh geflochtenen Fächer, der mit roten Bändern verziert war. Sie trug ein billiges schwarzes Seidenkleid. Sie sprach mit verhaltener und sanfter Freundlichkeit, und auch wenn sie nicht lächelte, sah man ihre schönen Zähne. Da ich ihr erläuterte, was ich ihr zeigen wollte, schien sie wirklich sehr erfreut, ja man kann sogar sagen, erregt zu sein. In dieser Haltung verharrte sie noch immer, als ich bereits die Mappen aus ihren Kassetten gezogen und einige Stühle näher um die Lampe gestellt hatte. Die Photographien waren meiner Ansicht nach nichts Außergewöhnliches – es waren große Aufnahmen aus der Schweiz, aus Italien und aus Spanien, Landschaften, Bilder von berühmten Gebäuden und Reproduktionen von Gemälden und Statuen. Ich erzählte ihr dazu, was ich wußte; ich hielt die Bilder hoch, und meine Gefährtin betrachtete sie; sie saß ganz still, hatte ihren Strohfächer an die Unterlippe gedrückt und rieb sich daran, zwar nur sehr zart, aber, wie ich bemerkte, doch auch ziemlich aufgeregt. Manchmal, wenn ich eines der Bilder beiseite legte, fragte sie verständlicherweise ganz ungläubig: »Sind Sie selbst dort gewesen?« Darauf antwortete ich ihr, daß ich verschiedene Male dort gewesen, daß ich viel gereist sei; dabei hielt ich sehr an mich, um nicht zu renommieren – und dann spürte ich, wie ihre schönen Augen einen Augenblick recht zweifelnd auf mir ruhten. Gleich zu Beginn hatte ich sie gefragt, ob sie schon einmal in Europa gewesen sei; darauf antwortete sie: »Nein, nein, nein.« – Sie sagte es so leise, als verbiete allein der Gedanke an ein so großes Erlebnis, darüber zu sprechen. Bei weiterer Durchsicht der Bilder sagte sie so wenig, daß ich annehmen mußte, sie nun zu langweilen, obwohl sie den Blick nicht von den Photographien wandte. Nachdem wir die erste Mappe durchgeblättert hatten, schlug ich ihr vor, aufzuhören, wenn sie es wünsche. Einerseits war ich zwar fest davon überzeugt, daß sie die Aufnahmen fesselten, andererseits aber hatte mich ihre Zurückhaltung etwas verwirrt, und ich hätte es gern gesehen, wenn sie mehr gesagt hätte. Ich wandte mich ihr zu, um die Wirkung meiner Worte besser abschätzen zu können, und bemerkte, daß ein feines Rot ihre Wangen überzog. Sie bewegte noch immer unablässig ihren kleinen Fächer. Aber sie wich meinem Blick aus, und ihre Augen waren unverwandt auf die anderen Mappen gerichtet, die in ihren Kassetten am Tisch lehnten.

»Möchten Sie mir nicht die anderen auch zeigen?« fragte sie unsicher und sog die Luft tief ein, wie es Menschen tun, die den Boden unter den Füßen verloren haben und das auch wissen.
»Mit dem größten Vergnügen«, antwortete ich, »wenn Sie wirklich nicht zu müde sind.«
»Oh, müde bin ich überhaupt nicht. Ich bin nur ganz im Bann der Bilder.« Als ich die nächste Mappe nahm, legte sie die Hand darauf und streichelte sie sanft.
»Und dort sind Sie auch gewesen?«
Als ich dann die Mappe öffnete, stellte es sich heraus, daß ich tatsächlich dort gewesen war. Eine der ersten Photographien zeigte eine große Aufnahme des Schlosses von Chillon am Genfer See. »Hier bin ich sehr oft gewesen«, sagte ich. »Ist es nicht bezaubernd?« Und ich machte sie darauf aufmerksam, wie herrlich sich die zerklüfteten Felsen und die spitzen Türme in dem klaren, ruhigen Wasser spiegelten. Aber sie sagte weder »Oh, wie wundervoll!«, noch legte sie das Blatt beiseite, um das nächste Bild zu sehen. Sie betrachtete es eine ganze Weile, und dann fragte sie, ob nicht dort Bonnivard eingekerkert gewesen sei, über den Byron geschrieben hatte. Ich bejahte und versuchte, die ersten Verse aus Byrons Gedicht zu zitieren, aber es gelang mir nicht ganz.
Einen Augenblick fächelte sie sich Luft zu, dann wiederholte sie die Verse richtig; sie sprach in sanftem, gleichmäßigem Ton, aber mit hinreißender Begeisterung. Als sie geendet hatte, errötete sie. Ich machte ihr mein Kompliment und versicherte ihr, daß sie für eine Reise in die Schweiz und nach Italien aufs beste vorbereitet sei. Wieder sah sie mich zweifelnd von der Seite an, um sich zu vergewissern, daß ich es ernst meinte. Ich fügte noch hinzu, daß sie sehr bald hinüberfahren müsse, wenn sie noch etwas von dem sehen wolle, was Byron beschrieben hat – denn das Europa Byrons schwinde sehr schnell dahin.

»Wieviel Zeit geben Sie mir noch?« fragte sie.
»Nun, zehn Jahre haben Sie noch Zeit.«
»Das ist ja schön, bis dahin werde ich es schon schaffen«, antwortete sie, als habe sie ihre Worte genau abgewogen.
»Dann werden Sie außerordentlich viel davon haben«, sagte ich. »Es wird Sie sicher alles ungemein fesseln.«
Es folgte nun die Aufnahme eines Winkels in einer ausländischen Stadt, die ich sehr liebte und mit der mich zarte Erinnerungen verbanden. Ich muß ihr wohl alles sehr lebhaft dargestellt haben; denn meine Gefährtin hörte mir atemlos zu.
»Waren Sie sehr lange drüben?« fragte sie, kurz nachdem ich geendet hatte.
»Nun, alles in allem war es schon recht lange.«
»Und Sie haben alle Gegenden bereist?«
»Ich bin sehr viel gereist. Ich reise sehr gern, und glücklicherweise konnte ich es auch.«
Und wieder traf mich ihr prüfender Blick. »Beherrschen Sie die fremden Sprachen?«
»Einigermaßen.«
»Sind sie sehr schwer zu lernen?«
»Ich kann mir nicht vorstellen, daß es Ihnen schwerfallen würde«, antwortete ich höflich.
»Ach, ich möchte gar nicht soviel sprechen – ich möchte viel lieber nur immer zuhören.« Und nach einer kurzen Pause fügte sie hinzu: »Es wird immer behauptet, das französische Theater sei so herrlich.«
»Ja, es ist das beste Theater der Welt.«
»Haben Sie es oft besucht?«
»Als ich das erste Mal in Paris war, bin ich jeden Abend hingegangen.«
»Jeden Abend!« Sie starrte mich aus ihren klaren Augen groß an. »Das ist alles für mich« – und hier zögerte sie einen Augenblick – »wie aus einem großen Märchen.«
Einige Minuten später fragte sie mich: »Und in welchem Land hat es Ihnen am besten gefallen?«

»Eins liebe ich über alles, und ich bin überzeugt, daß es Ihnen ebenso gehen würde.«

Ihr Blick schien an einer undeutlichen Vision zu hängen, dann flüsterte sie: »Italien?«

»Italien«, sagte ich ebenso leise; und dann unterhielten wir uns ein wenig über dieses Land. Sie sah so glücklich aus, als zeigte ich ihr nicht Photographien, sondern machte ihr eine Liebeserklärung. Dieser Eindruck wurde noch dadurch verstärkt, daß sie tief errötete. Es trat nun ein Schweigen ein, das sie schließlich mit den Worten brach: »Dorthin – eben dorthin – möchte ich auch fahren.«

»Da haben Sie sich das Richtige ausgesucht – genau das Richtige«, lachte ich.

Sie sah sich zwei oder drei weitere Bilder schweigend an. »Es soll dort nicht sehr teuer sein.«

»Im Vergleich zu anderen Ländern? Ja, man hat dort was für sein Geld. Das ist nicht der geringste Reiz.«

»Aber es ist doch alles sehr teuer, nicht wahr?«

»In Europa?«

»Die Überfahrt und das Reisen. Das ist es doch eben. Ich habe nur sehr wenig Geld. Ich bin nämlich Lehrerin«, sagte Miß Caroline Spencer.

»Ja, natürlich. Geld muß man schon haben«, gab ich zu; »aber, wenn man es mit Bedacht ausgibt, kommt man auch mit einer relativ geringen Summe aus.«

»Ich denke, daß ich es schaffen werde. Ich habe gespart und gespart und immer wieder etwas dazugelegt. Es ist alles für die Reise bestimmt.« Sie hielt einen Augenblick inne, dann fuhr sie mit verhaltener Leidenschaft fort. Es schien, als fände sie beim Erzählen ihrer Geschichte eine ungewöhnliche, vielleicht aber auch etwas schamlose Genugtuung. »Es ist aber nicht nur das Geld gewesen – alles mögliche kam dazwischen. Alles hatte sich dagegen verschworen. Ich habe gewartet und gewartet. Es ist immer mein Luftschloß gewesen. Ich wage kaum noch, davon zu sprechen. Zwei- oder dreimal war es schon in greifbare Nähe gerückt, und dann habe ich darüber gesprochen, und alles zerrann. Ich habe es zerredet«, sagte sie scheinheilig; denn wie ich bemerkte, barg dieses Gespräch für sie so etwas wie eine geheime Wollust. »Ich kenne eine Dame, sie ist eine gute Freundin von mir – sie will nicht fahren, aber ich rede ihr ununterbrochen zu. Ich glaube, ich langweile sie damit maßlos. Erst neulich hat sie mir gesagt, daß sie nicht wüßte, was aus mir noch werden würde. Sie glaubt, ich würde verrückt, wenn ich nicht endlich fahren kann, und ich wiederum bin der Ansicht, daß ich es würde, wenn ich endlich fahren könnte.«

»Nun«, lachte ich, »da Sie bisher noch nicht gefahren sind, muß ich also annehmen, daß Sie schon verrückt sind.«

Sie nahm auch das völlig ernst. »Wahrscheinlich bin ich das auch. Ich kann an fast nichts anderes mehr denken – es bedarf dazu keiner Photographien. Ich lebe in dieser Welt. Sie überschattet alles, was mich hier zu Hause umgibt – auch das, was ich wirklich beachten sollte. Das ist doch eine Art Geistesgestörtheit.«

»Dagegen gibt es nur ein Mittel: Sie müssen fahren«, lächelte ich. »Ich meine, für diese eine Art der Geistesgestörtheit. Wobei Sie an der anderen Art natürlich noch ärger erkranken können«, fügte ich hinzu. – »Ich meine die, die Sie befallen kann, wenn Sie erst einmal drüben sind.«

»Noch habe ich die Hoffnung nicht aufgegeben, daß ich eines Tages doch noch fahren werde!« rief sie ein bißchen übermütig. »Ein Verwandter von mir ist drüben«, fuhr sie fort, »und er wird schon wissen, wie er mich behandeln muß.« Ich sprach die Hoffnung aus, daß er dazu imstande sein würde. Ob wir uns dann noch weitere Photographien angesehen haben, kann ich nicht mehr sagen; als ich sie aber fragte, ob sie immer hier in diesem Städtchen gelebt hätte, antwortete sie ziemlich lebhaft: »O nein, mein Herr. Ich war zweiundzwanzigeinhalb Monate in Boston.« Darauf antwortete ich mit dem unvermeidlichen Scherz, daß sie dann natürlich jedes fremde Land enttäuschen müsse, aber damit konnte ich sie gar nicht beeindrucken. »Ich weiß mehr über Europa als Sie glauben.« Auch jetzt blieb sie ernst. »Aus Büchern – denn ich habe sehr viel darüber gelesen. Ich glaube, ich habe mich wirklich so gut wie nur irgend möglich vorbereitet. Ich habe nicht nur Byron gelesen, ich las Geschichtsbücher, Reiseführer, Zeitungsartikel und eine Menge anderes. Ich weiß, ich werde von allem begeistert sein.«

»'Alles' ist ja vielleicht ein bißchen übertrieben, aber ich weiß schon, was Sie meinen«, erwiderte ich. »Sie haben die große amerikanische Krankheit und haben sie schwer – es ist die krankhafte, maßlose Begierde nach Form und Farbe, nach dem Pittoresken und dem Romantischen um jeden Preis. Ich möchte nur wissen, ob wir damit zur Welt kommen, ob wir diese Keime bereits in uns tragen, ehe wir selbst unsere Erfahrungen machen können. Wahrscheinlich erkranken wir sehr früh, noch ehe wir ein entwickeltes Bewußtsein haben, wir fühlen, wenn wir uns umsehen, daß wir dieser Krankheit nicht entgehen können, wenn wir unsere Seele oder zumindest unseren Geist retten wollen. Wir gleichen den Wanderern in der Wüste, die kein Wasser haben und einer Fata Morgana erliegen, der quälenden Täuschung der Verdurstenden. Sie hören Springbrunnen plätschern und sehen grüne Gärten und Haine, die Hunderte von Meilen entfernt sind. So ist es auch mit unserem Durst, nur mit dem Unterschied, daß es hier noch wunderbarer zugeht: vor uns stehen herrliche alte Bauten, die wir nie zuvor in unserem Leben gesehen haben; und wenn wir sie dann schließlich wirklich sehen und ein wenig Glück haben, dann erkennen wir sie einfach wieder, das ist alles. Wir vergewissern uns dann nur noch, daß unser Sehnsuchtstraum in Erfüllung gegangen ist.«

Sie hörte zu und sah mich mit großen Augen an. »Es ist zu schön, wie Sie das alles sagen, und ich bin überzeugt, daß es so sein wird. Bisher habe ich nur davon geträumt – aber eines Tages werde ich es wirklich sehen.«
»Ich fürchte, Sie haben schon sehr viel Zeit verloren«, sagte ich mit scheinbarem Ernst.
»O ja, das war mein großer Fehler!« Die anderen Gäste hatten sich erhoben und rüsteten sich zum Aufbruch. Sie stand auf und reichte mir schüchtern, aber strahlend und bebend zugleich die Hand.
»Ich werde wieder nach Europa zurückfahren. Man kann einfach nicht anders«, sagte ich, als wir uns die Hand gaben. »Ich werde nach Ihnen Ausschau halten.« Sie glühte förmlich vor Erregung und Gewißheit. »Gut, und ich werde Ihnen dann sagen, ob ich enttäuscht bin oder nicht.« Dann wandte sie sich ab und schwenkte erregt ihren kleinen Strohfächer.

II

Einige Monate nach dieser Begegnung überquerte ich den Ozean wieder in östlicher Richtung, und etwa drei Jahre vergingen. Ich hatte in Paris gelebt, und gegen Ende Oktober reiste ich von dort nach Le Havre, um Verwandte abzuholen, die mir geschrieben hätten, daß sie zu dieser Zeit in Europa ankommen würden. Als ich in Le Havre war, hatte der Dampfer bereits im Hafen angelegt. Ich kam zwei oder drei Stunden zu spät und begab mich sofort in das Hotel, in dem meine Verwandten absteigen wollten. Meine Schwester hatte sich nach den Anstrengungen der Reise erschöpft zu Bett gelegt; sie vertrug Seereisen überhaupt nicht, und was sie diesmal ausgestanden hatte, übertraf alles bisher Dagewesene. Ihr einziger Wunsch war, sich ungestört ausruhen zu können, deshalb empfing sie mich nur auf fünf Minuten. Wir kamen überein, hier zu übernachten, damit sie sich erholen könnte. Mein Schwager war um seine leidende Frau sehr besorgt und zeigte wenig Neigung, sie allein zu lassen; sie aber bestand darauf, daß ich ihn auf einen Spaziergang mitnahm, damit auch er sich von den Strapazen der Überfahrt erholte und sich wieder an festes Land unter den Füßen gewöhnte.

An diesem herrlichen, warmen Augusttag war es ein Vergnügen, durch die hellen, geschäftigen Straßen des alten französischen Hafens zu bummeln. Wir gingen an den sonnigen, lärmerfüllten Kais entlang und bogen dann in eine breite, schöne Straße ein, die halb im Sonnenlicht und halb im Schatten lag. Es war eine französische Kleinstadtstraße, wie man sie von alten Aquarellen her kennt: hohe, graue, mehrstöckige Häuser mit steilen Dächern und roten Giebeln; vor den Fenstern grüne Läden und darüber altes Schnitzwerk; auf den Balkonen Blumenkästen und in den Haustüren Frauen mit weißen Hauben. Wir gingen im Schatten und sahen dies alles in der Sonne wie ein Bild vor uns liegen, während wir die Straße entlangschritten. Plötzlich aber blieb mein Begleiter stehen – hielt mich am Arm fest und starrte etwas an. Meine Augen folgten seinem Blick, und ich bemerkte, daß wir unmittelbar vor einem Café stehengeblieben waren. Stühle und Tische standen unter einer Markise auf dem Bürgersteig. Die Fenster dahinter waren geöffnet; neben der Tür waren ein halbes Dutzend Pflanzen in Kübeln aufgestellt; das Pflaster war mit sauberer Spreu bestreut. Es war ein nettes, kleines, ruhiges Café, wie man es nur in der Alten Welt findet. In dem ziemlich dämmerigen Raum bemerkte ich eine große, stattliche Frau mit roten Bändern an der Haube. Sie saß vor einem Spiegel und lächelte jemandem zu, den man nicht sehen konnte. Um aber bei der Wahrheit zu bleiben: dies bemerkte ich erst später. Zunächst erblickte ich eine Dame, die allein draußen an einem der kleinen Marmortische saß. Mein Schwager war stehengeblieben, um sie anzusehen. Man hatte ihr serviert, aber sie saß zurückgelehnt und völlig regungslos, hatte die Hände im Schoß gefaltet und blickte die Straße in entgegengesetzter Richtung hinab. Ich konnte sie zwar nicht voll im Profil sehen, dennoch aber war ich sogleich davon überzeugt, daß ich sie schon einmal gesehen hatte.

»Das ist die kleine Dame von unserem Dampfer!« rief mein Schwager.

»War sie mit auf eurem Schiff?« fragte ich interessiert.

»Von morgens bis abends. Seekrank ist sie nie gewesen. Sie saß unentwegt an der Reling, hielt die Hände so gefaltet wie jetzt und schaute zum östlichen Horizont hinüber.«

»Willst du sie ansprechen?«

»Ich kenne sie nicht. Ich habe nie ihre Bekanntschaft gemacht; denn ich war nicht in der Stimmung, Damengesellschaft zu suchen. Aber ich habe sie immer beobachtet; aus irgendeinem unerklärlichen Grunde fand ich sie interessant. Sie ist eine nette kleine Amerikanerin. Meiner Meinung nach ist sie Lehrerin und verlebt hier ihre Ferien – dafür haben ihre Schüler tief in den Geldbeutel greifen müssen.«

Sie hatte uns ihr Gesicht etwas mehr zugewandt und blickte jetzt auf die hohen grauen Häuser gegenüber. In diesem Augenblick faßte ich meinen Entschluß: »Ich werde sie ansprechen!«

»Laß es lieber sein; sie ist sehr schüchtern«, riet mein Schwager.

»Ich kenne sie, mein Lieber. Auf einer Teegesellschaft habe ich ihr einmal Photographien gezeigt.« Darauf ging ich auf sie zu; und als sie sich umwandte und mich anblickte, waren meine letzten Zweifel zerstreut. Miß Caroline Spencers Traum hatte sich erfüllt. Sie erkannte mich nicht sofort und war ein bißchen verwirrt, als sie mich sah. Ich zog mir einen Stuhl an den Tisch und setzte mich. »Nun«, sagte ich, »ich hoffe, Sie sind nicht enttäuscht!«

Sie starrte mich an, errötete etwas, und dann fiel ihr plötzlich ein, wer ich war. »Sie haben mir doch die Photographien gezeigt in North Verona.«

»Ja, das war ich. Es ist doch schön, daß wir uns hier wiedertreffen! Wem stünde es wohl mehr zu, Sie hier zu begrüßen – ich meine, offiziell willkommen zu heißen? Ich habe Ihnen doch soviel von Europa erzählt.«

»Sie haben nicht zuviel versprochen. Ich bin wirklich sehr glücklich!« erklärte sie.

Und sie sah tatsächlich sehr glücklich aus. Sie schien in der Zwischenzeit kaum gealtert zu sein und war so ernst, zurückhaltend und unauffällig hübsch wie früher. Hatte sie damals wie eine zartgliedrige, feine Blume des Puritanertums auf mich gewirkt, so wird man sich vorstellen können, daß sie in der vollen Blüte ihres gegenwärtigen Glücks nicht weniger reizvoll war. Neben ihr trank ein alter Herr Absinth; hinter ihr rief die dame de comptoir mit den roten Bändern nach dem langbeschürzten Ober: »Alcibiade, Alcibiade!« Ich erzählte Miß Spencer, daß der Herr, der mich begleitete, mit ihr auf demselben Schiff gewesen sei. Mein Schwager trat näher, und ich stellte ihn ihr vor. Aber sie sah ihn an, als hätte sie ihn noch nie gesehen, und ich erinnerte mich, daß er mir erzählt hatte, ihr Blick sei die ganze Zeit unverwandt auf den östlichen Horizont gerichtet gewesen. An Bord hatte sie ihn offensichtlich nicht bemerkt, bemühte sich aber nicht, uns vom Gegenteil zu überzeugen, sondern lächelte nur schwach. Als sich mein Schwager aufmachte, um zu seiner Frau ins Hotel zurückzukehren, blieb ich noch bei ihr auf der kleinen Terrasse des Cafés. Es grenze doch fast an ein Wunder, daß uns der Zufall gleich in der ersten Stunde zusammengeführt habe, die sie auf europäischem Boden zubrachte, sagte ich zu Miß Spencer und gab meiner Freude Ausdruck, daß ich nun hier schon etwas über ihre ersten Eindrücke hören könnte.

»Oh, eigentlich kann ich Ihnen noch gar nichts sagen«, antwortete sie. – »Es kommt mir vor, als träumte ich. Ich sitze nun schon eine ganze Stunde hier und will noch immer nicht fort. Hier ist alles so herrlich und romantisch. Ich weiß ja nicht, vielleicht ist mir auch der Kaffee zu Kopf gestiegen – er ist ganz anders als der Kaffee, den ich früher zu Hause trank.«

»Aber, aber«, entgegnete ich, »wenn Sie sich schon für dieses armselige, prosaische Le Havre so begeistern, werden Sie Schöneres gar nicht mehr bewundern können. Verausgaben Sie sich nicht schon am ersten Tag. Denken Sie immer daran, daß die Begeisterung Ihr geistiger Kreditbrief ist. Denken Sie an die wunderbaren Stätten und Kunstwerke, die noch auf Sie warten. Denken Sie an das herrliche Italien, über das wir uns damals unterhielten!«

»Ich habe keine Angst, daß mir die Begeisterung ausgeht«, sagte sie lebhaft und sah noch immer zu den gegenüberliegenden Häusern hinüber. »Ich könnte den ganzen Tag hier sitzenbleiben und mir nur immer wieder ins Gedächtnis zurückrufen, daß ich endlich hier bin. Es ist alles so geheimnisvoll und fremd, so alt und unbegreiflich.«

»Darf ich beiläufig fragen, wie Sie ausgerechnet hier in dieses kleine Café gekommen sind? Sind Sie denn nicht in einem Hotel abgestiegen?« Die Sorglosigkeit, mit der sich diese zarte, hübsche Frau so allein an den Rand des Bürgersteiges gesetzt hatte, amüsierte und beunruhigte mich zugleich.

»Mein Vetter hat mich hierher gebracht – er ist erst vor kurzem fortgegangen«, erwiderte sie. »Wissen Sie, ich habe Ihnen doch damals erzählt, daß ich einen Verwandten hier habe; er ist mein richtiger Vetter. Ja«, fuhr sie mit heiterer Offenheit fort, »er hat mich heute morgen vom Dampfer abgeholt.«

Es war töricht, denn schließlich ging mich ja die ganze Angelegenheit nichts an; aber ich war doch etwas beunruhigt. »Weshalb hat er Sie denn eigentlich erst abgeholt, wenn er Sie doch gleich wieder allein läßt?«
»Oh, er ist nur für eine halbe Stunde weggegangen«, sagte Caroline Spencer. »Er holt mein Geld ab.«
Ich wunderte mich immer mehr. »Wo ist denn Ihr Geld?«
Sie schien selten zu lachen, jetzt aber brach sie in helles Gelächter aus. »Das will ich Ihnen gern sagen! Ich habe Schecks.«
»Und wo sind Ihre Schecks?«
»Mein Vetter hat sie in der Tasche.«
Sie sagte das so unbekümmert und arglos, daß es mich kalt überlief, doch könnte ich nicht sagen, warum eigentlich. Da ich über Miß Spencers Vetter so gut wie nichts wußte, konnte ich natürlich in diesem Augenblick meine Befürchtungen noch nicht begründen, auch sprach ja sein Verwandtschaftsverhältnis zu dieser lieben, anständigen, kleinen Frau für ihn. Dennoch war ich ein bißchen darüber beunruhigt, daß ihr mühsam erspartes Geld bereits eine halbe Stunde nach ihrer Landung in Europa in seine Hände gewandert war. »Wird er mit Ihnen reisen?« fragte ich.
»Nur bis Paris. Er ist Kunststudent in Paris – das fand ich schon immer fabelhaft. Ich habe ihm von meinem Kommen geschrieben, hätte aber nie erwartet, daß er mich vom Schiff abholen würde. Ich nahm an, er würde mich erst in Paris vom Bahnhof abholen. Ich finde das sehr nett von ihm. Und er ist wirklich sehr nett«, meinte Caroline Spencer, »und sehr klug.«
Jetzt brannte ich wirklich darauf, diesen Kunststudenten, den netten, geistreichen Vetter, kennenzulernen. »Ist er auf die Bank gegangen?« erkundigte ich mich.
»Ja, zur Bank. Zuerst hat er mich in ein Hotel gebracht – in so ein seltsames, altmodisches, kleines Gast-

haus; in der Mitte hat es einen Hof, und ringsherum ziehen sich Galerien; die Wirtin ist sehr hübsch, trägt eine schön gefältelte Haube und ein ausgezeichnet sitzendes Kleid! Wir sind aber sehr bald wieder aufgebrochen, um zur Bank zu gehen, weil ich kein französisches Geld hatte. Da mir nach der Überfahrt nicht ganz wohl war, hielt ich es für besser, mich etwas hinzusetzen. Er hat mich hierhergebracht und ist allein zur Bank gegangen. Ich soll hier auf ihn warten, bis er zurückkommt.«

Ihre Geschichte war durchaus glaubwürdig und meine Befürchtungen völlig aus der Luft gegriffen, dennoch wurde ich den Gedanken nicht los, daß dieser feine Herr nie zurückkommen würde. Ich machte es mir neben meiner Bekannten bequem und war entschlossen, seine Rückkehr abzuwarten. Caroline Spencer stand ganz im Bann der Eindrücke, die aus unserer Umgebung auf sie einstürmten – sie beobachtete, betrachtete und bewunderte alles mit tiefer innerer Anteilnahme. Sie bemerkte alles, was auf der Straße an uns vorüberzog – die Besonderheiten der Kleidung, die Formen der Fahrzeuge, die schweren Pferde aus der Normandie, die dicken Priester und die geschorenen Pudel. Wir unterhielten uns über all dies, und es war bezaubernd, wie scharf sie beobachtete und wie ihre von Büchern angeregte Phantasie nun schwelgte.

»Und was werden Sie unternehmen, wenn Ihr Vetter zurückkommt?« fuhr ich fort.

Eigenartigerweise mußte sie darüber erst nachdenken. »Das wissen wir noch nicht genau.«

»Wann fahren Sie nach Paris? Falls Sie den Vier-Uhr-Zug nehmen, habe ich vielleicht das Vergnügen, in Ihrer Gesellschaft reisen zu dürfen.«

»Ich glaube nicht, daß wir so früh schon fahren werden.« Dessen war sie schon sicher. »Mein Vetter ist der Ansicht, ich sollte lieber noch ein paar Tage hierbleiben.«

»Oh!« meinte ich und hatte dem auch in den nächsten fünf Minuten nichts hinzuzufügen. Ich überlegte, was unser abwesender Vetter – um es vulgär auszudrücken – wohl »in petto« hatte. Ich beobachtete die Straße in beiden Richtungen, erblickte aber niemanden, der wie ein kluger, netter Kunststudent aus Amerika aussah. Schließlich erlaubte ich mir die Bemerkung, daß Le Havre doch wahrhaftig keine Kunststadt wäre, die man auf einer Europareise zu längerem Aufenthalt wählte. Le Havre liege günstig, mehr aber nicht. Es sei ein Verkehrsknotenpunkt, den man so schnell wie möglich hinter sich lassen sollte. Ich schlug ihr vor, mit dem Nachmittagszug nach Paris zu fahren und sich die Zeit bis dahin mit einem Besuch des alten Forts an der Hafeneinfahrt angenehm zu vertreiben, jenes eindrucksvollen Bauwerkes, das den Namen Franz' I. trug und fast eine Engelsburg im kleinen war. (Ich muß wohl geahnt haben, daß das Fort abgerissen werden würde.)
Sie hörte mir sehr aufmerksam zu, dann war sie einen Augenblick sehr ernst.
»Mein Vetter sagte, daß er mir bei seiner Rückkehr etwas Besonderes mitzuteilen hätte und daß wir vorher nichts unternehmen oder entscheiden könnten. Aber er muß es mir gleich sagen, und dann fahren wir hinaus zu der alten Festung. Sie sprachen doch von Franz I.? Das ist wundervoll! Paris eilt ja schließlich nicht; wir haben viel Zeit.«
Bei diesen letzten Worten lag ein Lächeln auf ihren zarten, schmalen Lippen. Doch bei näherer Betrachtung glaubte ich in ihren Augen einen Anflug von Besorgnis zu entdecken. »Dieser Elende wird Ihnen doch nicht etwa eine schlechte Nachricht mitzuteilen haben?« fragte ich.
Sie errötete, als habe man sie bei einer Sünde ertappt, aber sie war keinem Argwohn zugänglich. »Ein bißchen unangenehm wird die Nachricht schon sein, aber ich

glaube nicht, daß sie sehr schlecht ist. Auf jeden Fall muß ich sie erst einmal gehört haben.«

Jetzt machte ich ihr bedenkenlos Vorhaltungen: »Nun sagen Sie aber selbst: Sind Sie nach Europa gekommen, um sich etwas anzuhören, oder sind Sie gekommen, um sich etwas anzusehen?« Da der Vetter ihr etwas Unangenehmes zu sagen hatte, war ich nun davon überzeugt, daß er auf jeden Fall wieder auftauchen würde. Wir warteten noch eine Weile, und ich erkundigte mich nach ihren Reiseplänen. Sie sagte sie wie am Schnürchen her und zählte die Namen so feierlich ernst auf, wie die Tochter eines anderen Glaubens die Perlen ihres Rosenkranzes betet: von Paris nach Dijon und nach Avignon, von Avignon nach Marseille und die Corniche entlang nach Genua, Spezia, Pisa, Florenz und Rom. Offenbar war ihr überhaupt nicht in den Sinn gekommen, daß sie unter Umständen Unannehmlichkeiten haben könnte, wenn sie allein reiste. Da sie keinen Reisegefährten hatte, verbot mir die Rücksicht, ihr Sicherheitsgefühl zu erschüttern.

Schließlich kam ihr Vetter zurück. Ich sah ihn schon, als er aus einer Nebenstraße einbog und auf uns zukam. Sobald ich ihn erblickte, war ich sicher, daß dies nur der kluge und ach so freundliche amerikanische Kunststudent sein könnte. Er trug einen Schlapphut und eine schäbige schwarze Samtjacke, wie ich sie oft in der Rue Bonaparte gesehen hatte. Sein offener Hemdkragen ließ einen Hals sehen, der aus der Ferne nicht gerade statuenhaft wirkte. Der Mann war groß und hager, hatte rote Haare und Sommersprossen. Während er auf das Café zukam, hatte ich genügend Zeit, diese Einzelheiten wahrzunehmen. Mit begreiflicher Verwunderung starrte er mich unter seinem romantischen Schlapphut hervor an. Als er zu uns trat, stellte ich mich sogleich als einen alten Bekannten von Miß Spencer vor; sie hatte es mir freundlicherweise erlaubt, mich so einzuführen. Er durchbohrte mich mit seinen kleinen, scharfen Augen und zog dann nach »europäischer« Art feierlich seinen reichlich schäbigen Sombrero.

»Waren Sie auch auf dem Schiff?« fragte er.

»Nein, ich war nicht auf dem Schiff. Ich bin schon seit einigen Jahren in Europa.«

Er verbeugte sich noch einmal schwungvoll und forderte mich auf, wieder Platz zu nehmen. Ich setzte mich, aber nur, um ihn mir einen Augenblick aus der Nähe anzusehen. Es war nämlich an der Zeit, wieder zu meiner Schwester zurückzukehren. Miß Spencers europäischer Beschützer war meiner Ansicht nach ein reichlich eigenartiger Zeitgenosse. Die Natur hatte ihn nicht mit den Vorzügen eines Raffael oder Byron ausgestattet; seine Samtjacke und sein offen zur Schau gestellter, nicht gerade ebenmäßiger Hals standen im Gegensatz zu seinen Gesichtszügen. Er trug kurz geschorenes Haar und hatte große, abstehende Ohren. Sein geziertes Benehmen und sein Hang zur Sentimentalität widersprachen seinen scharfen, selbstbewußten und eigenartig gefärbten Augen – ihr Braun spielte fast ins Rote hinüber. Vielleicht hatte ich Vorurteile, aber meiner Meinung nach waren seine Augen zu unstet. Eine Zeitlang sagte er nichts; er legte die Hände auf seinen Stock und beobachtete das Treiben auf der Straße. Schließlich hob er den Stock langsam und zeigte damit auf die Straße. »Das ist eine recht hübsche Einzelheit«, sagte er ziemlich ausdruckslos. Er neigte den Kopf etwas zur Seite und kniff die häßlichen Augenlider zusammen. Meine Augen folgten der Richtung des Stockes; er zeigte auf ein rotes Tuch, das aus einem alten Fenster hing. »Schöner Farbfleck«, fuhr er fort; und ohne den Kopf zu bewegen, sah er mich jetzt aus halbgeschlossenen Augen an. »Paßt gut rein. Feiner alter Farbton. Macht sich gut.« Er sprach schwunglos und gewöhnlich.

»Wie ich sehe, haben Sie ein gutes Auge«, antwortete ich. »Ihre Kusine erzählte mir, daß Sie Kunststudent sind.« Da er mich noch immer unverwandt ansah und nicht antwortete, fuhr ich mit gemessener Höflichkeit fort: »Sie arbeiten doch sicher im Atelier eines der großen Meister?« Noch immer ließ er mich nicht aus den Augen; dann nannte er den Namen eines der Großen jener Tage. Ich fragte ihn darauf, ob er seinen Meister schätze.

»Können Sie Französisch?« gab er zurück.

»Etwas.«

Seine kleinen Augen waren auf mich gerichtet: »Je suis fou de la peinture!« bemerkte er.

»Oh, das kann ich verstehen!« antwortete ich. Unsere Gefährtin legte ihm die Hand auf den Arm, sie war erfreut und aufgeregt zugleich. Es war doch wundervoll, mit Menschen zusammenzusitzen, die sich so ungezwungen in einer fremden Sprache verständigen konnten. Ich stand auf, verabschiedete mich und fragte, wo ich die Ehre haben dürfte, sie in Paris aufzusuchen. In welchem Hotel würde sie absteigen?

Sie wandte sich mit einem fragenden Blick an ihren Vetter; dieser beehrte mich noch immer mit seinem verkniffenen, boshaften Blick. »Kennen Sie das Hôtel des Princes?«

»Ich weiß, wo es ist.«

»Na gut, das ist der Laden.«

»Ich gratuliere Ihnen«, sagte ich zu Miß Spencer. »Meiner Meinung nach ist es eines der besten Hotels der Welt; aber falls ich hier doch noch Zeit finden sollte, Sie zu besuchen, wo wohnen Sie?«

»Oh, es hat einen entzückenden Namen«, antwortete sie fröhlich. »Es heißt 'A la Belle Normande'.«

»Ich komme schon allein zurecht!« warf ihr Vetter ein. Und als ich mich von ihm verabschiedete, zog er seine aufsehenerregende Kopfbedeckung mit einer solchen Grandezza, als schwenke er ein Banner über einem eroberten Schlachtfeld.

Wie sich herausstellte, hatte sich meine Schwester noch nicht so weit erholt, daß wir mit dem Nachmittagszug fahren konnten; so war es mir möglich, in der herbstlichen Abenddämmerung das mir von meinen Freunden genannte Hotel aufzusuchen. Ich muß gestehen, daß ich mich in der Zwischenzeit sehr stark mit dem Gedanken beschäftigte, was es wohl Unangenehmes sein mochte, das der wenig anziehende Vetter meiner Bekannten mitzuteilen hatte. Die 'Auberge à la Belle Normande' war ein kleines Gasthaus in einer schattigen Seitenstraße. Ich freute mich darüber, daß Miß Spencer hier Lokalkolorit in Hülle und Fülle gefunden hatte. Auf dem kleinen, winkligen Hof spielte sich ein gut Teil des gastlichen Verkehrs ab; außen an der Wand führte eine Treppe in die Schlafzimmer; in der Mitte des plätschernden Springbrünnleins stand eine Gipsfigur; neben der großen Küchentür scheuerte ein Junge mit weißer Mütze und Schürze Kupfertöpfe; die geschwätzige, wohlgeschnürte Wirtin ordnete Aprikosen und Weintrauben auf einem roten Teller zu einer kunstvollen Pyramide. Ich sah mich um und erblickte Caroline Spencer. Sie saß auf einer grünen Bank neben einer offenen Tür, auf der Salle-à-manger geschrieben stand. Kaum daß ich sie erblickt hatte, wußte ich auch schon, daß seit heute morgen etwas geschehen war. Sie hatte sich auf der Bank zurückgelehnt, die Hände im Schoß gefaltet und sah hinüber auf die andere Hofseite, wo die Wirtin die Aprikosen anrichtete.
Aber ich erkannte sehr wohl, daß die Ärmste an alles andere als an die Aprikosen oder die Wirtin dachte. Sie starrte geistesabwesend und traurig vor sich hin. Aus größerer Nähe hätte ich sehen können, daß sie geweint hatte. Ehe sie mich bemerkte, hatte ich mich auch schon neben sie gesetzt. Als sie meiner gewahr wurde, wandte sie mir ohne jede Überraschung nur ihr

trauriges Gesicht zu. Es war wirklich etwas Schreckliches geschehen; sie war völlig verändert, und ohne Umschweife drang ich in sie: »Ihr Vetter hat Ihnen etwas Unangenehmes mitgeteilt. Sie haben Schreckliches durchgemacht.«

Einen Augenblick sagte sie nichts, ich glaube, sie fürchtete, daß ihr beim Sprechen die Tränen wieder kämen. Dann aber wurde mir klar, daß sie in den wenigen Stunden seit unserer Trennung alle Tränen schon vergossen hatte, deshalb war sie jetzt völlig gefaßt und gleichgültig. »Mein armer Vetter hat viel durchgemacht«, sagte sie schließlich. »Er hatte schwere Sorgen. Was er berichtete, war unangenehm.« Die wohlbedachte Pause, die sie hier machte, wirkte niederschmetternd: »Er braucht dringend Geld.«

»Ihr Geld, wollten Sie sagen?«

»Ganz gleich welches – wenn er es nur auf ehrliche Weise bekommen kann. Mein Geld *ist* das einzige, das . . . nun, das verfügbar ist.«

Es war also doch so, wie ich von Anfang an gefürchtet hatte! »Und er hat es Ihnen abgenommen?«

Wieder wich sie aus, aber ihre Miene bat im voraus um Nachsicht. «Was ich hatte, habe ich ihm gegeben.«

Ich höre ihren Tonfall noch. Himmlischere Laute habe ich nie aus menschlichem Munde vernommen. Deshalb wohl fuhr ich hoch, als wäre mir selbst ein Leid zugefügt worden. »Großer Gott, nennen Sie das 'ehrlich' zu Geld kommen?«

Ich war zu weit gegangen. Sie errötete bis über die Ohren. »Wir wollen nicht davon sprechen.«

»Wir müssen davon sprechen«, erklärte ich und setzte mich wieder neben sie. »Ich bin Ihr Freund, ich fühle mich wirklich als Ihr Beschützer; ich glaube, Sie haben ihn bitter nötig. Was ist denn mit diesem merkwürdigen Mann eigentlich los?«

Sie brachte es tatsächlich fertig, zu antworten: »Er steckt tief in Schulden, das ist alles.«

»Das kann ich mir denken! Aber wie kommen denn gerade Sie eigentlich dazu, seine Schulden zu zahlen – noch dazu in solcher Eile?«

»Er hat mir seine ganze Geschichte erzählt. Er tut mir so leid!«

»Mir auch, wenn Sie so wollen! Aber ich hoffe«, fügte ich unumwunden hinzu, »daß er Ihnen Ihr Geld unverzüglich zurückgibt.«

Darauf antwortete sie sofort: »Natürlich wird er das, sobald er dazu in der Lage ist.«

»Und wann, zum Teufel, wird das sein?«

Ihre Herzenseinfalt war nicht zu erschüttern. »Sobald er sein großes Gemälde vollendet hat.«

Das traf mich wie ein Schlag ins Gesicht. »Meine liebe, junge Dame, sein Gemälde soll der Teufel holen! Wo steckt dieser habgierige Mensch?«

Sie wollte mich wohl erst einen Augenblick fühlen lassen, wie weh ich ihr getan hatte; aber dann stellte es sich heraus, daß er genau dort war, wo man ihn erwartet hätte. »Er ißt gerade.«

Ich wandte mich um und sah durch die offene Tür in die Salle-à-manger. Und natürlich, dort saß ganz allein am Ende einer langen Tafel der, dem das Mitleid meiner Bekannten galt – der kluge, der freundliche junge Kunststudent. Er war zu sehr mit dem Essen beschäftigt, als daß er mich sogleich bemerkt hätte; als er aber sein Weinglas nach einem kräftigen Schluck auf den Tisch stellte, entdeckte er, daß ich ihn beobachtete. Er hielt im Essen inne, legte den Kopf etwas auf die Seite und sah mich seinerseits unverwandt an, während er langsam seine knochigen Kiefer bewegte. Gerade eilte die Wirtin leichtfüßig mit ihrer Aprikosenpyramide vorüber.

»Und diese nette, kleine Fruchtschale ist sicher auch für ihn?« ächzte ich.

Miß Spencer sah ihr zärtlich nach. »Sie scheinen hier alles so appetitlich anzurichten!« seufzte sie nur.

Ich war ratlos und erbittert. »Nun hören Sie aber mal!« sagte ich. »Finden sie es vielleicht auch noch richtig, halten Sie es für anständig, daß dieser große, starke Bursche Ihre Ersparnisse schluckt?« Sie wich meinem Blick aus; offensichtlich quälte ich sie. Es war ein hoffnungsloser Fall; der große, starke Kerl hatte es ihr nun einmal angetan.

»Entschuldigen Sie bitte, wenn ich so unhöflich von ihm spreche«, sagte ich. »Aber Sie sind wirklich zu großzügig, und offenbar hat er nicht eine Spur von Taktgefühl. Er hat seine Schulden selbst gemacht – soll er sie also auch selber bezahlen.«

»Er hat eine Dummheit gemacht«, sagte sie eigensinnig, »das weiß ich natürlich. Er hat mir alles erzählt. Wir haben heute morgen lange darüber gesprochen. Der arme Junge vertraut einzig auf meine Hilfsbereitschaft. Er hat hohe Wechsel unterschrieben.«

»Auch das noch!«

»Er ist völlig verzweifelt. Und nicht er allein, auch seine arme, junge Frau.«

»Ach, er hat auch noch eine arme, junge Frau?«

»Ich habe es bisher auch nicht gewußt, aber er hat mir hier alles ganz freimütig gestanden. Sie haben vor zwei Jahren geheiratet – heimlich.«

»Warum denn heimlich?«

Meine Partnerin sah sich ängstlich um, als fürchte sie Zuhörer. Dann sagte sie leise und nachdrücklich: »Sie war eine Gräfin!«

»Wissen Sie das auch ganz genau?«

»Sie hat mir einen ganz wunderbaren Brief geschrieben.«

»Und hat Sie um Geld gebeten – Sie, die sie nie gesehn hat?«

»Sie hat mich um Vertrauen und Mitgefühl gebeten.« Miß Spencer sprach jetzt lebhaft. »Ihre Familie hat sie grausam behandelt, weil sie ihn geheiratet hat. Mein Vetter hat mir alles ganz genau erzählt; und jetzt

wendet sie sich in einer bezaubernden Art in ihrem Brief hilfeflehend an mich. Ich habe den Brief hier in der Tasche. Es ist alles so romantisch, wie es nur in der Alten Welt sein kann«, sagte meine wunderbare Bekannte. »Sie war eine hübsche junge Witwe, ihr erster Mann war ein Graf, er stammte aus einer ungeheuer vornehmen Familie, aber in Wirklichkeit war er ein Schuft, mit dem sie nie glücklich zusammen lebte und der sie nach seinem Tode völlig mittellos zurückließ, nachdem er sie vorher auf alle nur erdenkliche Weise betrogen hatte. In dieser Lage hat sie mein Vetter kennengelernt. Er war vielleicht ein bißchen leichtsinnig, als er sie tröstete; nun, und dann hat er sich in sie verliebt, und sie haben zusammengefunden; können Sie das nicht begreifen?« Wie sich Caroline hier zur Fürsprecherin machte, war erstaunlich. »Sie war nur zu bereit, sich nach all diesen Erfahrungen einem besseren Menschen anzuvertrauen. Als dann ihre 'Leute', wie er sie nennt – und mir gefällt dieses Wort! –, schließlich merkten, daß sie ihn unbedingt heiraten wollte, weil sie ihn anbetete, obwohl er doch nur ein armer, begabter amerikanischer Kunststudent war, wurde sie daraufhin von ihrer Großtante, der alten Marquise, völlig verstoßen. Das beträchtliche Vermögen, das sie von dieser Großtante zu erwarten hatte, opferte sie ihrer Liebe. Man sprach nicht einmal mehr mit ihr; mit ihm natürlich erst recht nicht. So furchtbar hochmütig und stolz sind diese Leute. Hier drüben können sie sehr hochmütig sein, scheint mir«, folgerte sie überraschend, »darüber gibt es keinen Zweifel! Es ist wie in manchen berühmten alten Büchern. Die Familie, aus der die Frau meines Vetters stammt«, schloß Caroline fast selbstgefällig, »gehört zum ältesten provenzalischen Adel.«
Ich hörte ihr verwirrt zu. Die junge Frau fand es offensichtlich so interessant, von einer Pflanze dieser Familie beschwindelt zu werden – wobei es jedoch noch dahingestellt bleibt, ob es sich hier um Familie, Pflanze

oder ein einsames Körnchen Wahrheit handelte –, daß sie praktisch den Sinn dafür verloren hatte, was der Verlust ihres Geldes für sie bedeutete. »Mein liebes Fräulein«, stöhnte ich, »Sie werden sich doch nicht mit einem solchen Ammenmärchen Ihren letzten Dollar abschwatzen lassen!«

Dagegen verwahrte sie sich – etwa so, wie es ein kleines, rosiges, geschorenes Lämmchen getan haben würde. »Es ist kein Ammenmärchen, und mir wird auch nichts abgeschwatzt. Ich werde jetzt nicht schlechter leben als bisher, sehen Sie das nicht ein? Ich komme bald wieder nach Europa, und dann werde ich bei ihnen wohnen. Die Gräfin besteht darauf, daß ich sie einmal besuchen soll. Er sagt, er redet sie noch immer mit ihrem Titel an, wie man das bei adligen Witwen tut – Witfrauen sagt man wohl in England, nicht? Aus diesem Grunde glaube ich, daß ich wieder zurückkommen werde. Und bis dahin werde ich auch mein Geld wieder zurückhaben.«

Es war einfach herzzerreißend. »Sie fahren also jetzt sofort wieder nach Hause?«

Ich hörte das Zittern in ihrer Stimme, das sie tapfer zu unterdrücken suchte. »Ich habe kein Geld mehr für eine Reise.«

»Sie haben alles hingegeben?«

»Für die Rückfahrt habe ich noch genug.«

Ich glaube, ich habe regelrecht aufgeschrien, und in dem Augenblick tauchte der Held der Situation auf, der glückliche Besitzer der geheiligten Ersparnisse meiner kleinen Bekannten und der törichten grande dame, von der mir soeben berichtet worden war. Offensichtlich hatte er mit gutem Gewissen soeben ein sauer verdientes Mahl genossen. Einen Augenblick blieb er an der Schwelle stehen und entsteinte eine große Aprikose, die er sich vorsorglich aufgehoben hatte. Dann schob er sie in den Mund und sah zu uns herüber, während er sie genießerisch im Munde zergehen ließ. Er stand breitbeinig da und hatte die Hände in die Taschen seiner Samtjacke vergraben. Meine Gefährtin erhob sich und sah ihn mit verschleiertem Blick an. Ich fing diesen Blick auf, in dem Entsagung und Bewunderung zugleich lagen. Sie leerte den Kelch bis zur Neige und rang um Seelenruhe. Diesem häßlichen, vulgären, anmaßenden und schamlosen Kerl, dem meiner Meinung nach alles fehlte, was einen Menschen anziehend macht, war es gelungen, ihr lebhaftes und empfindsames Gemüt zu beeindrucken. Ich war zutiefst angeekelt, hielt mich aber nicht für befugt einzugreifen, außerdem fühlte ich, daß es umsonst sein würde. Währenddessen deutete er mit großer Geste anerkennend in die Runde. »Netter alter Hof. Nettes, angenehmes altes Gasthaus. Nette, ausgetretene alte Treppe. 'ne ganze Menge Nettes.«

Das war entschieden zuviel für mich. Ohne ihm zu antworten, verabschiedete ich mich von meiner Bekannten. Ihr Gesicht war blaß. Sie sah mich einen Augenblick aus ihren großen Augen an, offenbar versuchte sie zu lächeln; denn man sah ihre schönen Zähne. »Machen Sie sich keine Sorgen um mich«, bat sie scheinbar abgeklärt. »Ich zweifle keinen Augenblick, daß ich trotzdem noch einmal etwas von dem lieben alten Europa sehen werde.«

Ich weigerte mich jedoch, mich förmlich von ihr zu verabschieden; sicher würde ich am nächsten Vormittag einen Augenblick Zeit finden, noch einmal hereinzuschauen. Ihr gräßlicher Landsmann, der seinen Sombrero wieder aufgesetzt hatte, lüftete ihn mit einer Verbeugung vor mir, darauf ging ich eilends weg.

Zeitig am nächsten Morgen war ich wieder dort. Im Hof des Gasthauses traf ich die Wirtin, die jetzt am Vormittag weniger fest geschnürt war als abends. Als ich nach Miß Spencer fragte, antwortete die gute Frau: »Abgereist, mein Herr. Gestern abend um zehn Uhr ging sie weg mit ihrem ... ihrem ... nicht ihrem Mann, was? Kurz, mit ihrem Monsieur. Sie gingen hinunter zum Schiff nach Amerika.« Ich wandte mich ab, denn ich fühlte, daß mir die Tränen kamen. Keine vierzehn Stunden war die Arme in Europa gewesen.

IV

Ich selbst war glücklicher dran und nutzte die günstige Gelegenheit, die sich mir bot. Während dieser Reisezeit – es waren etwa fünf Jahre – verlor ich meinen Freund Latouche, der auf einer Reise durch die Levante einem Malariafieber erlag. Als ich wieder nach Amerika zurückgekehrt war, fuhr ich als erstes nach North Verona, um seiner armen Mutter einen Beileidsbesuch zu machen. Ich fand sie in tiefer Trauer. Nachdem ich spät am Abend erst angekommen war, saß ich den ganzen nächsten Vormittag bei ihr und hörte ihr zu, wie sie unter Tränen klagte und das Loblied meines Freundes sang. Wir sprachen von nichts anderem, und unser Gespräch wurde erst durch die Ankunft einer lebhaften kleinen Frau beendet, die ihren leichten Wagen selbst kutschierte. Ich sah, wie sie vor dem Hause die Zügel so energisch über den Rücken des Pferdes warf, wie ein aufgeschreckter Schläfer die Bettdecke von sich wirft. Sie sprang aus dem Wagen und dann ins Zimmer. Wie sich herausstellte, war sie die Frau des Pfarrers und die größte Klatschbase der Stadt. In dieser ihrer letztgenannten Eigenschaft hatte sie offenbar eine besonders ausgewählte Delikatesse auf Lager. Das war mir ebenso klar wie die Tatsache, daß Mrs. Latouche nicht so völlig in ihrem Kummer aufging, als daß sie ihr nicht gern zugehört hätte. Es schien mir angebracht, mich zu entfernen, und ich gab vor, unbedingt vor dem Essen einen Spaziergang machen zu müssen.

»Da fällt mir ein«, fügte ich noch hinzu, »können Sie

mir sagen, wo meine alte Bekannte, Miß Spencer, wohnt? Vielleicht besuche ich sie einmal.«

Die Pfarrersfrau antwortete sofort, Miß Spencer wohne im vierten Haus nach der Baptistenkirche; das sei die Kirche auf der rechten Straßenseite mit diesem komischen grünen Ding über der Tür, Säulenhalle würde es genannt, aber es sehe mehr wie ein altmodisches Bettgestell aus, das in der Luft hänge.

»Ja, besuchen Sie die arme Caroline«, fiel nun Mrs. Latouche ein. »Es wird ihr gut tun, mal ein fremdes Gesicht zu sehen.«

»Ich sollte meinen, sie hätte genug von fremden Gesichtern!« ereiferte sich die Pfarrersfrau.

»Einen liebenswürdigen Gast zu sehen, wollte ich sagen«, verbesserte sich Mrs. Latouche.

»Sie hat doch wohl genug von liebenswürdigen Gästen!« entgegnete ihre Besucherin. »Aber Sie werden ja nicht auch die Absicht haben, zehn Jahre bei ihr zu bleiben«, fügte sie hinzu und warf mir einen bedeutungsvollen Blick zu.

»Hat sie einen Gast dieser Art?« fragte ich ahnungslos.

»Sie werden ja sehen, was für einen Gast sie hat«, erwiderte die Pfarrersfrau. Diesen Gast bekommen Sie leicht zu Gesicht. Er sitzt meist im Vorgarten. Aber passen Sie gut auf, was Sie sagen, und seien Sie ja recht höflich!«

»Oh, ist er so empfindlich?«

Die Frau des Pfarrers sprang auf und machte mir einen Knicks, einen äußerst spöttischen Knicks. »Das ist er wahrhaftig, wenn es beliebt. 'Madame la Comtesse'.«

Die kleine Frau schien der Dame, die damit gemeint war, mit dem äußerst höhnischen Ton, in dem sie diesen Titel aussprach, ins Gesicht zu lachen. Ich starrte sie an, wunderte mich, erinnerte mich.

»Nun, ich werde sehr höflich sein«, versicherte ich, ergriff Hut und Stock und machte mich auf den Weg.

Ich fand Miß Spencers Wohnung mühelos. Die Baptistenkirche war leicht zu erkennen, und das grauweiße, weinumrankte Häuschen dicht daneben mit dem großen Schornstein konnte natürlich nur das Heim einer zurückgezogen lebenden alten Jungfer sein, die mit wenig Mitteln erstaunliche Wirkung zu erzielen wußte. Beim Näherkommen verlangsamte ich meinen Schritt; da ich gehört hatte, daß immer jemand im Vorgarten sitze, wollte ich mich erst umtun. Vorsichtig spähte ich über den niedrigen weißen Zaun, der den schmalen Vorgarten von der ungepflasterten Straße trennte. Aber ich entdeckte nichts, was nach einer Comtesse aussah. Ein schmaler, gerader Pfad führte zu der schiefen Türschwelle. Rechts und links von der Tür erhoben sich inmitten der von Johannisbeerbüschen eingefaßten Grasfläche zwei ausladende, verwachsene Quittenbäume. Unter einem dieser Quittenbäume stand ein kleiner Tisch mit zwei Gartenstühlen. Eine halbfertige Stickerei und zwei oder drei Bücher in bunten Umschlägen lagen auf dem Tisch. Ich schritt durch das Gartentor und blieb halben Weges auf dem Pfad stehen, um die Umgebung nach einer weiteren Spur der Bewohnerin zu durchforschen; denn aus unerklärlichen Gründen zögerte ich, ihr unvermittelt gegenüberzutreten. Jetzt sah ich, daß das unansehnliche Häuschen denkbar armselig war, und zweifelte plötzlich, ob ich ein Recht hätte, hier einzudringen. Denn nur die Neugierde hatte mich hierhergeführt, und nun gebrach es mir an Mut. Während ich noch schwankte, erschien eine Gestalt in der offenen Tür, blieb stehen und sah mir entgegen. Ich erkannte Miß Spencer sofort, aber sie sah mich an, als wären wir uns nie begegnet. Ruhig, ernst und zurückhaltend näherte ich mich der Tür und sagte mit einem Anflug von freundschaftlicher Neckerei: »Ich habe drüben gewartet, daß Sie zurückkämen, aber Sie kamen nicht.«

»Wo haben Sie gewartet, mein Herr?« stammelte sie, und ihre unschuldigen Augen wurden so rund wie früher. Sie war sehr gealtert und sah müde und verbraucht aus.

»Nun, ich wartete in dem alten französischen Hafen«, entgegnete ich. Sie sah mich genauer an, erkannte mich schließlich, lächelte, errötete und schlug die Hände zusammen. »Jetzt besinne ich mich auf Sie; ich erinnere mich an jenen Tag.« Aber sie blieb auf der Schwelle stehen, kam weder heraus, noch bat sie mich hinein. Sie war verwirrt.

Auch ich fühlte mich ein wenig beklommen und stocherte mit meinem Stock im Boden herum. »Ich habe Jahr für Jahr nach Ihnen Ausschau gehalten.«

»Sie meinen, in Europa?« flüsterte sie traurig.

»Natürlich in Europa! Hier sind Sie ja leicht genug zu finden, wie man sieht.«

Sie stützte die Hand gegen den nackten Türpfosten und neigte den Kopf etwas zur Seite. So sah sie mich schweigend an, und ich entdeckte in ihren Augen jenen Ausdruck, den man bei Frauen beobachtet, ehe die Tränen kommen. Plötzlich trat sie auf die zersprungene Steinplatte vor ihrer Schwelle und schloß die Tür. Dann siegte ihr erzwungenes Lächeln; ich sah, daß ihre Zähne immer noch so schön waren. Aber Tränen waren auch geflossen. »Sind Sie die ganze Zeit seit damals dort gewesen?« fragte sie mit leiser Stimme.

»Bis vor drei Wochen. Und Sie? Sind Sie niemals wieder hingekommen?«

Sie bemühte sich, mir ein lächelndes Gesicht zu zeigen, griff nach hinten und öffnete die Tür wieder. »Ich bin sehr unhöflich«, sagte sie. »Wollen Sie nicht hereinkommen?«

»Ich fürchte, Ihnen lästig zu fallen.«

»Aber nein!« Davon wollte sie nun nichts mehr hören, stieß die Tür auf und bat mich einzutreten.

Ich folgte ihr ins Haus. Sie führte mich in ein kleines Zimmer links von der Diele. Ich vermutete, es sei ihr Wohnzimmer, obwohl es nach hinten heraus lag. Wir

kamen an der geschlossenen Tür eines anderen Zimmers vorüber, aus dem man offensichtlich den Ausblick auf die Quittenbäume hatte. Durch die Fenster ihres Wohnzimmers dagegen sah man auf einen kleinen Holzschuppen und zwei brütende Hennen. Ich fand das Zimmer trotzdem reizend, und als ich merkte, daß es höchst dürftig eingerichtet war, erschien es mir noch reizender; niemals hatte ich verblichenen Chintz und alte Kupferstiche mit bunten Herbstblättern als Rahmen mit so rührender Anmut zusammengestellt gesehn. Miß Spencer nahm auf der Sofakante Platz und legte die Hände fest im Schoß zusammen. Sie sah um zehn Jahre älter aus, und jetzt hätte ich mich nicht veranlaßt zu fühlen brauchen, mich für die näheren Umstände ihres Lebens zu interessieren. Und doch erschienen sie mir noch wissenswert, auf jeden Fall bewegten sie mich. Miß Spencer war auffallend erregt. Ich bemühte mich, es scheinbar nicht zu bemerken. Aber plötzlich, in unwiderstehlichem Nachklang unserer schicksalhaften Begegnung in dem alten französischen Hafen, sagte ich völlig unzusammenhängend: »Ich falle Ihnen zur Last. Sie sind wieder in Bedrängnis.«
Sie hob die Hände und vergrub einen Augenblick ihr Gesicht darin. Dann ließ sie sie sinken und sagte: »Es ist nur, weil Sie mich daran erinnern.«
»Sie meinen, ich erinnere Sie an den Unglückstag in Le Havre?« Sie schüttelte tapfer den Kopf. »Es war kein Unglückstag, es war ein herrlicher Tag!«
Wirklich? Sie muß diese Wirkung ihrer Antwort wohl in meinen Mienen gelesen haben. »Ich war noch nie so entsetzt wie damals, als ich am nächsten Morgen in Ihrem Gasthaus feststellte, daß Sie feige den Rückzug angetreten hatten.«
Nach einer kleinen Pause sagte sie: »Wir wollen, bitte, nicht davon sprechen!«
»Kamen Sie damals sofort wieder hierher?« fragte ich trotzdem.

»Ich war genau dreißig Tage nach meiner Abreise wieder hier.«
»Und seitdem sind Sie immer hier geblieben?«
»Ohne Unterbrechung.«
Ich nahm das hin, ich wußte nicht, was ich dazu sagen sollte, und was ich schließlich sagte, klang fast wie Spott: »Wann wollen Sie denn nun nach Europa fahren?« Das mochte wirklich herausfordernd sein, aber ihre tiefe Resignation regte mich irgendwie auf, und ich wollte ihr einen Ausdruck der Ungeduld entlocken.
Sie heftete ihren Blick eine Weile auf einen kleinen Sonnenkringel an der Tapete. Dann stand sie auf und ließ den Vorhang ein wenig herunter, um die Sonne auszuschließen. Ich wartete und sah sie teilnehmend an, als hätte sie mir noch mehr zu sagen. Nun plötzlich kam die Antwort auf meine letzte Frage: »Nie!«
»Hoffentlich hat Ihnen Ihr Vetter wenigstens das Geld zurückgezahlt?«
Wieder wich sie meinem Blick aus. »Ich lege jetzt keinen Wert mehr darauf.«
»Sie legen keinen Wert auf Ihr Geld?«
»Jemals nach Europa zu fahren.«
»Soll das heißen, Sie würden nicht fahren, selbst wenn Sie könnten?«
»Ich kann nicht, ich kann nicht!« sagte Caroline Spencer. »Es ist zu spät. Alles ist jetzt anders. Ich denke nicht mehr daran.«
»Also hat Ihnen der Schuft das Geld nie zurückgegeben!« rief ich.
»Bitte, bitte ...«, setzte sie an.
Aber sie hielt inne und blickte nach der Tür. Man hatte Rascheln und Schritte in der Diele gehört.
Auch ich sah nach der Tür, die jetzt offenstand und noch einen Menschen ins Zimmer ließ – eine Dame, die in der Türfüllung stehenblieb. Hinter ihr sah man einen jungen Mann. Die Dame sah mich reichlich un-

verfroren an, lange genug, daß ich mir eine lebhafte Vorstellung von ihr machen konnte. Dann wandte sie sich lächelnd an Caroline Spencer und sagte mit stark fremdländischem Akzent: »Pardon, ma chère, ich wußte nicht, daß du Besuch 'ast. Der Gast kam so leise 'erein.« Damit schenkte sie mir wieder die Ehre ihrer Beachtung. Sie sah seltsam aus, aber bestimmt hatte ich sie früher schon einmal gesehen. Später wurde mir klar, daß ich wohl nur Damen begegnet war, die ihr auffallend ähnlich sahen. Aber das war weit weg von North Verona gewesen, und es war höchst seltsam, sie in dieser Umgebung zu treffen. An welche andere Szene erinnerte mich ihr Anblick? An eine staubige Treppe im ärmlichen Vierten Bezirk von Paris, an eine offene Tür, die den Blick freigab auf ein schmieriges Vorzimmer und auf Madame, die über das Geländer lehnt, dabei ihren ausgeblichenen Morgenrock zusammenhält und die Haushälterin anschreit, den Kaffee zu bringen. Der Gast meiner Bekannten war eine sehr stattliche Dame mittleren Alters mit grobem, kalkweißem Gesicht. Das Haar trug sie à la chinoise nach hinten gekämmt. Sie hatte kleine, stechende Augen und das, was man auf französisch le sourire agréable nennt. Sie trug einen rosawollenen Morgenrock mit weißen Stickereien, und wie die Gestalt meiner augenblicklichen Vision hielt sie ihn vorn mit ihrem nackten, runden Arm und einer groben Hand mit tiefen Grübchen zusammen.

»Ich wollte nur wegen meine Kaffee sagen«, wandte sie sich mit ihrem sourire agréable an meine Gastgeberin. »Ich 'ätte ihn gern im Garten unter die kleine Baum serviert!«

Der junge Mann hinter ihr war inzwischen ins Zimmer getreten und zeigte sich nun auch in ganzer Gestalt, allerdings weniger herausfordernd. Er war nicht groß, hatte aber einen Anflug von Bedeutsamkeit an sich; vielleicht war er der führende Mann von Welt in North

Verona. Er hatte eine kleine, spitze Nase und ein kleines, spitzes Kinn, wie ich bemerkte, auch sehr winzige Füße, aber sonst sah er wie ein Niemand aus. Mit offenem Mund starrte er mich töricht an.
»Du bekommst deinen Kaffee«, erwiderte Miß Spencer, als wäre bereits eine Armee von Köchen mit der Zubereitung beschäftigt. »C'est bien!« äußerte ihre dicke Mitbewohnerin. »Suk dein Buk!« damit wandte sich die Person an den glotzenden Jüngling.
Er begaffte jetzt die vier Ecken des Zimmers. »Meinen Sie meine Grammatik?«
Aber die stattliche Dame hatte nur für den Besuch ihrer Freundin Augen, während sie ständig mit ihrem Morgenrock beschäftigt war, der leichtfertig aufspringen wollte. »Suk dein Buk!« wiederholte sie geistesabwesend.
»Meinen Sie meine Gedichte?« erkundigte sich der junge Mann, der auch kein Auge von mir lassen konnte.
»Laß dein Buk«, überlegte es sich seine Begleiterin. »Heute wollen wir nur spreschen. Wir wollen maken Konversation. Aber wir dürfen Mademoiselle nischt stören ... Komm, komm!« damit entfernte sie sich einen Schritt. »Unter die kleine Baum!« fügte sie für Mademoiselle hinzu. Dann gewährte sie mir einen flüchtigen Gruß, rief ein gemessenes »Monsieur!« und rauschte mit ihrem Tölpel davon.
Ich sah Miß Spencer an, die ihren Blick nicht von der Tapete wandte, und fragte – ohne jeden Anstand, fürchte ich: »Wer um alles in der Welt ist denn das?«
»Die Comtesse – die frühere Comtesse. Meine cousine, wie man auf französisch sagt.«
»Und wer ist der junge Mann?«
»Der Schüler der Gräfin, Mr. Mixter.« Diese Beschreibung der Bande, die die beiden Personen verknüpfte, die uns gerade verlassen hatten, muß mich aus dem Gleichgewicht gebracht haben. Ich erinnere mich näm-

lich, daß meine Bekannte das ihre sichtlich wiedergewann, als sie ihre Erklärungen fortsetzte. »Sie gibt einige Französisch- und Musikstunden. Die Anfangsgründe ...«

Ich fürchte, ich fiel ihr ins Wort: »Die Anfangsgründe des Französischen?«

Aber sie blieb undurchdringlich und sprach jetzt tatsächlich in einem Ton, der mich einfach Lügen strafte: »Sie hat sehr viel Schweres erlebt und hatte keinen Menschen. Sie will sich alle Mühe geben und trägt ihr Unglück heiter.«

»Nun gut«, lenkte ich wirklich etwas beschämt ein, »genau das bilde ich mir auch ein. Wenn sie niemandem zur Last fallen will, so ist das ganz gut und schön.«

Meine Gastgeberin sah ausdruckslos vor sich hin, aber sie kam mir sehr müde vor. Auf meine Worte entgegnete sie nur schlicht: »Ich muß ihr den Kaffee machen gehn!«

»Hat die Dame viele Schüler?« fragte ich hartnäckig weiter.

»Sie hat nur Mr. Mixter. Ihm widmet sie ihre ganze Zeit.« Darüber hätte ich wieder hochgehen können, aber das Zartgefühl meiner Bekannten beeindruckte mich tief und erlegte mir strengste Zurückhaltung auf.

»Er zahlt sehr gut«, fuhr sie jedenfalls völlig unergründlich fort. »Er ist nicht sehr geweckt – als Schüler. Aber er ist sehr reich und sehr zuvorkommend. Er hat einen zweirädrigen Wagen mit Rücksitz und fährt die Gräfin spazieren.«

»Hoffentlich lange Strecken!« konnte ich mich nicht enthalten einzuwerfen, selbst wenn sie es so auffaßte, daß sie meinem Blick auch weiterhin ausweichen mußte.

»Ja, die Gegend ist doch auf Meilen im Umkreis schön«, fuhr ich fort. Und als sie hinausgehen wollte: »Sie gehn den Kaffee für die Gräfin holen?«

»Bitte, entschuldigen Sie mich einen Augenblick!«

»Kann das niemand anderes tun?«

Sie schien erstaunt, wer es wohl tun sollte. »Ich halte keine Dienstboten.«
»Kann ich nicht helfen?« Aber als sie mich nur ansah, verbesserte ich mich: »Kann sie sich nicht selbst versorgen?«
Miß Spencer schüttelte langsam den Kopf, als wäre auch das unvorstellbar. »Sie ist nicht an Hausarbeit gewöhnt.«
Dieser Tadel brachte mich wieder in Versuchung, aber ich wahrte den Anstand. »Ich verstehe. Aber Sie sind es.« Doch meine Neugierde konnte ich jetzt nicht mehr bezwingen: »Sagen Sie nur noch eins, bevor Sie gehen! Wer ist denn die wundervolle Dame?«
»Ich erzählte Ihnen das doch in Frankreich an jenem ungewöhnlichen Tag. Sie ist die Frau meines Vetters, den Sie damals kennenlernten.«
»Die Dame, die wegen ihrer Heirat von ihrer Familie verleugnet wird?«
»Ja. Sie haben sie nie wieder empfangen. Sie haben völlig mit ihr gebrochen.«
»Und wo ist ihr Mann?«
»Mein armer Vetter ist tot.«
Ich riß mich zusammen, aber nur für einen Augenblick. »Und wo ist Ihr Geld?«
Die Arme zuckte zusammen; ich spannte sie auf die Folter. »Ich weiß nicht«, antwortete sie bekümmert.
Nun wäre ich zu allem fähig gewesen, aber trotzdem ging ich nur Schritt für Schritt weiter. »Nach dem Tode ihres Mannes kam diese Dame gleich zu Ihnen?«
Offenbar hatte sie das schon allzuoft erzählen müssen. »Ja, eines Tages kam sie hier an.«
»Wie lange ist das her?«
»Zwei Jahre und vier Monate.«
»Und seitdem hat sie immer hier gelebt?«
»Immer.«
Ich durchschaute alles. »Und wie gefällt es ihr?«
»Nicht allzugut«, sagte Miß Spencer engelsgeduldig.

Auch das war mir klar. »Und wie gefällt es Ihnen?«
Einen Augenblick lang barg sie ihr Gesicht in den Händen, wie sie es schon vor einer Viertelstunde getan hatte. Dann ging sie schnell hinaus, um der Gräfin den Kaffee zu bereiten.
Alleingelassen in dem kleinen Wohnzimmer, schwankte ich zwischen äußerstem Widerwillen und dem entgegengesetzten Wunsch, noch mehr zu sehen und zu erfahren.
Nach einigen Minuten erschien der junge Mann, der bei der fraglichen Dame Dienst tat, als wollte er mich wiederum eingehend begaffen. Sein übermäßiger Ernst paßte nicht zu seinem bunten Flanellanzug. Ohne seiner Sache allzu sicher zu sein, brachte er den Auftrag vor, der ihn herführte. »Sie möchte gern wissen, ob Sie nicht gleich mit hinauskämen.«
»Wer möchte das wissen?«
»Die Gräfin. Die französische Dame.«
»Sie hat Ihnen aufgetragen, mich mitzubringen?«
»Ja«, antwortete der junge Mann hilflos. Ich darf nämlich für mich beanspruchen, daß ich ihm an Größe und Gewicht überlegen war.
Ich ging mit ihm hinaus, und wir fanden seine Lehrerin unter einem der kleinen Quittenbäume vor dem Hause sitzen. Dort zog sie mit plumpen Fingern eine feine Nadel durch eine Stickerei, die sich nicht durch Sauberkeit auszeichnete. Sie deutete herablassend auf den Stuhl neben sich, und ich nahm Platz. Mr. Mixter sah sich um und machte es sich dann auf dem Rasen zu ihren Füßen bequem. Von dort starrte er törichter denn je herauf, als wäre er überzeugt, daß zwischen uns beiden nun etwas Unerhörtes geschehen würde.
»Sischer sprechen Sie französisch?« fragte die Gräfin, deren Augen unbeschreiblich hervorquollen, als sie mich mit ihrem angenehmen Lächeln bedachte.
»Gewiß, Madame. Tant bien que mal«, erwiderte ich – äußerst trocken, wie ich fürchte.

»Ah voilà!« rief sie gleichsam entzückt. »Ich wußte es, sobald ich Sie sah. Sie sind in meiner armen lieben Heimat gewesen?«

»Ziemlich lange.«

»Also lieben Sie mon pays de France!«

»Oh, das ist eine alte Liebe.« Ich war nicht sonderlich überschwenglich.

»Kennen Sie Paris gut?«

»Das darf ich wohl ohne Überheblichkeit behaupten, Madame.« Und mit voller Absicht ließ ich meinen Blick dem ihren begegnen.

Sie sah daraufhin sofort weg und zu Mr. Mixter hinab. »Worüber sprechen wir?« fragte sic ihren aufmerksamen Schüler.

Er zog die Knie hoch, zupfte am Gras, starrte sie an und errötete etwas. »Sie sprechen französisch«, stellte er schließlich fest.

»La belle découverte!« spottete die Gräfin. »Nun habe ich ihn seit zehn Monaten in der Lehre«, erklärte sie mir. »Sie brauchen nicht mit Ihrer Meinung hinterm Berge zu halten, daß er la bêtise même ist«, fügte sie gewählt hinzu, »er versteht doch kein Wort!«

Ein Blick auf Mr. Mixter, der sich linkisch zu unseren Füßen belustigte, überzeugte mich völlig, daß sie recht hatte. »Ich hoffe, Ihre übrigen Schüler machen Ihnen mehr Ehre!« bemerkte ich schließlich.

»Ich habe weiter keine Schüler. Hier weiß man ja weder Französisch noch sonst etwas zu schätzen und will es auch gar nicht. Sie können sich daher vorstellen, wie angenehm es ist, jemanden zu treffen, der Französisch spricht wie man selbst.« Ich konnte nur antworten, daß das Vergnügen auf meiner Seite nicht geringer sei, und sie machte weiter Stich um Stich an ihrer Stickerei, wobei sie den kleinen Finger elegant spreizte. Alle paar Augenblicke näherte sie die Augen kurzsichtig ihrer Arbeit – das sollte wohl auch elegant sein. Sie schien mir nicht vertrauenerweckender als vor Jahren ihr verstorbener Mann, wenn er ihr Mann war. Die heutige Situation paßte unheimlich gut zu der damaligen: Die Frau war unerzogen, gewöhnlich, geziert und verschlagen. Sie war ebensowenig eine Gräfin wie ich ein Kalif. Ihre Sicherheit beruhte offensichtlich auf Erfahrung, aber es konnte nicht die ererbte Erfahrung des »edlen Blutes« sein. Was es tatsächlich war, brach jetzt als Begierde hervor. »Erzählen Sie mir von Paris, mon beau Paris! Ich gäbe meine Augen hin, um es wiederzusehn. Sein Name allein me fait languir. Wann waren Sie zuletzt dort?«

»Vor einigen Monaten.«

»Vous avez de la chance! Erzählen Sie! Was machte man? Oh, nur eine Stunde auf dem Boulevard zu promenieren!«

»Man tat, was man immer dort tut – man amüsierte sich nach Kräften.«

»In den Theatern, was?« seufzte die Gräfin. »In den Konzertcafés? Sous ce beau ciel an kleinen Tischen vor den Häusern? Quelle existence! Ich bin nämlich Pariserin bis in die Fingerspitzen, müssen Sie wissen, mein Herr«, fügte sie hinzu.

»Dann irrte Miß Spencer also, als sie mir sagte, Sie seien Provenzalin«, erwiderte ich auf gut Glück.

Einen Augenblick starrte sie mich an, dann steckte sie die Nase in ihre Stickerei, die während unserer Unterhaltung noch schmuddliger und unordentlicher geworden zu sein schien. »Oh, ich bin Provenzalin von Geburt, aber Pariserin aus Neigung.« Dann setzte sie hinzu: »Und auf Grund der traurigsten wie der schönsten Ereignisse meines Lebens, hélas.«

»Also mit anderen Worten, aus gemischten Erfahrungen heraus«, meinte ich endlich lächelnd.

Sie sah mich daraufhin forschend mit ihren kleinen, kalten Froschaugen an. »Ach, Erfahrung! Wenn ich wollte, könnte ich manches erzählen. On en a de toutes les sortes. Ich habe mir nie träumen lassen, daß mir jemals diese hier bestimmt sein würde.« Mit ihrem großen, nackten Ellenbogen und einer Kopfbewegung deutete sie auf die gesamte Umgebung, auf das weiße Häuschen, die beiden Quittenbäume, den baufälligen Zaun, selbst auf den verzückten Mr. Mixter.

Ich nahm alles gehorsam in mich auf. »Sie wollen sagen, Sie sind ausgesprochen in Verbannung.«

»Sie können sich vorstellen, was das heißt! Diese zwei Jahre meiner épreuve – elles m'ont données des heures, des heures. Aber man gewöhnt sich an alles.« Damit zog sie die Schultern hoch zum höchsten Achselzucken, das je in North Verona erreicht wurde. »Deshalb glaube ich manchmal, ich hätte mich an das alles hier gewöhnt. Aber es gibt Dinge, die immer wieder neu sind. Zum Beispiel mein Kaffee.«

Ich bequemte mich, ihr etwas entgegenzukommen. »Trinken Sie immer um diese Zeit Kaffee?«

Sie zog die Augenbrauen so hoch wie vorher die Schultern. »Wann sollte ich ihn Ihrer Ansicht nach trinken? Nach dem Frühstück muß ich ein Täßchen haben.«

»Oh, Sie frühstücken um diese Zeit?«

»Mittags – comme cela se fait. Hier frühstückt man ein Viertel nach sieben. Dies 'ein Viertel nach' ist entzückend.«

»Aber Sie sprachen von Ihrem Kaffee«, bemerkte ich wohlwollend.

»Meine cousine hält nicht viel davon, sie versteht das nicht. C'est une fille charmante, aber dieses Täßchen Kaffee mit einem Schuß 'fine' zu dieser Zeit – das geht über ihre Begriffe. Deshalb muß ich das Eis jeden Tag neu brechen, und es braucht seine Zeit, bis der Kaffee kommt, wie Sie sehn. Und wenn er kommt, mein Herr . . ! Wenn ich Ihnen ein Täßchen anbieten dürfte – obwohl mir der Herr hier manchmal Gesellschaft leistet –, es ist ja nur, weil Sie ihn auf dem Boulevard getrunken haben.«

Maßlos ärgerte mich diese Kritik an meiner armen Bekannten, die sich solche Mühe gab; aber ich sagte nichts – das war die einzige Möglichkeit, meine Höflichkeit nicht zu gefährden. Ich sah auf Mr. Mixter hinab, der mit gekreuzten Beinen dasaß und seine Knie umschlungen hielt. Obwohl sie ihm doch vertraut genug sein mußte, verfolgte er die fremdartige Anmut meiner Gesprächspartnerin mit unvermindertem Interesse. Natürlich merkte sie, wie verblüfft ich den jungen Mann betrachtete, und bot der Frage mit all ihrer Unverfrorenheit die Stirn. »Er betet mich an, müssen Sie wissen«, murmelte sie, die Nase wieder in der Stickerei, »er möchte gern mon amoureux werden. Ja, il me fait une cour acharnée, wie Sie sehen. So weit ist es gekommen mit uns. Er hat irgendeinen französischen Roman gelesen. Sechs Monate hat er dazu gebraucht. Aber seitdem hält er sich für einen Helden und mich – wie ich hier sitze, mein Herr! – für je ne sais quelle dévergondée.«

Wenn Mr. Mixter gemerkt hatte, daß wir uns eingehend mit ihm beschäftigten, so konnte er aus der Art, wie er behandelt wurde, wohl kaum Verdacht schöpfen, zumal er ja völlig in die verzückte Betrachtung meines Gegenübers vertieft war. Außerdem trat in diesem Augenblick die Hausfrau aus der Tür. Auf einem sauberen kleinen Tablett brachte sie eine Kaffeekanne und drei Tassen. Als sie herankam, las ich eine kurze, aber inständige Bitte in ihren Augen. Es war der festeste Blick, den sie je auf mich gerichtet hatte. Ich erkannte darin den wortlosen Wunsch, von mir zu erfahren, was ein Mann von Welt im allgemeinen und ein Kenner Frankreichs im besonderen von diesen vereinten Streitkräften hielt, die hier auf dem Schlachtfeld ihres Lebens lagerten. Ich konnte jedoch nur »schauspielern«, wie man in North Verona sagt, mußte völlig undurchdringlich bleiben und mich jedes Zeichens einer Antwort enthalten. Weder andeuten, noch gar offen äußern konnte ich meine untrügliche Ahnung von der mutmaßlichen Vergangenheit der Gräfin, vom Ausmaß ihrer Tugend, ihres Wertes und ihrer Fertigkeiten, von den Grenzen der Überlegenheit, die sie so glaubhaft vortäuschte. Ich konnte meiner Bekannten nicht andeuten, wie ich selbst ihre interessante Mitbewohnerin einschätzte – als die entlaufene Frau eines eifersüchtigen Friseurs oder eines unausstehlich mürrischen Pastetenbäckers vielleicht, kurz, als eine ausgemachte Kleinbürgerin, die ihre Sache hoffnungslos verfahren hatte; oder schlimmer noch, als eine Abenteurerin. Wie die Dinge lagen, konnte ich nicht einmal durch einen Ritz im Fensterladen einen grell erhellenden Strahl fallen lassen, dann meine Hände in Unschuld waschen und mich endgültig davonmachen. Im Gegenteil, ich konnte höchstens die Situation retten, meine eigene Situation wenigstens, indem ich mich mit eiserner Hand zusammennahm und nur zu sehen vorgab, daß diese schreckliche Person tatsächlich eine grande dame war. Das fertigzubringen, war nur möglich durch einen wohlgeordneten Rückzug nach allen Regeln der Höflichkeit. Ich konnte nicht sprechen, viel weniger noch konnte ich bleiben. Trotz allem muß ich wohl schwarz geworden sein vor Ärger, als ich Caroline Spencer wie ein Dienstmädchen aufwarten sah. Deshalb will ich nicht dafür bürgen, daß meinen Abschiedsworten zu der Gräfin nicht doch eine Spur von Erfolg beschieden war: »Sie haben die Absicht, einige Zeit in diesen parages zu bleiben?«

Was sich in unseren Blicken abspielte, als die Gräfin zu mir aufsah, das wenigstens könnte unsere Gefährtin erfaßt haben; das mag für die Folgezeit wenigstens einen Keim der Erkenntnis gelegt haben. Die Gräfin wiederholte ihr schreckliches Achselzucken: »Wer weiß? Ich habe keine Ahnung, wie es für mich weitergeht. Es ist kein Leben, aber wenn man in Not ist... Chère belle«, wandte sie sich an Miß Spencer, »du hast den 'fine' vergessen!«

Ich hielt die Genannte zurück, als sie sich nach einem Augenblick schweigender Betrachtung der kleinen Schar anschicken wollte, das Gewünschte zu holen. Wortlos streckte ich ihr die Hand hin – ich mußte gehen. In ihrem blassen, beherrschten Gesichtchen, das freundlich blieb, war die Frage von vorhin völlig erloschen. Es drückte nur tiefste Müdigkeit aus, aber noch etwas anderes lag fremd und ahnungsvoll darin – ob es noch verzweifelte Resignation oder schließlich doch eine andere Verzweiflung war, das ist mehr, als ich sagen kann. Unmißverständlich war jedenfalls, daß sie über meinen Aufbruch froh war. Mr. Mixter war aufgestanden und goß der Gräfin Kaffee ein. Als ich auf dem Rückweg wieder an der Baptistenkirche vorüberkam, verstand ich, wie recht meine Bekannte gehabt hatte, als sie damals in jener nun überholten Krisis überzeugt gewesen war, daß sie auf jeden Fall noch etwas von dem lieben alten Europa sehen würde.

STEPHEN CRANE

Stephen Crane (1871–1900), einer der machtvollsten Erzähler Amerikas und Wegbereiter des modernen Stils, trat mit einem an Zola orientierten Straßenmädchenroman ('Maggie', 1893) hervor, errang damit keinen Erfolg, schrieb dann, von Tolstoi beeindruckt, den Kriegsroman 'Das rote Zeichen des Muts' (1895), der Barbusse vorwegnimmt, Freivers-Gedichte 'Die schwarzen Reiter' (1895), die an Emily Dickinson erinnern, und naturalistische Kriegsskizzen, die ihn der Presse als Kriegsberichterstatter empfahlen. Die Geschichte vom 'Rettungsboot' (aus der gleichnamigen Sammlung, 1898) gründet sich auf einem eigenem Erlebnis. Die Novelle 'Das Ungeheuer' (1899) zeugt von Cranes Rechtsgesinnung gegenüber dem verfolgten Neger. Seine Wahlheimat Deutschland, der ihn mächtig anziehende Schwarzwald, konnte seine zerstörte Gesundheit nicht wiederherstellen; der Frühvollendete starb in Badenweiler an einer Lungentuberkulose. Sein Erbe trat die Generation Hemingways an.

DAS RETTUNGSBOOT

I

Sie wußten nicht, welche Farbe der Himmel hatte. Wie gebannt starrten sie auf die Wogen, die sich auf sie zuwälzten. Diese Wogen waren schiefergrau, nur auf den Kämmen schäumte weißer Gischt. Und die Männer wußten die Farben des Meeres zu deuten. Der Horizont verengte sich und weitete sich wieder, er schwankte auf und nieder und starrte zackig von Wellen, die wie spitze Felsen emporragten.

Sicher badet mancher in einer Badewanne, die größer ist als das Boot, das hier auf dem Ozean schwamm. Die Wellen waren unheimlich, entsetzlich steil und hoch. Mit dem schäumenden Kamm jedes Brechers tauchten neue Schwierigkeiten auf, wie man das kleine Boot vor dem Kentern bewahren sollte.

Der Koch hockte am Boden und stierte auf die sechs Zoll Bordwand, die ihn vom Meer trennten. Er hatte die Ärmel über die feisten Unterarme hochgekrempelt. Zwei Zipfel seiner offenen Jacke schlugen hin und her, wenn er sich bückte, um das Wasser aus dem Boot zu schöpfen. Immer wieder murmelte er: »Herrje! Das ging grade noch mal klar!« Dabei starrte er unverwandt ostwärts über die aufgewühlte See.
Der Maschinist, der einen der beiden Riemen handhabte, fuhr mitunter jäh auf, um einem Wasserschwall zu entgehen, der über das Heck hereinbrach. Jeden Augenblick konnte sein schwaches kleines Ruder zerbrechen.
Der Berichterstatter, der den anderen Riemen bediente, sah starr auf die Wellen und wunderte sich, daß er hier war.
Der Kapitän lag verletzt vorn im Boot und war gerade in tiefe Niedergeschlagenheit und Gleichgültigkeit versunken, wie sie auch den Kühnsten und Standhaftesten hin und wieder packt, nachdem die Firma schließlich doch bankrott machte, die Armee geschlagen wurde, das Schiff unterging. Die Seele eines Kapitäns ist tief in den Planken seines Schiffes verwurzelt, ganz gleich, ob er es nun einen Tag oder ein Jahrzehnt geführt hat. Diesen Kapitän verfolgte unablässig die Szene im Morgengrauen: sieben Gesichter richteten sich empor; ein Mast mit dem weißen Ball daran wurde von den Wellen hin- und hergeschleudert, sank tiefer und tiefer und ging schließlich unter. Seitdem war die Stimme des Kapitäns verändert, sie klang zwar noch fest und frei von Klage oder Tränen, war aber doch voll verhaltener Trauer.
»Halt was mehr nach Süden, Billie!« befahl der Kapitän. »Was mehr nach Süden, Käptn«, wiederholte der Maschinist hinten im Boot.
Die Fahrt in diesem Boot glich haargenau dem Ritt auf einem scheuenden Wildpferd, und – um im Bilde

zu bleiben – ein Wildpferd ist auch nicht viel kleiner. Das Fahrzeug bäumte sich auf und stieg empor, dann stampfte es wie ein Tier. Wenn es an einer neuen Wasserwand hochkletterte, glich es einem Pferd, das eine besonders hohe Hürde nimmt. Wie es überhaupt diese Wellenberge bewältigte, ist unerklärlich. Und oben galt es ja dann immer noch, den Gischt zu überwinden, der vom Kamm jedes Brechers herabjagte und einen Sprung aus der Luft erforderte. Hatte dann das Boot zornig stampfend einen Kamm bezwungen, so stürzte es spritzend in eine tiefe Schlucht hinab und lag dann schaukelnd und schlingernd vor der nächsten Welle.

Das Meer hat eine besonders unangenehme Eigentümlichkeit: kaum hat man erfolgreich eine Welle überwunden, da kommt schon die nächste. Sie ist genauso gewaltig und genauso erpicht darauf, das Boot auf den Grund zu schicken. In einem kleinen Boot von zehn Fuß Länge bekommt man erst eine Vorstellung davon, welch unerschöpfliche Wellenvorräte das Meer bereithält. Wer noch nie in einem Boot auf offener See gefahren ist, hat davon keine Ahnung. Jede schiefergraue Wasserwand, die sich heranwälzte, versperrte den Männern die Aussicht, und man mußte wirklich glauben, in dieser einen Welle gipfle die äußerste Wut des tobenden Meeres. Die Wellen jagten lautlos heran, nur die Brecher donnerten. Dieses unaufhörliche Auf und Ab war schrecklich und faszinierend zugleich.

Fahl leuchteten die Gesichter der Männer im schwachen Licht, und die unverwandt achteraus starrenden Augen glitzerten gespenstisch. Einem Zuschauer hätte die Szene vermutlich einen geisterhaft malerischen Anblick geboten. Aber die Männer im Boot hatten keine Augen dafür, und auch sonst wäre ihnen anderes wichtiger gewesen.

Die Sonne stieg stetig am Himmel empor. Die Farbe des Wassers war von Schiefergrau in Smaragdgrün übergegangen, gelbe Lichter blitzten darin, und der

Gischt glich stäubendem Schnee. Es mußte also heller Tag sein. Daß der Tag anbrach, merkten die Männer freilich nicht, sie sahen nur, daß die anrollenden Wellen jetzt eine andere Farbe hatten.
In abgehackten Sätzen erörterten der Koch und der Berichterstatter den Unterschied zwischen einer Rettungsstation und einem Schutzhaus. Der Koch hatte gesagt: »Gleich nördlich vom Moskito-Leuchtturm liegt ein Schutzhaus. Sobald die uns sehn, kommen sie mit dem Boot und fischen uns raus.« – »Sobald wer uns sieht?« fragte der Berichterstatter. – »Die Rettungsmannschaft.« – »Schutzhäuser haben keine Besatzung«, erwiderte der Berichterstatter. »Soviel ich weiß, liegt dort nur Kleidung und Proviant für Schiffbrüchige bereit. Sie haben keine Besatzung.« – »Doch, haben sie«, beharrte der Koch. »Nein, eben nicht«, entgegnete der Berichterstatter. »Schließlich sind wir ja noch nicht da«, warf der Maschinist am Heck ein. »Na gut«, meinte der Koch, »vielleicht ist mein Schutzhaus beim Moskito-Leuchtturm eine Rettungsstation.« – »Wir sind ja noch nicht da«, wiederholte der Maschinist am Heck.

II

Wenn das Boot vom Kamm einer Welle herunterglitt, fuhr der Wind durch die Haare der barhäuptigen Männer. Stieg das Fahrzeug wieder empor, so spritzte der Gischt über sie hin. Jeder Wellenkamm war ein Hügel, von dessen Höhe sie für einen Augenblick eine endlose, aufgewühlte Weite überblickten, die in der Sonne gleißte und vom Sturm gepeitscht wurde. Eigentlich ein herrlicher Anblick! Großartig, dieses Spiel des offenen Meeres, diese grünen, weißen und gelblichen Farben!
»So'n Dusel, daß der Wind aufs Land zu steht«, meinte der Koch. »Wo kämen wir sonst hin? Wär' kein Vergnügen!« – »Stimmt«, pflichtete der Berichterstatter bei.

Der Maschinist ruderte und nickte nur zustimmend. Der Kapitän vorn lachte in sich hinein. »Findet ihr, daß es jetzt ein Vergnügen ist, Jungs?« fragte er voller Galgenhumor, Verachtung und Wut zugleich.
Darauf schwiegen die drei und gaben nur gedämpft ein »Hm!« oder Gebrumm von sich. Es wäre kindisch und dumm gewesen, hier ausgesprochenen Optimismus zu bekunden, obwohl sie im stillen alle davon erfüllt waren. Ein junger Mensch gibt in der Gefahr nicht so schnell klein bei. In der augenblicklichen Lage verbot sich aber eine offene Äußerung der Hoffnungslosigkeit ebenso entschieden. Also schwiegen sie.
»Na ja«, beschwichtigte der Kapitän seine Leute, »wir kommen schon an Land.« Aber aus dem Ton hörten sie heraus, was der Maschinist aussprach: »Ja, wenn der Wind anhält.« Der Koch schöpfte Wasser aus. »Ja, wenn wir in der Brandung nicht zum Teufel gehn.«
Überall flogen Sturmmöwen. Felder braunen Seetangs trieben auf den Wellen; sie glichen Teppichen auf der Stange, die im Sturm wehen. Auf diesen Tangfeldern saßen die Möwen in Gruppen gemütlich beisammen, und die Männer im Boot beneideten sie, weil die Wut des Meeres ihnen ebensowenig anhatte wie Präriehühnern tausend Meilen landeinwärts. Manchmal kamen die Möwen sehr nahe heran und glotzten die Männer mit ihren schwarzen Perlaugen an. Wie düstere Unglücksboten starrten sie unverwandt, und die Männer schrien sie wütend an. Eine hatte es offenkundig auf den Kopf des Kapitäns abgesehen und wollte sich dort niederlassen. Sie flog neben dem Boot her, umkreiste es nicht, sondern sprang gegen den Wind seitwärts wie ein Huhn. Ihre schwarzen Augen waren verlangend auf den Kopf des Kapitäns gerichtet. »Ekliges Vieh!« schrie der Maschinist, »siehst aus wie ausgestopft!« Der Koch und der Berichterstatter fluchten wütend. Der Kapitän hätte das Tier natürlich gern mit dem Ende des schweren Bootstaues verjagt, aber das

wagte er nicht, denn jede heftigere Bewegung hätte das überladene Boot zum Kentern bringen können. So scheuchte er die Möwe nur mit der bloßen Hand sanft und vorsichtig weg, dadurch wurde sie schließlich entmutigt. Der Kapitän atmete auf, seine Haare waren gerettet. Und auch die anderen atmeten auf; denn der Vogel schien ihnen Unheil zu verkünden und ging ihnen auf die Nerven.

Der Maschinist und der Berichterstatter ruderten und ruderten, ruderten unermüdlich. Sie saßen auf der gleichen Bank, und jeder bediente einen Riemen. Einmal nahm der Maschinist beide Riemen, dann der Berichterstatter, dann wieder der Maschinist und dann wieder der Berichterstatter. Sie ruderten unentwegt. Besonders schwierig war es, wenn der wieder mit Rudern an die Reihe kam, der sich am Heck ausgeruht hatte. Es ist wahrhaftigen Gottes leichter, Eier unter der Glucke wegzustehlen, als im Rettungsboot Plätze zu wechseln! Erst ließ der Mann hinten seine Hand die Bordwand entlanggleiten und schob sich dann so behutsam nach vorn, als wäre er aus Porzellan. Dann angelte sich der Mann von der Ruderbank an der anderen Seite nach hinten. Das alles geschah mit äußerster Vorsicht. Wenn sich die beiden aneinander vorbeischlängelten, hielten alle besorgt Ausschau nach der nächsten Welle, und der Kapitän kommandierte: »Achtung! Jetzt! Langsam!«

Die braunen Teppiche aus Seetang, die von Zeit zu Zeit auftauchten, glichen Inseln, Landfetzen. Sie trieben scheinbar ziellos und kamen nicht vom Fleck. Den Männern im Boot zeigten sie an, daß sie sich der Küste langsam näherten.

Der Kapitän hatte sich vorn im Boot vorsichtig aufgerichtet. Als das Boot wieder einen Wellenberg erklommen hatte, rief er, er habe den Moskito-Leuchtturm gesehen. Der Koch hatte ihn auch gesehen. Der Berichterstatter, der gerade ruderte, hätte natürlich auch gern nach dem Leuchtturm ausgeschaut, aber er drehte der fernen Küste den Rücken zu, und die Wogen waren gar zu gewaltig. So verging eine Weile, ehe er den Kopf zu drehen wagte. Schließlich kam eine schwächere Welle, und auf ihrem Kamm suchte er schnell den westlichen Horizont ab. »Gesehen?« fragte der Kapitän. »Nein«, erwiderte der Berichterstatter zögernd, »ich habe nichts gesehen.« – »Sieh noch mal hin! Genau in der Richtung.« Der Kapitän wies mit der Hand.

Auf dem Gipfel einer neuen Welle tat der Berichterstatter, wie ihm geheißen, und diesmal fielen seine Augen auf einen ruhenden Punkt am Rand des bewegten Horizonts. Er glich genau einer Stecknadelspitze. Man mußte schon scharf hinschauen, um einen so winzigen Leuchtturm zu entdecken.

»Ob wir's schaffen, Käptn?« – »Sicher – wenn der Wind anhält und das Boot nicht kentert«, antwortete der Kapitän.

Das kleine Boot, von jeder turmhohen Welle emporgehoben und vom Gischt boshaft überflutet, kam voran, obwohl seine Insassen das nicht merkten, wenn nicht gerade Tangfelder zu sehen waren. Diese winzige Nußschale tanzte auf und ab und war der Gnade aller Weltmeere anbefohlen. Manchmal drang ein Wasserschwall wie weiße Flammen ins Boot.

»Ausschöpfen, Koch«, sagte der Kapitän gelassen. »Jawohl, Käptn«, entgegnete der unermüdliche Koch.

III

Man kann die stumme Kameradschaft schwer beschreiben, die zwischen den Männern hier draußen auf dem Meere entstand. Keiner sprach davon. Keiner erwähnte sie. Aber sie war im Boot, und jeder der Männer fühlte sich von ihr erwärmt. Sie waren ein Kapitän, ein Maschinist, ein Koch und ein Berichterstatter, und sie waren Gefährten, Freunde nicht nur im gewöhnlichen Sinne, sondern vom Schicksal unlöslich zusammengekettete Gefährten. Der verletzte Kapitän, der vorn gegen den Wasserbehälter gestützt lag, sprach immer ganz ruhig und mit halblauter Stimme; aber niemals hatte er eine Besatzung, die bereitwilliger und schneller gehorchte als die zusammengewürfelten drei Mann im Rettungsboot. Nicht nur, daß sie verstanden, was ihre gemeinsame Lage erforderte. Ihr Gehorsam war ursprünglich und kam von Herzen. Und außer dieser Bereitwilligkeit für den Kapitän verband die Männer eine Freundschaft füreinander. Der Berichterstatter, der die Menschen verachten gelernt hatte, wußte, daß diese Freundschaft die beste Erfahrung seines Lebens war. Aber niemand sprach davon. Niemand erwähnte sie.

»Wenn wir doch ein Segel hätten«, meinte der Kapitän. »Versuchen wir's mal mit meinem Mantel an einem Riemen. Dann könnt ihr beiden doch mal verschnaufen.« Der Koch und der Berichterstatter hielten den Mast und spannten den Mantel aus. Der Maschinist steuerte, und das kleine Boot machte gute Fahrt mit seiner neuen Takelung. Mitunter mußte der Maschinist scharf beidrehen, damit nicht eine See ins Boot brach, aber sonst bewährte sich das Segel.

Der Leuchtturm war inzwischen langsam größer geworden. Er nahm schon fast Farbe an und erschien als kleiner grauer Schatten am Himmel. Dem Mann am Ruder ließ es keine Ruhe, er mußte immer wieder den Kopf drehen und versuchen, für einen Augenblick diesen kleinen grauen Strich zu erhaschen.

Schließlich konnten die Männer in dem schlingernden Boot von jedem Wellenkamm aus Land sehen. Als der Leuchtturm schon ein deutlicher Strich über dem Meer war, zeigte sich das Land nur als hauchdünner, langer, schwarzer Streifen. »Werden grade in Höhe von Neu-Smyrna sein«, vermutete der Koch, der oft im Schoner an dieser Küste entlanggesegelt war. »Übrigens, Käptn, die Rettungsstation ist, glaub' ich, seit einem Jahr nicht mehr besetzt.« – »So?« meinte der Kapitän.

Langsam flaute der Sturm ab. Koch und Berichterstatter brauchten nicht mehr sklavisch das Ruder als Mast hochzuhalten. Aber die Wellen fielen noch mit dem gleichen Ungestüm über die Nußschale her, und da das Boot nun keine Fahrt mehr machte, kämpfte es sich mühsam über die Wogen hinweg. Der Maschinist und der Berichterstatter griffen wieder zu den Riemen und wechselten sich ab.

Schiffbrüche kommen gewöhnlich unerwartet. Man kann leider nicht darauf trainieren und kann auch nicht einen Zeitpunkt bestimmen, der für die Mannschaft am günstigsten ist – sonst würden nicht so viele Seeleute ertrinken. Keiner von den vieren hatte in den letzten beiden Tagen und Nächten vor der Einschiffung ins Rettungsboot viel geschlafen. Und als sie über das Deck des sinkenden Schiffes hasteten, hatten sie auch nicht mehr ans Essen gedacht.

Aus diesen und anderen Gründen machten sich jetzt weder der Maschinist noch der Berichterstatter sonderlich viel aus dem Rudern. Der Berichterstatter überlegte ernsthaft, ob vernunftbegabte Menschen Rudern überhaupt für ein Vergnügen halten könnten. Eine Höllenstrafe war es, kein Vergnügen, eine Folterqual für Muskeln und Rücken; das mußte auch der zugeben, der von allen guten Geistern verlassen war. Das war die Meinung des Berichterstatters über die Wonnen des Ruderns, und er setzte sie den Insassen des Bootes auseinander. Der erschöpfte Maschinist griente beifällig. Übrigens hatte der Maschinist vor dem Untergang des Schiffes zwei Wachen im Maschinenraum geschoben.

»Nicht so anstrengen, Jungs«, mahnte der Kapitän, »verausgabt euch nicht. In der Brandung braucht ihr noch alle Kräfte. Wir müssen bestimmt 'n Ende schwimmen. Nehmt euch Zeit!«

Langsam stieg das Land aus dem Meer. Aus einem schwarzen Schatten wurden eine schwarze und eine weiße Linie – Wald und Sand. Schließlich konnte der Kapitän am Ufer ein Haus erkennen. »Bestimmt das Schutzhaus«, meinte der Koch. »Die werden uns bald entdecken und uns hier rausfischen kommen.«
Der ferne Leuchtturm ragte schon hoch empor. »Der Wärter müßte uns jetzt durchs Glas sehen können«, stellte der Kapitän fest, »er wird die Rettungsmannschaft alarmieren.«
»Von den andern Booten kann noch keins da sein und den Schiffbruch gemeldet haben«, sagte der Maschinist kleinlaut, »sonst wäre das Rettungsboot schon auf der Suche nach uns.«
Das Land stieg langsam und verheißungsvoll aus dem Meere empor. Der Wind frischte auf. Er hatte von Nordost nach Südwest gedreht. Schon drang ein neuer Laut an das Ohr der Männer: das leise Donnern der Brandung am Ufer. »So kommen wir nicht zum Leuchtturm«, stellte der Kapitän fest. »Halt mehr nach Norden, Billie!« – »Mehr nach Norden, Käptn«, wiederholte der Maschinist.
Das kleine Boot drehte wieder vor den Wind, und außer dem Rudergast konnten alle die Küste emporwachsen sehen. Dieser Anblick zerstreute alle Zweifel und bangen Ahnungen. Obwohl die Führung des Bootes noch immer äußerste Aufmerksamkeit erforderte, breitete sich unaufhaltsam eine stille Zuversicht aus. In einer Stunde würden sie vielleicht schon an Land sein!
Sie hatten nun schon Übung darin, im Boot das Gleichgewicht zu halten, und ritten diesen wilden Gaul von einem Boot wie Zirkusreiter. Der Berichterstatter hatte geglaubt, bis auf die Haut durchnäßt zu sein, als er aber zufällig in die Brusttasche seines Rockes griff, fand er dort acht Zigarren. Vier waren durch das Seewasser verdorben, die anderen vier dagegen völlig unversehrt.

Nach einigem Suchen brachte einer drei trockene Streichhölzer zum Vorschein, und nun fuhren die vier Schiffbrüchigen wohlgemut dahin. Die Gewißheit baldiger Rettung glänzte in ihren Augen. Sie qualmten ihre Zigarren und sahen die Welt wieder in rosigem Licht. Jeder erhielt außerdem einen Schluck Trinkwasser.

IV

»Koch, in deinem Schutzhaus rührt sich nichts«, stellte der Kapitän fest. »Nein«, gab der Koch zu. »Nee so was, daß die uns nicht sehn!«

Langgedehnt, mit Dünen und dunklen Bäumen darüber, lag die flache Küste vor den Augen der Männer. Das Brüllen der Brandung war deutlich zu hören, und manchmal sahen sie einen Brecher mit weißer Lippe den Strand hinauflecken. Ein winziges Haus zeichnete sich schwarz gegen den Himmel ab. Nach Süden zu erhob sich der schlanke Leuchtturm in seiner ganzen grauen Höhe. Strömung, Wind und Wellen trieben das Boot nach Norden. »Nee so was, daß die uns nicht sehn!« meinten die Männer.

Das Tosen der Brandung hörte man hier gedämpft, und trotzdem klang es noch donnernd und gewaltig. Während das Boot über die hohen Wellen schlingerte, lauschten die Männer diesem Getöse. Bestimmt kippen wir um, sagte sich jeder.

Der Ordnung halber muß hier bemerkt werden, daß innerhalb von zwanzig Meilen nach keiner Seite hin eine Rettungsstation lag, aber das wußten die Schiffbrüchigen nicht, und folglich ergingen sie sich in finsteren Schmähreden über das Sehvermögen der Nationalen Rettungsmannschaften. Vier grollende Männer saßen im Dingi und überboten einander in der Erfindung neuer Schimpfwörter.

»Nee so was, daß die uns nicht sehn!«

Die frühere Unbeschwertheit war wieder völlig dahin. In ihrer erregten Phantasie tauchten Vorstellungen jeder nur denkbaren Unfähigkeit, von Blindheit, ja Feigheit auf. Da lag nun die Küste des dichtbesiedelten Landes, und es war unaussprechlich bitter, daß ihnen von dort kein Rettungszeichen kam.
»Na«, meinte der Kapitän schließlich, »da werden wir's halt allein versuchen müssen. Zu lange dürfen wir nicht warten, sonst hat keiner mehr Kraft zu schwimmen, wenn das Boot gekentert ist.« Also drehte der Maschinist, der am Ruder saß, das Boot auf das Ufer zu. Alle Muskeln strafften sich. Die Männer berieten kurz. »Wenn wir nicht alle an Land kommen ...«, setzte der Kapitän an, »wenn wir nicht alle an Land kommen, wißt ihr Jungs wohl, wohin ihr meinen Tod meldet.« Sie tauschten schnell noch einige Anschriften und Ermahnungen. Wut erfüllte die Gedanken der Männer. Vielleicht könnte man das so ausdrücken: Wenn ich schon ersaufen soll ... wenn ich schon ersaufen soll ... wenn ich schon ersaufen soll, warum im Namen der sieben irren Götter der Meere, darf ich dann Land und Bäume noch einmal sehn? Hat man mich nur so weit kommen lassen, um mir den gesegneten Lebenskuchen vor der Nase wegzuziehen, wenn ich gerade danach schnappen will? So'n Quatsch! Wenn diese alte Vettel Schicksal ihre Sache nicht besser versteht, sollte man ihr das Handwerk legen. Diese dumme Pute weiß nicht mal, was sie eigentlich will. Wenn sie mich ersaufen lassen wollte, warum dann nicht gleich? Hätte mir die ganze Schinderei ersparen können. Ist doch alles Quatsch. Aber nein, sie kann mich doch nicht ersäufen wollen. Das wagt sie nicht. Das kann sie nicht. Nach dieser Schinderei nicht mehr. Dann wieder hätten die Männer am liebsten mit Fäusten zu den Wolken hinaufgedroht: Laßt mich nur jetzt ersaufen, dann sollt ihr aber was erleben!
Jetzt kamen immer fürchterlichere Brecher. Sie schick-

ten sich an, mit einem Schwall von Gischt über das kleine Boot herzufallen; sie wälzten sich mit einem langgezogenen drohenden Grollen heran. Wer die See nicht kennt, hätte der Nußschale niemals zugetraut, daß sie diese Wasserberge rechtzeitig erklimmen könnte. Die Küste war noch fern. Der Maschinist verstand sich auf die Brandung. »Jungs«, stieß er hervor, »das Boot hält keine drei Minuten mehr. Und noch so weit zu schwimmen. Soll ich wieder seewärts drehn, Käptn?« – »Ja, los!« befahl der Kapitän.

Mitten in der Brandung brachte es der Maschinist wahrhaftig fertig, mit gleichmäßigen, kräftigen Ruderschlägen das Boot zu wenden und wieder sicher aufs Meer hinauszusteuern.

Es war sehr still im Boot, als es über die aufgewühlte See wieder in tieferes Wasser kam. Dann sagte einer düster: »Jetzt hätten uns die an der Küste doch weiß Gott allmählich sehn müssen!«

In der grauen Weite kreuzten die Möwen schräg gegen den Wind ostwärts. Mit schwarzen und ziegelroten Wolken stieg im Südosten eine Bö auf wie Rauch von einem brennenden Hause.

»Das sind vielleicht Rettungsleute! Diese Schufte!« – »Nee so was, daß die uns nicht gesehn haben!« – »Die denken wohl, wir sind zum Vergnügen hier draußen? Die denken wohl, wir fischen? Die halten uns wohl für verrückt?«

Der Nachmittag schleppte sich hin. Die Gezeitenströmung sprang um und wollte sie nach Süden treiben, aber Wind und Seegang standen nordwärts. Weit draußen, wo Küste, Meer und Himmel aneinanderstießen, schienen kleine Punkte eine Stadt am Ufer anzudeuten.

»St. Augustine?« Der Kapitän schüttelte den Kopf. »Zu nahe an der Einfahrt zur Moskito-Bucht.«

Der Maschinist ruderte, dann ruderte der Berichterstatter. Dann wieder der Maschinist. Es war zermürbend. Im menschlichen Rücken können mehr Schmerzen und Qualen sitzen, als in Büchern über die ganze Anatomie eines Regiments verzeichnet sind. Zwar ist das Feld begrenzt, aber ungezählte Krämpfe, Verrenkungen, Zerrungen, Lähmungen und andere Annehmlichkeiten können sich dort tummeln. »Hast du dir jemals was aus Rudern gemacht, Billie?« fragte der Berichterstatter. »Zum Teufel, nein!« antwortete der Maschinist.

Wenn einer die Ruderbank gegen einen Platz am Boden des Bootes vertauschte, litt er körperliche Qualen, die ihn gegen alles unempfindlich machten; man hätte ihm dann nicht mehr zumuten können, auch nur noch einen Finger zu rühren. Eisiges Seewasser schwappte im Boot hin und her, er lag darin. Sein Kopf, auf eine Ruderbank gebettet, war einen Zoll vom Kamm der Brecher entfernt, und manchmal schlug eine besonders eigenwillige See ins Boot und durchnäßte ihn aufs neue. Aber diese Kleinigkeiten störten ihn nicht. Wäre das Boot umgeschlagen, er wäre bestimmt sanft ins Meer hinabgesunken wie auf ein großes, weiches Ruhebett.

»Da! Ein Mann am Ufer!« – »Wo?« – »Dort! Seht nur! Seht doch!« – »Wirklich. Er rennt.« – »Jetzt bleibt er stehn. Da! Er sieht hierher!« – »Er winkt uns!« – »Mensch! Donnerwetter!« – »So, nun geht alles klar, jetzt geht alles klar. In einer halben Stunde kommt das Boot.« – »Er geht weiter. Er rennt. Er rennt zu dem Haus dort!«

Der ferne Strand schien tiefer zu liegen als die See, und man mußte angestrengt hinschauen, um die kleine schwarze Figur zu sehen. Der Kapitän erspähte ein Stück Treibholz, und sie ruderten hin. Zufällig war ein Tuch im Boot. Der Kapitän band es an den Stock und winkte damit. Der Mann am Ruder wagte den Kopf nicht zu drehen und fragte deshalb: »Was macht er jetzt?« – »Er bleibt wieder stehn. Er guckt her, glaub' ich... Da, er geht weiter. Auf das Haus zu... Jetzt steht er wieder ...« – »Winkt er uns?« – »Jetzt nicht, aber vorhin.« – »He! Da kommt ja noch einer.« – »Er rennt.« – »Sieh nur, wie der rennt!« – »Ja, er radelt. Jetzt trifft er den andern, sie winken beide. He!« – »Da kommt was den Strand lang!« – »Zum Teufel, was ist denn das?« – »Sieht wie ein Boot aus.« – »Klar. Ein Boot.« – »Nein. Hat ja Räder.« – »Richtig. Muß das Rettungsboot sein. Sie ziehn's auf dem Fahrgestell den Strand lang.« – »Klar ist das das Rettungsboot.« – »Nein, zum ... Es ist – es ist ein Omnibus!« – »Mensch! Es ist ein Rettungsboot!« – »Nein, ein Omnibus. Ich seh's doch. Sieh doch hin! Einer von diesen großen Hotelbussen.« – »Gotts Donner, hast recht. Es ist ein Bus, kannst Gift drauf nehmen. Nu sage bloß mal, was soll der dort? Vielleicht fahren sie rum und lesen die Rettungsmannschaft zusammen, was?« – »Das wird's sein. Da! Da schwenkt einer ne kleine schwarze Fahne. Er steht auf der Bus-Treppe. Da kommen die beiden andern. Jetzt sprechen sie zusammen. Guck mal auf den mit der Fahne! Schwenkt der sie denn?« – »Ist ja gar keine Fahne. Ist sein Rock. Den hat er ausgezogen und schwenkt ihn um den Kopf rum. Sieh nur, wie!« – »Mensch, hier ist ja gar keine Rettungsstation. Das ist so'n winterlicher Bäder-Bus. Der bringt 'n paar Gäste mit, die uns ertrinken sehn wollen.« – »Was will der Kerl nur mit seinem Rock? Was meint der nur?« – »Der will uns wohl nach Norden schicken? Dort muß 'ne Rettungsstation sein.« – »Nee. Der denkt, wir fischen, und wünscht uns Glück. Was? He, Billie!« – »Wenn ich nur was mit den Signalen anfangen könnte. Sag mir bloß, was will der?« – »Gar nichts will der. Der macht das nur so zum Spaß.« – »Wenn er winkte, wir sollten noch mal durch die Brandung oder auf See hinaus und dort warten oder nach Norden, nach Süden, von mir aus zur Hölle fahren – das hätte doch Sinn. Aber sieh dir den bloß an! Steht einfach da und läßt seinen Rock kreisen. Der Esel!« – »Da kommen noch mehr Leute.«

– »Sind schon 'ne ganze Menge. Mensch, ist das nicht ein Boot?« – »Wo? Ach da, das meinst du. Nee, ist kein Boot.« – »Dieser Kerl schwenkt immer noch seinen Rock.« – »Der denkt sicher, wir sehn das gern. Warum hört er denn nicht auf? So'n Quatsch.« – »Was weiß ich. Sicher will er uns nach Norden weisen. Dort muß wo 'ne Rettungsstation sein.« – »Der hat's noch nicht aufgegeben. Sieh nur, wie er wedelt!« – »Möchte wissen, wie lange der das aushält. Seit er uns gesehn hat, wedelt er mit seinem Rock. So'n Idiot.« – »Die könnten doch Leute holen, die ein Boot klarmachen. Ein Fischerboot, so'n großer Kutter, könnte ganz gut ausfahren. Warum tut der Kerl denn nichts?« – »Mensch, laß ihn doch!« – »Wo die uns nun gesehn haben, schicken sie gleich ein Boot für uns raus.«

Ein schwacher gelber Schein färbte den Himmel über dem flachen Ufer. Die Schatten im Wasser vertieften sich allmählich. Der Wind wurde frischer, die Männer schlotterten vor Kälte. »Heiliger Bimbam«, rief einer und verhehlte seine Wut nicht, »soll'n wir denn weiter hier draußen rumgondeln? Soll'n wir die ganze Nacht hier treiben?« – »Brauchen wir bestimmt nicht. Keine Angst. Die haben uns nun gesehen. Gleich werden sie uns rausfischen kommen.«

Am Ufer wurde es dämmrig. Der Mann, der den Rock schwenkte, verschmolz allmählich mit der Dämmerung, die auch den Omnibus und die Menschengruppe verschluckte. Wenn der Gischt tosend über die Bootswand hereinschlug, fuhren die Schiffbrüchigen zusammen und fluchten, als spürten sie das heiße Eisen.

»Den Kerl mit dem Rock möchte ich mal erwischen. Den möcht' ich mal einseifen! Da hätt' ich Lust zu!« – »Warum denn? Was hat er denn verbrochen?« – »Nichts. Aber der sah so vergnügt aus.«

Der Maschinist ruderte, dann ruderte der Berichterstatter. Dann wieder der Maschinist. Mit grauen Gesichtern, vornübergebeugt, bewegten sie mechanisch Schlag um Schlag die bleischweren Riemen. Die Silhouette des Leuchtturms war hinter dem südlichen Horizont versunken, dafür tauchte endlich ein blasser Stern dicht über dem Wasser auf. Der gelbe Streifen im Westen verblaßte in der alles verschlingenden Dämmerung, nach Osten zu war das Meer schwarz. Vom Ufer war nichts mehr zu sehen, es verriet sich nur durch den leisen, dumpfen Donner der Brandung.

Wenn ich schon ersaufen soll ... wenn ich schon ersaufen soll ... wenn ich schon ersaufen soll, warum im Namen der sieben irren Götter der Meere durfte ich dann Land und Bäume noch einmal sehn? Hat man mich nur so weit kommen lassen, um mir den gesegneten Lebenskuchen vor der Nase wegzuziehen, wenn ich gerade danach schnappen will?

Der wachsame Kapitän, der über den Wasserbehälter gesunken war, mußte mitunter den Rudergast anrufen: »Halt den Bug gegen die See! Halt den Bug gegen die See!« – »Halt den Bug gegen die See, Käptn.« Die Stimmen klangen müde und kleinlaut.

Der Abend verlief schweigsam. Außer dem Mann am Ruder lagen alle schwer und reglos am Boden. Der Rudergast konnte mit Mühe die hohen, schwarzen Wellen ausmachen, die in geisterhafter Stille heranglitten. Nur manchmal grollte ein Brecher dumpf.

Der Kopf des Kochs lag auf einer Ruderbank; das Wasser vor seiner Nase kümmerte ihn nicht. Er war in andere Gedanken vertieft. »Billie«, murmelte er schließlich, »welche Pastete ißt du am liebsten?«

V

»Pastete!« erregten sich der Maschinist und der Berichterstatter. »Red nicht von so was, verdammt noch mal!« – »Je«, meinte der Koch, »ich dachte grade an Schinken und Wurstbrote und ...«

In einem kleinen Boot nimmt ein Abend auf hoher See kein Ende. Als sich die Dunkelheit schließlich herabsenkte, wurde der Lichtschein im Süden pures Gold. Am nördlichen Horizont tauchte ein neues Licht auf, ein schwaches, bläuliches Leuchten an der Kimm. Mit diesen beiden Lichtern war die Welt ausgestattet; sonst sah man nur Wellen.

Zwei Männer pferchten sich hinten im Boot zusammen, und die Entfernungen in diesem Dingi waren so gewaltig, daß sich der Rudergast die Füße leidlich wärmen konnte, indem er sie unter die Kameraden schob, deren Beine wiederum unter der Ruderbank durchragten und an die Füße des Kapitäns im Bug stießen. Trotz der verzweifelten Anstrengungen des Rudergastes schlug mitunter eine Sturzsee ins Boot, eine nächtlich eisige Welle, deren kaltes Wasser die Männer von neuem durchnäßte. Dann regten sie sich ein bißchen und stöhnten, versanken aber gleich wieder in totenähnlichen Schlaf, während das Wasser bei jedem Stoß im Boot schwappte.

Der Maschinist und der Berichterstatter hatten ausgemacht, daß immer einer rudern sollte, bis er nicht mehr konnte, dann weckte er den andern von seinem Lager im Seewasser.

Der Maschinist ruderte, bis ihm der Kopf vornübersank und der Schlaf ihn blind machte. Und auch dann ruderte er noch weiter. Schließlich stieß er einen der Männer am Boden und rief ihn an: »Löst du mich mal kurz ab?«

»Klar, Billie!« antwortete der Berichterstatter verschlafen und richtete sich mühsam zum Sitzen auf. Vorsichtig wechselten sie die Plätze. Der Maschinist schmiegte sich neben den Koch ins Wasser und war offensichtlich sofort eingeschlafen.

Die ärgste Wut des Meeres hatte sich gelegt. Die Wellen grollten nicht mehr. Der Mann am Ruder mußte den Bug des Bootes so halten, daß die anrollenden

Seen es nicht zum Kentern bringen konnten. Außerdem mußte er zusehen, daß kein Wasser hereinschlug, wenn die Brecher vorüberrauschten. Die schwarzen Wogen kamen lautlos und waren im Dunkeln schwer zu erkennen. Mitunter war eine fast über dem Boot, ehe der Rudergast sie sah.

Halblaut rief der Berichterstatter den Kapitän an. Er war nicht ganz sicher, ob der wach sei, aber dieser Unentwegte schien nie zu schlafen. »Käptn, soll ich Kurs auf das Licht dort im Norden nehmen?« Mit unverändert gelassener Stimme antwortete der Kapitän: »Ja. Halt es etwa zwei Strich an Backbord.«

Der Koch hatte sich einen Rettungsgürtel umgeschnallt, um auch das bißchen Wärme zu ergattern, das solch ein plumpes Korkding spenden kann. Verglichen mit dem Rudergast, der unweigerlich heftig mit den Zähnen klapperte, sobald er zu rudern aufhörte und sich schlafen legte, wirkte der Koch wie ein Ofen.

Beim Rudern sah der Berichterstatter auf die beiden Männer, die zu seinen Füßen schliefen. Der Koch hatte den Arm um den Maschinisten geschlungen, und in ihrer zerlumpten Kleidung, mit den hageren Gesichtern, glichen sie Hänsel und Gretel – nicht im Märchenwald freilich, sondern auf dem Meere.

Später mußte er ganz mechanisch gerudert haben, denn plötzlich gurgelte das Wasser, und eine Sturzsee fegte brüllend ins Boot. Es war ein Wunder, daß sie den Koch mit seinem Rettungsgürtel nicht flott machte. Der Koch schlief weiter, aber der Maschinist richtete sich auf, blinzelte und schüttelte sich in der neuerlichen Kälte. »Oh, tut mir schrecklich leid, Billie!« murmelte der Berichterstatter schuldbewußt. »Schon gut, alter Junge.« Der Maschinist legte sich hin und war im Nu wieder eingeschlafen.

Jetzt schien sogar der Kapitän zu dösen, und dem Berichterstatter war es, als sei er der einzige Mensch auf dem weiten Weltmeer. Nur der Wind heulte, wenn er

über die Wellen strich, und seine Stimme klang trübselig wie ein Grabgesang.
Auf einmal plätscherte es hinter dem Boot lang und anhaltend; eine schimmernde Leuchtspur zuckte durch die schwarzen Fluten wie eine bläuliche Flamme. Eine riesige Klinge schien durchs Meer gezogen zu werden.
Dann war es wieder still. Der Berichterstatter aber starrte mit offenem Mund ins Wasser. Da plätscherte es wieder, und das bläuliche Licht blitzte auf, diesmal neben dem Boot, fast in Reichweite des Riemens. Der Berichterstatter sah eine gewaltige Flosse wie einen Schatten durchs Wasser sausen. Sie wirbelte glitzernden Schaum auf und hinterließ eine lange silbrige Bahn.
Der Berichterstatter wandte sich um und blickte auf den Kapitän. Dessen Gesicht war nicht zu sehen, er schien zu schlafen. Dann schaute er wieder auf »Hänsel und Gretel im Meere«. Die schliefen bestimmt. Da ihm keiner Gesellschaft leistete, lehnte er sich etwas zur Seite und fluchte leise in die See hinein.
Aber die Erscheinung blieb weiter in der Nähe des Bootes. Voraus oder achteraus, mal auf der einen, mal auf der anderen Seite glitt in längeren oder kürzeren Abständen der glänzende Strahl vorüber, sauste die dunkle Flosse entlang. Wie ein gigantisches scharfes Messer durchschnitt sie das Wasser mit erstaunlicher Schnelligkeit und Kraft.
Die Nähe dieser eindrucksvollen Erscheinung hätte den Mann mit mehr Entsetzen erfüllt, wenn er auf einer Ruderpartie gewesen wäre. So aber starrte er nur verdrossen ins Wasser und fluchte halblaut.
Immerhin läßt sich nicht leugnen, daß er lieber nicht allein gewesen wäre. Könnte nicht einer seiner Kameraden gerade jetzt aufwachen und ihm Gesellschaft leisten? Aber der Kapitän lehnte regungslos am Wasserbehälter, der Maschinist und der Koch lagen unten im Boot in tiefstem Schlaf.

Wenn ich schon ersaufen soll... wenn ich schon ersaufen soll... wenn ich schon ersaufen soll, warum im Namen der sieben irren Götter der Meere darf ich dann Land und Bäume noch einmal sehn?

Diese schreckliche Nacht, das muß zugegeben werden, legte einem Menschen wirklich den Gedanken nahe, die sieben irren Götter der Meere wollten ihn ersaufen lassen, obwohl das maßlos unfair gewesen wäre. Wahrhaftig eine schreiende Ungerechtigkeit, einen Menschen ertrinken zu lassen, der sich so abgerackert hatte! Es wäre einfach gegen Vernunft und Billigkeit. Natürlich, seit Galeeren mit bunten Segeln auf den Meeren kreuzten, waren Menschen im Meer ertrunken, aber trotzdem...

Wenn jemand merkt, daß sich die Natur keinen Pfifferling um ihn schert und das Weltall keinen Schaden leidet, wenn er zugrunde geht, dann möchte er im ersten Zorn Steine gegen den Tempel schleudern. Mit Bitterkeit stellt er fest, daß es weder Steine noch Tempel gibt. Begegnete ihm die Natur in eigener Person, er würde sie mit Hohn überschütten. Später, da es nun nichts Greifbares zu beschimpfen gibt, drängt es ihn wohl, der Natur mit gebeugtem Knie und gefalteten Händen zu nahen und sie anzuflehen: »Ja, aber ich hänge doch am Leben!«

Ein hoher kalter Stern in der Mitternacht – das scheint die Antwort der Natur zu sein. Da lernt der Mensch, sich in sein Los zu fügen.

Die Männer im Beiboot hatten nicht davon gesprochen, aber ganz sicher hatte jeder im stillen und nach seiner Art darüber nachgedacht. Ihre Gesichter zeigten allerdings nichts als völlige Erschöpfung. Und was sie sagten, bezog sich nur auf die Führung des Bootes.

Als Rhythmus zu seinen Empfindungen kam dem Berichterstatter auf einmal eine Strophe in den Sinn. Er hatte sogar vergessen, daß er diese Strophe vergessen hatte, aber plötzlich war sie ihm gegenwärtig.

In Algiers heißem Sande lag sterbend der Legionär.
Keine sorgende Pflege, nicht Tränen – nur Wüste
ringsumher.
Dem guten Kameraden, dem gab er seine Hand:
»Ich seh es nimmer wieder, mein liebes Heimatland.«

In seiner Jugend hatte man dem Berichterstatter davon erzählt, daß ein Fremdenlegionär sterbend in Algier lag, aber er hatte sich nie etwas dabei gedacht. Tausende seiner Schulgenossen hatten das Leid des Soldaten heruntergeleiert, doch das hatte ihn natürlich nur gänzlich dagegen abgestumpft. Niemals hatte er sich davon betroffen gefühlt, daß ein Legionär sterbend in Algier lag, noch hatte es ihn bekümmert. Eine abgebrochene Bleistiftspitze ging ihm näher.
Jetzt aber berührte es ihn vertraut, menschlich, wahr. Es waren nicht länger nur Worte, die sich unter Schmerzen der Brust eines Dichters entrungen hatten, der dabei Tee trank und seine Füße am Kamin wärmte; es war ernste, traurige, erhabene Wirklichkeit.
Der Berichterstatter sah den Legionär deutlich vor sich. Der Länge nach lag er reglos im Sand. Zwischen den Fingern seiner blassen Hand, die das entfliehende Leben zu halten suchte, sickerte das Blut aus seiner Brust hervor. Fern in der Weite Algiers hob sich eine Stadt mit niedrigen, quadratischen Häusern gegen den Himmel ab, an dem das Farbenspiel des Sonnenuntergangs verblaßte. Während er ruderte, stellte sich der Berichterstatter vor, wie sich die Lippen des Soldaten immer langsamer bewegten, und ein tiefer, völlig unpersönlicher Schmerz erfüllte ihn. Er trauerte um den Fremdenlegionär, der sterbend in Algier lag.
Die Erscheinung war dem Boot geduldig gefolgt, dann aber offensichtlich des langsamen Vorankommens überdrüssig geworden. Das Wasser plätscherte nicht mehr,

keine lange Leuchtspur war mehr zu entdecken. Das Licht im Norden blitzte noch, schien jedoch dem Boot nicht näher gekommen zu sein. Manchmal drang dem Berichterstatter das Dröhnen der Brandung in die Ohren. Dann drehte er das Boot seewärts und ruderte schneller. Im Süden mußte man ein Wachtfeuer am Strand entzündet haben. Aber es lag tief und fern, so daß man es nicht sehen konnte, doch warf es einen rötlichen Widerschein auf die Uferböschung, und den konnte man vom Boot aus erkennen. Der Wind frischte auf. Mitunter fauchte eine Welle plötzlich wie eine Wildkatze, und der glitzernde Schaum eines Brechers schimmerte matt in der Dunkelheit.

Vorn am Wasserbehälter regte sich der Kapitän und richtete sich auf. »Mächtig lange Nacht«, meinte er zum Berichterstatter. Er spähte landwärts. »Diese Rettungsleute lassen sich Zeit.« – »Haben Sie den Hai gesehen, der sich hier tummelte?« – »Ja. War ein großer Kerl, weiß Gott.« – »Hätte ich doch gewußt, daß Sie wach waren!« Später rief der Berichterstatter zum Boden des Bootes hin: »Billie!« Langsam und zögernd schüttelte der den Schlaf ab. »Billie, löst du mich ab?« – »Klar«, antwortete der Maschinist.

Kaum hatte der Berichterstatter das kalte, gemütliche Seewasser unten im Boot erreicht und sich eng an den Rettungsgürtel des Kochs angeschmiegt, da lag er auch schon in bleiernem Schlaf, obwohl seine Zähne in allen Tonarten klapperten. Er schlief so tief, daß keine Minute vergangen schien, als er sich von einer Stimme beim Namen gerufen hörte, der man die äußerste Erschöpfung anmerkte. »Löst du mich ab?« – »Klar, Billie.«

Das Licht im Norden war unbemerkt untergegangen; aber der Berichterstatter ließ sich den Kurs vom Kapitän geben, denn der war hell wach.

Nach einiger Zeit gingen sie mit dem Boot weiter auf See hinaus. Der Kapitän befahl dem Koch, mit einem

Riemen am Heck zu steuern und die Spitze des Bootes seewärts zu halten. Sobald er das Donnern der Brandung hörte, sollte er rufen. Dadurch konnten der Maschinist und der Berichterstatter gleichzeitig ausspannen. »Die beiden Jungs müssen wieder zu Kräften kommen«, meinte der Kapitän. Sie rollten sich zusammen, und nach anfänglichen Frostschauern und einigem Zähneklappern schliefen sie wieder wie tot. Keiner merkte, daß sie dem Koch die Gesellschaft eines anderen oder vielleicht auch des gleichen Hais vermacht hatten.

In das Boot, das auf den Wellen schaukelte, spritzte immer wieder einmal Gischt herein und durchnäßte die Männer von neuem, aber das störte sie nicht in ihrer Ruhe. Einer Mumie hätte das Wüten von Wind und Wellen nicht gleichgültiger sein können.

»Jungs«, rief schließlich der Koch, sichtlich sehr widerstrebend, »wir sind ganz schön landwärts getrieben. Besser, einer von euch bringt uns wieder auf See hinaus.« Der aufgeschreckte Berichterstatter hörte das Tosen der niederstürzenden Brecher.

Während er ruderte, flößte ihm der Kapitän etwas Whisky mit Wasser ein. Danach legten sich die Frostschauer. »Wenn ich je an Land komme, und man zeigt mir ein Ruder auch nur im Bild . . .« Schließlich ein kurzes Gespräch. »Billie . . . Billie, löst du mich ab?« – »Klar«, antwortete der Maschinist.

VII

Als der Berichterstatter die Augen wieder öffnete, graute über Meer und Himmel der Morgen. Dann glänzten Gold und Purpur auf den Wellen. Schließlich erschien der Tag in strahlendem Glanze mit klarem blauem Himmel. Der Sonnenschein blitzte auf den Schaumkronen.

Am fernen Ufer tauchten lauter kleine schwarze Hütten

auf, über denen sich eine hohe weiße Windmühle drehte. Kein Mensch, kein Hund, kein Fahrrad war am Strand zu sehen. Die Hütten hätten zu einem »Verlassenen Dorf« gehören können.

Die Schiffbrüchigen spähten zum Ufer. Sie hielten Rat. »Gut«, meinte der Kapitän, »wenn uns keiner helfen kommt, versuchen wir besser gleich, durch die Brandung zu kommen. Wenn wir länger hier draußen bleiben, haben wir schließlich keine Kraft mehr, uns selbst zu helfen.« Die andern stimmten schweigend zu. Das Boot wurde landwärts gedreht. Der Berichterstatter dachte bei sich: Steigt denn nie einer in die hohe Windmühle hinauf, und wenn ja, sieht er dann nicht mal aufs Meer hinaus? Diese Mühle war ein Riese, der der Not des Gewürms den Rücken drehte. Dem Berichterstatter erschien sie als Sinnbild dafür, wie ungerührt die Natur den Nöten der Kreatur gegenübersteht – Natur als elementare Gewalt und Natur, wie die Menschen sie sehen. Er hielt im Augenblick die Natur weder für grausam und hinterhältig, noch für wohltätig oder weise. Sein Schicksal ließ sie kalt, völlig kalt. Es ist wohl verständlich, daß ein Mensch in dieser Lage, von der Fühllosigkeit des Alls betroffen, die vielen Fehler seines Lebens erkennt und bereut. Er möchte noch einmal von vorn anfangen können. Es scheint ihm ungemein einfach, Gut und Böse zu unterscheiden, denn er denkt nicht mehr an die Nähe des Todes. Er nimmt sich vor, sich zu bessern – und sei es nur, bei der Begrüßung oder in Gesellschaft netter und freundlicher zu sein, wenn er nur noch einmal anfangen darf.

»Jungs«, sagte der Kapitän, »jetzt schlagen wir bestimmt um. Wir müssen soweit als möglich ans Ufer rankommen, wenn wir dann kippen, herausspringen und irgendwie zum Strand staken. Ruhig bleiben! Springt erst, wenn wir wirklich umschlagen!«

Der Maschinist nahm die Riemen. Mit rückgewandtem Kopf beobachtete er die Brandung. »Käptn«, sagte er,

»ich wende wohl besser, halte den Bug seewärts, damit wir achtern reinkommen.« – »In Ordnung, Billie«, stimmte der Kapitän zu, »über achtern!« Der Maschinist wendete das Boot, und Koch und Berichterstatter, die am Heck saßen, mußten sich nun umdrehn, wenn sie die verlassene, stumme Küste sehen wollten.

Die gewaltigen Brandungswellen hoben das Boot hoch empor. Die Männer konnten wieder die weißen Schaumzungen das abfallende Ufer hinauflecken sehen. »Kommen nicht sehr nahe ran«, stellte der Kapitän fest. Wenn einer der Männer für einen Augenblick die Brecher außer acht zu lassen wagte, wandte er den Blick zum Ufer, und dieser Blick sagte dann alles. Der Berichterstatter beobachtete die andern. Er wußte, daß sie keine Furcht hatten, der Ausdruck ihrer Augen aber war nicht mißzuverstehen.

Er selbst war viel zu müde, um sich gegen sein Schicksal aufzulehnen. Er versuchte seine Gedanken darauf zu richten, aber im Augenblick beherrschten die Muskeln die Gedanken, und den Muskeln war alles gleich. Es zuckte ihm nur durch den Sinn, daß es eine Schande sei, wenn er ertrinken sollte.

Es fielen keine überstürzten Worte, weder Blässe noch Erregung waren zu bemerken. Die Männer starrten nur zum Ufer hinüber. »Also, denkt daran, gut vom Boot klarzukommen, wenn ihr springt!« mahnte der Kapitän.

Hinter ihnen überschlug sich eine Welle plötzlich mit Donnergetöse. Die lange weiße Sturzsee jagte brüllend aufs Boot zu. »Ruhig jetzt!« mahnte der Kapitän. Die Männer schwiegen. Sie wandten den Blick vom Ufer zur Sturzsee und warteten. Das Boot wurde emporgehoben, hüpfte an der furchtbaren Schaumkrone, sprang darüber und glitt den langen Wellenrücken hinab. Etwas Wasser hatten sie übernommen. Der Koch schöpfte es aus.

Aber schon kam der nächste Brecher. Die stürzende,

kochende Flut schäumenden Wassers ergriff das Boot und stellte es fast senkrecht. Der Berichterstatter hielt sich gerade an der Bordwand fest. Als das Wasser dort überkam, zog er schnell die Hand weg, als wollte er sie nicht naß werden lassen.
Das winzige Boot mit seiner Wasserlast rollte schwer und schmiegte sich tiefer ins Wasser. »Ausschöpfen, Koch, ausschöpfen!« rief der Kapitän. »Jawohl, Käptn«, antwortete der Koch.
»Na, Jungs, die nächste langt uns«, schrie der Maschinist. »Springt klar vom Boot!«
Die dritte Welle jagte heran, riesig, wütend, unerbittlich. Sie schluckte das Boot regelrecht, und fast zur gleichen Zeit stürzten sich die Männer ins Wasser. Ein Stück Rettungsgürtel, das am Boden des Bootes gelegen hatte, drückte der Berichterstatter mit der Linken fest an sich, als er über Bord ging.
Jetzt, im Januar, war das Wasser eisig. So kalt hätte ich's an der Küste von Florida nicht erwartet, schoß es ihm durch den Kopf. Diese Feststellung erschien seinem betäubten Hirn in diesem Augenblick ungeheuer wichtig. Das Wasser war jämmerlich kalt, grauenhaft kalt. Er wurde mit dieser unerwarteten Tatsache einfach nicht fertig, sie paßte nicht zu dieser Lage. Die Tränen kamen ihm darüber. Das Wasser war kalt.
Als er an die Oberfläche kam, nahm er nur das tosende Wasser wahr. Später entdeckte er seine Kameraden im Meer. Der Maschinist lag im Rennen vorn. Er schwamm kräftig und schnell. Etwas weiter weg zu seiner Linken tauchte der große weiße Rücken des Kochs mit dem Korkgürtel aus dem Wasser. Noch weiter hinten hing der Kapitän mit seinem gesunden Arm am Kiel des gekenterten Bootes.
Eine Küste ist im allgemeinen ziemlich unbewegt, wunderte sich der Berichterstatter mitten im Aufruhr der Wellen. Sie schien dennoch sehr verlockend, aber der Berichterstatter wußte, daß er eine lange Reise vor sich

hatte, und so schwamm er gemächlich. Das Stückchen Rettungsgürtel lag unter ihm, und manchmal sauste er darauf den Abhang einer Welle hinab wie auf einem Rodelschlitten.

Aber schließlich kam er im Meer an eine Stelle, wo die Reise auf Hindernisse stieß. Zwar schwamm er unentwegt und nahm sich nicht die Zeit, zu forschen, welche Strömung ihn erfaßt hatte, aber er kam nicht mehr vorwärts. Das Ufer war vor ihm aufgebaut wie ein Stück Kulisse auf der Bühne; er blickte hinüber und erkannte jede Einzelheit.

Dem Koch, der viel weiter links vorübertrieb, rief der Kapitän zu: »Leg dich auf den Rücken, Koch! Dreh dich rum und nimm den Riemen!« – »Jawohl, Käptn.« Der Koch drehte sich auf den Rücken, paddelte mit dem Ruder und schoß vorwärts wie ein Kanu.

Dann trieb das Boot ebenfalls zur Linken des Berichterstatters vorüber. Der Kapitän hing mit einer Hand am Kiel. Hätte das Boot nicht so ungewöhnliche Sprünge vollführt, man hätte meinen können, er recke sich hoch, um über einen Zaun zu schauen. Der Berichterstatter staunte, daß sich der Kapitän immer noch festhalten konnte.

Näher dem Ufer zu glitten sie vorüber – der Maschinist, der Koch, der Kapitän, und der Wasserbehälter tanzte auf den Wellen lustig hinterdrein.

Den Berichterstatter hielt die Strömung gepackt, dieser unheimliche neue Feind. Das Ufer war wie ein Bild vor ihn hingestellt mit dem weißen Hang der Dünen, mit grünem Fels und kleinen, traulichen Hütten darauf. Der Strand war ihm jetzt schon sehr nahe, aber er wirkte auf ihn wie eine englische oder holländische Landschaft auf den Besucher einer Gemäldegalerie.

Soll ich wirklich ertrinken? dachte er, ist das möglich? Ist das möglich? Vermutlich hält jeder Mensch seinen Tod unweigerlich für das Ende der Welt.

Wahrscheinlich war es eine Welle, die ihn schließlich

aus dieser kleinen, aber tödlichen Strömung hinauswirbelte, denn er merkte plötzlich, daß er wieder vorankam und sich dem Ufer näherte. Später nahm er wahr, daß der Kapitän, der sich noch immer mit einer Hand an den Kiel des Bootes klammerte, vom Ufer weg und zu ihm herübersah und ihn anrief: »Hierher! Hierher zum Boot!«

Während er sich anstrengte, den Kapitän und das Boot zu erreichen, malte er sich aus, daß es herrlich sein müßte, zu ertrinken, wenn man völlig erschöpft ist. Diese Einstellung der Feindseligkeiten müßte eine Erlösung sein, und darüber war er froh. Denn seit einigen Monaten hatte ihn die Angst vor einem langen Todeskampf beschäftigt. Er wollte nicht leiden.

Plötzlich sah er einen Mann den Strand entlangrennen. Er zog sich mit unglaublicher Geschwindigkeit aus. Rock, Hosen, Hemd, alles flog wie durch Zauber von ihm ab.

»Hierher!« schrie der Kapitän. »Jawohl, Käptn!« Der Berichterstatter paddelte weiter, sah, wie sich der Kapitän hinuntergleiten ließ und das Boot freigab. Und dann vollbrachte der Berichterstatter sein höchst persönliches Wunder auf dieser Reise. Eine große Welle ergriff ihn und warf ihn glatt, leicht und äußerst schnell weit über das Boot hinweg. Er empfand das sogar in dieser Lage als ein sportliches Ereignis und ein wahres Meereswunder. Ein umgekipptes Boot in der Brandung ist nämlich keine Kleinigkeit für einen Schwimmer!

Der Berichterstatter landete in Wasser, das ihm nur bis zu den Hüften reichte, aber er war unfähig, sich länger als einen Augenblick aufrecht zu halten. Jede neue Welle haute ihn zusammen, und der Sog zerrte an ihm. Dann sah er den Mann ins Wasser springen, der sich in vollem Lauf entkleidet hatte. Er zog den Koch ans Land, dann watete er auf den Kapitän zu, aber der winkte ab und wies ihn zum Berichterstatter.

Der Mann war nackt, nackt wie ein Baum im Winter, aber um sein Haupt stand ein Lichtschein, und er strahlte wie ein Heiliger. Er packte zu, zog und hob den Berichterstatter an der Hand. Dieser, in die niederen Regeln der Höflichkeit eingeweiht, murmelte: »Danke, alter Junge!« Da plötzlich schrie der Mann: »Was ist das?« und deutete heftig mit der Hand. »Geh hin!« rief der Berichterstatter.

Im seichten Wasser lag der Maschinist mit dem Gesicht nach unten. Seine Stirn berührte den Sand, der zwischen den Wellen nicht vom Wasser überspült war.

Der Berichterstatter konnte sich später nicht mehr genau erinnern, was danach alles geschah. Als er festen Boden unter den Füßen hatte, fiel er hin, und ihm war, als schlüge er mit jedem Glied einzeln auf den Sand. Es kam ihm vor, als wäre er vom Dach heruntergefallen, aber der Aufprall tat ihm nichts.

Offenbar mußten im Handumdrehen Menschen den Strand bevölkert haben, Menschen mit Decken, Kleidern, Feldflaschen, Frauen mit Kaffeekannen und mit all den anderen gesegneten Heilmitteln. Das Land bot den Männern aus dem Meer einen warmen und herzlichen Willkommen. Aber dann wurde eine reglose, triefende Gestalt langsam den Strand hinaufgetragen. Ihr konnte das Land nur die kalte, düstere Behausung des Grabes bieten.

Als die Nacht kam, rollten die weißen Wellen im Mondschein. Der Wind trug die gewaltige Stimme des Meeres zu den Männern an Land. Und sie verstanden diese Stimme.

ANMERKUNGEN

acre: engl. Flächenmaß, entspricht einem Morgen (40,767 Ar).

Adams, Samuel (1722–1803), Jurist, politischer Agitator, kompromißloser Verfechter der amerikanischen Unabhängigkeit und führender Kopf der Bostoner Tea Party. Seine Schriften bereiteten den Zusammenschluß der 13 amerikanischen Kolonien und damit die Unabhängigkeit der Vereinigten Staaten vor.

Adonai: (hebr.) »Mein Herr« für Jahwe, dessen Name nicht ausgesprochen wird.

Alabama: einer der Südstaaten der Vereinigten Staaten, ursprünglich Teil des Staates Georgia, seit 1817 selbständig; gehörte infolge seines ausgedehnten Baumwollanbaus zu den sklavenhaltenden Staaten, schloß sich im Bürgerkrieg der Konföderation der Südstaaten an.

à la chinoise: (frz.) nach chinesischer Art.

Alexanders berühmter Traum: der Wunsch Alexanders des Großen, die neue Welt Asiens zu seinen Füßen zu sehen.

Arnold, Benedict (1741–1801), General der amerikanischen Revolutionsarmee, ging 1780 zu den Engländern über.

Astor, John Jacob (1763–1848), gebürtiger Deutscher. Erwarb durch Pelzhandel und besonders durch Grundstücksspekulation in New York ein riesiges Vermögen.

Auberge à La Belle Normande: (frz.) Gasthaus zur schönen Normannin.

au gagne petit: (frz.) mit kleinem Gewinn, d. h. zu kleinen Preisen.

au grand sérieux: (frz.) ganz ernst.

Austin, Stephen F. (1793–1836), gründete 1821 die ersten angloamerikanischen Siedlungen in Texas, deren Einwohner starken Anteil daran hatten, daß Texas 1836 von Mexiko losgetrennt und unabhängiger Staat wurde.

Baptisten: protestantische Religionsgemeinschaften, welche die Kleinkindertaufe verwerfen und die Taufe nur auf persönlichen Wunsch, meist an Erwachsenen, und zwar durch Untertauchen, vollziehen. In Amerika wurde die erste Baptistengemeinde 1639 begründet, später spalteten sich die amerikanischen Baptisten in verschiedene Gruppen.

Barron, James (1769–1851), amerikanischer Seeoffizier, Kommandant der Fregatte 'Chesapeake', die von der englischen Fregatte 'Leopard' 1807 aufgebracht wurde und die Flagge streichen mußte, da sie nicht gefechtsbereit war. B. wurde von einem Kriegsgericht für fünf Jahre beurlaubt. Während des Krieges gegen Napoleon beanspruchten englische Kriegsschiffe das Recht, amerikanische Kriegs- und Handelsschiffe nach Deserteuren aus der englischen Marine zu durchsuchen.

Beauregard, Pierre Gustave Toutant (1818–93), General der Südstaatentruppen, der mit seinem Feuerbefehl auf Fort Sumter den Bürgerkrieg auslöste.

Bismillah: (arab.) im Namen Gottes, formelhafter Satzanfang der Mohammedaner.

blanchisseuse de fin: (frz.) Feinwäscherin.

Bonnivard, François de, kämpfte für die Freiheit der Republik Genf gegen den Herzog von Savoyen; wurde 1530–36 von diesem im Schloß Chillon eingekerkert (Byron 'The Prisoner of Chillon', 1816).

Bostoner Blutbad od. Massaker: die Empörung der Amerikaner gegen die nach Boston gelegte Garnison englischer Truppen entlud sich in tätlichen Angriffen gegen die Soldaten. 1770 erschoß ein Engländer dabei ein Kind, darauf kam es zu erneuten Zusammenstößen, bei denen die Wache in die Menge feuerte.

Boulogne: berüchtigtes Gefängnis der damaligen Zeit.

Bragg, Braxton (1817–76), Offizier in der Armee der Vereinigten Staaten, nahm 1856 seinen Abschied; seit 1861 General in der Armee der Südstaaten.

Bunker Hill: Boston gegenüber auf einer Halbinsel gelegen. Schauplatz der ersten größeren Auseinandersetzung zwischen Briten und Amerikanern im Unabhängigkeitskrieg (17. 6. 1775). Britische Truppen siegten, nachdem den Amerikanern die Munition ausgegangen war.

Bürgerkrieg: Sezessionskrieg, 1861–65, entzündete sich an der Forderung der Südstaaten, u. a. in der Frage der Sklavenhaltung ohne Einmischung der Bundesregierung in Washington entscheiden zu können, die die Sklaverei ablehnte.

Burr, Aaron (1756–1836): zeichnete sich als Offizier im Revolutionskrieg aus und war 1801–05 Vizepräsident. Später bereiste er den Ohio und Mississippi. 1806 unternahm er eine militärische Expedition, vermutlich, um Texas den Spaniern zu entreißen. Er wurde jedoch wegen Verdachts auf Hochverrat verhaftet und in Richmond vor ein Kriegsgericht gestellt, das ihn freisprach.

Caliban ... Miranda: Gestalten aus Shakespeares 'Sturm'.

Camera lucida: veralteter Ausdruck für Zeichenprisma.

Canning, George (1770–1827), engl. Staatsmann, 1822–27 Premierminister.

Capitol in Washington: Regierungsgebäude, zu dem George Washington 1793 den Grundstein legte, seit 1800 Sitz der Bundesregierung. Durch die Engländer 1814 zerstört, 1818 bis 1822 neu errichtet.

Cascarilla: Rinde eines Strauches aus der Familie der Euphorbiaceen, wird auch als Zusatz zum Tabak verwendet.

Ceres: altitalische Göttin des Ackerbaus.

c'est bien: (frz.) das ist gut.

c'est une fille charmante: (frz.) sie ist ein reizendes Mädchen.

Clarence, George, Herzog von (1449–78), Sohn des Herzogs Richard von York, lehnte sich gegen Heinrich IV. von England aus dem Hause Lancaster auf, entzweite sich mit seinem Bruder Eduard IV. und wurde wegen Hochverrats im Tower hingerichtet.

comme cela se fait: (frz.) wie es sich gerade macht.

Common Prayer Book: Allgemeines Gebetbuch der anglikanischen Kirche.

Commonwealth of England: die nach der Hinrichtung Karls I. 1649 ausgerufene englische Republik.

Corniche, La: Straße von Nizza nach Genua längs der Küste unterhalb der Seealpen, wegen ihrer landschaftlichen Schönheit berühmt.

cousine: (frz.) Schwägerin.

Crawford, Thomas (1814–57), amerikanischer Bildhauer, schuf den plastischen Schmuck des Giebelfeldes am Capitol zu Washington und die Freiheitsstatue auf der Kuppel dieses Gebäudes.

Crowninshield, Benjamin Williams (1772–1851), Staatssekretär für die Marine (1814–18). Seine Tätigkeit war durch administrative Unentschlossenheit gekennzeichnet.

'Des letzten Minnesängers Sang' (The Lay of the Last Minstrel): Versepos des schottischen Romantikers Sir Walter Scott (1771 bis 1832). Zitiert nach der Übersetzung von C. Cornelius, Leipzig, Reclam 1896.

de trop: (frz.) hier svw. Störendes.

deus ex machina: (lat.) der Gott aus der Maschine, der in der antiken Tragödie einen Konflikt unvermittelt durch sein Erscheinen löst.

Deuterojesaias: der unbekannte Verfasser der Kapitel 40–55 des Buches Jesaias, die später eingefügt wurden. Er lebte in Babylonien und prophezeite den Juden Erlösung aus der babylonischen Gefangenschaft.

Dictionnaire universelle: (frz.) Allgemeines Wörterbuch.

Dombey: Titelheld des Romans 'Dombey and Son' des englischen Dichters Charles Dickens (1812–70). Er wird beschrieben als »ziemlich kahl, ziemlich rot; zwar ein hübscher, stattlicher Mann, doch zu unnachgiebig und hochfahrend, als daß seine Erscheinung gewinnend gewesen wäre«.

Dujardin, Felix (1801–60), frz. Naturforscher, wies nach, daß die Protozoen (Urtiere) aus einer lebenden Grundsubstanz bestehen.

Ehrenberg, Christian Gottfried (1795–1876), Naturforscher, förderte namentlich die Kenntnis von Mikroorganismen.

elles m'ont données ... : (frz.) was für Zeiten habe ich durchgemacht.

Endicott (Endecott), John (1588–1665), kam 1628 von England nach Amerika, mehrmals Gouverneur der Massachusetts Bay Colony, ein befähigter Mann, jedoch unduldsam und hart.

Englischer Krieg: bei Hale auch Erster Krieg oder nur Krieg genannt. Endgültige Auseinandersetzung der Vereinigten Staaten mit England (1812–15), das durch seine Gesetzgebung den nordamerikanischen Handel zu beeinträchtigen suchte.

épreuve: (frz.) Prüfung, Schicksalsschlag.

Fair Oaks, auch Schlacht of Seven Pines genannt, zweitägige unentschiedene Schlacht im Sezessionskrieg (1862).

fidus Achates: (lat.) der getreue Achates, sprichwörtlich nach dem Gefährten des Äneas in Vergils 'Äneis'.

fine: (frz.) feiner Kognak.

Fléchier, Esprit (1632–1710), frz. Kanzelredner, dessen 'Oraisons funèbres' (Grabreden) zahlreiche Auflagen erlebten.

Flora: altitalische Göttin des Blühens und Gedeihens.

Flying Childers: berühmtes engl. Rennpferd des 18. Jhts.

Föderalistische Armee: Föderalisten als Vertreter einer starken Bundesgewalt gegenüber den Souveränitätsbestrebungen der Einzelstaaten nannten sich die Nordstaaten, die im Bürger- oder Sezessionskrieg die Konföderation der Südstaaten bekämpften.

Franz I.: 1515–47 König von Frankreich, befestigte seit 1517 Le Havre, bis dahin ein unbedeutendes Fischerdorf.

Fulton, Robert (1765–1815), Mechaniker, Erfinder des Dampfschiffes. 1807 fand die erste Fahrt auf dem Hudson mit einer von Watt gelieferten Dampfmaschine statt.

Gabalis, Graf de: Hauptgestalt des gleichnamigen Buches (Paris 1670) von Villars (Villarsius, Villarceaux, um 1638–73); handelt von Geistern und deren Wirkungen.

Galatea: nach der griech. Sage schuf der Bildhauer Pygmalion eine vollendet schöne Statue der Galatea, die von Aphrodite zum Leben erweckt wurde. Von William Schwenck Gilbert (1836–1911) in 'Pygmalion und Galatea' (1871) dramatisiert.

Geburtsplatz eines Mannes: in Boston wurde Benjamin Franklin (1706–90) geboren. Dieser erste große Vertreter der Aufklärung in Amerika, als Schriftsteller und Politiker bedeutend, erfand den Blitzableiter (1752), vertrat die Unabhängigkeit der nordamerikanischen Kolonien vor dem englischen Parlament, war an der Abfassung der Unabhängigkeitserklärung von 1776 maßgebend beteiligt und trat bereits für die Abschaffung der Sklaverei ein.

Georg III., Wilhelm Friedrich (1738–1820), König von Großbritannien und Kurfürst von Hannover, Verfechter des Kolonialprinzips und damit Hauptgegner der nach Unabhängigkeit strebenden amerikanischen Kolonien.

Georgskreuz: Kreuz des Hosenbandordens, des 1350 gestifteten höchsten englischen Ordens.

Grant, Ulysses Simpson (1822–85), im Sezessionskrieg siegreicher Oberbefehlshaber der Unionstruppen, 1868–76 Präsident der Vereinigten Staaten.

Greenough, Horatio (1805–52), amerikan. Bildhauer, schuf verschiedene Statuen George Washingtons, darunter das Reiterstandbild in New York.

Hamilton, Lady Emma (1765–1815): zweite Frau des engl. Diplomaten und Altertumsforschers William Hamilton, später Geliebte Nelsons. Sie lebte längere Zeit in Neapel.

Harding: möglicherweise der Finanzier und Soldat der Unions-Armee Abner Clark Harding (1807–74), der Kongreßmitglied wurde und dessen alteingesessene Familie sich Verdienste um die Vereinigten Staaten erworben hatte.

Helden von 76: die Männer, die die Unabhängigkeit der Staaten von England betrieben und behaupteten (7. Juni 1776 bereits der Virginier Richard Henry Lee, dann Jefferson, Franklin, Adams, Roger Sherman und Robert Livingston).

Hesiod (um 700 v. Chr.): griech. Epiker.

Hudson, Hendrick (Henry), geb. zweite Hälfte des 16. Jhts., gelangte, auf der Suche nach einem Nordost-Weg in den Orient, nach Delaware Bay und in das Hudson-Gebiet. Die zweite Fahrt, ein Jahr später (1610), führte wiederum in das nach ihm benannte Hudson-Flußgebiet. Hier wurde er von meuternden Matrosen ausgesetzt.

Hybla: im Altertum Namen mehrerer Städte auf Sizilien.

il me fait . . . : (frz.) er macht mir eifrig den Hof.

inconnue: (frz.) die Unbekannte.

inter se: untereinander.

Iron Mask: (engl.) Eiserne Maske, gemeint ist ein politischer Gefangener Ludwigs XIV.; um wen es sich handelte, ist ungeklärt. Der Häftling lebte von 1698–1703 maskiert in der Bastille. Von einer eisernen Maske (frz. masque de fer) spricht zuerst Voltaire.

Jackson, Andrew (1767–1847), Jurist, Politiker und General, erkämpfte im Englischen Krieg 1815 den entscheidenden Sieg bei New Orleans. 1829–37 Präsident der Vereinigten Staaten.

Jefferson, Thomas (1743–1826), Jurist und Politiker, Mitglied des Senats von Virginia, später Gouverneur dieses Staates, der eigentliche Verfasser der Unabhängigkeitserklärung vom 4. 7. 1776. 1801–09 Präsident der Vereinigten Staaten.

je ne sais quelle dévergondée: (frz.) ich weiß nicht, (für) was für eine schamlose Person.

je suis fou de la peinture: (frz.) ich bin ganz verrückt aufs Malen.

John Foy: heute sprichwörtlich im Sinne von Hans Narr.

Junius-Briefe: erschienen 1769–71 anonym im 'Public Advertiser' (Öffentlicher Anzeiger) und übten heftige Kritik am öffentlichen Leben, an Jefferson und anderen führenden Persönlichkeiten.

Kreole: im tropischen Amerika geborener Nachkomme von Einwanderern romanischer Abstammung.

Kryptogamen: Sporenpflanzen, im Gegensatz zu Blütenpflanzen.

la belle découverte: (frz.) die große Entdeckung.

la bêtise même: (frz.) die Dummheit in Person.

Laren und Penaten: röm. Schutz- und Hausgötter.

Leeuwenhoek, Antonij van (1632–1723), Naturforscher, entdeckte die Infusionstierchen.

Leicester Squares: berüchtigtes Gefängnis der damaligen Zeit.

les Américains: (frz.) die Amerikaner.

le sourire agréable: (frz.) das liebenswürdige Lächeln.

Linné, Karl von (1707–78), schwedischer Naturforscher, schuf ein wohlgegliedertes System der Gattungen, Arten, Klassen und Ordnungen des Tier- und Pflanzenreiches und führte die doppelnamige Benennung der Pflanzenarten ein. Die Editio X seines 'Systema naturae' von 1758 wurde die Grundlage für die gültige zoologische Nomenklatur.

Louis Quatorze: Ludwig XIV., der »Sonnenkönig« (1643–1715) entfaltete an seinem Hof unerhörte Pracht.

Madison, Janes (1751–1836), Jurist und Politiker, 1809–17 Präsident der Vereinigten Staaten. In seine Amtszeit fiel der Englische Krieg.

mais: (frz.) aber; – *comment?:* wie?; – *oui:* ja.

Marineakademie: 1845 in Anapolis/Maryland gegründet.

Maury, Mathew Fontaine (1806–73), amerikan. Hydrograph, bekleidete in Washington ein hohes Marineamt, ging im Sezessionskrieg 1861 jedoch zu den Südstaaten über und leitete deren Verteidigung zu Wasser.

McDoubt: Mc im Namen svw. Sohn des; hier ironisch: Sohn des Zweifels.

... me fait languir: (frz.) macht mich sehnsüchtig.

Mexikanischer Krieg, 1846–48; führte dazu, daß Mexiko die Gebiete Neu-Mexiko und Kalifornien an die Vereinigten Staaten abtrat und die Annexion von Texas anerkannte.

Mitchell, John (gest. 1768), Arzt und Biologe, daneben Kenner der amerik. Geschichte und Volkskunde, dessen 'Karte der britischen und französischen Besitzungen in Nordamerika' bei Grenzstreitigkeiten bis in die jüngste Zeit als Grundlage herangezogen wurde, galt als amerikanischer Polyhistor.

modiste en robes et chapeaux: (frz.) Modistin für Kleider und Hüte.

Monaden: zu den Protozoen gehörige einzellige Wesen.

mon amoureux: (frz.) mein Liebhaber.

mon beau Paris: (frz.) mein schönes Paris.

mon pays de France: (frz.) mein französisches Heimatland.

Monroe, James (1758–1831), 1816–25 Präsident der Vereinigten Staaten. Sein in der Jahresbotschaft 1823 aufgestellter politischer Leitsatz war, daß sich europäische Mächte in Differenzen zwischen amerikan. Staaten und den Erwerb amerikan. Gebiete nicht einzumischen hätten (»Amerika den Amerikanern«).

non mi ricordo: (ital.) ich erinnere mich nicht.

Old Abe: volkstümlicher Name für Abraham Lincoln (1809–65), 1860–65 Präsident der Vereinigten Staaten, setzte sich für eine starke Bundesgewalt und gegen die Sklaverei ein. Nach dem Sieg über die Südstaaten beim Einzug in Richmond von einem Südstaatler ermordet.

on en a de toutes ... : (frz.) man hat (Erfahrungen) aller Art.

Otis, James (1725–83), Jurist, griff in Reden und Pamphleten die englische Kolonialgesetzgebung an und forderte Freiheit für die Amerikaner.

Palissy, Bernard (um 1500 – um 1590), Glasmaler und Kunsttöpfer, entdeckte das Verfahren, Tongefäße und Schüsseln mit farbigem Email herzustellen.

parages: (frz.) Gefilde.

pardon, ma chère: (frz.) entschuldige, meine Liebe.

Parias: hier svw. »Ausgestoßene«.

penelopisches Netz: svw. nicht endende Arbeit, nach Penelope, der Frau des Odysseus, die während seiner Abwesenheit das Leichengewand ihres Schwiegervaters webt, heimlich aber wieder auftrennt, um die Freier hinzuhalten.

Piscataqua: nordamerikanischer Fluß, mündet bei Portsmouth/Virg. in den Atlantischen Ozean.

Pomona: röm. Göttin der Früchte.

Porter, David [nicht Essex] (1780–1843), amerikan. Seeoffizier, umsegelte 1813 Kap Horn und stieß als erster Amerikaner in den Pazifik vor. Dabei besetzte er die Marquesas-Insel Nukahiwa, die er in Madison-Insel umbenannte, und errichtete dort ein Fort.

pour marier: (frz.) um zu heiraten.

Puget's Sund: vielverzweigte Bucht an der pazifischen Küste Nordamerikas im Staate Washington.

pyrrhische Tänze: bei den Griechen war die Pyrrhike ein kriegerischer Waffentanz, in der römischen Kaiserzeit ein Ballett mit Flötenbegleitung.

quelle existence: (frz.) welch ein Leben.

Quincy, Josiah (1744–75): Jurist, vertrat die Interessen der dreizehn Kolonien 1774 in England.

rara avis: (lat.) seltener Vogel

Revolutionskrieg: der Unabhängigkeitskrieg der nordamerikanischen Kolonien gegen das englische Mutterland (1776–81), in dem nicht nur die staatsrechtliche Selbstbestimmung, sondern die Bürgerrechte des Individuums erstritten wurden.

Rosenkreuzer: Mitglieder einer Geheimgesellschaft des 17. Jhts. mit dem Ziele allgemeiner Verbesserung der Kirche und Gründung einer dauernden Wohlfahrt der Staaten und der Einzelnen.

Ross, Robert (1766–1814), englischer Offizier, nahm am 24. August 1814 nach einem Sieg bei Bladensburg Washington und ließ die öffentlichen Gebäude niederbrennen; erlag wenig später seinen Verletzungen.

Sainte-Beuve, Charles Auguste (1804–69), franz. Literarkritiker, der zahlreiche Werke schrieb.

salle-à-manger: (frz.) Speisesaal.

Schacht, Hermann (1814–64), deutscher Botaniker, schrieb u. a. 'Das Mikroskop und seine Anwendung' (1851).

Schleiden, Matthias Jakob (1804–81), Botaniker. Hauptwerk 'Grundzüge der wissenschaftlichen Botanik' (1842/43).

Schultze, Max (1795–1877), deutscher Anatom und Zoologe.

Scott, Winfield (1786–1866), General, zeichnete sich im Englischen Krieg aus, eroberte im Mexikanischen Krieg 1847 Vera Cruz und Mexiko City.

Sezessionisten: Verfechter der einzelstaatlichen Souveränität gegenüber der Zentralgewalt. Diese politische Linie verfolgten die Südstaaten (vgl. Bürgerkrieg).

sieben Weise Griechenlands: Männer des praktischen Lebens, besonders Staatsmänner, denen man Sinnsprüche mit praktischen Lebensweisheiten zuschrieb; genannt werden u. a. fast immer Thales, Solon und Epimenides. Die Siebenzahl ist heilig und hängt mit der Planetenzahl zusammen.

Sklavenhandelsvertrag: wohl der Missouri-Kompromiß von 1820, der festlegte, daß im Gebiet nördlich von 36° 30′ die Sklaverei verboten sei. Im gleichen Jahr erklärte der Kongreß Sklavenhandel zur See als gleichbedeutend mit Seeräuberei, um dadurch insbes. den Sklavenhandel zwischen den alten Südstaaten und den Staaten am Golf von Mexiko zu unterbinden. Der Sklavenhandel mit Afrika war bereits seit 1808 untersagt. England bekämpfte den Sklavenhandel ebenfalls und beanspruchte das Recht, verdächtige Schiffe anzuhalten und zu durchsuchen.

Smithsonsche Stiftung: (Smithsonian Institution) dank einer Stiftung des Gelehrten und Mitglieds der Königlichen Gesellschaft James Smithson (1765–1829) gegründete Einrichtung »zur Mehrung und Verbreitung wissenschaftlicher Kenntnisse«. Die Stiftung (100 000 Pfund Sterling) wurde gegen beträchtlichen Widerstand 1846 vom Kongreß angenommen. Sitz der Einrichtung ist Washington, D. C.

sous ce beau ciel: (frz.) unter diesem schönen Himmel.

Stony Point: Feldbefestigung auf einem Felsvorsprung am Westufer des Hudson nördlich von New York. 15./16. 7. 1779 von dem amerik. Infanteriekorps unter General Wayne (dem »verrückten Anthony«) im Handstreich genommen, konnte allerdings gegen die schweren britischen Gegenangriffe nicht lange gehalten werden. Dennoch brachte S. P. den amerik. Truppen nicht nur Prestigegewinn, sondern eine wirkliche Stärkung des Kampfgeistes.

Strutt, Joseph (1742–1802), Altertumsforscher, Volkskundler und Romancier. Sein bekanntestes Buch: 'Sports and Pastimes of the People of England' ('Spiel, Sport und Brauchtum des Volkes in England', 1801).

Stuyvesant, Peter (1592–1672), letzter holländischer Gouverneur von Neu-Niederland, zeichnete sich durch Härte und Herrschsucht, aber auch durch Selbständigkeit und sogar Widerstand gegenüber den Engländern aus.

tant bien que mal: (frz.) schlecht und recht.

Tatnall, Josiah (1795–1871), Seeoffizier, quittierte 1861 seinen Dienst in der Marine der Vereinigten Staaten und stellte sich dem Gouverneur von Georgia zur Verfügung.

Taumapilas: mexikanische Provinz.

Tory: in Nordamerika damals = Grundbesitzer (Whig = landhungriger Rebell).

Turgenjew, Iwan Sergejewitsch (1818–83); Lisa und Alexandra Pawlowna die weiblichen Hauptgestalten seiner Romane 'Das Adelsnest' und 'Rudin'.

Una und ihr Löwe: Gestalt aus Edmund Spensers 'Feenkönigin' (1590).

Ursa minor: der kleine Bär.

Vallendingham, Clement Laird (1820–71), Führer der sog. Copper Heads in den Nordstaaten, die den Bürgerkrieg 1861 als verfassungswidrig ablehnten. V. wurde deshalb verhaftet und in die Südstaaten verbannt.

Verlassenes Dorf: gleichnamige Elegie ('The Deserted Village', 1770) von Oliver Goldsmith (1728–74).

voilà!: (frz.) sieh da!

Volvox globator: Kugelalge, Kugeltier.

vous avez de la chance: (frz.) welches Glück für Sie.

Warren, Joseph (1741–75): Verfechter der Unabhängigkeit der amerikanischen Staaten gegenüber England, verfaßte die Suffolk-Beschlüsse, die wirksame Opposition gegen England forderten, wurde 1774 Führer der Volkspartei und fiel in der Schlacht bei Bunker Hill.

Washington, George (1732–99), im Revolutionskrieg gegen England erfolgreicher Oberbefehlshaber der amerikanischen Truppen, Mitbegründer der Unabhängigkeit der Vereinigten

Staaten, deren erster Präsident er 1789–97 war; organisierte die Verwaltung des Bundesstaates.

Webster, Daniel (1782–1852), Jurist und Staatsmann, als großer Redner bekannt.

weißer Ball: ein im Mast gesetzter Ball aus Korbgeflecht bedeutet nach internationalen Seefahrtsvorschriften, daß das Schiff manövrierunfähig ist.

Wenham, F. H., machte sich um die Weiterentwicklung des Mikroskops verdient, konstruierte später (1860) sein erstes Binokularmikroskop.

West Point: Militärakademie der Vereinigten Staaten am Hudson im Staate New York, 1802 gegründet.

Williamson, Alexander (1824–1904), englischer Chemiker.

Zitterer (Shaking Quakers oder Shakers): Sekte der Quäker, wanderten 1774 unter Anne Lee aus England nach Amerika aus.